汉译世界文学名著丛书

悲惨世界

上 册

〔法〕雨果 著

潘丽珍 译

LES MISÉRABLES

© Les Editions Gallimard, 1951

汉译世界文学名著丛书
出版说明

1902年，我馆筹组编译所之初，即广邀名家，如梁启超、林纾等，翻译出版外国文学名著，风靡一时；其后策划多种文学翻译系列丛书，如"说部丛书""林译小说丛书""世界文学名著""英汉对照名家小说选"等，接踵刊行，影响甚巨。从此，文学翻译成为我馆不可或缺的出版方向，百余年来，未尝间断。2021年，正值"汉译世界学术名著丛书"出版40周年之际，我馆规划出版"汉译世界文学名著丛书"，赓续传统，立足当下，面向未来，为读者系统提供世界文学佳作。

本丛书的出版主旨，大凡有三：一是不论作品所出的民族、区域、国家、语言，不论体裁所属之诗歌、小说、戏剧、散文、传记，只要是历史上确有定评的经典，皆在本丛书收录之列，力求名作无遗，诸体皆备；二是不论译者的背景、资历、出身、年龄，只要其翻译质量合乎我馆要求，皆在本丛书收录之列，力求译笔精当，抉发文心；三是不论需要何种付出，我馆必以一贯之定力与努力，长期经营，积以时日，力求成就一套完整呈现世界文学经典全貌的汉译精品丛书。我们衷心期待各界朋友推荐佳作，携稿来归，批评指教，共襄盛举。

商务印书馆编辑部

2021年8月

译　序

维克多·雨果（1802—1885）在法国文学史上占有举足轻重的地位，是法国最伟大的抒情诗人，十九世纪最杰出的小说家之一。他的一生几乎跨越了整个十九世纪，他以"生命和创作生涯之长、才华之横溢、作品之多样而统治着十九世纪"。雨果的声名响遍整个世界，正如波德莱尔所说的："维克多·雨果是一个无国界的天才。"

雨果于一八〇二年出生于贝桑松。父亲是拿破仑帝国的将军和伯爵，长期远离家人，征战南北。母亲是天主教徒和保王派，带着几个孩子生活在巴黎，对少年雨果影响很深。雨果从小爱好文学，中学时就开始写诗，十四岁就立下宏志，要"成为夏多布里昂"。在其漫长的一生中，雨果创作了大量的诗歌、小说、戏剧、文艺理论等，"不同的历史时期在他的文学活动中都打下了烙印，使他的整个作品构成了十九世纪法国政治和社会变化的一个侧影"。

雨果自己将其一生分为三个阶段：流亡前、流亡中和流亡后。我们不妨也照此将他的创作生涯划分为三个阶段。

第一阶段从青年时期到一八五一年十二月。由于受母亲的宗教信仰和政治观点的影响，雨果初期的创作明显带有保守甚至反动倾向。一八四八年前，他一直在君主立宪制和共和政体之间摇摆不定，直到一八四八年二月，巴黎资产阶级革命推翻了七月王朝，他才坚定地站到共和立场上，完成了从保王派到共和派的过渡，并于一八五〇年坚定地转向民主主义，这使他成了众矢之的，被说成是"蛊惑人心的政客"、"赤色分子"。这一时期他出版的诗集有《短曲和民谣集》(1826)、《东方集》(1829)、《秋叶集》(1831)、《黄昏之歌》(1835)等；戏剧有《克伦威尔》(1827)、《艾那尼》(1830)、《国王取乐》(1832)、《玛丽蓉·德·洛尔墨》(1833)等；小说有《死囚末日记》(1829)、《巴黎圣母院》(1831)等。尤其引人注目的是在一八二七年，他借《克伦威尔》剧本出版之际，发表了举世闻名的《〈克伦威尔〉序》，提出了浪漫主义的文学主张，宣扬"庄严崇高和荒诞滑稽自然结合"的对照原则。这一序言成了反伪古典主义的经典檄文，标志着积极浪漫主义开始向戏剧舞台进军。这一浪漫主义的主张，不仅体现在他的诗歌和戏剧中，还用于小说创作上，《巴黎圣母院》便是他运用美与丑、善与恶这一浪漫主义对照原则的杰出范例。

一八四三年至一八五一年期间，雨果冷淡文学创作，将兴趣转向政治，先后成为法兰西封臣、制宪会议议员，积极支持路易-拿破仑·波拿巴竞选总统。可是，出于思想形态和个人方面的原因，他突然转向左派，揭露路易·波拿巴的野心和阴谋。一八五一年十二月二日，路易·波拿巴发动反革命政变，宣布帝制，雨果及其政派发表宣言，奋力抵制，最后他被驱逐出境，开始长达十九年的流亡生活（1851—1870），从而也开始了创作的第二阶段。

在流亡期间，他继续鞭挞拿破仑三世的独裁统治。同时，艰苦的流亡生活使雨果的才华更臻成熟,他的许多享誉世界的杰作都是在流亡时期创作和完成的。一八五二年,他发表了嘲讽拿破仑三世的小册子《小拿破仑》。一八五三年,出版了政治讽刺诗集《惩罚集》,以充满激情的嘲讽笔调,表达了他对拿破仑三世的蔑视和仇恨,对自由的热爱和信念。在此期间,其他诗集也相继问世,如《静观集》(1856)、《咏史集》(1859)、《林陌集》(1865)等,以及长篇小说《悲惨世界》(1862)、《海上劳工》(1866)、《笑面人》(1869)。一八五九年,他拒绝接受拿破仑三世的大赦,直到一八七〇年普法战争爆发,拿破仑三世垮台,第三共和国成立,雨果才回到阔别十九年的祖国,巴黎人民纷纷拥到火车站,热烈欢迎他们喜爱的作家凯旋归来。

一八七〇年至一八八五年,为雨果生命和创作生涯的第三阶段。他热情投入反普鲁士的斗争中。巴黎公社成立时,他对公社的历史意义并不理解,但当公社惨遭镇压时,他却将自己在布鲁塞尔的住宅敞开大门,作为受迫害、遭流放的公社社员的避难所。在这生命的最后阶段,雨果创作并发表了多部诗集:《凶年集》(1871)、《怜孙集》(1877)、《灵台集》(1881)等。此外,长篇小说《九三年》也于一八七四年问世。在他最后的作品中,雨果仍一如既往,坚定地站在人民和进步力量一边,这就是为什么至今他的作品仍那样广为流传,那样深得民心。

《悲惨世界》是一部震撼人心的皇皇巨著。全书共分五部。第一部《芳蒂娜》,第二部《珂赛特》,第三部《马里尤斯》,第四部《普吕梅街田园诗圣德尼街英雄史》,第五部《让·瓦让》。小说叙述了刑满释放犯让·瓦让的悲惨故事。一七九五年，修树工让·瓦让为饥饿所迫，偷了面包店一块面包，而蹲了十九年苦役牢。一八一五年，让·瓦让刑满释放，投宿迪涅，遭众人拒绝，却受到迪涅主教热情接待，可他临走时偷了主教的银餐具而再次被捕。面对警察的调查，迪涅主教声称这银餐具是他送予客人的，甚至还把一对银烛台也送给了让·瓦让，以赎他的灵魂。

几年后，让·瓦让化名马德兰，成了小城滨海蒙特勒伊的市长。他开了一家玻璃饰物厂，发明了一项新工艺，大办慈善事业，促进了小城的繁荣。他厂里女工芳蒂娜因有个私生女而被解雇。芳蒂娜的女儿珂赛特寄养在蒙费梅的客店主泰纳迪埃家。为了付女儿的抚养费，芳蒂娜沦落为娼，又遭警探雅韦尔逮捕，后被马德兰先生解救，终因患重病而死在马德兰先生的医院里，临终前她将女儿托付给了市长先生。雅韦尔怀疑马德兰是让·瓦让。这时，一个叫尚马蒂厄的老头被指控偷了一根苹果枝，并被认定就是让·瓦让。马德兰先生经过一夜激烈的思想斗争，前往法庭自首。于是，他又再次被捕，投入土伦苦役牢。一次，他冒险救了一位水手后而乘机逃跑。人们以为他已淹死海中。逃出后（于是他成了在逃犯），他去泰纳迪埃家寻找珂赛特。此时，珂赛特已八岁，受尽了泰纳迪埃夫妇的折磨。让·瓦让用重金向泰纳迪埃赎回珂赛特，把她带到巴黎，在偏僻的戈博旧宅租了个房间。后来，他怀疑自己受到雅韦尔警探的跟踪，并已被识破，便东逃西躲，情急之中躲进一家修道院，改名福施勒旺，当了园丁，在那里隐居下来，而珂赛特则进了修道院的寄宿学校读书。五年后，他们离开修道院，在普吕梅街租了座房子。这时，马里尤斯出现了。

马里尤斯的父亲在滑铁卢战场上曾被拿破仑册封为上校和男爵。马里尤斯从小同外祖父吉诺曼先生生活在一起。外祖父是个极端保王派，禁止他看望父亲蓬梅西男爵。受外祖父影响，马里尤斯也成了保王派。后来，他从一位教区财产管理员那里得知父亲很爱他，但为时已晚，父亲已经去世。于是，马里尤斯开始狂热崇拜拿破仑，并离家出走，与外祖父断绝了关系。他接触了ABC友社后，又转向共和派。

马里尤斯常去卢森堡公园散步，遇见了珂赛特，并爱上了她。让·瓦让识破了马里尤斯的"阴谋"，带着珂赛特搬了家。在泰纳迪埃的大女儿埃波妮的帮助下，马里尤斯找到了珂赛特的住址。于是一场热恋开始了。

由于害怕被警方发现，让·瓦让再次搬家。一本吸墨纸使他发现了珂赛特和马里尤斯的恋情，他痛苦万分，只想一死。马里尤斯那边也只求一死，因为外祖父拒绝了他和珂赛特的婚事。这时（一八三二年六月），酝酿已久的人民起义爆发了。马里尤斯随ABC友社的革命者参加了街垒战。让·瓦让看到马里尤斯写给珂赛特的诀别信，也去了街垒。密探雅韦尔为了侦察也去了那里。在街垒战中，ABC友社的人全部壮烈牺牲。雅韦尔被起义者逮捕并判处死刑，由让·瓦让执行。让·瓦让出于人道将他释放。马里尤斯身负重伤，昏迷不醒，也被让·瓦让从下水道里救出。一走出下水道，让·瓦让就被等在那里的雅韦尔抓住。雅韦尔满足让·瓦让的要求，将马里尤斯送回他的外祖父家里。雅韦尔被让·瓦让的人格力量所震撼，放了他一条生路，却又无法面对自己的职责，最终投塞纳河自尽。

六个月后，马里尤斯伤口痊愈，并与外祖父言归于好。在外祖父和让·瓦让的安排下，两位恋人终结连理。让·瓦让向马里尤斯坦白了自己的苦役犯身份，但遭到马里尤斯的误解。从此，让·瓦让失去了他心爱的珂赛特，终日郁郁寡欢，日见衰弱。一八三五年六月，马里尤斯终于知道让·瓦让是自己的救命恩人，便偕同珂赛特去看让·瓦让，但他已奄奄一息。让·瓦让躺在珂赛特怀里离开了黑暗的人间，孤独地躺在拉雪兹公墓一个偏僻的角落里，任"荒草掩埋，雨水刷尽"。

《悲惨世界》从十九世纪三十年代初开始酝酿到一八六二年问世，前后经历三十余年。这一时期正是法国的多事之秋，期间发生过多次革命，政权也在王权制和共和制之间来回变动，雨果的思想也随时代的变动而发生了深刻的变化。因此，一八六二年出版的《悲惨世界》，与雨果酝酿这部小说的初衷有天壤之别。

早在一八三二年三月，雨果就与出版商朗杜埃尔和戈斯兰商谈出版一部两卷的小说，但没有明确书名。据说是一部"刑罚"小说，讲一个穷人犯了罪，受到法律的折磨，千方百计想摆脱法律的惩罚。这部小说尚未开始便"夭折"了，因为雨果意识到光谴责刑罚是不够的，还要知道一个人为什么会犯罪。于是，他开始研究这个问题，最终决定写一部社会小说。他一边呼吁要改革刑法，一边更自觉地观察人民的生存状况，"缓慢而坚持不懈地"搜集素材。从雨果的笔记中，可以看到关于苦役释放犯皮埃尔·莫兰的记载。这是一位穷苦农民，一八〇一年，因饥饿而从一家面包铺的橱窗里偷了一块面包，被判五年苦役，刑满释放后，受到迪涅主教米奥利斯的接待。这个皮埃尔·莫兰便成了让·瓦让的原型，而米奥利斯主教则为米里埃主教的塑造提供了素材。此外，在《见闻录》中，他在一八四二年一月九日记下了一个妓女被逮捕的细节，是他出面求情，才使妓女获释。这一细节也写进了小说，成为马德兰市长要求雅韦尔释放芳蒂娜的依据。他还做了许多调查研究：参观比塞特监狱，向法学家请教，了解土伦苦役牢的情况，以及苦役犯的生活条件，等等。

一八四五年十一月，雨果开始动手写。小说最初的名字是《让·特雷让》。一八四七年，他和那两位出版商将一八三二年签订的合同进行确认和修改，并首次用《贫困》命名小说。一切顺利，预计一八四八年初第一部将付梓。可这时他停止往下写了，因为他想参加巴黎议会关于监狱新条例的辩论，再则，一八四八年二月二十一日爆发了一场革命，推翻了路易-菲利普的统治。历史进入了新阶段，雨果的生活和思想也进入了新的阶段。他几乎停止一切文学创作而转向从政。这一搁置又是好几年。直到一八五四年，这时他已流亡国外，一部小册子的封面上宣布《悲惨世界》即将出版。从此，《贫困》易名为《悲惨世界》。可能是因为《贫困》这个名字比较抽象，带点哲学或社会学的意味，而《悲惨世界》与人有更直接的关系"吧。应该说，小说名称的变化，反映了雨果对人的认识前进了一大步。他真正开始续写小说是在一八六〇年。雨果自己在同年四月二十四日庄严地宣布："我花了七个月的时间，将在我头脑里写的作品反复思考，理出头绪，使得十二年前写的和我今天将要写的绝对统一……今天，我开始续写（但愿能一写到底）在一八四八年中断的作品。"果然，雨果这次一写到底。一八六二年六月三十日，《悲惨世界》这部鸿篇巨制终于在比利时问世。

小说出版后，引起了强烈的反响。各种批评指责似排枪般射向雨果，有的说"这是部政治小说"，还有的说"这是部流氓史诗"，有的认为"书中描写的事已过时"，还有的认为"雨果想创造一种只属于他自己的语言，二十年后不会再有人看懂"，如此等等，不一而足。路易·波拿巴的第二帝国无法阻止小说出版，因为它是在国外出版的，但却千方百计阻挠它在法国传播。更有甚者，《爱国者》杂志将《悲惨世界》说成是一部"危险之作"，敦促政府禁止其"进入法国"。可是，这些都难以阻挡小说的成功，尤其是该书普及本问世后，受到小说的真正读者——人民大众的热烈欢迎，也只有他们才真正看得懂这部以人民为主角的小说。小说问世至今一百六十多年过去了，虽然开始时它受到过一些磨难，在二十世纪也有过一段时间沉寂，但是，人们继续在读这部"法国文学史上最杰出的小说"。不仅是在法国本土，它的影响可以说遍及全球。就拿我国来说，自从一九五八年李丹的全译本问世至今，近几年又有好几个译本相继问世。可见今天人们仍然爱读《悲惨世界》。

《悲惨世界》以浪漫主义和现实主义相结合的手法，塑造了一群受苦受难的底层人物。这部小说有两个目的：一是叙述让·瓦让的故事；二是抨击社会。应该说这两个意图完成得很圆满。

雨果在一八五一年指出："一个不愿让人批评的社会，好比一位讳疾忌医的病人。"因此，让·瓦让的故事不可能仅仅是个人的故事，而是被压迫被蹂躏者的一种象征，是对不公正社会的无情鞭挞。雨果的这一思想在这部书的前言中得到了淋漓尽致的阐述：

"只要由法律和习俗造成的社会惩罚依然存在，在文明鼎盛时期人为地制造地狱，在神赋的命运之上人为地妄加噩运；只要本世纪的三大问题——男人因贫困而沉沦，女人因饥饿而堕落，儿童因无知而凋败——得不到解决；只要在有些地区，社会窒息的现象依然存在，换句话说，从更广义的角度看，只要地球上还存在着愚昧和贫困，像本书这一类作品就不会是无益的。"

这里，雨果深刻地揭露了他那个时代存在的社会问题：贫困使男人沦为罪犯，饥饿使女人沦落为娼，得不到教育使儿童愚昧无知。他认为，贫困和无知是社会万恶之渊。他把社会底层比作"社会的第三台仓"，"藏污纳垢的大洞窟"，生活在那里的人因"无知和贫困"而变成"魔鬼"，在深渊里"吼叫着、寻觅着、摸索着、啃啮着"，"从受苦受难而走向犯罪"，干起"偷盗、卖淫、谋杀"的罪恶勾当，最终而成为"撒旦"。"在愚昧无知消灭之前，这个藏污纳垢的大洞窟就不会消失"。他在书中多次提到对儿童的教育问题，大声疾呼社会要重视全民教育，要用"光明"来医治社会"疾病"，用光明来"净化心灵"，"照亮心灵"，而"一切普照社会的光明，皆源自科学、文学、艺术、教育"。他要人们做出选择，"是要法兰西的儿女，还是巴黎的流浪儿，要光明中的烈焰，还是黑暗中的磷火"。虽然雨果提出的方法过于理想化，但在他那个时代应该说是一种进步的表现。

让·瓦让是小说的核心人物，整个故事围绕他而展开。他因贫困和饥饿偷了一块面包，又因这区区小罪判了五年苦役，多次越狱多次加刑，使他在狱中待了十九年，不公正的刑罚使他由好人变成一个仇恨社会，出狱后只想报仇的坏人；米里埃主教的感化则使他从坏人转变为一个善人和圣人；而珂赛特的出现好似太阳，温暖了这位老苦役犯的心，使他坚定地朝着光明前进。我们认为，让·瓦让这个人物从总体上看还是可信的，具有一种震撼人心的力量。

小说还塑造了其他许多有血有肉、栩栩如生的人物：米里埃主教、芳蒂娜、珂赛特、马里尤斯、加弗洛什、吉诺曼先生、马伯夫大爷、福施勒旺老爹等等，还有一群革命者，还有作为反衬的雅韦尔、泰纳迪埃夫妇。这些人物各具鲜明的个性。米里埃主教献身上帝和人类的精神可敬可佩；芳蒂娜的悲惨遭遇令人同情；加弗洛什的机智顽皮使人忍俊不禁，而他在街垒战中所表现的英雄主义精神又是多么可歌可泣（这里要提一笔的是，因为雨果成功地塑造了流浪儿加弗洛什这个典型，Gavroche这个专有名词已成为流浪巴黎街头顽童的代名词，并已转为普通名词，被收进了词典中）；珂赛特和马里尤斯的爱情感人肺腑，而后来对让·瓦让的忘恩负义虽情有可原，但更让人愤愤不平；吉诺曼先生、马伯夫大爷、福施勒旺老爹这些漫画式人物，让人觉得可亲可爱，又常常令人发噱；泰纳迪埃夫妇这对从资产者落入下层社会、干尽坏事的败类，让人可憎可恨；雅韦尔对让·瓦让一刻不停的迫害使人感到可恶可气，但另一方面，他的恪尽职守的职业道德有时也让人觉得可敬。所有这些大大小小的人物，无不充满了生命力。

小说的另一个特点，是在情节的展开中插进了许多冗长的介绍和议论。可以说，只要有机会，雨果便会停下叙述故事，用十几页乃至几十页的篇幅，论述一个历史事件，介绍一些专门知识，而这个事件，这些知识，有时与故事情节只有很少一点儿联系。例如，为了介绍马里尤斯的父亲如何被泰纳迪埃无意中救了一命，以便为以后的情节作铺垫，雨果详细叙述了滑铁卢战役；为把让·瓦让引进修道院，他又不厌其烦地介绍修道院的历史及其清规戒律；为让一群盗贼讲俚语，他可以说写了一篇关于俚语的论文；为使让·瓦让从下水道救出马里尤斯，他又琐屑地讲述了巴黎下水道的历史，如此等等。诚然，这些阐述不乏真实的一面，尤其是《滑铁卢》那一卷（为真实描绘一八一五年六月十八日滑铁卢战役的宏伟画面及拿破仑的这一灭顶之灾，雨果曾于一八六一年五月二十二日亲自到圣约翰高地作实地考察，并到比利时王家图书馆搜集资料），使我们在读这些章节时，也会增加一些历史知识。但是，总的看，这些介绍和议论过于繁杂，过于细碎。

为译这部鸿篇巨制，我前后花了四年时间。原以为雨果的语言不如普鲁斯特的语言晦涩，不如蒙田古老，译过了《追忆似水年华》和《蒙田随笔全集》，又译过雨果的《巴黎圣母院》，再译《悲惨世界》当不会太难。谁知《悲惨世界》真有不少让译者头痛得感到"悲惨"的地方。且不说译任何作品都会遇到的难懂和难译的句子和段落，需要一丝不苟地查阅法语词典，领会其含义，精确地译出来；且不说那些涉及历史、专门知识的章节，需要认认真真地查阅百科全书，做出准确的翻译和注释；且不说作者为逼真地描绘社会底层的生活而有意塞进他的作品中的俚语，给译者带来了难以逾越的困难；就连一些个别的词和词语也让人伤透了脑筋。比如，小说开头第一个词，即第一部第一卷的标题《Un juste》，该译成什么，让我从开译到最后校订都处在举棋不定中。有的译本译成《一个正直的人》，还有的译成《义人》，但我觉得这里 un juste 的意思应该包含"正直的人"和"笃信宗教的人"这双重意义，可又实在找不到一个词把这双重意思完美地表达出来；寄出清样后，又写信给编辑定译成"善人"。可是，即使几经思考定译成"善人"，心中仍还忐忑不安。

又如，第三部第七卷中出现的 patron-minette。这个词属于俚语，小说中是黑道给一个四人强盗团伙起的绰号。有的译本译成"猫老板"，还有的译成"咪老板"，都把 patron 译成"老板"。其实，patron-minette 即是 potron-minet 的讹音，也即是 potron-jaquet，意思是"黎明，拂晓"。查《按字母顺序排列的法语类语词典》，发现 potron 源自拉丁语的 posterio，意为"屁股"，而 minet 意即"猫"，jaquet 是"松鼠"。若将 potron-minet（potron-jaquet）译成汉语，即是"当猫（松鼠）露出屁股的时候"，法汉词典通常译成"黎明，拂晓"。根据词源，我们把 patron-minette 译成"猫露屁股"，是为使译文带点俚语的味道。在第三部第七卷第四章中，有一段文字专门阐述了 patron-minette 的意思："'猫露屁股'，这是黑道给这四人起的名字。在日渐消失的古老而荒诞的俗语中，'猫露屁股'即拂晓，正如'犬狼之间'即傍晚。'猫露屁股'的称呼，可能出自他们干坏事结束的时刻，因为黎明正是幽灵消失，强盗分手的时刻……"从这段文字，可以看出"猫露屁股"也许是一个较为可取的译法。

再如本书的《作者序》，短短数行，却浓缩着雨果写这部小说的宗旨，可是译起来却煞费脑筋，尤其关于雨果提出的社会三大问题，即 la dégradation de l'homme par le prolétariat, la déchéance de la femme par la faim, l'atrophie de l'enfant par la nuit 的译法，其中尤以 l'atrophie de l'enfant par la nuit 最难理解和翻译。按法语词典的解释，l'atrophie 的意思是"萎缩，衰退"；但从小说中的有关段落看，l'atrophie 应该是 la dégradation, la déchéance 的同义词，也是表达"堕落"之意。此外，法语中的 la nuit 原义为"黑夜，黑暗"，但雨果在这里想表达的意思是"缺少教育"，由于缺少教育，儿童就会无知，就可能变成坏人。理解不易，译起来则更难，因为既要考虑到意思，又要传达原文的对称结构。就为了这三句话的翻译，在校完并寄出清样后，还和编辑多次讨论，改来改去，最后定为"男人因贫困而沉沦，女人因饥饿而堕落，儿童因无知而凋败"。

小说中类似这样难译的词语不胜枚举。仅此三例可以说明翻译这部巨著之艰难。但愿这个译本不要太有负于这部鸿篇巨制，有负于九泉之下的大文豪雨果。

作者序

只要由法律和习俗造成的社会惩罚依然存在,在文明鼎盛时期人为地制造地狱,在神赋的命运之上人为地妄加噩运;只要本世纪的三大问题——男人因贫困而沉沦,女人因饥饿而堕落,儿童因无知而凋败——得不到解决;只要在有些地区,社会窒息的现象依然存在,换句话说,从更广义的角度看,只要地球上还存在着愚昧和贫困,像本书这一类作品就不会是无益的。

一八六二年一月一日于奥特维尔别居

目 录

（上册）

第一部　芳蒂娜

第一卷　善人 ··· 3
　一　米里埃先生 ·· 3
　二　米里埃先生变成比安维尼大人 ······················ 6
　三　好主教遇到穷教区 ······································ 12
　四　言行一致 ·· 14
　五　比安维尼大人舍不得换新教袍 ······················ 22
　六　他让谁看守屋子 ··· 25
　七　克拉瓦特 ·· 31
　八　酒后谈哲学 ·· 35
　九　妹妹谈哥哥 ·· 40
　十　主教面对闻所未闻的思想 ····························· 45
　十一　一点保留意见 ··· 60
　十二　比安维尼大人门庭冷落 ····························· 64
　十三　他的信仰 ·· 68

十四　他的思想 ································· 73

第二卷　坠落 ······································· 77
　　一　赶了一天路 ································· 77
　　二　聪明人要谨慎 ······························· 91
　　三　惟命是从的英雄气概 ························· 95
　　四　蓬塔利埃的干酪制造业 ······················· 101
　　五　心境恬然 ··································· 105
　　六　让·瓦让 ··································· 106
　　七　绝望背后 ··································· 112
　　八　海涛与黑夜 ································· 120
　　九　新的创伤 ··································· 122
　　十　那人醒了 ··································· 124
　　十一　他做什么 ································· 126
　　十二　主教拯救灵魂 ····························· 130
　　十三　小热尔韦 ································· 134

第三卷　一八一七年 ································· 144
　　一　一八一七年 ································· 144
　　二　两个四人组合 ······························· 152
　　三　四对四 ····································· 157
　　四　托洛米埃高兴得唱起了西班牙歌 ··············· 162
　　五　在邦巴达小酒馆 ····························· 166
　　六　爱情篇 ····································· 169
　　七　托洛米埃妙语连珠 ··························· 171
　　八　一匹马死了 ································· 179

  九 一场欢乐，有始有终 183

第四卷 把孩子托付于人，有时等于断送孩子 188
  一 一个母亲遇见另一个母亲 188
  二 两个恶人的初步描绘 198
  三 百灵鸟 201

第五卷 下坡 205
  一 黑玻璃业的发展史 205
  二 马德兰 206
  三 在拉斐特银行的存款 210
  四 马德兰先生服丧 213
  五 风雨欲来 216
  六 福施勒旺大爷 222
  七 福施勒旺成了巴黎的园丁 225
  八 为维护道德，维蒂尼安太太花了三十五法郎 227
  九 维蒂尼安太太的功劳 230
  十 《功劳》续篇 232
  十一 基督拯救我们 239
  十二 游手好闲的巴马塔布瓦先生 240
  十三 解决市警察局的几个问题 243

第六卷 雅韦尔 254
  一 开始休养 254
  二 "让"是怎么变成"尚"的 258

第七卷 尚马蒂厄疑案 269
  一 辛普丽斯嬷嬷 269

二　敏锐的斯科弗莱师傅 ·· 272

三　脑海里波涛汹涌 ·· 278

四　痛苦在睡眠中的表现形式 ·· 297

五　路遇障碍 ·· 301

六　辛普丽斯嬷嬷经受考验 ·· 315

七　一到便为返回作准备 ··· 323

八　优待入场 ·· 328

九　罗织罪名的地方 ·· 332

十　否认的方式 ··· 339

十一　尚马蒂厄越来越惊讶 ·· 346

第八卷　余波 ·· 352

一　马德兰先生用什么镜子照发 ······································· 352

二　芳蒂娜幸福满怀 ·· 355

三　雅韦尔洋洋得意 ·· 359

四　权力机关重行权利 ··· 363

五　合适的坟茔 ··· 367

第二部　珂赛特

第一卷　滑铁卢 ·· 377

一　从尼维尔来时途中所见 ·· 377

二　乌戈蒙 ··· 379

三　一八一五年六月十八日 ·· 386

四　A ··· 389

五　战役的"风云莫测" ··· 391

六　下午四点 ……………………………………………… 395
　　七　拿破仑心情愉快 ……………………………………… 398
　　八　皇帝问向导 …………………………………………… 404
　　九　不虞之灾 ……………………………………………… 407
　　十　圣约翰山高地 ………………………………………… 411
　　十一　拿破仑遇到坏向导，比洛遇到好向导 …………… 416
　　十二　帝国近卫军 ………………………………………… 418
　　十三　灾难 ………………………………………………… 420
　　十四　最后一个方阵 ……………………………………… 423
　　十五　康布罗纳 …………………………………………… 424
　　十六　将领的分量有多重 ………………………………… 427
　　十七　怎样看滑铁卢战役？ ……………………………… 433
　　十八　神权东山再起 ……………………………………… 435
　　十九　战场夜景 …………………………………………… 439

第二卷　猎户座号战舰 ………………………………………… 447
　　一　24601号变成9430号 ………………………………… 447
　　二　可能是魔鬼写的两句诗 ……………………………… 450
　　三　脚镣一锤砸断，肯定早有准备 ……………………… 455

第三卷　履行对死者的承诺 …………………………………… 464
　　一　蒙费梅的用水问题 …………………………………… 464
　　二　两个恶人的全面描绘 ………………………………… 467
　　三　人要喝酒，马要喝水 ………………………………… 473
　　四　玩具娃娃登场 ………………………………………… 476
　　五　孤苦无助的孩子 ……………………………………… 477

六	那人也许能证明布拉特吕埃尔不是傻瓜	483
七	珂赛特和陌生人并肩走在黑暗中	488
八	接待一个可能是富人的穷人烦恼无穷	492
九	泰纳迪埃耍花招	511
十	弄巧成拙	520
十一	9430号重新露面,珂赛特时来运转	525

第四卷 戈博旧宅 527

一	戈博老爷	527
二	猫头鹰和莺的巢	534
三	两种不幸合在一起便是幸福	535
四	二房东的发现	540
五	五法郎银币落地发出响声	542

第五卷 猎犬在暗中默默追捕 546

一	迂回策略	546
二	幸好奥斯特里茨桥上有车经过	549
三	看一看一七二七年的巴黎地图	551
四	探寻逃路	555
五	幸亏不是煤气路灯	557
六	谜的开始	561
七	谜在继续	564
八	谜上加谜	566
九	系铃铛的人	568
十	雅韦尔为何扑空	572

第六卷　小皮克皮斯区 ·················· 583
　　一　小皮克皮斯街六十二号 ············ 583
　　二　马丁·维尔加修会 ················ 586
　　三　严格 ···························· 594
　　四　欢乐 ···························· 596
　　五　消遣 ···························· 601
　　六　小修院 ·························· 606
　　七　黑暗中的几个身影 ················ 609
　　八　心在前，石在后 ·················· 611
　　九　百岁修女 ························ 613
　　十　圣体永敬会溯源 ·················· 615
　　十一　小皮克皮斯女修院的结局 ········ 617

第七卷　题外话 ························ 620
　　一　修道院——一个抽象的概念 ········ 620
　　二　修道院——一个历史事实 ·········· 621
　　三　尊重过去的条件 ·················· 624
　　四　修道院的原则 ···················· 627
　　五　祈祷 ···························· 628
　　六　祈祷绝对是善 ···················· 630
　　七　指责当谨慎 ······················ 633
　　八　信仰，戒律 ······················ 634

第八卷　墓地来者不拒 ·················· 638
　　一　入修院的门路 ···················· 638
　　二　福施勒旺遇到难题 ················ 646

三　纯洁嬷嬷 ········· 649

四　让·瓦让好像读过奥斯丁·卡斯蒂约的作品 ········· 663

五　酒鬼照样会死 ········· 670

六　在四块木板中间 ········· 677

七　"别丢失证件"的由来 ········· 680

八　顺利通过盘问 ········· 689

九　隐修 ········· 693

（中册）

第三部　马里尤斯

第一卷　从巴黎的原子看巴黎 ········· 703

　一　流浪儿 ········· 703

　二　流浪儿的几个特征 ········· 704

　三　他们很可爱 ········· 705

　四　他们可能成材 ········· 707

　五　他们的疆界 ········· 708

　六　一点儿历史 ········· 710

　七　在印度的社会等级中，可能有流浪儿一席之地 ········· 713

　八　末代国王的一句妙语 ········· 715

　九　古老的高卢精神 ········· 717

　十　这就是巴黎，这就是人 ········· 718

　十一　嘲笑，统治 ········· 724

十二　未来存在于人民中 …………………………… 727

　　十三　小加弗洛什 …………………………………… 728

第二卷　大资产阶级 ……………………………………… 731

　　一　九十岁，三十二颗牙 …………………………… 731

　　二　有其主，必有其屋 ……………………………… 733

　　三　明慧 ……………………………………………… 734

　　四　想活到一百岁 …………………………………… 736

　　五　巴斯克和妮珂莱特 ……………………………… 737

　　六　初步介绍玛妮翁和她的两个孩子 ……………… 738

　　七　家规：晚上才会客 ……………………………… 741

　　八　两姐妹，两个样 ………………………………… 741

第三卷　外公和外孙 ……………………………………… 744

　　一　古老的沙龙 ……………………………………… 744

　　二　当年一个红色幽灵 ……………………………… 749

　　三　愿大家和平共处 ………………………………… 756

　　四　强盗的结局 ……………………………………… 767

　　五　去做弥撒对成为革命者所起的作用 …………… 771

　　六　遇见堂区财产管理员的后果 …………………… 773

　　七　在追女人了！ …………………………………… 780

　　八　大理石碰花岗岩 ………………………………… 786

第四卷　ABC友社 ………………………………………… 793

　　一　一个差点载入史册的团体 ……………………… 793

　　二　博絮埃作祭文悼念布隆多 ……………………… 810

　　三　马里尤斯惊讶不迭 ……………………………… 815

xxvii

四	米赞咖啡馆后厅	817
五	视野扩大	827
六	陷入窘境	832
第五卷	**苦难大有好处**	**836**
一	马里尤斯饥寒交迫	836
二	马里尤斯清贫度日	838
三	马里尤斯长大成人	842
四	马伯夫先生	847
五	穷是苦的好邻居	852
六	替代者	855
第六卷	**两星相会**	**861**
一	绰号：姓氏形成的方式	861
二	光明产生了	864
三	春天的作用	867
四	大病开始	868
五	布贡妈妈惊讶不迭	871
六	被俘虏	872
七	U字母之谜	875
八	残废军人也有权快乐	877
九	销声匿迹	880
第七卷	**"猫露屁股"**	**883**
一	坑道和坑道工	883
二	社会底层	886
三	巴贝、格勒梅尔、克拉克苏和蒙巴纳斯	888

四　黑帮的成员 ·· 891

第八卷　作恶的穷人 ·· 895

　　一　马里尤斯寻找一个戴帽子的姑娘，却遇见一个
　　　　戴鸭舌帽的男子 ·· 895

　　二　新发现 ·· 897

　　三　有四张面孔的人 ·· 899

　　四　贫苦中的一朵玫瑰 ····································· 904

　　五　天赐的窥视孔 ·· 912

　　六　窟中魔鬼 ··· 915

　　七　战略和战术 ··· 920

　　八　阳光照进穷窟 ·· 924

　　九　戎德雷特差点哭出来 ·································· 927

　　十　公共马车的价格：每小时两法郎 ···················· 932

　　十一　贫穷帮痛苦 ·· 935

　　十二　白先生给的五法郎派何用场 ······················· 939

　　十三　独处偏僻之地，不会想到念诵天父 ·············· 945

　　十四　警察给律师两个"拳头" ··························· 947

　　十五　戎德雷特采购用品 ··································· 952

　　十六　又听到了根据一八三二年英国一首流行曲调
　　　　　改编的歌 ·· 955

　　十七　马里尤斯给的五法郎派何用场 ···················· 959

　　十八　马里尤斯的两把椅子面对面摆着 ················· 964

　　十九　担心暗处 ·· 966

　　二十　陷阱 ··· 970

xxix

| 二十一 | 应该先抓受害人 | 998 |
| 二十二 | 在第三卷中哭叫的孩子 | 1002 |

第四部　普吕梅街田园诗　圣德尼街英雄史

第一卷　讲点历史 ... 1009
- 一　开了个好头 ... 1009
- 二　半途而废 ... 1015
- 三　路易–菲利普 ... 1019
- 四　基础下面的裂缝 ... 1029
- 五　产生历史并为历史忽略的事实 ... 1037
- 六　昂若拉及其干将们 ... 1051

第二卷　埃波妮 ... 1057
- 一　百灵鸟场 ... 1057
- 二　监狱里如何孵育罪恶 ... 1063
- 三　马伯夫大爷遇见"精灵" ... 1068
- 四　马里尤斯遇见"幽灵" ... 1072

第三卷　普吕梅街的房子 ... 1079
- 一　神秘的房子 ... 1079
- 二　让·瓦让——国民自卫军战士 ... 1084
- 三　枝繁叶茂 ... 1087
- 四　换了栅栏门 ... 1091
- 五　玫瑰发现自己成了武器 ... 1096
- 六　战斗开始 ... 1101
- 七　你愁我更愁 ... 1105

	八 一队押往苦役牢的犯人	1111
第四卷	**人助也许是天助**	1122
	一 外伤治愈了内伤	1122
	二 普鲁塔克大妈自有解释	1124
第五卷	**结尾不像开头**	1134
	一 荒园和兵营相结合	1134
	二 珂赛特害怕了	1136
	三 杜珊信口开河	1139
	四 石头下面有颗心	1143
	五 珂赛特读完信之后	1147
	六 老人生来为了及时走开	1149
第六卷	**小加弗洛什**	1154
	一 风的恶作剧	1154
	二 小加弗洛什借拿破仑大帝的光	1158
	三 越狱波折	1185
第七卷	**俚语**	1201
	一 来源	1201
	二 基础	1210
	三 哭的俚语和笑的俚语	1220
	四 双重责任：关心与期望	1225
第八卷	**狂喜与悲痛**	1230
	一 心中充满阳光	1230
	二 完美的幸福使人昏昏然	1236

xxxi

三　初现阴影 ································· 1238
　　四　Cab 在英语中"滚动"，在俚语中"吠叫"········· 1242
　　五　夜间出没的东西 ····························· 1252
　　六　马里尤斯回到现实中，把地址告诉了珂赛特 ······· 1253
　　七　年老的心和年轻的心对峙 ····················· 1260

第九卷　他们去哪里？ ································ 1275
　　一　让·瓦让 ··································· 1275
　　二　马里尤斯 ··································· 1277
　　三　马伯夫先生 ································· 1280

第十卷　一八三二年六月五日 ·························· 1286
　　一　问题的表象 ································· 1286
　　二　问题的实质 ································· 1290
　　三　葬礼：再生的机会 ··························· 1299
　　四　当年激奋的场面 ····························· 1305
　　五　巴黎的与众不同 ····························· 1311

第十一卷　原子同风暴和睦相处 ························ 1315
　　一　关于加弗洛什那些歌谣来源的说明，一位法兰西
　　　　院士对这些歌谣的影响 ······················· 1315
　　二　加弗洛什向前进 ····························· 1318
　　三　理发匠有理由愤怒 ··························· 1322
　　四　孩子看见老人，十分吃惊 ····················· 1324
　　五　老人 ······································· 1327
　　六　新加入者 ··································· 1330

第十二卷　科林斯酒店 ………………………………… 1333
　　一　科林斯酒店的历史 ……………………………… 1333
　　二　暴动前喝酒取乐 ………………………………… 1340
　　三　格朗泰开始酩酊大醉 …………………………… 1352
　　四　设法安慰于施卢寡妇 …………………………… 1356
　　五　准备工作 ………………………………………… 1360
　　六　等待 ……………………………………………… 1362
　　七　在比埃特街加入队伍的人 ……………………… 1367
　　八　关于一个可能是化名的勒卡比克的几个疑点 … 1371

第十三卷　马里尤斯走进黑暗 ………………………… 1377
　　一　从普吕梅街到圣德尼区 ………………………… 1377
　　二　鸟瞰巴黎 ………………………………………… 1380
　　三　边缘 ……………………………………………… 1383

第十四卷　绝望的壮举 ………………………………… 1390
　　一　红旗——第一幕 ………………………………… 1390
　　二　红旗——第二幕 ………………………………… 1393
　　三　加弗洛什不该拒绝昂若拉的短枪 ……………… 1396
　　四　火药桶 …………………………………………… 1398
　　五　让·普鲁韦的绝唱 ……………………………… 1400
　　六　生也痛苦，死也痛苦 …………………………… 1403
　　七　加弗洛什计算距离深谋远虑 …………………… 1408

第十五卷　武夫街 ……………………………………… 1413
　　一　吸墨纸成了泄密纸 ……………………………… 1413

  二 与路灯作对的流浪儿 ……………………………… 1422
  三 珂赛特和杜珊睡觉的时候 …………………………… 1427
  四 加弗洛什过于热忱 …………………………………… 1428

（下册）

第五部 让·瓦让

第一卷 四堵墙内的战争 …………………………………… 1439
  一 圣安托万郊区的漩涡，圣殿郊区的岩礁 ………… 1439
  二 在深渊中，不聊天干什么？ ……………………… 1448
  三 情况明朗，前途阴暗 ……………………………… 1452
  四 减了五个，加了一个 ……………………………… 1454
  五 从街垒顶上展望未来 ……………………………… 1462
  六 马里尤斯惊恐不安，雅韦尔言简意赅 …………… 1466
  七 形势严峻 …………………………………………… 1468
  八 得认真对待炮手了 ………………………………… 1472
  九 运用影响一七九六年判决的偷猎者的才能和
    百发百中的枪法 …………………………………… 1475
  十 晨曦 ………………………………………………… 1477
  十一 弹无虚发，却不伤人 …………………………… 1481
  十二 拥护秩序的人却无秩序 ………………………… 1482
  十三 闪过希望之光 …………………………………… 1486
  十四 这里可看到昂若拉情人的名字 ………………… 1488

- 十五　加弗洛什到了街垒外面 ……………………… 1491
- 十六　兄长如何变成父亲 …………………………… 1495
- 十七　亡父等待将死的儿子 ………………………… 1505
- 十八　秃鹫成了猎物 ………………………………… 1507
- 十九　让·瓦让以德报怨 …………………………… 1511
- 二十　死者有理，生者无过 ………………………… 1515
- 二十一　英雄 ………………………………………… 1525
- 二十二　短兵相接 …………………………………… 1531
- 二十三　俄瑞斯忒斯腹中空空，皮拉得斯烂醉如泥 ……… 1534
- 二十四　俘虏 ………………………………………… 1538

第二卷　利维坦的肠子 ……………………………… 1541
- 一　大海使土地贫瘠 ………………………………… 1541
- 二　下水道的古老历史 ……………………………… 1546
- 三　布律纳索 ………………………………………… 1550
- 四　无人知道的细节 ………………………………… 1554
- 五　今天的进步 ……………………………………… 1558
- 六　未来的进步 ……………………………………… 1559

第三卷　身陷污泥，却心灵高尚 …………………… 1565
- 一　下水道及其意想不到的事 ……………………… 1565
- 二　情况说明 ………………………………………… 1571
- 三　被跟踪的人 ……………………………………… 1574
- 四　他也背着十字架 ………………………………… 1578
- 五　流沙像女人，也会背信弃义 …………………… 1582

六	地陷	1587
七	有时功败垂成	1589
八	撕下一片衣角	1591
九	在行家看来，马里尤斯已死了	1597
十	不要命的孩子回来了	1602
十一	绝对信念发生了动摇	1604
十二	外祖父	1606

第四卷 雅韦尔灵魂出轨 ……… 1613

第五卷 外孙和外公 ……… 1627

一	又见到了钉锌皮的栗树	1627
二	马里尤斯走出内战，又准备向家里开战	1631
三	马里尤斯发起进攻	1636
四	吉诺曼小姐终于认为福施勒旺先生夹着东西来没什么不好	1640
五	把钱埋在森林里，比放在公证人那里更合适	1647
六	为了珂赛特的幸福，两位老人各尽所能	1648
七	梦境萦绕幸福	1658
八	两个无法找到的人	1661

第六卷 不眠之夜 ……… 1666

一	一八三三年二月十六日	1666
二	让·瓦让一直吊着胳膊	1678
三	形影不离	1689
四	不死的心	1691

第七卷 最后一口苦酒 ……… 1697

一	第七层地狱和第八重天	1697
二	泄露的秘密中会有疑点	1717

第八卷 暮色渐浓 ⋯⋯⋯⋯⋯⋯⋯⋯⋯⋯⋯⋯⋯⋯⋯⋯⋯⋯ 1726
- 一 楼下的屋子 ⋯⋯⋯⋯⋯⋯⋯⋯⋯⋯⋯⋯⋯⋯⋯⋯⋯ 1726
- 二 又退了几步 ⋯⋯⋯⋯⋯⋯⋯⋯⋯⋯⋯⋯⋯⋯⋯⋯⋯ 1732
- 三 他们回忆起普吕梅街的花园 ⋯⋯⋯⋯⋯⋯⋯⋯⋯ 1735
- 四 引力与熄灭 ⋯⋯⋯⋯⋯⋯⋯⋯⋯⋯⋯⋯⋯⋯⋯⋯⋯ 1740

第九卷 最后的黑暗，最后的曙光 ⋯⋯⋯⋯⋯⋯⋯⋯⋯⋯ 1743
- 一 同情不幸人，宽宥幸福者 ⋯⋯⋯⋯⋯⋯⋯⋯⋯⋯ 1743
- 二 无油之灯的最后闪烁 ⋯⋯⋯⋯⋯⋯⋯⋯⋯⋯⋯⋯ 1745
- 三 昔日抬得起福施勒旺的车子，如今连笔都拿不动 ⋯⋯ 1748
- 四 水落石出 ⋯⋯⋯⋯⋯⋯⋯⋯⋯⋯⋯⋯⋯⋯⋯⋯⋯⋯ 1751
- 五 黑夜后面是白天 ⋯⋯⋯⋯⋯⋯⋯⋯⋯⋯⋯⋯⋯⋯ 1772
- 六 荒草掩埋，雨水刷尽 ⋯⋯⋯⋯⋯⋯⋯⋯⋯⋯⋯⋯ 1783

第一部

芳蒂娜

第一卷
善　人

一　米里埃先生

一八一五年，夏尔-弗朗索瓦-比安维尼·米里埃先生在迪涅①任主教。这是个七十五岁的老人。自一八〇六年起，他就是迪涅的主教了。

当他赴任迪涅主教时，社会上对他有一些传闻和议论。尽管这些细节与我们要叙述的故事并无实质的关系，但在这里有必要提一提，哪怕是为了精确和全面。但凡传闻，不管是真是假，不仅同被传者所做的事有关，而且常涉及到他们的人生，尤其是他们的命运。米里埃先生的父亲是埃克斯②法院的参事，一位穿袍贵族。父亲为让他继承父业，在他十八或二十岁那年，就早早给他娶了亲。这在穿袍贵族中是较为流行的做法。米里埃先生虽已成婚，据说仍不绝绯闻。他身材不高，却仪表堂堂，风度翩翩，幽

---

① 迪涅，位于法国东南部，为上阿尔卑斯-普罗旺斯省的省会。
② 埃克斯市，位于法国南部。

默风趣。他的整个青年时代,都是在社交界蹉跎岁月,混迹于女人中间。大革命①爆发了,事态迅猛发展,穿袍贵族惨遭杀戮,他们被逐出家园,走投无路,四下逃亡。革命一爆发,夏尔·米里埃先生便逃亡意大利。他妻子罹患肺病已久,客死异国他乡。他们无儿无女。此后,米里埃先生的命运如何呢?法国旧制度分崩离析,他自己家破人亡,九三年悲剧②层出不穷,而这些可怖的悲剧,在流亡异国的法国人远远看来,更是面目狰狞,倍感恐怖:这一切是不是使他萌生了弃尘绝世的念头?国家的灾难可能影响到个人的生命和财产,但不会使人心灰意冷,可有时,某些神秘而可怕的打击,却会使人心力交瘁,万念俱灰:米里埃先生有生以来只有欢乐和温情,他是不是也遭到了这样的打击而变得心灰意冷了呢?关于这一切,谁也说不清楚。大家只知道,他从意大利回来时,就是神甫了。

一八〇四年,米里埃先生在 B 镇(布里尼奥尔镇)当本堂神甫。他年事已高,过着深居简出的生活。

就在拿破仑即将加冕前,米里埃先生为了教区的一件不知什么小事去了趟巴黎。他代表教民,去拜见一些达官贵人,其中有费什红衣主教③。一天,令人尊敬的米里埃神甫在会客室里等待红衣主教接见,恰遇皇帝来探望舅父。拿破仑见这位老人好奇地注

---

① 指一七八九年爆发的法国大革命。

② 一七九三年,法国革命党人实行恐怖政策,大量处死贵族。路易十六国王就是在那一年被处死的。

③ 费什(1763—1839),法国红衣主教,拿破仑一世的舅父。

视自己,便转过脸来,突然问道:

"盯着我看的这位老头是谁?"

"陛下,"米里埃先生说,"您在看一个老头,而我在看一个伟人。彼此都受益。"

当晚,皇帝向红衣主教问明神甫的姓名,不久,米里埃先生便被任命为迪涅的主教。他得此消息,深感惊讶。

再说,有关米里埃先生早年生活的流言蜚语,哪些是真,哪些是假,无人知晓。米里埃家大革命前的情况,知道的人家很少。

任何人初到一个人多口杂、缺乏头脑的小城,总会引来许多谣传。米里埃先生只得忍受那些飞短流长。他必须忍受,尽管他是主教,而且恰恰因为他是主教。说到底,关于他的那些闲话,也许仅仅是闲话而已,因为这些话不外乎是一些传闻、废话、闲言碎语,甚至连闲言碎语也算不上,照语汇丰富的南方人的说法,只是不经之谈罢了。

不管怎样,他在迪涅居住和任主教九个年头后,所有这些流言蜚语,这些最初为小城百姓茶余饭后津津乐道的题材,已被人们彻底遗忘,无人再敢提起,甚至无人再敢想起。

米里埃先生来迪涅时,带来了一位老姑娘巴蒂斯蒂娜小姐。那是他的妹妹,比他小十岁。

他们只有一个女用人,马格卢瓦太太,与巴蒂斯蒂娜小姐同岁。马格卢瓦太太起初是"本堂神甫的女用人",现在身兼二职:小姐的女仆和大人的管家。

巴蒂斯蒂娜小姐身材瘦长,面容苍白,性情温和。她是"可敬"二字的理想化身,但不能说可佩,因为一个女人可敬可佩,似乎必须先为人母。她从没漂亮过。她一生都替教会行善,最终连身体也披上了一层洁白和光辉,年迈时就有了一种所谓的"慈祥之美"。年轻时的清癯,到了中年,就成了清澈透明,使她看上去有如天使。与其说她是一个有躯体的处女,毋宁说是一个灵魂。她的躯体仿如影子,几乎一无女性的特征,仅有些许透着微光的物质,大眼睛总是低垂着,她不过是一个灵魂存在于人间的借口。

马格卢瓦太太是个白白胖胖的大高个子老妇人,成天忙忙碌碌,总是气喘吁吁,一则因为忙不及履,二则因为有哮喘病。

米里埃先生到任后,根据帝国法令被恭恭敬敬地安顿在主教府内。因为法令规定,主教的待遇仅次于旅长。市长和法院院长对他进行了初次拜访,他也初次拜会了将军和省长。

安顿停当,全城拭目以待主教行动了。

二 米里埃先生变成比安维尼大人

迪涅的主教府与医院毗邻。这是座石头建筑,屋宇轩昂,美轮美奂,由亨利·皮热大人建于上世纪初。亨利·皮热是巴黎大学神学博士,西莫修道院院长,一七一二年,他是迪涅的主教。这是一座名副其实的领主宅第。那些套房、客厅和卧室,那个极其宽敞的院落以及供人散步的古佛罗伦萨风格的曲折拱廊,那些树木苍翠的花园,都显得非常气派。饭厅在楼下,朝向花园,是一间富丽堂皇的长厅。一七一四年七月二十九日,亨利·皮热主教大人在这里款宴过几位贵宾,他们是:安布伦亲王兼主教夏尔·布吕拉·德·让利大人、格拉斯的主教嘉布遣会修士安托万·德·梅格里尼大人、莱兰隐修院院长和法兰西隐修院院长菲利普·德·旺多姆大人、万斯男爵兼主教弗朗索瓦·德·贝通·德·克里翁大人、格朗代夫的主教塞扎尔·德·萨布兰·德·福卡基埃大人、御前日常讲道师祈祷室神甫塞内兹的主教让·索南大人。这七位德高望重人物的肖像给这个大厅锦上添花,而"一七一四年七月二十九日"这个值得纪念的日子,用金字镌刻在一张白色大理石桌上。

医院是一座又窄又矮的两层楼房,有一个小花园。

到任三天后,米里埃主教参观了医院。参观结束,他把医院院长请到家里。

"院长先生,"他说,"现在贵院有多少病人?"

"二十六个,大人。"

"这正是我数到的。"主教说。

"床挨床,挤得很。"院长说。

"这正是我注意到的。"

"病房就像是卧室,空气很不流通。"

"这正是我感觉到的。"

"还有,花园太小,当有阳光时,容纳不了康复期的病人。"

"这正是我想到的。"

"瘟疫蔓延时,比如今年是斑疹伤寒,两年前是粟粒热,有时,病人多达百来个,遇到这种情况,就招架不住了。"

"这正是我考虑到的。"

"有什么办法呢,大人?"院长说,"只好将就了。"

这场谈话是在主教府楼下那间长厅式饭厅里进行的。主教沉默片刻,蓦然转向医院院长。

"先生,"他说,"您看,这间饭厅能放多少张床?"

"大人的饭厅?"院长瞠目结舌,大声说。

主教环视大厅,仿佛在用目光进行测量和计算。

"足可放二十张!"他像是自言自语。接着,他又提高嗓门:"听我说,院长先生,我谈谈我的看法。这显然是个错误。你们有二十六个病人,却只有五六间小病房。我们只有三个人,却占了五六十人的地方。我告诉您,这是个错误。您到我这里来,我住到您那里去。把我的房子还给我。这里是您的医院。"

翌日,二十六个穷苦人便在主教府中安顿下来,主教则搬进了医院。

米里埃先生已经一无所有,他们家的财产已被那场革命化为乌有。他妹妹领取五百法郎的终身年金,这刚够她在本堂神甫家里的个人开销。米里埃先生作为主教,从国家领取一万五千法郎的年薪。就在迁居医院的那天,他对这笔钱作了一劳永逸的分配。我们把他亲拟的一张清单抄录如下:

家用支出清单

小修院	1500 利弗[①]
传教团	100 利弗
蒙迪迪埃遣使会	100 利弗

[①] 利弗,当时的一种货币,相当于一法郎。

巴黎外国传教团修道班	200 利弗
圣灵会	150 利弗
圣地宗教团体	100 利弗
各慈母会	300 利弗
另：阿尔勒慈母会	50 利弗
改善监狱	400 利弗
慰抚和解救囚犯	500 利弗
解救负债入狱的家长	1000 利弗
补助本主教区贫苦教师的薪俸	2000 利弗
上阿尔卑斯省义仓	200 利弗
迪涅、马诺斯克、锡斯特龙地区 免费教育穷苦女孩子圣母会	1500 利弗
施舍穷人	6000 利弗
个人开支	1000 利弗
共计：	15000 利弗

米里埃先生任迪涅主教期间，几乎都是这样来安排收入的。如上所见，他把这称作"家用支出"。

对这样的安排，巴蒂斯蒂娜小姐绝对服从。在这位圣女眼中，迪涅的主教先生既是兄长又是主教；从自然的角度说，他是她的朋友，按教会的角度讲，他是她的上司。很简单，她热爱他，崇拜他。他讲话时，她俯首恭听；他行动时，她涉足其间。只有女仆马格卢瓦太太偶尔嘀咕几句。刚才已看到，主教先生只留给自己一千利弗，加上巴蒂斯蒂娜小姐的年金，每年不过一千五百法郎。这两个老妇和一个老头就靠这一千五百法郎清苦度日。

而且,若有乡村本堂神甫来迪涅,主教先生还能有办法招待他们。那是多亏了马格卢瓦太太省吃俭用和巴蒂斯蒂娜小姐精打细算。

一天,——他到迪涅快三个月了——主教说:

"就这点钱,太拮据了。"

"就是嘛!"马格卢瓦太太大声说,"大人在城里办事,到教区巡视,省里应给车马补贴,大人从没申请过。这在从前的主教可是惯例。"

"对,"主教说,"您言之有理,马格卢瓦太太。"

他提出了申请。

不久,省议会研究他的申请,投票通过每年给他补助三千法郎,立项为:主教先生马车、驿车和教区巡视补贴。

当地资产阶级对此议论纷纷。一位帝国元老院①议员,曾赞成雾月十八政变②,并在迪涅城郊领取优厚年俸的原五百人院③议员,给司祭比戈·德·普雷阿纳先生写了封措词激烈的密函。我们将原文节录如下:

"车马补贴?在一个不到四千人的城市里,要它干什么?驿车和巡视补贴?首先,有必要巡视吗?其次,山区如何跑驿车?连路都没有,只能骑马。阿努堡迪朗斯河上的那座桥,勉强能过牛

---

① 指拿破仑帝国的元老院,由二十四人组成。
② 法兰西共和国八年雾月十八日,即公元一七九九年十一月九日,拿破仑发动政变,开始了独裁统治。
③ 一七九五年十月,热月党人投票选举成立了元老院和五百人院。

车。这些神甫都是一路货,又贪又啬。这一个起初装得像个正人君子。现在和其他人没有两样了。他要马车,要驿车。他和从前的主教一样,要过奢侈的生活。啊!这帮狗神甫!伯爵先生,只有等皇上给我们肃清了这些狗神甫,事情才能做好。打倒教皇!(当时和罗马正在闹矛盾①。)至于我,我只拥护皇帝一人……"

可是,这件事使马格卢瓦太太高兴不已。"这下好了,"她对巴蒂斯娜说,"大人以前只为别人考虑。最后是该考虑一下自己了。该施舍的全施舍了。这三千利弗总算可以归我们了!"

当天晚上,主教写了张清单交给他妹妹。内容如下:

马车和教区巡视补贴

医院病人肉汤	1500 利弗
埃克斯慈母会	250 利弗
德拉基尼扬慈母会	250 利弗
被遗弃的孩子	500 利弗
孤儿	500 利弗
共计:	3000 利弗

这就是米里埃先生给那笔钱做的预算。

至于主教不固定的额外收入:结婚公告、宽免费、简略洗礼费、布道费、教堂或小教堂祝圣费、婚礼费等等,因为是用来施

---

① 一八〇四年,教皇庇护七世到巴黎给拿破仑加冕,一八〇九年被拿破仑逮捕拘禁。

舍穷人的，主教便向富人狠狠收取。

不久，捐款接踵而来。有钱的和没钱的都来叩米里埃先生的门，前者来捐款，后者来寻求施舍。不到一年，主教便成了一切善行的司库和一切救济款的出纳。一笔笔巨款都由他经手，但这丝毫没能改变他的生活方式，只保证基本需要，从不增添多余东西。

不仅如此。因为底层的贫困总是多于上层的博爱，捐款尚未收进便已支出，仿佛雨水落在旱地上；尽管他常有钱收进，却总是没有钱。于是，他只能省吃俭用。

按照惯例，主教们在写训谕和书信时，总喜欢把自己的教名写在头上。因此，出于一种本能，当地的穷人在米里埃主教的一连串名字中，深情地选择了他们认为有意义的名字，只叫他比安维尼①大人。我们也一样，必要时也这样称呼他。况且，主教也很喜欢这个称呼。他说："我喜欢这个名字。'比安维尼'修正了'大人'。"

我们不敢说这里所作的描绘完全真实，只能说大致如此。

三　好主教遇到穷教区

主教先生的马车变成了施舍，但他对辖区的巡视并没减少。迪涅教区的工作是很艰苦的。平原少，山地多，几乎没有公路，这一点，刚才已提到了。三十二个本堂区，四十一个副本堂区，

---

① 比安维尼是 Bienvenu 的音译，意为"受欢迎的人"。

二百八十五个附属教堂。巡视起来绝非易事，主教先生却做到了。若在附近巡视，他就步行，平原上就坐马车，山区就骑驴子。那两个老妇陪他一同前往。如果路途过于艰难，他就一个人去。

一天，他骑着毛驴，来到塞内兹。这个城市从前是主教府所在地。那时候，米里埃主教囊空如洗，除了驴子，不可能有别的装备。塞内兹市长来到主教府门口相迎，见他从驴背上下来，便用气愤的目光看着他。还有几个市民也围着他哄笑。"市长先生，"主教说，"各位市民先生，我知道你们为什么气愤。你们觉得，一个穷教士骑驴是出于自负，因为那是耶稣-基督的坐骑。我向你们保证，我骑驴是迫不得已，并不是为图虚荣。"

在巡视中，他待人宽容而温和，很少说教，只是同人交谈。他从不把任何品德放到不可攀登的高度，也从不舍近及远，去寻找论据和榜样。对一乡的人，常以他们的邻乡为榜样。有些地方对穷人漠不关心，他就说："瞧人家布里昂松人！他们善待穷人和孤儿寡母，让他们比别人提前三天开镰刈草。那些人的房屋塌了，就无偿给他们重盖。因此，他们受到上帝的保佑。整整一个世纪，那里没有发生过一起凶杀案。"

有些村庄的人贪心不足，斤斤计较，他便说："瞧人家昂布伦人！收获季节，谁家的儿子在军队服兵役，女儿在城里帮佣，父亲生病干不了活，本堂神甫就在布道时，托大家帮帮忙。星期天，做完弥撒，全村不分男女老少，都跑到田里，帮那个可怜的人收割，然后把麦粒和麦秸搬进他家的谷仓里。"遇到因金钱和遗产问题四分五裂的家庭，他说："瞧瞧德沃尼的山民吧！那地方穷乡僻壤，五十年不闻莺声。可是，不管谁家死了父亲，男孩子们便出外谋生，把家产留给女孩子，好让她们能找到丈夫。"有些乡镇的人爱打官司，农民们为打官司倾家荡产，他便对他们说："你们瞧瞧凯拉谷的农民！他们安分守己。三千人住在那山谷里。上帝！就像是一个小小的共和国。他们不知道什么法官，也不知道庭丁。镇长包办一切。他分摊捐税，抽税合情合理。他裁决纠纷、分配遗产和进行判决时，分文不取。大家对他服服帖帖，因为他公正无私，而他周围的农民忠厚老实。"若遇到没有教师的乡村，他仍举凯拉谷的人为例："你们知道他们是怎么做的吗？"他说："一个十二或十五户的小村一般供不起教师，便由乡里聘请一些教师供全乡使用。他们一个个村跑，这里八天，那里十天，巡回施教。这些教师去集市买东西，我在那里遇见过他们。他们帽子的饰带上插着鹅毛笔，一看便知是干什么的。教语文的只插一支，教语文和算术的插两支，既教语文和算术，还教拉丁语的插三支。那些人是大学问家。不识字太丢人了！学一学凯拉谷人的做法吧。"

　　他这样讲着，既严肃又慈祥，缺少实例时，就创造些比喻，言简意赅，形象生动，开门见山。真可谓具有耶稣－基督的口才，不仅自己确信无疑，而且令人心悦诚服。

四　言行一致

　　他的言谈亲切而愉快。他说的话，两位和他一起生活的老妇都能听懂。他笑的样子，就像个小学生。

　　马格卢瓦太太通常称他"大人"。一天，他从安乐椅上起来，到书架上去找一本书。那书放在上面一层搁板上。主教个子比较小，够不着。"马格卢瓦太太，"他说，"给我搬张椅子来。本大人够不着这块搁板。"

他有个远房亲戚德·洛伯爵夫人。这位夫人一有机会，便要如数家珍般地在他面前列举她三个儿子所谓"有希望继承的遗产"。她有几位尊亲，年事已高，行将就木，她的三个儿子顺理成章成了他们的继承人。最小的儿子可望从一位姨婆那里继承整整十万利弗的年金，老二被指定继承舅父的公爵头衔，老大则继承外祖父的贵族爵位。通常，主教总是静静地听她炫耀，做母亲的这种炫耀无伤大雅，也情有可原。可是，有一天，德·洛夫人又唠叨开了这些遗产和"希望"，主教比平时更显得若有所思。她不耐烦地停住话头，问道："上帝！您在想什么，我的表兄？"主教说："我在想一句奇怪的话，我想是圣奥古斯丁说的：'把你的希望寄托在不可能继承的人身上。'"

还有一次，他收到当地一位贵族的讣告。看到长长一页纸上，除了写着死者的各种头衔外，还罗列了所有亲属的所有封号和爵位，便嚷了起来："死人的脊背多么结实啊！让他轻松愉快地背那么多头衔！人真够聪明的，竟用坟墓来满足自己的虚荣心！"

遇到合适的机会，他会说一两句意味严肃的俏皮话。一次封斋节，有个年轻的副本堂神甫来到迪涅，在大教堂里布道。他颇有口才。他讲的主题是施舍。他劝说富人要接济穷人，以便将来不下地狱，而进天堂。他尽量把地狱说得可怕至极，将天堂描绘得妙不可言，令人神往。听众中有一个歇业的富商，偶尔放高利贷。此人名叫热博朗先生，他做粗呢、哔叽、斜纹呢和加斯盖呢生意，赚了五十万。热博朗先生一辈子没施舍过一个穷人。那次布道后，人们发现，他每个星期日，都给在大教堂门口行乞的几个老妪一个铜币。六个叫花子分一个铜币。一天，主教见他在施舍，便笑着对他妹妹说："热博朗先生在买一个铜币的天堂哩。"

只要是慈善方面的事，即便碰到钉子，他也不气馁，总能说出一些发人深省的话。一天，他在市里的一个贵族沙龙里为穷人募捐。在座的有尚泰西埃侯爵。此人年事已高，家财万贯，但十分吝啬。他本事很大，既是极端保王派，又是极端的伏尔泰信徒。这种人不是绝无仅有。主教走到他跟前，碰了碰他的胳膊说："侯爵先生，您得给我捐点什么吧。"侯爵转过脸，冷冰冰地回答："大人，我有我自己的穷人。"主教说："那就把他们捐给我吧。"

一天，他在大教堂布道时说：

"敬爱的兄弟们，善良的朋友们，在法国，有一百三十二万所农舍只开三个口，一百八十一万七千所开两个口，一个门，一扇窗，还有三十四万六千所棚屋只开一个口，那就是门。这都是所谓的门窗税造成的。让穷人、老妇和小孩住进这种陋屋，不发烧不生病才怪呢！唉！上帝把空气赐给每个人，法律却要让他们用钱买。我不指责法律，但我赞美上帝。在伊泽尔省、瓦尔省、上下阿尔卑斯山省，农民连独轮车都没有，运农肥靠人的肩膀。他们没有蜡烛，用松枝和蘸有树脂的绳子点火照明。在多菲内省的整个山区都是这样。他们做一次面包，吃六个月，是用干牛粪烤熟的。冬天，他们用斧子把面包劈开，在水中浸泡二十四小时后才能吃。兄弟们，发发慈悲吧！瞧瞧你们周围，多少人在遭罪！"

他是普罗旺斯人，毫不费力就学会了南部地区的各种方言。

他学下朗格多克人说:"Eh bé, moussu, sès sagé?"①学下阿尔卑斯山人说:"Onté anaras passa?"②学上多菲内人说:"Puerte un bouen moutou embe un bouen froumage grase."③老百姓听了非常高兴,这为他接近各种人提供了方便。他走进茅屋,来到山区,就像到了自己家里。他善于用最粗俗的方言,讲最伟大的事。他讲各种方言的时候,也就进入了所有人的心灵。

此外,他对上流社会的人和平民百姓一视同仁。

他从不匆匆忙忙不顾实际情况地乱加批评。他常说:"我们来看看问题出在哪里。"

正如他常常戏称的那样,他是一个"前罪人",绝不唱严守清规的高调。他大声宣讲一种教义,但不像那些冷酷的卫道士们皱着眉头。他的教义大致可归结为:

"人的肉体既是重负,又是诱惑。人拖着它,屈服于它。"

"人应该监督、约束、抑制自己的肉体,不到最后关头决不服从。即使这样,人仍可能犯错误,但这种错误是可以宽恕的。这是一种失足,但这是跪着的,可用祈祷来赎罪。"

"做一个圣人,是例外;做一个善人,是惯例。可以徘徊、失责、犯错误,但要做一个善人。"

"尽量少犯罪,这是人的戒律;绝对不犯罪,这是天使的梦想。尘世间的一切都有罪。罪恶好比是引力。"

---

① "嘿,先生,变老实了?"
② "你去哪儿了?"
③ "我带来了肥羊和好奶酪。"

当看到大家吵吵嚷嚷，怒形于色，他就笑吟吟地说："哟！哟！这显然是人人都会犯的大罪。这种惊慌失措，急于抗议，恰恰是为了掩饰自己的伪善。"

他对妇女和穷人特别宽容，因为他们受到人类社会的压迫。他说："妻子、孩子、仆人、弱者、穷人和无知者犯错误，是丈夫、父亲、主人、强者、富人和有学问的人造成的。"

他还说："对于没有知识的人，你们应尽量教给他们知识。社会不办义务教育是有罪的。是社会制造了黑暗，它应对此负责。人的心灵充满黑暗就会犯罪。真正有罪的，并非是犯罪的人，而是造成他心灵黑暗的人。"

正如我们所见，主教判断事物的方式与众不同。我猜想，他是从福音书里学来的。

一天，在一家沙龙里，他听到人们议论一件刑事诉讼案。那案子正在调查中，不久就要对簿公堂。一个穷人，为了深爱的一个女人和他们的一个孩子，走投无路，铸造了假币。那时候，铸假币是死罪。那女人第一次使用就被发现了。警方把她拘留了，但只掌握她的犯罪证据。只有她能够指控她的情人，她一招供，他就完了。她矢口否认。人们反复逼问。她依然矢口否认。检察官心生一计。他伪造了情夫不忠的证据，巧妙地出示了一些情书的片断，终于使那不幸的女人相信她有一个情敌，那个男人是个负心郎。于是，嫉妒激起了她无比的愤怒，她终于告发了情夫，供认了一切，证实了一切。那男人彻底完了。不久，他将和他的同谋一起在埃克斯市受审。大家议论着这件事，无不称赞法官聪明能干，说他善于利用嫉妒之心，以激起愤怒，查明真相，利用复仇情绪，来伸张正义。主教默默听完大家议论，便问：

"这一对男女在哪里受审？"

"在重罪法庭。"

他又问："那么，检察官又在哪里受审呢？"

迪涅发生了一起惨案。一名男子因杀人被判死刑。那不幸的人并非真正的读书人，但也不是一点文化都没有。他曾在集市上卖艺，代人写信。此案引起了全城的极大关注。行刑前一天，监狱的指导神甫病了。得有个神甫帮助受刑人度过最后时刻。人们去找本堂神甫。他拒绝了，好像还说："这不关我的事。我对这件苦差使和这个江湖骗子不屑一顾。我自己也病了。况且，这不是我管的事。"此话传到了主教耳朵里。主教说："本堂神甫先生说得对。这不是他管的事，而是我的事。"

他马上去监狱，来到"江湖骗子"的黑牢里。他喊那人的名字，握住他的手，同他说话。他在犯人身边整整呆了一天一夜，忘了吃饭和睡眠，替犯人的灵魂向上帝祈祷，恳求犯人为自己的灵魂祷告。他同他讲了许多最简单也是最正确的道理。他是父亲、兄长和朋友，只在祝圣时才是主教。他教育他，宽慰他，安抚他。那人就要绝望地死去。死对于他犹如万丈深渊。他站在阴森森的悬崖边，浑身颤抖，恐惧得直往后退。他还没无知到对死麻木不仁的程度。被判处死刑对他是强烈的震动，仿佛把他周围那堵将我们同神秘世界隔开的所谓生命之墙震得到处是缺口。他不停地从这些不祥的缺口里，瞧一眼人间外面的世界，看到的是无尽的黑暗。现在，主教让他看到了一线光明。

翌日，人们来提犯人，主教仍在那里。他随犯人离开牢房。

他身披紫斗篷,颈上挂着主教十字架,同那五花大绑的犯人并肩出现在人群面前。

他同那人一起上了囚车,一起上了断头台。那受刑者头一天还愁眉苦脸,垂头丧气,现在却容光焕发,精神饱满。他感到自己的灵魂已获宽恕,他期待上帝的出现。主教拥抱他。当铡刀快要落下时,他对他说:"被人杀死的,上帝会使他复活。被兄弟们赶走的,将回到上帝身边。祈祷吧,相信上帝吧!进入永生吧!上帝就在这里。"他走下断头台时,他的目光让民众望而肃立。最令人起敬的,不知道是他苍白的面容,还是安详的神态。他回到平日笑称"他的宫殿"的陋居,对妹妹说:"刚才,我以主教身份举行了一场祈祷仪式。"

但凡最高尚的事,往往最难被人理解,因此,城里有人对主教的举动说三道四,说他是装模作样。不过,那仅是贵族沙龙里的闲言碎语。民众却感动不已,赞叹不绝。对于神圣的行为,人民向来不会从坏的方面去理解。

至于主教本人,他因为目睹了断头刑罚,受到深深的打击,心情久久不能平静。

的确,断头台只要矗立在那里,就会使人产生幻觉。尚未亲眼看见断头刑时,我们对死刑多少可以无动于衷,不置可否。但是,只要看见过一次,就会受到强烈的震撼,不得不作出决定,表示赞成或反对。有些人赞不绝口,如迈斯特尔①,另一些人则厌

---

① 迈斯特尔(1753—1821),法国神学家。

恶之至，如贝卡里亚①。断头刑是法律的具体化，它叫"制裁"，它不是中立的，也不让人中立。谁看见它，都会浑身颤栗。那是一种最神秘的颤栗。一切社会问题，都围绕那把铡刀提出疑问。断头台不是一个构架。断头台不是一部机器。断头台不是由木头、铁和绳索构成的无生命的机械。它似乎是一种有生命的东西，具有一种不可思议的创造性。这个构架好像看得见，这部机器好像听得见，这个机械似乎有意识，这些木头、铁和绳索仿佛有愿望。断头台的存在会使人噩梦丛生，它显得狰狞可怖，同它的所作所为混为一体。断头台是刽子手的同谋；它一口把人吞进；它食人肉，喝人血。断头台是法官和木匠制造的怪物，是靠制造死亡来维持自己可怕生命的幽灵。

因此，那次断头刑给主教的印象极其可怕而深刻，以至于行刑的第二天，乃至以后许多天，他看上去依然郁郁不乐。他在那一刻显示出来的极其安详的神态，现已荡然无存，社会正义的幽灵对他纠缠不放。平时，他每次办完事回来，总是心满意足，神采飞扬，可这次，他似乎深感内疚。他常常自言自语，嘟囔着凄恻的独白。一天晚上，他妹妹听到他说了一段话，记录了下来："我没想到会如此可怕。我不该只埋头于神的法律，而不关心人的法律。人有什么权利过问未知世界呢？"

随着时间的推移，这些印象淡薄了，可能已然消失。可是人们发现，主教后来一直避而不从那刑场经过。

不管什么时候，都可以把米里埃先生叫到病人和临终者的床

---

① 贝卡里亚（1738—1794），意大利法理学家，启蒙运动的代表人物。

边。他知道这是他最崇高的责任和工作。孤儿寡母的家庭不用请他,他自己会去。他会坐在失去爱妻的丈夫、失去孩子的母亲身边,默默呆上好几个小时。他知道什么时候应该沉默,也知道什么时候应该说话。啊!可敬的人,多么善解人意!他不想用忘却来消除痛苦,而是用希望来使痛苦变得高尚和神圣。他说:"你转身去看死者时,要注意方式。不要去想他们会腐烂。而是要目光专注。你会看到,你死去的亲人正在天上发出生命之光。"他知道,信仰能使人身心健康。对于绝望的人,他总是设法给予劝告和安抚,让他们看安于命运的人,使他们把俯视墓穴的痛苦,变成仰望星辰的痛苦。

五 比安维尼大人舍不得换新教袍

　　米里埃先生的家庭生活和公众生活一样,都受同样的思想支配。有机会就近观察的人看到迪涅的主教先生甘于清贫的生活,会感到那是庄严而动人的一幕。
　　同所有的老人及大部分思想家一样,他睡眠很少。时间虽少,却睡得很沉。早晨,他先默祷一小时,然后做弥撒,或在大教堂,或在自己的祈祷室里。做完弥撒,他就用早餐。一片蘸着牛奶的黑面包,奶是自家的牛产的。吃完就开始工作。
　　主教是个大忙人。每天都要接见主教区的教务秘书,通常是一个议事司铎,此外,几乎每天都要接见助理主教。他要监督修会,授予特权,审查一系列教会图书:祈祷书、教理问答、日课经等等；还要写训谕，批准讲道申请，协调本堂神甫和镇长的关系，还要处理教务和行政方面的信函，一边是国家，一边是罗马教廷。总之，他日理万机，忙得不可开交。

在他日理万机，应付完祈祷和日课经之后，剩下的时间首先给予穷人、病人和痛苦的人。再有空闲，他就用来劳动。时而在园子里锄地，时而读一读，写一写。对于这两种劳动，他只用一个词来称呼，叫作"从事园艺"。"精神是一块园地。"他如是说。

十二点，他用午餐。午餐和早餐一样简单。

下午两点，如果天气好，便走出去散步，或在乡间，或在城里，常常走进穷人的破屋里。只见他独自漫步，低头沉思，拄着长长的拐杖，身上穿着又软又暖的紫棉袍，脚上穿着紫色长袜和笨重的鞋子，头上戴着主教平顶帽，三只角上分别垂着一束菠菜籽形的金色流苏。

他在哪里出现，哪里就有欢乐，仿佛他经过时，带来了温暖和光明。孩童和老叟来到门口迎接他，有如在迎接太阳。他为大家祝福，大家也为他祝福。谁需要帮助，人们就给他指主教的住所。

他随处停留，同小男孩和小女孩交谈，向他们的母亲微笑。他有钱时，便去看望穷人，没钱时，就去拜访富人。

他的教袍总是穿了又穿，舍不得换新的，但又怕被人发现，每次外出，总要套上那件紫棉袍。这在夏天就够他受了。

晚上八点半，他和他妹妹共进晚餐，马格卢瓦太太站在后面侍候。再没有比这顿饭更简单了。不过，遇到主教请某个本堂神甫吃饭，马格卢瓦太太便乘机为主教大人做些美味可口的湖鱼或山里的野味。不管哪个本堂神甫，都是做好菜的借口，主教也不干涉。除此以外,他平时的晚饭,一般只有水煮蔬菜和素油汤。因此,城里有人说:"主教不吃本堂神甫菜的时候,吃得和苦修教士一样。"

晚饭后,他同巴蒂斯蒂娜小姐和马格卢瓦太太聊半小时,然后回房去写写东西,有时写在活页纸上,有时则写在书的页边。他很有文学修养,学识相当渊博。他留下了五六部相当珍贵的手稿,其中有一篇论文,研究《创世记》第一章第一节中的一句话:"起初,上帝的灵漂浮在水上。"他比较了三种译文:阿拉伯文本是"上帝的风吹来",弗拉维尤斯·约瑟夫[1]写成"天上一阵风吹向大地",翁克洛斯的迦勒底译文是"来自上帝的一阵风在水面上吹过"。在另一篇论文中,他研究托勒密的主教雨果的神学著作,这位雨果是本书作者的曾叔父。米里埃先生的研究证实,上个世纪,不少以巴雷库的笔名出版的小册子,均出自雨果主教之手。

他在阅读的时候,不管读的是什么书,常常会突然陷入沉思,沉思完毕,总要在书的页边写几行字。他写的内容往往和那本书毫无关系。我们手头就有他写的一条注释,写在一部四开本书的页边,书名为《日耳曼勋爵和克林顿将军、科恩沃里斯将军及美洲驻地海军上将的书信集》,凡尔赛普安索出版社,巴黎奥古斯丁沿河马路皮索出版社。

其注如下:

"啊!永生的您啊!

"《传道书》称您为万能,《马加比传》称您为造物主,《以弗

---

[1] 一世纪末的犹太历史学家。

所书》称您为自由,《巴录书》称您为无限,《诗篇》称您为智慧和真理,《约翰福音》称您为光明,《列王记》称您为天主,《出埃及记》叫您为天公,《利未记》叫您为神圣,《以斯帖记》叫您为正义,《创世记》称您为上帝,人类称您为天父,但是,所罗门称您为慈悲,在您所有的名称中,这是最美的一个。"

将近晚上九点,两个女人上楼回她们各自的房间休息,让主教独自在楼下待到天明。

这里,我们有必要如实介绍一下迪涅主教先生的住所。

六　他让谁看守屋子

前面说过,主教的住宅分上下两层。楼上楼下各三间,还有一个顶楼。屋后有一个七公亩左右大小的园子。两位老妇住楼上,主教住楼下。楼下第一间临街,用作饭厅,第二间为主教的卧室,还有一间是他的祈祷室。从祈祷室里出来,得经过卧室,而从卧室里出来,得经过饭厅。祈祷室靠里面的地方,有一个关闭的凹室,里面放着一张床,用来待客。乡下的本堂神甫因私事或堂区公事来迪涅,主教先生就让他们睡这张床。

原来医院的药房,是从正屋延伸到园子的一座小屋,现改成厨房和食物贮藏室。

此外,园子里有一个牛棚,从前是医院的厨房,主教在里面养了两头奶牛。不管产多少奶,每天早晨,都要分一半给医院的病人。他说:"这是我缴的什一税。"

他的卧室很大,寒冬腊月很难烧暖和。迪涅的木材很贵,他便想了个主意,在牛棚里用板隔出一个小间,隆冬季节,他就在那里度过夜晚。他称之为"冬斋"。

这冬斋和饭厅一样,只有一张白木方桌和四张麦秸坐垫的椅子。但在饭厅里,还陈设着一个涂有淡红胶画颜料的旧碗柜。还有一个与这一模一样的碗柜,恰到好处地铺了块小桌布,再加了些假花边,主教把它放到祈祷室里当祭台用了。

前来忏悔的有钱妇女和迪涅的女圣徒,常常凑些钱,让主教大人在祈祷室里安一个漂亮的新祭台。他每次收下钱,都全部送给了穷人。"最漂亮的祭台,莫过于因受安慰而感谢上帝的苦难灵魂。"主教如是说。

在祈祷室里,有两张麦秸垫的祷告椅,在卧室里,有一张也是麦秸坐垫的安乐椅。偶尔,主教同时要接待七八个客人,省长,或将军,或驻军参谋人员,或小修院的几个学生,就得把冬斋里的椅子、祈祷室里的祷告椅或卧室里的安乐椅拿过来。这样,最多可以收集到十一张椅子。每次有客人来,总要把一间屋子搬空。

有时来了十二个人。为掩饰窘境,若是冬天,主教就站在壁炉前,若是夏天,他就建议到园子里去转一转。

在关闭的凹室里,还有张椅子,但垫子的麦秸漏掉了一半,并且只有三条腿,靠着墙才能坐人。在巴蒂斯蒂娜小姐的房里也有一张木安乐椅,从前也曾涂着金漆,套着花缎,但这张椅子很大,楼梯又很窄,是从窗口弄上楼的,因此,它不能作为备用椅子。

巴蒂斯蒂娜曾有个奢望,想买一套客厅用的、乌德勒支黄蔷薇花丝绒面的、有着天鹅颈般细腿的桃花心木安乐椅,再配上一张长沙发。但至少要花五百法郎。她看到为买这套家具，五年才省下四十二法郎零十苏，最后只得放弃了。再说，谁又能实现自己的理想呢？

没有比主教的卧室更容易想象的了。一扇落地窗朝向园子，对着落地窗的是床。那是一张医院用的铁床，绿哔叽布作天盖。在床后的暗处，帘子后面，放着梳妆用具，从这些用品，可以看出一个曾是上流社会人士的高雅习惯。两扇门，一扇在壁炉旁，通往祈祷室，另一扇在书柜旁，通向饭厅。书柜是个大玻璃橱，里面装满了书。壁炉通常不生火，木框漆成大理石花纹，炉内有一对搁柴的铁架，铁架两头呈花瓶状，上面刻有花叶和细槽，从前画了银色晕线而银光闪闪，这是主教享有的奢侈品。壁炉上方通常放镜子的地方，挂着一个银镀层已脱落的有耶稣受难像的铜质十字架，钉在一块破黑丝绒上，装在一个褪了色的镀金木框里。落地窗旁，放着一张大桌子，桌上有一个墨水瓶，堆着杂乱的纸张和厚厚的书。桌前放着那张麦秸坐垫的安乐椅。床前有张祷告椅，是从祈祷室里搬来的。

床两侧的墙上，挂着两幅画像，镶在椭圆形的镜框里。画像旁边，在灰白色的背景上，题有几个金色小字，表明画像是何人。其中一个是德·夏里奥修士，他是圣克洛德的主教，另一个是图尔托教士，他是阿格德的代主教，夏尔特尔教区西多修会格朗尚隐修院院长。米里埃主教继医院病人住进这房间时，看到这些画像，没有把它们摘下来。一则他们是神甫，二则这医院可能是他们捐赠的，这两个理由足以使他对他们不胜敬重。关于这两个人物，他只知道他们于同一天，即一七八五年四月二十七日，一个受国王册封为圣克洛德的主教,另一个被授予有俸禄的圣职。马格卢瓦太太把镜框摘下来掸灰尘,在格朗尚隐修院院长画像的背面,主教发现四个小面团粘着一张方纸,从这张年久发黄、墨迹很淡的纸上,他知道了他们的特殊身份。

他的窗上挂着粗毛呢的老式窗帘,破烂不堪。买新的要花钱,为了省下这笔开销,马格卢瓦太太只得在中间缝了缝,恰好缝成了十字架图形。主教常常指给人看。"这多好啊!"他说。

不管楼上还是楼下,所有房间,无一例外地用石灰浆刷成白色。这是兵营和医院流行的做法。

可是,最近几年,马格卢瓦太太在巴蒂斯蒂娜小姐的套间里,在刷了石灰浆的墙纸下,又发现了用作装饰的几幅画,这在后面还要谈到。这座房子成为医院之前,曾是市民接待室,所以装饰着这些画。各个房间都铺着红砖,每星期擦洗一遍。床前都放着草垫子。这房子有两个女人料理,从上到下窗明几净,纤尘不染。这是主教允许的唯一奢侈。他说:"这对穷人的利益毫无损害。"

不过,我们得承认,他从前的财产至今还剩下六副银餐具和一个大汤勺,马格卢瓦太太每天看着它们在白桌布上闪闪发光,心里有说不出的高兴。既然我们在如实地描绘迪涅的主教,就应该提一提他不止一次说过的话:"要我不用银餐具吃饭,恐怕很难做到。"

除了银餐具,还有一对实心的大银烛台,是一个姑婆遗下来的。银烛台上插着两支大蜡烛,通常放在主教卧室的壁炉上。每逢有人来吃晚饭,马格卢瓦太太便点亮蜡烛,把银烛台放到餐桌上。

在主教的卧室里,床头有一个小壁橱。每天晚上,马格卢瓦太太把六副银餐具和大汤勺塞进这壁橱里。要说明的是，壁橱的钥匙是从不拿走的。

我们谈到的建筑物丑陋不堪，这使园子的景色受到了破坏。园内四条小路构成一个十字，从一个污水槽向四周伸展。另一条小路沿白色围墙环绕园子。那几条小路把园子切成方方正正的四块，边沿上都种着黄杨树。在其中三块地里，马格卢瓦太太种了蔬菜，在第四块地里，主教种了花。园子里零零星星散布着几棵果树。

一次，马格卢瓦太太温和地打趣说："大人，您什么都充分利用，可这块地却没派用场。种些蔬菜也比种花好呀。"主教回答说："马格卢瓦太太，您错了。美丽和实用一样有用。"停了一会儿，他又说："也许更有用。"

那块四方形土地，有三四个花坛，主教先生为它们花费的时间几乎和看书一样多。他常常一呆就是一两个钟头，修枝，锄草，刨出一个个小坑，放进一粒粒种子。他对虫子，不像园艺人那样仇视。此外，他丝毫也不奢望精通植物学。他不懂分类和固体病理学，根本不想在图尔讷福尔①和自然分类法之间作抉择，不以胞果说反对子叶说，以朱西厄②反对林奈③。他不研究植物，只是喜欢花而已。他非常敬重科学家，但更敬重没有知识的人，从不厚此薄彼。在夏天的傍晚，他总拿着一个绿漆白铁壶，给他的花坛浇水。

---

① 图尔讷福尔（1656—1708），法国植物学家。
② 朱西厄（1699—1777），法国博物学家。
③ 林奈（1707—1778），瑞典生物学家，是植物和动物分类学的鼻祖。

屋里所有的门都不上锁。前面说过,饭厅的门正对着大教堂的广场。从前,那门上装有铁锁和铁闩,就像牢门一样。主教把那些铁家伙统统拆了,从此,那扇门不分昼夜,只用一个碰锁关闭。不管是谁,也不论什么时候,一推便能进入。起初,那两个老妇见这门从不关闭,惶恐不安。但主教对她们说:"你们想闩门的话,可以在你们的房门上装门闩。"最后,她们也和他一样放心了,至少表面是这样。不过,马格卢瓦太太有时仍不免感到恐惧不安。至于主教,他曾在一本《圣经》的页边写过三行字,清楚地阐述了,或者说至少点明了他的想法:"医生的门绝不应该关闭,神甫的门应该永远敞开,这便是二者的差别。"

他还在另一本叫《医学的哲学》的书里写了另一段话:"我不和他们一样也是医生吗?我也有自己的病人。首先,我有他们的病人,他们称之为病人。其次,我还有自己的病人,我称之为不幸人。"

在另一个地方,他写道:"有人向你求宿,绝不要问他的名字。需要求宿的人,最忌讳别人问名字。"

一天,一个令人尊敬的本堂神甫,忘了是库卢布鲁,还是蓬皮埃里,大概是受了马格卢瓦太太的怂恿,竟然问主教大人,让大门昼夜向任何人敞开,是不是有失谨慎,他家里的防卫如此之差,怕不怕出什么事。主教严肃而温和地拍拍他的肩,对他说:"如果上帝都不看守这房子,任何人看守都无济于事。①"说完,他就把话题岔开了。

他常常说:"龙骑兵队长有龙骑兵队长的勇敢,神甫有神甫的

---

① 原文为拉丁语。

勇敢。"接着又说:"只是,我们的勇敢应该毫无杂念。"

七　克拉瓦特

这里,我们自然要说到一件事,因为它最清楚地说明迪涅的主教先生是怎样一个人。

加斯帕·贝这帮土匪曾在奥利乌尔峡谷横行霸道,为非作歹。他们被剿灭后,有个叫克拉瓦特的首领躲进了山里。他和土匪残部在尼斯伯爵领地藏了一段时间后,转而到了意大利的皮埃蒙特,后又突然出现在法国的巴塞罗内特一带。有人先后在若齐埃和图伊尔见到过他。他躲在鹰轭山的岩洞里,他从那里下来,经过于贝和于贝特小山谷,对那一带的大小村庄进行骚扰。他甚至一直走到昂布伦,有天夜里闯入一个大教堂,将圣器室抢劫一空。他的土匪行径使乡民们惊恐不安。宪兵队跟踪追击,但一无所获。他次次都能逃之夭夭。有时,他还拼命抵抗。这是一个天不怕地不怕的歹徒。正当人心惶惶的时候,米里埃主教来到此地。他是到乡里来巡视的。在夏斯特拉,镇长来找他,劝他返回。克拉瓦特盘踞在山里,活动范围一直到阿尔什,甚至更远的地方。哪怕派人护送,也十分危险。三四个宪兵肯定会白白送死。

"所以我打算一个人去,不要人护送。"他说。

"您真要去,大人?"镇长大声说。

"非常想,绝不带护卫,一个小时后就动身。"

"动身?"

"动身。"

"一个人？"

"一个人。"

"大人！可别这样。"

主教接着又说：

"那边山里有一个贫穷的小镇子，我有三年没去了。他们都是我的朋友。温和而正直的牧羊人。他们放羊，三十只中，只有一只属于他们自己。他们纺羊毛线，五颜六色，非常漂亮。他们用六孔小笛吹山歌。他们需要有人不时同他们谈谈慈悲的上帝。一个主教畏葸不前，他们会怎么说？我要是不去，他们会怎么说？"

"可是，大人，有强盗呀！遇到强盗怎么办！"

"对，"主教说，"我想到了。您说得对。我可以去会会他们。他们也需要有人同他们谈谈慈悲的上帝。"

"大人，可他们是一伙土匪！一群狼！"

"镇长先生，也许耶稣就是要我去放这群狼的。谁知道上帝的旨意呢？"

"大人，他们会抢劫您的。"

"我一无所有。"

"他们会杀死您的。"

"一个一路上喃喃自语、装腔作势的神甫老头？啊！有什么用？"

"啊！上帝！万一遇到他们怎么办！"

"我就要求他们给我的穷人们施舍！"

"大人，以上帝的名义，不要去那里了！会有生命危险的。"

"镇长先生，"主教说，"就这个？我在世上不是为了守着自己的生命，而是为了守着世人的灵魂。"

没有办法，只好让他去了。他走了，只有一个孩子做伴，是自告奋勇给他带路的。乡民们对他的固执议论纷纷，大家都吓坏了。

他不想带妹妹和马格卢瓦太太一起去。他骑着驴子，翻山越岭，没有遇见一个人，安然无恙地到达了那些"好朋友"牧羊人的住地。他待了半个月，讲道，行圣事，教育人，劝导人。就要离开的时候，他决定以主教的身份，主持唱感恩赞美诗仪式。他和那里的本堂神甫谈了此事。可是没有祭服，怎么办呢？可供他使用的是一个寒酸的乡村圣器室，只有几件破旧的缝着假饰绦的缎纹祭披。

"不管它了！"主教说，"本堂神甫先生，在主日讲道时，我们把这事宣布一下。总有办法解决的。"

人们又到附近的教堂里去找。即使把这些穷教区的所有华丽的祭披都拿来，也不够装备在大教堂里唱圣歌的人。

就在大家束手无策的时候，两个骑马的陌生人运来了一个大箱子，放在本堂神甫的家门口，说是交给主教先生，放下就走了。打开箱子，里面有一件金丝斗篷、一顶镶有钻石的主教帽、一个大主教十字架、一支华丽的权杖，一个月前，昂布伦圣母院圣器室被盗的法衣全部都在。箱内有一张字条，写着：克拉瓦特献给比安维尼大人。

"我说会解决的吧。"主教说。接着，他又笑着补充说："有件祭师的白法衣我就满足了，上帝却送来了大主教的祭袍。"

"大人，"本堂神甫摇摇头，笑了笑，咕哝道，"上帝，或是魔鬼。"

主教凝视神甫，不由分说地说："是上帝！"

当他回夏斯特拉镇去的时候，一路上，都有人好奇地跑来瞧他。他在这个镇子的本堂神甫家里，又见到了巴蒂斯蒂娜小姐和马格卢瓦太太，她们翘首盼他回来。他对妹妹说：

"你看，我没说错吧？穷教士两手空空到穷山民那里去，回来时双手满满。我去时，带着对上帝的信任，回来时，却带着一个大教堂的珍宝。"

那天晚上，直到就寝前他还在说："决不要怕小偷和凶手。那是外部的危险，是小的危险。要怕就该怕自己。偏见便是小偷，恶习便是凶手。最大的危险在我们的内心。脑袋或钱包受到威胁有什么要紧！对我们心灵构成威胁的危险，才是我们要想的。"

他又转身对妹妹说："妹妹，做教士的不能有防人之心。他们所做的，是上帝允许的。认为有危险时，只要祈祷上帝就行了。不是为自己祈祷，而是为我们的兄弟，希望他们不要因为我们而犯错误。"

况且，他一生中没做什么惊天动地的大事。我们把知道的事记述下来。通常，他总是在同样的时刻，做同样的事。一年中的一个月，和他一天中的一个小时毫无二致。

至于昂布伦大教堂那些"财宝"的下落，若有人问起这个问题，我们就难以回答了。那是些很漂亮的东西，令人爱不释手，抢来用于穷人应该是很不错的。再说，它们本来就被人抢走了。这件冒险的事已完成了一半，现在只需把盗窃的方向变一变，让它向穷人靠近一步。关于这个问题，我们不作断言。不过，有人在主教的纸堆里，发现了一条若明若暗的旁注，可能与这件事有关，内容如下：

"问题是要知道,这些东西应该还给大教堂,还是送给医院。"

八　酒后谈哲学

前面提到的那位元老院议员,是一个精明干练之人。他遵循自己的道路勇往直前,遇到诸如良心、信义、公正、义务之类障碍,从来无所顾忌。他朝着既定目标前进,在升官发财的道路上,从未犹豫过一次。他当过检察官,功成名就后,为人也渐趋温和。他人并不坏,总是尽量给儿子、女婿、亲戚乃至朋友们帮些小忙,明智地抓住生活中的好时机、好机会和好运气。其余的事在他看来都是愚蠢的。他挺风趣,也有些学问,自以为是伊壁鸠鲁①的信徒,其实,充其量也不过是皮戈-勒布伦②的产物。对于无穷和永恒的事物,对于"主教老头子的废话",他常常饶有风趣地冷嘲热讽。有时当着米里埃先生的面,他也和蔼而又傲慢地加以嘲笑,主教则洗耳恭听。

记不清是在哪次半官方的仪式上,某某伯爵(就是那位议员)和米里埃先生都到省长府上参加宴会。用甜食时,那位议员虽仍神态端庄,却微有醉意,大声说道:

"真的,主教先生,我们聊一聊吧。一个议员和一个主教四目

---

① 伊壁鸠鲁(前341—前270),古希腊哲学家,认为人生在于享受,主张避免痛苦。
② 皮戈-勒布伦(1753—1835),法国喜剧和小说作家,其淫秽的快乐名噪一时。

对视,很难不眉来眼去。我们俩都能预卜未来。我要向你坦白一件事。我有我的哲学。"

"您说得对,"主教回答,"谈论哲学时,总是睡下来的。议员先生,那您现在躺在大红床上啰。"

议员受到激励,接着又说:

"让我们当个好好先生吧。"

"哪怕是好好魔鬼。"主教说。

"我告诉您,"议员继续说,"阿尔让侯爵、皮浪、霍布斯和内戎①先生都是有识之士。在我的书房里,这些哲学家的书都有,切口全是烫金的。"

"跟你一样,伯爵先生。"主教打断他说。

议员接着又说:

"我不喜欢狄德罗②。他是空想家、演说家和革命家,但骨子里却相信上帝。他比伏尔泰还要相信宗教。伏尔泰嘲讽尼达姆③,可他错了,因为尼达姆的鳗鱼发生论证明了上帝的无用。在一匙面糊里加一滴醋,便可代替上帝造出光明④。假如那滴醋更大一

---

① 阿尔让侯爵(1704—1771),法国冒险家和文人。皮浪(约前365—前275),古希腊怀疑主义哲学家。霍布斯(1588—1679),英国机械唯物主义哲学家。内戎(1738—1810),狄德罗的好友和其作品出版人。

② 狄德罗(1713—1784),法国启蒙思想家、哲学家、戏剧家、作家、无神论者,百科全书派领袖。

③ 尼达姆(1713—1781),英国博物学家,是自然发生学说和活力论的坚定拥护者。

④ 原文为拉丁语。

些,那匙面糊更多一些,就能造出世界了。人就是那鳗鱼。那么何必还要永恒的天主呢?主教先生,我对耶和华的假说感到厌烦。它只能产生空洞浅薄之人。打倒万物之主!它令我心烦。乌有万岁!它叫我心宁。我要对您推心置腹,好好向我的牧师忏悔,我向你承认,我是个通情达理的人。我对您的耶稣不感兴趣,他总是唠唠叨叨,劝人克己和牺牲。这是吝啬鬼对乞丐的劝告。克己!为什么要克己?牺牲!为谁牺牲?我从没见过一只狼会为另一只狼的幸福自我牺牲。还是自然一些好。我们身处顶峰,就要有高于一切的哲学。假如只看到别人的鼻子尖,身处顶峰有什么用?让我们快快乐乐地生活吧。生活就是一切。我绝不相信,在另一个地方,在天上,在那边,在某处,还有另一个未来。啊!假如我听信别人的劝告,具有克己和牺牲的精神,那我一举一动都得小心谨慎,就要绞尽脑汁,弄清楚是善还是恶,公正还是不公正,合法还是不合法。为什么呢?因为我将来必须汇报我的行为。什么时候?等我死后。多美的梦!我死后,谁能抓得住我?你让影子的手抓一把骨灰我看看。我们都是过来人,都撩起过伊西丝女神①的衬裙,说实话,世上无所谓善与恶,只生长着树木花草。还是寻求真实吧。深入挖掘,穷根究底。应该去发现真理,掘地三尺,抓住真理。那样,它会给你带来无上的快乐。那样,你会变成强者,会朗声大笑。我这人非常坦率。主教先生,说人能永生不死,那是无稽之谈。啊!多么动人的诺言!您要信就信吧!那是给亚当的空头支票!人是灵魂,将变成天

---

① 伊西丝,古埃及神话中的生命、魔法、婚姻、生育女神。

使,肩胛骨上会长出两只蓝色的翅膀。那么,帮我个忙,德尔图良①是不是说过,享有真福的人会从一个星球到另一个星球?好吧。我们将成为天上的蚂蚱。我们会看见上帝。等等,等等。什么天堂!那是胡扯!什么上帝!那是莫大的谎言!这些话,我肯定不会在《箴言报》上谈的,当然!但在朋友之间我会嘀咕几句。在朋友之间②。为进天堂而牺牲地上的利益,那是弃物逐影。上无限的当!我才不那么傻呢。我是虚无。我叫虚无伯爵先生,元老院的议员。我出世前存在吗?不。我死后存在吗?不。我是什么?我是一撮土,被某个有机体聚合在一起。我在尘世间要做什么?我可以选择。不是受苦就是享乐。痛苦把我引向哪里?引向虚无。那我就要受一辈子的苦。快乐把我引向哪里?也是虚无。可我能享一辈子的乐。我已做了选择。我选择了吃,不然就要被吃掉。与其做草,不如做牙齿。这正是我明智的地方。死了就听其自然,掘墓人在等着呢,那是我们大家的先贤祠,一切都掉进那个大坑里。死了。完了③。人一死万事皆完。那是一切化为乌有的地方。请相信我,人死了就不再存在。说什么那里有人要同我说事儿,我想起来就要发笑。这是奶妈们胡编的。用妖怪来吓唬孩子,用耶和华来吓唬大人。不,我们的明天是黑暗。坟墓的后面是虚无,对谁都一样。你生前是萨丹纳帕路斯④也罢,圣

---

① 德尔图良(约150—222),基督教著名的神学家和哲学家,最早期的基督教作家之一。
② 原文为拉丁语。
③ 原文为拉丁语。
④ 萨丹纳帕路斯(前668—前626),即亚述巴尼拔,西亚古国亚述的国王。

味增爵①也罢，一死就不存在了。这是真的。因此，首先要享受生活。当我们拥有自己时，就要充分利用。我告诉您，主教先生，我的确有我的哲学，我有我的哲学家。我不会受一些废话的迷惑。但是，那些下等人，那些叫花子、穷光蛋、可怜虫，他们确实需要一些东西。有人便造了些传说、鬼怪、灵魂、永生、天堂、星宿等无稽之谈，来让他们囫囵吞下。他们细细咀嚼，把它们涂在干面包上。一无所有的人有仁慈的上帝。聊胜于无吧。我丝毫也不反对，但我守着我的内戎先生。仁慈的上帝对老百姓是有用的。"

主教拍手叫好。

"高论！"他大声说，"您那套唯物主义真是好极了！妙极了！不是谁想要就能得来的。啊！谁有了它，就不会上当受骗了，就不会愚蠢地像小加图②那样遭到放逐，像埃蒂安纳③那样被石头砸死，像贞德④那样被活活烧死。一个人掌握了这个妙不可言的唯物主义，就可以高高兴兴地对自己的行为不负责任，可以无忧无虑地吞噬一切，地位、闲职、爵位、用正当或非正当手段获得的权力，可以为金钱而出尔反尔，为功利而背叛朋友，昧尽天良，还觉得其乐无穷，等这些都消化后，就进入坟墓。多么惬意！议

---

① 圣味增爵（1581—1660），法国天主教遣使会和仁爱会的创始人。
② 小加图（前95—前46），罗马共和国末期的政治家和演说家，是共和制度的积极护卫者，长期对抗恺撒，以诚实、坚忍闻名。
③ 埃蒂安纳，基督教的一个殉道者，最后死在耶路撒冷。
④ 贞德（1412—1431），法英百年战争期间法国的民族女英雄，一四三一年被俘后受火刑而死。

员先生，我这些话不是冲您来的。但我不能不祝贺您。你们这些贵族大老爷，正如您所说的，你们有自己的一套哲学，那样精美，那样可口，只有富人才能消受，可用来做成各种调味品，使人生的种种快乐变得更加美味。这套哲学是由特殊的勘探家从很深的地底下挖掘出来的。好在你们挺宽宏大量，不认为平民百姓把信仰上帝当作自己的哲学是坏事情，认为穷人吃不起香菌烧火鸡，还可以吃栗子烧鹅。"

九　妹妹谈哥哥

为使大家了解迪涅主教先生的家庭情况，了解那两位圣女如何自觉地、无需他开口地将自己的行为和思想，甚至女人易受惊吓的本能，屈从于主教的习惯和意志，最好是把巴蒂斯蒂娜写给儿时的朋友布瓦舍弗龙子爵夫人的信抄录下来。那封信就在我们手中。

仁慈的夫人，我们天天都在念叨您。这是我们的习惯，但还有另外一个理由。您想象一下，马格卢瓦太太在洗刷打扫天花板和墙壁时，发现了一些东西。现在，这两个糊着旧墙纸，刷过石灰水的房间，同您的城堡相比毫不逊色了。马格卢瓦太太把墙纸全撕掉了。在墙纸下面发现了一些东西。我的客厅里没有家具，我们用来晾衣服，它有十五尺高，十八尺见方，天花板昔日涂了金色，和您家一样，也有搁栅。

从前做医院时,天花板上蒙了层布。还有我们祖母时代流行的细木护壁板。但值得一看的是我的房间。马格卢瓦太太在至少有十层的墙纸下面发现了一些画,虽称不上好画,但还说得过去。画的是忒勒玛科斯被密涅瓦①封为骑士的场面。另一幅是他在花园里。花园的名字我记不清了。总之,那是罗马贵妇们只去一夜的地方。我该怎么对您说呢?那上面有罗马的俊男靓女(此处有个字看不清),及他们的随从。马格卢瓦太太把它们揩得干干净净,今年夏天,她还要把损坏的地方补一补,重新上上油漆,这样,我的房间将变成一个真正的博物馆。她在顶楼的一个角落里,还发现了两张半边靠墙的古式蜗形腿木桌子。但重上一次金漆,要花十二利弗,还不如把这钱送给穷人。再说,样子也很难看,我宁愿要一张红木圆桌。

我一直都很快乐。我哥哥心地非常善良。他把一切都给了穷人和病人。我们过得很拮据。这里的冬天很难熬,确实应为缺衣少食的人做些事。我们还算有火,有灯。您看,这已够舒服的了。

我哥哥有他自己的习惯。聊天时,他常说一个主教应该这样。您想想,家里的门从来不关。谁都可以进来,一进门,便是我哥哥的屋子。哪怕是夜里,他也不害怕。照他的说法,这是他的勇敢。

---

① 忒勒玛科斯,希腊神话中的英雄奥德修斯之子。密涅瓦,罗马神话中的艺术和智慧女神,对应希腊神话中的雅典娜。

他不愿我和马格卢瓦太太为他担心。他随时都有危险，可他甚至不愿我们露出担忧的神色。我们得理解他。

他常常雨天出门，在雨水中行走，冬天还要东奔西走。他不怕走夜路，不怕路途危险，遇到坏人。

去年，他只身一人，去了一个盗贼出没的地方。他不愿带我们去。他去了半个月。大家以为他死了，可他安然无恙地回来了，什么事也没发生。他还说："你们瞧我是怎样被抢的！"他打开一只箱子，里面装满了昂布伦大教堂的宝物，是强盗们送给他的。

那次他回来时，我和他的几位朋友走出两里[①]路去迎接他，我禁不住数落了他几句。当然我很小心，等车子开动发出声音时才说的，生怕别人听见。

起初，我心里老想，任何危险都挡不住他，真让人受不了。现在，我已习以为常。马格卢瓦太太有时还要阻挠他，我就给她使眼色让她别管他。他想冒险，就让他去冒吧。我带着马格卢瓦太太回家，我回到我的房间，为他祷告，然后进入梦乡。我心里很平静，因为我知道，万一他遇到不测，我是不会活下去的。我将随我的哥哥和主教一起去见仁慈的上帝。马格卢瓦太太对他的冒险做法比我更难适应，她说他这样做太不谨慎。但现在她也习惯了。我们俩一起为他祈祷，一起提心吊胆，然后我们进入梦乡。魔鬼想进我们家，就让它进吧。再

[①] 这里，两里指两法里。一法里约等于四公里。以后文中出现的"里"均指法里。

说,在我们家里有什么好怕的呢?有一个人总和我们在一起,他是世上最强的人。魔鬼可以进来,但仁慈的上帝住在这里。

对我来说,这就够了。现在,我哥哥甚至无须对我说一句话。他不说话,我都知道他的心思,我们把自己献给了上帝。

同一个胸怀坦荡的人在一起,就应该这样。

您打听福克斯家的情况,我问过我哥了。您知道,他什么都知道,什么都记得清清楚楚,因为他一直是忠实的保王派。的确,那是康城财政区的一个历史悠久的诺曼底世家。从拉乌尔·德·福克斯、让·德·福克斯、托马·德·福克斯到今天,已有五百年了。他们都是贵族,其中一个是罗什福尔的领主。最后一个是居伊-艾蒂安-亚历山大,当过骑兵团长,在布列塔尼的近卫骑兵队里也干过什么。他的女儿玛丽-路易丝嫁给了阿德里安-夏尔·德·格拉蒙,他是路易·德·格拉蒙公爵的儿子,那公爵是法兰西封臣,近卫军上校,陆军少将。福克斯也写作福克或富克。

仁慈的夫人,请代求贵戚红衣主教先生为我们祈祷。至于您亲爱的西尔瓦妮,她没给我写信是对的,她呆在您身边的时间很短。希望她身体健康,按您的要求学习,永远爱我。您转达的问候我已知悉。我感到很高兴。我的身体不算太坏,但我一天比一天消瘦。再见,纸已写满,就此搁笔。祝万事如意。

巴蒂斯蒂娜

一八……年十月十六日于迪涅

又及：您的小姑同她的新家仍住在此地。您的侄孙非常可爱。您知道吗？他快五岁了。昨天，他看见一匹马经过，腿上绑着护膝，他说："它膝盖上的是什么呀？"这孩子真讨人喜欢！他弟弟拖着破扫把，当作马车，在屋里走来走去，嘴里还吆喝着："驾！"

从信中可以看出，这两个女人懂得服从主教的生活方式；女人对男人的了解，胜过男人对自己的了解，这是女人特有的本领。迪涅的主教表面看来一向温和质朴，但常常做出一些伟大勇敢的惊人之举，却仿佛连他自己都没料到。她们胆战心惊，但任他去做。有时，马格卢瓦太太试图劝阻，但总是在他做之前，绝不在做的中间和做完之后。一件事开始做了，她们从不打扰他，连个手势也不会有。有时候，无须他开口，甚至连他自己——因为他非常纯朴——也许还没意识到，她们就会隐隐感到他在行主教之职。于是，她们静静地待在家里，犹如两个影子。他让做什么，她们就做什么，如果消失即意味着服从，她们就会消失。凭着她们极其敏锐的本能，她们知道有时对他表示关切，可能会妨碍他的行动。她们了解他，不是说了解他的思想，而是他的性格，因此，明知会有危险，也不再去管他。她们把他托付给了上帝。

况且，巴蒂斯蒂娜在她的信里说了，如果她哥哥死了，她会随他而去。马格卢瓦太太虽没这样说，但她知道也会这样做。

十　主教面对闻所未闻的思想

在巴蒂斯蒂娜小姐写那封信后不久，主教先生又做了一件事。照全城人的说法，这件事的危险甚于上次去强盗出没的山中。

在迪涅附近的乡下，有个离群索居的人。此人曾是——我们不回避刺耳的字眼——国民公会[①]议员。他姓G。

在迪涅这个小世界里，谈起国民公会议员G来，总有点心惊肉跳。一个国民公会议员，能想象得出是什么样子吗？那是在以"你"和"公民"相称的年代。此人近乎妖魔鬼怪。他虽没投票处死国王，但也差不了多少。他是半个弑君者。那时候，他不可一世。合法王朝复辟[②]后，怎么没有把他送上重罪法庭？没砍他的头倒也罢了，处理从宽嘛，可也该让他终身流放呀。真是个教训！如此等等，不一而足。再说，他是个无神论者，那些人全这样——这都是蠢鹅对秃鹫的说长道短。

那么，G究竟是不是秃鹫呢？他离群索居，看起来真有点野蛮的味道，据此判断，可以说他是个秃鹫。他对处死国王没投赞成票，因此没被列入流放的名册中，得以留在法国。

他住的地方非常偏僻，在一个荒凉的山沟里，离城三刻钟，

[①] 国民公会于一七九二年九月二十一日开幕。会议宣布废除王权，成立法兰西共和国，判处路易十六国王和玛丽-安托瓦内特王后死刑。

[②] 一八一四年，拿破仑帝国灭亡，王室复辟，路易十八回国称王。

周围没有一个村庄,没有一条道路。据说,他有一块地,一个洞,一个窝。没有邻居,甚至没有人路过。他住进那个山沟后,通往那里的小路便隐没在荒草中了。人们谈起那个地方,如同在谈刽子手的魔窟。

可主教却陷入沉思。他经常眺望天边的那个地方,一丛树木标志着那位老国民公会议员居住的山沟。他说:"那里住着一个孤独的灵魂。"

可他心里还补上一句:"我得去看看他。"

老实说,这个念头初看合乎情理,可经过一番思考后,他又觉得它奇怪而荒谬,有点儿令人反感。因为他内心也赞成大家的看法,那位国民公会议员使他产生了一种近乎仇恨的感觉,用反感二字最恰如其分,虽说他自己若明若暗。

可是,羊身上有疥疮,牧羊人就应该望而却步吗?不能。可那又是怎样的一头羊啊!

善良的主教不知所措。有时,他朝那个方向走去,然后又转身回来了。

一天,一个牧童模样的男孩来找医生,他是在那破屋里侍候国民公会议员的,说那老坏蛋快死了,他已全身瘫痪,过不了夜了。这消息在城里不胫而走,有些人还说:"谢天谢地!"

主教拿起拐杖,披上棉袍便出发了。前面说过,他的教袍太旧,再者,天一黑就会起风。

主教走到那个遭人唾弃的地方时,太阳就要落山了。他看到那巢穴就在眼前,禁不住心怦怦直跳。他跨过一条水沟,越过一道篱笆,掀开一扇栅门,走进一个荒芜的小园子,大胆地朝前走了几步，突然，他在荒地的尽头，一片高大的荆棘丛后面，看见了那个巢穴。

这是一个低矮而简陋的小窝棚，却干干净净，正面钉着一个葡萄架。

门前有张旧轮椅，一种农家用的扶手椅，坐着一位白发苍苍的老头，向着太阳微笑。

在老头身旁，站着一个小男孩，就是那位小牧童，正在把一罐牛奶递给他。

主教正在观望，忽听见那老头提高嗓门说："谢谢，我什么都不需要了。"他边说，边把笑脸从太阳转向孩子。

主教向前走去。老头听到脚步声，转过头来，脸上顿时露出万分惊讶的神色。他把历尽一辈子沧桑后可能有的惊讶都凝聚在脸上了。

"我来这里后，"他说，"第一次有人来我家。先生，您是谁？"

主教回答：

"我叫比安维尼·米里埃。"

"比安维尼·米里埃！听说过这个名字。您就是老百姓所叫的比安维尼主教大人吗？"

"是我。"

老头微笑着说：

"这么说，您也是我的主教了？"

"可以说吧。"

"请进，先生。"

国民公会议员向主教伸出手，但主教没同他握手，只是说：

"看来我受骗了,但我很高兴。看您的样子,您肯定没病。"

"先生,"老头说,"我会好的。"

他停了会儿,又说:

"过三个钟头,我就要死了。"

继而又说:

"我略懂医道。我知道临终是什么情形。昨天,我只是脚发冷,可今天已冷到膝盖了。现在,我感到我的腰部直发冷。冷到胸口就会死的。太阳很美,是不是?我让人把我推到外面,是想最后看一眼世界。您可以同我说话,这累不着我。您来看一个快死的人,这很好。这个时刻应该有人在场。谁都有怪癖,我想坚持到黎明。可我知道,我最多只有三个小时了。那时天就黑了。可这有什么关系!死是很简单的事。用不着早晨。好吧。我就在星光下死去吧。"

老头转向牧童。

"你去睡吧。昨天你一夜没睡。你累了。"

孩子进屋去了。

老头目送孩子进屋,又喃喃自语般地说:

"他睡觉的时候,我将死去。这两种睡眠,能友好相处。"

主教本该激动的,但他却没有。他不相信这样的死法有上帝的存在。我不想隐瞒,宽大的胸怀也会有细微的矛盾,也应加以指出:平时,遇到这种情况,有人称他为主教大人,他会付之一笑,可现在那人没称他主教大人,他却有点不舒服,差点想反过来喊他一声"公民"。他想带着气愤的心情坦率地同他谈一谈,那是医生和神甫惯常的心情,但这对他却是少有的。不管怎样,这个人,这个国民公会的议员,这个人民的代表,曾是个不可一世的人物。主教的心情骤然严肃起来,这在他也许是生平第一次。

可是,议员却谦和而友好地打量他。从这种神态中,可以分辨出即将化作尘土的人特有的谦恭。

而主教呢,他平时力戒好奇心,他认为对人好奇近似冒犯,可此刻却情不自禁地端详起这位议员来。他这样仔细端详,并非出自同情,如果面对另一个人,他也许会受到良心的谴责。但这是个国民公会议员,他感到,这样的人似乎已不受法律的保护,甚至也不值得同情。

G已是八十岁高龄,但神态镇静,声如洪钟,几乎腰不弯背不驼,生理学家见了,会惊讶不已。那场革命有过许多像这样与时代相称的人。我们感到,这个老人是个久经考验的人。尽管快要死了,仍保持着健康的一切特征。他目光炯炯,声调有力,肩膀的动作非常强健,这一切,会使死神望而却步。伊斯兰教中接引亡灵的天使阿兹拉埃尔见了会调头就走,以为走错了门。G似乎要死了,因为他很想死。他在临终时,仍很自主。只有两条腿不能动弹。黑暗抓住了他的腿。脚已经死了,凉了,但脑袋依然生机勃勃,思维依然清清楚楚。在这庄严的时刻,G就像东方神话中的那位国王,上半身是肉体,下半身是石躯。

一旁有块石头,主教坐了下来,突然开始了谈话。

"祝贺您,"他用谴责的语气说,"您总算没有投票处死国王。"

议员似乎没有注意到这"总算"二字隐含的讽刺意味。他作了回答。脸上的笑容已全部消失。

"不要太祝贺我,先生。我可是投了消灭暴君的票。"

一个语气严厉，另一个语气严肃。

"您想说什么？"

"我想说，人类有一个暴君，那就是愚昧。对于这个暴君，我是投票赞成处死的。这个暴君孕育了王权，是从错误中产生的权力，而知识的权力则是来自真理。人只应该接受知识的统治。"

"还有良心。"主教补充说。

"一回事。良心是我们身上与生俱在的知识。"

比安维尼大人听着，感到有点吃惊，这个说法对他来说太新鲜了。

议员继续说：

"至于处死路易十六，我没投赞成票。我认为我无权处死一个人，但我感到我有义务消灭罪恶。我投了赞成消灭暴君的票。也就是说，妇女要结束卖淫，男人要结束奴役，孩子要结束愚昧。我之所以投票赞成共和国，就是因为赞成这些。我赞成博爱、和谐、曙光！我为消灭偏见和谬误出了力。谬误和偏见的崩溃带来光明。我们这些人推翻了旧世界。旧世界是装满贫困的罐子，一旦在人类身上推翻，就成了一个装满欢乐的坛子。"

"混杂的欢乐。"主教说。

"您也可以说成混乱的欢乐。可是今天，从那次灾难性的复辟，即所谓一八一四年的复辟以来，可以说连欢乐的影子都没了。可惜，这件事做得不彻底，这点我承认。我们摧毁了旧制度，但没能在思想上把它彻底消灭。仅仅革除流弊是不够的，还应该改变习俗。风车不在了，但风还在吹。"

"你们摧毁了。这也许是有用的，但这种摧毁夹杂着泄私愤，我不敢恭维。"

"主教先生，权利是会发怒的，权利的发怒是一种进步的因素。这没什么，不管怎么说，法国这场革命，是基督诞生以来人类向前迈进的最有力的一步。它是不彻底的，但非常崇高。它让人看到了一切闻所未闻的社会现象。它使人变得温和。它给人以启迪，使人平静、安宁。它让文明的洪流席卷大地。这是一场有益的革命。法兰西革命是在给人类行加冕礼。"

主教情不自禁地嗫嚅道：

"是吗？九三年①？"

议员在椅子上直起身子，庄严的神情中略带悲伤，他拼足临终者的全部力气，大声说：

"啊！您终于说了！九三年！我一直等着您说呢。一千五百年中积起了一片乌云。过了十五个世纪，才云开雾散。您却谴责那声惊雷。"

主教感到自己心中有种东西熄灭了，尽管他可能不愿意承认。不过他仍保持镇定。他回答说：

"法官代表正义说话，主教代表慈悲说话，而慈悲是更高尚的正义。雷霆不应该击错目标。"

他眼睛紧盯着议员，又说：

"那么路易十七②呢？"

议员伸出手，抓住主教的胳膊：

---

① 指一七九三年，是革命进入高潮、处死路易十六的那年。
② 路易十七，路易十六的儿子，一七九五年他十岁时死在监狱。

"路易十七!哈!您在为谁哭泣?为那无辜的孩子?那您就哭泣吧。我和您一起哭泣。是为王子?我就要考虑考虑了。依我看,路易十五的这个孙子,这个无辜的孩子,只因他是路易十五的孙子这条唯一的罪名,而在圣殿骑士寺院里备受折磨,他这个痛苦,与卡图什①的弟弟所受的痛苦相比,并不更痛苦;卡图什的弟弟,同样是无辜的孩子,只因他是卡图什的弟弟,却被吊死在河滩广场上。"

"先生,"主教说,"我不喜欢用人的名字作比较。"

"卡图什?路易十五?这两个人中,您替谁鸣冤?"

这时出现了沉默。主教真有些后悔来这里了。然而,他隐隐感到自己受到了一种奇妙的震动。

议员接着又说:

"嗳!神甫先生,您不喜欢赤裸裸的事实。基督却喜欢。他拿起一根荆条,给圣殿清除灰尘。他的鞭子电光四射,赤裸裸地道明了真理。当他大声喊'让孩子们来我这里'②时,他并没对孩子厚此薄彼。他会乐意将巴拉巴③的儿子和希律④的儿子一视同仁。先生,无辜本身便是冠冕。不是非得殿下才无辜。不管是衣衫褴褛的穷人,还是法国王室的子孙,他们的无辜都不可辱没。"

---

① 卡图什(1693—1721),人民武装起义的领袖,一七二一年被捕,被判死刑。

② 原文为拉丁语。这是耶稣对那些不准孩子听道的教徒说的话。

③ 据《圣经》记载,巴拉巴是名囚犯,因偷窃被判死刑。耶稣受审时,他正待处决。总督彼拉多每逢逾越节要释放一名囚犯,祭司和长老便挑唆众人,要求释放巴拉巴,处死耶稣。于是他被释放了。

④ 希律,纪元前的犹太国王。

"这倒是真的。"主教低声说。

"我坚持我的看法。"G议员继续说,"您提到了路易十七。让我们统一一下看法。我们是不是要为所有的无辜者、所有的殉难者、所有的孩子、所有上层的和下层的人哭泣?这我同意。但是,我同您说过了,应该追溯到九三年以前。在路易十七之前,我们就应该流泪了。我和您一起为国王的孩子们哭泣,只要您同我一起为老百姓的孩子们流泪。"

"我为所有的孩子流泪。"

"不分轻重!"G嚷了起来,"如果天平要倾斜的话,也要倾向人民一边。他们受苦的时间更久。"

又是一阵沉默。还是议员先开口。他用一只胳膊支着轮椅,直起身子,用大拇指和弯曲的食指捏住脸颊,就像人们在审问和审判时下意识做的那样,并用凝聚着临终全部力量的目光紧逼主教,向他提出质问。这几乎是一场爆发。

"是的,先生,人民受苦的时间已经很久了。再说,喂,问题还不止这些,您为什么来这里,向我问这问那,同我谈路易十七?我又不认识您。我来到这个地方后,一直孤独地生活在这围墙里,从来足不出户,除了这个照顾我的孩子,我看不见任何人。您的名字,我的确隐隐约约听说过,应该说名声还不错。可是这不说明问题。精明的人有的是办法让老实的民众上当受骗。对了,我没听到您车子的声音,您把它停在那边路口的树丛后面吧。我跟您说,我不认识您。刚才您说您是主教,可这丝毫也不能让我了解您的人格。总之,我要再问您一遍。您是谁?您是一个主教,也就是教会的要人,像您这样的人,穿金戴银,饰纹章，拿年金，受俸禄——迪涅的主教，一万五千法郎的固定收入，一万法郎的额外收入，一共有两万五千法郎——有厨师，有仆役，有佳肴美酒，星期五吃黑水鸡，外出坐华丽的马车，前呼后拥，趾高气扬，您有豪华的住宅，借着基督的名义乘坐四轮马车，可耶稣自己却光着脚走路！您是一个高级教士，年金、官邸、骏马、侍从、佳肴，人生的一切享受，您应有尽有，和别人没有两样。您像别人那样享受这一切，这很好，不过，这很说明问题，或者说还不够说明问题。这还不足以使我了解您内在的和主要的品质。您来这里，大概是为了开导我。我在同谁讲话？您是谁？"

主教低下头，答道："我是一条蚯蚓。①"

"一条坐四轮马车的蚯蚓！"议员咕哝了一句。

现在轮到议员变得仁慈，主教变得谦恭了。

主教和气地继续说：

"就算是吧，先生。不过，您给我解释一下，我那辆停在树丛后面的马车，我的美味佳肴和星期五吃的黑水鸡，我的两万五千法郎的年金，我的官邸和仆役，这些怎能证明仁慈不是美德，宽容不是义务，九三年不是冷酷无情呢？"

议员把手放到额头上，仿佛要驱走一块阴影。

"在回答您之前，"他说，"我先要请求您原谅。刚才我不该那样，先生。您来我家，您是我的客人。我应该以礼相待。您对我的看法提出异议，我只应该反驳您的论据。您的财富和享受，是

---

① 原文为拉丁语。

我在辩论中可用来反驳您的有利条件，可是，高雅的做法是弃之不用。我向您保证不再提那些事了。"

"谢谢您。"主教说。

G 接着又说：

"您刚才要我作解释，那就来解释吧。我们谈到哪里了？您刚才说什么了？您说九三年冷酷无情，是不是？"

"对，冷酷无情。"主教说，"马拉①为断头台拍手叫好，您怎么看？"

"龙骑兵迫害新教徒时，波舒埃②高唱赞歌，那您又怎么看？"

回答毫不留情，有如一把钢刀直插目标。主教为之一震。他没有反击，但 G 以这种方式提到波舒埃，使他很不舒服。最优秀的人也有崇拜的偶像，有时，当看到他们的偶像做出不合逻辑的事时，会隐隐感到受了伤害。

议员开始喘气了。他已奄奄一息，临终的呼吸不畅使他说话断断续续。可从他的眼睛看，他的神志依然很清醒。他继续说：

"再随便扯扯吧，我很想聊一聊。那场革命，从总体上说，是对人类的极大肯定，可惜九三年后退了。您认为那一年冷酷无情，那整个君主制度呢，先生？不也一样吗？卡里埃③是强盗，那您

---

① 马拉（1743—1793），法国政治家，雅各宾派领袖之一，被誉为"人民之友"。
② 波舒埃（1627—1704），法国神学家和作家，天主教的护卫者。
③ 卡里埃（1756—1794），国民公会代表，一七九四年被送上断头台。

怎么称呼蒙特韦尔①呢？富基埃-坦维尔②是无赖，那您又怎么看拉穆瓦尼翁-巴维尔③呢？马亚尔④可恶之极，可是请问索尔-塔瓦纳⑤呢？迪歇纳老头⑥残暴凶狠，那么，您怎么形容勒泰利耶神甫⑦？屠夫儒尔丹⑧是个魔鬼，那卢瓦侯爵⑨也不比他逊色呀？先生，先生，我对玛丽-安托瓦内特公主和王后深表同情，但我对那位胡格诺派的可怜女人也很同情。先生，那位妇女有一个吃奶的孩子，一六八五年，在路易十四的统治下，她被绑在一根柱子上，上身一丝不挂，孩子丢在一旁。她的乳房胀满乳汁，她的心里充满忧虑。孩子饿得脸色苍白，看见母亲的乳房，喘息着，啼哭着。刽子手要那位既是母亲又是乳娘的妇女发誓放弃新教，让她在放弃孩子和放弃信仰中作选择。用惩罚坦塔罗斯⑩的手段来对付一位

---

① 蒙特韦尔，十七世纪末法国朗格多克地区新教徒的迫害者。
② 富基埃-坦维尔，十八世纪末革命法庭的起诉人。
③ 拉穆瓦尼翁-巴维尔（1648—1724），法国朗格多克地区总督，血腥镇压新教徒。
④ 马亚尔，一七九二年九月大屠杀的执行者。
⑤ 索尔-塔瓦纳，一五七二年圣巴托罗缪屠杀案的主谋之一。
⑥ 迪歇纳老头，法国民间戏剧中的一个普通人形象。
⑦ 勒泰利耶神甫（1643—1719），路易十四的忏悔神甫，曾怂恿路易十四毁坏王家港。
⑧ 屠夫儒尔丹，原名马蒂厄·儒弗（1749—1794），一七九一年法国阿维尼翁大屠杀主犯，后被人叫作屠夫儒尔丹。
⑨ 卢瓦（1641—1691），路易十四的军事大臣。
⑩ 坦塔罗斯，希腊神话中的吕狄亚王。因把自己的儿子剁碎了给神吃，触怒主神宙斯，罚他永世站在水中。想喝水时水退下，想吃果子时，头上那棵果树的树枝便升高。

母亲,您对此有何感想?先生,请记住:法国革命自有它的道理。它的愤怒,将来会得到宽恕的。它的成果是创造了一个最美好的世界。在它最可怕的鞭挞中,包含着对人类的爱抚。我简要说一说。我不继续了,我的道理很充分。再说,我就要死了。"

议员将目光离开主教,用几句心平气和的话来结束他的想法:

"是的,进步的暴行叫作革命。暴行结束后,人们会承认,人类受到了粗暴的对待,可是却前进了。"

议员全然不知,他刚才的一席话已把主教心中的堡垒一一攻克了。然而还剩下一个,这个堡垒是比安维尼大人进行抵抗的最后一招,他坚守这块阵地,又像开始时那样生硬地说:

"进步必须信仰上帝。善事不能由不信教的人来施行。无神论者只会将人类引入歧途。"

老议员没作回答。他打了个颤。他望望天空,眼中慢慢生出泪水。当泪水蓄满眼眶时,就沿着苍白的脸颊往下流,茫然的目光望着深不可测的天穹,他几乎是语不成声地喃喃自语道:

"你啊!理想!只有你才存在!"

主教受到了一种难以言喻的震动。

一阵静默后,老人向天边伸出一根指头,说:

"无限是存在的。它就在那里。假如无限中没有我,那我就是它的界石,它就不再是无限了。换句话说,它就不再存在。然而它却是存在的。因此,它之中就有我。无限中的这个我,便是上帝。"

那临终的人说这最后几句话时,声音非常洪亮,还有一种心醉神迷的颤动,仿佛看见了什么人似的。说完,他闭上了眼睛。

因为说话太用劲，耗尽了他的力气。显然，他所剩下的几个钟头的生命，就在那顷刻之间消耗殆尽。他刚才说的那几句话，缩短了他同就要去会合的那个人的距离。最后的时刻到了。

主教意识到了，时间紧迫，他是以神甫的身份来的，从最初的极端冷淡，渐渐变得激动不已。他凝视那双紧闭的眼睛，拿起那只枯皱冰冷的手，向临终的人俯下身子：

"这一时刻是上帝的。如果我们这次见面一无所获，您不觉得遗憾吗？"

议员睁开眼睛。脸上露出严肃而忧郁的神情。

"主教先生，"他缓慢地说，与其说是因为衰弱，不如说为了保持尊严，"我的一生都是在研究、思索和冥想中度过的。六十岁时，祖国向我发出召唤，命令我参与国家事务。我服从了。有陋习，我斗争过；有暴政，我摧毁过；有权利和原则，我宣布和承认过。国土遭受侵犯时，我保卫过；法兰西遭到威胁时，我挺身而出过。我过去不富，现在很穷。我曾是国家的主宰之一，国库里堆满了金子和银子，满得都快把墙挤塌了，只好用支柱来撑住，可我却在枯树街上吃饭，每餐二十二苏。我帮助受压迫的人，安慰受苦的人。我撕毁过祭坛上的桌布，这是事实，但那是为了替祖国包扎伤口。我从来都支持人类向光明前进，有时我也无情地抵制过进步。必要时，我也保护过我的对手——你们这些人。在弗兰德的彼得热姆，就在墨洛温王朝夏宫的旧址上，有一个都市派的修道院，名叫圣克莱尔－昂－博利厄修道院，一七九三年，我就拯救过它。我尽全力做了我应该做的事，尽我所能做了善事。后来，我遭到驱逐、围捕、追赶，受到迫害、诽谤、嘲笑，我被人起哄，被人诅咒，被剥夺了人权。我白发苍苍，多少年来，我感到许多人认为有权蔑视我，在无知的可怜群众看来，我是个该下地狱的罪人。我不恨任何人，但是，既然人们恨我，我就离群索居。现在我八十六岁了，就要死了。您来要我做什么？"

"为您祝福。"主教说。

说完，他跪了下来。

当主教抬起头时，议员的脸已变得异常庄严。他刚刚停止了呼吸。

主教回到家里，陷入难以名状的思绪中。他祈祷了一整夜。第二天，有几个正直而好奇的人想同他讲讲G议员，他只是指了指天空。从此，他对弱小和受苦的人更加亲切和慈爱。

只要有人影射那位"姓G的老恶棍"，他都会感到异常不安。谁能说得清楚，那位老人在他面前坦露的思想，那崇高的意识在他的意识中引起的反应，对他的自我完善会不会起到一些作用。

主教的这次"走访"自然在当地的小圈子里引起了议论：

"这样一个临终者的床前，也是主教该去的地方？让他皈依宗教怎么可能呢？所有的革命党都是死不悔改的。去那里干什么？有什么好看的？他对被魔鬼摄走灵魂的人就那么好奇？"

一天，一位自以为幽默的老太太，冒冒失失地同他开了个玩笑："大人，有人问主教阁下什么时候戴红帽子。"主教回答："啊！啊！这可是一种强烈的颜色。幸亏鄙视红帽子的人倒还崇拜红法冠。"

十一　一点保留意见

若凭以上所述，就断定比安维尼主教大人是个"对哲学感兴趣的主教"或是"拥护革命的神甫"，那就错了。他同 G 议员的会面，或称作同 G 的会合，不过给他带来了一种惊讶，使他变得更加和蔼可亲罢了。

比安维尼大人绝不是政治家，但在此有必要简单说一说他在重大事件上的态度——假如他想过要有态度的话。

让我们回忆一下几年前的事。

米里埃先生升任主教后不久，拿破仑皇帝封他为男爵，同时受封的还有另外几个主教。大家知道，教皇于一八〇九年七月五日夜里被捕，因此，米里埃先生被拿破仑召来巴黎，参加法意两国的主教会议。会议在巴黎圣母院举行，一八一一年六月十五日召开第一次会议，由费什红衣主教主持。到会的有九十五位主教，米里埃先生是其中之一。但他只参加了一次大会和三四次特别会议。他是一位山区的主教，生活在大自然中，过惯了粗犷和贫困的生活，在那些显贵中间，他发表的见解似乎与大会的气氛不相融合。他很快就回到了迪涅。有人问他为何如此快就回来，他回答说："我在那里碍手碍脚。我把外面的空气带给了他们。他们感到我是一扇敞开的门。"

还有一次，他说："叫我怎么办？那些主教都是王公贵族，而我不过是一个可怜的农民主教。"

事实上，他不讨那些人喜欢。他说了许多让人不可理解的话。一天晚上，他在一位最有地位的同仁家里，突然冒出这样几句话："漂亮的挂钟！漂亮的地毯！仆人们穿如此漂亮的制服！不嫌麻烦吗？啊！我真不想听这些无用的东西在我耳边不停叫喊：有人在挨饿！有人在受冻！还有穷人！还有穷人！"

附带说一下，仇视奢华不一定明智。这可能会导致对艺术的仇视。不过，在教士们看来，豪华是一种罪过，除非要显示身份和参加宗教仪式。习惯用豪华的东西，会使人感到没有真正的爱德。神甫富有是不合情理的。神甫应接触穷人。他成天和各种不幸、厄运、贫苦打交道，身上能不留一点清贫的痕迹，正如劳动能不沾上一点尘土吗？怎能想象，一个人站在火盆旁能不感到暖和；一个工人一直在炉边干活，能不烧焦一根头发，不熏黑一个指头，不流一滴汗，不落一粒灰尘在脸上。作为神甫，尤其是主教，有无爱德的第一个标志，便是贫苦。

这大概就是迪涅主教的想法。

此外不要相信，在某些敏感的问题上他会迎合所谓的"当代思潮"。他很少参与当时的神学争论，凡是牵涉教会和国家的问题，他总是保持沉默；如果一定要他表态，人们会发现，他似乎更倾向教皇极权主义，而不是法国教会自主。既然在给他画像，再说我们不想隐瞒，因而不得不补充一点：他对日渐衰落的拿破仑态度冷漠。从一八一三年起，他对反对拿破仑的一切活动都持赞同或欢迎态度。拿破仑从厄尔巴岛回国时，他没去路旁迎接。

在"百日帝政"①期间,他没有命令本教区的信徒为皇帝祈祷。

除了妹妹巴蒂斯蒂娜小姐外,他还有两个兄弟,一个是将军,另一个是省长。他常给他们写信。有段时间,他同第一个关系很僵,因为那位兄弟在普罗旺斯省当驻军司令的时候,拿破仑在戛纳登陆,他率领一千二百人追捕皇帝,却似乎有意让他逃走了。他写给另一个兄弟的信却是充满深情。这位前省长,是个正直高尚的人,他隐居在巴黎,住在加塞特街。

因此,比安维尼大人也有偏见、痛苦和忧虑的时候。时代的偏见,也曾把阴影投入到他那专注于上帝的温和而博大的胸怀中。诚然,这样一个人是不该有政治观点的。请不要误解我们的想法,我们丝毫也没把所谓的"政治观点",同对进步的热望混为一谈,也没有同那些爱国的、民主的和人道的崇高信仰混为一谈;在今天,这些信仰是任何理解和宽容的基础。有些问题同本书的内容只有间接的联系,我们不去深谈,只简单提一点:假如比安维尼主教大人不是保王派,假如他的目光始终安详地凝视上帝,超越动荡不安的人世之外,能够清楚地看到真理、正义和仁慈这三道纯洁的光辉,这该有多好啊!

即使我们承认,上帝创造比安维尼大人,绝不是为了让他担任政治公职,但是,他在拿破仑处于权力的巅峰时,若能以权利和自由的名义,对他提出抗议,高傲地表示反对,为了正义甘冒危险进行抵抗,我们也许会表示谅解和钦佩。可是,反对一个失

---

① 拿破仑一八一五年三月一日在茹安登陆,六月二十二日退位于其子拿破仑二世。这一时期称作"百日帝政"。

势的人，终究不如反对一个得势的人更得人心。我们只喜欢有风险的战斗。在任何情况下，只有最先参加战斗的人，才有权在最后时刻消灭敌人。在昌盛时期没有顽强谴责，在垮台时期，就应闭口不语。获得胜利的人，才有权审判失败的人。至于我们，当上帝采取行动，给予打击时，我们就听其自然。一八一二年使我们平静下来。一八一三年，那个素来沉默不语的立法机构，在国难当头时，居然鼓起勇气，打破沉默，这只能使人愤慨，叫人如何拍手欢迎？一八一四年，面对背叛的元帅，面对先是奉若神明，继又大加侮辱，从一个泥坑陷入另一个泥坑的元老院，面对先是无限崇拜，后又畏缩退避，向偶像吐唾沫的人，我们应该别转脑袋，不予理睬。一八一五年，灭顶之灾已不可避免，法国因灾难临头而浑身战栗，人们隐约看到滑铁卢已向拿破仑打开大门，在这种情况下，军队和人民向那个背运的人致以壮烈的欢迎，是没有什么可笑的，即使对那位暴君持有保留看法，可是，在国家濒于灭亡之际，一个伟大的民族和一个伟大的人物互相拥抱，紧密团结，自有其庄严和动人之处，像迪涅主教那样心肠的人，恐怕不应该持否定态度吧。

除了这点，他对任何事从来都是正确、真实、公正、机智、谦逊和自重的。他乐善好施，慈悲为怀，这是另一种仁德。他是一位神甫，一个贤明之士，一个真正的人。尽管我们刚才批评了他的政治观点，并且随时准备进行严肃的评论，但是应该说，他仍然是一个宽容和随和的人，也许比我们这些在这里说长道短的人做得更好——迪涅市政府的看门人是拿破仑皇帝安置的，原是王宫卫队的一名下级军官，获得过奥斯特里茨荣誉勋章，是一个强硬的波拿巴分子。这个可怜虫,一有机会,就要说一些未经思考的话,那是被当时的法律视为"煽动性言论"的。自从皇帝的侧面像从荣誉勋章上消失后,照他的说法,他就再也不穿"制服",以免挂上那枚十字勋章。他亲手虔敬地把皇帝的人头像从拿破仑颁给他的那枚十字勋章上取下来,宁可留下一个洞,也决不用其他东西替代。他说:"我宁死也不在我胸口挂上那三个癞蛤蟆!"他常常大声嘲讽路易十八。他说:"套英国护膝的老痛风病鬼!快拖着辫子滚到普鲁士去吧!"他非常得意,因为他把最憎恨的两样东西——普鲁士和英国——用进同一句诅咒中了。他因为骂得太多,最后丢了差事。他家里没有吃的,只好带着妻儿流落街头。主教把他叫来,温和地说了他几句,派他去当了大教堂的侍卫。

在迪涅教区,米里埃先生是名副其实的牧师,大家的朋友。

九年中,比安维尼大人坚持行为圣洁,态度和蔼,因此,迪涅城上上下下对他就像对父亲那样崇敬而亲切。连他对拿破仑的态度也被人民接受和心照不宣地原谅了。他们是善良而懦弱的羔羊,他们崇拜他们的皇帝,但也热爱他们的主教。

十二　比安维尼大人门庭冷落

大凡主教,周围总有一帮小教士,就像将军身旁总有一群年轻军官一样。那位可爱的圣弗朗西斯·德·塞尔斯[①]在什么地方

---

① 圣弗朗西斯·德·塞尔斯(1567—1622),法国天主教教士、日内瓦主教。一九二三年,被教皇庇护十一世宣布为作家和记者的主保圣人。

说过，他们是一群"毛头神甫"。任何行业的成功者都有一群追随者。没有一个有权势的人没有亲信，没有一笔财富没有人追求。谋求前程的人，围着已飞黄腾达的人转悠。任何一个大主教都有自己的幕僚。任何一个有点影响的主教，身边总有一帮学生充当天使，在主教身边转来转去维持秩序，为笑容满面的主教大人站岗放哨。得到主教的赏识，当副助祭便成功在望。得步步高升嘛。要当上帝的使徒，先得当议事司铎。

世上有权贵，教会有显贵。他们是受宠的主教，金玉满堂，坐收年息，精明强干，深得上层社会的欢心。当然他们很会祈祷，但也善于乞求，很不谨慎地让整个教区的人登门求见。他们是教堂和外交界的联系纽带，与其说是神甫，不如说是教士，与其说是主教，不如说是高级教士。接近他们的人鸿运高照！他们是颇有信誉的人，在等待升任显职的过程中，他们把有油水的堂区、教士的职位、代主教的头衔、牧师的职位和大教堂的差事，雨滴般地撒给周围那些献殷勤和受宠爱的人，也就是善于讨好奉承的年轻人。他们前进，他们的附庸也跟着前进；那完全是一个运行的太阳系。他们的光辉将他们的随从也染上了红色。他们飞黄腾达了，他们身后的人也得到升迁。保护者的教区越大，宠儿的堂区也越大。最终的目标是罗马。他们从主教变成大主教，再变成红衣主教，他们带着你去参加教皇的选举，你进入教会最高法院，你有白羊毛披带，你成了红衣主教的门徒和侍从，你成了主教大人，从主教大人到红衣主教阁下只差一步，在红衣主教阁下到教皇陛下之间只隔着一场选举。任何一个戴小圆帽的教士，都可梦想成为戴三重冠的教皇。今天，惟有教士能够一步一步变成国王。

那是怎样的国王啊！那是至高无上的国王。因此，修道院是一个培养野心的场所！多少羞怯的唱诗童子，多少年轻的教士，都在头上顶了一个佩蕾特的奶罐子①！野心太容易自诩为神的召唤，谁知道呢，也许是诚心诚意的，可它傻呵呵的，也会自欺欺人。

　　米里埃大人卑微，清贫，与众不同，不在主教显贵之列。他身边没有一个年轻的教士，这就很说明问题了。我们说过，他在巴黎"一无成就"。没有一个青年愿把自己的前程嫁接到这个孤独的老人身上。没有一株野心勃勃的树苗愿在他的庇护下长出绿叶。他的司铎，他的代理主教，都是善良的老头，和他一样有点像平民百姓，守着这个出不了红衣主教的教区，他们和主教十分相像，唯一不同的是他们的前途已经结束，而他的前途已经完成。年轻人感到在米里埃大人身边难以成长，他们刚离开神学院，被主教授予神职后，便设法让人推荐到埃克斯或奥什的大主教那里去，很快就离开了他。因为，我们再说一遍，谁都想有人在后面推一把。与一个过于忘我的圣人为邻，那是危险的；他可能把无可救药的贫穷传染给你，你的关节就会僵硬，无法再往上爬；总之，你即使不愿意，也得克己忘我；对于这样的德行，人们就像躲避疥疮那样躲得远远的。这就是米里埃大人门庭冷清之缘由。我们生活在一个阴暗的社会中。腐败的社会从上到下一点一滴对人的教育便是要获得成功。

---

　　① 佩蕾特，拉封丹一则寓言中的送奶姑娘。她头顶奶罐去卖牛奶，梦想卖了牛奶买鸡蛋，鸡蛋孵出小鸡，等鸡长大换成猪，等猪长大换成牛，牛又生出小牛。这一憧憬使她高兴得跳起来，牛奶罐摔到了地上，结果是一场空欢喜。

顺便说一下，成功是一件相当丑恶的东西。它形似功绩，这一假象使人受到迷惑。在民众眼里，成功差不多意味着最高权力。成功这一貌似才华的东西，历史也受到了它的欺骗。只有尤维纳利斯[1]和塔西佗[2]对它低声抱怨过。当今，有一种几乎是官方的哲学进入到成功的家里，穿上制服，给它当起了奴仆，在候见厅里为它效劳。成功吧，这是理论。飞黄腾达必须要有才华。你中了头彩，就是一个能干的人。谁获得胜利，谁就受人尊敬。你生来走运，就会有一切。你有运气，就会有其他。你事事如意，别人就认为你伟大。当代的许多赞扬都是鼠目寸光，只有五六个例外，他们是世纪的辉煌。镀了金的，便是金子。你是谁，这无关紧要，只要你是成功者。民众是上了年岁的那喀索斯[3]，只会顾影自怜，赞赏庸俗。不管你是谁，也不管你在哪方面获得成功，民众便会齐声喝彩，一上来就说你是奇才，把你比作摩西、埃斯库罗斯、但丁、米开朗琪罗或拿破仑。一个公证人变成议员，一个冒牌高乃依写了一部《梯里达底二世》，一个太监嫔妃成群，一个当兵的普律多姆[4]侥幸打赢了决定时代命运的一仗，一个药剂师发明了纸板鞋垫，冒充皮鞋垫，卖给桑布尔－默兹的驻军，获得四十万利弗的年金，一个流动小贩娶了高利贷，前者为父亲，后者为母亲，生出七八百万不义之财，一个传道士因为说话带鼻音当上了主教，

---

[1]　尤维纳利斯（约55—140），罗马讽刺诗人。
[2]　塔西佗（约55—120），罗马历史学家。
[3]　那喀索斯，希腊神话中的美少年，爱怜自己的水中倒影，最后憔悴而死。
[4]　普律多姆，法国作家莫尼埃小说中的人物，平庸而自负，好用教训人的口吻说些蠢话。

一个名门的管家离任时成了富翁,被任命为财政大臣:凡此种种,都被称作天才,正如把穆斯克通①的嘴脸称作美,把克洛狄乌斯②的仪态称作威严一样。他们把鸭掌在烂泥里踩出的印迹,同天上的星星混为一谈。

十三　他的信仰

迪涅的主教是不是正统派教徒,无须进行考查。面对这样一颗心,我们只有敬佩。对于一个心地正直的人,听其言,就应信其心。而且,他对宗教的信仰是那样虔诚,那样不同于我们,只要知道了他的某些品德,就可承认,人类的一切美德都可在他身上发展。

对于这个教理,那个奥义,他是如何看的?这些内心深处的秘密,只有坟墓才知道,因为灵魂是赤裸裸地进入坟墓的。但有一点可以肯定,他决不会用虚伪的态度,来解决信仰上的难题。钻石是不可能腐蚀的。他尽心尽力地相信上帝。他常常大声说:"要相信上帝!③"再说,他在行善中得到了极大的满足,他感到于心无愧,并听到一个低低的声音在说:你和上帝在一起。

应该指出的是,可以说,在信仰之外,和在信仰之上,主教

---

① 穆斯克通,大仲马小说《二十年后》中的人物,一个好吃懒做的仆人。

② 克洛狄乌斯(前10—54),罗马皇帝,历史学家。相貌平庸,举止笨拙,趣味粗俗。

③ 原文为拉丁语。

有一种过分的仁爱①。正由于这种过分的仁爱,他被那些"严肃的人"、"认真的人"和"理智的人"认为是有缺陷的。这几个字眼,是最受我们这个悲惨世界宠爱的,在这个世界里,自私自利反倒被那些卖弄学问的人推崇备至。这过分的仁爱究竟是什么呢?是一种安详的仁慈,前面说过,它超越人的范畴,有时延伸到物。他对什么都不蔑视。只要是上帝创造的,他都宽大为怀。任何人,即使是最优秀的人,对动物都会情不自禁地表现出冷酷无情。这是许多神甫的习性,但迪涅的主教却绝不这样。当然,他还没达到婆罗门教的那般境界,但似乎对《传道书》中的一句话深思熟虑过:"我们知道动物魂归哪里吗?"看到丑陋的外形和丑恶的天性,他从不慌乱和气愤。相反,他会激动,甚至可以说感动。他会陷入沉思,仿佛要在生命的表象之外,寻找如此丑陋的原因、缘由和理由。有时,他似乎请求上帝加以替代。对于大自然中还存在的许多混乱现象,他不气不恼地进行观察,就像一个语言学家在辨读隐迹书稿。他会陷入沉思,有时冒出一句奇怪的话。一天早晨,他在园子里,以为旁边没有人,其实他妹妹跟在他后面,他没看见。突然,他停下来,望着地上的一样东西。这是一个大蜘蛛,黑乎乎,毛茸茸,样子委实可怕。他妹妹听见他说:"可怜的东西!这不是它的错。"

这种出自仁慈之心的近乎神圣的孩子气的话,为什么不能说呢?就算是幼稚吧,可这种崇高的幼稚,正是阿西西的圣方济

---

① 原文为拉丁语。

各①和马可·奥勒利乌斯②曾经有过的。一天,为了不踩着一只蚂蚁,竟把脚给扭了。

这个善人就是这样生活的。有时,他在园子里睡着了,没有比这最令人肃然起敬的了。

据传,比安维尼大人年轻时,甚至在壮年时期,曾是一个非常冲动,甚至有点粗暴的人。他这种对一切都宽容温和的品质,与其说与生俱来,毋宁说是在人生道路上,渐渐被一种伟大的信念渗透心田,一点一滴积累的结果。因为人的性格也和岩石一样,可以被水滴穿成一个个窟窿。这些窟窿是不可磨灭的,这些积累是不可摧毁的。

一八一五年,前面好像说过,他七十五岁,但看上去不到六十。他个儿不高,有点发福。为了避免发胖,他经常走很多路。他步履矫健,背几乎没有驼,我们不想对此说什么结论性的话;格列高利十六世③到了八十岁,仍然腰背笔直,满脸笑容,却照样是一个坏主教。比安维尼大人被民众称为长着一副"漂亮面孔",但他和蔼可亲,以至于人们忘记了他长得漂亮。

他这种孩童般的快乐,是他的一种魅力,这在前面说过了。当他像这样愉快地与人交谈时,身旁听他说话的人丝毫也不感到拘束,仿佛他整个人都散发出快乐。他肤色红润,笑时露出一口

---

① 阿西西的圣方济各(1181—1226),天主教方济各会的创始人,意大利主保圣人。
② 马可·奥勒利乌斯(121—180),罗马皇帝和哲学家。
③ 格列高利十六世(1765—1846),罗马教皇(1831—1846)。

皓齿，这使他平添几分开朗随和的神态；这种神态，若是在一个成年人身上，会被称作"好心人"，若是老人，会被叫作"好老头"。大家记得，他给拿破仑留下的就是这个印象。的确，初次看到他，第一印象便觉得他是个慈眉善目的老头。但是，只要在他身上待上几小时，看到他沉思的样子，他的形象就会渐渐改变，让人感到有一种难以名状的威严。他那严肃的宽额头，由于满头银发而令人敬畏，现在，因沉思的神态而更让人肃然起敬。仁慈之中显出威严，但仁慈依然光彩不减。你会感到激动，就好像见到了笑容满面的天使，缓缓舒展双翅，一面不停地向你发出微笑。你会油然而生敬意，那是不可言喻的崇敬之情，你会感到站在你面前的，是一个百折不挠、饱经沧桑、宽容仁慈的人，他的思想是那样博大，除了温良和善，就不会有别的了。

　　我们看到，他一天到晚忙忙碌碌，祈祷，举行仪式，进行施舍，安慰悲痛的人，在园子里种菜，博爱，节俭，待客，克己，信任，学习，工作，这一切，充满了他的每一天。"充满"一词用得恰如其分，可以肯定，主教的一天，充满了善良的思想、善良的话语、善良的行动，满得都要溢出来了。但是，晚上，当那两个女人回房休息后，如果因为天冷或下雨，他睡前不能再到园子里去待上一两个小时，那这一天就不能算是完整的。对他来说，睡觉前，面对夜空的庄丽景色进行默想，这似乎成了一种宗教礼仪。有时，夜已很深，如果两位老姑娘尚未入睡，会听到他在园中的小径上走来走去。他独自一人，沉思默想，心平如镜，怀着崇敬的心情，将自己内心的宁静同太空的宁静进行比较，在黑暗中，他看到星斗有形的光辉，也感受到上帝无形的光辉，内心无比激动,向着来自未知世界的思想敞开自己的心扉。这时候,花儿向夜色献出芬芳,而他献出自己的心;他那颗心,犹如点燃的一盏灯,在满天星斗的黑夜中发出光芒,天地万物光辉灿烂,他身临其间,不觉悠然神往,此时此刻,连他自己也未必说得清楚内心的想法;他感到有一些东西从他身上飞走,还有一些东西来到他的身上。深邃的灵魂在同深邃的宇宙进行神秘的交流!

他想到上帝的伟大和存在。想到未来的无限,觉得神秘莫测;想起已逝的无限,更觉深不可测。他想起了在他眼下向四面八方延伸的种种无限;他并不想了解不可了解的东西,而是用眼睛默默注视。他不研究上帝,只为之目眩神迷。他思考着原子的奇妙结合;原子的结合,产生出形形色色的物质,在确定物质的形态中显示出力量,在整体中创造出个体,在空间创造出匀称,在无限中创造出无数,通过光产生美。原子不停地结合和分离,也就有了生命和死亡。

他背靠残败的葡萄架,坐在一张木凳上,透过那些果树孱弱佝偻的身影,凝视满天星斗。这几亩园地,尽管树木稀疏,拥挤着残棚破屋,但他珍爱备至,有它足矣!

这位老人很少有空闲的时间,就在那一点点的空闲中,白天要照管园地,晚上要沉思默想,他还希求别的什么呢?在这块天空作盖的狭窄园地上,他不是可以轮流在上帝最优美的作品和最崇高的作品中崇拜上帝吗?这难道还不够吗?还奢求什么呢?小小的园地供他散步,无限的穹苍供他遐想。脚下可供耕种和采摘,头上可供研究和思索。地上有几朵花儿,天上有无数星星。

十四　他的思想

最后再啰嗦几句。

我们要讲的这个细节,尤其在我们这个时代,用现在时髦的话来说,可能会赋予迪涅的主教一副"泛神论者"的面孔,不管是贬是褒,会使人相信他有一套特别的人生哲学,那是本世纪特有的人生哲学之一,那些思想时常会在孤独的人身上萌芽、形成和发展,直至取代宗教,因此,我们要强调一点:凡是认识比安维尼主教的人,都认为不能允许自己对他有这样的想法。给这个人引路的,是他的心。他的智慧是从他心中发出的光辉。

他没有理论,但有许多善行。深奥的思辨使人晕头转向;毫无迹象表明他涉猎过有关来世论的作品。基督的使徒可以无所畏惧,主教却应小心翼翼。他大概有所顾忌,不敢过分探究本该由大智大慧的人研究的问题。玄学的大门可怕而神圣,幽暗的洞口张着大嘴,但有个声音在对你这个人生旅途的过客说:"不要进去。"谁进去,谁就会遭殃!那些天才们在高深莫测的抽象和纯理论的研究中,可以说站在教条之上,向上帝提出自己的想法。他们祈祷时敢于和上帝争论。他们对上帝的崇拜带着疑问。这是直接与上帝对话的宗教,对于企图攀登的人来说,充满了忧虑和责任。

人的思考永无止境。人在思考时,冒着风险分析和钻研自己所赞叹的东西。几乎可以说,由于一种绝妙的反作用,人的思考令大自然也眼花目眩。我们周围神秘的世界,能吐其所纳,瞻望者很可能也被瞻望。不管怎样,尘世间有些人——是普通的人吗?——在梦幻的尽头清楚地望见了绝对的巅峰,看见了连绵不断、惊心动魄的山峦。比安维尼大人绝对不是这样的人。比安维尼大人不是天才。他对这些超凡的思想可能望而生畏,有一些甚至像斯维登堡和帕斯卡尔[①]这样伟大的人,都因为沉湎于这些思想而精神失常。当然,这些威力无比的空想对人的道德自有好处,通过这些险峻的道路,人们越来越臻于完美。可比安维尼大人选择了一条捷径:《福音书》。

他丝毫不想让他的祭披打上以利亚[②]法衣的褶皱。他对变化莫测的世事不做任何预测。他不想将星星点点的微光凝聚成火焰。他丝毫不是先知和星相家。这个卑微的人有一颗爱心,仅此而已。

他把祈祷扩大到想使自己成为超凡脱俗的人,这是可能的。但是,怎么祈祷都不会过分,正如怎么爱不会过分一样;如果说祈祷的内容超出经文便是异端邪说,那么,圣德肋撒和圣哲罗姆不就成了异端分子了吗?

他对痛苦的人和临终的人关怀备至。在他看来世界是一种广泛的疾病。他觉得到处在发烧,他四处诊察病痛,但不想识破谜底,而是尽力包扎伤口。人世间的景象惨不忍睹,他心中充满了同情。他一心想为自己也为别人找到一个同情和安慰人的最好方

[①] 斯维登堡(1688—1772),瑞典著名科学家、神秘主义者、哲学家和神学家。帕斯卡尔(1623—1662),法国数学家、物理学家、哲学家和作家。

[②] 据《圣经》记载,以利亚为犹太先知。

式。在这个善良和非凡的神甫看来，世界是一个悲惨的寻求安慰的永恒主题。

有些人致力于开采金矿，他则致力于发掘同情。悲惨的世界便是他的矿藏。遍地存在的痛苦，不过是他行善的好机会。"你们要互相热爱"。他宣称，这"互爱"概括了一切，无须再有别的。这就是他的全部教义。一天，那个自以为是"哲学家"的人，前面提到过的那位元老院议员，对迪涅的主教说："你瞧一瞧这个世界吧，你争我夺，尔虞我诈，最强者最有头脑。您那个'互爱'是蠢话。"比安维尼大人不作争辩，只是回答："好吧，如果说这是蠢话，灵魂就应藏于其中，正如珍珠藏于蚌壳里一样。"因此，他藏在"互爱"中，生活在里面，绝对心满意足，将那些既诱人又吓人的奇妙问题撇之一旁，例如，抽象观念不可预测的前景，形而上学的危险，所有这些将使徒引向上帝、无神论者引向虚无的深奥理论：命运、善恶、人与人的争斗、人的良知、动物的梦游症、人死后的转化、坟墓对生命的概括、前世的爱情不可理解地转到后世的"我"身上、本质、实体、虚无和存在、灵魂、自然、自由、必需。那都是莫测高深的问题，人类思想的巨神们在潜心研究；那是个无底深渊，卢克莱修[①]、魔奴、圣保罗和但丁[②]曾以炯炯的目光凝视过，那透亮的目光，注视着无限，仿佛迸发出许多星星。

[①] 卢克莱修（前98—前55），罗马诗人，唯物主义者，无神论者。魔奴，印度神话中人类的祖始。圣保罗，基督的使徒，活动期为一世纪。

[②] 但丁（1265—1321），意大利诗人。

比安维尼大人只是一个普普通通的人,他从外面观察到了这些神秘的问题,但不探索,不讨论,也不扰乱自己的思想。但在他的心中,却对幽冥非常敬畏。

第二卷
坠　落

一　赶了一天路

一八一五年十月初的一天，太阳落山前一小时，一个步行的旅客来到了迪涅这个小城。此刻，只有少数几个市民站在门口或窗前，不安地看着这个人经过。像这样衣衫褴褛的行人实在少见。他中等身材，健壮结实，正值盛年。他可能有四十六七岁。一顶皮鸭舌帽压得低低的，遮住了半个脸；这张因风吹日晒而变得黝黑的脸上淌满了汗水。他穿着黄粗布衬衫，领子上系着一个小银锚，露出了毛茸茸的胸部；领带扭得像根绳子，蓝斜纹布的裤子已经磨损，一个膝头已发白，另一个已有破洞，灰色的工装破烂不堪，一只胳臂肘上用麻线缝了块绿呢；他背了个簇新的军用包，鼓鼓囊囊，并且扣得紧紧的，手里拿了根疙里疙瘩的粗棍子，光着脚穿了双钉了钉的鞋子，头发很短，胡须很长。

汗水、炎热、步行、尘土，给这破烂的一身增添了一种难以名状的肮脏。

头发虽然很短，但根根竖着，因为剃光的头发重新长了出来，似乎有一些时候没有理了。

没有人认识他。显然只是个过路客。他从哪里来？从南方。可能是从海边。因为他进入迪涅时，和七个月前拿破仑皇帝从戛纳去巴黎走的是同一条街。他想必赶了一整天路，看上去疲惫不堪。在城郊的老镇上，有几个妇女见他在加桑迪大马路的树荫下歇了歇，又在街尽头的水池里喝了点水。他一定渴极了，因为跟在他后面的几个孩子，见他走了二百步，在集市广场的水池旁又停下来喝了水。

到了普瓦施韦街拐角处，他向左拐，径直朝市政府走去。他走进市政府，一刻钟后从里面出来。一个宪兵坐在门口的长石凳上；三月四日，德鲁奥将军[①]曾站在这个长凳上向惊慌失措的迪涅市民宣读过茹安湾宣言[②]。那人经过时，脱下帽子，恭敬地向宪兵行了个礼。

宪兵没有理他，只是仔细地将他打量了一番，又用目光送了他一程，然后进市府里面去了。

那时候，迪涅有一家豪华旅馆，名叫科尔巴十字架。旅馆老板叫雅甘·拉巴尔，迪涅市的人都说他是另一个拉巴尔的亲戚。那另一个拉巴尔曾是拿破仑的近卫骑兵，在格勒诺布尔开了一家三太子旅馆。拿破仑登陆时，当地对这家三太子旅馆曾有许多传闻。人们传说，那年一月，贝特朗将军曾乔装车夫，多次来这家旅馆，给一些士兵颁发十字勋章，向一些市民们散发拿破仑金币。事实上，拿破仑来到格勒诺布尔后，坚持不下榻在省政府大厦；

[①] 德鲁奥（1774—1847），法国将军。曾陪拿破仑流放到厄尔巴岛。
[②] 茹安湾，位于戛纳附近。拿破仑登陆时，在此发表了宣言。

他谢过市长,说是去他认识的一个正直人那里,结果去了三太子旅馆。三太子旅馆的拉巴尔真是蓬荜生辉,他那份殊荣反射到百公里外的科尔巴十字架旅馆的拉巴尔。迪涅城里有人说,他是格勒诺布尔那位拉巴尔的表兄弟。

那人向这家旅馆走去,那是当地最好的旅馆。他走进厨房,厨房的门正好临街。所有的炉灶都生了火,壁炉里大火熊熊,烧得很欢。店主同时也是领班,忙得不亦乐乎,既要照管壁炉,又要照应烧菜,正在为运货马车夫们准备一顿丰盛的晚餐。车夫们喧闹的说笑声从隔壁屋里传进厨房里。旅行过的人都知道,谁也没有运货马车夫吃得好。一只肥肥的旱獭,夹在一串白鹩鸪和松鸡中间,穿在一根铁扦上,在壁炉的柴火上转动。炉子上正在烧着两条洛泽湖的大鲤鱼和一条阿洛兹湖的鳟鱼。

店主听见门打开,又来了一位客人,头也没抬地问道:

"先生要来点什么?"

"吃饭和过夜。"那人说。

"再容易不过了。"店主回答。这时,他才回过头,将来人从头到脚打量了一番,又加了一句:"……要付钱。"

那人从工装口袋里掏出一只很大的皮钱包,回答说:

"我有钱。"

"那好,请稍候。"店主说。

那人把钱包放回口袋,取下背包,放在门边的地上,手里仍拿着那根棍子,去坐到壁炉旁的一张小矮凳上。迪涅是山区。十月的夜晚非常寒冷。

然而,店主走来走去,眼睛却在审视这位客人。

"就好了吗？"那人问。

"就好了。"店主说。

新来的客人背对着店主在烤火，可敬的店主雅甘·拉巴尔从口袋里掏出一支铅笔，从窗旁的小桌子上拿起一张旧报纸，撕下一个角，在页边的空白处写了一两行字，折起来，但没封口，然后把这张破纸交给一个孩子，看来是店里的学徒和小伙计。店主在孩子的耳边嘀咕了一句，那孩子就一溜烟朝市府跑去了。

这一切，那旅客全没看见。

他又问了一遍："就好了吗？"

"就好了。"店主说。

孩子回来了。他带回了那张字条。店主急忙打开，就像在等待答复一样。他似乎很用心地读了字条，然后摇了摇头，沉思片刻。最后，他向旅客走了一步，那旅客似乎在沉思默想，有些心神不宁。

"先生，我不能留您住宿。"店主说。

那人微微直起身子。

"怎么！怕我不付钱？要不要先付？我有钱，我跟您说。"

"不是这个。"

"那么是什么？"

"您有钱……"

"是的。"那人说。

"可我没有房间。"店主说。

那人心平气和地说："让我住马厩好了。"

"不行。"

"为什么？"

"地方全给马占了。"

"阁楼上有个角落也行，"那人又说，"给我一捆麦秸。吃完晚饭再说吧。"

"我不能给您吃的。"

他说这话的语气挺有分寸，但很坚决，外乡人感到问题严重了。他站了起来。

"啊！我都快饿死了，我。天一亮我就上路了。走了十二里。我付钱嘛。我要吃饭。"

"我什么也没有。"店主说。

那人哈哈大笑，把身子转向炉灶。

"什么也没有！这是什么？"

"这都是有人订的。"

"谁？"

"赶大车的先生们。"

"多少人？"

"十二个。"

"这都够二十个人吃。"

"他们全包了，钱也付过了。"

那人又重新坐下，仍然低声地说：

"我是在旅馆里，我饿了，我不走。"

这时，店主俯身凑到他耳边说："离开这里！"那语气使他打了个寒战。

旅客此刻正弯着腰，用一头包了铁皮的棍子拨弄着几根火炭。

他蓦地转过脸,正要张口反驳,那店主眼睛看着他,依然低声地对他说:"听着,别啰嗦了。您要我说出您的名字吗?您叫让·瓦让。现在,您要我说出您是谁吗?看见您进来,我就有些怀疑了,我叫人去了市政府,这就是人家给我的答复。您认不认得字?"

说着,他把那张已经打开的从旅馆到市厅来回转了一圈的字条递过去。那人瞟了一眼。店主停了会儿又说:

"我向来以礼待人。离开这里!"

那人低下头,捡起他放在地上的背包,离开了旅馆。

他上了大街,沿着房屋,漫无目的地朝前走去,就像受了侮辱的人,神情非常忧郁。他一次头也没有回。假如他回头的话,就会看见科尔巴十字架旅馆的老板站在门口,正用指头指着他,激动地说着话,旅馆里的所有客人和街上的所有行人都围在他身边。他如果看到那群人不信任和慌张的目光,就会猜到,他的到来马上会在迪涅传得满城风雨。

这一切,他什么也没看见。心中忧郁的人是不会朝后看的。他们深深知道,厄运总跟在他们后面。

他像这样走了一阵,一次也没停下,漫无目的地穿过一条条陌生的街道,忘记了疲倦,人悲伤时常常会这样。突然,他感到饥饿难忍。黑夜正在降临。他四下张望,看看有没有地方可以过夜。

漂亮的旅馆已向他关上大门。他想找一家简陋的酒店,一家寒碜的咖啡馆。

恰好街尽头亮起了灯光。一根松枝,挂在一个直角铁架上,显露在黄昏灰蒙蒙的天空中。他向那里走去。

果然是家小酒店。在夏福街上。

旅客停了一会儿，从玻璃窗往里面张望。酒店的大厅又低又矮，一张桌子上放着一盏灯，壁炉里大火熊熊，灯光和火光照亮了屋子。有几个顾客在喝酒。店主在烤火。一只铁锅挂在一个吊钩上，大火烧得它吱吱响。

这家酒店似乎也是客栈，可从两个门进去。一个门临街，另一个通往一个小院子，院子里到处是粪。那旅客不敢从临街的门进去。他溜进院子，又停了停，然后怯生生地提起碰锁，把门推开。

"谁？"店主问。

"一个想吃饭和住宿的人。"

"很好。这里可以吃饭和睡觉。"

他走进酒店。正在喝酒的顾客都回过头来。一边是灯光，另一边是火光，把他照得清清楚楚。趁他解包的时候，大家把他打量了一番。

店主对他说："这里有火。晚饭正在锅里煮着呢。过来暖暖身子吧，老兄。"

他走过去坐到炉子边。他把两只累坏了的脚伸到火前。一股香味从锅子里溢出。他的鸭舌帽压得很低，从他露出的那部分脸上，隐约可见一种惬意的神情，同那因饱经风霜而形成的令人心碎的神情混合在一起。

此外，这张脸显得坚强刚毅，但郁郁不乐。这是一种复杂而奇特的神情，乍一看觉得挺谦卑，最后又觉得很严肃。眼睛在眉毛下炯炯发光，犹如一堆火光在荆棘丛中闪烁。

可是，喝酒的人中有一个鱼贩子，他在进夏福街的这家酒店之前，先去把马寄存在拉巴尔旅馆的马厩里了。碰巧，那天早晨，他遇见过这个满面倦容的外乡人，那是在从阿斯湾到……（我忘记是哪里了，可能是埃斯库布隆）的路上。他们相遇的时候，那外乡人似乎疲惫不堪，要求搭一段车。可鱼贩子没予理睬，反而加快了步伐。半小时前，他也是围在雅甘·拉巴尔身边的那些人中的一个，他还把上午这场不愉快的相遇，向科尔巴十字架旅馆的那些人作了叙述。这时，他从座位上向酒店老板做了个难以觉察的手势。老板走到他跟前。他们低声交谈了几句。那外乡人早已陷入了沉思。

店主回到壁炉旁，粗暴地拍了拍他的肩，对他说：

"你得离开这里。"

外乡人转过脸，和气地问道：

"哦！您知道了？……"

"对。"

"那家旅馆把我撵出来了。"

"这里也要把你撵出去。"

"您要我去哪里？"

"别的地方。"

那人拿起棍子和背包，离开了酒店。

他出去的时候，有几个孩子向他扔石头，他们是从科尔巴旅馆跟过来的，好像在等他出来。他生气地回过头，举起棍子吓唬他们。孩子们小鸟般地四散了。

他从监牢前面走过。门口挂着一根铁链，下面系着一口钟。他敲钟。

门上的一扇小窗打开了。

"狱卒先生,"他恭恭敬敬地摘下帽子,说道,"您能给我打开门,让我住一夜吗?"

一个声音回答:

"监牢不是旅馆。让人把您抓住,我就给您开门。"

小窗又合上了。

他走进一条小街,那里有许多花园。有几个花园只用绿篱围着,使这条街显得生气勃勃。在这些花园和绿篱中间,他看见一座二层小楼房,窗口亮着灯光。他像在那家小酒店里那样,从窗口向里面望了望。这是一间粉刷得雪白的大卧室,一张床上铺着一块印花布床单,一个角落里放着一只摇篮,几张木椅,墙上挂着一支双响猎枪。房间中央有一张桌子,桌上摆着饭菜。一盏铜灯照亮了粗布做的台布,锡酒壶闪着银光,里面装满了酒,褐色的汤罐冒着热气。桌旁坐着一个四十来岁的男子,有一张快乐和开朗的脸,一个孩子在他膝上蹦跳。他身边有位少妇,在给另一个孩子喂奶。父亲在大笑,孩子在欢笑,母亲在微笑。

看着这温馨祥和的情景,外乡人出了一会儿神。他心里闪过什么念头?只有他自己才知道。也许他在想这个快乐的家庭可能会接待他,在这洋溢着幸福的地方,也许能找到一点儿同情。

他轻轻叩了叩窗玻璃。

没人听见。

他又叩了一下。

他听见那少妇说:"老公,好像有人敲门。"

"没有。"丈夫回答。

他又叩了第三下。

丈夫站起来，拿起灯，走到门口，把门打开。

此人高头大马，既是农民，又是手艺人。他围着宽大的皮围裙，一直围到左肩膀，围裙下端撩起，用腰带束着，就像是一个口袋，里面鼓鼓囊囊，放着各式各样的东西：一把铁锤、一块红手帕、一个火药壶。他仰着头，翻领衬衣敞开着，露出了白净光滑、如公牛般粗壮的脖子。他长着浓浓的眉毛，蓄着黑黑的络腮胡子，眼珠凸出，口鼻活像野兽的吻部，脸上露出一种难以言表的称心如意的神态。

"先生，"那过路人说，"对不起。您能给我一盆汤，让我在花园那边的棚子里过一夜吗？我付钱。您说行不行？我付钱，行不行？"

"您是谁？"主人问。

那人回答："我从皮伊-穆瓦松来。我走了整整一天。走了十二里。行不行？我付钱，行不行？"

"我不会拒绝留宿一个肯付钱的规矩人。"那农民说。"不过，您为什么不去客店呢？"

"都客满了。"

"算了！怎么可能？今天又不是赶集，也没有庙会。您去过拉巴尔那里了吗？"

"去过。"

"怎么样？"

旅客尴尬地回答：

"不知道，他没让我住。"

"没去夏福街的那家什么酒店?"

外乡人更尴尬了。他结结巴巴说:

"也没让我住。"

农民的脸上出现了不信任的神态。他从头到脚把那人打量了一遍,突然,他战栗着喊道:

"您就是那个人?"

他又看了一下外乡人,后退三步,把灯放在桌上,从墙上取下猎枪。

他刚说完"您就是那个人",他妻子就站了起来,把两个孩子搂在怀里,赶紧躲到丈夫的身后,惊恐地看着外乡人,露着胸脯,睁大着惊慌的眼睛,喃喃地说:"Tso-maraude。①"

这不过是一瞬间的事。屋主人像审视毒蛇一般将那人打量了一会,然后又回到门口,对他说:

"快滚!"

"行行好,给我一杯水。"那人又说。

"给你一枪!"那农民说。

接着,他砰地关上门,外乡人听到他插上了两重门闩。过了一会儿,百叶窗也关上了,还听见用铁杆加固的声音。

天越来越黑。阿尔卑斯山的寒风呼呼地刮着。在暮色中,外乡人依稀看见街边的一个花园里有一间小茅屋,像是用草皮块垒成的。他毅然跨过木栅栏,进了花园里。他走近小茅屋。门又矮又窄,很像养路工人在路边建造的小棚屋。他可能真以为是某个

---

① 阿尔卑斯山区方言,意为"野猫"。——原注

养路工人的住处。他又冷又饿。肚子饿就不去管它了,但至少可以在里面避风寒。这种棚子一般晚上是没有人的。他趴下来,爬进屋子。里面挺暖和,还有一张相当不错的麦秸床。他在这床上躺了一会,动也动不了,因为太疲倦了。但他还背着背包,躺着不舒服,再说,这是一个现成的枕头,他就开始解下一条背带。这时,他听到一声凶恶的吼叫。他抬起头,一只大狗的脑袋出现在昏暗的门口。

原来这是狗窝。

他本来就身强力壮,令人望而生畏,这时他抡起棍子当武器,把背包当盾牌,好歹离开了狗窝。他那身破衣服撕得更破了。

他走出花园,是倒退着出去的。为了吓唬那只狗,他不得不挥动木棍,剑术教练们把这种棍术称作"隐蔽的玫瑰"。

他好不容易跨过栅栏,回到街上,举目无亲,没有住处,无家可归,无地藏身,连那张麦秸床和那个可怜的狗窝也不容他栖身。他坐到——不如说跌到——一块石头上,有个行人好像听见他喊了一句:"我连一条狗都不如!"

他很快又站起来,继续往前走。他出了城,希望能在田野里找到一棵树或一个草垛,好在那里避避风寒。

他这样慢慢地走了一阵,始终没有抬头。当他感到已远离人的住所,才抬起头来,四下张望。他已在一块田里。前面是一个布满麦茬的低丘。庄稼收割完后,那山丘就像剃光头发的脑袋。

天边黑沉沉的;那不只是天色,还有一团团低云,仿佛贴在山丘上,冉冉上升,渐渐布满天空。但是,因为月亮即将升起,而且,天穹上还残留着黄昏的余晖,这些云团在上空形成白蒙蒙的拱穹,向大地投下一片微光。

因此,地上比天空更亮一些,造成一种特别阴森可怖的效果,而那荒凉贫瘠的山丘,白蒙蒙一团,呈现在黑暗的天际。这一切是那样丑恶、渺小、凄凉和狭隘。田野里,山丘上,只有一棵歪歪扭扭、丑陋不堪的孤树,在离旅客几步路的地方索索发抖。

这个人显然不会有细腻的智力和思想,不会像别人那样对事物神秘的外表产生感觉,可是,这天空,这山丘,这平原,这孤树,是那样荒凉凄惨,那人伫立沉思一会后,就突然往回走了。有时候大自然似乎也会充满敌意。

他从原路返回。迪涅的城门全都关闭了。迪涅在宗教战争中受过多次围困,但到了一八一五年仍围着旧城墙,侧翼有方形箭楼,但后来全都拆毁了。他从一个缺口进了城。

那时可能是晚上八点钟。因为他不认识街道,便又开始漫无目的地转悠。

他这样转到了省政府,而后来到了神学院。经过大教堂广场时,他向教堂扬了扬拳头。

在这广场的角上,有一个印刷厂。当年,拿破仑皇帝和帝国近卫军致军队的宣言书,就是在这家印刷厂首次排印的。那些宣言书是由皇帝亲授,从厄尔巴岛带到迪涅的。

他已精疲力竭,也不再抱任何希望,就躺在印刷厂门口的长石凳上。

这时,一个老太太从教堂里出来。她见这个人躺在黑暗中,便问道:"您在这里干什么,朋友?"

他粗暴而怒气冲冲地回答:"您没看见吗,老太太?我在睡觉。"

这个名副其实的老太太,是 R 侯爵夫人。

"在这石凳上?"

"我睡了十九年木板床,"那人说,"今天要睡一睡石板床。"

"您当过兵?"

"是的,老太太。当过兵。"

"为什么不去住客店?"

"没钱。"

"唉!"R 夫人说,"我钱包里只有四个苏。"

"四个苏也好啊。"

那人接过钱。R 夫人又说:

"这几个钱是不够您住店的。您总试过了吧?您在这里过夜是不行的。您现在肯定又冷又饿。就没有人出于怜悯让您住一夜?"

"我敲遍了所有的门。"

"怎么样?"

"到处碰壁。"

那"老太太"碰了碰那人的胳膊,指了指广场对面主教府旁边的那座小楼。

"所有的门您都敲了?"她说。

"是的。"

"那个门敲了吗?"

"没有。"

"那就去敲吧。"

二 聪明人要谨慎

那天晚上,迪涅的主教先生在城里散完步后,就把自己关在房里,一直到很晚。他正在写一部关于"义务"的巨著,遗憾的是这本书没有完成。他把神甫和圣师们关于这个严肃问题的论述仔细地研读。他的书分两部分,第一部分是人人应尽的义务,第二部分是每个人根据自己所属的阶层应尽的义务。人人应尽的义务是最重要的义务。共有四种。圣马太指出,一是对上帝的义务(《马太福音》第六章),二是对自己的义务(《马太福音》第五章第二十九和三十节),三是对同胞的义务(《马太福音》第七章第十二节),四是对创造物的义务(《马太福音》第六章第二十和二十五节)。至于其他义务,主教在别的著作中发现有阐述和规定:君王和臣民的义务,在《罗马人书》里;法官、妻子、母亲和青年男子的义务,在圣保罗的著作中;丈夫、父亲、子女和奴仆的义务,在《以弗所书》中;信徒的义务,在《希伯来书》中;处女的义务,在《哥林多书》中。他煞费苦心,想把这些规定编成一个和谐的整体,介绍给世人。

八点钟他还在工作,膝头摊着一本厚书,很不舒服地在一些小方纸上写着什么。这时,马格卢瓦太太进来了,按照她的习惯,将放在床边壁橱里的银餐具拿走。过了一会儿,他感到餐具已摆好,他妹妹可能在等他了,便合上书,起身去饭厅。

饭厅是个长方形的屋子,内有壁炉,门临街(这在前面说过了),窗向着园子。

果然,马格卢瓦太太就快摆好餐具了。

她边忙着开饭,边同巴蒂斯蒂娜小姐聊天。

壁炉旁有张桌子,桌上放着一盏灯。壁炉里火烧得很旺。

这两个女人都已年逾六十,不难想象她们的模样:马格卢瓦太太又矮又胖,性情急躁;巴蒂斯蒂娜小姐温和瘦弱,比她的兄弟稍高一点,穿着一条褐色的丝裙,那是一八〇六年的流行色,还是在巴黎买的,一直穿到现在。让我们借用通俗的字眼来对她们作一概括:马格卢瓦太太像"农妇",巴蒂斯蒂娜小姐像"贵妇";这两个表达方式言简意赅地说出了要用一页纸才能表达的思想。马格卢瓦太太头戴一顶白礼帽,脖子上挂着金十字架——主教家里唯一的首饰,穿一身黑粗呢连衣裙,袖子又宽又短,领口露出雪白的围巾,围一条红绿方格棉布围裙,腰间系一根绿带子,另外还有一块相同布料的胸巾,两枚别针别住上面的两个角,脚上穿着马赛妇女常穿的大鞋和黄袜子。巴蒂斯蒂娜小姐的连衣裙是照一八〇六年的图样裁剪的,上身短短的,腰围紧紧的,垫肩厚厚的,纽扣用狭带扣住。她戴着孩童式卷发套,以遮住她的灰发。马格卢瓦太太看上去聪明、急躁和善良;两个嘴角一高一低,上唇比下唇厚,这使她显得急躁而容易冲动。只要主教大人不说话,她就讲个不停,既毕恭毕敬,又无拘无束;但只要主教一说话,正如大家看到的,她就和那老小姐一样,立即变得惟命是从。至于巴蒂斯蒂娜小姐,她什么话也不说,只满足于服从和迎合她的兄长。她年轻时也不漂亮。她有一双鼓鼓的蓝眼睛,一副长长的鹰钩鼻;但是,她的整个脸,整个人,我们在一开始说过了,散发着一种难以名状的善良。她生来就温和善良,但信仰、慈悲、希望这温暖人心的三大美德,渐渐把她的善良升到圣洁的高度。造化使她成为一头绵羊,而宗教把她变成了天使。可怜的圣女!一去不再复返的美好回忆!

那天晚上发生在主教府的事,巴蒂斯蒂娜小姐后来无数次讲起过,有几个人现在还活着,对那件事的细枝末节仍记忆犹新。

主教先生进入饭厅时,马格卢瓦太太正讲得起劲。她所谈的事,"小姐"早已听惯了,主教也听得耳朵生茧了。那就是大门上的碰锁。

看来,马格卢瓦太太去买晚餐的食物时,在好几个地方听到了议论。说是一个外表像坏蛋的人在城里逛游,一个形迹可疑的流浪汉来到了迪涅,现在大概在城里的某个地方,今天夜里有人想晚回家,可能会倒霉。还说现在的治安很不好,因为省长和市长不和,都想弄出点事来损害对方。因此,聪明人必须自己搞好治安,自己保护自己,要小心谨慎,关好门窗,上好锁,插好闩,"紧闭门户"。

马格卢瓦太太特别强调最后一句话。但主教是从房间里来,身上有点冷,便坐到壁炉跟前烤起火来,心里在想别的事。马格卢瓦太太说那句话是想引起主教的重视,但主教却没有反应。她又重复了一遍。这时,巴蒂斯蒂娜小姐既想使马格卢瓦太太高兴,又不想得罪她的兄长,便怯生生地试探性地说:

"哥哥,您听见马格卢瓦太太说的话吗?"

"模模糊糊听到一点。"主教回答。

说完,他把椅子转过来一些,两只手放在膝盖上,抬头看着老女仆，下面的炉火照亮了他那张友善而快乐的面孔："好吧。怎么啦？出什么事了？我们有什么大的危险了？"

于是，马格卢瓦太太又把那故事从头到尾讲了一遍，无意中又添了些油加了些醋。据说有一个波希米亚人，一个流浪汉，一个危险的叫花子，现在正在城里游荡。他到雅甘·拉巴尔的客店投宿，拉巴尔没让他住。有人看见他是从加桑迪林荫大道过来的，傍晚时分，他在城里转悠。一个面目狰狞、作恶多端的坏蛋。

"真的吗？"

主教这么一问，马格卢瓦太太便来了劲；她觉得这表明主教也有点紧张了，于是得意地继续说：

"是的，大人。这是真的。今天夜里，城里会出事的。大家都这么说。还有，现在治安很不好（重复这点很重要）。住在一个山区，夜里连路灯都没有！晚上怎么出门？黑洞洞的，像在烘炉里。我这样说，大人，小姐也这样说……"

"我，"妹妹打断她说，"我什么也没说。我哥哥做什么都是对的。"

马格卢瓦太太就像没听见抗议似的继续往下说。

"我们说，我们的屋子很不安全。大人同意的话，我去把锁匠保兰·米兹布瓦找来，让他把原来的门闩重新装上去。那些东西都在，一会儿就好了。我说得要有门闩，大人，哪怕就今天一夜；因为，我说，大门只用碰锁，外面来的人一推就开，没有比这更可怕的了。而且，大人总习惯说'进来'，哪怕是深更半夜，啊！上帝！不用征得同意……"

这时，有人用力敲了一下门。

"进来。"主教说。

三 惟命是从的英雄气概

门开了。

门开得很猛,很大,似乎推门的人使了很大的劲儿,下了很大的决心。

一个人走了进来。

这个人,我们已认识了。就是刚才那位到处求宿的外乡人。

他进来后,向前走了一步就又停下了,让他身后的门敞开着。他肩上背着背包,手里拿着棍子,眼里露出粗鲁、坚定、疲倦和暴躁的神态。壁炉里的火照着他。他面目可憎。他的出现是个不祥之兆。

马格卢瓦太太连喊的力气都没了。她愣在那里,浑身颤抖。

巴蒂斯蒂娜小姐转过头,看见那人进来,吓得差点站起来,然后,她又慢慢地将脑袋转向壁炉,开始看她的哥哥,她的脸又变得异常平静而安详了。

主教用平静的目光看着那个人。

他正要开口,可能想问来人需要什么,那人却双手按在棍子上,挨个看了看主教和两个女人,不等主教说话,便大声说:

"听着。我叫让·瓦让。我是苦役犯。我在苦役牢里呆了十九年。四天前刚释放,我要去蓬塔利埃,那是我的目的地。我从土伦来,走了四天了。今天走了十二里。傍晚来到这里,我去过一个客栈,被赶了出来,因为我向市政府出示了我的黄通行证。我是照章办事。我又去了另一个客栈。人家对我说:'滚开!'两家都一样,谁都不让我住。我去过监狱,狱卒没有开门。我到过狗窝,那条狗咬了我,把我赶了出来,就像是人似的。好像它知道我是谁。我又跑到田野里,打算露宿一夜。但天上没有星星。我想要下雨了,又没有仁慈的上帝来阻止下雨。我回到城里,想找个门洞过夜。我到了那个广场上,正想睡到一块石头上。一个老太太给我指了您的房子,对我说:'去敲那家的门。'于是我就敲了门。这是什么地方?是旅馆吗?我有钱,我积存的钱。一百零九法郎十五苏,是我在苦役牢里干了十九年苦活挣的。我会付钱的。这有什么?我有钱。我累极了,走了十二里,我饿坏了。您让我留下吗?"

"马格卢瓦太太,"主教说,"再放一副餐具。"

那人向前走了三步,走到桌上的灯旁边。

"听着,"他像没听懂主教的话似的说道,"不要这样。您没听见吗?我是坐过牢的,是个苦役犯。我是从苦役牢里来的。"

他从口袋里掏出一张黄纸,把它打开。

"这是我的通行证。您看到了,是黄的。这让我到哪里都会被人赶走。您要看看吗?我认得字,我。我是在牢里学会的。那里有所学校,谁愿意去就可以去。听着,这就是通行证上写的:'让·瓦让,刑满释放犯,原籍……'这同您没关系……'服了十九年苦役。破门盗窃,五年。四次企图越狱,十四年。此人十分危险。'这就是上面写的。大家都把我赶了出来。您愿意接待我吗,您?这里是旅馆吗?您愿意给我吃和住吗?您有马厩吗?"

"马格卢瓦太太,"主教说,"给凹室的床铺上白被单。"

前面说了,这两个女人的服从已到了盲目的程度。

马格卢瓦太太出去执行命令了。

主教向那人转过身。

"先生,坐下来暖暖身子。一会儿就开饭,您吃饭时,就给您铺床。"

这时,那人全都明白了。他的脸,一直是那样阴沉和严肃,此刻露出了满意、怀疑和快乐的神色,变得非常奇特。他就像一个精神失常的人,喃喃自语:

"真的吗?什么!您留我下来?您不赶我走?一个苦役犯!您叫我先生!您不用'你'称呼我!别人总对我说:'滚开,你这条狗!'我原以为您会赶我走的。因此,我一上来就说明我是谁。呵!真是个好女人!是她给我指了这里!我有晚饭吃了!我有一张床了!一张有褥子、有被单的床!和大家一样!我有十九年没睡过床了!您真的不赶我走吗?你们一家都是好人!再说我有钱。我一定会付钱的。对不起,店主先生,您贵姓?您要多少,我就付多少。您是个好人。您是店主,是不是?"

"我是这里的神甫。"主教说。

"神甫!"那人又说。"呵!您是一个好神甫!那么,您不要我付钱了?是本堂神甫,对不对?这个大教堂的神甫?嘿!真的,您看我多笨!我没看见您头上的教士帽!"

他边说边把背包和棍子放到一个角落里,然后把通行证放进口袋,坐了下来。巴蒂斯蒂娜小姐温和地看着他。他又说:

"本堂神甫先生,您很人道。您不歧视人。一个善良的神甫,实在难得。那么,您不要我付钱了?"

97

"不要，"主教说，"留着您花吧。您有多少？您不是对我说有一百零九个法郎吗？"

"再加十五苏。"那人补充说。

"一百零九法郎十五苏。用了多少时间挣来的？"

"十九年。"

"十九年！"

主教深深叹了口气。

那人接着又说："这些钱我都还没动呢。四天来，我只花了二十五苏，那是我在格拉斯帮人卸车挣的。既然您是神甫，我就告诉您，我们牢里有一个指导神甫。有一天，我还见过一个主教。大家都叫他'大人'。那是马赛马若尔教堂的主教，是领导神甫的神甫。您知道，对不起，我说的话不好听，可是，对我来说，离我实在太远了。——您明白，我们这些人！——他在监牢中央的一个祭坛上做弥撒，头上戴着个尖尖的玩意儿，是金的。那东西在中午的太阳底下闪闪发光。我们排着队，三面有大炮瞄着我们，引爆线也点着了。我们看不清楚。他对我们讲话，但他站得太靠里，我们听不见。这就是主教。"

在他讲话的时候，主教去把大门关上了，因为它一直开着。

马格卢瓦太太又进来了。她拿来一副餐具，放在桌上。

"马格卢瓦太太，"主教说，"把这副餐具放到最靠近火的地方。"接着，他又转身对那人说："阿尔卑斯山区夜里风很大。您大概冷了吧，先生。"

每当主教用温和而低沉的声音，彬彬有礼地喊"先生"时，那人的面孔就会一亮。称一个苦役犯为"先生"，不啻赐给墨杜莎号①的遇难者一杯水。人在耻辱中渴望尊重。

"这盏灯不大亮。"主教说。

马格卢瓦太太心领神会,就去主教大人的卧室里取来了那副银烛台,点着后放在桌子上。

"本堂神甫先生,"那人说,"您是个好人。您不鄙视我。您让我住在您家里。您为我点蜡烛。而我明确告诉了您我从哪里来,我是个不受欢迎的人。"

主教坐在他身旁,轻轻拍了拍他的手。"您本可以不对我说您是谁的。这不是我的家,这是耶稣-基督的家。这个门不问进来的人有没有名字,而是问他有没有痛苦。您有痛苦,您又饿又渴,您就是受欢迎的人。不用感谢我,不要对我说我让您住在我家里。在这里,除了需要庇护的人,谁都不是在自己家里。您来这里,我要对您说,您在这里比我更是在自己的家里。这里的一切都是您的。我有什么必要知道您的名字呢?再说,在您告诉我您的名字之前,我就知道您的一个名字了。"

那人惊讶得睁大了眼睛。

"真的?您知道我叫什么?"

"是的,"主教回答,"您叫我的兄弟。"

"瞧,本堂神甫先生!"那人大声说,"我进来时饿极了,可是,您对我那么好,我现在都不饿了,全都过去了。"

"您吃了很多苦吧?"

---

① 墨杜莎号,船名,一八一六年七月,在距非洲西岸四十海里的地方遇险沉没。

"呵！穿着红号衣，脚上拖着铁球，睡觉只有一块板，挨热挨冷，受苦受累，囚徒，棍棒！动不动就给你套上双重锁链。一句话说得不对，就要关黑牢。即使卧床不起，也要套上锁链。连狗都比我快乐！十九年！我都四十六岁了。现在还背着黄通行证！就这样。"

"是的，"主教说，"您出来的地方的确很悲惨。听我说。在天上，一个满面是泪、悔过自新的罪人，要比一百个穿白袍的善人还要快乐。如果您带着对人类的仇恨和愤怒走出那个痛苦的地方，那您值得可怜；若是怀着仁慈、愉快、平和的想法出来，那您比我们任何人更可贵。"

马格卢瓦太太已摆好晚饭了。一盆用水、食油、面包和盐煮成的清汤，一点儿肥肉，一块羊肉，几个无花果，一块新鲜的奶酪和一大块黑麦面包。她还自作主张，在主教先生的日常饭菜之外，加了一瓶莫夫陈酒。

主教突然喜形于色，那是好客的人特有的神态。他高兴地说："开饭！"每当有外人来吃饭，他总让客人坐在他右边，这次仍然这样。巴蒂斯蒂娜小姐平静而自然地坐到他的左边。

主教先做祷告，然后，按习惯亲自给大家盛汤。那人狼吞虎咽地吃了起来。

突然，主教说："我觉得桌上还少点什么。"

的确，马格卢瓦太太只放了三副必须用的餐具。但是，主教留客吃饭时，总习惯在桌布上面摆六副银餐具，这是无辜的摆阔。在这个把清苦升华到神圣的温馨而严肃的家里，这种优雅的摆阔，是一种不无魅力的孩子气。

马格卢瓦太太心知其意,一句话也没说就出去了。不一会儿,主教要的另外三副银餐具已对称地摆到三位就餐者面前,在桌布上闪闪发光了。

四　蓬塔利埃的干酪制造业

为使大家对餐桌上发生的事有所了解,最好还是转录一段巴蒂斯蒂娜小姐写给德·布瓦舍弗龙夫人的信,它朴实而详细地叙述了苦役犯和主教之间的谈话:

……那人旁若无人,狼吞虎咽地吃着。可他喝完汤后却说:

"仁慈上帝的神甫先生,这一切对我来说真是太好了,但我得说,那些不愿让我同他们一起吃饭的马车夫吃得可比您好。"

私下里说说,这句话我听了有点不舒服。我哥哥回答说:

"他们比我辛苦。"

"不,"那人又说,"他们比您有钱。您很穷,我看得出来。您大概连本堂神甫都不是。您是本堂神甫吗?啊!假如仁慈的上帝公正的话,您应该是本堂神甫。"

"仁慈的上帝何止公正。"我哥哥说。

过了一会,他又说:

"让·瓦让先生,您去蓬塔利埃,是不是?"

"那是规定的路线。"

我相信那人是这样说的。接着他又说：

"明天天不亮我就要上路。旅途很艰难。夜里很冷，白天却很热。"

"您去的地方很不错。"我哥哥说。"大革命时期，我家毁了，我先逃到了弗朗什-孔泰，在那里呆了一段时间，靠双手劳动过日子。那时我很有毅力。我找到了活儿干。活儿很多，有造纸厂、制革厂、酒厂、大钟表厂、炼钢厂、炼铜厂，炼铁厂就至少有二十个，其中四个分别在洛德、夏蒂永、奥丹库和伯尔，规模都很大……"

我想我没说错，这正是我哥哥提到的地名。接着，他停住话头，对我说：

"亲爱的妹妹，那里不是有我们的亲戚吗？"

我回答说：

"以前是有的。有一个德·吕斯内先生，革命前，他是蓬塔利埃的守将。"

"不错，"我哥哥说，"但到了九三年，什么亲戚也没了，只剩下自己的双手。我做过工。在蓬塔利埃，就是您要去的地方，让·瓦让先生，有一种非常古朴、非常迷人的工业，我的妹妹。那就是干酪工场，那里的人称作 fruitières[①]。"

于是，我哥哥边叫那人吃，边向他详细介绍蓬塔利埃的奶酪工场。"有两种。一种叫大仓，那是富人的工场，有四五十头奶牛，一夏天能产七八千块奶酪。还有一种叫奶酪合作工

[①] 法国邻近瑞士的地区把 fnomagezies（干酪工场）叫作"fruitières"。

场，那是穷人的工场，住在半山腰的农民把他们的奶牛集中起来，共同分享产品；他们雇用一个制奶酪的人，叫作'格吕兰'；格吕兰每天向合作社员收三次奶，把数量记在一块双面木板上；四月底开始制造奶酪，六月中旬制奶酪的人把他们的奶牛牵进山里。"

那人吃着吃着恢复了精神。我哥哥让他喝了点莫夫酒，他自己从来不喝，说那酒太贵。我哥哥以您所熟悉的轻松愉快的神情向他作了详细介绍，言谈间透着在我看来和蔼可亲的礼貌。他多次提到了"格吕兰"的优越地位，仿佛想让那人明白这是他的一个归宿，但又不直截了当地劝他这样做。有件事使我很吃惊。那人的身份我对您说过了。可我哥哥只是在他进来时提到过耶稣，在吃晚饭的整个过程中，在整个晚上，他一句话也没影射那人的身份，也没告诉他自己是谁。这显然是说教的好机会，拿主教的威风来压一压苦役犯，给他留下深刻的印象。换了别人，既然这个可怜人落到你的手上，就会逮住机会，在为他的身体提供食粮的同时，也为他的心灵提供养分，对他进行一些训诫和劝导，或者怜悯同情一番，勉励他今后好好做人。我哥哥甚至没问他的籍贯和身世。因为在他的经历中，必定犯过错误，我哥哥似乎尽量避免使他回忆过去。因此，当我哥哥谈到蓬塔利埃的山民离上天如何近，工作如何愉快，还说他们如何幸福，因为他们清白纯洁，说到这里，他突然停了下来，担心他脱口而出的这句话会伤害那个人。我反复思考，终于明白了我哥哥的心思。他心里可能想，那个叫让·瓦让的人，心里只有痛苦，最好给他排忧解愁，使他相信——哪怕是暂时的——他和别人是一样的人,在他眼里是普通的人。这难道不是慈悲心肠吗?仁慈的夫人,他这样体贴入微,坚持不说教,不训诫,不含沙射影,这里面难道没有真正福音的意味吗?当一个人内心有痛苦,最完美的同情,难道不是不去触及他的痛处吗?我觉得,这就是我哥哥内心的想法。不管怎样,我可以说的是,就算他有这些想法,他也丝毫没有流露出来,哪怕是对我。那天晚上,他自始至终跟平时没有两样,他和这个让·瓦让共进晚餐时,他的神态和举止,同他和热代翁院长先生或本堂神甫先生共进晚餐时完全一样。

晚餐快结束时,大家正吃着无花果,有人叩门了。是热博大婶,怀里抱着她的孩子。我哥哥吻了吻孩子的额头,又向我借了十五苏给热博大婶。那人没大注意。他不再说话,看上去十分疲倦。可怜的热博大婶走后,我兄弟念了饭后经,然后转身对那人说:"您大概很想睡觉了。"马格卢瓦太太很快撤掉餐具。我明白我们应该离开,好让那旅客睡觉,于是,我和马格卢瓦太太上楼去了。过了一会儿,我又让马格卢瓦太太把我房里那张黑森林的狍子皮给那人送去。夜里很冷,这张狍子皮能御寒。可惜已旧了,毛全脱光了。这还是我哥哥在德国的图特林根买的,那里离多瑙河的发源地很近。我吃饭时用的那把象牙柄小刀,也是在那里买的。

马格卢瓦太太差不多立刻就回来了,我们在晾衣服的屋子里做了祷告,然后没有说什么,各自回房里去了。

五　心境恬然

和妹妹道过晚安后，比安维尼大人从桌上拿起一个银烛台，把另一个递给他的客人，对他说：

"先生，我领您去房间。"

那人跟在他后面。

前面曾讲过房子的布局，去那间有凹室的祈祷室，或从里面出来，必须经过主教的卧室。

他们经过这个房间时，马格卢瓦太太正在把银餐具塞进床头的壁橱里。这是她每天就寝前留心做的最后一件事。

主教把客人安顿在凹室里。一张洁白干净的床已铺好。那人把烛台放到小桌子上。

"行了，"主教说，"好好睡一觉。明天早晨动身前，喝一杯我们家自产的热牛奶。"

"谢谢，神甫先生。"那人说。

他刚说完这句非常平和的话，却突然而毫无过渡地做了个奇怪的动作，那两个圣女在场的话，一定会吓得魄散魂飞。即使是今天，我们也很难理解他当时为什么这样。是想警告还是威胁？或者仅仅出于一种本能的连他自己也若明若暗的冲动？他突然转向老人，交叉双臂，粗野的目光盯着他的房东，嘶哑着嗓门喊道：

"嗳！真的！您让我住在您家，像这样，离您那么近！"

他停了停，令人毛骨悚然地哈哈大笑，继而又说：

"您想清楚了吗？谁对您说我没杀过人？"

主教抬头望望天花板，回答道：

"那是上帝的事。"

然后，他庄严地翕动着嘴唇，像是在祈祷，又像是自言自语，伸出右手的两个指头为那人祝福，可那人头也不低。接着，他回自己的房里去了，没有回头，没有朝后看一眼。

当凹室有人住时，哔叽布料的大帷幔会被拉上，遮住祭坛。主教经过帷幔前面时，跪下来做了个简短的祷告。

过了一会儿，他来到园子里。他散着步，遐想着，沉思着，他的心灵和思想完全沉浸在上帝专为黑夜中醒着的人展示的伟大而神秘的世界里。

至于那人，他实在累极了，甚至连洁白舒服的被单都没用上。他用鼻孔吹灭灯（这是囚犯们的习惯），和衣倒在床上，立即就呼呼睡着了。

主教从园子回屋时，已是半夜。

几分钟后，小楼里的一切都熟睡了。

六　让·瓦让

快到半夜时，让·瓦让醒了。

让·瓦让出生在布里的一个贫苦农民家庭。幼时没念过书。成年后，他在法弗罗勒当修树工。他母亲叫让娜·马蒂厄，父亲叫让·瓦让或弗拉让。这个姓可能是绰号，由 Voilà Jean① 缩合而成。

让·瓦让生来喜欢沉思，但并不忧郁，这大概是感情丰富的人特有的性格。然而，让·瓦让多少有点无精打采、无所作为的样子，至少表面如此。他从小父母双亡。母亲因产褥期发烧，没得到很好治疗而撒手人世。父亲也是修树工人，是从树上掉下来摔死的。让·瓦让只剩下一个姐姐，是个寡妇，带着七个孩子，有男孩也有女孩。让·瓦让是姐姐养大的，姐夫活着时，他吃住都在姐姐家。后来姐夫去世了。七个孩子中，老大八岁，最小的一岁。那时，让·瓦让刚满二十五岁。他代行父职，扶持姐姐，以报抚育之恩。这是很自然的事，就像是一种义务，但让·瓦让多少有点抱怨的情绪。就这样，他在艰苦而报酬微薄的劳动中消磨着自己的青春。他家乡的人从没见过他有"女朋友"。他没时间谈情说爱。

晚上，他拖着疲惫的身子回到家里，闷头吃饭，一声不吭。他吃饭时，姐姐让娜大婶常常把他汤里最好的东西，如瘦肉、肥肉、菜心等捞出来给她的一个孩子吃。他任其这样做，只当什么也没看见，头也不抬地吃着，脑袋几乎埋在汤里，长长的头发遮住了他的眼睛，散落在汤盆周围。在法弗罗勒，街对面离瓦让家的茅屋不远的地方，有个叫玛丽克洛德的农妇，瓦让家的孩子常常挨饿，有时会以母亲的名义，去向玛丽克洛德借一升牛奶，躲到某个篱笆后面或路角上，你争我夺地喝起来，喝得匆匆忙忙，弄得小女孩们的围裙和脖子上都是奶。母亲若知道了这种欺骗行

---

① Voilà Jean 为法语，意为"这是让"。

为，势必会狠狠惩罚他们。让·瓦让尽管性情粗暴，喜欢咕哝，但他还是瞒着姐姐，将奶钱付给玛丽克洛德，孩子们也就免挨一顿惩罚。

在修树的季节里，他一天可挣二十四苏，在其他时候，他就给人收割，做小工，放牛，干苦力活。他尽自己所能。他姐姐也干活，带着七个孩子，有什么办法呢？这是悲惨的一家，被贫困包围，越包越紧。有年冬天非常难熬。让·瓦让找不到活干。家里断了粮。没有面包。一点也没有。可有七个孩子哪！

一个星期日的晚上，在法弗罗勒的教堂广场，面包铺老板莫贝·伊扎博正要睡觉，忽听得装了铁栅的玻璃橱窗发出一声巨响。他及时赶到，只见玻璃橱窗被拳头敲出一个窟窿，一只手从窟窿里伸进来。那只手抓起一块面包就跑。伊扎博连忙追出去，小偷拼命逃跑，伊扎博紧追不放，终于逮住了他。小偷已扔掉面包，但他的胳膊还在流血。这就是让·瓦让。

这事发生在一七九五年。让·瓦让因"夜间破门盗窃民居"罪，被送上当时的法庭。他有一支枪，枪法赛过世上任何枪手，多少也是个偷猎者，这些都对他很不利。人们对偷猎者抱有成见，这也是合情合理的。偷猎者和走私者一样，同强盗相差无几。不过，顺便说一句，这些人和城里凶恶的杀人犯相比，还是有根本区别的。偷猎者生活在森林里，走私者生活在山里或海上。城市造就腐败的人，也就产生了凶恶的人。高山、大海、森林造就野蛮的人。它们助长人的野性，但常常不毁灭人性。

让·瓦让被宣判有罪。法律的条文是很明确的。在我们的文明中，有一些极其可怕的时刻；那是刑法宣告罪犯毁灭的时刻。

一个有思想的生灵,遭到社会无可弥补的彻底抛弃,这是多么悲伤的时刻啊!让·瓦让被判五年苦役。

一七九六年四月二十二日,巴黎全城欢呼意大利方面军总指挥在蒙特诺特[①]大获胜利,共和四年花月二日,督政府在致五百人院的咨文中,把那位总指挥的名字写成了布奥拿-巴[②]。就在同一天,在比塞特监狱,一批犯人被铐上了一条长铁链。让·瓦让就在这条铁链上。当时的一位狱卒,现已年近九旬,仍清楚地记得这个不幸的人,他被铐在大院北角第四条链子的末端。他和其他囚犯一样坐在地上。他对自己的处境一无所知,只知道非常可怕。在这对一切懵然无知的可怜人的思想上,可能也朦胧感到有过火的东西。当有人给他套上枷锁,用锤子在他脑后梆梆地敲钉子时,他哭了,哭得透不过气,说不出话,只是不时地重复:"我是法弗罗勒的修树工。"然后,他一面呜呜咽咽,一面伸出右手,逐次降低地按七次,仿佛在触摸七个高矮不一的脑袋。这个动作似乎告诉人们,他做的任何事情,都是为了养活那七个孩子。

他被押往土伦。他脖子上套着铁链,坐着一辆大车,行走了二十七天。在土伦,他穿上了红囚衣。他生命里有过的一切都消失了,甚至连姓名也没有了。他不再是让·瓦让,而成了24601。他姐姐怎样了呢?七个孩子怎样了呢?谁会管这些事呢?幼树被

[①] 蒙特诺特,意大利的一个村镇。当时欧洲联盟军从意大利和莱茵河两方面进攻法国,拿破仑从意大利出击,在意大利境内击溃奥地利军队后,直逼维也纳,用一年时间,迫使奥地利求和。

[②] 指拿破仑。拿破仑是科西嘉人,他的姓Bonaparte(波拿巴),在科西嘉写作Buona-parte(布奥拿-巴)。当时拿破仑还不出名,所以他的姓写错了。

齐根锯掉，它那撮嫩叶会变成什么呢？

千篇一律的故事。这些可怜的生灵，上帝的创造物，从此无依无靠，无人引导，无处栖身，听凭命运的摆布。谁知道呢？也许各自随处漂泊，渐渐陷入寒冷的迷雾中，孤独的命运被迷雾吞噬，在人类悲惨的道路上，像所有不幸的人那样，渐渐消失在凄凉的黑暗中。他们离乡背井。家乡的钟楼已把他们遗忘。地边的界石已把他们遗忘。在苦役牢里呆了几年后，让·瓦让自己也把他们忘了。这颗心里曾有过伤口，现在有一个伤疤。如此而已。他在土伦服刑的过程中，只有一次听人提起过他的姐姐。我想，那是在他囚禁第四年的年底。我已记不清他是通过什么途径得到消息的。他家有个熟人见到过他姐姐。她在巴黎，住在圣苏皮斯教堂附近的一条穷街上，叫然德尔街。她身边只有一个孩子，一个小男孩，最小的。其他六个在哪里？她自己也未必知道。每天清晨，她去木鞋街三号的一个印刷厂，她在那里当折页工和装订工。早晨六点就得到达厂里，冬天时，天还没有亮。印刷厂里有所学校，她把七岁的小男孩先送到学校。只是她六点要到厂里，学校七点才开门，那孩子要在院子里等一个小时；要是冬天，黑咕隆咚的，在外面，呆一个小时！孩子不让带进厂里，说是会碍手碍脚。工人们早晨经过，看见一个可怜的孩子坐在石板地上，困得东倒西歪，常常在黑暗中趴在书篮上睡着了。遇到下雨天，门房老太太可怜他，就把他叫进她的陋室，里面只有一张破床、一个纺车和两张木椅，孩子便在一个角落里睡觉，怀里搂着猫，这样可以暖和一些。七点钟，学校开门，他就进去。这便是让·瓦让听到的关于他姐姐的事。一天，有人同他谈了这些事，这不啻一道亮光，就像一扇窗子突然打开，他看到了他爱过的亲人的命运，但随即又合上了；从此再没听人谈起过，那一次就成了永远。他再也没有他们的消息，再也没有看见过他们，再也没有遇见过他们。在这令人肝肠寸断的故事里，我们也不会再看见他们了。

　　在这第四个年头快结束时，轮到让·瓦让越狱了。他的牢友们帮助他逃走，在这悲惨的地方这是常有的事。他逃了出去，在田野里自由地游荡了两天。可那是怎样的自由啊！后面有人追捕，一步一回头，稍有动静便浑身颤抖，整日提心吊胆，怕看到冒烟的屋顶、过路的行人，怕听见狗吠声、马蹄声、钟鸣声；怕天亮，因为看得见，怕黑夜，因为看不见；怕大路、小道、树丛、睡眠。第二天晚上，他又被抓获。他已三十六个小时没吃没睡了。港口法庭因越狱罪加判他三年徒刑，前后加起来就成了八年。到了第六年，又轮到他越狱了。他仍利用了，但没成功。晚点名时他不在。人们鸣炮示警，夜巡队在一条正在建造的大船的龙骨里找到了他。他奋力抵抗，但最终还是被苦役牢的看守们抓住了。越狱加拒捕。根据特别法的规定，他又被加刑五年，其中两年要戴双重铁链。十三年。第十年，又轮到他越狱，他又一次利用。又没有成功。这一回又加刑三年。十六年。最后，我想是他入狱后的第十三年，他试了最后一次，四小时后就又被逮住了。这四个小时，使他又加刑三年。十九年。一八一五年十月，他刑满释放。他是一七九六年因敲碎一块玻璃拿走一块面包而锒铛入狱的。

　　这里插一段题外话。本书作者研究过刑法以及法律如何将人罚入地狱的问题，在研究中，曾两次碰到过因偷一块面包而造成终身悲剧的案情。克洛德·格[1]偷了一块面包；让·瓦让偷了一块面包。据英国的一份统计，在伦敦，五次偷窃中，有四次是因饥饿直接引起的。

让·瓦让入狱时哭泣颤抖，出狱时无动于衷。进去时悲痛绝望，出狱时忧郁阴沉。

在这个人的心灵中有什么变化呢？

七　绝望背后

我们试图作一剖析。

社会既然造成了这些问题，就应该加以正视。

我们前面说过，让·瓦让没有知识，但并不愚笨。他的思想天生也被智慧的光辉照亮。厄运也会放出光芒，使他思想的微光变得更亮。在棍棒下，在铁链下，在黑牢里，在疲劳时，在苦役场的烈日晒烤下，躺在囚犯的木板床上，他沉思默想，反省自己。

他自己组成了法庭。

他首先审判的是自己。

他承认，他并非无罪，并没受到不公正的惩罚。他承认自己做得太过分，应该受到谴责；假如他向人家要一块面包，人家不一定会拒绝；无论如何，他应该等待，或求得怜悯，或找一份工作；以"肚子饿了能等吗？"为理由，是站不住脚的；首先，真

---

[1] 克洛德·格，雨果一八三四年出版的小说《克洛德·格》中的主人公。

正饿死的人是很少的；其次，不幸也罢，快乐也罢，人生来就有顽强的忍受力，可以长期忍受精神和肉体上的痛苦却不会死亡；因此他应该耐心等待，哪怕是为了那几个可怜的孩子；像他这样一个微不足道的可怜人，去和整个社会搏斗，以为去抢去偷便可摆脱贫困，无疑是一种失去理智的行为；无论如何，通往罪恶的大门，是摆脱贫困的危险之门；总而言之，他错了。

接着他又想：

在他不幸的遭遇中，有错的难道就他自己？首先，他很勤劳，却没有工作，他很勤快，却没有面包，这难道还不严重？其次，自己虽然做错了事，且供认不讳，但惩罚是不是太残忍，太过分了？法律判刑的过分，比起罪犯犯罪的过分来，是不是有过之而无不及？在天平的秤盘上，刑罚这一端的砝码是不是太重了？判刑过重，不就等于抵消了罪行，使情况转了个向，惩罚者的错误取代了犯罪者的错误，犯罪的人成了受害的人，债务人成了债权人，侵犯权利的人反而有了权利？因为一次次越狱，刑罚就一次次加重，最终会不会成为一种最强者对最弱者的谋杀，一种社会对个人的罪行，一种每天周而复始的罪行，一种延续十九年的罪行？

他思量，人类社会难道有权使它的成员一方面要忍受它的毫无远见，另一方面又要忍受它的太有远见，让一个穷人永远处于缺乏和过分之中，要么缺乏工作，要么过分惩罚？财富的分配全凭偶然，社会如此对待得到的最少，因而也最应该照顾的成员，是不是有失偏颇？

当他提出并解决了这些问题后，便对社会进行了判决。

他判决社会应该承受他的仇恨。

他把自己遭受的命运归罪于社会。他暗暗思忖，有朝一日，他会毫不犹豫地找它算账。他对自己说，他造成的损失，同他遭受的损失相比，两者之间是不平衡的。他得出结论，他受的惩罚事实上不是不公平，而是极不公正。

人可以毫无道理地发怒；人可以毫无情由地生气；但是，人若无理由，是不会愤慨的。让·瓦让感到愤慨。

况且，人类社会从来只会伤害他。它从来只让他看到发怒的面孔，即所谓的正义，它总向打击的对象出示这副面孔。人们同他接触，只是为了伤害他。他同人的每次接触，对他都是打击。从他孩提时代起，从他的母亲和姐姐开始，他从没听到过一句友好的话，也没遇到过一道仁慈的目光。经过一次次痛苦，他渐渐确信生活是一场战争，在这场战争中，他惨遭失败。他只剩下仇恨这个武器了。他决定在苦役牢里把这武器磨得又尖又快，出狱时一起带走。

无知兄弟会[①]在土伦为苦役犯办了一所学校，向那些有志学习的不幸人教授最必须的课程。让·瓦让是那些有志者中的一个。他上学时四十岁，他学习读、写、算。他感到，智慧增加了，仇恨也增加了。在某些情况下，教育和智慧可为恶推波助澜。

还有一件令人悲伤的事：他审判了给他造成不幸的社会之后，又开始审判上帝，因为是上帝创造了社会。

他也对上帝进行了判决。

就这样，在十九年的折磨和奴役中，他的灵魂在升华的同时，

---

① 基督教学校兄弟会产生于一六八〇年，为法国一天主教团体的绰号。

也坠落了。一边进入的是光明,另一边进入的是黑暗。

我们已看到了,让·瓦让并非生来就是恶人。初进苦役牢时,他还是善良的。他在判决社会时,感到自己变凶恶了;在判决上帝时,感到自己已不再相信宗教了。

这里,我们很难不好好思考一下。

人的本性能像这样彻头彻尾地改变吗?上帝创造的性本善良的人,能被人变成恶人吗?人的灵魂可能被命运彻底改变,命运不好灵魂也会变坏吗?人的心灵可能被巨大的不幸压得蜷曲萎缩而变得丑陋无比,正如在低矮的拱门下脊椎会变畸形一样吗?在人的心灵中,尤其是在让·瓦让的心灵中,有没有一点基本的火星,一种神圣的成分,在人间不怕腐蚀,在另一个世界永生不灭,善可以使它发育成长,把它点燃,使它熊熊燃烧,发出灿烂的光辉,但恶决不能把它完全扑灭?

这是些严肃而深奥的问题。对这最后一个问题,任何一个生理学家,只要在土伦见过让·瓦让休息时的神情,都会毫不犹豫地作出否定的回答;对让·瓦让来说,休息的时间,也就是沉思默想的时间,他双手交叉在胸口,坐在绞盘的横杆上,铁链的末端放在衣袋里以免拖在地上,这个忧郁严肃、沉默寡言、沉思默想的苦役犯,这个被法律遗弃的人,用愤怒的目光看着人类,这个被人类文明罚入地狱的人,以严厉的目光看着上天。

当然,而且我们也不想隐瞒,这个去土伦观察的生理学家,可能会看到一种不可救药的痛苦,也许会为这个受法律伤害的人鸣冤叫屈,但他绝不会试一试医治的办法;他可能会看到那人的心灵上有伤口,但他会掉过头去,不予理睬;他会像地狱门口的但丁,尽管上帝在每个人的脑门上写着"希望"二字,他会把这两个字从这个人的生命中抹去。

刚才,我们试图剖析了让·瓦让的心态,以便使我们的读者有所了解,可是,让·瓦让自己是否也和我们一样清楚呢?构成他内心痛苦的种种因素,在它们形成之后以及形成的过程中,他是否看得一清二楚呢?他的思想是一步步发展的,他随着思想的变化时起时伏,渐渐变得心绪郁结,多少年来,他的内心世界一直处于这种郁闷的状态中,这个粗野而没文化的人,是否明确知道自己思想的这种演变呢?是否清楚意识到他内心曾有的变化以及现在所有的骚动呢?对此,我们不敢肯定,甚至认为是不可能的。让·瓦让太愚昧无知了,即使经历了那么多苦难,他对许多事依然稀里糊涂。有时候,他甚至不知道他有什么感觉。让·瓦让处在深深的黑暗中,他在黑暗中痛苦,他在黑暗中仇恨,可以说,他仇恨面前的一切。他习惯生活在这种黑暗中,像瞎子和梦游者那样在黑暗中摸索。不过,他有时会因自身或外界的缘故,而突然怒火冲天,或痛不欲生,一道惨淡的光线一闪而过,刹那间照亮了他的整个心灵,他在一种可怖而凄然的光线下,看到了他的周围,他的前后左右,看到他的命运布满了险恶的深渊,前途一片漆黑。

那道光闪过后,他又沉入了黑暗,他在哪里?他又全然不知了。

这样的刑罚,起支配作用的是冷酷无情,会使人变得粗野,使人发生令人瞠目结舌的变化,渐渐变成一头野兽。有时会变成一头猛兽。让·瓦让执拗地几次三番企图越狱,就足以证明法律对于人的心灵产生的这种奇特的作用。让·瓦让一而再,再而三地越狱,那样毫无用处,那样缺乏理智,可只要有机会,他就逃跑,全然不顾及后果,不考虑以前失败的教训。犹如一头狼,发现笼子开着,就难以抑制地冲出去。他的本能对他说:"快逃出去!"可理智却会对他说:"不要逃跑!"可逃跑的欲望不可抗拒,理智已不存在,只剩下本能,只剩下兽性起作用了。一旦又被抓住,他所遭受的新的严厉的惩罚,只会使他更加惊恐不安。

有一个细节不应漏掉,那就是他力大无比,苦役牢里无人比得上他。干苦活累活时,比如放缆绳,卷绞盘,让·瓦让一个顶四个。他的背可以扛起和顶起很重的东西,必要时可以代替千斤顶,那工具从前被称为"骄子"。顺便说一下,巴黎菜市场附近有条骄子山街,就源于这个工具的名称。牢友们给他起了个绰号,叫他千斤让。有一次,土伦市政府的阳台正在维修,支撑这个阳台的令人叹为观止的女像柱出自皮热①之手,可是其中一根脱了开来,快要掉下来了。让·瓦让碰巧在那里,他用肩膀顶住那根柱子,使工人有时间赶来修理。

他不仅力大无穷,更是身手敏捷。有些苦役犯日夜梦想越狱逃跑,最终把力量和灵巧结合在一起,形成了一门真正的学问。这是肌肉的学问。那些羡慕飞虫飞鸟的囚犯们,每天都在练习这种神秘的静力学技能。爬垂直的墙壁,在常人几乎看不见凹凸的地方找到支点,这是让·瓦让的拿手好戏。在一个墙角处,他利用背力和腿力,胳膊肘和脚后跟紧贴着石头的凹凸处,令人不可思议地一直爬到四楼。有时,他像这样一直爬到监牢的屋顶上。

---

① 皮热(1620—1694),法国最有特色的巴罗克雕刻家、画家和建筑师。

他很少说话，也很少笑。一年中他只笑一两次，那也必须有特别激动的事；那是苦役犯凄惨的笑声，犹如魔鬼大笑时的回声。看他笑的神情，会以为他正在全神贯注地凝望一个可怕的东西。

他的确全神贯注。

他的性格残缺不全，他的智力受到压抑，通过这病态的理解力，他依稀感到有一种可怕的东西压在他的身上。他在有点儿惨淡光线的半明半暗中匍匐前进，每每转动脖子，尽量抬起头时，总是恐怖而又愤怒地看到，在他的头顶上方，压着许多可怕的东西、法律、偏见、人和事，那是些崇山峻岭，层层叠叠，无边无际，分不清它们的轮廓，黑压压的一堆使他望而心悸；那不是别的，而是被我们叫作奇妙的金字塔的人类文明。在这乌七八糟、丑陋无比的一堆东西中，在一些高不可攀的高原上，这里那里，忽近忽远，他辨出了个别的人群，个别的细节，被强烈的光线照亮，这儿是狱卒及其棍棒、宪兵及其屠刀，那边是戴主教冠冕的大主教，最高处，在类似太阳的东西中间，是头戴冠冕、令人眼花目眩的皇帝。他感到，这些遥远的光辉，不仅不能驱散他的黑夜，反而使黑夜更加阴沉，黑上加黑。所有这些，法律、偏见、一件件事、一个个人、一样样东西，按照上帝赋予人类文明的复杂而神秘的运动方式，在他头顶上走来走去，把他践踏、压扁，残酷中带着说不出的安详，冷漠中带着说不出的无情。那些被法律摈弃的人，所有落入厄运深渊、打入十八层地狱、无人关心的可怜人，无不感到人类社会的全部重力压在他们头上；这个社会，在地狱外面的人看来，是多么美好，但在底层的人看来，却是多么可怕。

让·瓦让在这种境况下思索,那会是一种什么性质的思索呢?

假如磨盘下的谷粒有思想的话,那它想的也许正是让·瓦让所想的。

凡此种种,充满鬼怪的现实,充满现实的幻景,最终为他创造了一种难以言表的内心世界。

他在做苦役时,常常会停下来。他开始沉思。他的理智比从前更成熟,但也更混乱,常常会产生反抗情绪。他感到,他所发生的一切是多么荒唐,他周围的一切是多么怪诞。他常对自己说,这是一场梦。他望着站在几步路以外的狱卒,觉得那狱卒就像个幽灵,突然,那幽灵给了他一棍子。

眼前的大自然对他来说几乎不存在。可以说,对让·瓦让而言,无所谓太阳、晴朗的夏日、灿烂的天空,无所谓四月凉爽的拂晓。他心灵的一点光,通常不知是从哪里照进来的。

最后,假如把刚才所谈的事情中可作概括的进行概括,作出肯定的结论的话,那么我们只能指出,让·瓦让,法弗罗勒的从不伤人的修树工,土伦的令人恐惧的苦役犯,经过十九年苦役生活的打磨,具备了做两种坏事的本领:第一种坏事是快速的、不假思索的、糊里糊涂的,完全是本能的反应,是对所受苦难的报复;第二种坏事是认真的、严肃的,是在良心上经过反复挣扎,并用苦难造成的错误观点深思熟虑过的。他预谋干坏事时,要连续经过说理、下决心和坚持三个阶段,只有性格刚毅的人才能走完这三个阶段。他的动力是长期积累的愤愤不平,心灵的郁郁不乐,对不公正待遇的耿耿于怀,对他人,甚至对善良的、无辜的和正直的人所抱的对抗情绪,如果真有这种人的话。他思想的出发点和归宿,是对人类法律的仇恨。这种仇恨,如果没有神意加以阻止,到一定时候会发展成对社会的仇恨,继而是对人类的仇恨,再变成对天地万物的仇恨,表现为一种朦胧的、延绵的、野兽般的危害欲,不问是谁,见到人就要危害。——正如我们看到的,那张通行证上说让·瓦让是"非常危险的人",不是没有道理的。

年复一年,让·瓦让的心渐渐地,却又是不可避免地变得越来越干涸。心一干涸,眼睛也随着干涸。他出狱时,已有十九年没掉过一滴泪了。

八 海涛与黑夜

有人掉进海里了!

这有什么!船是不会停的。风在呼啸,这黑蒙蒙的船有一条航道,它不得不按既定方向继续前进。它驶走了。

那人时隐时现,时沉时浮,他呼叫着,他伸出胳膊,人们却听不见;船在专心操作,在暴风雨中颠簸前进,水手和乘客已不再看见那落水的人;在茫茫无际的波涛中,那人的头不过是一个黑点。

他在深渊发出绝望的呼叫。那驶去的帆船,多么像幽灵!他望着它,发疯似地望着它。它驶远了,越来越淡,越来越小。刚才他还在船上,他是其中的一个船员,他和其他船员一起,在甲板上走来走去,他有他的一份空气和阳光,他活着。可是,发生什么事了?他滑了一下,跌入海里,于是就完了。

他在汹涌的海水中。他脚下的一切都在躲避和崩裂。海涛被大风撕碎撕裂,可怕地将他团团包围,把他卷进深渊,海水犹如褴褛的衣衫,在他头上波动,波涛犹如低贱的民众,向他口吐唾沫,黑乎乎的巨洞就要把他吞没。每次下沉,他都隐约看见黑沉沉的深渊;一些见所未见的可怕植物抓住他,缠住他的脚,把他拉过去;他感到自己变成了深渊,变成了浪花,浪头把他抛来掷去,他喝着苦涩的海水,卑劣的海洋定要把他淹没,庞然大物在拿他垂危的生命寻开心。他觉得,这整个大海便是仇恨。

然而,他奋力搏击,他试图自卫,他试图挺住,他竭尽全力,他划动着双臂。他很快就精疲力竭,但仍和永不疲劳的大海进行搏斗。

那条船在哪里?在那里。在灰暗的天际,依稀可辨它的影子。

狂风在呼啸,浪花一股脑儿压到他身上。他抬起头,只见灰蒙蒙的云层。他奄奄一息,望着发疯的大海。他已被疯狂的大海置于死地。他听到人类闻所未闻的声音,仿佛来自尘世之外,来自不知什么可怕的地方。

云层中有鸟儿,正如苦难人生的上空有天使,可它们又能为他做什么?它们飞着,唱着,翱翔着,可他却在发出垂死的喘息。

他感到他被两个无限埋葬,一个是海洋,一个是天空,海洋是坟墓,天空是裹尸布。

夜幕降临。他已游了好几个小时了,他已精疲力竭;那条船,那远处的载着人的东西,已消失得无影无踪。他独自一人在黄昏可怕的深渊中,他在往下沉,他越来越僵硬,他扭动着,他依稀感到他身底下是冥冥世界中的妖魔鬼怪,他大声呼叫。

没有人了。上帝在哪里？

他呼叫着。来人哪！来人哪！他不停地呼叫。天边什么也没有。天上什么也没有。

他向空间、波涛、海藻、暗礁发出哀求；但它们是聋子。他向暴风雨发出哀求；但暴风雨沉着坚定，只服从无限的指挥。

在他周围，是黑暗、轻雾、孤独，是无知无觉的狂风暴雨的喧嚣，是无边无际的汹涌澎湃的波涛。在他心中，是恐怖和疲劳。在他脚下，是坠落。没有支点。他想象着尸体在漫无边际冥府中的种种神秘的历险。无尽的寒冷冻得他不能动弹。他的手痉挛着，紧紧握住，但握住的是虚无。狂风、乌云、旋涡、气流、无用的星星！怎么办？绝望的人会自暴自弃，万念俱灰的人会决心一死，心灰意冷，不再反抗，听凭命运的摆布，从此沉入凄恻的深渊，被大海吞噬。

啊，永不改变行程的人类社会！它在行进中，抛下多少生命和灵魂！那是怎样的海洋啊，多少被法律抛弃的人坠入其中！那里阴森可怖，毫无救助！啊，道义的沦丧！

大海是社会法律抛掷受苦人的冷酷无情的黑夜。大海是无尽无止的苦难。

灵魂在这深渊中漂泊，会变成一具僵尸。谁来使他起死回生呢？

九　新的创伤

让·瓦让出狱的时刻到了，他耳朵听到一句奇怪的话："你自由了。"这一时刻真是异乎寻常，难以置信，一道强烈的光线，一道活人世界真正的光线，突然射进他的心里。可这道光很快就黯淡了。让·瓦让想到自由，不禁目眩神迷。他以为将会有新的生命。但他很快就明白拿一张黄通行证的自由意味着什么。

在获得自由这件事上，他遇到了许多辛酸事。他计算过，他在苦役牢里的积存金，总数可达一百七十一法郎。应该指出的是，他忘了把节假日休息扣除了，十九年，共要扣除二十四法郎。总而言之，这笔钱七扣八扣，最后只剩下一百零九法郎十五苏，这就是他出狱时拿到的钱。

他什么也不明白，以为吃了亏。说得明白些，他有被抢的感觉。

出狱的第二天，在格拉斯，他看见一家橙花精厂门口有人在卸货。他提出帮忙。这活很急，人家同意了。他干了起来。他聪明、强壮、灵活，他尽量把活干好，老板似乎很满意。他正干得起劲，一个宪兵经过，见他面生，问他要证件。他只好出示黄通行证。接着，让·瓦让又继续干活了。在这之前，他问过一位工人，干这活一天挣多少。那人回答："三十苏。"因为第二天一大早还得赶路，那天晚上，他去找橙花精厂老板要工钱。老板没有说话，给了他二十五苏。他提出抗议。老板回答："给你这么多够好的了。"他坚持。老板看着他，对他说："当心班房！"

他又一次感到受到了抢劫。

社会和国家克扣他的积存金，将他大偷大抢了一次。现在，轮到个人来对他小偷小抢了。

释放不等于解脱。他走出了监狱，但并没有走出判决。

这就是他在格拉斯的遭遇。他在迪涅的遭遇，我们已经知道了。

十 那人醒了

大教堂的时钟敲响半夜两点时,让·瓦让醒了。

他这么早醒来,是因为床太舒服了。他快二十年没睡床了,虽然没脱衣服,但他的感觉实在太新鲜,不可能不影响他的睡眠。

他睡了四个多小时,疲劳已经消除。他已养成习惯,睡觉时间不长。

他睁开眼,在黑暗中看了看四周,然后又合上眼想再睡一会儿。

人在白天受了太多的刺激,那些事扰得你心绪不宁,你可以睡着,但醒后就不容易再睡着了。睡意来过一次,很难来第二次。这正是让·瓦让所处的情况。他再也睡不着了,于是开始胡思乱想。

他的思绪正是混乱的时候。一堆模糊不清的东西在他的脑海里翻腾。往事新事浮上心头,杂乱无章,毫无条理,它们不再有形状,无限膨胀,继而仿佛突然消失在汹涌的浊水中。他想起了许多事,但有一件事反复出现,将其他事赶跑。这件事,我们现在就作交待:他注意到了马格卢瓦太太放在桌上的六副银餐具和那个大汤勺。

那六副银餐具萦绕在他心头——它们就在那里——近在咫尺——他穿过隔壁的房间,到这间屋里来睡觉时,老女仆正在把它们放进床头的小壁橱里——他注意到了这个壁橱——从饭厅进来,就在右边——它们是实心的——是旧银器——加上那把大汤勺,至少可卖二百法郎——是他在牢里十九年所挣的两倍——说实话,假如"官府"没有"抢"他的话,他还可以多挣些。

他脑海里犹豫着,斗争着,折腾了足足一小时。三点钟敲响了。他又睁开眼睛,猛地坐起来,伸手摸了摸扔在凹室角落里的背包,然后垂下双腿,脚踩在地上,不知怎么,就坐在了床边上。

他这样坐着沉思了好一会儿;如果有人看见他像这样待坐在黑暗中,沉睡的屋子里只有他一人醒着,会感到有种不祥的意味。突然,他弯下腰,脱掉鞋,轻轻放在床前的草垫上,接着又陷入了沉思,坐着一动也不动。

在这丑恶的沉思中,刚才提到的那些念头,在他的脑海里不停地翻腾,进进出出,出出进进,对他施加着压力。不知怎么的,就像人们在退想时会机械而顽固地出现同一个想法那样,他也想到了在牢里认识的一个名叫布勒韦的苦役犯,那人的裤子只用一根针织棉背带吊着。背带的格子图案不断地浮现在他的脑海里。

他就这样坐着想着,要不是时钟敲了一下,报告一刻或半点钟,他也许会像这样坐到天明。这钟声仿佛在对他说:"行动吧!"

他站起来,又犹豫了一会儿,竖起耳朵听了听。屋里毫无动静。于是,他慢步径直朝依稀可辨的窗口走去。夜色并不很黑,天上有一轮圆圆的月亮,风儿驱赶着大片乌云从月亮上奔跑而过。因此,屋外,月亮时隐时现,时暗时明,屋内,笼罩着薄暮般的微光。这昏暗的亮光,足以使人在里面辨清方向。由于月亮不时被乌云遮蔽,那微光忽强忽弱,就像从气窗里射进地窖里的光线,因为气窗前不断有行人来来往往,地窖里的黯淡光线也断断续续。让·瓦让走到窗边,把窗子仔细看了看。窗外是园子,窗上没有铁条，按照当地的习惯，只用一个小小的插销扣住。他打开窗，一股寒风夺窗而进，他赶紧把窗关上。他凝视园子，那目光与其说在凝视，不如说在研究。园子围着白墙，墙很低，很容易翻过去。园子尽头，围墙外面，依稀可见几个树梢，间距相等，这说明园子外面是一条林荫大道，或是一条种着树的小街。

观察完毕，他做了个动作，表示决心已定，回到床边，拿起背包，把它打开，在里面摸了摸，掏出一样东西，把它放在床上，又把鞋子塞进一只衣袋里，扣好背包，背在肩上，戴上帽子，把帽舌压到眼睛上，伸手摸他的棍子，把它放到窗角上，然后又回到床边，坚定地抓住刚才放在床上的东西。好像是一根短铁棒，像长矛那样一端磨得很尖。

黑暗中，很难看清这铁棒是用来干什么的。是一根撬棒？或是大头棒？

若是白天，就能认出这其实是矿工用的烛台。那时候，苦役犯常被派去开采土伦周围山上的岩石，使用采矿工具屡见不鲜。矿工的烛台是铁制的，下端是尖的，以便能插进岩石里。

他用右手拿着烛台，屏气息声，蹑手蹑脚，向隔壁的房间走去。我们知道，那是主教的卧室。走到门口，他发现门虚掩着。主教根本就没关门。

十一　他做什么

让·瓦让侧耳细听。没有一点动静。

他推门。

他用手指轻轻推了推,就像想进门的猫儿那样,鬼鬼祟祟,提心吊胆。

门在推力下,微微地无声地动了动,门缝也就扩大了一点。

他等了等,接着又推了推,这次胆子更大了些。

门继续打开,不发出一点声音。现在,门缝已大到可以过人了。可是门边有一张小桌子,与门形成一个角度,妨碍他过去。

让·瓦让意识到这个问题。得用力把门开得再大些。

他打定主意,又推了一下,比前两次用的力气更大。这一次,一个不够润滑的铰链在黑暗中突然发出长长的嘶哑的叫声。

让·瓦让吓了一跳。这铰链的声音传进他的耳朵,那样洪亮,那样巨大,不啻向他吹起了最后审判的号声。

最初,那声音被无限夸大,他差点以为那铰链活了,突然获得了异乎寻常的生命,像狗一样狂吠起来,向大家发出警告,想把熟睡的人唤醒。

他停下来,浑身发抖,惊慌失措,原先踮着脚尖,现在脚跟着了地。他听见太阳穴里像有两把铁锤在砰砰地敲打,他感到胸腔里呼出的气息声,就像岩洞里冲出的风声那样呼呼作响。他觉得,这怒气冲冲的铰链发出的可怕吼声,犹如地震,会把全屋子的人震醒;门被他推开后,惊慌失措,连呼救命;那老头就要醒来,两位老妇就要大呼大叫,右邻左舍就会来救助;不到一刻钟,消息会传遍全城,宪兵队就会出动。有那么一会儿,他真以为自己完蛋了。

他呆若木鸡,不知所措,不敢移动脚步。几分钟过去了。门开得很大。他壮胆看了看房间。一切如旧。他侧耳谛听。屋里毫无动静。锈铰链发出的声音没有把任何人惊醒。

第一个危险过去了,但他依然心慌意乱。不过他没有后退。就在他以为自己完蛋时,他也没有后退。他只想赶快完事。他迈前一步,走进了房间。

房里寂然无声。这里那里,可以辨出一团团模糊不清的东西,若在白天,就可看到,那是散乱在一张桌上的纸张、几部打开的书、堆在一张小板凳上的几本书、放在一张安乐椅上的衣服、一张祷告用的跪凳,可那些东西此时此刻就成了一个个幽暗的角落和惨白的空间。让·瓦让小心翼翼地向前走去,以免碰到家具。他听见房间深处,传来熟睡的主教均匀而安详的呼吸声。

他戛然止步。他已来到床边。没想到这样快就到了。

有时候,大自然会巧妙而阴沉地、恰到时候地用其效果和景致来干预我们的行动,仿佛要我们多加思考。半个小时来,大片乌云遮住了天空。可是,当让·瓦让走到主教床前时,那片乌云仿佛故意撕裂,一道月光透过长窗,蓦然照亮了主教苍白的脸。他睡得非常安详。下阿尔卑斯山一带夜间非常寒冷,主教躺在床上,似穿非穿着一件棕色羊毛衣,从肩上一直盖到手腕上。他脑袋仰卧在枕头上,一副沉睡的样子。一只手垂在床边,这只戴着主教戒指的手做过多少善事和圣事。他脸上闪耀着满足、希望和快乐。那不只是微笑,而是一种光辉。一种看不见的光照在他额头上,发出难以言表的反光。善人睡觉时,心灵在瞻望神秘的天空。

那神秘的天空在主教脸上有一道反光。

主教同时也像光一样透明,因为那天空就在他心里。那天空,就是他的信仰。

当月光与这内心的光辉可以说重叠的时候,熟睡的主教仿佛被一圈光包围。然而,这圈光非常柔和,朦朦胧胧,难以形容。这天上的月亮,这似睡非睡的大地,这静谧的园子,这宁静的屋子,这一时间,这一时刻,这寂静,都给这智者令人肃然起敬的睡眠,增添了一种庄严而难以言喻的东西,使他银白的头发、紧闭的双眼、充满希望和信任的面孔、老人的脑袋和孩子的睡容,笼罩在壮丽而宁静的光环中。

他这种无意展示的庄严神态,几乎可与神灵争艳斗丽。

让·瓦让在黑暗中,手里拿着铁烛台,呆呆地站着,被这灿烂的老人吓得不敢动弹。他从没见过这样的情景。老人的信任使他惊恐万分。一个意识混乱、心绪郁结、处在作恶边缘的人,瞻望一个善人睡眠,这壮丽的情景,是精神世界从未见过的。

主教一个人睡在房里,有这样一个人为邻,却睡得如此深沉,这里面有一种崇高的东西,让·瓦让也模模糊糊地,却又是不可抗拒地感觉到了。

谁也说不清楚他内心的想法,恐怕连他自己也未必知道。要了解他此刻在想什么,就必须想象一下最狂暴的人遇到最温和的人时会怎样想。就是从他的脸上,也很难明确地看出什么。那是一种惊讶愕然的神色。他只是望着。仅此而已。至于他在想什么,是不可能猜到的。但有一点很清楚,他很激动,很震惊。但这是什么性质的激动呢?

他目不转睛地看着老人。从他的面部表情和神态唯一可以看到的,是一种令人费解的犹豫不决。似乎他在两个深渊之间踌躇不定，一个是自绝，一个自救。他好像已做好准备，要么敲碎主教的脑袋，要么吻主教的手。

过了一会儿，他左手慢慢举起，脱掉帽子，又慢慢放下。他左手拿着帽子，右手拿着铁烛台，粗野的脑袋上竖着乱蓬蓬的头发，他又陷入了沉思。

在这可怕的目光注视下，主教依然睡得很安详。

壁炉上方有一个耶稣受难十字架，在月光照映下依稀可辨，受难的耶稣仿佛向他们张开双臂，为一个人祝福，为另一个人赦罪。

突然，让·瓦让重新戴上帽子，不再看主教一眼，沿着床快步朝床头旁的模糊可见的壁橱走去。他举起铁烛台，好像要撬锁。钥匙就在锁上。他打开锁，首先映入眼帘的是放银餐具的篮子。他拿起篮子，大步穿过房间，不再小心翼翼，也顾不得会弄出声音。他到了门口，走进祈祷室，打开窗子，拿起棍子，跨过楼下的窗台，把银餐具放进背包里，扔掉篮子，穿过园子，猛虎似的越墙逃跑了。

十二　主教拯救灵魂

翌日，比安维尼大人迎着初升的太阳，在园子里散步。马格卢瓦太太慌里慌张地向他跑来。"大人，大人，"她喊道，"大人知道银餐具的篮子到哪里去了吗？""知道呀。"主教说。"谢天谢地！"她说，"我还以为丢了。"主教刚在一个花坛上捡到了篮子。他把它交给马格卢瓦太太。"喏！""怎么？"她说，"空的！银餐具呢?""啊!"主教又说,"原来您问的是银餐具?我不知道它们在哪里。""仁慈的上帝!被人偷走了!是昨晚的那个人偷的。"

说完,她用一个惊慌的老人可能有的敏捷,一转眼跑到祈祷室,跑进凹室,又跑了回来。主教已弯下腰,心疼地察看一棵辣根菜,那篮子掉到花坛上时,把它压断了。听到马格卢瓦太太大叫大嚷,他又站了起来。

"大人,那人走了!银餐具偷走了!"

她叫嚷着,视线落到园子的一个角上,那里有越墙的痕迹。墙头的人字架拉掉了。

"瞧!他是从那里跑掉的。他翻过墙到了科什菲莱街!啊!真该死!他偷走了我们的银餐具!"

主教没有吭气,过了一会儿,他抬起严肃的眼睛,和颜悦色地对马格卢瓦太太说:

"首先,这银餐具是我们的吗?"

马格卢瓦太太瞠目结舌。又是一阵沉默,接着,主教继续说:

"马格卢瓦太太,这银餐具被我长期占有,这是不对的。它们属于穷人。那人是谁?显然是穷人。"

"耶稣!"马格卢瓦太太当即反驳,"又不是为了我和小姐。我们无所谓。是为了大人。现在大人用什么吃饭呢?"

主教惊讶地瞧着她。

"这有什么?不是还有锡餐具吗?"

马格卢瓦太太耸了耸肩。

"锡有股臭味。"

"那就用铁的。"

马格卢瓦太太做了一个意味深长的鬼脸。

"铁有股怪味。"

"那好,"主教说,"就用木头的。"

过了一会儿,主教在让·瓦让昨夜吃饭的桌子上用早餐。他妹妹一言不发,马格卢瓦太太低声嘀咕,比安维尼大人边吃,边乐呵呵地对她们说,面包蘸牛奶,连木勺和木叉都用不着。

"不知是怎么想的!"马格卢瓦太太一边来回忙着,一边喃喃自语,"招待这样一个人!还让他睡在自己身旁!幸亏只偷了些东西!啊,上帝!想起来都后怕!"

兄妹二人正要离开餐桌,突然听到有人敲门。

"请进。"主教说。

门打开了。一群奇怪而粗暴的人出现在门口。其中三个人揪着第四个人的衣领。那三个人是宪兵,另一个是让·瓦让。

门外还有个宪兵班长,可能是带队的。他进了屋,走到主教跟前,行了个军礼。

"主教大人……"他说。

让·瓦让神情忧郁,显得垂头丧气,一听到这个称呼,大吃一惊,便抬起头。

"主教大人?"他喃喃地说,"这么说,他不是本堂神甫……"

"不准说话!"一个宪兵说,"这是主教大人。"

这时,比安维尼大人以他这样岁数的人可能有的最快速度,赶紧迎上去。

"啊!是您!"他看着让·瓦让,大声说。"看到您很高兴。怎么!那对烛台我不是也送给您了吗?也是银的,可以卖二百法郎哪。您怎么没同餐具一起拿走？"

让·瓦让张大眼睛，看着年高德劭的主教，那神情是任何人类语言都难以描绘的。

"主教大人，"宪兵班长说，"这人说的是实话吗？我们遇到了他。他就像在逃跑似的。我们拦住他检查了。发现了这套银餐具……"

主教微笑着打断他说：

"他没给你们说，这是一个神甫老头送给他的吗？他还在他家里过了一夜。我明白是怎么回事。你们把他带回来了？这是个误会。"

"既然这样，"班长又说，"我们可以放他走了吧？"

"当然。"主教回答。

宪兵们放了让·瓦让，可他却往后退。

"真的放我走了吗？"他说，声音含糊不清，仿佛在说梦话。

"是的，放你走了，你没听见？"一个宪兵说。

"我的朋友，"主教又说，"走之前，别忘了您的烛台。拿上吧。"

他走到壁炉跟前，拿起那对银烛台，交给让·瓦让。那两个妇人看着他，不说一句话，不做一个手势，也不用眼色打扰主教。

让·瓦让浑身颤抖。他神态迷惘，机械地接过那对银烛台。

"现在，您放心走吧。"主教说，"对了，朋友，以后再来时，不必从园子里进来。您随时可以从街上的那个门进出。它白天黑夜都只用碰锁关着。"

他又转身对宪兵们说：

"诸位也可以走了。"

宪兵们走远了。

让·瓦让好像要昏过去了。

主教走到他跟前,低声对他说:

"您答应过我,您要用这钱使自己变成一个诚实的人,可不要忘了啊,千万不要忘了啊。"

让·瓦让想不起来有过什么承诺,一下愣住了。主教说这些话时,加重了语气。接着,他又郑重地说:

"让·瓦让,我的兄弟,从今后,您不再属于恶,而是属于善了。我是在赎您的灵魂,我把它从阴暗而堕落的思想里赎回来,交还给上帝。"

十三 小热尔韦

让·瓦让逃跑似的出了城。他在田野里匆匆走着,不问大路小路,遇到路就走,也没察觉走来走去却在走回头路。他这样游荡了一上午,没有吃饭,也不觉饥饿。许多新的感受折磨着他。他感到有点生气,却不知道在同谁生气。他说不清楚是受到了感动,还是遭到了侮辱。他不时产生一种受感动的怪异的感觉,他斗争着,用他在过去二十年中养成的冷酷无情来与之对抗。这种心绪使他厌烦。他遭遇到的不公正的命运,早已使他心如死灰,现在,他不无忧虑地感到,这种可怕的平静已开始动摇。他问自己,取而代之的将是什么呢?有时他想,倒不如仍在监狱里待着,和宪兵们在一起,而不是现在这个样子,那样,他会少一些心烦意乱。尽管已是深冬,但在树篱中间,这里那里,仍有一些迟开的花朵,他经过时,闻到一股香味,勾起了他对童年的回忆。这些往事,好久没在他脑海里出现了,使他感到几乎难以忍受。

在整整一天中,一些难以表达的想法,在他头脑中越积越多。

太阳西斜,地上最小的卵石也拉长了身影。让·瓦让坐在一丛灌木后面,周围是荒无人影的橙黄色的原野。只有阿尔卑斯山矗立在天际。甚至望不见远处村庄的钟楼。让·瓦让离迪涅可能有三里。一条小路穿过原野,从灌木丛不远处经过。

他在沉思。这种沉思的神情,加上他褴褛的衣衫,会使过路人吓得魂不附体。忽然,他听到一个欢快的声音。

他转过头,看见小路上走来一个萨瓦①小孩,十来岁,唱着歌,腰里挂着一把手摇弦琴,身上背着一个旱獭箱。他是一个四乡漂泊的流浪儿,生性温和快乐,裤腿上的窟窿露出了膝盖。

孩子唱着歌,不时地停下来,用手里的几枚硬币,玩抛小骨游戏。这几枚硬币大概是他的全部财产了。其中一枚是四十苏的角子。

孩子停在灌木丛旁,却没看见让·瓦让。他把那些硬币抛起来。之前抛硬币,他每次都相当灵巧地用手背接住了。

这次,那四十苏的角子没有接住,滚向树丛,停在让·瓦让脚边。

让·瓦让把脚踩在上面。

可是,孩子的眼睛一直跟着那枚钱币,看见让·瓦让把脚踩在上面了。

---

① 萨瓦,法国东部地区名。

他毫不惊讶，朝那人走去。

这地方很偏僻。纵目远望，平原和小路上没有人影。只有一群鸟儿从高空飞过，传来微弱的鸣叫声。孩子背朝太阳，阳光给他的头发披上缕缕金丝，血红的光辉把让·瓦让蛮横粗野的脸染成了深红色。

"先生，我的角子呢？"小萨瓦人说，语气充满了孩子特有的天真无知的信任。

"你叫什么？"让·瓦让问。

"小热尔韦，先生。"

"走开！"让·瓦让说。

"先生，"孩子又说，"还我角子。"

让·瓦让低下头，不作回答。

孩子又说：

"我的角子呢，先生？"

让·瓦让仍然看着地上。

"我的角子！"孩子嚷了起来，"我的银角子！我的钱！"

让·瓦让仿佛没听见似的。孩子抓住他的衣领，使劲摇他。同时，他想用力踢开踩着他那枚钱币的钉了铁掌的大鞋。

"我要我的角子！四十苏的角子！"

孩子哭了。让·瓦让抬起头。他仍然坐着。他目光模糊。他惊讶地打量孩子，然后伸手拿起棍子，骇人地大叫一声："谁？"

"是我，先生。"孩子回答，"小热尔韦！是我！是我！请把四十苏还给我！抬抬脚！"

接着，尽管是个孩子，他被激怒了，几乎以威胁的口吻说：

"您抬不抬脚？抬抬脚！听见没有？"

"呀！又是你？"让·瓦让说，他蓦地站起来，但脚依然踩在钱币上。他又加了一句："还不快逃走！"

孩子惊恐地看看他，浑身哆嗦起来。他愣了几秒钟，就拔腿逃跑了，不敢回头，也不敢叫喊。

可他跑了一段路，就喘不过气来了，只好停下来。让·瓦让虽在沉思，仍听到了孩子的惨哭声。

过了一会儿，孩子消失了。

太阳已然落山。

暮色笼罩着让·瓦让。他一天没吃东西了，可能还发着烧。

他站着不动。孩子逃走后，他没有改变过姿势。他呼吸间时长，不均匀，胸膛一起一伏。他目光停在前面十一二步远的地方，仿佛在专心研究掉在草丛里的一块蓝色碎陶片的形状。突然，他打了个寒战。他感觉到了夜晚的寒意。

他把帽子往下拉了拉，下意识地把工装的前襟拉拢，扣好扣子，迈前一步，弯腰从地上捡起棍子。

这时，他看见了那四十苏的角子，被他的脚踩得一半陷进地里，正在石子中间闪闪发光。他像被电击了一下。

"这是什么？"他喃喃而语。

他向后退了三步，又停下来，眼睛盯着刚才他脚踩着的地方。这个在黑暗中闪烁的东西，仿佛是一只眼睛，睁得大大的在望着他。

过了几分钟，他抽搐着猛地扑向银币，抓住它，站起来，开始眺望远处的原野，朝天际四下张望。他站着，索索发抖，有如一只受惊的野兽在寻找避难所。

他什么也没看见。夜幕降临。原野朦朦胧胧，冒着寒气，紫色的雾霭在暮色中冉冉升起。

他"啊"了一声，急忙朝孩子消失的方向走去。走了百来步，他停下来，看了看，还是什么也没看见。

于是，他用全力高喊："小热尔韦！小热尔韦！"

他停住叫喊，等了等。

没有应答。

旷野荒凉阴沉。他被广阔的原野包围。四周什么也没有，只有望不穿的黑暗，吼不破的寂静。

凛冽的北风呼啸着，使得周围的一切生气萧索。灌木猛烈摇动着细弱的胳膊，仿佛在威胁和追逐着一个人。

他继续往前走，接着又跑了起来。他跑跑停停，在孤寂的原野上喊叫着，声音之大之悲痛，是从未听到过的。他喊着："小热尔韦！小热尔韦！"

那孩子如果听见他的喊叫，一定会感到害怕而躲起来。但他可能已走远了。

他遇见一个骑马的神甫。他上前对他说：

"神甫先生，您看见有个孩子经过吗？"

"没有。"神甫回答。

"一个叫热尔韦的孩子？"

"我什么人也没遇到。"

他从背包里拿出两枚五法郎的钱币，交给神甫。

"本堂神甫先生，这钱给您的穷人。——本堂神甫先生，那孩子大概有十岁，我想，他有一只旱獭，还有一把手摇弦琴。他朝那边去了。是个萨瓦孩子,您知道吗?"

"我根本没看见。"

"小热尔韦?会不会是附近村子里的?能不能告诉我?"

"照您说的样子,我的朋友,那就是一个外乡孩子了。他们是过路客。谁也不认识他们。"

让·瓦让急忙取出另外两枚五法郎钱币,交给神甫。

"给您的穷人。"他说。

而后他又失态地说:

"教士先生,叫人把我抓起来吧。我是小偷。"

神甫用马刺狠狠刺了刺马,吓得逃跑了。

让·瓦让又朝刚才的方向继续奔跑。

他这样跑了一段路,寻找着,呼唤着,叫喊着,但没有遇到一个人。有两三次,他向原野上的某一个点跑去,以为是一个卧着或蹲着的人,结果却是匍匐在地的灌木或岩石。最后,他来到了一个三岔路口,停了下来。月亮已经升起。他朝远处张望,最后又一次高喊:"小热尔韦!小热尔韦!"他的喊声消失在夜雾中,连回声都没有。他又低声呼唤:"小热尔韦!"但声音微弱,含含糊糊。这是他最后一次努力。他突然双腿一软,仿佛他的内疚骤然变成了无形的压力,压在他的身上。他精疲力竭,瘫倒在一块大岩石上,手揪住头发,脸埋在双膝中间,大声喊道:"我是混蛋!"

他心里非常难过,哭了起来。十九年来,他这是第一次哭。

大家知道,让·瓦让从主教家中出来时,他的思想已不再是从前那样了。他无法弄明白自己内心发生的变化。他对主教超凡的行为和温和的言语,采取抗拒的态度。"您答应过我要成为诚实的人。我是在赎您的灵魂。我把它从邪恶的思想中拯救出来,交给仁慈的上帝。"这些话不断地在他耳畔回响。他用傲慢来对抗这非凡的宽容,这傲气是我们身上罪恶的堡垒。他朦朦胧胧地感到,主教的宽恕是使他产生动摇的最猛烈的袭击和最可怕的进攻;如果他抵抗这一宽恕,他就将永远冷酷无情;如若让步,就要放弃多年来别人的行为使他日积月累的、他自得其乐的满腔仇恨;这一次必须决出个胜负来,在他的恶和那人的善之间,一场战斗已经开始,这是一场大决战。

他脑海里闪着这些朦胧的思想,一面像醉汉那样跌跌撞撞地向前走。当他像这样目光迷乱地向前走时,是不是清楚地看到了他在迪涅的奇遇可能带来的后果呢?在人生的某些时候,会有一些神秘的声音来警告或骚扰我们,他是不是也听到了这些嗡嗡的声音呢?是不是有个声音在他的耳畔说,刚才他经历了命运的庄严时刻,再没有中间道路可走,从今以后,要么成为最好的人,要么就做最坏的人;也可以说,现在,他要么做得比主教更好,要么比苦役犯更坏;他想变好,就得成为天使,如果坚持为恶,就得变成魔鬼?

在此,我们要把前面说过的问题再提一下:在他的思想中,是否也朦朦胧胧有一丁点儿这样的想法呢?诚然,我们说过,不幸会使人变得聪明,但让·瓦让是否就能弄清楚我们指出的这一切,那就很难说了。即使他有这些想法,那也只是模模糊糊,而不是清清楚楚,而且只会使他陷入一种难以忍受的、几乎是痛苦的惶惑不安中。他刚从苦役牢这个丑恶和黑暗的怪物中出来,主教就给他的灵魂带来了苦恼,正如从黑暗中出来,强烈的亮光刺痛了他的眼睛一样。未来的生活，一种有可能实现的纯洁而灿烂的生活，展现在他眼前，使他惶惶不安，浑身颤栗。他的确茫然不知所措。正如猫头鹰骤然看见太阳升起会目眩神迷，这个苦役犯也因看到了美德而眼花缭乱，晕头晕脑。

有一点可以肯定，也是他未曾料到的，那就是他已不再是从前那个人了，他身上的一切都发生了变化，主教同他讲过话，而且深深打动了他的心，这个事实他是无法推翻的。

就在这种思想状态下，他遇见了小热尔韦，抢走了他的四十苏。为什么？他肯定无法解释。是因为他从牢里带出来的丑恶思想在起最后的作用，作最后的挣扎？是一种残余的冲动，力学上所谓的"惯力"在起作用？的确如此，不过也可能没这么复杂。简单地说，抢钱的不是他，不是人，而是野兽；当心智被无数新奇的念头纠缠，正在苦苦挣扎时，那野兽出于习惯和本能，糊里糊涂地把脚放到了那枚硬币上。当心智清醒过来，看见这一野蛮行径，让·瓦让不安地后退几步，发出了恐怖的叫声。

因为，抢那个孩子的钱这种事，他本来是不可能再做的了。这个奇怪的现象，只有在他那种思想状况下才会发生。

不管怎么说，他做的这件坏事，对他起到了决定性的作用。它突然穿透并驱散了他心智上的混乱，把黑暗和光明分放两边，对他混乱的内心产生了影响，正如某些化学试剂能对某种混合物发生作用，使一种物质沉淀，另一种物质变得清晰可见。

最初，他还没来得及反省和思考，就像要逃跑似的，发狂般地奔跑起来，想找到孩子，把钱还给他。后来，当他发现这是白费力气，他便绝望地停了下来。当他大声吼叫"我是混蛋"时，他已经看到了自己的丑态,他已离开自己,觉得自己成了幽灵,他看见了那个活生生的、面目狰狞的苦役犯让·瓦让,手里拿着棍子,腰里束着工作服,背上背着背包,里面塞满了偷来的东西,脸色坚定而忧郁,满脑子罪恶的计划。

我们已看到,由于遭受太多的不幸,让·瓦让常常幻觉丛生。因此,他刚才似乎又产生了幻觉。他真的看见让·瓦让出现在他面前,看到了那张凶恶的嘴脸。他差点问自己那人是谁,他感到非常厌恶。

当人们陷入深深的幻觉中时,就会脱离现实。那是汹涌澎湃,又是极其平静的时刻。让·瓦让就处于这样的时刻。他已看不见周围真实的事物,他所看到的外界事物,正是出现在他脑海里的影像。

可以说,他面对面地注视着自己。同时,穿过幻觉,在神秘的心灵深处,他仿佛看见有个亮光。他起初以为是火炬。他更仔细地注视这出现在他意识中的亮光,发现它是个人,这个火炬便是主教。

他的意识轮番注视面前的两个人,一个是主教,一个是让·瓦让。要削弱第二个人的气势,非得主教才行。这种神思恍惚,有一种奇异的效果,他的幻觉越是延长,主教在他眼里就变得越来越高大,越来越灿烂,而让·瓦让则愈来愈渺小,愈来愈模糊,到后来就只剩下一个影子,最后突然消失了。只剩下主教一人了。他用灿烂的光辉,照亮了这可怜人的整个心灵。

让·瓦让哭了很久。他泪如雨下,嚎啕大哭,比一个女人更软弱,比一个孩子更恐惧。

他哭着哭着，脑子越来越明亮，那亮光是异乎寻常的，既令人陶醉，又使人害怕。他从前的生活、第一次犯罪、漫长的赎罪、外表变得迟钝、内心变得冷酷、出狱、复仇计划、主教家发生的事、最后干的一件坏事——抢了一个孩子四十苏，这个罪行发生在主教对他宽恕之后，更显得卑鄙和丑恶——所有这一切，都回到了他的脑海里，他看得清清楚楚，他从没看得这样清楚过。他审视自己的一生，感到他的一生丑恶无比；他审视自己的灵魂，感到他的灵魂令人厌恶。但是，和煦的阳光照亮了他的生命和灵魂。他仿佛在天堂的照耀下，看到了撒旦。

他像这样哭了多久？哭完后他做了什么？他去了哪里？没有人知道。只有一点似乎可以肯定：有个到格勒诺布尔去运货的车夫，那天夜里三点钟到达了迪涅，当他经过主教府所在的街时，看见有个人在黑暗中跪在比安维尼大人家门口的石头路面上，好像在做祈祷。

第三卷
一八一七年

一 一八一七年

一八一七年，路易十八以君王的沉着和自豪，把这一年称作他登基的第二十二个年头①。这一年，布吕吉埃·德·索松先生②名噪一时。所有的假发店无不希望重新时兴头发上扑白粉和御鸟式假发，把店铺刷成天蓝色，画上百合花③。对林奇伯爵④来说，这是个单纯的年代：作为教堂财产管理人，每星期日，他穿着法兰西封臣的礼服，佩着红绶带，挺着长鼻子，照例坐在圣日耳曼-德-普雷堂区财产管理委员席上，那种威严的形象，是有光辉建树的人所特有的。林奇先生的光辉业绩是这样的：他当波尔多市长时，

---

① 路易十八，路易十六的弟弟，他在一八一五年拿破仑逊位后才回法国登基。但他不承认王室的统治有中断，认为他的王位应从一七九五年路易十七死在狱中之日算起。因此，他说一八一七年是他在位的第二十二个年头。
② 布吕吉埃·德·索松（1773—1824），曾翻译过莎士比亚的悲剧。
③ 百合花，法国波旁王朝的标志。贵族都戴假发，假发上扑白粉。
④ 林奇伯爵（1749—1835），波尔多市长，保王派。

144

于一八一四年三月十二日，就过早地把他的城市献给了昂古莱姆公爵①。于是他成了元老院议员。一八一七年，四五六岁的男孩时兴戴有护耳的山羊皮大鸭舌帽，很像爱斯基摩人的烟囱帽。法国军队也像奥地利人那样穿起了白制服，团改称军团，不再用番号，而用各省的名称命名。拿破仑在圣赫勒拿岛，英国人拒绝为他提供绿呢，只好将旧衣服翻过个面来穿。在一八一七年，佩莱格里尼声震歌坛，比戈蒂妮小姐技震舞坛，波蒂埃红极一时，奥德利尚未成名。继福里奥佐之后，萨基夫人②名扬遐迩。在法国还有一些普鲁士人。德拉洛③先生成了名人。普莱尼埃、卡博诺、托勒龙④被斩了手，又砍了头，显示了王权的合法性。侍从长德·塔列朗亲王⑤和钦命财政大臣路易神甫，就像两个占卜师那样，心照不宣，相视而笑；一七九〇年七月十四日，两人曾在练兵场为联盟节⑥举行过弥撒，塔列朗为主祭，路易为副祭。到了一八一七年，在这个练兵场的平行侧道上，几根大木柱躺在草丛中，风吹雨打，

---

① 昂古莱姆公爵，路易十八的侄子。一八一四年三月，英国军队从西班牙侵入法国南部，昂古莱姆公爵随英国人一起进入波尔多。波尔多人将波尔多献给了英国人。

② 佩莱格里尼，那不勒斯歌手，当时正在巴黎演出。比戈蒂妮，舞蹈家。波蒂埃和奥德利，喜剧演员。福里奥佐和萨基夫人，第一帝国时期最著名的杂技演员。

③ 德拉洛（1772—1842），法国极端保王派，《辩论日报》的编辑。

④ 普莱尼埃、卡博诺和托勒龙，秘密会社成员，因赞成处死路易十六而被处死。当时，对弑王者的刑罚是斩手又砍头。

⑤ 塔列朗（1754—1838），法国政治家和外交家，在法国大革命时期、拿破仑时期、波旁王朝复辟时期和路易十八时期都任过要职。一八一四年三月俄普联军攻入巴黎，塔列朗组织临时内阁，迎接路易十八回国。

⑥ 一七八九年法国资产阶级革命，各城市建立联盟，七月十四日为联盟节。

渐渐腐烂,蓝色的底上依稀可辨金鹰和金蜂的图案。两年前,拿破仑召开"五月"会议,这些木柱是用来支撑演讲台的。它们到处都有烧伤的痕迹,那是驻扎在大石子附近的奥地利军队露营时造成的。其中两三根给奥地利士兵烤过手,已在营火中化为灰烬。引人注目的是,这次"五月"会议却在六月召开,地点在练兵场。在这一八一七年,有两件事家喻户晓:一是图凯出版伏尔泰选集,二是把宪章刻在鼻烟盒上。震惊巴黎的最新事件,是多登的弑兄案,他把他兄弟的头颅扔进花市的水池里。海军部开始调查墨杜莎号战舰遇难事件①,这次调查使舰长肖马雷丢尽脸面,画家热里科出尽风头。塞夫②上校赴埃及,变成了苏莱曼帕夏。竖琴街的公共浴室给一个箍桶匠做了店铺。在克吕尼公馆八角塔的平台上,仍可以看见一间小木屋,曾是梅西埃的观象台,路易十六时期,他是海军部的天文官。迪拉斯公爵夫人在小客厅里给她的三四位朋友朗读尚未发表的小说《乌里卡》,客厅里有几张天蓝色缎面的凳脚交叉的小凳子。卢浮宫里的 N③ 正在被刮去。奥斯特里茨桥缴械投降,改名为御花园桥,真是一箭双雕,使奥斯特里茨桥和植物园都改变了姓名。路易十八读《贺拉斯》,对那些当皇帝的英雄和成为皇储的木鞋匠备感兴趣,边读边在书上留下一道道

---

① 墨杜莎号战舰于一八一六年六月十七日从法国出发,开往塞内加尔,七月初触礁遇难。舰长肖马雷是最先乘救生艇逃跑的人中的一个。热里科画了一幅"墨杜莎之筏"的画,在一八一九年的画展中展出。

② 塞夫(1787—1860),曾是拿破仑帝国和百日帝政时期的军官。一八一六年,他去埃及军队当教官,后皈依伊斯兰教,相继成为上校、将军和一个省的总督。

③ N 是拿破仑的徽志,是他名字 Napoléon 的首字母。

指甲印,因为他有两个心病:拿破仑和马蒂兰·布吕诺①。法兰西学院大奖赛的题目是:读书之乐。贝拉尔②先生的口才得到官方的承认。在他的保护下,未来的检察长德·布罗埃崭露头角,他将受到保尔-路易·库里埃的冷嘲热讽。有个名叫马尚吉的人冒充夏多布里昂,以后还将有一个名叫达兰库的人冒充马尚吉。《克莱尔·达尔布》和《马莱克-阿代尔》是两部杰作,作者科坦夫人被誉为旷代第一大手笔。法兰西学院撤销了拿破仑·波拿巴的院士资格。国王下令在昂古莱姆市建立海军学校,既然昂古莱姆公爵是海军大臣,昂古莱姆市理所当然具有海港的一切资格,否则,君主体制的原则就会受到损害。为了增加趣味,弗朗科尼的海报上加了一些马戏表演的图案,引来了许多野孩子的围观,对于这一做法,内阁会议上争论不休。帕埃尔先生在主教城街指挥萨瑟内侯爵夫人的室内音乐会,他是歌剧《阿涅兹》的作者,一个长着方脸盘、脸颊上有一颗肉痣的老头。所有的女孩子都唱《圣阿韦尔的隐士》这首抒情歌曲,是埃德蒙·热罗作的词。《黄侏儒报》更名为《明镜报》。朗布兰咖啡馆拥护皇帝,与拥护波旁王室的瓦洛瓦咖啡馆唱对台戏。已被卢韦尔③暗中盯上梢的贝里公爵刚娶了一位西西里公主。斯达尔夫人去世已有一年。玛斯小姐演出时,近卫队喝倒彩。大报都变成了小报。篇幅虽然缩小了,但言

---

① 马蒂兰·布吕诺的父亲是木鞋匠,但他对当木鞋匠毫无兴趣,让人称他为男爵,最后又自称为路易十八的王储。
② 贝拉尔(1761—1826),在王朝复辟时期,是巴黎的总检察长。
③ 卢韦尔(1783—1820),法国工人,认为波旁王朝是英国入侵法国的罪魁祸首,便杀死了波旁王朝的末代子孙贝里公爵。

论依然自由。《立宪报》拥护宪法。《密涅瓦报》把Chateaubriand①的最后一个字母d写成了t,引来了资产阶级对这位大文豪的嘲笑。在被收买的报纸上,那些出卖自己的记者辱骂一八一五年的流放者:大卫不再有才华了,阿尔诺不再有思想了,卡尔诺不再正直了,苏尔特②没打过一次胜仗,拿破仑也不再是天才了。谁都知道,通过邮局寄给流放者的信很少收到,警察把截信作为自己的神圣职责。这不是什么新鲜的做法,笛卡儿遭流放时,也有过同样的抱怨。然而,大卫因为没收到别人写给他的信,在比利时的一家报纸上发了几句牢骚,那些保王报纸感到很可笑,逮住机会对这个流放者冷嘲热讽。说"弑君者"还是"投票者"③,"敌人"还是"盟友"④,"拿破仑"还是"布奥拿巴",这之间有天壤之别。有常识的人都认为,革命的时代已被外号叫"不朽的宪章缔造者"的路易十八永远关上了大门。在新桥的平台上,在等待亨利四世铜像的基座上,有人正在用拉丁文镌刻"再生"二字。皮埃泰先生在泰雷兹街四号酝酿召开秘密会议,以图巩固君主政体。每当局势严重,右派的领袖们就说:"得给巴科写信。"卡努埃尔、奥马霍尼和德·夏普德莱纳等人准备策划一场阴谋,后来称为"河畔阴谋",路易十八的兄弟对这场阴谋多少是赞同的。"黑饰针"秘密组织也在策划阴谋。德拉韦德里和特罗戈夫沆瀣一气。多少

---

① 法国作家夏多布里昂。
② 大卫,法国画家,为拿破仑画过肖像。阿尔诺,法国诗人和寓言家。卡尔诺,数学家,国民公会代表,百日帝政期间,曾任内政部长。苏尔特,拿破仑的部下。
③ 指投票赞成处死路易十六的国民公会议员。
④ 指帮助波旁王朝复辟的英、奥、俄、普等同盟国。

有点自由思想的德卡兹先生掌握了大权。每天早晨，夏多布里昂站在圣多米尼克街二十七号的窗前，穿着长裤和拖鞋，斑白的头发上裹着一条女用头巾，眼睛望着一面镜子，面前放着全套牙科器械，一面给他的漂亮牙齿清除污垢，一面向秘书皮洛热先生口述《按宪章建立的君主政体》的异本。权威的批评喜欢拉丰，不喜欢塔尔马①。德·费莱茨先生在他的文章上署名 A，霍夫曼则署名 Z。夏尔·诺迪埃撰写《泰雷丝·奥贝尔》。离婚被废除。中学由 lycées 改称 collèges。中学生衣领上饰一朵金百合花，为罗马王②的问题互相斗殴。宫中秘密警察向夫人殿下③揭发，奥尔良公爵先生的肖像到处张挂，穿着轻骑兵上校制服，比穿龙骑兵上校制服的贝里公爵先生还要神气，这样有失体统。巴黎市自筹资金，给残老军人院的圆屋顶重新漆了金色。严肃认真的人思量，德·特兰克拉格先生遇到这样那样的情况时，会如何处理。克洛塞尔·德·蒙塔尔先生同克洛塞尔·德·库塞格先生之间，在许多方面意见不合；德·萨拉贝里先生心头不悦。喜剧演员皮卡在奥德翁剧院演出《两个菲利贝》，在剧院的三角楣上，仍清楚可辨刮去的"皇后剧院"的字迹；皮卡是法兰西学院院士，连喜剧家莫里哀都无此殊荣。有人支持居涅·德·蒙塔洛，也有人反对。法布韦是捣乱分子，巴武是革命党人。书商佩利西埃出版一部伏尔泰文集，书名为《法兰西学院院士伏尔泰文选》。这位天真的出

---

① 拉丰和塔尔马，当时的悲剧演员。
② 罗马王，拿破仑和玛丽-路易丝的儿子。
③ 夫人殿下指路易十八的弟媳阿图瓦伯爵夫人，贝里公爵的母亲。

版商说:"这样能吸引顾客。"舆论普遍认为,夏尔·卢瓦宗先生将会成为旷世奇才;他已有创作欲望,这是光荣的预兆:有人还为他写了诗:

雏鹅[①]腾飞时,仍感其有蹼。

红衣主教费什拒不辞职,阿马齐的大主教德班先生只好管理里昂教区。迪富尔统领的一份报告,使瑞士和法国开始争夺达普河谷,迪富尔后来擢升将军。圣西门[②]尚未成名,正在编织他的美梦。科学院有个傅立叶[③],尽管在当时赫赫有名,但后人已把他遗忘;在不知哪个角落里还有一个傅立叶,当时还默默无闻,后人却会记住他的名字。拜伦勋爵崭露头角,米勒瓦的一首诗中有条注释提到"某个巴伦勋爵",也就等于把他介绍给了法国。大卫·德·昂热试雕大理石像。在千层酥死胡同,卡龙教士向一群神学院学生热情赞扬一位名不经传的神甫,名叫费利西泰·罗贝尔,他便是日后的拉梅内。塞纳河上出现了一种冒着黑烟、像泅水的狗发出啪嗒啪嗒声音的东西,在国王桥和路易十五桥之间来回游弋,从杜伊勒利宫的窗下经过;这是一条汽船,一种没什么用处的机械,小孩子的玩具,梦想家的创造,乌托邦式的空想。

　　[①] 原文为卢瓦松。法语中,卢瓦松(Loyson)和雏鹅(l'oison)同音。雏鹅有小傻瓜的意思。
　　[②] 圣西门(1760—1825),法国空想社会主义者。
　　[③] 这个傅立叶(1768—1830)是男爵,法兰西学院院士。另一个傅立叶(1772—1837)是社会学家,空想社会主义者。

巴黎人对此无用之物漠不关心。德·沃布朗先生强行改组法兰西学院，他签发命令，确定人选，让好几个人当上了院士，他功不可没，可他自己却是竹篮打水一场空。圣日耳曼镇和马桑公馆希望德拉沃先生当警察局长，因为他是虔诚的基督教徒。迪皮特朗和雷卡米埃为耶稣－基督是不是神的问题，在医学院的梯形教室里争吵起来，甚至互相挥拳威胁。居维埃的一只眼睛看着《创世记》，另一只眼睛盯着大自然，用化石证明经文的正确，用乳齿象为摩西唱赞歌，以博得笃信基督的反动势力的欢心。弗朗索瓦·德·纳夫夏多先生，为让大家记住帕芒蒂埃①，作出了卓越的努力，千方百计想把土豆叫作帕芒蒂埃，但没有成功。格雷古瓦神甫，这位前主教、前国民公会议员、前元老院议员，在保王党的论战中，转入了"可耻的格雷古瓦"状态。上面用的"转入某种状态"的表达方式，被罗耶－科拉先生宣布为新词。在耶拿桥的第三个桥拱上，有一块新石头，可从洁白的颜色认出来，两年前，布吕歇尔为了炸桥凿了个洞，那块石头是用来堵这个洞的。法庭传讯了一个人，因为当他看见阿图瓦伯爵走进圣母院时，大声嚷道："见鬼！我真怀念波拿巴和塔尔马手挽手步入蛮人舞场的时代。"煽动性言论。六个月班房。叛徒们畅所欲言，有些人临阵倒戈，投入敌人阵营，现在毫不隐瞒所得的奖赏，没皮没脸，厚颜无耻，在大庭广众之下，炫耀他们的财富和高位；利尼和四

---

① 帕芒蒂埃（1737—1813），法国农学家。曾用化学手段对土豆进行研究，并发表了一部专著。

臂村①的逃兵们，拿了人家的钱，干了卑鄙的勾当，衣冠不整地炫耀对国王的无限忠诚，忘了英国公共厕所的墙上写着：出去前请整好衣服②。

一八一七年发生的事，拉拉杂杂说完了。这些事，没有人再记得了。这一件件具体的小事，历史一般不会重视，但也只能如此，因为无限将把历史占满。然而，这些细节，尽管被人误称作小事，其实是很有用的。人类没有小事，植物没有小叶。世纪的面貌是由岁月的面貌构成的。

在这一八一七年，四个巴黎青年演出了一场"闹剧"。

二 两个四人组合

这四个巴黎青年，一个是图卢兹人，第二个是利摩日人，第三个是卡奥尔人，第四个是蒙托邦人。可他们是大学生，谁是大学生，谁就是巴黎人。在巴黎求学，就是生在巴黎。

这些年轻人微不足道，他们的面孔人人熟悉，不过是平常人的四个实例，既不好亦不坏，既非有学问亦非无知识，既非天才亦非笨蛋。他们年方二十，风流倜傥，有如阳春四月。他们是四个平平庸庸的奥斯卡，因为那时候亚瑟们尚未出世。那首情歌唱

---

① 利尼和四臂村，均为比利时地名。一八一五年六月十六日，即滑铁卢战役的前两日，拿破仑在利尼击败普鲁士军队，又在四臂村击败英国军队。

② 原文为英语。

道：" 为他点燃龙涎香，奥斯卡来了，我要去见奥斯卡！" 莪相[①]的时代正在结束。人们崇尚斯堪的维亚和苏格兰式的风雅，纯英国式的风雅以后才兴起，第一个亚瑟是威灵顿[②]，不久前才在滑铁卢打败了拿破仑。

这几个奥斯卡，一个叫费利克斯·托洛米埃，图卢兹人；另一个叫利斯托利埃，卡奥尔人；还有一个叫法默伊，利摩日人；最后一个叫布拉舍韦，蒙托邦人。自然每个人都有情妇。布拉舍韦喜欢法武丽特，她叫这个名字，是因为去了趟英国；利斯托利埃钟爱大丽花，她用一种花名作为假名；法默伊崇拜瑟芬，那是约瑟芬的简称；托洛米埃有芳蒂娜，人称金发美人，因为她有一头金灿灿的美发。

法武丽特、大丽花、瑟芬和芳蒂娜，这四个姑娘美丽动人，光辉灿烂，香气袭人，身上残留着女工的本色，尚未完全摆脱针线活，尽管也朝三暮四，谈情说爱，但她们脸上仍残留着劳动者的安详，心里仍有一朵诚实之花，这诚实是女人初次失足后所幸存的。在这四位姑娘中，有一个叫小妹，因为她年纪最小，还有一个叫大姐。大姐二十三岁。实不相瞒，在喧嚣的人生中，前面三位更有经验，更无忧虑，更飞得高。金发美人芳蒂娜还沉浸在初恋的美梦中。

大丽花、瑟芬，尤其是法武丽特，就不是这样了。她们的爱

---

① 莪相，爱尔兰古代吟唱诗人。一七六二年，苏格兰诗人麦克菲森整理出《莪相集》，但许多是他自己的创作。《莪相集》曾传诵一时。

② 威灵顿（1769—1852），英国将军和政治家。

情小说刚开始，就已写下了不止一个篇章。第一章里的情人是阿道夫，到了第二章，成了阿尔丰斯，在第三章里又变成了居斯塔夫。贫穷和俏丽是两个会带来不幸的谋士，一个低声埋怨，另一个阿谀奉承；穷人家的漂亮姑娘两者兼而有之，都在她们耳边嘀嘀咕咕。防范不严的心俯首听命。于是她们就会堕落下去，人们就会落井下石，会用洁白无瑕、可望而不可即的贞操，对她们大肆攻击。唉！年轻姑娘忍受不了饥饿，怎么办？

法武丽特去过英国，因此，瑟芬和大丽花对她佩服得五体投地。她很早以前有个家。父亲是个数学教师，上了年纪，性格粗暴，喜欢吹牛。他没结过婚，尽管年事已高，仍到处奔波，登门授课。年轻时，有一天，他看见壁炉挡灰板钩住了一位女仆的裙子，由此坠入情网，结果就有了法武丽特。她有时能遇见父亲，她父亲同她打个招呼。一天早晨，一个信女般模样的老妇走进她家里，对她说："小姐，您不认识我吗？""不认识。""我是你母亲。"然后，那老妇打开碗橱，又吃又喝，还把自己的床垫搬了来，住下来不走了。这位母亲脾气不好，虔信宗教，从来不和法武丽特说话，几个小时不言不语，一日三餐，饭量一个顶四个，还要到楼下的门房那里去串门，说她女儿的坏话。

大丽花有非常漂亮的玫瑰红指甲，就因为这个，她和利斯托利埃，也许还同其他几个男人拉上了关系，整天游手好闲，无所事事。有这样漂亮的指甲怎能干活？想保持贞洁，就不该怜惜自己的手。至于瑟芬，她能征服法默伊，是因为她会用淘气而娇媚的神态说："是，先生。"

那几个小伙子是同学，这几个姑娘也就成了朋友。这种爱情总是有这种友谊相伴的。

审慎和明哲是两回事。眼前的事就可以作证：对于这四对青年不稳定的结合，尽管可以保留意见，但是，法武丽特、瑟芬和大丽花是明哲的女孩子，而芳蒂娜是审慎的姑娘。

能说她审慎吗？那么托洛米埃呢？所罗门①也许会说，爱情是审慎的组成部分。我们只是说，芳蒂娜的爱是初恋，是专一的，忠贞不二的。

这四个姑娘中，惟有她只让一个人对她用"你"相称。

可以说，芳蒂娜是底层孕育的孩子。她出生在深不可测的黑暗的社会底层，她的额头打上了无名无姓、不知身世的印记。她生在滨海蒙特勒伊②。她父母是谁？没有人说得清楚。人们从没见过她的父亲或母亲。她叫芳蒂娜。为什么叫芳蒂娜？人们从不知道她有别的名字。她出生的时候，督政府还在执政。她没有姓，因为她没有家；她没有教名，因为教堂名存实亡。小时候，她光着脚在街上行走，第一个遇见她的人随便给她起了个名字，于是她就有了这个名字。她接受一个名字，就像下雨时她额头上接受雨水那样随意。大家叫她小芳蒂娜。有关她的其他事没有人知道。这个人便是这样来到了人世间。十岁那年，芳蒂娜离开城里，到附近的农场主家干活。十五岁，她到巴黎来"碰运气"。芳蒂娜如花似月，并且将贞洁保持到最后一刻。她有一头漂亮的金发，一口漂亮的皓齿。她有金子和珍珠作嫁妆，但她的金子在头上，珍珠在嘴里。

---

① 所罗门（前972—前932），以色列最伟大的国王，以贤明著称。
② 滨海蒙特勒伊，法国北部加来省的一个专区。

她为了生活而打工,后来,同样是为了生活,她恋爱了,因为心也会饥饿。

她爱上了托洛米埃。

他是逢场作戏,可她却是狂热的爱。拉丁区①的街上到处是大学生和轻佻女工,那些街道目睹了这场梦的开始。在先贤祠山坡上的长街曲巷里,发生过多少浪漫的爱情,在那里,芳蒂娜曾久久躲避托洛米埃,但却总是设法能遇见他。有一种躲避的方式,恰恰是在寻找。总之,田园般的爱情开始了。

布拉舍韦、利斯托利埃和法默伊似乎组成了一个小团体,托洛米埃是他们的头儿。因为他有头脑。

托洛米埃是个老大学生。他很有钱,有四千法郎的年金。四千法郎年金,这在圣热纳维埃夫山上,足够他干出轰轰烈烈的丑事了。托洛米埃已有三十岁,花天酒地,不惜身体。他额头已有皱纹,牙也掉了一些,头也秃了一些。他对秃顶不以为然,常说自己是"三十岁的头顶,四十岁的膝盖"。他的消化功能不好,因此,有只眼睛老是流泪。但是,随着青春消逝,他倒越活越快活。他用戏谑代替牙齿,快乐代替头发,讥讽代替健康,让那只泪汪汪的眼睛总在笑眯眯。他的健康状况很坏,但他依然精力旺盛。他的青春过早地收拾行李,正在不慌不忙地撤退,却爆发出朗朗笑声,让人只看到火一般的热情。他写过一个通俗笑剧,但被剧场拒绝了。他也写些诗,但平淡无奇。此外,他对一切都抱怀疑态度,这在弱者看来,便是力量的表现。因此,秃了顶、善

---

① 拉丁区,巴黎大学集中的地方。

讽刺的他,成了四人小组的头头。英语里有个词叫 iron,是"铁"的意思。法语中的 ironie(讽刺)难道源自这个词?

一天,托洛米埃把另外三个人叫到一旁,做了一个权威性的手势,对他们说:

"芳蒂娜、大丽花、瑟芬和法武丽特要我们给她们一个惊喜,她们想了都快一年了。我们也郑重其事地答应过。她们老向我们提这件事,尤其是向我。那几个美人老缠着我问:'托洛米埃,你那个惊喜什么时候出笼?'就像那不勒斯的老太太们对圣亚努阿里乌斯①高喊:'黄面孔的神,显显灵吧!②'我们的父母亲也常来信催我们。两边都唠叨个没完。我认为到时候了。我们好好谈一谈。"

说完,托洛米埃压低嗓门,神秘兮兮地说了一些令人开心的话,四个人高兴得哈哈傻笑。布拉舍韦喊了一句:"这主意太妙了!"

他们看见一个烟雾腾腾的小咖啡馆,走了进去,后面的谈话就不得而知了。

密谈的结果,是搞一次愉快的聚会,于下星期天举行,这四个小伙子邀请那四位姑娘参加。

三 四对四

四十五年前大学生和女工一起郊游的情形,今天的人是很难

---

① 圣亚努阿里乌斯,意大利港口城市那不勒斯的保护神。
② 原文为拉丁语。

想象的。巴黎的郊区今昔大不一样。半个世纪以来,所谓巴黎郊区的生活彻底改变了模样。从前是双轮公共马车,现在是火车;从前是小船,现在是汽船;现在说费康①,正如当年说圣克鲁②。一八六二年的巴黎,是以法国为郊区的。

当年乡间可能有的娱乐场所,四对年轻人都尽情享受。正是放暑假的时候,那天天气很热,晴空万里。四个姑娘中,只有法武丽特能写几个字,头天,她代表大家给托洛米埃写了张字条:"青早出法是件勒事。③"因此,他们五点钟就起床了。然后,他们乘坐公共马车到了圣克鲁,观看了干涸的瀑布,他们嚷道:"有水的时候,一定很好看!"他们在黑头餐馆吃了午饭,那时候,卡斯丹尚未到过这里。接着,他们花钱在大塘边的梅花形树林里玩了一盘套圈游戏,后又登上了第欧根尼的灯笼,在塞夫勒桥上,用杏仁饼玩了轮盘赌,在皮托采了野花,在纳伊买了芦笛,沿途吃了许多苹果酱馅饼,高兴得心花怒放。

姑娘们犹如逃出笼子的鸟儿,叽叽喳喳,闹个不停。她们欣喜若狂。她们不时地在小伙子们身上拍一下。令人陶醉的青年时代!令人心醉的青春岁月!蜻蜓的翅膀轻轻颤动。啊!不论是谁,你可记得?你可曾在荆棘丛中走过,为了你身后的可爱人儿把树枝扳开?你可曾在雨后,和一个心爱的女人从湿漉漉的斜坡上往下滑,开心得哈哈大笑?她拉着你的手,大叫大嚷:"哎呀!瞧我

---

① 费康,英吉利海峡边上的一个港口。
② 圣克鲁,位于巴黎西郊。
③ "清早出发是件乐事。"原文为表示法武丽特识字不多,故意用了错别字。

的新鞋！都成什么样子了！"

我们要说的是，下一阵骤雨的这种愉快的烦恼，这群兴高采烈的年轻人没有遇上，尽管出发时法武丽特以母亲般的武断的口吻说："小路上爬满了蜓蚰。孩子们，天要下雨了。"

四位姑娘都有闭月羞花之貌。那天，一位当年闻名遐迩的古典诗人德·拉布伊斯骑士先生恰好在圣克鲁的栗树下散步，上午十点左右，看见她们经过，那诗人自己也有一位绝色美人，可当他看见她们时，想起了三位美惠女神，不禁脱口而出："怎么多了一个！"法武丽特，也就是布拉舍韦的情人，二十三岁的大姐，走在最前头，在浓密的绿树枝下，遇到小坑就跳过去，碰到荆棘丛就发疯般地跨过去，就像是农牧女神，情绪高昂，带领大家尽情欢乐。至于瑟芬和大丽花，她们的美凑巧相互补充，相得益彰，因此她们形影不离，与其说出于友谊，毋宁说出于卖俏的本能。她们仿效英国人的姿势，互相偎依在一起。纪念册式样的文学作品[①]问世不久，女性开始崇尚伤感，就像后来男性模仿拜伦一样；女性的头发开始披散下来，犹如哀怨的泪水。瑟芬和大丽花的头发梳成卷筒式。利斯托利埃和法默伊在议论他们的教师，一边向芳蒂娜解释代万古先生和布隆多先生之间有什么不同。

布拉舍韦似乎生来就是为在星期天替法武丽特拿披肩的。那条不对称的羊毛披肩是泰诺[②]的产品。

[①] 十九世纪流行的一种文学作品，集画、诗和散文于一身，作为礼物赠送给亲朋好友。

[②] 泰诺（1763—1833），法国工业家和政治家。开办多家纺织厂。

托洛米埃殿后，统治着这群人。他高兴得手舞足蹈，但可以感到他身上有种统治者的味道。他的嬉笑中带着专制。他的主要装饰，是一条米黄色的象腿式长裤，用一条铜带子紧扣裤腿系在脚底下，手里拿一根价值二百法郎的威风凛凛的藤鞭子，而且，因为他从来为所欲为，嘴里还衔着一支叫雪茄的怪东西。对他来说，没有什么不敢做的事，别说抽烟了。

"这个托洛米埃，真了不起。"人们不无崇拜地说，"穿这样的裤子！多有魄力！"

至于芳蒂娜，她是快乐的化身。上帝赋予她一口漂亮的牙齿，显然是让她笑的。她有一顶手缝的小草帽，垂着长长的白飘带，她经常拿在手中，而不是戴在头上。浓密的金发，像是喜欢飘舞似的，稍不留意便松开来，不时地要束一束，仿佛生来就是为了给在垂柳下逃跑的海神该拉忒亚遮羞的。她心花怒放，粉红色的小嘴喋喋不休。她的嘴角微微翘起，令人怦然心动，就像古代怪面饰上的厄里戈妮[①]，仿佛在怂恿人们大胆行动；但她满是阴影的长睫毛羞羞答答地垂下来，注视着不安分的下半部脸，仿佛在阻止它放肆。她的装束赏心悦目，光彩照人。她穿一件淡紫色的薄呢裙，一双小巧玲珑的金褐色厚底皮鞋，鞋带交叉在质地细软的镂空白袜上，裙子外面罩着平纹细布无袖短上衣，那是马赛人创造的，名叫"卡纳祖"，是卡纳比埃街的人对"八月十五"的讹读，意思是"晴天、炎热和南方"。另外三个姑娘，我们说过，她们的胆子比芳蒂娜大一些，她们袒胸露肩，又是夏天，戴一顶插

[①] 厄里戈妮，罗马神话中酒神巴克斯的情人。

满花的帽子，显得分外妖艳迷人。可是，与这种大胆的服饰相比，金发美人芳蒂娜的"卡纳祖"式短上衣薄如蝉翼，若隐若现，既大胆又谨慎，仿佛端庄的服饰找到了一种撩人的时式；长着海绿眼睛的塞特子爵夫人主持的遐迩闻名的爱情法庭[①]，可能会把俏丽奖颁给"卡纳祖"，尽管它想竞争贞洁奖。最朴素的人往往最有学问。这种情况屡见不鲜。

面容艳丽，侧影纤细，眼睛深蓝，眼皮丰盈，纤脚微微弓起，手腕和脚踝骨珠联璧合，美不胜收，皮肤白净，透出蓝蓝的血管，脸颊鲜润，充满了稚气，脖子和埃伊纳岛[②]的朱诺像一样健美，后颈柔美有力，肩膀仿佛出自库斯图[③]之手，中间有个撩人的小窝，透过薄纱依稀可见；生性快乐，但沉思时快乐顿然消失；美如雕像，秀色可餐：这便是芳蒂娜。在这衣衫下面，可以看到一尊塑像，而在这塑像里面，有一颗晶亮的心。

芳蒂娜很美，但她自己却不大意识到。那些为数不多的思想家，美的神秘的祭司，那些总是默默地用尽善尽美的标准衡量一切事物的人，如果看到这个不起眼的女工，透过她明朗的巴黎风韵，想必会领略到古代神像的和谐吧。这个默默无闻的姑娘高贵优雅。她的美表现在两个方面，一是风度，二是节奏。风度是理想的形态，节奏是理想的动态。

[①] 爱情法庭为十二至十五世纪文学作品中，模仿现实法庭对恋爱行为作出若干细小规定，以活跃恋爱论坛的空架子。
[②] 埃伊纳岛，希腊的一个岛。一八一一年挖出一批雕像。
[③] 库斯图（1658—1733），法国著名的雕塑家。

我们说过,芳蒂娜是欢乐的化身。芳蒂娜也是贞洁的化身。

倘若有人观察她,仔细研究她,就会发现,尽管那年龄、那季节和那爱情使她如醉如痴,但透过这个表象,仍可看到那种难以遏制的谨慎和朴实。她总带着惊讶的神色。这种纯洁的惊讶,是普绪喀和维纳斯[①]之间的区别所在。芳蒂娜就像拿着金针给女灶神拨灰的贞女,有着白皙而修长的手指。尽管她对托洛米埃百依百顺,这在后面会看到,但是,当她的脸平静下来时,却像贞女般纯洁。有时候,她会突然变得严肃而端庄,近乎冷峻;看到快乐瞬间从她脸上消失,沉思即刻替代笑容,这的确令人心荡神摇,不能自已。这突如其来的严肃,有时变成了严厉,与女神轻蔑的神情何其相似。她的额头、鼻子和下巴线条匀称,但不是那种比例上的匀称,因此,她的脸显得极为和谐。她的上嘴唇和鼻根之间很有特征,有一条细细的迷人的皱纹,那是贞洁的神秘标志,正是这种神秘的贞洁,使得巴伯鲁斯爱上了从圣像堆中发现的一尊狄安娜[②]像。

爱情是一种过失;就算是吧。可芳蒂娜却浮在过失之上,她是无辜的。

四 托洛米埃高兴得唱起了西班牙歌

那天,从早到晚仿佛沐浴在晨曦中。整个大自然仿佛都在过

[①] 普绪喀,希腊神话中人类灵魂的化身,以少女的形象出现。维纳斯,罗马神话中的爱神。

[②] 狄安娜,罗马神话中的狩猎女神。

节，在欢笑。圣克鲁的花坛发出阵阵馨香，从塞纳河吹来的微风轻拂树叶，树枝迎风摇曳，蜜蜂在茉莉花丛中抢劫花蜜，一群流浪的蝴蝶在蓍草、苜蓿和野燕麦中飞来飞去，无数漂泊的鸟儿在法兰西国王庄严的公园里蹦蹦跳跳。

四对欢天喜地的年轻人，与阳光、田野、花朵、树木混为一体，散发着灿烂的光辉。

在这快乐的群体中，姑娘们说着，唱着，跑着，跳着，追着蝴蝶，采着牵牛花，在深草中弄湿了粉红镂花袜，她们清新，疯狂，个个心地善良，随时接受小伙子们的亲吻，惟有芳蒂娜例外，她总是若有所思，躲躲闪闪，可心有所爱。"你呀，总是这样。"法武丽特对她说。

他们是快乐的化身。幸福的情侣经过哪里，便向生命和大自然发出深切的呼唤，使万物散发出温柔和光芒。从前有个仙女，专为恋人们创造了草地和树林。因此，情人们便不断逃学到田野里，只要灌木丛和学生存在，逃学的事就不会停止。因此，思想家对春天情有独钟。不管是贵族还是小贩，公爵、封臣还是乡下人，或者照从前的提法，是朝臣还是市民，全都是这个仙女的臣民。人们欢笑着，互相寻觅着，天空中洋溢着赞颂爱情的光明。爱使世界变得多美啊！公证处的文书成了神仙。情人们低声哼叫，在草丛中追逐，奔跑中搂住细腰，难懂的情话犹如动听的乐曲，一个音节迸发出无限的爱意，口对口抢夺樱桃，所有这一切，都像一股火焰在燃烧，升向灿烂的天空。美丽的姑娘们万般温柔，不顾一切地奉献自己。这仿佛无止无境。哲学家、诗人、画家望着这些心醉神迷的情侣，眼花缭乱，不知所措。华托①高喊:"到爱情岛去!"平民画家朗克雷②望着市民飞向蓝天。狄德罗向一切轻狂的爱情张开双臂,于尔菲③在他描绘的爱情中,把德鲁伊教的祭师也拉了进去。

吃完午饭,四对情侣便去当时叫"国王园圃"的地方,观赏刚从印度运来的一种植物。那植物叫什么名字,我已忘了。当时,全巴黎的人都被吸到了圣克鲁。那是一种怪诞而可爱的灌木,树干高大,无数树枝细如丝线,蓬蓬松松,没有叶子,披满了成千上万朵白色小花,就像一头插满白花的蓬发。前来观赏的人络绎不绝。

看完了树,托洛米埃大声说:"我请你们骑毛驴!"和赶驴人讲好价钱后,他们便骑着毛驴,从旺夫和伊西往回走。在伊西,有一个小插曲。公园的大门碰巧敞开着。那公园是国有财产,当时被军需官布甘占有。他们越过栅栏门,到石窟里去参观了隐修士模拟像,又去闻名遐迩的镜厅体验了一番神秘的效果。那镜厅是一个挑动情欲的陷阱,适合于变成百万富翁的好色之徒,或变成普里阿普斯的蒂卡雷④。贝尼教士⑤颂扬过的两棵栗树之间,挂着一个大秋千,他们用力荡了一会。美女轮流荡着,笑声飞扬,裙

---

① 华托(1684—1721),法国十八世纪画家。《爱情岛》(或称《西苔岛》)取材于法国和意大利一个古老的神话,描绘了旅途的艰难。在华托笔下,爱情岛被描绘成可望而不可即的地方。

② 朗克雷(1690—1743),法国画家。

③ 于尔菲(1567—1625),法国小说家。

④ 普里阿普斯,希腊神话中主管生育、园艺和畜牧之神。蒂卡雷为十八世纪法国喜剧家勒萨日同名喜剧中的主人公,通过不正当手段,成了百万富翁。

⑤ 贝尼(1715—1794),法国教士和诗人。

摆飘舞,格勒兹①要是在场,就有了作画的素材;托洛米埃是图卢兹人,多少有点像西班牙人,因为图卢兹和托洛萨②很相近,他用单调而忧伤的旋律,唱起了一首古老的西班牙歌谣,词作者大概看见一个漂亮姑娘在两棵树中间荡秋千,兴致大发而创作了这首歌:

> 我来自巴达霍斯,
> 爱情在向我召唤。
> 我的整个灵魂啊
> 全在我的眼睛里,
> 因为你露出了啊
> 美丽迷人的秀腿。③

惟有芳蒂娜待在一旁。

"我不喜欢这样做作。"法武丽特刻薄地嘀咕道。

下了毛驴,他们又换了种玩法。他们乘船渡过塞纳河,从帕西步行到星形城门。我们记得,他们五点就起床了,可是,正如法武丽特说的:"星期天是没有疲劳的。疲劳在星期天也休息了。"将近下午三点,四对情侣兴冲冲地到了博戎游乐场,从蜿蜒起伏

---

① 格勒兹(1725—1805),法国画家。
② 图卢兹(Toulouse),法国城市,托洛萨(Tolosa),西班牙城市。两座城市名字相近,地理位置也相当接近。
③ 原文为西班牙语。

的滑车道上冲下来;那滑车道是个奇妙的建筑,矗立在博戎高地上,从香榭丽舍大街望去,只见树梢上蜿蜒着它的轨道。

法武丽特不时地嚷嚷:

"惊喜呢?我要惊喜。"

"别急嘛。"托洛米埃回答。

五　在邦巴达小酒馆

他们玩过滑车道后,便想到了吃晚饭。八个容光焕发的年轻人最后有点累了,就到邦巴达小酒馆里歇歇脚。这家酒馆,是赫赫有名的餐馆老板邦巴达在香榭丽舍大街开的分店,那时候,在里沃利街,德洛姆巷的旁边,可以看见总店的招牌。

一个大而寒酸的房间,尽头有个凹室,里面有张床(因为是星期天,酒店客满,只好将就了);两扇窗子,站在窗口,越过榆树,可以眺望塞纳河及其堤岸;八月明媚的阳光掠过窗口;两张桌子,一张桌上喜气洋洋地堆着一束束鲜花,混杂着男男女女的帽子;另一张桌上坐着四对情侣,兴高采烈地围着一堆盘碟、酒杯、酒瓶,啤酒罐夹杂在葡萄酒瓶中间。桌上一片狼藉,桌下一片混乱,正如莫里哀描绘的:

　　他们的脚在桌下你踩我踢,
　　咯噔咯噔,弄出一片声音。

早晨五点开始的郊游，到了下午四点半就成了这个情景。太阳西斜，他们的兴致也减退了。

香榭丽舍大街阳光充足，人流滚滚，到处是阳光和尘土，那是构成光荣的两个成分。马尔利雕刻的大理石马，兀立在金色的尘土中，引颈长嘶。华丽马车熙来攘往。一队气派的近卫骑兵，号手开道，行进在纳伊大街上。杜伊勒利宫的圆顶上飘扬着一面白旗，夕阳将白旗染成了粉红色。已恢复路易十五广场旧称的协和广场熙熙攘攘，挤满了心满意足的行人。许多人纽扣的云纹饰带上垂着一朵银百合花，一八一七年，云纹饰带尚未从纽扣上消失。到处有行人围着圆圈，鼓着手掌，观看小女孩们迎风跳轮舞，唱回旋曲，那首曲子在当时非常有名，是用来歌颂波旁王朝，鞭挞百日帝政的，其中的叠句是：

把根特的伯伯①还给我们，
把我们的伯伯还给我们。

一群群郊区居民，穿着节日的盛装，有的也像市民那样佩着百合花，分散在巨大的马里尼方形广场上，玩套环游戏，骑木马旋转；还有的人在喝酒；印刷厂的几名学徒，头上戴着纸帽；他们笑声四溢。一切都喜气洋洋。那是国泰民安的时代，王权十分牢固。巴黎警察局长昂格莱在给国王的一本密奏中，谈到巴黎郊

---

① 根特的伯伯，指路易十八。根特为比利时城市。百日帝政时期，路易十八逃亡在根特。

区的情况,结尾写了这样几句话:"总之,陛下,这些人是没什么可怕的。他们像猫一样无忧无虑,懒散怠惰。外省的贱民蠢蠢欲动,巴黎的百姓却安分守己。这些人的个儿都很小。陛下,他们两个人连起来,才抵得上您的一个近卫兵。首都的老百姓毫不可怕。值得注意的是,五十年来,他们的个儿比从前更缩短了。巴黎郊区的人民,比大革命前更矮小了。他们丝毫也不危险。总之,他们都是贱民,驯良的贱民。"

巴黎的警察局长们不相信猫会变成狮子。可这却是事实,这正是巴黎人民创造的奇迹。况且,猫虽被昂格莱伯爵视若敝屣,但在古代共和国却很受青睐,被视作自由的象征:在科林斯①的广场上,有一只巨大的青铜猫,仿佛要与比雷埃夫斯②的无翅智慧女神遥相呼应。王朝复辟时期的警察太天真,对巴黎人民的看法太"乐观"。他们绝非人们认为的是"驯良的贱民"。巴黎人对于法国人,正如雅典人对于希腊人。谁都没有巴黎人睡得好,谁都没有巴黎人轻浮和懒惰,谁都没有巴黎人忘性大,然而对这一切不要信以为真。巴黎人可以对什么都漫不经心,可一旦事关荣誉,就会有万夫莫当之勇。给他们一支长矛,他们就会干出八月十日③的举动;给他们一杆枪,就会有奥斯特里茨的胜利。他们是拿破仑的支柱,丹东的后盾。为了祖国吗?他们可以扛起武器;为了

---

① 科林斯,古希腊城市。
② 比雷埃夫斯,希腊港口。
③ 一七九二年八月十日,巴黎人民攻入杜伊勒利宫,逮捕路易十六国王,推翻了君主体制。

自由吗？他们可以喋血街头。注意！他们冲冠的怒发谱写过英雄史诗；他们的工作服可与希腊人的短披风相比拟。当心！他们会把一条普普通通的格雷纳塔街，变成卡夫丁峡谷[①]。时候一到，这郊区的人民就会长大，这矮个子的人就会站起来，就会怒目而视，他们的气息会变成大风暴，从他们纤弱干瘪的胸腔，会呼出强风，足以动摇阿尔卑斯山的丘壑。多亏巴黎郊区人，加上武装的军队，大革命才得以征服欧洲。他们唱歌，是因为他们快乐。假如让他们唱的歌同他们的性情相称，那你就看吧！如果他们唱来唱去只唱《卡马尼奥拉》[②]，那他们只会推翻路易十六；你若让他们唱《马赛曲》，他们就能拯救全世界。

我们在昂格莱的奏章页边写完这段评语后，回过头再来谈我们的四对情侣。我们已说过，晚饭快吃完了。

六　爱情篇

席间闲谈和情话，二者都不可捉摸：情话是云雾，闲话是烟雾。

法默伊和大丽花哼着歌，托洛米埃喝着酒，瑟芬畅笑着，芳蒂娜微笑着。利斯托利埃吹着在圣克鲁买的木喇叭。法武丽特含情脉脉地看着布拉舍韦，对他说：

[①] 卡夫丁峡谷，古罗马地名。公元前三二一年，萨姆尼特人在这里击败罗马军队，迫使他们从侮辱性的轭形门下通过。一八三九年，巴贝斯和布朗基在巴黎的格雷纳塔街举行起义。

[②] 《卡马尼奥拉》，法国大革命时期的歌曲，讽刺王后玛丽－安托瓦内特。

"布拉舍韦,我爱你。"

这话引出了布拉舍韦的一个问题:

"法武丽特,假如我不爱你了,你怎么办?"

"我!"法武丽特大声喊道。"啊!别这样说,哪怕是开玩笑!假如你不爱我了,我就扑到你身上,抓伤你的脸,撕破你的皮,往你身上泼水,让人把你抓走。"

布拉舍韦虚荣心得到了满足,得意和快意地微笑了。法武丽特接着又说:

"是的,我会把警察喊来!啊!我什么事都干得出来!你这个坏蛋!"

布拉舍韦狂喜不已,身子往椅背上一仰,自豪地闭上了眼睛。

大丽花一边吃,一边乘着喧闹声悄悄对法武丽特说:

"你对你的布拉舍韦,真的那么喜欢吗?"

"我才讨厌他呢。"法武丽特又抓起叉子,用同样的语气回答。"他太抠了。我喜欢我家对面的那个小伙子。他人很好,那个年轻人。你认识他吗?他很有演员的派头。我喜欢演员。他一回到家,他母亲就说:'啊!上帝!我又不得安宁了。他又要大叫大嚷了。喂,我的朋友,你又要把我的脑袋吵炸了!'因为他会满屋子乱跑,爬到住着耗子的阁楼上,爬进黑洞洞的地方,能爬多高,就爬多高,又是唱歌,又是朗诵,谁知道他在搞什么!连楼下的人都听得见。他在一个诉讼代理人那里写写状子,每天能挣二十苏。他父亲曾是圣雅克-奥帕教堂的唱经人。啊!他太好了!他爱我爱得发狂。有一天,他见我在揉面做煎饼,就对我说:'小姐,您把您的手套做成煎饼,我也敢吃。'只有艺术家才会说这样的话。

啊！他太好了！我现在对这个小伙子都着迷了。这没什么，我照样对布拉舍韦说我爱他。我多会撒谎啊！嗯？我多会撒谎啊！"

法武丽特停了停，继而又说：

"大丽花，你看，我很愁闷。一夏天都下雨，风也让我心烦，风平息不了我心中的怒火，布拉舍韦是个小气鬼，菜场上几乎买不到豌豆，不知道吃什么好，正像英国人说的，我得了'忧郁症'了，黄油贵得吓人！再说，你看，我们吃晚饭的地方还有一张床，真可怕，这让我对生活都没兴趣了。"

七　托洛米埃妙语连珠

这期间，有几个人在唱歌，其他人在聊天，大家七嘴八舌，一片嘈杂。托洛米埃发话了：

"不要信口乱说，也不要说得太快。"他大声喊道，"要语惊四座，就得想一想再说。太多的随兴而谈，大脑就会空虚。流淌的啤酒堆不起泡沫。先生们，不要急。大吃大喝，也得有吃喝的气派。让我们专心致志地吃饭，细细品尝佳肴。不要着急。看看春天，它来得太急的话，就会烧起来，也就是说会冻僵。过于热忱，会毁掉桃树和杏树。过于热忱，会扼杀盛宴的雅兴和快乐。先生们，不要热忱！在这一点上，格里莫·德·雷尼埃[①]和塔列朗的看法一致。"

[①] 格里莫·德·雷尼埃（1758—1838），法国著名烹调家和美食家。

大家嗡嗡地表示反对。

"托洛米埃,让我们安静点吧。"布拉舍韦说。

"打倒暴君!"法默伊说。

"邦巴达,邦邦斯,邦博施①。"利斯托利埃喊道。

"今天是星期天嘛。"法默伊又说。

"我们够有分寸的了。"利斯托利埃补充说。

"托洛米埃,"布拉舍韦说,"瞧我的安静样子!"

"你是安静侯爵。"托洛米埃回答说。

这个平庸的文字游戏,犹如一块石头扔进池塘,激起了反响。蒙卡尔姆侯爵②是当时很有名的保王党人。所有的青蛙都闭上了嘴巴。

"朋友们,"托洛米埃大声说道,语气俨然像个重掌帝国的人,"不要激动。听到这个从天而降的谐语,不要太目瞪口呆。这种从天而降的谐语,不一定值得大家兴奋和钦佩。谐语是飞翔的思想拉的屎。插科打诨的话可以落到任何地方,但是,思想拉下一句傻话之后,就会消失在蓝天中。兀鹰落下一堆白屎,在岩石上砸得稀巴烂,但这并不妨碍它在空中翱翔。我绝非想侮辱谐语!我是按其价值给予相应赞许,仅此而已。在人类中间,甚至在人类之外,所有最尊严、最卓越和最可爱的人,都搞过文字游戏。耶稣-基督对圣彼得,摩西对以撒,埃斯库罗斯对波吕尼刻斯,克

---

① 邦巴达是这家酒店,邦邦斯和邦博施分别是佳肴美馔和寻欢作乐的意思。
② 侯爵的名字蒙卡尔姆(Montcalm)在法语中与"我的安静(mon calme)"同音。

娄巴特拉对屋大维,都玩过同音异义的文字游戏。请注意,克娄巴特拉的那个文字游戏是在亚克兴战役之前说的,假如她没有这样说,恐怕谁也不会记得托里纳城,而这个词在希腊语中是'大汤勺'。这一点我做些让步,下面继续给你们忠告。弟兄们,我再说一遍,不要热忱,不要吵嚷,不要过分,即使说俏皮话、开玩笑、欢乐和玩文字游戏。听我说,我有安菲阿拉俄斯①的谨慎,恺撒的秃顶。即使搞字谜,也要有个限度。凡事都有分寸。②即使是饮食,也有限度。女士们,你们喜欢苹果酱馅饼,但不要吃得太多。即使吃馅饼,也要合情合理,要讲究艺术。暴食会惩罚暴食的人。贪吃会惩罚贪吃的人。消化不良是仁慈的上帝用来教训胃的。请记住,我们每一种欲望,即使是爱情,都有一个胃,不要塞得太满。做任何事,都要及时写上'终止'。在紧急关头要善于控制自己,要给欲望插上插销,把欲念送进拘留所,将自己送进警察局。聪明人在适当的时候会把自己抓起来。请你们相信我。因为我学过一点法律,我的考试成绩可以作证;因为我知道定案和悬案之间的差别;因为我用拉丁语写过一篇博士论文,谈的是穆纳蒂奥斯·德曼斯任弑君者尼禄的财政大臣时罗马的酷刑;因为我似乎要做博士了,因此,我不一定是笨蛋。我劝你们要控制欲望。我的话千真万确,就和我叫费利克斯·托洛米埃一样无可置

---

① 安菲阿拉俄斯,希腊神话中攻打底比斯的七英雄之一,著名的先知。
② 原文为拉丁语。

疑。时候一到，就像苏拉或奥利金①那样，毅然引退，这样的人才会快乐。"

法武丽特听得非常专心。

"费利克斯！"她说，"多漂亮的名字！我喜欢这个名字。是个拉丁词。意思是'兴旺'。"

托洛米埃继续说：

"公民们，绅士们，先生们，朋友们！你们想不受任何刺激，放弃床笫之欢，放弃情爱吗？这再简单不过了。我给你们开个药方：喝柠檬水，拼命运动，强迫劳动，累得精疲力竭，拖重的东西，不睡觉，熬夜，多喝含硝的饮料和睡莲汤，品尝罂粟和牡荆乳剂，节制饮食，不吃饭，再加上洗冷水浴，腰里捆草绳，背一块铅板，用醋酸铅擦身子，用醋水热敷。"

"我宁愿要一个女人。"利斯托利埃说。

"女人！"托洛米埃又说，"可得当心。女人的心变化不定，谁相信她们，谁就倒霉。女人阴险毒辣，工于心计。女人讨厌蛇，那是出于同行的嫉妒。蛇是对面的店铺。"

"托洛米埃，"布拉舍韦喊道，"你喝醉了！"

"没错！"托洛米埃说。

"那你就乐一乐吧。"布拉舍韦说。

"我同意。"托洛米埃回答。

---

① 苏拉（前138—前78），古罗马将军、政治家，他在权力鼎盛时期，突然宣布引退。奥利金（约185—254），教会史上第一位系统神学家，《圣经》的注释者。据说他自阉了。

他斟满酒,站起来:

"光荣属于美酒!现在,啊,酒神!我要给你唱赞歌[1]!对不起,小姐们,这是西班牙语。女士们,我有证据:什么样的民族,就有什么样的酒桶。卡斯蒂利亚[2]的酒桶可装十六升,阿利坎特的,十二升,加纳利群岛的,二十五升,巴利阿里群岛的,二十六升,沙皇彼得的大酒桶可装三十升。伟大的沙皇万岁!比他更伟大的酒桶万岁!女士们,作为朋友,我给你们一个忠告:只要愿意,你们可以走错门。爱情的特点,就是到处乱走。轻浮的爱情不像英国女仆,傻乎乎地蹲在一个地方,蹲得膝头生茧。甜蜜而轻浮的爱情不是这样,它生来快快乐乐,到处乱走!有人说:出错是人之特性;而我却说,出错是爱之特性。女士们,我对你们几个都很爱慕。啊,瑟芬,啊,约瑟芬,您的脸不够端正,假如它不是这样不端正,您会很迷人。您这张漂亮的脸蛋,好像有人不小心在上面坐过。至于法武丽特,啊,仙女和缪斯!一天,布拉舍韦经过盖兰-布瓦索街的阳沟,看见一个美丽的姑娘,绷得紧紧的白袜,显出秀腿的线条。这个序幕,布拉舍韦很喜欢,于是他就爱上了。他爱上的人,是法武丽特。啊,法武丽特,你有爱奥尼亚人的嘴唇。从前希腊有个画家,名叫欧福里翁,别人给他起了个外号,叫他嘴唇画家。只有这个希腊人才有资格画你的嘴唇。听我说!在你之前,没有一个人配得上给他画。你

---

[1] 原文为西班牙语。

[2] 卡斯蒂利亚以及下文的阿利坎特、加纳利群岛、巴利阿里群岛,均为西班牙的地区名。

生来就为了像维纳斯那样得到金苹果,或像夏娃那样吃苹果。美由你开始。我刚才提到了夏娃,其实是你创造了她。你有资格获得'创造美女'的专利证书。啊,法武丽特,现在我要用您称呼你了,因为我要从诗歌转入散文。刚才,您谈到了我的名字。这让我很受感动。但是,不管我们是谁,都不要相信名字。很可能会名不副实。我叫费利克斯,但我并不幸福。字会骗人,不要盲目接受字的含义。如果你写信到列日①去买木塞,到波城去买皮手套,那就大错特错。大丽花小姐,我要是您,就叫玫瑰。花应该有香味,女人应该有头脑。对芳蒂娜我就不说什么了。她爱幻想,爱沉思,爱深思,过分敏感。她是个幽灵,有仙女的体态,修女的贞洁,她误入女工的生活,但她躲在幻象中,她歌唱,她祈祷,她望着蓝天,却不知道看见了什么,也不知道在做什么,她眼望天空,在花园里漫步,看到的鸟儿比实际存在的多!啊,芳蒂娜,你要知道:我,托洛米埃,我也是一种幻象。可她没有听见我说话,这个沉醉在幻想中的金发姑娘!她身上的一切是那样清新、美妙、年轻,她是明媚的晨曦。啊,芳蒂娜,配得上叫雏菊或珍珠的姑娘,您是一颗最美丽的珍珠。女士们,我给你们第二个忠告:千万不要结婚。结婚就像是嫁接,可能接好,可能接坏。不要冒这个风险。哎!我胡扯些什么呀!我这是白费口舌。姑娘们在结婚问题上是不可救药的。不管我们这些聪明人摆出多少道理,也无法阻止做背心或鞋子的女工,梦想嫁给一个全身堆满钻

---

① 列日(Liège),比利时城市,与法语中"软术(le liège)"同音。下文的波城(Pau)是法国城市,与法语中"皮(la peau)"同音。

石的丈夫。随她们去吧。喂,美人们,请记住这个:你们吃糖太多。啊,女人,你们只有一个过错,就是喜欢嚼糖。啊,爱啃爱啃的女人,你们漂亮的白牙嗜糖如命。可是,好好听着,糖是一种盐。任何盐都吸收水分。糖是最能吸收水分的盐。它通过血管,把血里的水分吸干,因此,血就凝结,然后凝固;这样,就会得肺结核;这样,就会死亡。这就是为什么糖尿病和肺结核病相近。所以,如果你们不嚼糖,就能长命百岁。现在,我转而谈谈男人。先生们,去征服女人吧。不必良心不安,尽管去争夺心爱的女人。你抢我的,我抢你的。情场上没有朋友。哪里有漂亮的女人,哪里就有公开敌视。毫不留情,殊死搏斗!一个漂亮的女人,是一个宣战的理由[1]。一个漂亮女人是一次现行犯罪。历史上的所有入侵,都是由裙钗引起的。女人是男人的权利。罗慕路斯[2]掠劫过萨宾女子,威廉一世[3]掠劫过撒克逊女子,恺撒掠劫过罗马女子。没有女人爱的男人,就像秃鹰,在别人的情妇头上打转。至于我,我要把波拿巴的告意大利军队书,扔给所有这些当光棍的倒霉蛋:'士兵们,你们一无所有。敌人什么都有。'"

托洛米埃停了下来。

"歇口气吧,托洛米埃。"布拉舍韦说。

这时,布拉舍韦在利斯托利埃和法默伊的附和下,以悲哀的

---

[1] 原文为拉丁语。

[2] 罗慕路斯(前753—前715),传说是罗马城的缔造者。萨宾为意大利古国名。

[3] 威廉一世(1028—1087),即征服者威廉,英国国王。

曲调，唱起了一首在作坊里流传的歌曲。歌词是信口编来的，非常押韵，也可以说毫不押韵，就像树的摇动和风的声音，空洞无物，从烟斗的烟雾中产生，随烟雾一起消失。下面的一段歌词是他们对托洛米埃长篇宏论的反驳：

>几个愚蠢的神甫
>
>交给经纪人些许银子，
>
>想让克雷蒙·托内
>
>在圣约翰节当上教皇；
>
>克雷蒙不是神甫
>
>所以没有能当上教皇；
>
>经纪人恼羞成怒
>
>给他们送还银子。

可这种歌并不能平息托洛米埃即兴演说的热情。他把杯里的酒喝完又斟满，接着又讲起来了。

"打倒谨慎！忘记我刚才说的话。不要一本正经，不要谨小慎微，不要做正人君子。我要为欢乐干一杯！让我们快快乐乐！用疯狂和美食来补充我们的法律课！消化不良和法规汇编。让查士丁尼[①]当公的，珍馐美味当母的！普天下都快乐！啊，快乐吧，造物主！宇宙是一颗巨大的钻石。我很快乐。鸟儿唱着欢乐的歌。

[①] 查士丁尼（482—565），拜占庭皇帝，编有《法规汇编》。这个书名与法语中"消化"一词近似。

到处都在狂欢！夜莺是免费的埃勒维①。夏天，我向你致敬！啊，卢森堡公园，啊，夫人街和天文台街上的农事诗！啊，想入非非的丘八！啊，迷人的女用人，一面给人看孩子，一面在孕育孩子！假如没有奥德翁戏院的拱廊，我也许会喜欢美洲的草原。我的灵魂飞向荒芜的森林和大草原。一切都很美。苍蝇在阳光下嗡嗡飞舞。太阳照得蜂鸟直打喷嚏。吻我吧，芳蒂娜！"

他吻错了人，吻了法武丽特。

八　一匹马死了

"埃东餐馆比邦巴达吃得好。"瑟芬嚷道。

"我喜欢邦巴达，不喜欢埃东。"布拉舍韦说。"邦巴达更豪华，更有亚洲情调。瞧楼下的餐厅，墙上有镜子。"

"我宁愿盘子里多装点②。"法武丽特说。

布拉舍韦坚持说：

"瞧瞧这些刀。邦巴达这里的柄是银的，埃东那里的是骨头的。银当然比骨头贵重。"

"对装了银下巴的人来说，就不一样了。"托洛米埃提醒说。

此刻，他正在凝望残老军人院的圆屋顶，从邦巴达的窗口望得见。

---

① 埃勒维（1769—1842），法国著名的歌喜剧演员。
② 指盘子里多装些雪糕。法语中，雪糕和镜子都是"glace"。

一阵静默。

"托洛米埃,"法默伊大声说,"刚才,我和利斯托利埃争论了一场。"

"争论好啊,"托洛米埃回答,"争吵就更好了。"

"我们争论哲学。"

"好啊。"

"你喜欢笛卡儿,还是斯宾诺莎[①]?"

"代佐日埃[②]。"托洛米埃说。

作了这判决后,他喝了口酒,接着又说:

"我同意活在世上。这世上并非一切都完了,毕竟还可以胡言乱语。所以我感谢永生的神。我们说谎,但我们欢笑。我们肯定,但我们也怀疑。从三段论里,会冒出意外。这很精彩。这世界上到底还有些人知道如何打开和关上玩偶盒,从里面拿出些悖论来让大家开心。这玩意儿,女士们,你们现在平静地喝着的,是马德拉葡萄酒,要知道,是库拉尔·达斯·弗莱拉斯产的,那里高达海拔六百三十四米!喝的时候可得当心!六百三十四米!邦巴达先生,出色的饭店老板,给你们这六百三十米,却只收你们四法郎五十生丁!"

法默伊再次打断他的话:

"托洛米埃,你的意见可以作证。你最喜欢哪个作者?"

"贝尔……"

[①] 斯宾诺莎(1632—1677),荷兰哲学家。
[②] 代佐日埃(1772—1827),法国民谣歌手。

"贝尔坎①?"

"不。贝尔舒②。"

托洛米埃接着说:

"向邦巴达致敬!他要是能给我弄来一个埃及舞女,就可以同埃莱方塔的米诺菲斯相提并论!若能给我带来一个希腊名妓,就可以与凯罗内的蒂热利翁并肩比美!因为,啊,先生们,希腊和埃及都有过邦巴拉们。是阿普列乌斯③告诉我们的。可惜总是老一套,毫无新意。在造物主的创造中,拿不出什么新东西了。所罗门说:世上没有新东西④。维吉尔说:爱情对所有人都一样⑤。卡拉宾娜和卡拉宾一起上了圣克鲁的帆船,正如当年阿斯帕西娅和佩里克利斯⑥一道登上了去萨摩斯岛的战舰。最后说一句。女士们,你们知道阿斯帕西娅是什么人吗?她虽然生活在女人没有灵魂的时代,但她却有一颗灵魂,是一个玫瑰红和紫红的灵魂,比火焰更明亮,比晨曦更清新。阿斯帕西娅集中了女人的两个极端,她既是妓女,又是女神。苏格拉底⑦加上曼侬·莱斯戈⑧。阿斯帕西娅

---

① 贝尔坎(1747—1791),法国作家。

② 贝尔舒,十九世纪法国的食谱作者。

③ 阿普列乌斯(125—180),罗马作家、哲学家。著有《变形记》《金驴》。在《金驴》中,有古代美食学的记载。

④ 原文为拉丁语。

⑤ 原文为拉丁语。

⑥ 佩里克利斯(前495—前429),雅典政治家。阿斯帕西娅是他的妻子,以美貌和智慧著称。萨摩斯是他征服的一个岛。

⑦ 苏格拉底(约前469—前399),古希腊哲学家。

⑧ 曼侬·莱斯戈,十八世纪法国作家普莱沃神甫同名小说中的女主人公。

是在普罗米修斯需要一个婊子的时候创造出来的。"

　　托洛米埃一旦打开话匣子，就很难停下来，幸亏此时一匹马在沿河马路上倒了下来。马车和这位演说家戛然停住。这是一匹博斯母马，又老又瘦，早该送到屠夫那里了。它拖着一辆沉重的大车。到了邦巴达酒店门口，累得精疲力竭，不愿意再往前走了。这一事故引来一大群人围观。车夫气得张口就骂，他刚拼足力气骂了声"杂种"，同时狠抽了一鞭，那匹瘦马就倒了下去，再也起不来了。听到行人的喧闹声，聆听托洛米埃讲话的快乐的人们全都转过头去，托洛米埃趁机朗诵一段忧伤的诗，来结束他的演说：

　　　　在这个世界上，拉人的车和运货的车
　　　　　　命运都一样，
　　　　这匹劣马和其他劣马都一样，只活了
　　　　　　一个早晨①。

　　"这马真可怜。"芳蒂娜叹息道。

　　大丽花嚷道：

　　"瞧芳蒂娜！她竟可怜起马来了。有这样的傻瓜吗？"

　　这时候，法武丽特交叉着双臂，头向后仰着，坚决地望着托洛米埃，说：

　　"喂！你答应给我们的惊喜呢？"

----

　　① 原文为"杂种"。法语中，杂种（mâtin）和早晨（matin）同音。

"我正要说呢,时候到了。"托洛米埃回答。"先生们,给这几位女士惊喜的时间到了。女士们,稍等片刻。"

"以吻开始。"布拉舍韦说。

"吻额头。"托洛米埃补充说。

他们在各自情妇的额头上庄重地吻了一下,然后将指头放在嘴上,一个接一个地朝门口走去。

他们出去时,法武丽特拍手相送。

"这已经有点意思了。"她说。

"不要去得太久哇,"芳蒂娜喃喃地说,"我们等着你们哪。"

九 一场欢乐,有始有终

姑娘们独自留下来,双双分倚在两个窗台上,伸出脑袋,隔着窗子,开始闲聊起来。

她们看见那四个青年臂挽着臂,走出邦巴达小酒店。他们回过头,笑盈盈地向她们挥挥手,就消失在充斥了星期日尘埃和喧闹的香榭丽舍大街上了。

"不要去得太久呀!"芳蒂娜大声喊道。

"他们要给我们带什么来?"瑟芬说。

"一定很美。"大丽花说。

"我,"法武丽特接口说,"我希望是金的。"

透过大树的枝丫,可见河堤上熙来攘往,煞是有趣,她们的注意力很快就被分散了。那正是邮车和驿车出发的时刻。向南和向西去的马车,几乎都要经过香榭丽舍大街。大部分沿着河岸,从帕西门出城。每隔一分钟,就有一辆黄色或黑色的大马车穿过人群飞驰而过,它们满载而去,马蹄嘚嘚,车轮铿铿,行李箱、邮袋、防雨篷鼓得车子变了形,挤得满满的人头一晃而过,它们把马路碾碎,将铺路石变成打火石,它们就像发了疯似的,掀起滚滚尘埃,好似浓烟翻腾,又如一个个铁匠炉,冒出无数火星。这喧闹的景象,使姑娘们欢欣雀跃。法武丽特惊叹道:

"多么热闹!就像是一堆堆铁链在飞舞。"

有一次,透过枝茂叶密的榆树,她们依稀看见有辆马车停了下来,继而又飞驰而去。芳蒂娜颇感惊讶。

"真奇怪!"她说,"我还以为驿车不停呢。"

法武丽特耸了耸肩。

"这个芳蒂娜真怪。出于好奇,我倒要研究研究她了。最普通的事,她都会大惊小怪。我们作个假设:我是旅客,我对马车夫说:'我要到前面去,待会您经过沿河马路时把我捎上。'马车经过那里,看见我,就停下来,让我上车。这事每天都有发生。你太不了解生活了,亲爱的。"

这样过了一段时间。突然,法武丽特仿佛猛然惊醒似的说:

"对了,惊喜呢?"

"是呀,"大丽花接口说,"嚷了半天的惊喜呢?"

"他们去的时间够长了!"

芳蒂娜正在叹气,伺候晚餐的那个伙计走了进来。他手里拿着一样东西,像是封信。

"这是什么?"法武丽特问。

伙计回答:

"是那几个先生留给小姐们的字条。"

"为什么不马上送来?"

伙计回答:

"因为那几位先生嘱咐,要过一个钟头才交给小姐们。"

法武丽特从伙计手中一把夺过字条。果然是一封信。

"奇怪!"她说,"没有地址。但上面写着几个字:

这是给你们的惊喜。"

她赶紧拆信,打开后读了起来(她认得字):

啊,我们热恋的人!

要知道,我们家里有双亲。双亲是什么,你们是不大知道的。这在幼稚而公正的民法典中,叫作父亲和母亲。然而,那些双亲们在抱怨,那些老人们需要我们,那些善良的男人和女人把我们叫作浪子,他们要我们回去,要为我们杀牛宰羊。我们只得服从,因为我们是讲道德的人。当你们读到这封信时,五匹烈马正带着我们去见我们的爸爸和妈妈。正像波舒埃说的,我们溜走了。我们走了,我们已经走了。我们躲进了拉菲特的怀抱里,逃到了加亚尔的翅膀上①。开往图卢兹的驿车把我

---

① 拉菲特和加亚尔是当时的运输公司。

们拉出深渊,而那深渊就是你们,啊,我们亲爱的美人!我们以每小时三里的速度,疾步回到社会、责任和秩序中去了,祖国需要我们像大家一样,成为省长、家长、乡警和参议员。敬重我们吧!我们在作牺牲。痛痛快快地为我们哭一场,然后赶快另找新欢。如果这封信撕碎你们的心,那你们就把它也撕个粉碎。永别了。

在将近两年中,我们给了你们快乐。千万不要记恨我们。

布拉舍韦
法默伊
利斯托利埃
费利克斯·托洛米埃

又及:饭钱已付。

四位姑娘面面相觑。

法武丽特首先打破沉默。

"哈!"她嚷道,"这个玩笑开得太成功了!"

"很有意思。"瑟芬说。

"这个点子大概是布拉舍韦出的,"法武丽特又说,"这倒让我爱上他了。人一走,爱开始。人总是这样。"

"不对,"大丽花说,"是托洛米埃的主意。一看就知道。"

"要是这样,"法武丽特又说,"布拉舍韦该死,托洛米埃万岁!"

"托洛米埃万岁!"大丽花和瑟芬喊道。

接着,她们哈哈大笑起来。

芳蒂娜也跟着她们笑了。

一小时后,芳蒂娜回到家里,便大哭了一场。前面说过,这是她的初恋,她早已把托洛米埃看作丈夫,献出了自己的一切。可怜的姑娘已有一个孩子了。

第四卷
把孩子托付于人，有时等于断送孩子

一　一个母亲遇见另一个母亲

本世纪的头二十五年间，在巴黎附近的蒙费梅，有一个小客栈，现已不复存在。这家客栈是由一对名叫泰纳迪埃的夫妇开的，位于面包师巷。门上方贴墙钉着一块木板。木板上面画着什么图案，好像是一个人背着另一个人。背上的人佩着将军的金色大肩章，上面有几颗银白色的大星星；有几团红迹，表示鲜血；剩下的画面烟雾弥漫，可能表示一场战役。木板的下端写着：献给滑铁卢的中士。

客栈门口停一辆载重马车或板车，原是最平常的事。但是，一八一八年春的一个晚上，停在滑铁卢中士小客栈门口，并且堵塞小巷的那辆车，说得更确切些，那辆车的残骸，以其巨大的身躯，足可引起画家的注意，如果有画家经过的话。

那是一辆载重大车的前半部，在森林地区，常用这种车来运输厚木板和树干。这前半部车身由一根实心铁轴组成，上面嵌着笨重的辕木，两个巨大无比的轮子支撑着铁轴。这一切看上去短短粗粗，非常笨重，非常丑陋，犹如一门巨型炮的座架。车轮、轮辋、轮毂、车轴和辕木被沿途的泥浆抹上了一层难看的黄污泥，与常用来装饰大教堂的灰浆很相似。辕木上覆盖着污泥，铁轴上覆盖着铁锈。一条粗链子像道帷幔，垂挂在车轴下面，那链子足可以用来拴苦役犯歌利亚①。看到那条粗链子，不会想到它是用来捆拦运载的木材，而是用来套乳齿象和猛犸的；它使人想到监狱，而且是囚禁巨人和超人的监狱，像是从某个怪物身上解下来的。荷马可能用它来缚波吕斐摩斯②，莎士比亚可能用它来绑加列班③。

一辆载重车的前半部怎么会在这条街的这个地方？首先是为了堵住街道，其次是为了让它彻底生锈。在旧的社会秩序中，也有许多类似的机构，公然放在外面，横在路上，并没有别的存在理由。

那链条垂在车轴下，中段离地面很近。那天傍晚，两个小女孩，一个大约两岁半，另一个一岁半，大的抱着小的，姿态非常优美，坐在弯成弧形的铁链上，如同坐在秋千上一般。一条头巾巧妙地把她们拴住，以防她们摔下来。有位母亲第一次看到这条可怕的铁链时，她说："瞧，这下我的孩子有玩具了。"

那两个孩子容光焕发，再说，她们的穿戴挺漂亮，挺讲究，犹如两朵玫瑰置身于废铁中。她们的眼睛是一杰作，她们的脸蛋鲜艳饱满，洋溢着笑容。她们的头发一个是栗色，另一个是棕色。

---

① 歌利亚，圣经中的人物，非利士勇士，身材高大，头戴铜盔，身披重甲，作战时所向无敌，后来被希伯来王大卫杀死。
② 波吕斐摩斯，希腊神话中的独眼巨人。
③ 加列班，莎士比亚剧作《暴风雨》中的人物，被看作妖怪，又是奴隶。

她们天真无邪的脸蛋,露出陶醉和惊讶的神色。附近有一丛开花的小树,向行人送去阵阵芳香,仿佛是从她们身上发出的。一岁半的那个,以幼儿的纯洁无邪,露着可爱的小肚子。这两个娇弱的孩子,沐浴在幸福和光辉中,在她们头顶上方,是硕大无朋的半个车身,弯成弧形,犹如一个岩洞口,上面布满了黑乎乎的铁锈,曲线和棱角纵横交错,委实狰狞可怕。她们的母亲离她们几步远,蹲在店门口;她的模样并不讨人喜欢,但此时此刻,很令人感动;她用一根细绳荡着两个孩子,眼睛看着她们,生怕会出意外;那是一种兽性的绝妙的表情,只有母亲才有这种表情。每荡一下,面目狰狞的链环便发出刺耳的叫声,犹如愤怒的吼声。两个小女孩心醉神迷,西斜的太阳也显得喜气洋洋。命运的随心所欲,使一条提坦巨人的铁链变成了小天使们的秋千,还有什么比这更令人神往的呢?

母亲一面荡着两个孩子,一面用走调的声音唱着一首当时流行的情歌:

"必须这样,"一个士兵……

她只顾唱歌,又注视着两个女儿,街上发生的事,她既听不见,也看不见。

她开始唱情歌的第一段时,一个人已走到她的身旁。她猛然听到有个声音在她耳边说:

"太太,您这两个孩子真漂亮。"

那母亲继续唱歌,以示回答:

对美丽温柔的伊莫吉娜说。

唱完这句后,她才回过头来。

一个女子站在她面前,离她几步远。那女人怀里也抱着个孩子。

此外,她还背着一个相当大的旅行袋,看上去很沉。

那女人的孩子可爱之极,很少能看到如此可爱的孩子。是个女孩子,有两三岁。她的穿戴非常漂亮,可同另外两个小女孩争艳斗丽。她戴一顶细布帽,镶有瓦朗西纳花边,内衣上饰有丝带。裙子撩起,可以看见她白白圆圆、结结实实的大腿。她的肤色白里透红,令人赞美不已,身体非常健康。看见这个漂亮的小女孩,谁都恨不得在她苹果般的脸蛋上咬一口。她的眼睛想必很大,睫毛很美,除此之外,就说不出什么了,因为她在睡觉。

她睡得那样踏实,只有她那般年龄的孩子才有这样的睡眠。母亲们的怀抱由抚爱做成,孩子们在里面睡得香甜。

至于母亲,她看上去一贫如洗,愁容满面。从装束看,她是个女工,但有变回到农妇的迹象。她很年轻。她漂亮吗?也许;但她那身打扮,使她看不出漂亮。她的头发看来非常浓密,一绺金发散落下来,但她戴着一顶又丑又窄、带子扣住下巴的修女兜帽,把头发紧紧包住了。人长着漂亮的牙齿,笑一笑便能露出来;但她一点也不笑。她的眼睛好像不久前还哭过。她面色苍白,看上去很疲倦,像是有病。她瞧怀里熟睡孩子的神情,是亲自哺乳的母亲特有的。一块很大很大的像是残废军人用来擤鼻涕的蓝手帕,对折起来,笨拙地遮住了她的身材。她的手被风吹成了黑色,长满了红斑,食指的皮肤粗糙,布满了针痕。她披一件褐色的粗羊毛斗篷，穿一条布连衣裙，脚上是一双笨重的大鞋。她是芳蒂娜。

是芳蒂娜。已很难认出来了。然而，细细看来，她依然很美。她右脸上添了一道忧郁的皱纹，仿佛要表示嘲笑似的。至于她的服饰，从前那身散发着丁香花的芬芳和小铃铛的声响，仿佛由快乐、疯狂和音乐组成的、飘着丝带轻盈无比的罗纱裙。已经无影无踪了，就像美丽耀眼的霜花，太阳底下常被错当成金刚石，可是融化后，就会露出黑黢黢的树枝。

那次"绝妙的玩笑"之后，十个月过去了。

这十个月内发生了什么事？那是可以想见的。

她被遗弃后，生活很艰难。芳蒂娜很快也就见不着法武丽特、瑟芬和大丽花的影子了；男人那边的关系一断，同女人的联系也就断了；半个月之后，你如果对她们说，你是她们的朋友，她们一定会大吃一惊；现在已不再有做朋友的理由了。只剩下芳蒂娜孤单单一个人。孩子的父亲一走——唉！这种关系一断，就无可挽回——她便孤苦伶仃，无依无靠，况且，她已养成好逸恶劳的习惯。她和托洛米埃来往后，也跟着瞧不起她熟悉的小手艺，忽视了那些手艺的销路，出路全堵死了。毫无生存的办法。芳蒂娜勉强认得几个字，但不会写。她小时候，只学会了签名。她让代写书信的人给托洛米埃写了一封信，接着又写了第二封、第三封，却是石沉大海。一天，芳蒂娜听到几个爱嚼舌头的老太婆看着她的女儿说："对这些孩子，谁会当回事？只是耸耸肩而已！"于是，她想起了托洛米埃，他对自己的亲生骨肉也是耸耸肩，不把这个无辜的孩子当回事，于是，她对这个男人心灰意冷了。可是，怎么办呢？她已无人可以求助。她做错了一件事，但是，大家记得，从本质上讲，她不是轻浮的女人，她是有廉耻心的。她模模糊糊地感到，她就要堕入苦难之中，会一步一步滑入更悲惨的境地。得有勇气。她鼓足了勇气，顽强地坚持住了。她想回老家滨海蒙特勒伊去。那里，也许有人认识她，会给她一份工作。这主意不错；可是，得隐瞒她做过的错事。她隐约感到，她可能得忍受比第一次更痛苦的离别。她心里十分难过，但她下了决心。我们会看到，芳蒂娜面对人生，表现出极大的勇敢。

她毅然放弃了华丽的服饰，穿起了粗布衣服，把她所有的丝绸、服饰、丝带和花边，全都用在女儿身上，这是她剩下的唯一骄傲，那是多么圣洁。她变卖了所有的东西，得到二百法郎；偿清零星债务后，就只剩大约八十法郎了。在一个春光明媚的早晨，二十岁的芳蒂娜背着女儿，离开了巴黎。谁看见这母女俩经过，都会可怜她们。这个女人在世上只有这个孩子，而这孩子在世上也只有这个女人。芳蒂娜用自己的乳汁喂过女儿，胸脯受了劳累，她有点咳嗽。

以后，我们不再有机会谈到费利克斯·托洛米埃先生了。这里，我们只作个交代：二十年后，在路易-菲利普国王统治时期，他成了外省一个有钱有势、大腹便便的诉讼代理人，一个审慎的选民和严肃认真的陪审员，但仍是一个吃喝玩乐的人。

为了能歇歇脚，芳蒂娜走一程路，就坐一程所谓的郊区小车，每里花三四苏。中午时分，便到了蒙费梅的面包师巷。

她从泰纳迪埃客栈门口经过，看见两个小姑娘，坐在稀奇古怪的秋千上，玩得兴高采烈，她看得目眩神迷，就在这幅欢乐的景象前面驻足停步。

有些东西是会产生魔力的。此时此刻,这两个小女孩对这位母亲就产生了魔力。

她激动不已,仔细打量她们。有天使,便意味着有天堂。她在这家客栈的上空,仿佛看见了"上帝在此"这几个神秘的字。这两个孩子显然很幸福!她凝视她们,她赞美她们,她是那样感动,当那母亲唱完一句歌词换气的时候,她情不自禁地说了那句我们刚才读到的话:

"太太,您这两个孩子真漂亮。"

最凶恶的人,看见别人爱抚自己的孩子,也会变得温和。那母亲抬起头,道了声谢,让过路的妇人坐到门口的板凳上,她自己仍蹲在门槛上。两个女人聊了起来。

"我叫泰纳迪埃太太。"两个小女孩的母亲说,"这客栈是我们开的。"

她心里还想着那首情歌,于是又低声哼唱起来:

"必须这样,我是骑士,
我动身去巴勒斯坦。"

这位泰纳迪埃太太长着红棕色头发,身子肥胖,颧骨凸出,毫无风韵,属于随军悍妇类型。奇怪的是,她常常歪着脑袋摆出沉思的样子,大概是读了些言情小说的缘故。一个男性化了的惺惺作态的女人。有些旧小说,被小客栈老板娘的想象力磨来擦去,就会产生这样的效果。她还年轻,刚刚三十岁。这个女人是蹲着的,如果她站着,她那高头大马、适合在集市上做流动商贩的身材,一上来就会吓坏那过路的妇人,会让她不信任,也就不会有我们要叙述的故事了。一个人就因为不是站着,而是坐着,竟决定了许多人的命运。

过路的女子叙述她的经历,不过稍微作了点改变。

她是个女工;丈夫死了;巴黎找不到工作,她到别处去谋生;她回老家去;当天早晨,她步行离开了巴黎;她抱着孩子,走路走累了,遇见前往维尔蒙布的大车,便上了车,从那里,她又步行到蒙费梅,她女儿也走了一会,但走得不多,到底太小,得抱着她,小宝贝睡着了。

说到这里,她在女儿的脸上亲吻了一下,把孩子惊醒了。孩子睁开眼睛。那眼睛和她母亲的一样,又大又蓝。她在看。她看什么?什么也没看,或什么都看,带着一副认真的,有时还很严肃的神态,那是小孩子们特有的神态,是他们纯洁无邪的童心对我们日趋没落的道德进行审视的一种神秘表现。仿佛他们感到自己是天使,知道我们是凡人。接着,那孩子笑了;她不顾母亲阻拦,用力滑到地上;一个想下地跑的孩子,有一种不可制服的力量,想挡是挡不住的。突然,她看见另外两个女孩子在荡秋千,立马站住,伸出舌头,露出惊叹的神色。

泰纳迪埃妈妈解开女儿,抱下秋千,对她们说:

"你们三个一起玩吧。"

这种年龄的孩子是很容易混熟的,一分钟后,两个小泰纳迪埃就和新来的女孩一起在地上掘洞了,玩得好开心。

新来的孩子很快乐;透过孩子的快乐,可以看出母亲的善良。她已捡了一根小树枝当铲子,使劲挖了一个可以放进一只苍蝇的小坑。挖墓人做的事,被一个孩子做来,就变得令人愉快了。

两个女人继续交谈。

"您的娃娃叫什么?"

"珂赛特。"

珂赛特,得理解成欧弗拉齐。小女孩叫欧弗拉齐。可是,母亲把欧弗拉齐改成了珂赛特。母亲们和老百姓,出于一种亲切温柔的本能,常把约瑟法改成佩皮塔,弗朗索瓦兹改成西莱特。这样的派生词,会使整个词源学产生混乱,陷入困境。我们认识一个老祖母,竟成功地把泰奥多尔变成了格农。

"几岁了?"

"快三岁了。"

"跟我的老大一样。"

这时,那三个孩子围在一起,既忧虑又快乐,因为发生了一件大事:一条大蚯蚓从泥土里钻出来,她们非常害怕,却又心花怒放。

她们容光焕发的额头挨在一起,三个脑袋仿佛笼罩着一圈光环。

"只一会儿工夫,孩子们就混熟了!"泰纳迪埃妈妈大声说,"别人见了,会以为是三姐妹哩!"

这句话无疑是一个火花,另一个母亲想必正翘首以待。她抓住泰家婆娘的手,眼睛望着她,对她说:

"您愿意帮我照管孩子吗?"

泰家婆娘露出惊讶的神色,既不是同意,也不是反对。

珂赛特的母亲接着又说:

"您看,我不能把孩子带回老家。带了孩子,不能干活,也找不到工作。那里的人特别可笑。是仁慈的上帝让我经过您的客栈的。当我看到您的孩子那么漂亮,那么干净,那么开心,我心里感到一震。我说:这是位好母亲。您说得对,她们将成为三姐妹。再说,我很快就会回来的。您愿意帮我照管孩子吗?"

"我得想一想。"泰家婆娘说。

"我每月付六法郎。"

这时候,屋里头传出一个男人的喊声:

"不能少于七法郎。而且得先付六个月。"

"六七四十二。"泰家婆娘说。

"我给。"那母亲说。

"另外得多付十五法郎,作为初来的花费。"那声音补充说。

"一共五十七法郎。"泰家婆娘说。说完这些数字,她又含糊不清地哼了起来:

"必须这样",士兵说。

"我给,"那母亲说,"我身上有八十法郎。剩下的钱够我回老家了。我步行回去。到了那里我就挣钱,等挣到一些钱,我就回来接我的宝贝。"

又传出了那男人的声音:

"小姑娘有换洗衣服吗?"

"是我丈夫。"泰家婆娘说。

"当然有,可怜的宝贝。我看出那是您丈夫。并且衣服还不少!多得吓死人!全都是成打的。裙子都是绸的,就像是贵妇人

197

的行头。都在我的旅行袋里。"

"全得留下来。"那声音又说。

"我想我会全留下的!"那母亲说,"让我的女儿不穿衣服,那才可笑呢!"

男主人露面了。

"那好。"他说。

交易谈成了。那母亲在店里过了夜,给了钱,留下孩子,取出孩子的衣服,合上从此又瘪又轻的旅行袋,第二天一早就启程了,打算很快就回来。人总是这样,走的时候打好如意算盘,但往往是竹篮打水一场空。

那母亲离开时,泰纳迪埃家的一位女邻居遇见她了,那人回来说:

"刚才我看见一个女人在大街上哭,哭得好伤心。"

珂赛特的母亲走后,那男人对那女人说:

"有张一百一十法郎的票据明天到期,这下有钱付了。我还差五十法郎。你知道吗?法院都要给我送拒付证书来了。你用你两个小宝贝,做了一个很棒的捕鼠夹。"

"我也没有料到。"那女人说。

二 两个恶人的初步描绘

被逮住的老鼠非常瘦弱,不过,即使逮到一只瘦老鼠,猫儿也很开心。

泰纳迪埃夫妇是什么人?

我们现在先简单描绘一下,以后再作补充。

这两个人属于一个混杂的阶层;这个阶层由暴发的粗俗人和落魄的聪明人组成,介于所谓的中等阶层和下等阶层之间,兼有前者的几乎全部恶习和后者的某些缺点,没有工人的慷慨,也没有中产阶级的正直。

这些小人,一旦受阴暗的欲望煽动,就很容易变成魔鬼。那女人本质上是个蛮横无理的人,而那个男人是地地道道的无赖。这两个人的本性都极容易向丑恶的方向发展。世上有一些人像虾,不停地朝着黑暗退去,他们在人生的道路上与其说是前进,不如说是倒退,将他们的人生经验不停地用于做坏事,变得越来越坏,越来越黑。那个男人和那个女人就是这样的人。

尤其那个男人,观相家见了会很尴尬。有些人,你只要看上一眼,就会起戒心,会感到他们从头到脚阴森可怖。他们对后面惶惶不安,对前面张牙舞爪。他们身上有许多未知的东西。人们很难肯定他们做过什么,将做什么。可他们目光阴暗,暴露了他们是什么样的人。只要听到他们说一句话,看见他们做一个动作,对他们过去和将来的秘密就可略知一二。

这个泰纳迪埃,照他自己的说法,曾当过兵,据他说是中士,参加过一八一五年的滑铁卢战役,似乎表现得挺勇敢。以后我们会知道是怎么回事。他的客栈的招牌,暗示着他的一次战功。那招牌是他自己画的,他什么都会干一点,但什么都干不好。

那时候的古典主义旧小说,《克莱丽》之后,就只有《洛多伊斯卡》了,仍然很典雅,但往后越来越庸俗,从德·斯居代里小姐①降到了巴泰勒米-哈多夫人②,从德·拉法耶特夫人③降到了布农-马拉默夫人④。这类小说将巴黎多情的女门房煽得心里火辣辣,甚至郊区的女门房也受到了毒害。泰家婆娘的智力刚够她读这一类书。她以它们为食粮。她让她的头脑沉浸在其中。因此,她在很年轻的时候,甚至稍后一段时间里,常常显出沉思的神情,这与她丈夫形成了对照。她丈夫是个无赖,城府很深,不务正业,略识几字,但不通语法,既粗鲁,又精明,在言情小说方面,他爱读皮戈-勒布伦⑤,但在"涉及性的问题上(这是他的行话)",这个粗鲁的人倒也规规矩矩,从不乱来。他妻子比他小十二到十五岁。后来,泰纳迪埃太太垂柳式浪漫的头发开始花白,她从贞女变成了泼妇,也就成了一个品味过一些无聊小说的凶恶狠心的胖女人。看无聊的书不会不受到影响。结果,她的大女儿叫埃波妮。至于她的小女儿,这可怜的姑娘差点叫居娜尔,幸亏迪克雷-迪米尼尔⑥的一部小说救了她,她才有了现在的名字阿赛玛。

此外,这里顺便提一下,我们影射的那个时代,是一个千奇百怪的时代,可以称为给孩子乱起名字的无政府主义的时代,但也不是所有的东西都浅薄可笑。除了上面提到的小说的影响,还

---

① 德·斯居代里(1607—1701),法国著名的才女,《克莱丽》的作者。
② 巴泰勒米-哈多夫人(1763—1821),法国作家。
③ 德·拉法耶特夫人(1625—1697),法国作家,著有《克莱芙王妃》。
④ 布农-马拉默夫人(1753—1821),法国作家。
⑤ 皮戈-勒布伦(1753—1835),法国平庸作家。
⑥ 迪克雷-迪米尼尔(1761—1819),法国作家。

有社会的因素。今天，常常可以看到，牧童叫亚瑟、阿弗雷德或阿方斯，而子爵——如果还有子爵的话——却叫托马、皮埃尔或雅克。平民取"高雅"的名字，而贵族却取乡下名字，这种移位，不过是受了旋涡般激烈的平等思想的影响。新的气息无孔不入，起名字也不例外。在这表面的不协调下面，隐藏着一个伟大而深刻的东西：法兰西革命。

三　百灵鸟

　　光靠凶狠，是不足以发达的。小客栈生意不好。

　　多亏过路女人的五十七法郎，泰纳迪埃才免遭法院的追究，他签过字的票据才保全了信誉。下一个月，他们还需要钱，那女人便把珂赛特的衣服拿到巴黎，在当铺里当了六十法郎。这笔钱一花完，泰纳迪埃夫妇就开始把小女孩视作善心收养的孩子，也以收养者的态度对待她。因为没有衣服了，她就只好穿两个小泰纳迪埃的旧衣裙，也就是穿破烂的衣服。他们给她吃残羹剩菜，比狗吃得好一点，但比猫却要差。而且，她常常同狗和猫一起进餐，和它们一样在桌子底下吃饭，同它们一样用木盆。

　　珂赛特的母亲在滨海蒙特勒伊安顿了下来，以后我们还要谈到。她每个月都写信，更确切地说，每个月都请人代写信，探问女儿的消息。泰纳迪埃夫妇回信总说：珂赛特很好。

　　六个月后，那母亲寄来了七法郎，作为第七个月的赡养费，以后月月按时寄钱。一年尚未结束，泰纳迪埃就说："她对我们好恩典呀！给我们七法郎，够干什么？"于是，他写信要十二法郎。他在信中强调孩子很幸福，"身体安康"，那母亲只得迁就，每月改寄十二法郎。

有的人在爱一些人的同时，总要恨一些人。泰纳迪埃妈妈极其宠爱自己的两个女儿，当然格外厌恶外来的孩子了。母亲的爱竟有丑恶的一面，叫人想起来就寒心。珂赛特在她家占据地方再小，她也认为强占了她家里人的地方，减少了她两个女儿呼吸的空气。这个女人，和许多同类型的女人一样，每天总要消耗一定数量的抚爱和打骂。假如没有珂赛特，她两个女儿一面受到百般宠爱，一面也会受尽打骂；那外来的女孩帮了她们的忙，代替她们挨打受骂。两个女儿就只剩下抚爱了。而珂赛特干什么事，都会遭到无缘无故的极其粗暴的惩罚。这个温和而瘦弱的生灵，不停地受到惩罚、责骂、怒斥、毒打，可另外两个和她一样的小女孩，却生活在曙光中，这叫她对人世间和上帝如何看得明白呢？

泰家婆娘对珂赛特很凶恶，埃波妮和阿赛玛便也对她凶恶了。这般年龄的孩子，不过是母亲的复制品，只是小一点罢了。

一年过去了，接着又是一年。

村里人说：

"泰纳迪埃家的人真好。他们并不富裕，却还扶养一个遗弃在他们家里的可怜孩子！"

人们以为珂赛特被她母亲抛弃了。

然而，泰纳迪埃不知从什么途径打听到那孩子可能是私生女，她母亲不可能承认，他便要求每月加到十五法郎，声称"小家伙"

一天天长大,"要吃饭",并以送还孩子相威胁。他嚷道:"她敢把我惹恼!我就把她孩子扔给她,看她还保得了密。非得让她加钱不可。"孩子的母亲只得寄十五法郎。

孩子一年年长大,苦难也一年年增加。

珂赛特很小的时候,是另外两个孩子的出气筒;等她稍微长大一点,也就是不到五岁的时候,就成了家里的仆人。

有人会说,五岁就当仆人,这是不可能的。可惜!这是千真万确的事实。社会的痛苦不分年龄。最近,我们不是见过一个叫迪莫拉的案子吗?他是孤儿,后来成了强盗,据官方文件说,他五岁便成了孤儿,"为了生存,不得不干活和偷窃。"

他们让珂赛特跑腿,打扫房间、院子和街道,洗锅刷碗,甚至让她背东西。珂赛特的母亲仍在滨海蒙特勒伊,寄钱开始不准时了,泰纳迪埃夫妇就更认为有权这样做了。好几个月没寄钱了。

那母亲如果在这第三年末回蒙费梅,就认不出自己的孩子了。刚到这家时,珂赛特是那样漂亮,那样红润,现在却脸色苍白,骨瘦如柴。她的神情有一种说不出的惶惶不安。泰纳迪埃夫妇说她"鬼鬼祟祟"。

不公正的待遇使她变得脾气乖戾,悲惨的遭遇使她变成了丑小鸭。她只剩下一双漂亮的眼睛,让人看了心里难过,因为她的眼睛很大,隐藏的痛苦似乎更大。

冬天,这个不到六岁的可怜孩子,天不亮就拿着一把大扫帚打扫街道,身子在褴褛的衣衫里发抖,小手冻得通红,眼睛里含着一颗泪水,此情此景,真让人肝肠寸断。

村里人都叫她百灵鸟。老百姓喜欢形象的比喻,看到她个儿不比小鸟大,犹如惊弓之鸟,战战兢兢,哆哆嗦嗦,每天早晨醒得比家里和村里任何人都早,天不亮就开始在街上或地里干活,就有趣地给她起了"百灵鸟"的名字。

不过,这只可怜的百灵从来不唱歌。

第五卷
下　坡

一　黑玻璃业的发展史

　　蒙费梅的人认为，那位母亲似乎已抛弃了她的孩子。那么，她究竟怎么样了呢？她在哪里？她在干什么？

　　她把小珂赛特托付给泰纳迪埃夫妇后，便继续赶路，终于到了滨海蒙特勒伊。

　　大家记得，那是一八一八年。

　　芳蒂娜离开家乡已有十来年。蒙特勒伊的面貌有了很大的改变。芳蒂娜的日子越来越艰难，她出生的城市却兴旺发达了。

　　近两年来，那里完成了一项工业改革。对于小城镇来说，这可是件大事。

　　这个细节至为重要，我们认为有必要展开谈一谈。我们差点想说，有必要着重谈一谈。

　　不知从什么时代起，滨海蒙特勒伊就有了一种特殊的工业，仿制英国的黑玉和德国的黑玻璃。这个工业一直死气沉沉，因为原料昂贵，反过来也影响到劳动力。芳蒂娜回滨海蒙特勒伊时，这"黑色产品"的生产已有过一次史无前例的变革。一八一五年底,一个男子,一个陌生人,来到这个城市定居,在生产中,他提出用虫胶取代树胶,尤其在做手镯时,提出让扣环两端稍稍分开,而不是焊死。这个小小的改变是一场革命。

的确,这小小的改变大大降低了原材料的成本。这样,首先,劳动力的价格提高了,这使当地人受益匪浅;第二,改善了产品,对消费者有好处;第三,降低了售价,利润增加两倍,厂主有利可图。

这真是一举三得。

不到三年时间,发明这个方法的人发了财,这是好事;同时,他让周围的人也发了财,这就好上加好了。他不是本省人。对于他的来历,人们一无所知;他是如何创业的,所知也甚少。

有人说,他来这个城市时,带的钱很少,最多几百法郎。

他用这微薄的资本,将一个聪明的想法付诸实现,有条不紊,挖空心思,资本越滚越多,他自己发了迹,全城的人也发了财。

他刚到滨海蒙特勒伊时,他的衣着、举止和谈吐像个工人。

好像是十二月的一个傍晚,他背着行囊,拿着一根带刺的棍子,无声无息地走进滨海蒙特勒伊这个小城,恰遇市府发生一场大火灾。他跳进火中,冒着生命危险,救出两个孩子,恰好又是宪兵队长的孩子,这样,人们也就没有想起问他要证件。从此,大家知道了他的名字。他叫马德兰老伯。

二 马德兰

此人五十岁上下,心事重重,但非常善良。关于他所能说的,也就是这些。

那项工业经过他可敬可佩的改革后，获得了突飞猛进的发展，滨海蒙特勒伊也就成了重要的贸易中心。西班牙是黑玉的消费大国，每年都来大量订购。在黑玉贸易方面，滨海蒙特勒伊几乎同伦敦和柏林平分秋色。马德兰老伯获得了巨大的利润，第二年，他就建造了一个大工厂，设有两个车间，一个男车间，一个女车间。没有饭吃的人，可以到这里来，肯定能找到工作和面包。马德兰老伯要求男的心地善良，女的品行端正，要求人人正直诚实。他把工厂分成两个车间，就是为了将男女分开，让未婚姑娘和已婚妇女规规矩矩。在这一点上，他毫不让步。可以说，这是他唯一不宽容的地方。他这样严厉，还有另一个原因：滨海蒙特勒伊有驻军，女孩子堕落的事屡见不鲜。此外，他来到这个城市，是一种恩泽，他在这个城市出现，是一种天意。马德兰老伯来到之前，这里一切都毫无生机。现在，一切都健健康康，生机勃勃。活跃的流通，使一切热气腾腾，到处欣欣向荣。失业和贫困已不复存在。再卑微的口袋里也有一些钱，再贫穷的家里也有一点欢乐。

马德兰老伯谁都雇用。他只有一个要求：做一个正直的男人！做一个正直的女孩子！

前面说过，马德兰老伯是这场改革的发起人和主心骨，他靠这个发了财，可是，在这个普通生意人身上，有一点使人感到奇怪：他主要关心的似乎不是钱财。他好像更多地考虑别人，很少想到自己。人们知道，一八二〇年，他以个人名义，在拉斐特银行存了一笔六十三万法郎的款子，可是，他在为自己存下这六十三万法郎之前，已为城市和穷人花去了一百多万。

医院装备不足，他就增设了十个床位。滨海蒙特勒伊分上下两城。他住在下城，只有一所学校，校舍破破烂烂，快要倒塌了。他又建了两所学校，一所是女子学校，另一所是男子学校。他给两个教员发津贴，是他们微薄的工资的两倍。一天，有人吃惊地问及此事，他说："国家公务员中，最主要的是乳母和小学教师。"他出资创建了一个收容所，这在当时的法国几乎闻所未闻。他还为年老和残废工人设立了救济金。以他的工厂为中心，很快形成了一个新区，住着许多贫苦家庭。他在那里开设了一个免费药房。

当初，他刚起步时，那些所谓的好心人说："那家伙想发财。"后来，大家见他等城市富起来后，自己才富，那些好心人又说："他是野心家。"这似乎很有道理，因为他笃信宗教，还参加一定的宗教活动，这在那个时代是很受尊敬的。每个星期天，他都去做小弥撒。当地的议员总是伸长鼻子，到处嗅闻有没有人同他竞争，马上对这个宗教也关心起来。那议员曾是帝国立法议会成员，他的宗教观点和一位叫富歇的奥拉托利会神甫相同，他是这位神甫，即奥特朗特公爵的亲信和朋友。他常偷偷嘲笑上帝。但是，当他看见腰缠万贯的马德兰老板去做七点钟的小弥撒时，就预感到他是一个可能的候选人，于是下决心要超过他。他让一个耶稣会教士做他的忏悔师，还去做大弥撒和晚祷。在那个时代，野心，就这词的直接含义，是一种争夺教区的赛跑。穷人和上帝都从这可敬议员的恐惧中得到了好处，因为他也给医院增设了两张床位，这样，一共增加了十二张。

然而，一八一九的一个早晨，传出来一个消息：经省长先生推荐，鉴于马德兰老伯对当地作出的贡献，他就要被国王任命为滨海蒙特勒伊市长。那些曾断言马德兰老伯是"野心家"的人,听到这个符合民意的消息,激动异常,抓住机会,大声嚷道:"瞧!我们没说错吧!"整个滨海蒙特勒伊市都轰动了。传说是有根据的。几天后,任命在《箴言报》上公布了。翌日,马德兰老伯宣布拒绝接受。

就在这一八一九年,用马德兰发明的新方法制造的产品,在工业展览会上展出了。根据评委的报告,国王授予发明者荣誉勋章。小城再次议论纷纷。"哈!他原来想要十字勋章!"马德兰老伯拒绝了十字勋章。

显然,此人是个谜。那些好心人给自己打圆场说:"不管怎么说,他是个冒险家。"

大家看到了,他给滨海蒙特勒伊市带来了许多好处,给穷人带来了一切。他做了多少好事,最终赢得了大家的尊敬,他是那样和蔼可亲,最终博得了大家的爱戴。尤其是他的工人,对他更是由衷的敬佩。对于这种敬佩,他总是严肃之中带点忧郁。当他被证实为富翁时,"社会名流"们便对他刮目相看了,城里人也开始称呼他马德兰先生,但工人和孩子们一如既往,仍喊他马德兰老伯,这是最让他感到欣慰的。随着他威信升高,请柬纷至沓来。"上流社交"需要他。那些矫揉造作的小沙龙,当初自然向这个手艺人紧闭大门,现在却敞开大门,欢迎百万富翁。人们千方百计接近他。他都一一拒绝了。

这次,那些好心人依然有话可说:"这个人愚昧无知,没受过什么教育。谁知道他是从哪里来的。他在社交界会不知所措。没准他还不识字呢。"

当初他挣了钱,他们说他是商人;看到他散发钱,又说他是野心家;后来见他拒绝荣誉,就说他是冒险家;现在又见他拒绝社交界,就又说他是个粗人。

一八二〇年,是他到滨海蒙特勒伊市的第五个年头。那一年,鉴于他对该市作出了卓越的贡献,广大民众的愿望又完全一致,国王再次任命他为市长。他又一次拒绝了。但这次省长不接受他的拒绝,显贵们都来恳求他,民众们上街哀求他,他看到大家如此坚持,只好接受了。人们注意到,促使他下决心的,好像主要是一个老妇对他几乎是愤怒的指责。那个平民百姓从家门口对他生气地嚷道:"一个好市长是有用的。在可能做的好事面前,应该退却吗?"

这是他升迁的第三个阶段。先是从马德兰老伯变成了马德兰先生,现在又从马德兰先生变成了市长先生。

三 在拉斐特银行的存款

当了市长后,他仍和当初一样朴实。他头发灰白,目光严肃,面色像工人那样黝黑,神情像哲学家那样沉思。他通常戴一顶宽边帽,穿一件粗呢长礼服,纽扣一直扣到下巴。他履行市长的职责,工作之外,他孤独地生活。他很少同人交谈。他遇到人总是避免寒暄,侧面打个招呼就溜走了,常用微笑来避免交谈,用布施来避免微笑。女人们谈到他时说:"多么孤僻的好人!"他的乐趣是在田野里散步。

他从来都是一个人用餐,面前摊着一本书,边吃边看。他有一些藏书,是精挑细选的。他喜欢书,书是冷淡而可靠的朋友。财富多了,空闲也随着多了,他就利用起来丰富自己的思想。他来到滨海蒙特勒伊后,人们发现,他的谈吐一年比一年文雅、讲究、温和。

他出去散步时,常常带着一支枪,但很少使用。偶尔开枪,却是弹无虚发。他从不杀死无害的动物,从不向小鸟开枪。

他虽然不年轻了,但人们传说他力大无比。他常在人们需要时助一臂之力,把倒下的马扶起来,将陷进泥里的车推出来,抓住两只犄角拦住逃跑的公牛。他出门时,口袋里总是装满了钱币,回来时空无一子。他从一个村庄经过,衣衫褴褛的孩童们兴高采烈地跟在他后头,恰似一群小飞虫围住他。

人们猜想,他从前大概是种庄稼的,因为他教给农民各种实用的窍门。他教他们用盐水喷洒谷仓,浸泡地板缝,以消灭麦蛾,将开花的奥维奥草挂在墙上、屋顶上、屋子里,以驱逐象虫。他还有一些"秘方",用来消灭麦田里各种各样的寄生草:野鸠豆草、麦仙翁、野豌豆、山涧草、山萝花,等等。他在兔窝里放一只北非小猪,老鼠闻到猪的气味,就不敢靠近兔窝。

一天,他看见当地人正在拔荨麻。他看着一堆拔出来的已经枯萎的荨麻说:"全死了。可是,若会利用,它们却是好东西。荨麻嫩的时候,叶子是极好的蔬菜;老了以后,和大麻及亚麻一样有纤维。荨麻布和大麻布不分上下。荨麻剁碎后,可以喂家禽,粉碎后,是牛羊的好饲料。荨麻籽拌在饲料里,可使牲口的皮毛光亮。荨麻根和盐调和,可产生美丽的黄颜料。再说,它还是一年可收两次的好饲料。可荨麻需要什么呢？只要一点儿地，不需要照管，不需要耕种。不过，它的籽边成熟，边往下掉，不容易收获。这就是荨麻。只要花一点点工夫，它就可派大用场，如果不去管它，它就会成为有害的东西。于是，大家就要消灭它。多少人的命运像荨麻！"他沉默片刻，接着又说："朋友们，请记住，没有不好的草，也没有不好的人。只有不好的耕种者。"

孩子们喜欢他，还有另一个原因：他会用麦秸和椰子壳做成各种可爱的小玩意儿。

当他看见教堂的大门挂着黑纱，他就进去；他寻找葬礼，如同别人寻找洗礼。他非常仁慈，有人丧偶和遭遇不幸，就会把他吸引过去。他总是出现在服丧的朋友和戴孝的家庭中，同围着灵柩低声吟诵的神甫们混在一起。他似乎非常乐意让自己的思想沉浸在充满冥府幻景的悲哀而单调的吟唱中。他仰望苍穹，怀着对神秘莫测的无限世界的憧憬，谛听那些悲哀的声音在死亡的黑暗深渊边上诵吟。

他做了许多好事，但不让人知道，如同有人干坏事瞒着别人一样。晚上，他偷偷潜入别人家里，悄悄爬上楼梯。一个可怜人回到自己的破屋，发现他不在时门被打开过，有时甚至是撬开的。那可怜人大叫大喊："有坏人来过啦！"他走进屋里，首先映入眼帘的，是一枚丢在家具上的金币。来过的"坏人"，正是马德兰老伯。

他和蔼可亲，却神情忧郁。老百姓说："这个人很有钱，却一点也不高傲。这个人很幸福，却一点也不快活。"

有人说他是个神秘人物，他们断言，谁也进不了他的卧室，说那完全是一间隐修士的密室，摆着几个带有翅膀的沙漏，装饰着交叉的胫骨和骷髅。这事传得满城风雨，以致有一天，滨海蒙特勒伊的几个漂亮调皮的姑娘闯进他的家里，问他道："市长先生，让我们看看您的卧室。听说是个岩洞。"他笑了笑，立即把她们带到他的"岩洞"里。她们大失所望。房里只有几件红木家具，同所有这类家具一样相当难看，墙上糊着廉价的墙纸。除了壁炉上的一对旧烛台，其他什么也没看见。那烛台好像是银的，"因为上面打了验印"。这种看法，充分反映了小城市人的思想。

尽管如此，人们依然说他的房间谁也进不去，那是隐修士的洞穴，是梦游的地方，是一个坑，是一个坟。

人们还窃窃私语，说他在拉斐特银行有"巨额"存款，并且可以随时提取，因此，有人说，马德兰先生可以在某个早晨跑到拉斐特银行，签一张收据，十分钟便可提取两三百万法郎。其实不是什么两三百万，而是我们前面说过的六十三四万。

四　马德兰先生服丧

一八二一年初，各家报纸报道了米里埃先生，迪涅的主教，"别名比安维尼大人"仙逝的噩耗，享年八十二岁。

报上漏掉了一个细节，这里作一补充：迪涅主教去世时，双目失明已好几年，但有他妹妹守在身旁，即使双目失明，仍感到很幸福。

顺便说一下，在这凡事都不会完美的世界上，双目失明同时又有人爱，可算是幸福的一种最完美的形式了。一直有一个女人，一个姑娘，一个姐妹，一个可爱的人与你相依为命，她在你身边，是因为你需要她，也因为她离不开你，知道自己需要的人也离不开自己，可以从她和你在一起的时间多少，不断衡量她对你的感情，你对自己说："既然她把所有的时间给了我，说明她心里只有我。"你看不见她的脸，却看得见她的思想，在整个世界的隐匿中，体味一个人的忠诚，听到衣裙的窸窣声，犹如听到鸟儿的振翅声，听见她走来走去，出出进进，说话唱歌，心想自己是这些脚步声、说话声、歌唱声的中心，时时刻刻显示自己的吸引力，越是残疾，越感到自己有威力，在黑暗中，也正因为黑暗，你变成了一个星球，那位天使绕着你运行：还有什么幸福能与这样的幸福并肩媲美呢？人生最大的幸福，莫过于确信有人爱你；爱的是你这个人，更进一步说，不管你希不希望，人家还依然爱你；这个信念，眼睛瞎了的人才会有。在这样的痛苦中，被人侍候，就是被人爱抚。你还缺少什么呢？什么也不缺。有了爱，就有了光明。而且那是怎样的爱啊！完全是由美德组成的爱！只要有信念，就绝不会成为瞎子。一个盲人摸索着寻找另一个人，他找到了。这个被找到和被证实的人，是一个女人。一只手在搀扶着你，那是她的手；一张嘴从你额头轻轻拂过，那是她的嘴；你听到身边有呼吸声，那是她在呼吸。你从她那里得到一切，从她对你的崇拜，到她对你的怜悯，她从不离开你，用她柔弱的力量救助你，你支撑在这根不折不挠的芦苇上，用你的手触摸上帝，并能将他拥进怀里。你触摸到了上帝，多么幸福！你的心，这朵黑暗的奇妙之花，神秘地开放了。你决不会放弃这黑暗，去换取光明。天使在你身边，一刻也不离开你；即使离开了，她也会再回来；她像幻梦一般消失,又似现实一般重现。你感到一股热气向你靠近,这就是她来了。你无限安详、快乐和心醉;你是黑暗中的一道光芒。人们给你无微不至的关怀。在这一片漆黑的空间,微小的体贴,也是巨大的关怀。女人那难以形容的声调,可以用来安抚你的心,为你取代那消失的宇宙。人们用心灵来抚慰你。你什么也看不见,但你感觉到被人宠爱。这是黑暗中的天堂。

比安维尼大人已离开这个天堂,进入另一个天堂。

他逝世的噩耗,滨海蒙特勒伊的报纸转载了。翌日,马德兰先生穿起了丧服,帽子上也戴了块黑纱。

人们注意到了他穿丧服,于是大家街谈巷议,说长道短。这仿佛是一点暗示,使人隐隐看到了他的来历。人们得出结论,他与那位德高望重的主教有些关系。"他为迪涅的主教服丧。"上流社会的人如是说。于是,马德兰先生变得更引人注目,滨海蒙特勒伊的上流社会也骤然更对他刮目相看了。当地的小圣日耳曼区[①]打算停止对马德兰先生的孤立,因为他可能是一位主教的亲戚。马德兰先生发现,老年妇女对他更加崇敬,年轻女子对他更露笑脸,他觉得自己在世人眼里的地位提高了。一天晚上,小圣日耳曼区社交圈里一位最年长的老妇,自以为年资最深,就可以管别人闲事,竟然问他:"市长先生想必是已故迪涅主教的表亲吧?"

他说:"不是,夫人。"

那老夫人又说:"那您怎么给他服丧呢?"

[①] 巴黎有个圣日耳曼区,是贵族集居的地方。这里的小日耳曼区也是指贵族的集居地。

他回答:"因为我年轻时,在他家里当过仆人。"

还有件事要提一下:只要有四处流浪、给人通烟囱的萨瓦少年经过本市,市长先生就叫人把他找来,问他叫什么名字,并且给他一些钱。那些萨瓦流浪儿们互相转告,于是,许多人都到这里来。

五　风雨欲来

随着时间的流逝,各种敌意渐渐烟消云散。起初,是对马德兰先生的诬蔑和诽谤:这是一种规律,大凡上升的人,都会遇到。然后,只剩下恶言恶语了。再然后,只剩下戏弄挖苦了,最后,一切都烟消云散了。全城上下,对他由衷的崇敬,竟至于快到一八二一年时,滨海蒙特勒伊人称呼"市长先生"的口吻,和一八一五年迪涅人称呼"主教大人"的口吻简直如出一辙。方圆十里内,人们都来求教马德兰先生。他调解纠纷,阻止起诉,让敌对双方和解。谁都把他看作理所当然的仲裁。他的心灵仿佛是一部自然法典。对他的崇敬仿佛会传染似的,在六七年中,挨家挨户,渐渐蔓延开来,最后遍及全乡。

在整个城市和整个区,只有一个人千方百计避免传染,不管马德兰老伯做什么,他都持抗拒态度,仿佛有一种不受腐蚀、不可动摇的本能在唤醒他,使他局促不安。的确,在某些人身上,似乎真有一种动物的本能,和任何本能一样纯洁正直,它制造反感和好感,注定能区别两种不同的性质,从不犹豫,从不慌乱,决不沉默,坚持不渝,它在黑暗中心明眼亮,正确无误,蛮横无理，对于心智的一切劝告，对于理智的一切溶剂，它都拒不接受，不管命运如何安排，它都要悄悄警告狗别忘了猫的存在，警告狐狸别忘了狮子的存在。

马德兰先生平静而慈祥地从街上经过，受到众人的祝福，但常有一个身材高大、穿一件铁灰色礼服、拄一根粗拐杖、戴一顶垂边帽的人，与他交叉而过，又猛然会转过身来，目光跟着他，直到看不见；那人交叉着双臂，缓缓摇晃着脑袋，嘴唇撅到鼻子上，这一含义深刻的怪样，仿佛在说："这个人到底是谁呢？——我肯定在哪里见过他。——无论如何，我是不会上他当的。"

这个人的神情严肃得吓人，让人一见就会紧张不安。

他叫雅韦尔，是警察。

他在滨海蒙特勒伊做警探的工作，这差使很艰难，却非常有用。他没有看到马德兰的起步。雅韦尔得到这个职位，全仗夏布耶先生的保荐，夏布耶先生是国务大臣安格莱伯爵的秘书，当时，安格莱伯爵是巴黎警察局长。雅韦尔来滨海蒙特勒伊时，那大厂主已经发达，马德兰老伯已变成马德兰先生。

有些警官有着与众不同的面孔，他们神态复杂，威武之中带点猥琐。雅韦尔的面孔也与众不同，但不猥琐。

我们确信，假如人的心灵是看得见的，那就可以清楚地看到一个奇怪的现象，即每一个人和某一种动物有相通之处；而且，还可以发现一个连思想家也还若明若暗的事实，那就是从牡蛎到飞鹰，从猪到老虎，一切动物的特性都会在人身上反映出来，每个人都会有某种动物的特性。有时候，一个人甚至兼备几种动物的特点。

动物不过是我们自身美德和恶习的具体形象，它们在我们眼前游荡，是我们心灵看得见的幽灵。上帝让我们看见它们，就是要让我们深思。不同的是，因为动物是幽灵，上帝创造它们时，就没有把它们塑造成可以教育的；再说，那又有什么用呢？相反，我们的心灵是实实在在的，有它们自己的目的，于是，上帝就给了它们智慧，也就是说，赋予它们可教育性。良好的社会教育，总可以从一个心灵中发掘它的有用部分，不管是什么样的心灵。

当然，这只是从狭义的角度，即从表面的尘世生活来说的，并不预先断言那些非人的生灵在前世和在来世有什么特点这样一个深刻的问题。有形的我，绝不允许思想家否认潜在的我。这一点我们持保留看法。现在继续往下讲。

假如大家暂时同意我们的看法，承认每个人身上都有一种动物的特性，那么，现在就不难交代治安警官雅韦尔是怎样一个人了。

阿斯图里亚斯[①]的农民深信，每一胎狼崽里，总有一只狗，生下来就会被母狼咬死，否则，它长大后就会把其他狼崽吃掉。

假如给那只母狼生的狗崽按上一张人脸，就成了雅韦尔。

雅韦尔是在监狱里出生的，他母亲靠用纸牌算命谋生，父亲是苦役犯。长大后，他感到自己被排除在社会之外，毫无希望回到社会中。他注意到，社会不可原谅地将两种阶层的人排除在外，一种是攻击它的人，另一种是捍卫它的人。他只能在这两个阶层中作选择。同时，他感到自己本质上刻板、勤恳、正直，对于自己所属的流浪阶层，有一种难以形容的仇恨。他于是当了警察。

---

① 阿斯图里亚斯，西班牙古行省。

他成功了。四十岁时,他当上了便衣警官。

他年轻的时候,在南方当过苦役犯看守。

在展开谈之前,我们先就刚才给雅韦尔按上的"人脸"说一说。

在雅韦尔这张人脸上,有一个塌塌的鼻子,鼻孔幽深,两片浓密的络腮胡从两个脸颊伸向鼻孔。初见这两片森林似的颊髯和两个岩洞似的鼻孔,会感到不自在。雅韦尔难得一笑,但笑的时候,样子十分可怕,两片薄嘴唇张开,不仅露出牙齿,还露出牙龈,鼻子周围还会生出野兽吻端特有的那种惊讶而粗野的皱纹。雅韦尔严肃的时候,是一条看门狗,笑的时候,是一只老虎。此外,他的颅骨小,颌骨大,头发遮住了额头,直落眉毛。他总是双眉紧蹙,形成的皱纹犹如一颗愤怒的星星,在两只眼睛之间闪烁;他目光深沉,嘴唇紧闭,令人生畏;他神态凶狠,咄咄逼人。

此人只有两种情感:崇尚权力,仇视反叛。这两种情感本来很朴实,相对来说是不错的,但他总是用之过分,也就几乎成为不好的了。在他看来,偷盗、谋杀等一切罪行都是反叛的形式。他对所有担任公职的人,大到内阁大臣,小到乡村巡警,都盲目而绝对地相信。对失过一次足的人,他一概蔑视、憎恶和反感。他看事物总是很绝对,不承认有例外。一方面他说:"当官的不可能出错。法官永远是对的。"另一方面,他说:"那些罪犯都是不可救药,做不出什么好事来。"他完全赞成思想极端者的看法,认为人类法律有权将人罚入地狱,或者,如果愿意的话,有权确认罚入地狱的人,他们在社会底层设置一条冥河。雅韦尔坚忍淡泊,严肃刻苦,神情忧郁,喜欢沉思;他就像那些宗教狂,既谦卑又高傲。他目光像钻子,冷酷而犀利。他的一生可用两个词概括：警戒和监视。他把直线引进世上曲曲折折的事物中；他清楚自己的作用，崇拜自己的职责，他干密探，就像有人做神甫一样。谁落入他的手中，谁就倒霉！他父亲越狱，他照样会把他抓回来，他母亲违背放逐令，他照样会告发。他会为这种大义灭亲的举动沾沾自喜。此外，他过着一种节制、孤独、忘我、洁身自好的生活，从来也没有娱乐。他履行职责铁面无私，他理解警察，有如斯巴达人理解斯巴达一样。他是一个无情的密探，正直的警察，冷酷的侦探，一个具有布鲁图斯①特点的维多克②。

雅韦尔从头到脚都显出他是一个鬼鬼祟祟、暗中窥视的密探。约瑟夫·德·迈斯特尔③的神秘学派肯定会说雅韦尔是一种象征；那时候，这些神秘论者们正在用高深的宇宙演化论，点缀所谓的极端报纸。他的额头隐没在帽子下，眼睛隐蔽在眉毛下，下巴埋进领带里，手缩进袖管里，拐杖藏在礼服下面，因此，看不见他的额头、眼睛、下巴、手和拐杖。但是，时机一到，他那瘦削的额头、阴沉的目光、骇人的下巴、粗大的手和可怕的木棍，就会霍地从黑暗中露出来，仿佛伏兵从埋伏的地方冲出来一般。

他很少有空闲，但闲下来时，就读读书，尽管他憎恨书。因此，他不完全是文盲。这可从他略带夸张的谈吐中看出来。

我们说了，他没有任何恶习。他得意的时候，就闻一闻鼻烟。

---

① 布鲁图斯，公元前六世纪古罗马历史中的传说人物，建立罗马共和国，公而忘私。

② 维多克，十九世纪著名的警探。曾因伪造文书而被判刑，越狱成功后被警方招为侦探，后来当上了警察队长。

③ 迈斯特尔（1753—1821），法国作家，极端的神学家。

这是他还有人味儿的地方。

因此,不难理解,为什么司法部统计年表上标明为"流浪汉"这个阶层的人都害怕他。他们一听到雅韦尔的名字就胆战心惊,一看见雅韦尔的面孔就惊慌失措。

这个可怕的人就是这副形象。

雅韦尔有如一只眼睛,总是盯着马德兰先生。那是充满了怀疑和臆测的眼睛。马德兰先生最后觉察了,却好像无动于衷。他甚至连问都不问雅韦尔,既不找他,也不避他。对于这令人不自在的,甚至令人难以忍受的目光,他似乎不理不睬,满不在乎。他对待雅韦尔,同对待所有人一样,轻松自然,和蔼可亲。

从雅韦尔露出的一言半语中,可以猜出他已在别处暗中调查过马德兰老伯可能留下的所有蛛丝马迹;强烈的好奇心是他这类人所特有的,既出于本能,也出于意愿。他好像知道些情况,有时也闪烁其词地流露出一些,说是有人曾去某地,调查了某个失散的家庭,了解到了某些情况。有一次,他甚至自言自语地说:"我相信已抓住了!"继而他连续三天不言不语,沉思默想。看来他以为抓住的那根线又断了。

况且——这也是对有些词义的过于绝对而进行的必要的纠正——人不可能做到一无差错,人的本能恰恰会陷入混乱,迷失方向。否则,本能就会胜过智慧,兽类就会比人聪明了。

显而易见,雅韦尔看到马德兰先生那样自然,那样平静,感到有点困惑。

然而有一天,他那古怪的举止似乎使马德兰先生受到了震撼。事情是这样的。

六　福施勒旺大爷

一天早晨，马德兰先生路过滨海蒙特勒伊一条没有铺石的小街，忽然听见喧嚷声，看见不远处有一群人。他走过去。一个叫福施勒旺大爷的老头刚才被压到了车子底下，因为拉车的马突然跌倒了。

那时候，马德兰先生的敌人所剩无几了，福施勒旺大爷是其中的一个。福施勒旺是个粗通文墨的农民，当过书吏，后来开了个小店，马德兰来到此地时，他的生意正开始走下坡路。福施勒旺眼望着这个普通工人发财致富，而他这个当老板的却日益衰败，便妒火中烧，于是一有机会，就竭力损害马德兰。后来，他破产了，他已上了岁数，没有家，没有儿女，只剩下一辆大车和一匹马，为了生计，就赶起了大车。

马的两条后腿摔断了，站不起来。老头卡在两个轮子中间。那一跤摔得实在悲惨，整个车子都压在他胸口上。车上载着相当重的东西。福施勒旺大爷凄惨地喘着粗气。有人试着把他拉出来，却是白费力气。如果乱来一气，笨手笨脚，挪动车不得法，还会断送他的性命。除非把车子抬起来，否则是不可能把他从车下拉出来的。出事之时，雅韦尔出现了，他已派人去找千斤顶了。

马德兰先生到了。大家恭敬地给他让道。

"救命呀！"老福施勒旺喊道，"谁行行好，救救老人？"

马德兰先生转向观众：

"有千斤顶吗?"

"有人去找了。"一个农民说。

"什么时候能找来?"

"是去最近的地方找的,富拉肖,那里有个马蹄铁匠。不过也不会很快,至少得一刻钟。"

"一刻钟!"马德兰先生喊道。

夜里下过雨,地面湿透了,车子越来越下陷,越来越压紧老车夫的胸口。可以肯定,不用五分钟,他的肋骨就会压断。

"要等一刻钟,那怎么行!"马德兰先生对围观的农民说。

"只有这样!"

"那就来不及了!你们没看见车子在下陷吗?"

"当然!"

"大家听着!"马德兰先生接着又说,"车下面还有点地方,一个人可以钻进去,用背把车子顶起来。只要半分钟,就可把这个可怜人拉出来了。这里有腰板结实、心肠好的人吗?给五个金路易!"

人群里没有动静。

"十路易。"马德兰先生说。

在场的人都垂下眼睛。有个人嘟囔道:

"那要多大的力气!再说,还可能被压死!"

"谁来!"马德兰又说,"二十路易!"

依然毫无动静。

"他们不是不想。"一个声音说。

马德兰先生转过头,认出是雅韦尔。他来时他没有看见。雅韦尔继续说：

"而是没有力气。要用背把车子顶起来，必须是一个力大无比的人。"

然后，他眼睛死死盯着马德兰先生，一字一顿地继续说：

"马德兰先生，您要求的事，在我认识的人中，只有一个人能做到。"

马德兰打了个寒战。

雅韦尔若无其事地往下说，但眼睛始终不离开马德兰。

"那人从前是苦役犯。"

"哦！"马德兰说。

"土伦苦役牢的。"

马德兰的脸色刷地白了。但那辆车继续缓缓往下陷。福施勒旺大爷喘息着，吼叫着：

"憋死我了！我的肋骨断了！千斤顶！快拿个东西来！哎哟！"

马德兰环视四周：

"真的没有人想挣二十路易，救这个可怜的老人吗？"

在场的没有一人动弹。雅韦尔又说：

"在我认识的人中，只有一个人可以代替千斤顶。就是那个苦役犯。"

"哎哟！我要被压扁了！"老人喊道。

马德兰抬起头，遇到雅韦尔始终盯着他的猎鹰般锐利的目光，又看了看一动不动的人群，苦笑了一下。然后，他一句话也没说，双膝跪下，人群还没来得及发出惊叫声，他就钻进车子底下了。

顿时鸦雀无声，大家紧张地等待着。

只见马德兰几乎趴在地上,上面是吓人的车子,他试了两次,想收拢肘弯和膝盖,但没成功。有人喊道:"马德兰老伯!快出来!"福施勒旺老头也对他说:"马德兰先生!快走开!命中注定我该死,您瞧!别管我了!您也会被压死的!"马德兰不回答。

围观的人紧张得喘不过气来。刚才,轮子又往下陷了一点,马德兰几乎不可能从车子底下出来了。

突然,大家看见那庞然大物晃动了,车子徐徐抬起来,车轮从车辙里出来了一半。大家听到一个闷闷的声音喊道:"快!帮帮忙!"是马德兰喊的,他使出了最后的力气。

大家拥了上来。一个人的献身精神,激发了大家的力量和勇气。二十只胳膊把车子抬了起来。福施勒旺老头得救了。

马德兰爬起来。他汗流浃背,却脸色苍白。他的衣服撕破了,满是污泥。大家都哭了。老人吻他的膝头,称他是仁慈的上帝。而他,在他的脸上,有一种难以描绘的既痛苦又幸福的奇妙表情。他平静地看着雅韦尔,雅韦尔的目光始终没有离开过他。

七 福施勒旺成了巴黎的园丁

福施勒旺摔倒时,膝盖骨摔脱臼了。马德兰老伯叫人把他抬到医务室。那医务室是他为自己的工人开设的,就在工厂的大楼里,由两个修女照管。翌日清晨,老人发现床头柜上有一张一千法郎的钞票,还有马德兰老伯亲手写的一句话:我买下了您的车和马。车已散架，马已死亡。福施勒旺痊愈了，但他的膝关节却伸不直了。马德兰先生通过那两个修女和本堂神甫的介绍，把老人安顿在巴黎圣安托万区的一个女修道院里做园丁。

不久，马德兰先生被任命为市长。雅韦尔第一次看见马德兰先生披上那条授予他全城大权的绶带时，有如一条看门狗嗅出一只狼披上了它主人的衣裳，不禁浑身哆嗦了一下。从那时起，他尽量避开马德兰先生。如果迫于公务，不得不和市长先生见面，他总是毕恭毕敬地同他说话。

马德兰老伯在滨海蒙特勒伊创下的这份繁荣，除了我们指出的看得见、摸得着的迹象外，还有另一个征候，尽管看不见，但也意味深长。有一个现象是骗不过任何人的。当民众困苦、就业困难、商业凋敝的时候，纳税人因为贫困，就会拒付税款，拖到最后才交，甚至过了期还不交，国家则要耗费很多钱来催款和收款。而当劳动市场繁荣，国家兴旺昌盛，收税就会顺顺当当，国家在这方面也只要花很少的钱。可以说，征税费用的多寡，是衡量民众生活贫困还是富裕的万无一失的晴雨表。马德兰先生当市长七年，滨海蒙特勒伊的征税费用降低了四分之三，当时的财政大臣德·维莱尔先生常常提到这个行政区的名字。

当芳蒂娜回到家乡时，那里的情况就是这样。没有人记得她了。幸好马德兰先生的工厂像朋友似的，对她笑脸相迎。她去工厂求职，被安排在女工车间。对芳蒂娜来说，这完全是新的行业，不可能干得很熟练，一天赚不了多少钱，但也够了。工作问题解决了，她能够挣钱糊口了。

八　为维护道德，维蒂尼安太太花了三十五法郎

芳蒂娜看到自己过得下去了，不禁一阵喜悦。能够自食其力，过正经的生活，这真是上苍的恩赐！她真的恢复了劳动的兴趣。她买了一面镜子，怡然欣赏着自己青春的活力、美丽的头发和漂亮的牙齿。她把许多事抛置脑后，只想着珂赛特，憧憬着可能有的未来，她真有点觉得自己幸福了。她租了个小房间，凭着将来的工作，赊账买了些家具；这是她放荡习惯的残余。

因为不能说自己已结婚，正如前面简单说过的那样，她从不说自己有个女儿。

起初，正如我们看到的，她按时给泰纳迪埃家寄钱。她除了签名，不会写字，只好请代书人替她写信。

她经常写信。这引起了人们的注意。女工车间里开始议论纷纷，说芳蒂娜"经常写信"，"行为可疑"。

有些人专爱窥视他人的行动，越是与己无关，便越感兴趣。"那位先生为什么总是黄昏才来？""某某先生星期四为什么总不把钥匙挂在钉子上？为什么总走小街僻巷？""夫人为什么总是还没到家就下马车？她的'文具匣里装满了信笺'，为什么还要叫人去买一本？"如此等等，不一而足。世上有一些人，尽管与这些事毫不相干，却宁愿花费比做十件善事更多的钱财、时间和心血，去揭开这些谜底。他们不图报酬，只图快乐，仅仅是为了好奇而好奇。他们整天整天地跟踪这个先生或那个太太，夜里，不顾寒

冷和下雨，在街角或门口连续监视好几个小时，他们买通跑腿，灌醉马车夫和仆人，收买贴身女仆，笼络门房。为了什么？什么也不为。纯粹是为了想看见，想知道，想窥探隐私。纯粹是为了有东西可卖弄。一旦秘密家喻户晓，隐私公布于众，谜底大白天下，随之而来的常常是灾难、决斗、破产、自杀、家庭毁灭，而那些本无利可图，仅仅出于本能"发现了这些秘密"的人，乐得心花怒放。真是可叹可悲！

有些人坏，仅仅是因为需要说话。他们在客厅里闲谈，在候见室里闲聊，他们的谈话犹如费柴的壁炉，需要很多燃料，而这燃料，便是周围的人。

因此，有人开始注意芳蒂娜了。

此外，不止一个女人对她的金发皓齿嫉妒不已。

人们发现，在车间里，尽管周围都是人，她常常扭过头去擦眼泪。那正是她思念孩子的时候，也许还有她曾爱过的那个男人。

要同悲伤的过去彻底决裂，那是痛苦而艰巨的过程。

人们看到，她每月至少写两封信，总是同一个地址，并且亲自贴邮票把信寄出。人们终于弄到了地址：蒙费梅，客店老板泰纳迪埃先生。那代书人是个不把兜里的秘密倒空，就不可能用酒灌满肚肠的老头，人们就把他请到小酒店里，让他说出了一切。总之，人们终于知道芳蒂娜有个孩子。"她可能是那种女人。"有个长舌妇专程去了趟蒙费梅，找泰纳迪埃夫妇聊了聊，回来后说："花了三十五法郎，总算把事情弄清楚了。我见到那个孩子了！"

干这件事的长舌妇，是个叫维蒂尼安太太的母夜叉，她是众人贞操的卫士和守护。维蒂尼安太太五十六岁,又丑又老。声音微颤,思想乖戾。奇怪的是,这老太婆也曾有过青春年华。在她年轻的时候,就在九三年中,嫁给了一个从隐修院逃出来的修士。那修士戴上了红帽子,从圣伯尔纳的信徒,摇身一变成了雅各宾分子。她心肠很硬,性格乖戾,脾气不好,尖酸刻薄,甚至可以说阴险毒辣。她那位修士丈夫把她驯服了,她对他服服帖帖,现在她成了寡妇,仍对他念念不忘。她是一棵被修士服擦蹭过的荨麻。王朝复辟后,她变得笃信宗教,正因为如此,神甫们原谅了她那位修士。她有一份小小的财产,她大肆张扬地把它捐给了一个宗教团体。因此,她在阿腊斯主教区很受人尊敬。就是这位维蒂尼安太太去了趟蒙费梅,回来时说:"我见到那个孩子了。"

这一经过,费了些时间。芳蒂娜在厂里已有一年多了。一天上午,车间的女监工以市长先生的名义交给她五十法郎,对她说,她不再是厂里的人了,市长先生要她离开滨海蒙特勒伊。

也就是这个月,泰纳迪埃夫妇将扶养费从六法郎增加到十二法郎后,又要求提高到十五法郎。

芳蒂娜一下惊呆了。她不能离开,她还欠着房租和家具费哩。五十法郎,还不够还债。她结结巴巴,哀求了几句。女监工告知她必须立即离开车间。况且,芳蒂娜只是个很一般的工人。她感到绝望,更是无脸见人。她离开车间,回到住处。她犯的错误,现在已是路人皆知了!

她觉得连说话的力气都没有了。有人劝她去找市长,她不敢。市长给了她五十法郎,是因为他仁慈,他把她赶走,是因为他正直。对于这项决定,她只有屈服。

九　维蒂尼安太太的功劳

　　因此，那位修士的遗孀功不可没。况且，马德兰先生对这一切全然不知。像这样阴错阳差的事，在生活中层出不穷。马德兰先生通常几乎从不来女工车间。他把这个车间交给了一个老姑娘，是本堂神甫推荐给他的，他对这个女监工非常信任，而她也确实是个值得尊敬的人，坚定、公正、仁慈，不过，她的慈悲只限于施舍，却不大善于谅解和宽恕。马德兰先生把女工车间全权交给了她。大凡最优秀的人，常常不得不授权于别人。那位女监工就是在这种拥有充分的权力、又充分自信的情况下，对这件案子进行调查，对芳蒂娜进行审理、判决和执行的。

　　至于那五十法郎，她是从马德兰先生给她的女工救济款中提取的，无须报账。

　　芳蒂娜想在城里给人家当女仆，挨家挨户地寻问。没有人要她。她也没能走成。她欠着一位旧货商的家具钱，可那是怎样的家具呀！那人对她说："您要是溜走，我就叫人把您当小偷抓起来。"她还欠着房租，房东对她说："您又年轻又漂亮，您有办法付的。"她把那五十法郎分给了房东和旧货商，将四分之三的家具还给旧货商人，只留下必需的东西。她没有工作，没有地位，只剩下一张床，还欠着将近一百法郎的债。

　　于是，她给驻军的士兵缝粗布衬衣，每天挣十二苏。她女儿就要花去十苏。就从这时起，她开始不按时给泰纳迪埃寄钱了。

有一个老太太，芳蒂娜晚上回来，总是她给点亮蜡烛，这时，她教会了芳蒂娜过苦日子的本事。有一点儿东西，可以过日子；什么也没有，也可以过日子。这好比是两个房间，前面的一间是暗的，后面的一间是黑的。

芳蒂娜学会了怎样在冬天不生火，怎样抛弃一只两天要吃掉一个铜板黍子的小鸟，怎样把衬裙改成被子，把被子改成衬裙，怎样节省蜡烛，借对面窗口的光线吃晚饭。有些弱者，一辈子饥寒交迫，但活得很有骨气，一分钱都要分成几瓣用，久而久之，这便成为一种本领。芳蒂娜学会了这一至高无上的本领，又恢复了生活的勇气。

那时，她常对一位女邻居说：

"没什么！我对自己说，每天只睡五个钟头，其他时间都用来缝衣服，总能凑合挣口饭吃的。再说，人发愁的时候，吃饭也会少一些。唉！痛苦，忧虑，一点点面包，加上一些忧愁，我就能养活了。"

在这绝望的境地，如果她亲爱的女儿在身边，她会感到无比的幸福。她想把她接来。可怎么行呢？让她同自己一起吃苦！再说，她还欠泰纳迪埃家钱哪！用什么还呢？还有旅费！哪有钱呢？

教会她如何过苦日子的那位老太太，是一个圣女，名叫玛格丽特，她虔信宗教，虽然很穷，但对穷人，甚至对富人都很宽厚仁慈，识的字刚好能签个"玛格丽特"，信仰上帝，这就是她的学问。

人世间有许多这样善良的女人，总有一天，她们会升到天堂。这样的生活是有明天的。

起初，芳蒂娜感到无地自容，不敢出门。

她走在街上，猜想身后肯定有人回过头来，对她指指点点；大家都瞧着她，谁都不同她打招呼；行人的冷淡和蔑视，犹如朔风，刺透了她的皮肉和灵魂。

在小城里，一个不幸的女人，仿佛一丝不挂地置于大家的嘲笑和好奇心之下。若在巴黎，至少没有人认识你，这种默默无闻好比是一件遮体的衣裳。啊！她多想去巴黎啊！但这是不可能的。

她必须习惯别人的蔑视，正如她已习惯了贫困一样。她渐渐下了决心。两三个月过去了，她甩掉了怕羞的包袱，若无其事地出门了。

"我不在乎。"她说。

她来来去去，昂首阔步，脸上带着苦涩的微笑，她感到自己变得厚颜无耻了。

维蒂尼安太太常见她从窗前经过，看到"这个轻浮女人"终于倒了霉，想到是自己让她"回到了应有的位置上"，不禁洋洋得意。恶人有一种邪恶的快乐。

芳蒂娜劳累过度，干咳的毛病加重了。有时，她对邻居玛格丽特说："您摸摸，我的手好烫！"

然而，每天早晨，当她用半截梳子梳理自己细柔如丝的漂亮头发时，那一刻，她是多么娇媚，多么幸福！

十 《功劳》续篇

芳蒂娜是在冬末被解雇的。夏天过去了，可冬天又来了。白天短,做活便更少。冬天,没有温暖,没有阳光,没有中午,早晨连着晚上,晨雾暮霭,窗口昏暗,看不清楚。天空是一个气窗。整个白天是一个地窖。太阳有如一个穷人。悲惨的季节!冬天将天上的水和人的心变成了石头。债主们跟在她后面逼债。

芳蒂娜赚的钱太少。她欠的债越来越多。泰纳迪埃夫妇不能按时收到钱,不断给她写信,信上的内容使她忧伤不已,付邮费把她的钱花光殆尽。一天,他们给她写信说,她的小珂赛特在这大冷天要光身子了,她需要一条羊毛短裙,要母亲至少寄十法郎来。她接到信,在手里揉捏了一整天。晚上,她来到街角的那家理发店里,把压发梳拿了下来。于是,那头令人赞美不已的金发披散下来,直垂腰际。

"多漂亮的头发!"理发匠说。

"您肯出多少钱?"

"十法郎。"

"剪吧!"

她买了一条羊毛裙,给泰纳迪埃夫妇寄了去。

泰纳迪埃夫妇见寄来的是裙子,肺都气炸了。他们想要钱。他们把那条裙子给埃波妮穿。可怜的百灵鸟依然冷得瑟瑟发抖。

芳蒂娜想:"我的孩子不会再冷了。我用我的头发给她做了衣服。"她便戴起小圆帽,遮住剪掉头发的脑袋;戴上帽子,她美丽依旧。

芳蒂娜的内心正在悄悄地发生变化。当她看到自己不能再梳头时,便对周围的一切仇恨起来。她和大家一样,对马德兰先生一直非常崇敬,可是,她反复地对自己说,是他把她赶走的,他是她不幸的缘由,久而久之,她便仇恨起他来,而且尤其恨他。当工人们上下班时她从厂门口经过,她便装出又笑又唱的样子。

有一次,一个老女工见她又唱又笑,便说:

"这姑娘没救了。"

她找了个情夫,是随便遇到的一个人,根本不爱他,纯粹出于挑衅,为了发泄心中的怒气。那是个可怜人,一个流浪乐师,游手好闲的乞丐,他常常打她,后来厌恶她了,便像她找他时那样离开了她。

她很爱她的孩子。

她越是堕落,便觉得周围的一切越是黑暗,那可爱的小天使在她心里就越光辉灿烂。她说:等我发了财,我就可以和我的珂赛特在一起了;于是,她笑了。她依然咳嗽不止,背上常出虚汗。

一天,她收到泰纳迪埃夫妇的一封信,上面写道:"珂赛特病了,得了一种流行病。据说是粟粒热。要买很贵的药。都把我们的钱花光了,一点钱也没了。如果一星期内不寄四十法郎来,孩子就完了。"

她狂笑起来,对她那位邻居老太太说:"哈!他们真是好人哪!四十法郎!嘿!两个拿破仑金币哪!他们要我到哪里去弄这么多钱?他们真蠢,这些乡下人!"

可是,她又跑到楼梯上,凑着老虎窗,把信又读了一遍。然后,她奔下楼梯,又跑又跳地出了门,依然大笑不止。有人遇见她,问她:

"什么事让您这样开心?"

她回答:

"有几个乡下人给我写信说了蠢话。他们问我要四十法郎。乡下人,真可以!"

她经过广场,看见许多人围着一个奇形怪状的车子,车顶上站着一个穿红衣服的人,在那里高谈阔论。那是一个江湖牙医,正在兜售假牙、牙膏、牙粉和酏剂。

芳蒂娜挤进人群,也和大家一样笑了起来。在江湖郎中的演说中,既有恶棍们听得懂的行话,也有正经人听得懂的俚语。牙医看见这位哈哈大笑的漂亮姑娘,突然大声喊道:"那位大笑的姑娘,您的牙齿真漂亮!假如您愿把您的两扇门板卖给我,每一扇我出一个金拿破仑。"

"我的门板?那是什么?"芳蒂娜问。

"门板就是门牙,"牙医说,"上面的两颗牙。"

"真恶心!"芳蒂娜嚷道。

"两个拿破仑!"在场有位瘪嘴老太婆咕哝道,"那姑娘真有福气!"

芳蒂娜逃走了。她用手捂住耳朵,以免听见那人沙哑的喊叫声,可那人还在对她大叫大嚷:

"考虑考虑吧,美人!两个拿破仑,能派大用场呢。想好了,今晚上就到银甲板客店来找我。"

芳蒂娜回到家里,仍然怒不可遏,便把这事对她的好邻居玛格丽特说了:

"您说有这种道理吗?那人真是可恶至极!怎么能让这种人到处乱窜呢?拔掉我的两颗门牙!那我还不丑死了!头发还会长出

来，可牙齿长不出来的呀！呵！真是个魔鬼！我宁愿从六楼一头跳下去！他对我说，今晚上他在银甲板客店。"

"他给多少？"玛格丽特问。

"两个拿破仑。"

"相当于四十法郎。"

"是的，"芳蒂娜说，"四十法郎。"

她愣了一会，就开始干活了。过了一刻钟，她放下针线活，便到楼梯上去把泰纳迪埃夫妇写来的信又读了一遍。

回来后，她对在一起干活的玛格丽特说：

"粟粒热是什么？您知道吗？"

"知道，"老太太说，"一种病。"

"要吃很多药吗？"

"呵！很多药。"

"怎么得的？"

"说得就得了。"

"孩子也得这病吗？"

"孩子更会得。"

"得了这病会死吗？"

"当然。"玛格丽特说。

芳蒂娜走出房间，又到楼梯上把那封信重读了一遍。

晚上她出去了。有人见她朝巴黎街的方向走去，那条街上都是客店。

翌日天还没亮，玛格丽特走进芳蒂娜的房间（她们在一起干活，这样两人只需点一支蜡烛），发现芳蒂娜坐在床上，面色苍白,浑身冰冷。她彻夜未眠。她的帽子掉在膝盖上。蜡烛点了一整夜,几乎烧完了。

玛格丽特在门口停住脚步,看到一片凌乱,惊愕失色,大声说:

"天哪!蜡烛烧光了!一定出什么事了!"

接着,她瞧瞧芳蒂娜,芳蒂娜向她转过没有头发的脑袋。

一夜工夫,芳蒂娜老了十岁。

"耶稣!"玛格丽特说,"您怎么啦,芳蒂娜?"

"没什么。"芳蒂娜回答。"恰恰相反。我的孩子不会因为没钱买药,而死于这个可怕的病了。我很高兴。"

她一面说,一面把正在桌上闪光的两枚金币指给那老姑娘看。

"哇!耶稣上帝!"玛格丽特说。"这么多钱!您从哪里弄来这些金路易的?"

"我弄到了呗。"芳蒂娜回答。

她边说边笑了。蜡烛照亮她的脸。这是血淋淋的微笑。唇角流着红兮兮的口水,嘴里有一个黑洞洞的窟窿。

那两颗门牙已拔掉。她给蒙费梅寄去四十法郎。其实,那不过是泰纳迪埃夫妇为了骗钱耍的诡计。珂赛特根本没病。

芳蒂娜把镜子扔出窗外。她早已从三楼的房间搬到顶楼上住了,关门时只有一个碰锁。那种顶楼的天花板和地板相交成角,时刻都会撞你的脑袋。住在里面的穷人,必须越来越弯下腰,才能走到房间的尽头,正如他们也必须这样走完人生旅程。她没床了,只剩下一块破布,她称作被子,地上有一个床垫,还有一张破破烂烂的椅子。在一个角落里有一株小蔷薇,已经枯萎,被她遗忘了。在另一个角落里，有一个用来盛水的奶油坛子，冬天，水结了冰，坛子上久久留下一圈圈结冰的痕迹，标志着不同的水位。她早已没有了廉耻心，现在连打扮的心思也没了。这是最后的迹象。她戴着脏帽子出门。衣服破了不再缝补，可能没有时间，也可能满不在乎。袜跟越来越破，她便把袜子往鞋子里面拉拉。这可以从竖纹上看出来。她用一块块白布补她又破又旧的胸衣，稍一动弹，那些补丁就开裂。她的债主们同她"大吵大闹"，不让她安宁。她在街上遇见他们，回到家里，又会在楼梯上遇见他们。她整夜整夜地哭泣和思索。她眼睛发亮，她感到左肩胛骨靠上的地方疼痛不止。她咳得很厉害。她对马德兰老伯恨之入骨，但她不发怨言。她一天缝纫十七个钟头，但是，一个让监牢里的女囚徒廉价干活的包工头，突然压低报酬，使得闲散女工的日报酬降到了九苏。一天干十七个钟头，只能挣九苏！她的债权人更加冷酷无情。那旧货商已把她的家具几乎全部收回，还不停地对她说："你这个荡妇，什么时候付我钱？"仁慈的上帝，他们要把她怎么样呀！她感到自己走投无路，越来越像一头易受惊吓的野兽。差不多就在这个时候，泰纳迪埃给她写信，说他左等右盼，已做到了仁至义尽，他需要一百法郎，立即寄来，否则就把小珂赛特逐出门外，她大病初愈，管她受不受得了天寒路远，她爱怎样就怎样，她愿意，死了也行。芳蒂娜心里思忖："一百法郎！可我到哪里去找一天挣五法郎的工作呢？"

"好吧！"她说，"把剩下的卖了吧。"

不幸的女人做了娼妓。

十一 基督拯救我们[①]

芳蒂娜的遭遇是什么呢？那是社会买一个女奴。

向谁买？向贫穷。

向饥饿、寒冷、孤独、遗弃、贫乏。那是痛苦的买卖。一个灵魂为换取一块面包而出卖自己。贫穷卖出，社会买进。

耶稣-基督的神圣法律统治我们的文明，但尚未深入到文明中。有人说，奴隶制已从欧洲文明中消失。这是误解。奴隶制始终存在，不过只是压迫妇女罢了，这叫作卖淫。

奴隶制压迫妇女，也就是说，压迫妩媚、软弱、美貌、母爱。这并非男人最小的耻辱。

芳蒂娜的痛苦遭遇到了这般地步，她已不再是从前的芳蒂娜了。她在变成污泥的同时，也化成了石头。谁接触她，会感到寒气袭人。她从你面前经过，任你糟蹋，也无视于你；她是屈辱和严厉的象征。生活和社会秩序已把她抛弃。可能发生的事她都发生了。她已感受了一切，经受了一切，体验了一切，遭受了一切，失去了一切，哀悼过一切。她逆来顺受，这种屈从却似冷漠，正如死亡类乎睡眠。她什么也不再躲避。她什么也不再害怕。哪怕所有的雷雨浇到她头上，整个海洋泻到她身上，那又有什么关系！她是一块吸满水的海绵。

[①] 原文为拉丁语。

至少，她是这样认为的。可是，想像自己已陷于绝境，穷途末路，那是错误的。

唉！所有这些形形色色、五花八门的命运到底是什么？它们通向哪里？为什么会这样？

知道答案的人，便能看清人世间的黑暗。

他是独一无二的。他叫上帝。

十二　游手好闲的巴马塔布瓦先生

在任何一个小城市，尤其是滨海蒙特勒伊，都有一类靠年金生活的青年，在外省每年挥霍一千五百利弗，其派头和他们的同类在巴黎吞噬二十万法郎很相似。他们属于人数众多的中间类型；他们缺乏男子气，一无所长，过着寄生生活；他们有一点地产，有一点傻气，有一点才智，在贵族沙龙里，他们是乡巴佬，在酒馆里却以绅士自居，一口一声"我的草场、我的树林、我的佃农"；他们看戏时给女演员喝倒彩，以示自己品味高雅，同驻军官兵寻衅吵架，以示自己是一武夫；他们打猎，抽烟，打哈欠，喝酒，闻鼻烟，玩弹子，看旅客们下驿车，泡咖啡馆，去小客栈吃晚饭；他们有一条狗和一个情妇，狗在桌底下啃骨头，情妇在桌面上摆菜端饭；他们爱钱如命，穿奇装异服，爱幸灾乐祸，蔑视妇女，终年穿着破旧的靴子，通过巴黎模仿伦敦，通过穆松桥模仿巴黎：他们越活越愚蠢，终日游手好闲，一无用处，也没有大的危害。

费利克斯·托洛米埃先生若是待在外省,从未去过巴黎,就会是其中的一个。

他们如果再富一些,人们会说他们是风雅之士;再穷一些,会说他们是懒汉。他们不过是游手好闲之徒。在他们中间,有令人讨厌的,感到厌倦的,想入非非的,还有一些举止怪异的。

那时候,一个风雅之士,有一个大领子,一条大领带,一块链上饰有珠宝的怀表,三件不同颜色、蓝红两件穿在里面的背心,一件橄榄色的短燕尾服,两排密密匝匝的银扣子一直伸到肩膀上,一条浅橄榄色的裤子,两旁的裤缝上,饰有数目不等的条纹,不过总是奇数,从一条到十一条,最多不超过十一条。还有一双后跟上掌铁的短筒靴,一顶窄边大礼帽,头发束起来,一根粗手杖,常用波蒂埃式的双关语给自己的谈话增光添彩。最引人注目的,是马刺和小胡子。在那个时代,小胡子代表有产者,马刺代表步行者。

外省的风雅之士,他们的马刺更长一些,小胡子翘得更高一些。

那是南美洲的共和国同西班牙国王展开斗争的时代,即玻利瓦尔[①]向莫里奥[②]开战的时代。自由党人戴着宽边帽,叫作"玻利瓦尔帽"。

前面叙述的事发生后的八至十个月,一八二三年一月初,一个刚下过大雪的晚上,一个这样的风雅之士,一个这样的游手好

[①] 玻利瓦尔(1783—1830),拉丁美洲政治家、军事家,领导拉美人民摆脱了西班牙的统治。

[②] 莫里奥(1778—1837),西班牙将军。

闲之徒,一个"思想正统的人"(因为他戴着莫里奥高顶盔),时髦的西装外暖暖地裹着一件大冷天穿的大衣,在缠着一个轻佻女子消闲解闷。那女子穿着舞会的衣裙,袒胸露肩,头上插着花,在军官咖啡馆门前来回踯躅。那风流雅士抽着烟,因为抽烟是一种时髦。

那女子每次从他面前经过,他就向她吐一口烟,骂她一句,自以为他的呵斥幽默而有趣:"你真丑!""还不快去躲起来!""你没有牙齿!"如此等等。这个先生叫巴马塔布瓦。那个在雪地上走来走去、愁眉苦脸、打扮得妖里妖气的女子不做回答,甚至看都不看他一眼,依然默默地有规则地走来走去,每隔五分钟,就走过来听一次嘲讽,就像判了刑的士兵按时回来挨鞭打一样。那闲人见她几乎没有反应,想必受了刺激,利用那女子转身的机会,蹑手蹑脚地走到她后面,忍住笑,弯腰从地上抓起一把雪,突然从她赤裸的双肩之间塞进她的后背上。那女子大吼一声,转过身来,像豹子似的向前一蹦,扑到那人身上,用指甲抓他的脸,用不堪入耳的话破口大骂。这些脏话,从被酒精烧得嘶哑了的嗓子里喊出来,从一张果然缺少两颗门牙的嘴巴里喷出来。她是芳蒂娜。

听到吵架的声音,军官们拥出咖啡馆,行人也聚拢过来,围成一个圈圈,他们笑呀,吼呀,拍手呀,那两个人扭成一团,几乎分不清是一个男人和一个女人,男的在挣扎,帽子滚在地上,女的拳打脚踢,大声吼叫,帽子掉了,没有牙齿,没有头发,愤怒得脸色发青,样子委实可怕。

忽然,一个高个子男人冲出人群,抓住那女人满是污泥的缎子上衣,对她说:"跟我来!"

女人抬起头,立即停止了怒吼。她变得目光呆滞,脸色由青转成苍白,吓得魂不附体,浑身颤抖。她认出那人是雅韦尔。

那风雅之士乘机溜走了。

十三 解决市警察局的几个问题

雅韦尔拨开人群,冲出包围圈,拖着那个可怜的女人,大步朝广场另一端的警所走去。她机械地任他摆布。两个人谁都不说话。围观的人乐不可支,冷嘲热讽地跟在他们后面。最不幸的是,这成了人们说猥亵话的好机会。

警所是一间低矮的大厅,生着火炉,屋里暖烘烘的,门口有个卫兵把守,大门临街,镶着玻璃和栅栏。雅韦尔到了警所,打开大门,同芳蒂娜一道进去,随手把门关上了;那群好奇的人大失所望,但仍踮起足尖,伸长脖子,想透过警所模糊不清的玻璃门看个究竟。好奇和贪吃是一个道理。观看,也就是吞噬。

芳蒂娜进去后,就走到一个角落里蹲了下来,呆若木鸡,沉默不语,犹如一只惊恐的母狗,蹲在那墙角里。

警所的中士把一支点燃的蜡烛放到桌上。雅韦尔坐下,从口袋里拿出一张公文纸,写了起来。

这些阶层的女人,法律已把她们完全交由警察处置了。警察可以为所欲为,想怎样惩罚就怎样惩罚,可以任意剥夺她们所谓的职业和自由,可那是多么悲惨的职业和自由啊!雅韦尔无动于衷，他神情严肃，不动声色。其实，他心事重重。这正是他独当一面，却又是一丝不苟地行使他那可怕的自由决定权的时刻。此刻，他感觉到了这个权力，这张警探的矮板凳就是公堂。他在审判。他在审判和定罪。他把他的思想，全部集中到正在做的这件大事上。他越审查这个娼妓的所作所为，就越是气愤。显然，他刚才目睹了一件罪行。刚才，在大街上，他亲眼目睹一个由有产者选民所代表的社会，受到了一个一无所有的轻薄女子的侮辱和攻击。一个娼妓侵犯了一个有产者。他，雅韦尔，亲眼目睹了这件事。他一声不响地把罪行记录下来。

写完后，他签上名，把纸折好，对那中士说："带上三个人，把这个婊子押进牢里。"然后，他转身对芳蒂娜说："你得关押六个月。"

那不幸的女人不寒而栗。

"六个月！坐六个月的牢！"她叫道。"六个月，一天只挣七苏！珂赛特怎么办？我的女儿！我的女儿！我还欠着泰纳迪埃家一百法郎哪，警探先生，您知道吗？"

芳蒂娜没有站起来，她双手合十，在被男人们沾满污泥的靴子踩得湿漉漉的石板地上，用膝盖向前挪了几大步。

"雅韦尔先生，"她说，"求求您饶了我吧！我向您保证，不是我的错。如果您一开始就在场，您就会看到了。我向仁慈的上帝发誓，不是我的错。是那位先生，我都不认识他，他把雪塞到我的背上。我们安安静静地走路，不惹任何人，难道别人就有权往我们背上塞雪吗？我一下子就火了。您看，我本来就有病，再说，他已骂了我好一阵了。你真丑！你没有牙！我知道我没有牙。我，我什么也没做。我心想：这先生在闹着玩呢。我对他以礼相待，没有搭理他。就在这时，他把雪塞到我背上。雅韦尔先生，好心的警探先生！难道这里没有人当时在场，可以告诉您，我讲的都是真话？我也许不应该发火。可您知道，怒气来的时候，是控制不住的。人是容易冲动的。再说，乘你不备的时候，把那样冷的东西塞进你背上！我把那位先生的帽子弄脏是不对。可他干嘛要溜走呢？我可以向他道歉嘛。啊，我的上帝！我可以向他道歉，这对我无所谓。今天就饶我这一次吧，雅韦尔先生。啊！您不会知道，在监牢里，每天只能挣七苏，这不是政府的错，可是只挣七苏，您想想，我要付一百法郎，不然，他们就会把我的女儿撵回来。啊，上帝啊！我不能让她和我在一起。我干的事太肮脏！啊，我的珂赛特！啊，慈悲圣母的小天使！她会怎么样呢，可怜的宝贝！我要告诉您，他们叫泰纳迪埃，开客店的，乡下人，根本不讲道理。他们需要钱。别把我关起来！您看，他们要把一个小女孩扔到大路上，让她到处流浪，在这大冷天。这样的事，是应该可怜的，我的好雅韦尔先生。假如她更大一些，可以自己谋生，可她这样小，怎么做得到？我并不是坏女人。我不是好吃懒做才变成这样的。我喝烧酒，是给贫困逼的。我不喜欢，但烧酒能使人麻醉。我从前挺快乐的，那时候，你们只要看看我的衣柜，就会知道我不是那种卖弄风情的荡妇。我穿得很体面，我有许多漂亮的衣服。可怜可怜我吧，雅韦尔先生！"

　　她这样诉说着，伤心得弯下了腰，哭得浑身颤动，泪水蒙住了眼睛，胸部敞露着，她搓绞着手，干咳着，用一种垂死的声音，轻轻地结结巴巴地诉说着。巨大的痛苦是一道神圣而可怕的光，会使不幸人改变容貌。此时此刻,芳蒂娜又变得漂亮了。有好几次,她停下诉说,亲吻警探的大衣下摆。哪怕是铁石心肠,也会被她感动;可是,木头心肠是不会感动的。

"行了!"雅韦尔说,"我都听见了。你说完了吗?现在走吧!你得关押六个月。就是上帝亲自过问,也无能为力。"

听到"就是上帝亲自过问也无能为力"这句话,她明白判决业已宣布。她低下头,喃喃地说:

"开开恩吧!"

雅韦尔转过身去不理她。

几分钟前进来了一个人,谁也没有注意到。他关上门,靠在门上,听见了芳蒂娜绝望的哀求。

几个士兵抓住可怜的女人,可她不愿站起来,这时,他向前跨了一步,从黑暗中走出来,说:

"请等一等!"

雅韦尔抬起头,认出是马德兰先生。他脱下帽子,气恼而又不自然地向他致敬:

"对不起,市长先生……"

"市长先生"这几个字对芳蒂娜起了奇特的作用。她倏地从地上站了起来,犹如一个幽灵从地里冒了出来。她用两个胳膊推开士兵,人们还没来得及阻拦,她已径直走到了马德兰先生跟前,两眼直愣愣地瞅着他,大叫大嚷道:

"呀!你就是市长先生!"

说完放声大笑,并朝他脸上啐了口唾沫。

马德兰先生擦了擦脸,说:

"雅韦尔警探,把这女人放了吧。"

这时候,雅韦尔觉得自己要疯了。此时此刻,他经受了有生以来最强烈的几乎是接踵而来的震惊。看见一个妓女朝一个市长脸上啐唾沫,这简直可怕到了极点,即便作最可怕的假设,哪怕想一想可能发生这种事,那也是大逆不道。另一方面,在他的内心深处,却朦朦胧胧地将这个女人的身份和这个市长可能的身份,进行邪恶的比较,从而,恐惧地看到那女人对市长不可思议的冒犯是非常简单的事。可是,当他看见这个市长,这个为官的,平静地擦了擦脸,并且说"把这个女人放了",他仿佛一下惊得头晕目眩,思想停顿了,话说不出来了。他已惊讶得不能再惊讶了。他张口结舌,呆若木鸡。

这句话对芳蒂娜的震惊也不小。她就像要摔倒似的,伸出赤裸的胳膊,抓住炉门的把手。同时,她朝四周看了看,仿佛自言自语似的,喃喃说道:

"放了我!让他们放了我!我不要蹲六个月的大牢了!是谁说的?谁也不可能这样说。我听错了。不可能是那个魔鬼市长!我的好雅韦尔先生,刚才是您说放我的吧?啊!您瞧!我把事情经过告诉了您,您一定会放我的。这个魔鬼市长,这个混蛋市长,他是这一切的罪魁祸首。您想一想,雅韦尔先生,他把我解雇了!就因为一些娼妇在厂里胡说八道。一个可怜的姑娘,老老实实地干活,竟把她解雇了!这难道不可恶吗?从那以后,我挣的钱不够用,一切不幸也就来了。首先,有件事警察先生们得改善一下,不要让监牢的包工头坑害穷人。我把这事给您说一说,您听着。做衬衣本来一天挣十二苏,后来跌到九苏。没法活下去了。

只好能做什么就做什么。我呢,我得养活我的小珂赛特,被逼无奈,才成为坏女人。您现在明白,这一切全是这个混蛋市长造成的了吧。后来,我在咖啡馆门口,踩坏了那位有产者先生的帽子。可他先用雪把我的裙子毁了。我们这种人,只有一条绸裙子,是晚上穿的。您瞧,雅韦尔先生,我从没有故意做坏事,我看见哪里都有比我更坏的女人,可她们过得都比我快活。啊!雅韦尔先生,是您说把我放了的,是不是?您去打听一下,同我的房东谈一谈,现在我按期付房租了,他会对您说,我是个老实人。啊!我的上帝!请原谅,我没注意,碰了炉门的把手,烟冒出来了。"

马德兰先生专心地听着。她诉说的时候,他在背心的兜里找了找,掏出一个钱包,把它打开。钱包是空的。他把它放回兜里。他对芳蒂娜说:

"您刚才说欠多少?"

芳蒂娜眼睛一直没有离开雅韦尔,这时向马德兰先生转过脸来:

"我是在和你说话吗?"

然后,她对士兵说:

"喂!诸位,你们都看见我是怎么啐他一脸了吧?啊!你这个老混蛋市长!你到这里来吓唬我,我才不怕你呢。我怕雅韦尔先生。我怕我的好雅韦尔先生!"

她边说,边转向那警探:

"情况我都说了,您看,警探先生,办事得公正。我知道您是公正的,警探先生。其实这很简单,一个男人为了消遣,把一团雪塞进一个女人的背上,逗得那些军官们哈哈大笑。男人们是该娱乐娱乐，我们这些女人，就是为了让人家开心的，不是吗？后来，您来了，您不得不维护秩序，您带走了做错事的女人，但是经过考虑，因为您心地好，您就叫人把我放了。是为了我的孩子，因为在监牢里呆六个月，我就不能扶养我的孩子了。您会说，不要再犯事了，荡妇！啊！雅韦尔先生，我不会再犯了！不管人家怎么对我，我都不动一动。不过，今天，您看，我大叫大嚷，是因为我受不了了，我没料到那先生会往我背上塞雪。再说，我对您说过了，我身体不好，我咳嗽，我胃里就像有个滚烫的球在烧我，医生对我说：您得保养身体。您摸摸，伸出手来，不要怕，就在这里。"

她不哭了，她的声音非常温柔，她把雅韦尔粗糙的大手放到她白嫩的胸口上，笑眯眯地看着他。

突然，她急忙整了整散乱的衣服，把刚才因为拖在地上而撩到膝盖上的褶裙放下，然后朝门口走去，向士兵们友好地点点头，低声对他们说：

"孩子们，警探先生刚才说要放我，我走了。"

她伸手拉门把手。再走一步，她就到街上了。

雅韦尔一直站着没有动弹，眼睛望着地面，犹如一尊被挪动的雕像，插在这一场景中央，等着搬到某个地方。

拉碰锁的声音把他惊醒了。他抬起头，露出一副拥有至高无上权力的威严神情，越是下层人拥有权力，这种显示权力的神情就越可怕；在猛兽那里是凶恶，在小人那里是残忍。

"中士，"他喊道，"您没看见这个婊子要溜了吗？谁给您说放她的？"

"我。"马德兰说。

芳蒂娜听见雅韦尔的声音,打了个哆嗦,赶紧放开门把手,有如小偷放下偷盗的东西。听见马德兰的声音,她转过脸去,从这时候起,她不再吭一声,甚至不敢出一口气,目光在马德兰和雅韦尔身上轮流转动,谁讲话,就看着谁。

雅韦尔显然是到了所谓"怒不可遏"的程度,才会在市长要求释放芳蒂娜后,还敢像这样斥责中士。难道他竟忘了市长先生在场吗?难道他最终认为,一个"权威人士"不可能下这样的命令,市长先生肯定无意中说走了嘴?抑或两个小时以来,面对如此骇人听闻的事,他认为应该下最后的决心,小人物必须办大事,警探应该成为行政官,警察应该成为法官,在这个非常时刻,命令、法律、道德、政府、整个社会,都体现在他雅韦尔身上了?

不管怎样,当马德兰先生说了刚才大家听到的"我"字后,只见雅韦尔警探朝市长转过脸去,他面色苍白,神情冷漠,嘴唇发紫,目光绝望,身子微微颤抖,异乎寻常的是,他竟低着头,语气坚决地对他说:

"市长先生,这不可能。"

"怎么?"马德兰先生说。

"这个坏女人侮辱了一个有产者。"

"雅韦尔警探,"马德兰先生又以一种和解而平静的口吻说,"听着,您是个正直的人,很容易同您说清楚的。事实是这样的。您带这个女人来的时候,我正好从广场上经过,人群还没有散,我作了调查,前因后果我都知道了。是那个有产者不对,警察公正的话,应该抓他才是。"

雅韦尔又说：

"这个坏女人刚才侮辱市长先生了。"

"这是我的事。"马德兰先生说。"我受的侮辱，也许应该属于我自己。我可以做我想做的事。"

"我请市长先生原谅。他受的侮辱不属于他，而是属于司法。"

"雅韦尔警探，"马德兰先生辩驳说，"最重要的司法是良知。我听到这个女人的陈说了。我清楚我所做的。"

"可我，市长先生，我不清楚我所看到的。"

"那您就服从吧。"

"我服从我的职责。我的职责要把这女人关六个月。"

马德兰先生和颜悦色地回答：

"好好听着，她一天也不能关。"

听他说得那么坚决，雅韦尔大胆地直视市长先生，仍恭恭敬敬地对他说：

"非常遗憾，我不得不违抗市长的命令，这是我生平第一次。不过，请市长先生允许我提醒您，我并没有超越权限。既然市长想这样，我还是要谈谈那个有产者的事。我当时在场。是这个娼妓扑到巴马塔布瓦先生身上，他是选民，在广场的角上有一座带阳台的漂亮房子，四层楼，都是方石砌成的。总之，在这世上，有些事总要考虑的。不管怎样，市长先生，这件事涉及街上的治安，属于我的职责范围，我要扣留芳蒂娜。"

这时，马德兰先生交叉双臂，以一种这城里从未有人听到过的严肃口吻说：

"您说的这件事，应归市警局管。根据刑事诉讼法第九、十五和六十六条,该由我审理。我命令立即释放这个女人。"

雅韦尔还想作最后的努力。

"可是,市长……"

"我提醒您注意一七九九年十二月十三日的法律,关于非法监禁的第八十一条。"

"市长先生,请……"

"不要再说了。"

"可是……"

"出去。"马德兰先生说。

雅韦尔就像一个俄国士兵,站着当胸挨了一棒。他朝市长先生深深一鞠躬,头一直低到地面,然后出去了。

芳蒂娜赶快从门口让开,目瞪口呆地看着他从面前走过。

同时,她也感到惊慌不安。她看到两个有权有势的人为了她争执起来。她看到两个掌握着她的自由、生命、灵魂和孩子的男人,当着她的面进行了一场斗争。一个要把她拉向黑暗,另一个要把她带回光明。她在越来越大的恐惧中,朦朦胧胧地看见了这场斗争,她感到那两个人仿佛是两个巨人,一个说话就像是她的恶魔,另一个就像是她的天使。天使战胜了恶魔。令她浑身战栗的是,这个天使,这个救星,恰恰是她深恶痛绝的人,是这个她长久以来一直视若自己一切痛苦的罪魁祸首的市长,是这个马德兰!刚才,就在她恶毒侮辱他的时候,他却救了她!她以前是不是错了?她是不是该彻底改变看法?……她不知道,她在颤抖。她听着,看着,心慌意乱,茫然失措,马德兰先生每说一句话,她就感到她身上那幽深的仇恨在融化和崩溃,内心正在产生一种不可言喻的暖融融的快乐、信任和爱意。

雅韦尔出去后，马德兰先生转过身来同芳蒂娜说话，他说得很慢很慢，几乎说不出话来，就像一个严肃的人想哭却竭力忍住似的：

"我都听见了。您说的事我一点也不知道。我相信这是真的，我感觉到这是真的。我甚至都不知道您离开了我的工厂。为什么不来找我呢？这样吧：我替您还债，我派人把您孩子接来，或者您自己去找她。您可以生活在这里，也可以去巴黎，随便您。您和您的孩子由我负担。您愿意的话，可以不再干活。您需要多少钱，我都可以给您。您生活愉快了，也就重会变成正派的人。甚至，您听着，我现在就向您宣布，如果您说的都是实话，我相信是实话，那您在上帝面前从来都是圣洁的。啊！可怜的女人！"

芳蒂娜真有些承受不住了。得到珂赛特！摆脱这可耻的生活！和珂赛特在一起，过自由、富裕、幸福、正直的生活！在贫困中突然看到天堂般的生活展现在面前！她呆呆地望着那人讲话，只能"啊！啊！啊！"地发出两三声啜泣。她弯下膝头，跪在马德兰先生面前，他还没来得及阻拦，就感觉到她捧起他的手，嘴唇贴了上去。

接着，她就昏倒了。

第六卷
雅韦尔

一 开始休养

　　马德兰先生叫人把芳蒂娜抬到设在他家里的医务所,把她交给那两个修女,她们把她安顿在床上。芳蒂娜发起了高烧。夜里她烧得大声说胡话,折腾到半夜,最后终于睡着了。

　　翌日,将近中午,芳蒂娜醒来,听到床边有呼吸声,她撩开帐幔,看见马德兰先生站在那里,正望着她头上方的什么东西。那目光饱含着同情、忧虑和哀求。她顺着他的目光望去,发现墙上钉着一个有耶稣受难像的十字架,他正在向耶稣祈祷。

　　马德兰先生在芳蒂娜眼里的形象从此改变了。她仿佛看见他罩在光环中。他在专心致志地祈祷。她久久凝视他,不敢惊动他。半天,她才怯生生地对他说:

　　"您在干什么?"

　　马德兰先生已在这里呆了一个小时了。他在等芳蒂娜醒来。他拿起她的手,号了号脉搏,说道:

　　"感觉怎么样?"

"挺好的,"她说,"我睡了一觉,我觉得好一些了。不会有什么事的。"

接着,他回答她一开始提的问题,仿佛刚刚听见似的:

"我在向天上那位殉难者祈祷。"

他心里又默默地说:"为了人世间的受难者。"

昨天夜里和今天上午,马德兰先生一直在了解情况。他对芳蒂娜辛酸的故事已知道得清清楚楚。他接着说:

"您吃了许多苦,可怜的母亲。啊!不要抱怨,您现在是上帝的选民了。人类就是这样造就天使的。这不是他们的错;他们不知道怎么做。您瞧,您走出的那个地狱,是进入天堂的第一步。必须从那里开始。"

他深深叹了口气。可是芳蒂娜在向他微笑,从她超凡脱俗的微笑中,可以看到少了两颗牙。

就在那天夜里,雅韦尔写了一封信,第二天早晨,他亲自把信送到滨海蒙特勒伊的邮局。信是寄往巴黎的,信封上写着:巴黎警察局长先生的秘书夏布耶先生敬启。因为警所里的那件事已传得沸沸扬扬,邮局的女局长以及其他几个人在走信前看见了这封信,并从地址上认出是雅韦尔的笔迹,便猜想这是他的辞职书。

马德兰先生立即给泰纳迪埃家写信。芳蒂娜欠他们一百二十法郎,他寄去了三百法郎,对他们说,从这笔钱中扣下欠款,让他们马上带孩子来滨海蒙特勒伊,她母亲生病,想见她。

泰纳迪埃喜出望外。"真是见鬼了!"他对老婆说,"可不能放孩子走。云雀要变成奶牛了。我猜到了。一定是哪个笨蛋迷上那母亲了。"

他连忙寄去一张精心伪造的账单，共计五百零几法郎。其中三百多法郎的两笔账单确凿无疑，一张是医生签的，另一张是药房老板签的，埃波妮和阿赛玛长期生病，他们一个给看病，一个给药。前面说过，珂赛特没有生过病。那纯粹是小小的冒名顶替。泰纳迪埃在账单下面写道："三百法郎如数收到。"

马德兰先生又立即寄去三百法郎，并且写道："快把珂赛特送来。"

"老天爷！"泰纳迪埃说，"可不能放孩子走。"

可是芳蒂娜的病一点也不见好。她一直住在医务所里。

起初，对"这个娼妓"，两位嬷嬷虽然接受并给予治疗，但心里只有厌恶。见过兰斯大教堂的浮雕的人，都会记得那些贞女是怎样撇着嘴瞅那些荡妇的。自古以来，贞女都瞧不起娼妓，这已成了女性尊严最根深蒂固的本能。那两个嬷嬷从心底里蔑视她，这种感觉又因宗教信仰而有增无已。可是，没过几天，芳蒂娜就让她们再也蔑视不起来了。她说话是那样谦恭温和，她的慈母心肠令人深深感动。一天，她发着高烧，嬷嬷听见她说："我是个罪人，但等孩子回到我身边，就说明上帝原谅我了。我生活在罪孽中时，我不想让我的珂赛特在我身边，我受不了她又惊又愁的眼睛。可我做坏事全为了她，正因为这样，上帝才会原谅我。珂赛特来了后，我就会感觉到仁慈上帝的祝福。我要看着她，看这个纯洁的孩子对我有好处。她什么也不知道。你们看，嬷嬷，她是个天使。在这个年纪，翅膀还没有掉呢。"

马德兰先生每天来看她两次。每次她都问：

"我就要看到我的珂赛特了吗？"

他回答说:

"可能明天上午。说来就来的,我在等她。"

于是,母亲苍白的脸上容光焕发。

"啊!"她说,"我该多么幸福啊!"

刚才我们说了,她的病丝毫没有好转。相反,病情一周比一周严重。那团雪贴肉塞到了她的两个肩胛骨之间,使她突然中止出汗,这样,潜伏了多年的疾病骤然发作了。那时候,人们刚开始按照拉埃内克①的英明指示,研究和治疗肺部的种种疾病。医生听诊芳蒂娜的肺部后,摇了摇头。

马德兰先生问医生:

"怎么样?"

"她不是想见一个孩子吗?"

"是呀。"

"那就快把她接来吧。"

马德兰颤抖了一下。

芳蒂娜问他:

"医生说什么了?"

马德兰强作微笑。

"他说快把孩子接来。这样,您的病就好了。"

"啊!"她又说,"他说得对!可是泰纳迪埃家怎么还留着我的珂赛特?啊!她就要来了。我终于看到幸福就在眼前了。"

可是,泰纳迪埃讲了一百条歪理,就是"不肯放孩子"。说什

---

① 拉埃内克(1781—1826),法国医生。发明肺病听诊法。

么珂赛特有点不舒服,大冬天不宜出门。还说,在当地还有一些零星债务没还,债主逼得很紧,他正在收取发票,如此等等。

"我派人去接珂赛特。"马德兰老伯说。"需要的话,我亲自跑一趟。"

他照芳蒂娜的口述,写了一封信,并让她签上名字:

泰纳迪埃先生,
　　请将珂赛特交给来人。
　　欠的债,都会替您还清。
　　此致
敬礼!
　　　　　　芳蒂娜

就在这时候,发生了一件严重的事。人生是块神秘的石头,我们再努力雕琢也是徒劳,命运的黑脉总会伺机而出。

二 "让"是怎么变成"尚"的

一天早晨,马德兰先生在办公室里,正忙着提前处理市政府的几件紧急公务,万一需要,他就可以去蒙费梅,这时有人进来通报,雅韦尔警探求见。听到这个名字,马德兰先生不禁心头不悦。自从警所的那场争执后,雅韦尔比以往更躲着他了,马德兰先生再没有见过他。

"叫他进来。"他说。

雅韦尔进来了。

马德兰先生仍然坐在壁炉旁，手里拿着一支笔，正在翻阅路警局的几宗违警笔录，边看边做眉批。他没有理睬雅韦尔。他不禁想起可怜的芳蒂娜，觉得应对他冷淡一些。

雅韦尔毕恭毕敬地向背朝他的市长先生鞠了一躬。市长先生没有看他，继续批他的案卷。

雅韦尔在办公室里走了两三步，然后停下来，依然没有说话。

假如这里有个相面先生，并且了解雅韦尔的性格，长期研究过这个为文明效力的野蛮人，这个由罗马人、斯巴达人、修士和下士构成的奇特混合体，这个不会撒谎的密探，这个一尘不染的暗探，假如这个相面先生知道他对马德兰先生一直心怀憎恶，知道他在芳蒂娜问题上与市长发生过冲突，现在再来观察雅韦尔，他心里就会嘀咕："发生什么事了？"只要知道雅韦尔是一个正直、透明、诚实、廉洁、严肃和冷酷的人，就会一眼看出，他内心刚刚经历了一场激烈的斗争。雅韦尔心里有事，脸上总会表现出来。就和性格粗暴的人一样，他会突然改变态度。他的脸部表情从没像现在这样奇怪和出乎意料。他进来后，就朝马德兰先生深深鞠了个躬，目光中已全无往常的仇恨、愤怒和不信任。他在离市长身后几步远的地方停了下来。现在，他就像挨罚似的站在那里，粗野，朴实，冷静，仿佛从来不知道温和，只知道耐心等待。他一声不吭，一动不动，以一种毫不矫饰的谦卑和平平静静的屈从，等待市长先生转过脸来。他沉着，严肃，帽子拿在手里，眼睛望着地上，那神情，有点像士兵见了长官，也有点像罪犯见了法官。

他本来可能有的种种情绪和记忆,现已荡然无存。在他花岗岩般坚硬质朴的脸上,布满了愁容。他整个人都显露出一种屈从和坚定,以及一种难以形容的勇于面对的沮丧。

市长先生终于放下笔,半转过身来:

"说吧!什么事?有什么事,雅韦尔?"

雅韦尔若有所思似的沉默了一会儿,然后放开嗓门,忧郁而庄重地,但仍不失自然地说:

"市长先生,有人犯了罪。"

"什么罪?"

"一个下级警察严重地冒犯了一位行政长官。我是来向您汇报的,因为这是我的职责。"

"这警察是谁?"马德兰先生问。

"是我。"雅韦尔说。

"您?"

"我。"

"那么抱怨这个警察的长官又是谁呢?"

"是您,市长先生。"

马德兰先生在他的安乐椅上挺直了身子。雅韦尔神情严肃,始终低着脑袋,继续往下说:

"市长先生,我来请求您向上级提出免我的职。"

马德兰先生惊得张大了嘴巴。雅韦尔以为他要说话,忙抢着说:

"您会说,我可以自己提出辞职,可是这还不够。辞职是体面的。我犯了错误,理应受到惩罚。我应该革职。"

停了一会,他又说:

"市长先生,那天您对我那样严厉是不公正的。今天,您应该公正,要严厉地处置我。"

"啊!为什么?"马德兰先生大声说,"我怎么听不懂您说的话?您想说什么?您对我犯了什么罪?您对我做了什么?您有什么地方对不住我?您自己控告自己,您想辞职……"

"革职。"雅韦尔说。

"好吧,革职。很好。可我不明白。"

"您就会明白的,市长先生。"

雅韦尔深深叹了口气,继续冷静而忧郁地说:

"市长先生,六个月前,我们为那娼妓争执之后,我非常气愤,告了您一状。"

"告我?"

"向巴黎警察局。"

马德兰先生平时不比雅韦尔爱笑,听了这话,他笑了。

"告市长侵越了警察的职权?"

"告您从前是苦役犯。"

市长的脸色刷地白了。

雅韦尔没有抬头,继续说:

"我以为您从前是苦役犯。我早就有想法了。你们长得很像,您派人到法弗罗勒打听过情况,您腰部力大无比,福施勒旺老头的意外,您的好枪法,您走路有点拖沓的样子,我怎么知道,我?我真荒唐!总之,我把您当成一个叫让·瓦让的人了。"

"叫什么?……您说的是什么名字?"

"让·瓦让。二十年前我见过的一个苦役犯,那时,我是土伦监狱的副监守。那让·瓦让出狱后,好像在一个主教家里行过窃,接着,在大路上,又手执凶器,对一个萨瓦流浪儿又犯了一次抢劫。八年来,他不知怎么逃得无影无踪,警方还在找他。我以为……总之,我做了这件事!我一气之下,就向巴黎警察局告发了您。"

马德兰先生又拿起了卷宗,他以非常冷漠的口吻说:

"他们怎样回答您的?"

"说我疯了。"

"怎么样?"

"他们是对的。"

"您承认这点,很好啊。"

"我只好承认,因为真正的让·瓦让抓到了。"

马德兰先生手里的卷宗掉了下来。他抬起头,眼睛盯着雅韦尔,以难以描绘的音调"啊!"了一声。

雅韦尔继续说:

"事情是这样的,市长先生。在这一带,靠近埃利-勒-奥-克洛谢那一边,有一个叫尚马蒂厄大爷的老头。是个穷光蛋。谁也不注意他。这种人,不知道是靠什么生活的。最近,今年秋天,尚马蒂厄大爷偷了人家酿酒的苹果,被抓住了,是哪家的……这无关紧要!苹果被偷了,翻墙过去的,树枝折断了。我那个尚马蒂厄被抓住了。当时他手里还拿着苹果枝。这坏蛋关进了监狱。到此为止,这还是件轻罪。也是苍天有眼。那里的监狱情况不好,预审法官决定把尚马蒂厄转到阿腊斯,那里有省级监狱。在阿腊斯监狱,关着一个叫布雷韦的前苦役犯,为什么关在那里,我就不知道了。他因为表现好,当了囚室长。市长先生,尚马蒂厄一到,布雷韦就喊道:'嗨!这个人我认识。他是柴捆[①]。看看我,老头!您是让·瓦让!''让·瓦让!让·瓦让是谁?'尚马蒂厄故作惊讶。'别装蒜了。'布雷韦说。'你是让·瓦让!你在土伦监狱里呆过。二十年前我们关在一起。'尚马蒂厄矢口否认。当然!这您明白。人们作了深入调查。对这事作了彻底的追究。发现了以下情况:三十年前,这个尚马蒂厄是个修树工,在好几个地方呆过,在法弗罗勒呆的时间最长。后来,就不知道他的去向了。过了很久,有人在奥弗涅,继而在巴黎见过他。他说,他在巴黎做造车工,有一个女儿是洗衣工,这些都还没有证实。后来,就到了这里。可是,那让·瓦让在因偷窃坐牢之前是干什么的呢?修树工。在哪里?在法弗罗勒。还有件事。这个瓦让的教名是让,他的母亲姓马蒂厄。很自然,他出狱后,就用他母亲的姓作掩饰,叫作让·马蒂厄。他去了奥弗涅。那里的人把'让'读作'尚',于是,大家叫他尚·马蒂厄。这家伙也就顺其自然,变成了尚马蒂厄。您听明白了吧?人们到法弗罗勒作了调查。让·瓦让家的人已不在了。谁也不知道他们在哪里。您知道,这些阶层里的人,常常是一家人说不见就不见了。人们到处打听,但找不到任何线索。这些人,不是污泥,便是灰尘。再说,这些故事追溯到三十年前,在法弗罗勒,不再有人认识让·瓦让了。人们又去土伦了解情况。除了布雷韦,只剩下两个人见过让·瓦让。一个是科施帕伊,另一个是施尼迪厄,他们都被判终身监禁。人们把他们从

[①] "柴捆"是俚语,即"从前的苦役犯"。

牢里提了出来，带到了这里，让他们和所谓的尚马蒂厄对证，他们毫不犹豫。他们和布雷韦都认定他就是让·瓦让。年龄一样，他今年五十四岁，身材一样，神态一样，因此，是同一个人，就是他。就在这时候，我给巴黎警察局寄出了揭发信。他们复信说我疯了，让·瓦让明明在阿腊斯的监狱里。您想我是多么惊讶，我还以为我在这里抓住了让·瓦让哩！我写信给预审法官，他把我叫了去，让我见了尚马蒂厄……"

"怎么样？"马德兰先生打断他说。

雅韦尔一脸正气和忧郁地回答说：

"市长先生，事实就是事实。我很恼火，可他的确是让·瓦让。我也认出来是他。"

马德兰先生用很低的声音问道：

"您确信无疑？"

雅韦尔笑了，那是从坚定的信念流露出来的惨笑：

"啊，确信无疑！"

他沉默片刻，下意识地从桌上的木碗里拿出几撮吸墨水的木屑，继而又说：

"现在，我看见了真正的让·瓦让，我还是不明白我怎么会弄错的。我请求您原谅，市长先生。"

六个月前，在警所里，马德兰先生当众侮辱了他，并命令他出去；可是这个自命不凡的雅韦尔，现在竟严肃地请求他原谅，连他自己都不知道他此刻是多么的质朴和高尚。对他的请求，马德兰先生只提出了一个出乎意外的问题：

"那人是怎么回答的？"

"啊！见鬼！市长先生，这案子很严重。如果他是让·瓦让，那他就是重犯了。逾墙，折断一根树枝，偷苹果，这对孩子，是淘气行为，但对一个成人，就是违法行为，对于一个苦役犯，那就是犯罪。逾墙和偷盗，全了。那就不再是送轻罪法庭，而是要送重罪法庭。也不是蹲几天监狱，而是要罚终身苦役。再说，还有那个萨瓦流浪儿的事情，我希望他能出庭作证。见鬼！肯定要挣扎一番的，是不是？若是别人，而不是让·瓦让，肯定会这样。可是让·瓦让很奸诈。我也是从这点认出他来的。换了别人，会感到事情很严重，会坐立不安，大叫大闹，开水壶放在火上自然是要叫的，会死不承认是让·瓦让，如此等等。可他，他好像不明白是怎么回事，他说：我是尚马蒂厄，我坚持这一点。他看上去神态惊讶，他是在装傻，这更厉害。啊！这家伙够狡猾的。不过，这不要紧，证据确凿。有四个人认出他来了，老家伙肯定会判刑。已提交阿腊斯的重罪法庭了。我将出庭作证。我被传讯了。"

马德兰先生又开始工作了，他拿起了卷宗，平静地翻阅着，边看边写，就像是很忙的样子。他把脸转向雅韦尔。

"行了，雅韦尔。事实上，我对这些细节不大感兴趣。我们在浪费时间，我们有紧急的事要处理。雅韦尔，您马上去比佐皮埃老大娘家一趟，她在圣索夫街角上卖草。您让她对赶大车的皮埃尔·谢斯内隆起诉。那人粗暴成性，差点压死这个女人和她的孩子。他应受到惩罚。然后再到蒙特尔-德-尚皮尼街的夏塞莱家。他上诉说，邻居家有个檐槽，雨水滴到他家里，侵蚀他家的地基。然后，您再去弄清楚几件违警案子，有人向我揭发了，吉布街的多里寡妇家，加罗-布朗街的勒内·勒博絮太太家，要开违警通知书。瞧,我给您布置了那么多工作。您不是要离开这里吗?您不是对我说,一个星期或十天之后,您要为那件事去阿腊斯出庭作证吗……"

"比这更早,市长先生。"

"哪天?"

"我好像对市长先生说了,那案子明天审理,今天夜里我乘车前往。"

马德兰先生微微颤动了一下。

"要审理多少时间?"

"顶多一天。判决书最晚明天夜里宣读。但我不等宣读,那是铁板钉钉的事。我作完证就回来。"

"那好。"马德兰先生说。

他挥了挥手,让雅韦尔退下。

雅韦尔没有动弹。

"对不起,市长先生。"他说。

"还有什么?"马德兰先生问。

"市长先生,我是不是还有件事要提醒您?"

"什么事?"

"我应该被革职。"

"雅韦尔,您是一个正直的人,我尊敬您。您夸大了您的错误。再说,这仍然是一件涉及我本人的冒犯行为。雅韦尔,您应该升,而不是降。我要您留在您的岗位上。"

雅韦尔望着马德兰先生,在他坦率的眸子深处,似乎可以看到他那颇感茫然,但又是刻板而纯正的道德心。他语气平静地说:

"市长先生,我不同意。"

"我重复一遍,"马德兰先生反驳说,"这是我的事。"

但雅韦尔只顾顺着自己的想法往下说:

"至于说夸大,我丝毫也不夸大。您听一听我的道理。我毫无理由地怀疑您。这倒没什么。尽管怀疑自己的上级有些过分,但干我们这行的有权怀疑。可是,我揭发您是苦役犯却无凭无据,是出于一时的愤怒,是为了报仇,而您却是一个值得尊敬的人,一个市长,一个长官!这就很严重了。太严重了。我是权力的办事员,我侮辱您,就是侮辱权力!如果我的一个下属做了我做的事,我会宣布他不称职,会革他的职。是不是?——对了,市长先生,还有一句话。我一生中常常很严厉。对别人。那是对的。我没做错。现在,如果我对自己不严厉,我过去做的正确的事,也都变成不正确了。我对自己难道要比对别人更宽容吗?不!怎么!我就只会惩罚别人吗?我决不这样!否则,我岂不成了卑鄙小人了吗?那些骂我是'无赖'的人岂不骂对了吗?市长先生,我不希望您对我仁慈,那次您对别人仁慈,我是很气恼的。我不愿您对我这样。娼妓侮辱有产者,警察侮辱市长,下层的侮辱上层的,却还要宽容他们,这种仁慈,我认为是不道德的仁慈。它会使社会瓦解。我的上帝!仁慈很容易做到,难的是做一个公正的人。听着!假如您是我从前认为的那个人,我,我是不会对您仁慈的!您都看到了!市长先生,我对我自己,应该和对别人一样。当我镇压坏人、严惩无赖的时候,我常常对自己说:'你,假如你犯了错误,哪天我发现了,我就对你不客气!'我犯了错误,我发现了,活该我倒霉!那就要被辞退,被免职,被赶走!这是正确的。我有胳膊,我可以种地,我无所谓。市长先生,事业需要一个榜样。我只要求免去雅韦尔的警探职务。"

他说这番话的时候,声调是那样的谦卑、高傲、绝望和确信,使这个古怪而正直的人变得那样伟大和奇特。

"再说吧。"马德兰先生说。

他向他伸出手。

雅韦尔向后退,以粗暴的语气说:

"对不起,市长先生,不可以这样。市长是不应该和密探握手的。"

接着他又喃喃自语:

"密探,是的。自从我滥用了警权,我就只是个密探了。"

说完,他深深一鞠躬,就向门口走去。

走到门口,他又回过头,眼睛始终看着地面。

"市长先生,"他说,"没有人来换我之前,我仍会尽职的。"

他出去了。马德兰先生听着那坚定而自信的脚步在走廊上越走越远,他陷入了沉思。

第七卷
尚马蒂厄疑案

一 辛普丽斯嬷嬷

下面读到的插曲,有的在滨海蒙特勒伊还鲜为人知,但就人们知道的那一点点,已给这个城市留下了深刻的印象。因此,若不详尽记述下来,那将是本书的一大缺憾。

在这些细节中,读者会遇到二三个令人难以置信的情节,但为了尊重事实,我们仍保留了下来。

雅韦尔来访那天的下午,马德兰先生照例去探望了芳蒂娜。

在进芳蒂娜病房之前,他叫人去喊辛普丽斯嬷嬷。在医务所里服务的两个修女,一个叫佩佩迪嬷嬷,另一个叫辛普丽斯嬷嬷。和其他从事慈善事业的嬷嬷一样,是天主教遣使会修女。

佩佩迪嬷嬷是普通的乡下姑娘,是个粗俗的嬷嬷,皈依上帝犹如就业。她做修女,和别人做厨娘没有两样。这样的人不是绝无仅有。各种修会都乐于接受这种粗笨的乡下人,不费工夫,便可培养成嘉布遣会或圣于尔絮勒会的修女。她们粗俗的气质,正好用来给上帝干粗活。牧童变成加尔默罗会修士,中间没有障碍,无须多少加工便可完成转变。乡村和修道院一样愚昧无知，这是现成的共同基础，使得乡下人和修士可以平起平坐。罩衫加宽一些，便成了道袍。佩佩迪嬷嬷是一个身强力壮的修女，家住蓬图瓦兹附近的马里纳村，一口土话，语调单调，唠唠叨叨，根据病人笃信还是假信宗教，来决定给汤药加多少糖，对病人态度粗暴，动不动就对要死的病人发脾气，几乎把上帝摔到他们脸上，气呼呼地给他们诵读经文。鲁莽，诚实，脸色通红。

辛普丽斯嬷嬷的脸色却像白蜡一样白。她在佩佩迪嬷嬷身边，不啻教堂的白蜡烛和普通的红蜡烛在一起。圣味增爵绝妙地刻画过修女的形象，他以既自由又拘束的文字，对她们作了令人拍案叫绝的描绘："医院就是她们的修道院，租来的房间就是她们的静修室，教区的教堂就是她们的小祭室，城市的街道或医院的病房就是她们的内院，服从便是她们的围墙，敬畏上帝便是她们的栅门，简朴便是她们的面罩。"辛普丽斯嬷嬷活生生地体现了这种理想的形象。没有人能说出辛普丽斯嬷嬷的年龄；她从没年轻过，也似乎永远不会老。这个人——我们不敢说是女人——沉静，朴素，随和，镇静，从没说过谎话。她温柔得近乎脆弱，却比花岗岩还要坚固。她用纤细、纯洁和迷人的手指抚摸病人。可以说，她的语言包含着沉默，她只说必须说的话，她说话的声调，可以构筑起一间忏悔室，使沙龙里的人心醉神迷。她这种纤弱的资质，同她的粗呢袍子相辅而行，这种粗犷的联系，时时提醒人想着苍天和上帝。有一个细节要强调一下。辛普丽斯嬷嬷从没说过谎，从没为了某个利益，或不为任何利益说过一件违背事实的话，这是她与众不同的特点，是她独特的美德。这种不可动摇的诚实，使她在修会中几乎无人不知。西卡尔修道院院长在给聋哑人马西厄的一封信中谈到了辛普丽斯嬷嬷。我们再真诚，再正直，再纯洁，也会有小小的裂痕，会无恶意地撒个小谎。她却绝对不会。小小的谎言，无恶意的谎言，这存在吗？撒谎绝对是坏事；撒小谎不可能存在；撒谎就是撒谎；撒谎是魔鬼的面孔；撒旦有两个名字，一个叫撒旦，另一个叫谎言。这就是辛普丽斯嬷嬷所想的。她这样想，便这样做。因此，前面说了，她的脸色像白蜡一样白，那白色的光辉笼罩着她的嘴唇和眼睛。她的微笑，她的目光，无不都是白色的。在这良知的玻璃窗上，没有一个蜘蛛网，没有一粒灰尘。她加入圣味增爵的遣使会时，特意选择了辛普丽斯的名字。众所周知，西西里岛有个圣女叫辛普丽斯，生在锡拉库萨，她宁愿让人割掉乳房，也不愿说她生在塞杰斯塔，而撒这个谎本可以救她的。辛普丽斯的心灵与这个主保圣女一脉相承。

辛普丽斯嬷嬷加入遣使会时，有两个缺点，一是爱吃甜食，二是喜欢收到信，她都渐渐克服了。她从来只读一本书，是大字体的拉丁文祈祷书。她不懂拉丁文，但却看得懂这本书。

这个虔诚的修女很喜欢芳蒂娜，可能从她身上感到了潜在的美德，对她的照料可谓尽心尽力，几乎全部精力都用在她的身上。马德兰先生把辛普丽斯嬷嬷叫到一旁，嘱咐她好好照料芳蒂娜，嬷嬷后来才想起，马德兰先生当时说话的语气好奇怪。他离开嬷嬷后，就去看芳蒂娜。

芳蒂娜天天盼着马德兰先生来看她，就像盼望温暖而快乐的阳光。她常对两个嬷嬷说：

"只有马德兰先生在我身边时，我才活着。"

那天,她烧得很厉害。她一见马德兰先生,就问他:

"珂赛特呢?"

他微笑地回答:

"快来了。"

马德兰先生对芳蒂娜仍和往常一样。不同的是,平时只呆半小时,这次呆了一个小时,芳蒂娜高兴极了。他向大家千叮万嘱,不要让病人缺少什么。大家注意到,他的脸色一时突然变得很阴郁。但是,后来听说医生曾在他耳边对他说过"她非常虚弱",大家也就得到了解释。

看完芳蒂娜,他回到市政府,侍者看见他专心研究挂在办公室墙上的一张法国公路图。他用铅笔在一张纸上写了几个数字。

二 敏锐的斯科弗莱师傅

他出了市政府,就朝城市的另一头走去,他要去一个佛兰德斯人的家里。那人叫斯科弗埃师傅,变成法文就是斯科弗莱。他出租马匹和马车,说是"马车随意租用"。去斯科弗莱家里,最近的路是一条僻静的街道,马德兰先生所在教区的本堂神甫就住在那条街上。据说,那神甫是个高尚和值得尊敬的人,能给人排忧解难。马德兰先生经过本堂神甫家门口时,街上只有一个行人。那人注意到,马德兰先生走过神甫家门口后,停下来,站了会儿,又往回走到门口。那是独扇大门,有个铁门环。他猛然抓住门环,拿起来想敲门的样子,却猛然停下,仿佛在思考,过了几秒钟,他轻轻放下门环,而不是任其大声落下,然后继续赶路,步伐比先前急促得多。

马德兰先生到了斯科弗莱家,他正在补马具。

"斯科弗莱师傅,"他问道,"您有一匹好马吗?"

"市长先生,"佛兰德斯人说,"我的马全是好马。您说的好马是指什么?"

"一天能走二十里。"

"喔唷!"佛兰德斯人说,"二十里!"

"对。"

"套上篷式双轮车?"

"对。"

"跑完休息多少时间?"

"必要时,第二天又得启程。"

"原路返回?"

"对。"

"喔唷!喔唷!还要走二十里?"

马德兰先生从兜里掏出那张写了数字的纸头,让佛兰德斯人看。上面写着:5,6,8.5。

"您看,"他说,"一共十九又二分之一里,也可以说是二十里。"

"市长先生,"佛兰德斯人又说,"我有您需要的马。那匹小白马。您应该见过。是下布洛内地区的小种马。那可是匹烈马。起初人家想把它训练成坐骑。嘿!它尥蹶子,把骑它的人全摔在地上。他们认为它不好驾驭,不知怎么办。我把它买下了。我让它拉车。先生,它就愿意干这个。它像姑娘一样温柔,跑得像风一

273

样快。啊!就是不能骑在它身上。它不想当坐骑。人各有志嘛。拉车,行,给人骑,不行。相信它心里是这样说的。"

"它跑得快吗?"

"您那二十里。一路小跑,不要八个小时就跑完了。但有几个条件。"

"请讲。"

"首先,半路上让它休息一小时,喂它些东西,得在旁边看着,不要让客店的伙计偷它的燕麦。因为我注意到,在客店里,喂马的燕麦,常被马厩伙计拿去换酒吃。"

"会有人在场的。"

"第二……这车是市长先生用吗?"

"对。"

"市长先生会驾车吗?"

"会。"

"那好,市长先生必须一个人旅行,不带任何行李,以免给马加重负担。"

"行。"

"可是,市长先生,没有人和您一起去,您就得亲自看管燕麦了。"

"可以。"

"一天得付我三十法郎。休息的日子也照付。一分钱也不能少。牲口的食料由市长先生负担。"

马德兰先生从钱包里拿出三枚拿破仑金币,放在桌上。

"预付两天的。"

"第四,跑这样长的路,用篷式双轮车太重,马会吃不消的。市长先生得同意坐一辆轻便小车。"

"同意。"

"车倒很轻,可那是敞篷的。"

"无所谓。"

"市长先生考虑过现在是冬天吗……"

马德兰先生不作回答。那佛兰德斯人接着又说:

"想过天气很冷吗?"

马德兰先生仍然沉默不语。斯科弗莱师傅继续说:

"下雨怎么办?"

马德兰先生抬起头,说:

"车和马明早四点半到我家门口。"

"一言为定,市长先生。"斯科弗莱答道。接着,他一边用大拇指甲刮着桌面上的一块污迹,一边用佛兰德斯人特有的狡黠而又漫不经心的神态说:

"我想起了一个问题!市长先生没给我说去哪里。市长先生去哪里呀?"

从谈话一开始,他就只想这件事,但不知为什么没敢问。

"您的马前腿有劲儿吗?"

"当然,市长先生。下坡时,得勒住它点。您去的地方,有很多下坡路吗?"

"别忘了明早四点半准时到我家门口。"马德兰先生回答,说完就走了。

那佛兰德斯人,正像他自己后来所说的那样,"傻乎乎"地愣在那里。

市长先生走了两三分钟,大门又开了。是市长先生。

他依然面无表情,却心事重重。

"斯科弗莱先生,"他说,"您租给我的那匹马和那辆车,马带着车,一共值多少钱?"

"是马拖着车,市长先生。"佛兰德斯人纵声大笑。

"好吧。多少?"

"市长先生想买下来吗?"

"不,我是想给您一笔保证金,以防万一。我回来时,您如数还给我。车和马估计要多少钱?"

"五百法郎,市长先生。"

"这是五百法郎。"

马德兰先生把一张钞票放在桌上,然后走了,这次没有再回来。

斯科弗莱先生后悔没说一千法郎。其实,那马和车,总共只值一百埃居。

佛兰德斯人叫来妻子,把事情前后说了一遍。市长先生会到什么鬼地方去呢?夫妻俩进行了讨论。妻子说:"他去巴黎。"丈夫说:"我想不是。"马德兰先生把写着数字的那张纸忘在桌上了。佛兰德斯人拿起纸,琢磨起来。"五,六,八又二分之一?这大概是驿站。"他转身对妻子说:"我知道了。""什么?""从这里到埃斯丹是五里,埃斯丹到圣波尔是六里,再到阿腊斯是八里半。他去阿腊斯。"

这时,马德兰先生已回到家里。

从斯科弗莱师傅家回来,他绕道而行,仿佛本堂神甫家的大门对他是个诱惑，他想避开似的。他上了楼，进了卧室就闭门不出。这没什么，因为他经常早早就睡了。可是，工厂的女门房，也是马德兰先生唯一的女仆，注意到他房间的灯八点半就熄了，她把此事告诉了从外面回来的出纳员，还说：

"市长先生是不是病了？我觉得他神态怪怪的。"

这出纳员的房间正好在马德兰先生的下面。他对女门房的话没有在意，躺下就睡着了。将近半夜，他突然醒了，迷迷糊糊地听见上头有声音。他听了听。那是来回走动的脚步声，好像楼上的房间里有人在走动。他侧耳细听，听出是马德兰先生的脚步声。他感到很奇怪。往常，马德兰先生起床前，他的房里是没有一点声响的。过了一会儿，他听到像是衣橱开闭的声音。接着，一件家具挪动了一下，随后是一阵寂静，接着又是脚步声。出纳员坐了起来，他完全醒了。他四下张望，透过玻璃窗，依稀看见有扇亮着灯光的窗子投在对面墙上的红色反光。从光照方向看，只能是马德兰先生房间的窗子。那反光颤颤悠悠，与其说来自灯光，不如说来自火光。玻璃窗框的影子没有显出来，这说明窗是开着的。天气那样寒冷，可还开着窗子，真令人纳闷。出纳员又睡着了。一两个小时后，他又醒了。他仍听见那缓慢而均匀的脚步声，一直在他头顶上走来走去。

对面墙上仍有反光，但现在是淡淡的，静静的，就像是一盏灯或一支蜡烛的反光。窗子依然敞开着。

下面就来谈谈马德兰先生房间里发生的事。

三 脑海里波涛汹涌

　　读者想必已猜到，马德兰先生正是让·瓦让。
　　我们审视过他的内心深处，现在有必要再来看一看。我们做这件事时，心里不能不激动，不能不发颤。没有比探测人的内心更可怕的事了。思想的视线在任何地方都不如在人的身上遇到更多的光明和黑暗；在凝视的事物中，没有比人的内心更可怕、更复杂、更神秘和更无边无际的东西。有一种景致比海更浩瀚，那就是天空；有一种景致比天空更无垠，那就是人的内心世界。
　　将人的内心世界写成诗，哪怕只写一个人，哪怕只写最微不足道的人，那也是将所有的史诗融进一首卓越而最终的史诗中。人的内心，是妄念、贪欲和企图之浊地，梦幻之熔炉，恶念之巢穴，诡辩之魔窟，激情之战场。在某些时候，你不妨穿过一个沉思者的苍白面孔，看一看面孔的后面，研究一下这个灵魂，探测一下这个黑暗，可以看到，在平静的外表下面，有荷马史诗中的巨人大搏斗，弥尔顿诗中的龙蛇鬼怪大混战，但丁诗中的缭绕上升的幻象。人人内心皆有的这种无限，实在是幽深莫测！人的大脑的愿望和一生的行动，无可奈何地均由它来衡量。
　　有一天，但丁遇到了一扇阴森可怖的门，他犹豫了。我们面前也有这样一扇门，我们也犹豫了。不过，我们还是进去吧。
　　对于让·瓦让在小热尔韦事件后的经历，读者已知道了，我们没什么要补充的。从那时起，正如大家看到的，他变了个人。

迪涅主教对他的愿望，他都不折不扣地做到了。这不只是转变，而且是脱胎换骨。

他成功地销声匿迹了。他卖掉了主教的银器，只留下两个烛台作纪念。他从这个城市走到另一个城市，穿过法国，最后来到滨海蒙特勒伊，想出了我们讲过的主意，完成了我们说过的业绩，最终变成了一个抓不住、难接近的人，在滨海蒙特勒伊定居下来，常常回忆伤怀的往事，感到可用后半生来弥补前半生的缺憾，不禁也觉欣慰，过着平静安定的生活，对未来充满了信心，心里只有两个念头：隐姓埋名，圣洁生命；避开世人，皈依上帝。

这两个想法在他的头脑里密不可分，最终合二为一；两个想法都很强烈，都要人全神贯注，支配着他的一切行动。通常，它们协调一致，控制着他的日常行为，让他无声无臭，仁慈质朴，给予他同样的忠告。但有时它们之间也有冲突。这时候，大家都记得，这个被全滨海蒙特勒伊市叫作马德兰先生的人，决不会为了前者而牺牲后者，为了安全而牺牲美德。所以，尽管他临深履薄，谨小慎微，他仍保存着主教的烛台，为他服丧，把所有过路的萨瓦流浪儿叫来问一问，向法弗罗勒镇的乡亲打听情况，不顾雅韦尔的含沙射影，救福施勒旺一命。正如我们所看到的那样，他似乎以一切圣贤仁人为榜样，认为他的首要职责不是为了自己。

不过，应该说，这样的事从没出现过。在这个历尽苦难的不幸人身上，这两个起支配作用的思想，还从没展开过像现在这样严肃的斗争。从雅韦尔来到他办公室后讲的最初几句话中，他就隐隐约约但又是非常深刻地意识到，他的内心将有一场严肃的斗争。当他听到雅韦尔奇怪地提到那个深埋的名字，他就惊呆了，仿佛被他离奇多舛的命运弄得晕头转向,他在惊愕之中,浑身打了个颤,这是巨大震动的前奏。他像一棵橡树面临一场风暴、一个士兵面临一场激战那样弯下了腰。他感到头顶上乌云密布,即将雷电大作。他在听雅韦尔说话的时候,第一个想法,便是跑去自首,救尚马蒂厄出狱,自己去坐牢。那是一种钻心之痛。接着,这一切都过去了,他又对自己说:"不要急!再想想!"他克制了这最初的勇敢的冲动,在英雄主义面前却步了。

这个人,经过主教神圣的指点,多少年来一直生活在忏悔和忘我之中,修身赎罪,改邪归正,已有一个良好的开端;即使面临如此可怕的逆境,若能做到毫无闪失,仍以同样的步伐向天国底下的深渊前进,那当然是壮丽的举动。这可能很壮丽,但事实并非如此。我们应该汇报一下在他灵魂深处发生的事,也只能是有什么谈什么。最先占上风的,是保存自己的本能。他急忙集中思想,抑制冲动,正视雅韦尔这个巨大的危险,恐惧而坚定地推迟作出决定,只考虑自己该怎么做,最后恢复了平静,就像斗士又捡起了防御的盾牌。

那天余下的时间里,他一直处于这种状况下,外表平平静静,内心却翻江倒海。他采取的是所谓"保全自己的办法"。他头脑里乱糟糟的,各种想法互相冲突,乱成一团,他都分不出来了,说不清楚自己有什么想法,只知道刚才被猛击了一下。他同往常一样,来到芳蒂娜的病榻旁,出于善良的本能,在她身边多待了一会,心想他应该这样做,应该把她好好托付给两个嬷嬷,万一他离开几天时好有人照顾她。他朦朦胧胧地感到也许应该去一趟阿腊斯,虽然尚未下决心,但他心里想,既然没有任何人怀疑他,不妨去那里观看审判,于是,他租了斯科弗莱的马车,以备不时之需。

他吃晚饭时,胃口相当不错。

回到卧室,便开始沉思默想。

他审视目前的处境,感到空前的严重,真是前所未有,因此,他在沉思中,突然感到一种莫名其妙的忧虑,蓦然从椅子上站起来,去给房门上了闩。他担心会有什么东西闯进来。他紧闭房门,以防不测。

过了一会,他吹灭了蜡烛。亮光使他不自在。

他觉得有人会看见他。

有人,是谁?

唉!他欲拒之门外的,早已进来了;他想蒙住眼睛的,正瞪大了眼睛在看他。那是他的良心。

他的良心,就是上帝。

然而,起初,他还有幻想。他感到很安全,房间里只有他一个人;门闩一插上,他就以为坚不可摧了;蜡烛一熄灭,他就感到没人看见了。这样,他就占有了自己,双肘放到桌子上,手托着脑袋,在黑暗中沉思默想起来。

——我是怎么啦?——我不是在做梦吧?——有人对我说什么了?——我真的看见雅韦尔了吗?他真的对我说那些话了吗?——那尚马蒂厄会是什么人呢?——他真的像我吗?——这可能吗?——昨天我还那样平静,毫无感觉!——昨天的现在我在干什么?——这件事中有什么问题?——会是什么结局?——我怎么办?

可以看出，他是多么烦躁不安。他的大脑已失去控制，各种思绪犹如波涛，在他的脑海里翻腾，他用双手捧住脑袋，想让思潮平息下来。

这汹涌的思潮，扰乱了他的意志和理智，他想理出个头绪，以便好下决心，可是，除了忧虑，一无所获。

他脑袋发热。他走到窗口，打开窗子。天上没有星星。他又回来坐到桌子旁。

第一个小时就这样过去了。

然而，在他的脑海中，渐渐有了一些模糊的轮廓，并且慢慢固定了下来，虽然看不到全貌，但有些细节看得比较清楚了。

他开始认识到，不管情况多么奇异，多么危急，他完全能够控制局面。

他越来越惊恐不安。

直到这一天，他所做的一切，除了为实现他给自己的行动规定的严肃而认真的目标外，全都是为了挖一个洞，把自己的名字埋进去。当他反省的时候，在那些不眠之夜，他最怕的就是有一天可能听到这个名字，他认为那样他的一切也就完了；这个名字重现的那一天，他周围的新生活，甚至，谁知道呢，他内心新生的灵魂，都会毁于一旦。他一想到有这个可能，就不寒而栗。在那些时候，若有人对他说，终有一天，这个名字会在他耳畔响起，让·瓦让这几个丑恶的字会突然走出黑暗，矗立在他面前，那道强烈的光会骤然在他头顶上闪烁，把笼罩着他的神秘面纱揭开；不过，这个名字可能对他不构成威胁，这道光也许会使黑暗变得更黑暗，这个揭开的面纱会使神秘变得更神秘，这场地震会使大厦变得更坚固,这个异常的变故,如他愿意的话,结果可能只会使他的生活更透亮,同时又更不可捉摸,当他同让·瓦让的幽灵较量时,马德兰先生,这个善良而高尚的有产者,会比任何时候更荣耀、更平静、更令人尊敬,——若是有人对他这样说,他会摇摇头,认为那是胡言乱语。真可惜!这一切恰恰发生了,这一堆不可能的事,已成为现实,上帝让这些荒诞的事变成了真事!

他的思路越来越明朗。他对自己的处境越来越清楚。

他仿佛刚从难以描绘的睡眠中苏醒,在漆黑的深夜,站在一个深渊边上瑟瑟发抖,正从一个斜坡滑下去,他想后退,却是徒劳。在黑暗中,他清晰地看见一个不认识的人,一个陌生人,命运把那人错当成他,要将那人推向深渊。要使深渊合上,就得有人落下去,不是他,便是另一个人。

他只好听天由命。

事情十分清楚了。他默默承认,他在苦役牢里的位置还空着,他怎么做也是徒劳,那位置始终在等着他,抢劫小热尔韦又把他带回那里,这空着的位置等着他,拉着他,直到他进去,这是无法躲避的,是命中注定的。继而他又想,现在他有了个替身,好像有个叫尚马蒂厄的人被这倒霉事缠上了,而他,从今以后,他在苦役牢里有尚马蒂厄给他当替身,在社会上他叫马德兰先生,他可以高枕无忧了,除非他加以阻止,否则,那块耻辱的石头一旦砌在这尚马蒂厄的头上,就会像墓石,永世不得翻身。

这一切是那样猛烈,那样奇特,他内心骤然涌起一种难以名状的冲动;这种冲动,人一辈子只会经历两三次;那是一种良心的痉挛,搅动着他心中所有可疑的东西,那是嘲笑、快乐和绝望的混合物，可叫作内心的狂笑。

他突然点亮蜡烛。

"怎么！"他对自己说，"有什么好害怕的？干吗要这样想？我得救了。一切都结束了。我的过去，本来也只能从一扇微开着的门里闯进我的生活，现在这扇门已堵上！永远地堵上了！这个长久以来扰得我寝食不安的雅韦尔，这种似乎而且确实已猜出我的真实身份、无处不跟踪我的可怕本能，这条时刻不放过我的可恶猎犬，现在已迷失了方向，转移了目标，完全被甩掉了！他已抓到了让·瓦让，从此他满足了，不会再来打搅我了！也许他会离开这个城市，谁知道呢！况且，这一切与我毫无关系，我一点也没有责任！这个！这有什么不妥的呢！要是现在有人看见我，我敢保证，会以为我发生了什么倒霉事呢！总之，假如有人要遭殃的话，跟我毫无关系。这一切都是上帝的安排。显然，是他要这样的！他安排好的事，我有权干扰吗？我现在还要求什么呢？我干吗要管这个闲事？这和我没有关系。怎么！我不高兴！我到底要什么？我多年憧憬的目标，就是太太平平，这是我梦寐以求的，我向上苍祈祷的也是这个，现已唾手可得！这是上帝的意愿。我不能违背上帝的意愿。为什么上帝愿意这样？为了让我继续我业已开始的事业，让我行善，让我有朝一日成为激励人心的伟大榜样，让我的苦行赎罪和改邪归正最终得到一点善报！我真不明白，今天下午，我为什么不敢到那位正直的本堂神甫家去，向他坦白一切，叙述一切，聆听他的忠告，他肯定也会对我说这些话的。就这样决定了。顺其自然！听从上帝的安排！"

他俯身凝视内心的深渊，在心灵深处这样对自己说。他从椅子上站起来,开始在房内来回踱步。

"行了,"他说,"不要多想了。就这样定了。"

可是,他丝毫也不感到快乐。恰恰相反。

人的思想总会回到同一个问题,正如海水总会返回海岸,这是不可阻挡的。对于水手来说,这叫作潮汐,对于罪犯来说,这叫作悔恨。上帝会在你的心里掀起波涛,正如在大海上掀起波涛一样。

过了一会儿,他忍不住又开始了阴郁的独白,自己说给自己听,说他不想说的事,听他不想听的话,屈服于一种神秘的力量。那神秘的力量对他说:"想一想!"正如两千年前,它对另一个判了罪的犯人说"向前走!"一样。

在继续往下讲之前,为了让大家更清楚,有必要强调一个看法。

人肯定会有内心独白,大凡有思想的人都有过体验。甚至可以说,言语只有在人的内心深处在思想和意识之间来回踯躅,才显得更加神秘。这一章里反复出现的"他说,他喊"等字眼,应该从这个意义上去理解。人们自言自语,同自己说话,对自己大喊大嚷,可是外表依然风平浪静。内心沸反盈天,所有的器官都在说话,惟嘴巴例外。心里所想的事实,尽管看不见,摸不着,但仍然是事实。

因此,他问自己到底是怎么想的,他所"下的决心"究竟对不对。他向自己承认,刚才他在心里所作的打算,是极其丑恶的,说什么"顺其自然,听从上帝的安排",实在是可怕之极。明明是命运和人犯了错误,却听之任之,不加阻止,保持沉默,袖手旁观,其实,这是最积极的参与!是登峰造极的卑鄙和虚伪!是一种怯弱、卑劣、阴险、下流和丑恶的罪行!

刚才,这个不幸的人尝到了干坏事的苦涩滋味。八年来这是第一次。

他厌恶地吐了出来。

他继续扪心自问。他严厉地责问自己,"我的目的已达到"指的是什么。他承认他的人生确实有一个目的。但这个目的是什么呢?隐姓埋名,欺骗警察?难道他所做的一切,就为了这区区小事?难道他没有另一个目的,一个伟大的、真正的目的?拯救他的灵魂,而不是躯体。重新变得正直和善良。做一个善人!这不就是主教给他规定的、他自己一直向往的惟一目标吗?——将往事的大门关闭!可是,伟大的上帝!这扇门他是关不上的!他在做一件不光彩的事时,又把大门打开了。他又在成为盗贼,而且是最卑鄙的盗贼!他在盗窃另一个人的存在、生命、安宁,盗窃那人在阳光下的一席之地!他变成了杀人犯!他在杀人,在精神上把一个可怜的人杀死,让他遭受牢狱之苦,那是生犹如死的可怕生活,是在地上而不是在地下的死亡!相反,他去自首,把那个蒙受不白之冤的人救出来,恢复自己的名字,理所当然地变成苦役犯让·瓦让,这才是真正的复活,才能真正走出地狱,永远关上地狱之门!看似重进地狱,却是脱离地狱!必须这样做!不这样做,等于前功尽弃!他的一生等于白活,他所有的忏悔都是徒劳,就只能说,既知今日,何必当初?他感到主教就在他身边,主教死了,却比活着的时候更存在,主教睁大了眼在看他,从此,尽善尽美的马德兰先生,在他眼里会变得十恶不赦,而那苦役犯让·瓦让,在他面前却是纯洁无瑕,可敬可佩。别人看见的是他的面具,主教看见的是他的面孔。别人看见他的生活,主教却看见他的内心。因此,他得去阿腊斯,救出假让·瓦让,揭发真让·瓦让!唉!那是最大的牺牲,最凄怆的胜利,要跨的最后一步,但必须这样做。痛苦的命运!他要在上帝面前变得圣洁,就不得不在世人面前重新变得令人厌恶。

"那么,"他说,"就这样决定了!去尽我们的责任!把那个人救出来!"

他大声说道,却没意识到声音这样大。他拿起账本,核对后一册册摆好。他把拮据的小商人们向他借的一摞债券扔进火中烧掉。他还写了一封信,封好口;假如当时有人在他房里,就会看到信封上写着:巴黎阿图瓦街,银行家拉斐特先生收。

他从写字台里取出一个皮夹子,内有几张钞票和那年他参加选举用的身份证。

他在做这些事的时候,满腹心事,满面沉思,谁见了都不会猜出他的心事。只是有时候他动动嘴唇,还有些时候,他抬头凝视墙上某个地方,仿佛那里有他想弄清或询问的东西。

给拉斐特的信写完后,他把它和那个皮夹子一起放进兜里,又开始在房里踱步了。

他仍顺着原来的思路默想。他依然清楚地看到他该做的事,几个光辉灿灿的字,在他眼前闪闪发光,随着他的目光移动:"去吧!去说出你的名字!去自首吧!"

他也看到一直被他视作行动准则的两个想法:隐姓埋名;圣洁灵魂。这两个想法仿佛化作有形的东西,在他面前运动。他第一次把它们分得清清楚楚,看到了二者之间的差别。他认识到,这两个想法，其中一个必然是好的，而另一个却可能变坏；一个利人，另一个利己；一个嘴上挂的是他人，另一个张口闭口是自己；一个来自光明，另一个来自黑夜。

它们在搏斗，他在观看它们搏斗。随着思考的深入，他看见那两个想法变大了，现在有了高大的身躯，他仿佛看见，在他的内心，在前面谈到的无限中，在黑暗和微光中，一个仙女在同一个女魔进行搏斗。

他惶恐不安，但他感到好的想法占上风。他的良心和命运又到了另一个决定性关头；主教标志着他新生命的第一阶段，而尚马蒂厄标志着第二阶段。严重的危机之后，接踵而来的便是严重的考验。

可是，他思想刚平静不久，又慢慢焦躁不安起来。脑海里又翻腾起万千思绪，但越想决心越坚定。

有一会儿，他对自己说，他在这件事上可能太心急了，那尚马蒂厄毕竟不值得关心，他确实偷了东西。接着，他又回答自己：即使那人偷了几个苹果，坐一个月牢足够了。根本谈不上做苦役。再说，谁知道他偷没偷？有证据吗？让·瓦让的名字压在他头上，似乎就不要证据了。检察官们不是常常这样做吗？人们知道他是苦役犯，便认定他是小偷了。

还有一会儿，他闪过一个念头，他想他去自首后，他们也许会考虑他这个非常英勇的行动，考虑他七年来的正直生活，以及他为当地人民做的好事，说不定会宽恕他。

但这个假设很快就破灭了。他想，他抢了小热尔韦四十苏，便是惯犯了，这件事肯定会提出来，根据法律的明确条款，他就要终身服苦役。想到这些,他苦笑了。

他抛弃一切幻想,渐渐摆脱对尘世的留恋,到别处寻找慰藉和力量。他对自己说,应该履行自己的责任,履行责任后,他也许不会比逃避责任后更感到痛苦,如果"顺其自然",继续呆在滨海蒙特勒伊,他受到的器重,他的名声,他做的好事,人们对他的敬重和敬仰,他的慈善事业,他的财富,他的威信,他的美德,就会被一种罪恶所玷污;所有这些圣洁的东西,同那种丑恶的东西缠在一起,那会是什么滋味!如果他牺牲自己,蹲班房,绑在木桩上,背枷锁,戴绿囚帽,干无尽的苦活,受无情的羞辱,那他就会有圣洁的思想!

最后,他对自己说,他必须这样做,这是命中注定的,他无权改变上天的安排,无论如何,他必须作出抉择:要么外表品德高尚,内心十恶不赦,要么内心光明磊落,外表令人厌恶。

无数凄楚的想法在他的脑海里翻腾,虽然他的勇气没有减弱,但他的脑子疲劳了。他不由自主地想起别的无关紧要的事来。

他的太阳穴跳得很厉害。他不停地走来走去。十二点的钟声敲响了,先是教堂,接着是市政府。他数着两个时钟各敲响的十二下,比较着两个钟楼的声音。这时,他想起几天前,在一个旧铁器商那里,看到了一个待出售的旧钟,上面写着这样的名字:罗曼维尔的安托万·阿尔班。

他感到有点冷。他生起了火。他没想到关窗。可是,他的脑子又转不起来了,竟想不起前半夜想了些什么,费了很大的劲才想起来。

"啊!对,"他对自己说,"我决定去自首了。"

突然,他想起了芳蒂娜。

"啊!"他说,"那可怜的女人怎么办!"

这时,他又陷入了激烈的思想斗争。

芳蒂娜犹如一道光,突如其来地出现在他的沉思中。他感到周围的一切都变了。他大声对自己说:

"啊!我一直只想我自己!只考虑我该怎么办!沉默还是自首,隐姓埋名还是拯救灵魂,做一个值得鄙视却受人尊敬的市长,还是受人鄙视却值得尊敬的苦役犯,考虑来考虑去,都围绕着我,始终是我,摆脱不了我!我的上帝,这完全是自私自利!这是自私自利的不同形式,但毕竟是自私自利!是不是也要为别人考虑考虑?最神圣的事,就是为别人着想。我们来好好看一看。将我排除在外,让我消失,把我忘记,结果会是怎样呢?——假如我去自首?我就会被抓起来,那个尚马蒂厄会释放,我又要做苦役,这很好。然后呢?这里会不会有问题?啊!这里有一方土地,有一个城市,有工厂、工业、工人,有男女老少,有穷人!我创造了这一切,养活了这一切;哪里烟囱冒烟,都是我把木炭放进火里,把肉放进锅里的;我让城市变得富裕,让货币流通,建立了信用贷款;在我之前,什么也没有;我振兴、复活、推动、丰富、刺激、繁荣了整个地区;少了我,就少了魂。我走了,一切都完了。——还有那个女人!她吃了那么多苦,在堕落的时候,仍有那么多高贵的品质;她的所有不幸都是我无意中造成的。还有那个孩子!我本来打算去找她的,我已给母亲作了承诺。我难道不要为这个女人做点什么,弥补我带给她的痛苦吗?我走了,会发生什么呢?母亲会死去。孩子会流落街头。我去自首,就会有这个后果。——假如我不自首呢？我们来看一看，假如我不自首，会怎么样？"

他提出这个问题后，一时没作回答，似乎犹豫了，颤抖了。但这很快就过去了，接着，他又平静地回答自己说：

"那个人肯定要去做苦役，可是，见鬼！他偷东西了呀！我对自己说他没偷也白搭，他毕竟偷了！我还是留在这里吧，我，继续干我的事。十年后，我可以赚到一千万，我把钱全分发给当地，我自己分文不留，那有什么关系？我赚钱不是为了我自己！大家会越来越富裕，工业会复苏和振兴，工场和工厂会纷纷建立，千百个家庭会过上幸福的生活；人口会增加，只有几户农家的地方会出现村镇，没有人烟的地方会出现农庄；贫困会消失，放荡、卖娼、偷窃、谋杀等一切恶行，一切罪行，也会随之消失！那可怜的母亲就可以扶养她的孩子！整个地区都过上富裕和正派的生活！啊！我刚才怎么会想去自首？我真是疯了！我太荒唐了！要谨慎，真的，不要性急。怎么！就因为我想显示自己的伟大和慷慨，——就像在演戏似的！——就因为我只考虑我自己，考虑我个人，怎么！就为了救一个人，一个小偷，一个显而易见的坏人，为了不让他受惩罚（那样的惩罚也许太重了些，但毕竟是正确的），难道就为了这些，要让整个城市完蛋吗？要让一个可怜的女人死在医院里？让一个小孩子死在街头？和狗一样！啊！这太惨了！甚至母亲见不到女儿！孩子几乎不认识母亲！而这一切，全都为了一个偷苹果的老恶棍！这个人即使不为这件事，也一定会为别的事坐牢的！我这样瞻前顾后，却为救一个罪人，而牺牲许多无辜的人，为救一个没几年活头、蹲监狱不比在他的破屋里痛苦多少的老流浪汉,却牺牲整个地区的人民、母亲、妇女、孩子!那可怜的小珂赛特,她在世上只有我一个人,此刻一定在泰纳迪埃家的破屋里冻得浑身发紫!再说,那家的人多么卑鄙无耻!我将不能再对这些可怜人尽自己的责任!我怎么能去自首!怎么能干如此愚蠢的傻事!我们作最坏的打算吧!假定我的做法对我来说是不道德的,有一天,我会因此而受到良心的谴责,那么,为了别人的利益而接受人们对我个人的谴责,不顾自己的灵魂而做这件不道德的事,这才叫鞠躬尽瘁,这才叫光明磊落。"

他站了起来,开始来回踱步。这次,他似乎感到很满意。

钻石要到地底下才能找到,真理只能在思想深处才能发现。他下到了最深处,在最黑暗的地方摸索了许久,他感到自己似乎发现了一颗钻石,一个真理。他捧在手中,凝望着它,觉得眼花缭乱。

"是的,"他想,"就这样。我这样想是对的。我找到了办法。最后总得有个说法。我主意已定。顺其自然吧。不要再犹豫,再后退了。这是为了大家的利益,而不是为了我自己的利益。我是马德兰,我今后仍是马德兰。让那个让·瓦让倒霉吧!那已不再是我了。我不认识这个人,我不再知道是怎么回事了,假如这时候有人做了让·瓦让,就让他自己去对付吧!这和我没有关系。那是个不祥的名字,它在黑夜里飘荡。如果它停下来,落到某个人头上,那就活该他倒霉!"

壁炉上有一面小镜子,他对着镜子照了照,说:

"瞧!下了决心后,我心里轻松多了。我现在换了个人。"

他又走了几步,然后戛然停住:

"干吧!"他说,"决心已定,不管有什么后果,都不该犹豫。我和让·瓦让有着千丝万缕的联系。要把它们斩断!这里,就在我这间卧室里,有些东西对我很不利,那些不会说话的东西,可能成为证据,干脆,把它们全部销毁。"

他在衣兜里摸了摸,掏出钱包,把它打开,从里面拿出一把小钥匙。他把钥匙插进一把锁中,锁孔几乎看不见,因为墙上裱着纸,锁孔的颜色同墙纸图案的颜色差不多。一层夹壁打开了,那是一种假壁橱,夹在墙角和壁炉台之间。里面只有几样破烂东西:一件蓝粗布罩衣、一条旧长裤、一个背包、一根两端包了铁的疙疙瘩瘩的粗棍子。一八一五年十月看见让·瓦让经过迪涅的人,不难认出这套寒酸的衣物。

他保存这些东西,如同保存银烛台一样,是为了永志不忘他是如何起步的。不同的是,他把从牢里带出来的东西深藏起来,而把主教给他的东西放在外面。

他偷偷朝房门睃了一眼,仿佛害怕插上门闩的房门会自动打开。然后,他敏捷地一把抱起所有的东西,把那些破衣服、棍子、背包统统扔进火里,对这些他不顾危险当作圣物保存了多少年的东西,连看也不看一眼。

他关上假壁橱,为了谨慎起见——其实无此必要,里面已空无一物——他又推上一件大家具,遮住橱门。

几秒钟后,他的房间及对面的墙上,被颤动的红色反光照亮。那些东西在燃烧。棍子烧得噼里啪啦,火星直散到房间中央。

那背包以及里面的破衣服化为灰烬,露出一个亮晶晶的东西。假如俯下身子,不难看出是一枚银币。大概是从萨瓦流浪儿那里抢来的那枚四十苏的银币吧。

他却不看火,一直以同样的步伐走来走去。蓦然,他的视线落在壁炉上的两个银烛台上,火光映得它们隐隐闪亮。

"哎呀!"他想,"让·瓦让的所作所为全在里面哪。也得把这销毁。"

他拿起两个烛台。炉火仍然很旺,它们很快便可烧得变形,烧成一个不可辨认的银块。

他向炉子俯下身子,烤了一会儿火。他感到非常舒服。"真暖和!"他说。

他用一个烛台拨火。再过一会儿,两个烛台就要被扔进火里了。

这时,他好像听见心里有个声音在喊他:"让·瓦让!让·瓦让!"

他吓得毛骨悚然,仿佛听到了可怖的东西。

"对!就这样,干到底!"那声音说。"把你干的事干彻底!毁掉这两个烛台!毁掉这个纪念物!忘掉主教!忘掉一切!毁掉尚马蒂厄!就这样,干得好!为你自己喝彩吧!就这样商妥了,决定了,说好了,有一个人,有一个老头,现在还蒙在鼓里,可能什么事也没做,没有犯罪,你的名字给他造成了不幸,就像是一个罪行压在他身上,他就要代你受过,代你被判刑,将在耻辱和恐怖中了结余生!这很好。你呢,你就做你的正人君子。仍然当你的市长先生,体体面面,受人尊敬,让城市繁荣,给穷人饭吃,使孤儿受教育,你活得快快乐乐,德高望重,可那时候,就在你过着愉快和荣耀生活的同时,却有个人将穿起你的红囚衣,耻辱地背起你的名字,在苦役牢里拖着你的铁链!是的,这样安排实在高明！啊！无耻的家伙！"

汗水从他的额头往下淌。他惊恐地望着烛台。可他的内心独白仍在继续。那声音说：

"让·瓦让！你的周围将会有很多人，大叫大嚷，为你祝福，只有一个声音，一个别人听不见的声音，在黑暗中诅咒你。好吧！听着，无耻的家伙！那些祝福你的话还没升到天上，就都会落下来，只有诅咒你的话，才能传到上帝的耳朵里！"

这个声音从他的良心深处升起，开始很弱很弱，继而渐变响亮清晰，现已在他的耳畔响起。他感到，那声音已离开他的身体，正在外面同他说话。他确信非常清楚地听见了最后几句话，吓得他向房里四下张望。

"这里有人吗？"他心神错乱，大声问道。

接着他像傻瓜一样大笑起来，又说：

"我真傻！不可能有人的。"

确实有一个人，但这个人不是肉眼所能看见的。

他把烛台放到壁炉上。

于是，房间里又响起了他单调而凄怆的脚步声，将楼下那个人从睡梦中惊醒。

他这样走一走，心里轻松多了，同时，也兴奋起来。有时，人在束手无策时，总喜欢踱步，似乎踱步中遇到的任何东西都能带来忠告。过了一会儿，他又不知道该如何办了。

现在，他在先后作出的两个决定面前后退了，这两个决定都使他惊骇不已。他觉得，这两个给他出谋划策的想法，都会带来痛苦。——多么悲惨的命运啊！偏偏有个尚马蒂厄被错当成他！上帝起初用来加强他做人的信心的办法,恰恰正在把他推向深渊!

有一会儿,他想起了未来。自首,天哪!投案自首!想到那样就要抛弃现有的一切,恢复过去的一切,感到绝望不已。不得不同无限美好、纯洁、灿烂的生活告别,同尊崇、荣誉、自由告别!再也不能到田野里散步,再也听不到五月里鸟儿的歌唱,再也不能给小孩子施舍!再也感觉不到对他充满感激和敬爱之意的温柔目光!就要离开他建造的这幢房子和这间卧室,这间小小的卧室!此刻,他觉得里面的一切都很可爱。他再也不能读这些书,不能在这张白色的木头小桌上写字了!给他看门的老太太,他唯一的女仆,早晨再也不能给他送咖啡了!伟大的上帝!代替这一切的是苦役、枷锁、红囚衣、脚镣、疲劳、牢房、行军床,这一切多么熟悉,多么可怕!这样大的年纪!经历了这一切之后!假如他还年轻,倒也罢了!他这把年纪了,还要让人以"你"相称,挨狱卒搜身,遭狱吏棍打!赤脚穿在铁靴里!一早一晚,伸直腿让监工用铁锤打开或钉上铁镣的钩环!忍受陌生人好奇的目光,人们会对他们说:"这个人就是臭名昭著的让·瓦让,当过滨海蒙特勒伊的市长!"到了晚上,汗流涔涔,疲惫不堪,绿囚帽遮到眼睛上,在狱警的鞭子下,两个两个地爬上水上牢房的软梯子!啊!多么悲惨!命运难道也像人那样恶毒,像人心那样残酷!

无论他做什么,总是回到令他沉思默想、揪心彻骨的两个选择上:留在天堂里做魔鬼!或者,回到地狱里做天使!

怎么办,上帝啊!怎么办!

他作了多少努力才平息下来的内心风暴,又汹汹而来。他头脑里的想法又乱作一团了。那些想法浑浑噩噩,不由自主。人绝望时就会这样。罗曼维尔这个名字不断浮现在他脑海里,同时还有他从前听到过的两句歌词。他想,罗曼维尔是巴黎附近的一个小树林,四月,年轻的情侣去那里采摘丁香花。

就像他的内心一样,他走路也踉踉跄跄了。他像没人扶的小孩子,跌跌撞撞,摇摇晃晃。

有时,为了抵抗疲倦,他竭力想问题。他试图把那个已使他精疲力竭的问题最后一次提出来,期望有个最后的答案。他应该自首,还是沉默?——依然悬而未决。他默想出来的种种理由模糊不清,微微颤动,继而一个接一个烟消云散。不过,他感到,不管他做什么决定,他身上有些东西必然要死去,那是不可避免的。无论向左还是向右,都免不了要进坟墓,他正在作垂死挣扎,要么断送幸福,要么丧失道德。

唉!他依然踌躇不决,没有比开始时前进半步。

就这样,这个悲惨的灵魂在焦虑中苦苦挣扎。比这个不幸人早一千八百年,那位集人类一切圣洁和痛苦于一身的神秘人物,当橄榄树被无限的疾风吹得簌簌摇动时,在深邃的星空下,也久久把那杯他感到漫溢着黑暗和幽冥的可怕苦酒推向一边。

四 痛苦在睡眠中的表现形式

凌晨三点的钟声刚刚敲过。他这样来回踱步了五个钟头,几乎没有停止,终于倒在椅子上。

他睡着了,并且做了个梦。

这个梦和大多数梦一样，说不出的悲惨和痛苦，但给他留下了深刻的印象。这个噩梦给他的印象如此之深，他后来把它记了下来。这是他留下的亲笔写的一个文稿。

不管这是什么样的梦，如果略去不提，那一夜的故事就不完整。这是一个病弱的心灵在梦中阴森可怖的奇遇。

我们把它抄录下来。在封面上，有一行字：那天夜里我做的梦。

我在旷野里。茫茫田野凄迷悲怆，寸草不生。说不清是白天还是夜晚。

我同我的兄弟一起散步。这是我童年时代的兄弟，应该说我从没想起过他，几乎把他忘了。

我们聊着天，遇到了一些行人。我们谈起从前的一个女邻居。自从她搬到这条街上，干活时总把窗子打开。我们谈着谈着，感到冷了，因为那窗子开着。

旷野里没有树木。

我们看见一个男人从我们身旁经过。那人一丝不挂，浑身发灰，骑着一匹土灰色的马。那人没有头发，看得见他的头顶和青筋。他手拿一根小棍子，像葡萄嫩枝般柔软，如铁棒般沉重。那骑马的人走过去，一句话也没同我们说。

我兄弟对我说："我们走那条洼路吧。"

洼路上看不见一丛荆棘、一丝青苔。一切都是土灰色，连天空也是土灰色。走了几步后，我讲话时，没有人应我。我发现我兄弟不在了。

我看见一个村庄，便走了进去。我想，那里一定就是罗曼维尔。(为什么是罗曼维尔[①]？)

我走进第一条街，街上冷冷清清。我走进第二条街。在拐角处，有个人倚墙而立。我问那人："这是什么地方？我在哪里？"那人没有回答。我看见一座房屋的门开着，便走了进去。

第一个房间里没有人。我走进第二间。一个男人靠墙站着。我问那人："这房子是谁的？我在哪里？"那人没有回答。那房子有座花园。

我走出屋子，来到花园里。花园非常荒凉。我发现第一棵树后站着一个人。我对那人说："这花园是谁的？我在哪里？"那人没有回答。

我在村子里转悠，我发现那是个城市。所有的街道荒荒凉凉，所有的房子大门洞开。街上没有行人，屋子里没人走动，花园里没人散步。可是，每个墙角，每扇门后，每棵树后，都站着一个人，而且都不说话。每次都只有一个人。这些人看着我过去。

我出了城，在田野里行走。

走了一会儿，我回过头，看见一大群人跟在我后面。我认出都是我城里见过的人。他们的脑袋长得怪怪的。他们似乎并不匆忙，但走得比我快。他们走路时不发出一点声音。不一会儿，那群人就赶上了我，将我团团围住。这些人的脸全都是土灰色。

这时，我进城时遇到的并问过话的那个人对我说："您上

[①] 括号里的话是让·瓦让加的。——原注

哪儿？您难道不知道您早已死了吗？"

我张开嘴想回答，发现周围一个人也没有。

他醒了。他感到很冷。窗子仍然开着，风吹得窗框摇来摆去，那风犹如晨风般寒冷。炉火已熄灭。蜡烛也快燃尽。天色仍然很黑。

他站起来，走到窗口。天上仍然没有星星。

从窗口望去，可见院子和大街。突然，他听见街上响起短促而沉重的声音，他低下头来张望。

他看见下面有两颗红星，奇怪的是，那星光在黑暗中时而延伸，时而缩短。

他的神智在朦胧的梦境中沉浮，尚未完全清醒：

"咦！"他想，"天上没有星星，现在到地上来了。"

然而，这种错乱马上就消失了，他又听到了声音，和第一次的一样，这下他完全清醒了。他凝眸而望，看出那两颗星星原来是一辆马车的挂灯。借着灯光，他辨认出那辆车的形状，是辆双轮轻便马车，套着一匹小白马。他听到的声音，是马蹄声。

"这车是怎么回事？"他想，"这么早谁会来？"

这时，有人轻轻叩了一下他的房门。

他浑身打了个颤，用吓人的声音喊道：

"谁？"

"是我，市长先生。"

他听出是门房老太太的声音。

"什么事？"他又说。

"市长先生，快五点了。"

"五点又怎么啦?"

"市长先生,车子来了?"

"什么车子?"

"轻便马车。"

"什么轻便马车?"

"市长先生没要过一辆轻便马车吗?"

"没有啊。"他说。

"车夫说他是来找市长先生的。"

"什么车夫?"

"斯科弗莱先生的车夫。"

"斯科弗莱?"

听到这个名字,他打了个哆嗦,好似有道强光从他面前闪过。

"啊,对了!"他说,"斯科弗莱先生。"

那老太太这时若看见他,一定会吓得魂不附体。

一阵较长时间的沉默。他惊呆地望着烛火,在烛芯周围抓了些灼热的蜡,用手指捻成一团。那老太太等着。不过,她仍壮胆大声问道:

"市长先生,我怎么回话?"

"就说我知道了,马上下来。"

五　路遇障碍

那时候,从阿腊斯到滨海蒙特勒伊的邮件,仍用帝国时代那种兼载旅客的小邮车运送。那是一种有篷双轮马车,车内裱着浅褐色的皮革,车身悬在保险弹簧上,只有两个座位,一个放邮件,另一个坐旅客。车轮两侧伸出长长的进攻性的横杠,迫使其他车辆保持一定距离。现在,在德国的公路上还能看见这种马车。邮件箱是一个长方形大箱子,放在马车后部,与车身连成一体。邮箱为黑色,马车为黄色。

那种马车现已绝迹,它们弯腰曲背,奇丑无比,当它们在远处行驶,在天际爬行,就像是一种昆虫,我想叫白蚁吧,前半身细细的,后半身大大的。它们疾走如飞。从阿腊斯到滨海蒙特勒伊的邮车,都是夜里一点钟,等巴黎的邮车过后才出发,早晨五点前抵达目的地。

那天夜里,经埃斯丹驶往滨海蒙特勒伊的邮车,刚开进城里,在一条街的转弯处,撞上了一辆迎面开来的轻便马车,那车由一匹小白马拉套,车里只有一个人,一个裹着大衣的男人。那轻便马车的轮子被猛撞了一下。邮差喊那人停下,可那旅客毫不理会,继续疾步赶路。

"这个人真匆忙!"邮差说。

那行色匆匆的人,正是我们刚才看见在内心纷扰中苦苦挣扎的、确实值得怜悯的那个人。

他去哪里?连他自己也说不清。为什么这样匆忙?连他自己也不知道。他漫无目的地往前走。去哪里?可能去阿腊斯;但也可能去别的地方。他时而有所感觉,每次意识到要去的地方,便会不寒而栗。

他沉入黑暗,犹如沉入一个无底深渊。有东西在推他,有东西在拉他。他内心的想法,谁也说不清楚,但谁都会理解。有谁一生中不曾沉入过未知世界的黑暗深渊中呢?

再说,他什么也没决定,什么也没决断,什么也没确定,什么也没做。他意识中的任何活动,都不是最终的。他现在比任何时候更处在开始阶段。

为什么去阿腊斯?

这个问题,他在向斯科弗莱租用马车时,就思考过了,现在仍在反复思考。他对自己说,不管结果如何,亲眼去看一看,亲自作出判断,这没有什么不好;——这甚至是谨慎的做法,应该知道事情的经过;——不作观察研究,就不可能作出决定;——从远处去看事物,会小题大做,如果亲眼看见了那个尚马蒂厄,那个无耻之徒,他的内心也许会感到轻松,让他代自己去坐牢,不会再良心不安;——对了,雅韦尔可能会在那里,还有布雷韦、舍尼迪厄、科舍帕伊,这些苦役犯,从前都认识他,肯定会认出他来;——嗨!干吗这样想!——雅韦尔怎么也料想不到;——所有的推测和假设,全都集中在尚马蒂厄身上,假设和推测比任何东西都顽固;——因此,不会有任何危险。

他想,也许那一刻很难受,不过肯定会过去的;——不管命运多么险恶,但毕竟掌握在自己手中;——他自己是命运的主人。他牢牢抓住这个想法。

其实,说穿了,他根本不想去阿腊斯。

可他还是去了。

他一面想着,一面快马加鞭。小白马步伐稳健,疾走如飞,每小时行两里半。车子越往前行,他越感到内心有什么东西在往后退。

拂晓时,他已在旷野了,滨海蒙特勒伊城已远远抛在后面。他望着天边渐渐发白;他望着冬日拂晨的寒冷景物从面前掠过,但他视而不见。和黄昏一样,凌晨也有幻象,他却看不见,但是,那些幽灵般的树木和山丘,像是穿透他的肌肤似的,使他本已汹涌澎湃的内心,不知不觉平添了一种不可言喻的忧郁和凄凉。

每经过一所——有时就在路边——孤零零的房子,他就想:里面的人还在睡觉呢!

马蹄声、鞍辔的铜铃声、车轮声,汇成单调而柔和的声音。心情愉快的人听来,会觉得悦耳动听,心情沉郁的人听来,会觉得悲怆凄凉。

到达埃斯丹时,天已大亮。他在一家客店门口停下来,让马歇口气,吃点燕麦。

正如斯科弗莱所说的那样,那匹马是布洛内小种良马,头和肚子很大,颈部不够长,但前胸很宽,臀部很大,腿又细又瘦,蹄结实有力,其貌不扬,但体格健壮。这匹非凡的小白马两小时行了五里,臀部一点汗也没有出。

他没有下车。马厩伙计送来燕麦,他突然弯下腰,检查左边的轮子。

"您这样还要走很远吗?"那人问。

"怎么啦?"他回答,但似乎仍沉湎在默想中。

"您从很远的地方来吗?"伙计又问。

"离这五里。"

"呀!"

"'呀'什么?"

那伙计又一次弯下腰,眼睛盯着轮子,沉默不语,过了一会儿,他站起来说:

"这轮子刚才走了五里是可能的,但现在四分之一里都走不了了。"

他跳下车。

"朋友,您说什么?"

"我说,您走了五里,您和马没掉进路边沟里,算是奇迹了。您自己看看吧。"

那轮子果然伤得很严重。那辆邮车把它撞断了两根辐条,撞伤了轮毂,螺母固定不住了。

"朋友,"他对马厩伙计说,"这里有车匠吗?"

"当然有,先生。"

"请您帮个忙,去找他来。"

"那不就是,离这里两步路。喂!布加亚师傅!"

车匠布加亚师傅就站在门口。他过来检查了轮子,就像外科医生检查断腿那样,做了个鬼脸。

"您能马上就修这个轮子吗?"

"当然,先生。"

"什么时候我可以走?"

"明天。"

"明天!"

"这要干整整一天。先生急着要走吗?"

"很急。最晚一小时后就要走。"

"不行,先生。"

"付多少钱都行。"

"不行。"

"那好!两个小时。"

"今天无论如何不行。要重做两根辐条和一个轮毂。明天以前,先生绝对走不成。"

"我要办的事等不到明天。这样吧,这轮子不修了,能不能换一个?"

"怎么换?"

"您不是车匠吗?"

"当然,先生。"

"您没有一个车轮可以卖给我吗?我就可以马上动身了。"

"一个备用的轮子?"

"是的。"

"我没有您这辆车的备用轮子。轮子总是成双成对的。两个轮子不是随便能配到一起的。"

"那么,就卖给我一对好了。"

"先生,不是所有的轮子都适合所有车轴的。"

"可以试试嘛。"

"试也没用,先生。我只有运货大车的轮子。这里是小地方。"

"那您有篷式马车出租吗?"

车匠师傅第一眼就看出这马车是租来的。他耸了耸肩。

"您把租来的车搞成这副模样!我有也不租给您!"

"那卖给我,怎么样?"

"我没有篷式马车。"

"什么!一辆有篷的就行了。您看,我不难说话。"

"我们是小地方。不过,"车匠补充说,"我车库里有一辆旧的敞篷四轮马车,是城里一位有钱人托我保管的,可他从来也不用。我把它租给您,这对我没关系。不过,不要让那人看见。还有,这是辆四轮马车,要用两匹马。"

"我租用驿马。"

"先生去哪里?"

"阿腊斯。"

"先生想今天就到吗?"

"是呀。"

"用驿马?"

"不行吗?"

"先生今天夜里四点到,行不行?"

"不行。"

"您看,有件事得说明一下,因为用驿马……先生有证件吗?"

"有啊。"

"那好,不过,用驿马,明天以前先生到不了阿腊斯。这是一条支线。驿站服务很差,马都在地里干活。冬耕已开始,需要很多马拉套,人们到处找马,驿站的马也不例外。先生在每个驿站至少要等三四个小时。并且走得很慢,有很多上坡路。"

"算了,我骑马去吧。把这车给我解下来。这里总买得到一个马鞍吧。"

"当然。不过,您这匹马能忍受马鞍吗?"

"真的,您倒提醒我了。它受不了。"

"那么……"

"我在这村里能租到一匹马吗?"

"一口气能跑到阿腊斯的马?"

"对。"

"这样的马,我们这里没有。首先得买马,因为大家不认识您。但是,不管买还是租,出五百法郎还是一千法郎,您都找不到这样的马。"

"那怎么办?"

"老实人说老实话,最好让我给您修车,明天再走。"

"明天太晚了。"

"当然!"

"没有去阿腊斯的邮车吗?什么时候经过?"

"今天夜里。两辆邮车对开,都是在夜里。"

"怎么!修这轮子要一天时间?"

"一天,整整一天!"

"两个人一起修呢?"

"十个人也不行!"

"能不能用绳子把辐条捆起来?"

"辐条行,轮毂不行。再说,轮辋也有问题。"

"城里有租车的地方吗?"

"没有。"

"还有别的车匠吗?"

马厩伙计和车匠师傅连忙摇头,异口同声地回答:

"没有。"

这时,他不禁高兴不已。

显然,这是天意。是上帝弄坏轮子,让他半路停下来。上帝第一次发出警告,他没有屈服。刚才,他为继续赶路尽了最大的努力;他想尽了一切办法,做到了仁至义尽;他在寒冷、疲劳和费用面前没有退缩;他没什么好内疚的了。假如他不能继续赶路,就不是他的事了。这不能怪他,不是他不想去,而是上帝不让他去。

他呼吸了一下。从雅韦尔来访后,他是第一次这样自由而舒畅地呼吸。他感到,二十个小时以来揪住他心的那只铁手,刚才松开了。

他觉得上帝站在他一边,明确表明了立场。

他暗自思量,他已尽了全力,现在,他完全可以心安理得地返回了。

假如他和车匠的谈话是在旅店的一个客房里进行的,那就不会有人在场,也不会有人听见,事情也就到此为止,读者下面看到的事,就可能无从谈起。可是,谈话是在大街上进行的。街头谈话总会招来观众。有些人就爱看热闹。他和车匠交谈的时候,有几个过往行人停住脚步,围了上来。听了几分钟后,一个男孩子离开人群,奔跑而去,当时,谁也没有注意到他。

那旅客经过前面那番慎重考虑之后,正要下决心往回走,那男孩子回来了,还带来了一位老太太。

"先生,"那老妇说,"我听孩子说您想租一辆篷式双轮马车。"

这普普通通的一句话,出自一个孩子带来的老妇口中,却使他背上直冒冷汗。他仿佛看见那只已松开的铁手又暗暗出现在他身后,准备把他抓住。

他回答:

"是呀,老太太,我想找一辆出租的马车。"

他又连忙补充了一句:

"可这里没有。"

"谁说没有?"老妇说。

"哪里有?"车匠忙问。

"我家里。"老妇回答。

那旅客打了个颤。那只不祥的手又把他抓住了。

老妇家的草料棚里的确有一辆差强人意的柳条篷破车子。那车匠和旅店伙计见到手的生意要丢了,便掺和进来:

——一辆吓人的破车,——车身直接安在车轴上,——里面的凳子是用皮带挂着的,——下雨漏水,——轮子受了潮,锈得不成样子了,——和这辆轻便马车一样,也走不远,——不折不扣的老爷车!——先生要是坐这辆破车,那就错了,——如此等等,不一而足。

他们讲得一点也不错。但是,这辆破车,这辆老爷车,这玩意儿,再破再旧,两个轮子还能转动,是可能去阿腊斯的。

他照价付了钱,把他的车留给车匠修理,等回来时再用,将小白马套上车,他坐上去,便按早晨的路线继续赶路了。

当小车摇晃着启动时,他默默承认,刚才他想到不用再去要去的地方时,不禁暗暗窃喜。他审视这快乐,心里很气恼,感到这实在荒谬。为什么想到返回就高兴呢?毕竟,去那里是他自己决定的,没有人强迫他。再说,他不愿意的事是不会发生的。

当他驶出埃斯丹城时,他听见有人大声喊道:"停下!停下!"他猛地刹住车。在这个猛烈的动作中,仍有一种兴奋而紧张的意味,像是在期望着什么。

是那位老妇人的小男孩。

"先生,"他说,"是我帮您弄来这辆车的。"

"怎么?"

"您什么也没给我。"

他一向乐善好施,对谁都不拒绝,可他觉得这个要求太过分,可以说令人厌恶。

"啊!是你,小子?"他说,"你什么也别想得到!"

他扬鞭抽了一下马,飞快地走了。

他在埃斯丹耽搁了很长时间,他想把失去的时间追回来。小白马很勇敢,一个顶两个。可那是二月,又刚下过雨,路很难走。再说,已不再是那辆轻便马车了。现在这辆车很重很费劲。况且,还有许多上坡道。

从埃斯丹到圣波尔,走了将近四个钟头。四小时走了五里。

在圣波尔,他在遇到的第一个客店里卸了车,叫人把马牵到马厩。他答应过斯科弗莱,所以马吃食料时,他就呆在食槽旁。他心里想着漫无头绪的愁事。

老板娘进马厩来了。

"先生不想用饭吗?"

"噢,真的,"他说,"我甚至很有食欲。"

他跟那女人走了。那女人精神饱满,满面春风。她把他领到一间低矮的屋子里,有几张桌子,铺着漆布。

"快点上,"他说,"我要赶路。我有急事。"

一个佛兰德斯胖女仆连忙摆上餐具。他惬意地看着这姑娘。

"怪不得我不舒服。"他想,"原来是我还没有吃午饭。"

饭端上来了。他急忙拿起面包,咬了一口,然后又慢慢放到桌上,不再碰它了。

一位运货的马车夫在另一张桌上吃饭。他问那人:

"他们的面包怎么这么苦?"

车夫是德国人,听不懂他的话。

他回到马厩他的白马身旁。

一小时后,他离开圣波尔,向丹克驶去。从丹克到阿腊斯只有五里了。

这一路上他在做什么?他在想什么?和早晨一样,他望着树木、茅屋顶、耕田一一闪过,望着景物转瞬即逝,每拐一道弯,原来的景物便消失得无影无踪。像这样欣赏景物,有时会使人心旷神怡,不再想其他事情。万千景物第一次看见,也是最后一次看见,还有什么比这更深奥、更令人伤感的吗?旅行,时时刻刻都有生,时时刻刻都有死。也许,在他脑海最深处,他在将人生同这些变幻无穷的视野进行着比较。人生的一切都是稍纵即逝。黑暗和光明交替出现,使你目眩的光明刚刚消失,黑暗便接踵而至。我们举眸凝望,我们急急匆匆,伸手去抓一闪而过的东西。每个事件好比路上的一道拐弯,转眼间,人就老了。仿佛摇晃了一下,周围就变得一片黑暗,只辨出前面有扇黑乎乎的门,拉我们走完了人生的那匹深色的马,现在骤然停下,一个朦胧不清的陌生人在黑暗中把马卸下。

黄昏降临，放学的孩子看见这个旅客进了丹克镇。的确，这季节的白天依然很短。他在丹克没有停留。当他出镇时，一个正在铺路的养路工抬起头，说：

"这马太累了。"

的确，那可怜的马步子放得很慢了。

"您是去阿腊斯吗？"养路工又问。

"是的。"

"您这样走，恐怕很晚才能到。"

他勒住马，问那养路工：

"这里到阿腊斯还有多远？"

"足足还有七里。"

"怎么回事？驿站手册上标的是五又四分之一里。"

"哈！"养路工说，"您不知道在修路吗？再走一刻钟，您就发现路断了，就不能再往前走了。"

"确实。"

"您向左拐，那条路通往卡朗西，跨过一条河，到了康布兰，就向右拐，那是从圣埃卢瓦山到阿腊斯的公路。"

"可是天黑了，我会迷路的。"

"您不是本地人？"

"不是。"

"不是本地人，又是走小路。——喂，先生，"养路工又说，"要不要听听我的意见？您的马走不动了，回丹克吧。那里有一个很不错的客店。在那里过一夜。明天再去阿腊斯。"

"今晚上我必须赶到那里。"

"那就另当别论了。不过,您还是要去那旅店,再雇一匹马。马厩伙计还能带您走近路。"

他听从养路工的劝告,往回走了,半小时后,他又经过那个地方,但这回却是增加了一匹好马,跑得飞快。一个叫作驿站车夫的马厩伙计坐在车辕上。

但他觉得走得太慢。天已完全黑了。

他们上了小路。路上坑坑洼洼,极难行走。车子刚走出一个车辙,又陷入另一个。他对车夫说:

"跑快点,给您双倍赏钱。"

车子颠簸了一下,驾马的横木断了。

"先生,"车夫说,"横木断了,我的马没法套了。这条路夜里很难走。假如您愿意回丹克过夜的话,明天一早我们就可以到阿腊斯。"

他回答:"你身上有绳子和刀吗?"

"有呀,先生。"

他砍了根树枝,把它做成横木。

这一来,又耽误了二十分钟。但他们又奔驰起来。

原野上黑咕隆咚。一团团幽黑的浓雾低垂在山岗上,犹如炊烟挣扎着升起。浮云间透出微白的光。海上吹来一阵大风,四面八方都响起移动家具般的声音。一切都朦朦胧胧,战战兢兢。多少景物在这浩荡的夜风下索索发抖!

他冷得筋骨瑟缩。昨夜以来,他还没吃过东西。他依稀回想起另一次夜行,那是在迪涅郊外的平原上。已过去八年了,他感到恍若昨日。

远处传来钟楼的钟声。他问车夫:

"敲几点了？"

"七点，先生。八点钟就可到阿腊斯。只剩三里了。"

这时，他脑海里第一次出现了一个想法，他奇怪自己怎么早没想到。他想，他这一切努力，也许是白费劲儿；他连开庭的时间都不知道，至少也该打听一下；他也不管有没有用，只是一个劲儿地往前走，这实在太荒谬。接着，他又在头脑里盘算：通常，重罪法庭上午九点开庭；这件案子用不了多少时间；偷苹果的事，一会儿便能审完；接下来便是验明正身；四五个证人作证，辩护律师没多少话好说；他到那里时，也许案子审完了。

车夫快马加鞭。他们过了河，圣埃卢瓦远远抛在后头。

夜色越来越深。

六　辛普丽斯嬷嬷经受考验

然而，这时候，芳蒂娜却喜不自胜。

夜里她睡得很不好。她咳得很厉害，热度也更高，而且噩梦不断。第二天早晨，医生来探望她时，她还在说胡话。医生惊慌不安，嘱咐说，马德兰先生一来，就通知他。

一上午，她都萎靡不振，很少讲话，手揉捏着被单，喃喃计算着，像是在计算距离。她眼睛深陷，目光呆滞。那双眼睛似乎没有一点光了，可有时候，又会重新点燃，发出星星般的光芒，仿佛在某个凄惨的时刻来临之际，尘世间的光就要离弃人们的眼睛，而上天的光却来把它们照亮。

每当辛普丽斯嬷嬷问她怎么样时,她总是回答:

"很好。我想见马德兰先生。"

几个月前,当芳蒂娜丧失了最后的廉耻心和最后的快乐时,她就已瘦得不像样子,现在只剩下一副骨架了。她本已万念俱灰,现在身体衰竭,她就彻底垮了。她才二十五岁,却满脸皱纹,面颊松弛,鼻孔抽搐,牙根暴露,形容枯槁,脖子瘦削,锁骨突出,四肢无力,皮肤灰暗,新长出的金发中布满了白发。唉!真是疾病催人老哪!

中午,医生又来了,他开了药方,又问市长先生来没来过,急得他直摇脑袋。

马德兰先生通常三点钟来探望病人。守时是一种仁慈,所以他一贯很守时。

快到两点半时,芳蒂娜开始烦躁不安了。二十分钟,她就问了辛普丽斯嬷嬷十多次:"嬷嬷,几点了?"

三点敲响。敲第三下时,芳蒂娜霍地坐了起来,平时,她在床上动一下都很费力。两只枯瘦蜡黄的手痉挛似的紧紧捏在一起,辛普丽斯嬷嬷听见她深深叹了口气,仿佛要把郁闷从胸口赶走。然后,芳蒂娜转过头,看着门口。

没有人进来。门一直关着。

她眼睛盯着门口,一动也不动,仿佛连呼吸也屏住了,像这样呆了一刻钟。嬷嬷不敢同她讲话。教堂敲响三点一刻。芳蒂娜重新倒在了枕头上。

她一句话也不说,又开始揉捏被单。

半小时过去了,接着一小时过去了。没有人来。每当响起钟声,芳蒂娜都要坐起来,望着门那边,然后又躺下。

她的心事一眼就可看出,但她不提任何人的名字,也不怨天尤人,只是不停地咳嗽,其状惨不忍睹,好像有种说不清的东西在向她逼近。她脸色发青,嘴唇发紫。她不时地露出微笑。

五点过了。嬷嬷听见她轻轻地说:

"我明天就要走了,他今天不该不来!"

辛普丽斯嬷嬷也奇怪马德兰先生为什么迟迟不来。

这时,芳蒂娜望着帐顶,仿佛在努力回忆什么。忽然,她唱起歌来,声音弱如气息。嬷嬷听着。下面就是芳蒂娜唱的歌:

> 我们在市郊漫步,
> 想买些漂亮东西。
> 矢车菊蓝莹莹,玫瑰花儿红艳艳,
> 矢车菊蓝莹莹,我爱我的小宝宝。

> 圣母马利亚穿着绣花袄,
> 昨日来到火炉旁对我讲:
> "一天你问我要个小宝宝,
> 他就躲在我的面纱里。
> 快去城里扯块布,
> 再买针线和针箍。"

> 我们在市郊漫步,
> 想买些漂亮东西。

仁慈的圣母，我在火炉旁，
放了一个饰满彩带的摇篮。
上帝即使赐我最美的星星，
我也更爱你给我的小宝宝。
"太太想用这布做什么？"
"给我的小宝宝做新衣裳。"
矢车菊蓝莹莹，玫瑰花儿红艳艳，
矢车菊蓝莹莹，我爱我的小宝宝。

"去把这块布洗一洗。""去哪里？"
"去河里。别把它弄破了搞脏了，
用它做条漂亮的小裙子，
我要在裙子上面绣满花。"
"孩子不在了，太太，这布做什么？"
"做一条被单作我的裹尸布。"

我们在市郊漫步，
想买些漂亮东西。
矢车菊蓝莹莹，玫瑰花儿红艳艳，
矢车菊蓝莹莹，我爱我的小宝宝。

这是一首古老的摇篮曲。从前，她哄小珂赛特睡觉时，就唱这首歌。孩子不和她在一起已有五年了，她再没有想起过这首歌。她的声音那么悲凉，而曲调又那么柔美，让人听了肝肠寸断，就连修女也会伤心落泪。见惯了严肃东西的辛普丽斯嬷嬷,也感到自己要落泪了。

时钟敲响六点。芳蒂娜仿佛没有听见。她对周围的事物好像都不关心了。

辛普丽斯嬷嬷派了个女仆,去向工厂的女门房打听市长先生回没回来,能不能马上到医疗室来一趟。几分钟后女仆回来了。

芳蒂娜一直静静地躺着,好像在凝神想心事。

女仆悄声对辛普丽斯嬷嬷说,市长先生冒着严寒,坐一辆白马拉的轻便马车,一大早,甚至不到六点就出门了;他是一个人走的,连车夫都没有,不知道他走哪条路,有人说看见他拐到去阿腊斯的路上了,还有人说在通往巴黎的路上遇到他了;他走的时候,同平时一样仍然和蔼可亲,他只交待门房老太太夜里不用等他回来。

两个女人背对芳蒂娜窃窃私语,嬷嬷询问,女仆推测。芳蒂娜早已跪在床上,握紧拳头,撑在长枕上,脑袋从帐缝里伸出来,侧耳细听她们的谈话,瘦得形销骨立,却像健康人那样动作灵活,显出某些气质性疾病特有的焦躁和亢奋。忽然,她大声嚷道:

"你们在谈马德兰先生!为什么不大声说?他在做什么?为什么不来?"

她的声音如此粗暴,如此嘶哑,那两个女人以为听见了男人的声音,吓得转过身来。

"说呀!"芳蒂娜喊道。

女仆结结巴巴地说:

"女门房对我说,他今天不能来了。"

"孩子,"嬷嬷说,"安静点,快躺下。"

芳蒂娜仍旧那个姿势,用蛮横而凄厉的口气大声说:

"他不能来?为什么?你们是知道的。刚才你们嘀嘀咕咕就是谈这个。我想知道。"

女仆忙对修女耳语道:

"对她说,他在开市政会议。"

辛普丽斯嬷嬷脸上泛起了淡淡的红云,因为女仆让她撒谎。可是另一方面,她感到若对病人说真话,会给她带来沉重的打击,芳蒂娜现在这个样子,后果会不堪设想。可她脸红的时间很短。嬷嬷抬起平静而忧郁的目光,看着芳蒂娜,对她说:

"市长先生出门了。"

芳蒂娜倏地直起身,坐在脚后跟上。她眼睛放射出光芒。在她痛苦的脸上,出现了从未有过的喜悦。

"出门了?"她喊道。"他去找珂赛特了!"

说完,她两只手伸向天空,脸上的表情变得难以形容。她微微启动嘴唇,低声祈祷上帝。

祈祷完毕,她对辛普丽斯嬷嬷说:"嬷嬷,我想睡了,你让我干什么,我就干什么。刚才,我的表现很恶劣,说话声音太大,请您原谅。我知道,我的好嬷嬷,大喊大叫不好。不过,您看,我现在很高兴。仁慈的上帝是好人,马德兰先生是好人。您想想,他去蒙费梅接我的小珂赛特了。"

她又躺下来,帮嬷嬷抚平枕头,吻了吻挂在脖子上的小十字架。这枚银十字架是辛普丽斯嬷嬷送给她的。

"孩子,"嬷嬷说,"现在好好休息吧,不要再说话了。"

芳蒂娜用汗漉漉的手握住嬷嬷的手。嬷嬷感到她在出汗，心里很难过。

"今天早晨，他去巴黎了。其实，他根本用不着经过巴黎。蒙费梅在巴黎这一边，稍为靠左一点。您还记得吗？昨天，我同他谈珂赛特时，他是怎样回答我的吗？他说：快了，快了。他是想给我个惊喜。您知道吗？他写过一封信，对泰纳迪埃家说，要把珂赛特接回来，他让我签了字。他们没什么好说的，是不是？他们肯定会把珂赛特还给我的。因为付给他们钱了。付过了钱，还要留着孩子，政府不会允许的。嬷嬷，不要做手势不让我讲话。我高兴极了，我身体很好，我一点病也没有了，我就要看见珂赛特了，我甚至觉得肚子饿了。我快五年没看见她了。您哪，您难以想象，孩子们多么让人牵肠挂肚！而且，您看好了，她一定很乖！您无法想象，她的小手指头粉嘟嘟的，可爱极了！首先，她会有一双非常漂亮的手。她一岁的时候，她的手可滑稽呢。这样！——她现在应该长得很大了。她已七岁了。长成大小姐了。我叫她珂赛特，可她的大名是欧弗拉齐。啊，今天早晨，我看着壁炉上的灰尘，就想到马上就要看见珂赛特了。我的上帝！真不应该好几年不见自己的孩子！应该想一想，人的生命不是永恒的！啊！市长先生，您这样做太好了！天气多冷呀！他穿大衣了吧？明天他就会回来的，是吧？明天将是大喜的日子。明天早晨，我的嬷嬷，您提醒我戴那顶有花边的小帽子。蒙费梅是个小镇。当年，我是步行经过那里的。我感到很远。但乘车就快了。明天他和珂赛特就会回来了。这里到蒙费梅有多远？"

嬷嬷对于距离一无所知，回答道："嗯！我相信他明天会回来的。"

"明天！明天！"芳蒂娜说，"明天我可以看见珂赛特了！您看，好上帝的好嬷嬷，我没有病了。我高兴得发疯了。你们愿意，我都可以跳舞了。"

一刻钟前见过她的人，一定会感到莫名其妙。她现在脸色红润，满面笑容，说话的声音热烈而自然。有时，她边笑边喃喃自语。母亲的快乐，和孩童的快乐差不多。

"好了，"那修女说，"您现在高兴了，听我的话，别再说话了。"

芳蒂娜把头放在枕头上，轻声说：

"对，你该睡了，乖点儿，孩子就要回到你身边了。辛普丽斯嬷嬷说得对。这里的人都说得对。"

而后，她静静地躺着，头一动也不动，喜不自胜地睁大眼睛四下张望。她不再说话了。

嬷嬷放下帐子，好让她打个盹。

晚上七八点钟，医生来了。他听见病房里静静的，以为芳蒂娜睡着了。他轻轻地走进房间，蹑手蹑脚地走到床边。他微微掀开帐子，借着烛光，他看见芳蒂娜平静的大眼睛正在瞧他。

她对他说："先生，你们允许我把她放在一张小床上睡在我旁边，是不是？"

医生以为她在说胡话。她接着又说：

"您看，这里正好能放一张小床。"

医生把辛普丽斯嬷嬷叫到一旁，嬷嬷向他作了解释，告诉他，马德兰先生要离开一两天，病人以为市长先生去蒙费梅了，因为不能肯定，我们就随她这样想了。再说，她的猜想说不定是正确的。医生表示赞同。

他又走到芳蒂娜的床边。芳蒂娜又说:

"因为,您看,她早晨醒来时,我就可以向这个可怜的小猫咪问早安。夜里我睡不着,就可以听她睡觉。听见她极其轻柔的呼吸声,对我身体会有好处的。"

"把您的手给我。"医生说。

她伸出胳膊,笑着嚷道:

"啊!唷!真的,您还不知道!我已经好了。珂赛特明天到。"

医生大吃一惊。她果真好了一些。不像先前那样气闷了,脉搏也跳得有力了。一种突然而至的生命力,使这个气息奄奄的可怜人恢复了生气。

"大夫先生,"她接着说,"嬷嬷告诉您市长先生去接小家伙了吧?"

医生让她别说话,千万不要激动。他又开了药方,让她服纯奎宁汤剂,如果夜里体温上升,给她服镇静剂。他走的时候,对嬷嬷说:

"她好一些了。如果明天市长先生真的把孩子带来了,谁知道呢?有些病是很不可思议的,我们见过有些病人遇到特别高兴的事,病就突然好了。我知道,这个病人患的是器质性疾病,已病入膏肓,但这些事是神秘莫测的。说不定我们能救她。"

七 一到便为返回作准备

我们撂在路上的那辆小篷车,到达阿腊斯邮政局客店门口时,差不多已是晚上八点了。我们紧随不放的那个人下了车,客店里的人热情相迎,他心不在焉地做了应答,把租来的马打发回去,亲自将小白马牵进马厩,然后推开楼下一间弹子房的门,进去坐了下来,双肘撑在一张桌子上。原来只打算走六小时的路程,却用了十四小时。他想这不是他的错。其实,他对此一点也不恼火。

客店老板娘进来了。

"先生过不过夜?先生用不用餐?"

他摇摇头。

"马厩伙计说,先生的马很累了!"

这时,他打破沉默说:

"这马明天早晨不能走吗?"

"啊!先生!它至少得休息两天。"

他问道:

"邮局是不是在这里?"

"是啊,先生。"

老板娘把他带到邮局。他出示证件,打听当晚能不能乘邮车回滨海蒙特勒伊。邮件旁边的位子恰好空着,他订了座位,并付了钱。

"先生,"邮局职员问他,"一点准时出发,别误了时间。"

然后,他离开客店,开始在街上转悠。

他不熟悉阿腊斯,街上黑咕隆咚,他信步走着。但是,他似乎坚持不向行人问路。他过了克兰雄小河,走进迷宫般的小巷,在里面迷了路。有个市民提着风灯慢慢走过来。他犹豫了一会儿,才决定上前问路,但他先四下里看了看,生怕有人听到他问的是什么。

"先生,"他说,"请问法院怎么走?"

"您不是本地人,先生?"那人回答,他看上去有一把年纪了。"那您跟我走吧。我刚好要去法院那边,也就是省政府那边。法院正在修理房屋,庭审暂时都在省政府里进行。"

"刑事审判也在那里吗?"他问。

"当然,先生。您看,现在的省政府,大革命前是主教府。八二年,当时的主教德·孔齐埃先生在里面建了个大厅。审判就在这个大厅里进行。"

路上,那市民问他:

"如果先生是想看审判,有点晚了。一般六点就结束了。"

这时,他们来到大广场,那人指给他看一幢大楼正面的四扇长窗,大楼黑乎乎的,但那四扇窗子却有灯光。

"先生,您运气不错,正好赶上了。看见那四个窗子了吗?那是重罪法庭。还亮着灯光呢,说明审判还没结束。案子想必拖延了,晚上接着干。您对这案子感兴趣?是刑事案吗?您是证人?"

他回答:

"我不是为了什么案件来的,只是想找个律师谈谈。"

"那就是另一回事了。"那市民说。"瞧,先生,那是大门,有卫兵站岗。您从大楼梯上去就行了。"

他遵照那人的指点,几分钟后,就到了那间大厅。大厅里有很多人,这里那里,都有人群在低声交谈,穿长袍的律师夹杂其间。

看见一堆堆穿黑袍的人在公堂门口窃窃私语,总让人感到心里难过。从这些人的嘴里,很少能说出同情和怜悯的话,一般总是预测判决的结果。这些人群,在一个爱幻想的过路客看来,犹如一个个黑乎乎的蜂窝,各种嗡嗡叫的精灵们,在里面共建各种黑暗的大厦。

大厅很宽敞,只有一盏灯照明,从前是主教的接待室,现在作为法院的休息室。一扇双扉门此刻正关着,门那边便是刑事法庭的大厅。

休息厅里很暗,于是,他放心地向遇到的第一个律师打听。

"先生,"他说,"审得怎么样了?"

"审完了。"那律师说。

"审完了!"

他重复这句话的语气那样特别,律师回过头来。

"对不起,先生,您也许是亲戚?"

"不。我这里谁也不认识。判决了吗?"

"当然。怎么能不判决!"

"苦役?……"

"终身。"

他用低得旁人几乎听不见的声音说:

"那就是说验明正身了?"

"什么正身?"律师回答。"没有必要验明正身。案子很简单。那女人杀了她的孩子,弑婴罪已经证实,陪审团排除了蓄意谋杀,判她终身服苦役。"

"是个女的?"他说。

"当然。那女人叫利莫赞。那您同我谈的是什么案子?"

"没什么。但是,既然案子审完了,怎么还亮着灯?"

"还在审另一个案子。开始差不多两个小时了。"

"什么案子?"

"哦!这案子也很简单。一个乞丐犯了偷窃罪,是个惯犯,服过苦役。名字我记不大清了。一看他的脸,就知道他是强盗。就凭那张脸,我就会把他送进监狱。"

"先生,"他问,"有办法进到大厅里去吗?"

"我想不容易。人很多。不过,现在正在休息。有些人出去了,庭审重新开始时,您可以试一试。"

"从哪里进去?"

"从那扇门。"

律师走了。一时间,各种感受几乎同时涌上心头。这个无关的人说的话,首先像根冰冷的针,继而又似滚烫的剑,深深刺透他的心。当他看到那案子尚未结束,便松了口气。但他说不清楚是感到高兴,还是痛苦。

他走近几堆人群,听他们在说什么。因为庭期表排得满满的,法院院长指示那天审理两件简短的案子。先审了弑婴案,现在正在审苦役犯,一个惯犯,一个"回头马"。那人偷了苹果,但似乎尚未证实。已证实的是,他曾在土伦的监狱里呆过。案情也就变得严重了。此外,审问和作证都已结束,但律师还要辩护,检察官还要起诉。半夜前恐怕都结束不了。那人判刑的可能性很大。检察长很有水平,他控告的人从来"百发百中";此人还是个才子,会作诗。

在通向审判厅的大门旁,站着一个庭丁。他问庭丁:

"先生,这门就要开了吗?"

"不开了。"庭丁回答。

"什么！重新开庭，也不开门？现在不是休息吗？"

"刚才又开始了，"庭丁又说，"不过，这门不打开了。"

"为什么？"

"里面满了。"

"什么！一个位子也没有了？"

"一个也没有了。门关了。谁也不让进。"

庭丁沉吟了一会儿，又说："庭长先生后面还有两三个空位子，不过，庭长先生只允许官员坐在那里。"

说完，庭丁便转过身去不理他了。

他低着脑袋走了。他穿过休息室，缓步走下楼梯，仿佛下一个梯级，都要迟疑一下。可能他在同自己进行商量。昨天就开始的激烈的思想斗争尚未结束。新的波折随时都会重新开始。下到楼梯平台上，他便靠在扶手上，双臂交叉在胸前。突然，他解开衣襟，掏出皮夹，从里面拿出一支铅笔，撕了张纸，借着路灯朦胧的光线，匆匆写了一行字：滨海蒙特勒伊市长马德兰先生。然后，他大步走上楼梯，从人群中挤过去，径直走到庭丁身边，把那张纸交给他，不容置辩地对他说：

"把这交给庭长先生。"

庭丁接过纸，溜了一眼，立即照办了。

八　优待入场

他没料到，滨海蒙特勒伊市长的名气如此响亮。七年来，他的美名传遍了下布洛内的各个角落，最后越过这小小的地区，在毗邻的两三个省内也遐迩闻名了。他不仅在专区首府建立了黑玻璃工业，使之受惠匪浅，就连滨海蒙特勒伊地区的一百四十一个村镇，也无不受到他的恩惠。必要时，他甚至还帮助其他几个地区发展了工业。比如，他抓住机会，以信贷和提供资金的方式，帮布洛内建立了罗纱厂、弗雷旺建立了机械麻纱厂、布贝建立了水力织布厂。无论哪里，只要提起马德兰先生的名字，人们无不充满敬意。阿腊斯和杜埃都羡慕小小的滨海蒙特勒伊市有这样一位好市长。

主持这次阿腊斯刑事庭审的，是杜埃的御前顾问，他和大家一样，久仰这个家喻户晓的名字了。庭丁将通往法庭的门轻轻推开，走到庭长的座位后面，弯下腰，把我们刚才读过的纸条交给他，并对他说：这位先生想参加庭审。庭长肃然起敬，拿起笔，在纸条的下端写了几个字，又交还给庭丁，并对他说："请他进来。"

我们这个故事的主人公，这位命途多舛的人，仍然站在门口，位置和姿势同庭丁离开时没有丝毫改变。他在沉思默想，忽听见有人对他说："先生请跟我来。"还是那个庭丁，刚才转过身去不理他，现在鞠躬快把脑袋鞠到地上了。庭丁同时把纸条递给他。他打开纸条，旁边恰好有灯，能看清楚纸上的字：

"刑事庭长谨向马德兰先生致敬。"

他把纸条揉成一团，仿佛这几个字给他留下了苦涩的怪味。

他跟在庭丁后面。

几分钟后，他就一个人待在会议室里了。那屋子四壁镶板，庄严肃穆，一张铺着绿呢的桌子上点着两支蜡烛。庭丁离开时说的话，还在他耳边回响："先生，这里是会议室，您只要转一下这门上的铜旋钮，就到了刑事庭长先生的座位后面了。"这些话，同他刚才走过窄窄的走廊和黑黑的楼梯时留下的模糊记忆，在他的头脑中搅成一团。

庭丁将他一个人留下来，自己走了。最后的时刻到了。他竭力集中思想，却怎么也集中不起来。人头脑中的思路，越是需要同椎心泣血的现实联系起来的时候，却越是会中断。他正待在法官们商议和判决的地方。他惊愕而平静地环顾这宁静而可怕的会议室，多少生命在这里断送，过一会儿，他的名字也将在这里回响，此刻，他的命运正在从这里穿过。他望望四壁，又望望自己，奇怪怎么会是这间屋子，怎么会是自己。

他一天一夜没吃东西，一路颠簸，已是疲惫不堪，但他全然不觉。他好像什么也感觉不到。

墙上挂着一个黑镜框，他走过去，看见玻璃下有一封信，年代已久，是巴黎市长兼部长让－尼科拉·帕施的真迹，日期是共和二年① 六月九日，显然写错了；信中向这个区通告了被软禁的部长和议员的名单。此时，如果有人看见并观察他，会以为他对这封信很感兴趣，因为他目不转睛地看着，并且读了两三遍。其实，这是无意识的行为，他的心在别处。他在想芳蒂娜和珂赛特。

他沉思着转过身，视线落在门的铜旋钮上，门那边便是审判厅。他几乎忘记这扇门了。他的目光始而平静地落在门上，在铜旋钮上停留片刻，继而变得茫然呆滞，渐渐变得惊恐不安。

---

① 共和历为法国大革命时期的日历。共和二年，即一七九四年。

他头上沁出大滴汗珠，从头发根流到了太阳穴。突然，他做了一个难以描绘的手势，威严之中带点反抗的意味，仿佛在说，而且确实在说："见鬼！谁强迫我了？"然后，他猛地转身，看见前面就是他刚才进来的那扇门，便走过去，打开门，走了出去。他已离开会议室，到了门外，到了走廊里，那走廊又长又窄，有一些台阶，几个小窗口，曲曲弯弯，隔一段距离有一盏类似病房里用的长明灯。他来的时候也是走这个走廊。他呼吸了一下，然后侧耳细听；身后没有一点声音，前面也没有一点声音。他拔腿就跑，就像有人在追他。

他在走廊里绕了几个弯后，再次侧耳谛听。周围依然寂寂无声，灯光幽幽。他气喘吁吁，脚步踉跄，便靠在墙上。墙上的石头冰冷冰冷，他额头上汗水也像冰一样冷。他打了个寒噤，霍地站直身子。

于是，他独自一人，站在黑暗中，陷入了沉思。他浑身颤抖，是因为冷，也因为别的原因。

他苦苦思索了一整夜，他苦苦思索了一整天；此刻，他只听见内心有一个声音在叹气。

就这样，一刻钟过去了。最后，他低下头，苦恼地叹了口气，垂着双臂，又往回走了。他走得很慢很慢，好像已精疲力竭。他感到刚才逃跑时，有人追上了他，在把他带回去。

他回到了会议室。他看到的第一件东西，便是那旋钮。那铜旋钮圆圆的，光光的，在他看来，犹如一个可怕的星星，散发着光芒。他看着它，就像在看一只老虎的眼睛。他目光怎么也无法从那里挪开。

他不时地往前挪一步,向门靠拢。

假如他注意听,会听见隔壁的大厅里有声音,一种低声议论的嗡嗡声。但他没有听,因而没有听见。

突然,他不知道怎么已走到了门边。他使劲抓住门把。门开了。

他已进了审判厅。

九　罗织罪名的地方

他向前迈了一步,机械地关上门,站在那里,端详眼前的情景。

这间厅相当大,灯光幽暗,时而喧哗,时而寂静,刑事诉讼的一整套机器,正在听众的注视下,严肃、鄙俗、阴森地进行着工作。

在大厅的一端,即他所在的这一头,坐着穿旧袍的法官,他们漫不经心,有的在咬手指甲,有的在闭目养神;在另一端,有一群衣衫褴褛的听众;律师们姿态各异,士兵们神情正直而冷酷;壁板破破烂烂,满是污渍,天花板肮脏不堪,几张桌子上铺着黄不黄绿不绿的哔叽布,几扇门被手摸来摸去变得黑不溜秋;壁板上的几个钉子上,挂着小咖啡馆里常用的油灯,与其说发出亮光,不如说冒出烟雾;那几张桌子上,放着铜烛台,插着蜡烛;幽暗、丑陋、凄迷;这一切给人以庄严肃穆的印象,因为人在里面会感受到人的威力——即所谓的法律——和神的威力,即所谓的公正。

人群中没有人注意他。所有的目光都集中到一个点上,即庭长左侧沿墙靠着一扇小门的一张木板凳上。几根蜡烛照着这木凳子，上面坐着一个人，左右各站着一个宪兵。

这个人就是那个人。他没有寻找就看见了。他的眼睛自然而然地往那边看，仿佛事先知道会在那里。

他以为看见了自己，已经变老，倒不是面孔绝对相像，而是姿态和外表一模一样，头发竖立，双眸凶猛而惶惑，穿着工作服，同他进迪涅那天的模样十分相似，满腔仇恨，把在狱中十九年积累起来的丑恶而珍贵的思想深深地埋在心中。他打了个寒噤，对自己说：

"上帝！难道我又要变成这副模样了吗？"

这人看上去至少有六十岁了。他的神态有一种难以描绘的粗野、惊慌和恐惧。

听到开门声，大家闪开给他让位，庭长转过头来，明白来人就是滨海蒙特勒伊的市长先生，向他点头致意。检察官因公曾不止一次去过滨海蒙特勒伊市，见过马德兰先生，认出是他，也向他点了点头。可他几乎没看见。那时，他正幻觉丛生。他呆呆地望着。

法官、书记、宪兵、一群残酷而好奇的听众，这一切，他见过一次，那是在从前，在二十七年前。这些倒霉的东西，他又一次看到了；他们就在眼前，他们在晃动，他们确实存在。这不再是回忆出来的情景，不再是想象出来的幻景，而是真正的宪兵，真正的法官，真正的听众，是有血有肉的真正的人。一切都完了。往日的可怕景象再次出现在他的周围，是那样真实，那样可怖。

这一切，都向他张开了嘴巴。他极度恐惧，连忙闭上眼睛，在心底里喊道:"决不!"

真是命运可悲的捉弄!他感到胆战心惊,他几乎要疯了。他的另一个自己就在那里!那个受审的人,大家叫他让·瓦让!

他眼前正在演出他一生中最可怕的一幕,是他的幽灵在演出,这是他从未见过的景象。

一切依旧,同样的机器,同样是夜晚,法官、士兵、观众的面孔也几乎一样。不同的是,在庭长的头上方,有一个带耶稣受难像的十字架,从前他受审时,法庭上没有这东西。他受审的时候,上帝没有到场。

他身后有一张椅子。他突然想到人们会看见自己,吓得赶快坐下来。他坐下后,利用法官公案上的一堆卷宗挡住自己的脸,不让大厅里的人看见。现在,他可以看见别人,而别人却看不见自己。他渐渐镇静下来。他完全回到了现实中。他已平静到可以听人说话了。

巴马塔布瓦先生是陪审团成员。

他找雅韦尔,但没看见。书记员的桌子挡住了证人席。而且,前面说了,大厅里的灯光很暗。

他进来的时候,被告律师的辩护已近尾声。大家的注意力高度集中。案子已审了三小时了。三小时以来,大家目睹着一个人,一个陌生人,一个极其愚蠢,或者说极其狡猾的穷人,在似是逼真的事实下,渐渐地屈服了。这个人,我们已知道,是一个流浪汉,他在一块田里被发现时,手里拿着一根有熟苹果的树枝,是从旁边一个果园里的苹果树上折下来的,那果园叫皮埃龙果园。这个人究竟是谁?已进行过调查。证人们刚才作了证,他们众口一词，通过辩论，现已真相大白。诉状说："我们手中的这个罪犯，不仅是一个偷苹果的贼，一个偷农作物的贼，还是一个强盗，一个擅离监视地点的累犯，一个前苦役犯，一个最危险的歹徒，一个通缉已久名叫让·瓦让的坏蛋，八年前，从土伦监狱释放时，他手持凶器，对一个名叫小热尔韦的萨瓦孩子拦路抢劫，触犯了刑事法第三百八十三条，一旦验明该犯的正身，还要对此罪行进行审理。他最近犯了新的偷窃罪。这就是累犯了。先审理新罪，之后再审旧罪。"

面对这个诉状，面对证人的众口一词，被告显得目瞪口呆，不知所措。他摇着脑袋，做着手势，竭力否认，要不就两眼望着天花板。他说话十分费力，回答结结巴巴，但他整个人从头到脚都在否认。他像一个白痴，被一群摆开阵势的聪明人包围，又如一个局外人，置身于将他牢牢抓住的社会中间。然而，他的前途处在最大的威胁中，罪名成立的可能性每时每刻都在增加，充满诬蔑之词的判决向他步步紧逼，望着判决，观众比他更焦虑不安。他的身份一旦确定，小热尔韦的案子一旦判刑，那就不只是坐牢，而是很可能会判处死刑。这个人到底是谁？他这种迟钝的表情是什么性质？是愚蠢还是狡狯？是十分清楚事情的严重，还是懵然无知？对这些问题，听众中间看法不一，陪审团似乎也莫衷一是。这个案子既令人惊骇，又使人困惑，不仅模糊不清，而且茫然无绪。

辩护律师的辩护相当精彩，用的是外省方言。长久以来，这一直是法庭上唇枪舌剑的语言，从前，不管是在巴黎，还是在罗莫朗坦或蒙布里松，所有的律师都使用这种语言，现已成为古典，只有检察院的官方演说家还在使用,因为它音调洪亮,气派威严。在这种方言中,老公称作"丈夫",老婆称作"妻子",巴黎称作"艺术和文化的中心",国王称作"君主",主教大人称作"神圣的高级教士",检察官称作"能言善辩的公诉代言人",辩护词称作"刚才聆听到的高论",路易十四时代称作"伟大的时代",剧院称作"墨尔波墨涅[①]殿堂",执政的王室称作"列王高贵的血统",音乐会称作"音乐的盛大节日",统辖一省的将军先生称作"威震四海的某某武士",等等,神学院的学生称作"这些稚嫩的教士",指责报界的错误时,说是"在报刊诸栏中散布毒素的花言巧语",诸如此类,不一而足。——因此,我们这位辩护律师一上来便阐述偷苹果的案情,——这种事要用文雅的语言来表达,实在勉为其难,不过,贝尼涅·波舒埃[②]有一次在致诔词中,不得不谈到一只母鸡时,照样言辞华美,应付自如。辩护律师确认,偷苹果的罪行实际上尚未证实。——他以辩护人的身份,坚持把他的委托人叫作尚马蒂厄,他说没有人看见他越墙或折树枝。他被抓住,是因为手中拿着一根树枝(辩护律师更乐意称作细枝),但他一口咬定是从地上捡的。谁又能提供反证呢?——这根树枝可能是小偷越过墙去折断并偷走后,做贼心虚而扔在地上的。可能是有一个贼。可是,有什么证据能证明这个贼就是尚马蒂厄呢?只有一点。他从前是苦役犯。律师不否认这一身份似乎不幸得到了证实;被告在法弗罗勒待过;他在那里当过修树工,尚马蒂厄的名字很可

[①] 墨尔波墨涅,希腊神话中九位文艺女神中的一个,主管悲剧。
[②] 贝尼涅·波舒埃(1627—1704),法国主教、神学家和作家。

能出自让·马蒂厄;这一切确凿无疑;再说,四个证人毫不犹豫,一口咬定尚马蒂厄就是苦役犯让·瓦让;对于这些指控,这些证词,律师只好用当事人的否定——有个人目的的否定——来反驳;但是,即使他是让·瓦让,就能证明他是偷苹果的贼吗?最多也是推测,没有任何证据。被告确实采取了"笨拙的辩护方式",律师应该"真诚地"承认这一点。被告坚持否认一切,否认偷窃和他的苦役犯身份。其实承认是苦役犯,对他肯定有好处,可以赢得法官的宽恕。律师曾劝过他,但被告拒不接受,可能认为否定一切,便可挽救一切。这是错误的。但是,难道不该考虑他智力低下吗?显然,这个人一看就有点傻。在监狱里长期受苦,出狱后,又长期受穷,这使他变得愚昧鲁钝,等等,等等。被告的申辩很糟糕,可是,这难道是给他定罪的理由吗?至于小热尔韦一案,律师认为无须争辩,因为与本案无关。最后,律师恳请陪审团和法庭,即使他们确认他就是让·瓦让,也只按擅离监视地点罪从轻发落,不要按屡教不改的苦役犯严加惩处。

  检察官对辩护律师进行了驳斥。他和其他检察官一样,言辞激烈,词藻华丽。他赞扬辩方的"正直",又巧妙地利用他的正直。他抓住辩方让步的几个方面,来攻击被告。律师似乎承认被告就是让·瓦让。他把这记录在案。因此,这个人是让·瓦让。这在诉状中已确认,不容再怀疑。说到这里,检察官追溯犯罪行为的根源,用换称法的修辞手段,怒斥浪漫派的伤风败俗(当时,浪漫派方兴未艾,《王旗报》和《日报》的批评家们称它为"撒旦派"),煞有介事地把尚马蒂厄,更确切地说,把让·瓦让的罪行,归咎为这一邪恶文学流派的影响。穷源溯流后,他话锋一转,谈起让·瓦让来了。让·瓦让是什么货色？他对让·瓦让进行了描绘。说他是遭人唾弃的魔鬼，等等。这般描绘，可以在忒拉门①的叙述中找到范例，这对悲剧毫无用处，但对每天的法庭辩论却大有帮助。听众和陪审团"高兴得发颤"。描写完让·瓦让，为了让第二天早晨的《省府公报》以最大热情报道他的演说，检察官又再展其口才：

"他是这样一个人，等等，等等，等等，流浪汉，叫花子，一无所有，等等，等等，——从前惯于为非作歹，蹲了监狱仍未改过自新，对小热尔韦的罪行就是明证，等等，等等。——他是这样一个人，犯了盗窃罪，在大路上被抓住，离他爬的围墙只有几步路，手里还拿着赃物，却矢口否认犯罪，否认偷窃和爬墙，否认一切，甚至姓名，甚至自己的身份！我们掌握了无数证据，这里不一一重复，只强调一点，四个证人认出了他，雅韦尔，正直的警探雅韦尔，另外三个是他同牢的无耻囚徒，苦役犯布雷韦、舍尼迪厄、科舍帕伊。他们众口一词，确认他是让·瓦让，可他是怎么对付的？他矢口否认！何等顽固不化！诸位陪审官先生，请你们主持正义，等等，等等。"

检察官说话时，被告张大嘴巴听着，惊讶之中还带点敬佩。显然，他惊讶一个人竟如此能说会道。诉状中不时出现"有力"的段落，检察官辩才横溢，污蔑之词滔滔不绝，犹如狂风暴雨，将被告团团包围，被告便慢慢地左右摇晃脑袋，仿佛是悲哀而无言的抗议。自辩论开始以来，他一直只满足于这种无奈的抗议。

---

① 忒拉门（前450—前404），古希腊雅典政治家。

有两三次，离他最近的观众听见他咕哝：

"为什么不去问问巴卢先生！"

检察官请陪审团注意，被告傻乎乎的样子显然是装出来的，这不能说明他愚笨，只能说明他机敏狡黠，惯于欺骗法庭，因此，这人的"邪恶心术"已暴露无遗。在结束公诉时，他对小热尔韦的问题表示保留意见，要求严加惩处。

这就是说，大家想必还记得，暂时判处终身苦役。

辩护律师站起来，先对"检察官先生"的"精彩演说"恭维了一番，然后又竭力作了辩驳，但是软弱无力。显然，他守不住阵地了。

十　否认的方式

结束辩论的时刻到了。庭长叫被告起立，按惯例问他：

"您还有什么要辩护的吗？"

那人站在那里，手里搓揉着肮脏不堪的破帽子，仿佛没有听见。庭长又问了一遍。

这一回他听见了。也好像听明白了，仿佛醒来似的动了动，举目环视四周，先看观众，然后是宪兵、他的律师、陪审员、法官，将巨大的拳头放在被告席前面的木栏杆上，又朝四周看了看，突然，他眼睛盯着检察官，开口说话了。就像是火山爆发。话语从他口中喷出来，毫不连贯，汹涌猛烈，互相碰撞，语无伦次，仿佛都急着要同时冲出来。他说：

"我有话要说。我在巴黎修过大车,我在巴卢先生家干过。这活很辛苦。修车总是在露天,在院子里,遇到好的东家,便在车棚里,从来不可能在不透风的车间里,因为这活占地方,明白吧。冬天冷得只好捶打胳膊取暖,但东家不让,说这耽误时间。街上结冰时,手摆弄铁器,够人受的。这活儿很累人。干这活儿,年纪轻轻就熬成老头。四十岁就完了。那时我五十三岁,真是吃足了苦头。还有,那些工人都坏透了!因为你年纪大,就叫你老傻瓜,老笨蛋!我一天才挣三十苏,老板们欺侮我年纪大,尽量少付给我钱。此外,我还有个女儿,在河边给人洗衣服。她也挣几个钱。就我们两个人,日子还能对付。她也很辛苦。整天洗衣服,半个身子泡在木桶里,下雨天,下雪天,风冷得割你的脸。结冰天也得洗。有些人衣裳不多,等着换洗;你不洗,活儿也就丢了。洗衣桶接缝不严,到处往下漏水。衣服里里外外全都是湿的。从外湿到里。她还在红孩子洗衣坊干过,水从龙头里流出来。那里不用木桶。前面是水龙头,用来洗,后面是洗衣池,用来清。那是在屋子里,身子不像那样冷。但里面热气腾腾,熏得你眼睛看不见。晚上七点回家,到家就睡觉。她累坏了。她丈夫老打她。她现在死了。我们没过过快活的日子。她是个好姑娘,不去跳舞,安分守己。我记得,一个封斋节前的星期二,她八点就睡了。这都是实话。你们可以去打听。啊!去打听!我太愚蠢了!巴黎是个无底洞。谁认识尚马蒂厄老头?不过,你们可以去问巴卢先生。去巴卢先生家看看。我真不知道你们为什么对我这样。"

那人住口了,但仍站着。他说这番话时,声音又高又急,又嘶哑又生硬,神态恼怒、粗野和憨直。中间,他停了一会,向听众席上的一个人招手致意。他那些话仿佛都是信口抛出,就像是打嗝,一面说,一面做着樵夫劈柴的手势。他说完后,听众哄堂大笑。他把目光转向听众,见大家在笑,感到莫名其妙,自己也跟着笑了。

这情景凄惨极了。

庭长是个和蔼亲切的人。他大声发言了。

他提醒"陪审员先生"注意,"被告提到巴卢先生,自称在那里干过活,但援引无效。这位前车行老板已破产,没能找到"。然后,他转向被告,要他注意听他下面要说的话。他接着说:

"鉴于您目前的处境,应该好好思考。最严重的推定落在您头上,可能会导致死刑。被告,从您的利益出发,我最后一次质问您,您要把下面两个事件交待清楚:第一,您是不是翻过皮埃龙果园的围墙,折断树枝,偷了苹果,就是说,犯了越墙盗窃罪?第二,您是不是刑满释放的苦役犯让·瓦让?"

被告神态自信地摇了摇头,好像他完全听懂了问题,知道如何回答似的。他张开嘴,转向庭长,说:

"首先……"

继而他看了看他的帽子,又看了看天花板,闭口不言了。

"被告,"检察官正颜厉色地说,"请您注意。问您的问题,您一个也没回答。您惶惑不安,正说明您心虚。很清楚,您不叫尚马蒂厄,您是苦役犯让·瓦让,先用让·马蒂厄这个名字作掩护,那是您母亲的名字,您到过奥弗涅,您出生在法弗罗勒,是修树工。很清楚,您翻过皮埃龙果园的围墙,偷了成熟的苹果。陪审员先生们将作出判断。"

被告本已坐下。检察官讲完后,他霍地站起来,大叫大嚷:

"您这人真坏!这就是我想说的。开头我没想出来。我什么也没偷。我这个人不是每天都有饭吃的。我从埃利来,经过那里,那天下了场阵雨,田野成了黄泥浆,水塘里的水漫出来,把路边沙地里的草都冲了出来,我见地上有根断枝,上面有几只苹果,我就捡了起来,谁知给我惹了麻烦。我在牢里呆了三个月,让人拖来拖去。况且,我能说什么,你们说我有罪,你们对我说:'快回答!'这位宪兵是个好人,他推推我的胳膊,低声对我说:'回答吧!'我不会说话,我没念过书,我是个穷人。你们本该把事情弄清楚的。我没有偷,我捡了地上的东西。你们说让·瓦让,让·马蒂厄!我不认识这些人。他们是乡下人。我在巴卢先生家干过活,在医院大马路。我叫尚马蒂厄。你们告诉我出生的地方,真是太聪明了。我自己都不知道。不是所有的人生下来都有家的。那样就太好了。我认为,我父母亲是四处流浪的人。况且,我自己也不知道。我小时候,大家叫我小家伙,现在大家叫我老头。这就是我的教名。你们愿意的话,就这样叫吧。当然,我到过奥弗涅,我到过法弗罗勒!那又怎样?难道到过奥弗涅,到过法弗罗勒,就一定服过苦役?我对你们说,我没偷过东西,我是尚马蒂厄老头。我在巴卢先生家干过活,在他家住过。你们一个劲儿胡说八道,我都听得不耐烦了!为什么一个个就像疯了似的在后面逼我!"

检察官一直站着,他对庭长说:

"庭长先生,被告肆意抵赖,想让我们把他当傻瓜,我们警告他,那是痴心妄想。面对被告乱七八糟但十分狡猾的否认,我请庭长先生和法庭重新传犯人布雷韦、科舍帕伊和舍尼迪厄，以及警探雅韦尔，让他们就被告是不是让·瓦让再作一次证。"

"我提请检察官先生注意，"庭长说，"警探雅韦尔在邻县县城有公务要办，作完证就离开法庭和本城了。我们征得检察官和被告律师的同意，才准许他走的。"

"是这样，庭长先生。"检察官说。"鉴于雅韦尔先生不在场，我认为有必要提醒陪审员先生回顾一下雅韦尔先生刚才说的话。雅韦尔是值得尊敬的人，他正直廉洁，一丝不苟，这为他卑微但又十分重要的工作增光添彩。下面是他作证时说的话：'我用不着用推定和物证来驳斥被告的否认。我一眼就认出他是谁了。他不叫尚马蒂厄，他从前是个极其凶恶、极其可怕的苦役犯，他叫让·瓦让。因为他服刑期满了，不得不十分遗憾地将他释放。他因加重情节的偷盗罪，服了十九年的苦役。他曾五六次企图越狱。除了抢劫小热尔韦和偷窃皮埃龙果园外，我还怀疑他在已故迪涅主教家偷过东西。我在土伦监狱当苦役犯副看守时，经常看见他。我再说一遍，我一眼就认出他了。'"

检察官这番精确无误的复述，似乎对听众和陪审团产生了强烈的印象。最后，他强调说，即使雅韦尔缺席，布雷韦、舍尼迪厄、科舍帕伊等三位证人仍然要再次上庭作证，郑重听取法庭的质询。

庭长将命令传给一个庭丁，过了一会儿，证人室的门打开。庭丁在一个宪兵的保护下，把布雷韦带上法庭。听众一个个紧张极了，所有的胸脯一起起伏，仿佛共有一个灵魂似的。

前苦役犯布雷韦穿着中央监狱的黑灰色囚衣。布雷韦六十来岁，他相貌像生意人，神情像无赖。这两者常常是相辅相成的。

他犯了新的罪行,又进了监狱,在那里,他当了狱卒之类的角色。监狱的头头脑脑们对他的印象是:他总想干些有用的事。狱中布道神甫证明他有虔诚的宗教信仰。要提醒的是,这事发生在王朝复辟时期。

"布雷韦,"庭长说,"您受过加辱刑的惩罚,不能宣誓……"
布雷韦垂下眼。

"然而,"庭长继而又说,"即使是被法律贬黜的人,如果上帝垂怜,在他身上就还会有荣誉感和公正感。在这决定性时刻,我要唤起的就是这一情感。假如您身上还有这种情感,——我希望如此——,您就好好想一想再回答我,一方面您要考虑这个人,您的一句话会将他断送,另一方面您要考虑法庭,您的一句话能使它明白真相。这是庄严的时刻,如果您认为您前面的证词错了,现在改口还来得及。——被告,起立。——布雷韦,仔细看一看被告,好好回忆一下,凭着您的良心告诉我们,您是不是坚持认为,这个人是和您一起服过苦役的让·瓦让。"

布雷韦看了看被告,然后转向法庭。

"是的,庭长先生。是我第一个认出他来的,我现在仍然坚持。这个人就是让·瓦让。一七九六年进土伦监狱,一八一五年出狱。我比他晚出去一年。他现在傻里傻气,那是年纪把他变傻的,在牢里的时候,他可阴险呢。我肯定他是让·瓦让。"

"您去坐下吧。"庭长说。"被告,您还站着。"

舍尼迪厄带了上来,他绿帽红衣,一看便知是终身苦役犯。他在土伦监狱服刑,为了这件案子,把他从那里提出来的。他个子矮小,五十来岁,性子急躁,满面皱纹,身体瘦弱,脸色发黄,厚颜无耻，容易冲动，他的整个肢体显得病病恹恹，但他的目光却透着巨大的力量。他的牢友们给他取了个绰号："我否认上帝[①]"。

庭长对他说的话，同对布雷韦说的大致一样。当庭长对他说，他犯有罪行，无权宣誓时，他却抬起头，直视听众。庭长提醒他要集中注意力，然后，像刚才问布雷韦那样，问他是不是坚持说认得被告。

舍尼迪厄纵声大笑。

"问我认不认得他！当然！我们锁在同一根铁链上有五年时间。老兄，你不高兴？"

"您去坐下吧。"庭长说。

庭丁带来了科舍帕伊。他也判了无期徒刑，和舍尼迪厄一样，也是从牢里提出来的，也穿着红囚衣。他是卢尔德地方的农民，和比利牛斯山的熊相差无几。他在山里放牧，后来成了强盗。与被告相比，科舍帕伊和他一样野蛮，但似乎比他更愚笨。这个不幸的人，和许多不幸的人一样，大自然把他变成了野兽，社会把他变成了苦役犯。

庭长试图用哀婉而严肃的话来打动他，又提出了和前面同样的问题，问他是不是毫不犹豫、毫不含糊地坚持认为，他面前的这个人是让·瓦让。

"是让·瓦让。"科舍帕伊说。"他力气很大，大家都叫他千斤顶。"

这三个人的证词，显然是真诚可信的，每一次作证，都在听众席上引起对被告不祥的议论，而且，议论的声音一次比一次响，

[①] "我否认上帝"（Je-nie-Dieu）与舍尼迪厄（Chenildieu）的音相似。

时间一次比一次长。被告神色惊讶地听他们作证,按照诉状的说法,这是他为自己辩护的主要手段。在听第一个人作证时,他身边的宪兵们听见他咕哝说:"啊!真有他的!"第二个人说完后,他露出了似乎满意的神态,稍微提高了声音说:"好!"到了第三个,他大声喊道:"精彩!"

庭长质询他说:

"被告,您听见了。您有话要说吗?"

他回答:

"我说:精彩!"

听众哗然,连陪审团也窃窃私语了。那人肯定完了。

"庭丁,"庭长说,"让大家安静。我要宣布辩论结束。"

这时,庭长身旁有了动静。一个声音喊道:

"布雷韦,舍尼迪厄,科舍帕伊!看看这边。"

听到这声音的人,无不毛骨悚然,因为那声音凄惨而可怕。大家的目光转向发出声音的地方。在法官后面坐着的特殊听众中,有一个人刚才站了起来,推开法官席和听众席之间的栅栏门,现在正站在大厅的中央。庭长、检察官、巴马塔布瓦先生,还有其他不少人都认出了他,异口同声地喊道:

"马德兰先生!"

十一　尚马蒂厄越来越惊讶

那人正是马德兰先生。书记员的灯照亮了他的脸。他手里拿着帽子,衣服穿得整整齐齐,礼服扣得规规矩矩。他脸色十分苍白,身子微微颤抖。刚到阿腊斯时,他的头发还是花白的,现在全白了。那是他在这里一个小时以来变白的。

所有人都竖起了脑袋。人们此刻的感觉难以形诸笔墨。全场的人一下都愣住了。那声音撕心裂肺,可站在那里的人却异常平静,这使人一下子不明所以。人们都在想这是谁喊的。没有人相信,这个神态平静的人会发出如此可怖的喊声。

惊疑只持续了几秒钟。庭长和检察官还没来得及说一句话,宪兵和庭丁们还没来得及做一个动作,这个此刻仍被大家称作马德兰先生的人,已朝证人科舍帕伊、布雷韦和舍尼迪厄走了过去。

"你们认不出我来了吗?"他说。

三个人目瞪口呆,都摇摇头,表示不认识。科舍帕伊吓得行了个军礼。马德兰先生转向陪审员和法官,和颜悦色地对他们说:

"陪审员先生,把被告放了。庭长先生,把我逮捕吧。你们要找的人,不是他,而是我。我是让·瓦让。"

大家紧张得气都出不来了。继惊讶引起的震撼之后,接踵而来的是死一般的寂静。一种发生了惊天动地的事时才有的那种神圣的恐惧感,攫住了大厅里每一个人的心。

可是,庭长先生的脸上出现了同情和忧愁。他和检察官交换了一下眼色,又同陪审员们低声交谈了几句。然后,他转向听众,用心照不宣的声调问大家:

"这里有没有医生?"

检察官发言说:

"陪审员先生,这件事太奇特,太意外,在法庭上引起了混乱，我们的感觉和诸位一样，无须明说。诸位都认识滨海蒙特勒伊的市长，尊敬的马德兰先生，至少也听说过他的大名。如果听众中有医生，我们和庭长先生一起请他出来照料一下马德兰先生，把他带回家去。"

马德兰先生根本没让检察官说完。他温和而又断然地打断了他的话头。下面是他讲的话，一字一句，分毫不差，如同目击者在庭审结束后马上记录下来的那样，如同四十年前聆听过那些话的人仍在耳边回响的那样。

"谢谢您，检察官先生，不过，我没有疯。您会看到的。刚才，您差点铸成大错。把这个人放了。我在尽我的责任，我是那不幸的囚犯。这里，只有我一个人看得最清楚，我来告诉您事实真相。我此刻所做的，上帝在天上看着，这就够了。既然我来了，您可以逮捕我。不过，我已尽了最大努力。我改名换姓，隐藏起来；我成了富翁；我当了市长；我想回到正直人中间。看来这是不可能的。总之，有许多事我现在不能讲，我不想向您叙述我的人生，有朝一日大家会知道的。我偷了主教大人的东西，这是真的；我抢了小热尔韦，这也是真的。人们有理由对您说，让·瓦让是一个凶恶的坏人。也许不应该全怪他。诸位陪审员先生，请听我说，像我这样堕落的人，没资格指责上帝，也没资格告诫社会；但是，要知道，我试图摆脱的那种耻辱，是非常有害的东西。苦役犯是苦役造成的。如果愿意，尽管把这句话记下来。进苦役所之前，我是一个愚昧无知的贫苦农民，一个傻瓜；苦役生活改变了我。从前我愚昧无知，后来变成了一个凶恶的坏人；原来是木柴，后来变成了焦炭。再后来，宽容和仁慈挽救了我，正如严厉的刑法毁了我一样。对不起,给你们说这些,你们是听不懂的。在我壁炉的灰烬里,你们可以找到一个四十苏的银币,那就是七年前我从小热尔韦那里抢来的。我没别的要说了。把我抓起来吧。上帝!检察官先生在摇头,您想说:马德兰先生疯了,您不相信我!这让我很难过。至少不要给这个人判刑!什么!他们怎么认不出我来!我希望雅韦尔在这里。他一定会认出我的!"

他说话时那种和蔼、伤感和忧郁的声调,是任何语言都难以表达的。

他转向三位苦役犯。

"喂!我,我可认出你们来了!布雷韦!您还记得吗……"

他停住话头,迟疑片刻,接着说:

"你还记得你在牢里用的针织方格背带吗?"

布雷韦似乎惊得打了个颤,神色惶恐地从头到脚打量他。他则继续说:

"舍尼迪厄,你给你自己起了个外号,叫'我否认上帝',你的整个右肩膀重度烧伤过,因为有一天,你睡觉时把肩膀放在一大盆火炭上,想把烙在你肩上的 T.F.P.① 三个字母烧掉,可仍然看得出来。你回答,有没有这件事?"

"有。"舍尼迪厄说。

他又对科舍帕伊说:

"科舍帕伊,你左臂的肘弯旁,有一个用热火药烧成的蓝色日期。是一八一五年三月一日,拿破仑皇帝在戛纳登陆的日期。你

---

① T.F.P. 为终身苦役的缩写字母。

把袖管卷起来。"

科舍帕伊卷起袖管,他周围的人都把目光集中到他赤露的胳膊上。一个宪兵拿来一盏灯。上面确实有这个日期。

那不幸的人微笑着转向听众和法官。当年目睹这个微笑的人,至今想起来心里还不是滋味。那是胜利的微笑,也是绝望的微笑。

"你们看见了吧,"他说,"我是让·瓦让。"

大厅里,不再有法官、原告和宪兵,只有发呆的眼睛和激动的心。谁都忘记了自己的职责,检察官忘了是来公诉的,庭长忘了是来主持庭审的,辩护律师忘了是来辩护的。令人吃惊的是,没有人提一个问题,也没有人行使职权。崇高的场面,总是能感动所有的心灵,使在场的人都变成观众。也许没有人能说清楚自己的感受,没有人会以为看见了一束强光在闪耀,但每个人的心里都感到眩晕。

显然,面前的人就是让·瓦让。他光芒四射。他的出现,足以使这个至此一直扑朔迷离的奇案真相大白。无须任何解释,在场所有的人,仿佛得到了闪电般的启示,一眼就看清了这个简单而壮丽的故事,那人为了不让别人代他受过而舍身自首。那些鸡毛蒜皮的细节,种种可能有的犹豫和反抗,都烟消云散在这光风霁月的浩气中了。

这种感受很快就过去了,但在那一时刻,是不可抗拒的。

"我不想更多地打扰法庭。"让·瓦让说,"既然你们不逮捕我,那我走了。我有好几件事要处理。检察官先生知道我是谁了,也知道我去哪里,他随时都可以来抓我。"

他向出口走去。没有人说一句话,也没有人伸手拦住他。大家给他让路。此时此刻,他有一种说不出的令人群后退让路的神圣威力。他缓步穿过人群。不知道谁给开的门,但可以肯定,他到门口时,门是开着的。走到门口时,他转过身来说:

"检察官先生,随时听候处置。"

继而又对听众说:

"你们大家,所有在这里的人,都觉得我值得同情,是不是?我的上帝!当我想到我刚才做的事,我感到我是值得羡慕的。不过,我宁愿这件事不发生。"

他出去了。如同刚才有人把门打开那样,有人把门关上了。做出非凡之举的人,人群中肯定有人甘愿为他们效劳的。

这之后不到一小时,陪审团作出裁决,撤销对尚马蒂厄的一切控告。尚马蒂厄立即释放。他目瞪口呆地走了,心想所有的人都疯了,他对眼前发生的事茫然不解。

第八卷
余　波

一　马德兰先生用什么镜子照发

天渐渐亮了。芳蒂娜发高烧，彻夜未眠，满脑子都是幸福的幻象。清晨她却睡着了。看护她的辛普丽斯嬷嬷趁她睡着的时候，去给她准备奎宁汤剂。可敬的嬷嬷在医务所的药房里已待了一会儿了，清晨，物体看上去朦胧不清，她便把眼睛凑近她配的药剂和药瓶。突然，她转过头，轻轻叫了一声。马德兰先生就在她面前。他刚悄悄进来。

"是您，市长先生！"她大声说。

他低声回答：

"那可怜的女人怎么样？"

"现在还好。可把我们担心坏了。"

她向他讲述了发生的事，说芳蒂娜昨天情况很糟，现在好一些，因为她以为马德兰先生去蒙费梅接孩子了。嬷嬷不敢问市长先生，但从他的神态，可以看出他根本不是从那里来。

"这样很好，"他说，"您没有说破是对的。"

"是的，"嬷嬷接口说，"可是，市长先生，她就要看到您了，她见不到孩子，我们该怎么对她说？"

他想了一会。

"上帝会启示我们的。"他说。

"总不能说谎吧。"嬷嬷嘟囔了一句。

屋里大亮了。光线照在马德兰先生的脸上。嬷嬷无意中抬起头来。

"我的上帝，先生！"她大叫道，"出什么事了？您的头发全白了！"

"白了！"他说。

辛普丽斯嬷嬷没有镜子。她在药箱里翻寻，找出一面镜子，是医务所医生用来确认病人死没死、断没断气的。马德兰先生拿起镜子，仔细照了照，而后说："真的！"

他说这话时心不在焉，好像在想别的事。

嬷嬷有点觉得这里面有什么不对劲，颇感害怕。马德兰先生问：

"我能看她吗？"

"市长先生不把她孩子接来吗？"嬷嬷说。她壮了壮胆才敢这样问。

"当然接来，但至少得两三天。"

"只要这几天她看不见市长先生，"嬷嬷怯生生地说，"她就不会知道市长先生已经回来，这样，就不难劝说她耐心等待。等孩子接来时，她自然会认为市长先生是同孩子一起回来的。这样就不必说谎了。"

马德兰先生似乎沉吟片刻，然后，平静而严肃地说：

"不，嬷嬷，我得见她。我可能没时间了。"

这"可能"二字,使市长先生的话显得古怪而晦涩,可那修女似乎没注意。她虔敬地垂着眼,轻声说:

"既然这样,她在睡觉,市长先生可以进去。"

有扇门关闭时发出声音,他怕吵醒芳蒂娜,便关照了几句,然后走进芳蒂娜的病房,走到床前,微微掀开帐帘。她睡得正香。气息从她胸腔呼出,声音好不凄楚。那是患这种疾病的人特有的呼吸声,夜间守候在患这种不治之症的熟睡孩子身旁的母亲们听了会心痛欲裂。可是,尽管芳蒂娜呼吸困难,脸上依然有一种不可言喻的安详,这使她在睡着时变得美丽了。惨白的脸色变成白皙,双颊出现了红润。金色的长睫毛紧闭着,颤动着,这是纯洁和青春在她身上唯一留下的娇美之处。她全身都在颤动,仿佛有对翅膀正在展开,将把她带走,但只能感觉到颤动,却看不见翅膀。见她这个样子,没人会相信她是生命垂危的病人。与其说她像濒临死亡,不如说像要展翅飞翔。

我们伸手摘花时,花枝会半推半就似的微微抖动。当死亡神秘的指头来摘取人的灵魂时,人的躯体也会像这样颤动。

马德兰先生一动不动,在床边呆了一会儿,看看病人,又看看耶稣受难像,正如两个月前,他第一次来这里看她时那样。他和她还是上次的姿势,她熟睡,他祈祷,所不同的是,两个月过去了,她的头发已花白,他的头发已全白。

嬷嬷没同他一起进来。他站在床边,指头放在嘴上,仿佛在示意房间里的什么人不要出声。

她睁开眼,看见他,露出了笑容,安详地说:

"珂赛特呢?"

二　芳蒂娜幸福满怀

她既没显出惊讶，也没显出快乐；她已是快乐的化身。她在问"珂赛特呢？"这个简单的问题时，是那样信任，那样肯定，那样无忧无疑，使得马德兰先生无言以对。她接着又说：

"我知道您在这里。我睡着了，但我看见您了。我早就看见您了。我的眼睛跟了您整整一夜。您被一个光圈环绕，身旁有各种各样的神仙。"

他抬头看了看那个耶稣受难十字架。

"告诉我，珂赛特在哪里？"她又说，"为什么不把她放在我床上，等我醒来时好看见她？"

他随口编了几句，过后都想不起说了什么。幸好医生闻讯赶来。他是来给马德兰先生解围的。

"孩子，"医生说，"冷静些。您的孩子在这里。"

芳蒂娜的双眸顿时炯炯发光，照亮了她整个脸。她双手合十，就像人们祈祷时那样，神情既强烈，又温柔。

"呵！"她喊道，"快给我抱来！"

母亲的幻觉多么感人肺腑！在她眼里，珂赛特永远是抱在怀里的娃娃。

"不行，"医生又说，"现在还不行。您还发着烧呢。看到孩子，您会激动的，这样对您不好。先得把您的病治好。"

她急躁地打断他。

"我已经好了!告诉您,我已经好了!这个医生,固执得像头驴!喂!我要见我的孩子,我!"

"瞧您发这么大的火,"医生说,"如果您老是这样,我就不准您见孩子。不光是要看见她,还要为她活下去。您什么时候理智了,我就亲自把她给您送来。"

可怜的母亲垂下头来。

"大夫先生,请您原谅,我诚恳地请求您原谅。我从前绝不会像刚才那样讲话,我经历了太多的不幸,有时都不知道自己在胡说什么。我知道,您是怕我激动。您要我等多久都行。不过,我向您保证,看见我女儿,对我肯定不会有坏处。我一直看见她的,从昨天晚上起,我的眼睛就没离开过她。您知道吗?现在抱来给我,我就可以轻轻地和她说说话。如此罢了。既然人们专程去蒙费梅把我的孩子接来了,我想看看她,这不是很自然的吗?我没有发火。我知道我就要有幸福了。整整一夜,我都看见一些白色的东西,一些人在向我微笑。大夫先生什么时候愿意,就把我的珂赛特抱给我。我不发烧了,因为我的病好了。我感到一点病也没有了。但我还会像有病那样静静躺着,好让这里的看护们高兴。大家看到我很安静,就会说:该把孩子给她了。"

马德兰先生已坐到床边的一张椅子上。她朝他转过脸。显然,她在努力装出平静的样子,并且像她在病态——人得了病就像孩子——中所说的那样,竭力做出很"乖"的样子,这样,人家看她平静了,就不会反对把珂赛特带给她了。然而,她一面克制自己,一面仍忍不住向马德兰先生提出一个个问题。

"您一路挺顺利的吧,市长先生?呵!您真好,帮我去接孩子！我只要您告诉我她现在怎么样。她路上累不累？唉！她不会认得我了！她早就把我忘了，可怜的宝贝！孩子是没有记性的。就像小鸟。今天看见一样东西，明天又看见另一样东西，见一样忘一样。她穿的内衣总该是白的吧？泰纳迪埃家让她穿得干净吗？给她吃得怎么样？呵！要知道，在我贫困的时候，我一想到这些，就心如刀绞！现在都过去了！我多么快乐！呵！我多想看到她啊！市长先生，您觉得她漂亮吗？我的女儿是不是很美？你们在马车上一定很冷吧？能不能把她带来，哪怕待一会儿？来一下就带走嘛。说呀！您是主人，您同意就行。"

他握住她的手：

"珂赛特很美，"他说，"珂赛特身体很好，您很快就能见到她了，但是，您要安静下来。您说话太急，您的手臂也露在外面了，您会咳嗽的。"

的确，芳蒂娜每说一句话，几乎都要咳一阵。

芳蒂娜没有抱怨，她想赢得大家的信任，唯恐过分的抱怨会坏事。于是，她就说些无关紧要的话。

"蒙费梅挺漂亮，是不是？夏天常有人去那里游玩。泰纳迪埃家生意好吗？他们那里过往的人不是很多。他们的客店不过是一种低级饭馆。"

马德兰先生仍然握着她的手，忧心忡忡地望着她。显然他来是有话要同她说，但现在犹豫了。医生看完病人就走了。只剩下辛普丽特嬷嬷和他们在一起。

这时，在这默默无声中，芳蒂娜大叫大嚷起来：

"我听见她的声音了！我的上帝！我听见她的声音了！"

她伸出胳膊，示意大家不要说话，她屏神敛气，欣喜若狂，侧耳谛听。

院子里有个孩子在玩耍，大概是女门房的孩子，或是某个女工的孩子。这样的巧合屡见不鲜，这似乎是神秘悲剧的组成部分。那是个小女孩，为暖和身子，在来回跑动，一边大声地又笑又唱。唉！哪里没有孩子玩耍呢！芳蒂娜听到的正是这个小女孩的歌声！

"呵！"她又说道，"是我的珂赛特！我听出她的声音了！"

孩子忽来忽去，她走远了，声音消失了。芳蒂娜又听了一会儿，脸色阴沉下来。马德兰先生听见她低声说：

"大夫真坏，不让我见女儿！这个人，一脸凶相！"

但是，她那些快乐的思想又回来了。她头贴着枕头，继续自言自语："我们会多么幸福啊！首先，我们要有一个小花园！马德兰先生答应过我。女儿在花园里玩耍。现在她该会写自己的名字了。我要让她拼给我听。她在草地上追蝴蝶。我看着她。她还要去领圣体。啊！她什么时候该去领第一次圣体？"

她扳着指头算了起来。

"……一，二，三，四……她今年七岁。再过五年。她将披一条白面纱，穿一双镂空长袜，就像一个小女人。啊！我的好嬷嬷，您不知道我有多蠢，我竟在想我女儿第一次领圣体了！"

她笑了起来。

他松开芳蒂娜的手。他听着她说话，犹如在听风的声音，眼睛看着地面，思想陷入无尽的思索中。忽然，她不说话了。他机械地抬起头，芳蒂娜的模样变得十分骇人。

她不再说话，也不再呼吸；她已半坐起身子，瘦削的肩膀从衬衣里露出来,刚才还容光焕发的面孔,此刻已变得惨白,她好像在凝视她前面房间另一头一件可怕的东西,恐惧使她的双眸睁得很大。

"上帝!"他喊道。"芳蒂娜,您怎么啦?"

她不回答,眼睛依然盯着她似乎看见的一样东西,一只手拉拉他的胳膊,另一只手示意他看身后。

他转过脸,看见是雅韦尔。

三　雅韦尔洋洋得意

下面谈一谈事情的经过。

马德兰先生离开阿腊斯刑事法庭时,午夜十二点半刚过。他回到客店时,正赶上邮车快要出发;大家记得,他预定了座位。不到六点,他就到了滨海蒙特勒伊,他做的第一件事,就是把写给拉斐特先生的信寄走,然后就去医务所探望芳蒂娜。

然而,他刚离开法庭,检察官就恢复了镇静。他发言说,他为尊敬的滨海蒙特勒伊市长的荒唐行为感到遗憾,声称尽管发生了这件荒唐的意外,他的信念依然未变,相信事情迟早会水落石出,认为尚马蒂厄肯定是真正的让·瓦让,要求法庭给他判刑。检察官固执己见,显然与大家,与听众、法官和陪审团的看法背道而驰。辩方律师不费多少口舌,就把检察官的演说驳得体无完肤。他指出,根据马德兰市长,即真正的让·瓦让所揭露的事实,案情有了根本的改变,站在陪审团前面的是一个无辜的人。律师还对法庭犯的错误概括地感叹了一番，尽管缺少新意……庭长总结时，赞同辩方律师的意见，陪审团几分钟就作出决定，宣布尚马蒂厄与本案无关。

可是，检察官总得有一个让·瓦让。尚马蒂厄放了，只好抓住马德兰。

释放尚马蒂厄之后，检察官立即和庭长闭门密谋。他们商议了"逮捕滨海蒙特勒伊的市长先生的本人的必要性"。这句话中有好几个"的"字，是检察官先生亲手写在呈送总检察长的报告底稿上的。庭长最初的激动已然过去，他没发表什么异议。法院必须正常运行。再说，尽管庭长是个善良而相当聪明的人，但他是保王派，而且非常狂热，听到滨海蒙特勒伊市长谈起戛纳登陆，用的是"皇帝"，而不是"布奥拿巴"，心里很不舒服。

于是逮捕令发出了。检察官派一名专差，火速送往蒙特勒伊，并让警探雅韦尔负责此事。

大家知道，雅韦尔作证后，立即回滨海蒙特勒伊了。

专差把逮捕令和传票交给他时，他正在起床。那专差也是个非常干练的警察，三言两语，就把阿腊斯发生的事向雅韦尔交代清楚。逮捕令由检察官签字，上面写着："雅韦尔警探速将滨海蒙特勒伊市长马德兰拘捕归案，本日公审时，查明此人是苦役释放犯让·瓦让。"

不认识雅韦尔的人，看见他走进医务所前厅时的样子，绝对猜不出发生了什么事，会觉得他神态很正常。他冷峻、镇静、严肃，花白的头发平平整整贴在双鬓，刚才上楼的步履也和平时一样慢慢悠悠。若是非常熟悉他的人，仔细观察，会不寒而栗。皮领的扣子本该在后颈上,现在却歪到了左耳上。这说明他内心经历了从未有过的激动。

雅韦尔是一个有完整性格的人,工作一丝不苟,衣服纹丝不皱;抓歹徒有条不紊,对衣服的扣子非常严格。像这样把领扣扣歪,想必他内心经历了有如地震般的激动。

他来时,只向附近的警所要了一名下士和四名士兵。他把那些人留在院子里,向女门房问清楚芳蒂娜住在哪间病房。女门房毫不怀疑,因为常有荷枪的人来找市长先生,她已习以为常。

到了芳蒂娜的病房,雅韦尔转动门把,像看护或密探那样轻轻推开门,进了房间。

严格地说,他没进去。他站在半掩着的门口,头上戴着帽子,左手插在紧腰大衣兜里,大衣一直扣到下巴。那根粗拐杖藏在身后,但在肘弯处可见它的圆头。

他这样待了将近一分钟,谁也没有发现他。突然,芳蒂娜抬起头,看见了他,并让马德兰先生也回过头来。

当马德兰的目光与雅韦尔的目光相遇时,雅韦尔一动不动,待在原地,但神态狰狞可怕。人的任何情感,都不如欣喜若狂的神态令人恐怖。

魔鬼重新发现他要投入地狱的人时,就是这副面孔。

终于抓住让·瓦让了,这一信念,使他内心深藏的东西全都流露到脸上。内心的激动,全都浮上了表面。起初,他为自己一时迷失方向,冤枉了尚马蒂厄,感到丢了脸面,现在这种耻辱感已烟消云散,相反洋洋得意起来,因为他一开始就猜到了,而且他的直觉一直很正确。在雅韦尔居高临下的神态中,展现出欣喜若狂的神色。狭窄的额头也因喜形于色而变得格外丑陋。这是一张得意的脸可能展现的百般恶相。

此刻，雅韦尔飘飘欲仙。他虽没明确意识到，但依稀感到了自己的成功和不可或缺。他，雅韦尔，在除恶的天职中，代表着正义、光明和真理。在他的身后，在他的周围，在无限的天际，他代表着权力、理性、既判案件、法治、公诉，他拥有所有的星星；他维护秩序，让法律威震四海，替社会除暴安民，为捍卫绝对助一臂之力；他挺立在灿烂的光辉中；他胜利在握，但还能挑战和战斗；他傲然屹立，威风凛凛，光彩夺目，将大天使的残暴和无比淫威展现在空中；他正在完成的行动可怕而阴暗，而他紧握的双拳散发出社会这把利剑的寒光；他快乐而又气愤地把罪行、邪恶、反叛、堕落、地狱踩在脚下；他光芒四射，他消除罪恶，他春风得意，在这个可怕的圣米迦勒大天使身上，有一种不容置疑的威严。

雅韦尔虽然可怕，但不卑鄙。

正直、真诚、坦率、自信、责任感，这些东西若被滥用，会变得令人厌恶，可是，即便令人厌恶，仍不失其威严；这些品质的威严性，是人类良知特有的本性，必定持续存在于丑恶之中。这些美德有一个缺点，那就是会出错。一个狂热分子在肆虐时所表现出的冷酷而诚实的快乐的同时，仍保持一种说不出的凄凉而可敬的光辉。雅韦尔自己也意识不到，他在极度快乐时值得怜悯，正如愚昧无知的人洋洋得意时值得同情一样。在这张脸上，展现了善所具有的一切恶，世上还有比这更可怕更可悲的东西吗？

四　权力机关重行权利

那天芳蒂娜被市长先生从雅韦尔手中救出之后,再没见过这个人。她头脑已失常,对一切懵然不知,但她相信雅韦尔是回来抓她的。她无法忍受这张凶恶的面孔,她感到自己要死了,两只手捂住脸,忧惧地喊道:

"马德兰先生,救救我!"

让·瓦让——以后,我们不再称呼他别的名字了——站了起来。他以最温柔最平静的声音对芳蒂娜说:

"放心吧。他不是来找您的。"

然后,他对雅韦尔说:

"我知道您的来意。"

雅韦尔回答:

"行了快走!"

他说这两个词时,声音都变了调,变得说不出的野蛮和狂暴。雅韦尔不说:"行了,快走!"而是说:"行了快走!"任何文字都难以表达他说话时的音调;这已不是人在说话,而是野兽在吼叫。

他不照惯例办事,根本不说明来意,也不出示传票。对他而言,让·瓦让是一个神秘莫测、不可捉摸的斗士,一个阴险的力士,他掐住他已五年了,却无法把他摔倒。这次逮捕,不是开始,而是结束。他只说了句:"行了,快走!"

他说这话时,没有往前走一步。他把目光投向让·瓦让,不畲投去一个铁钩,他惯于用这种目光把不幸的人粗暴地钩向自己。两个月前,芳蒂娜感到刺进她骨髓的,也是这个目光。

听到雅韦尔的喊声,芳蒂娜又睁开眼睛。她看见市长先生仍在这里。她还有什么好怕的?雅韦尔走到屋子中间,大声吼道:

"呀!你在这里?"

不幸的女人看看周围。只有嬷嬷和市长先生在场。他会对谁轻蔑地称"你"呢?除了她,不会有别人。她打了个寒噤。

这时,她看见了一件闻所未闻的事,即使在烧得最糊涂的时候,恶梦中也未曾出现过。她看见雅韦尔暗探抓住市长先生的衣领;她看见市长先生低下头。她仿佛觉得世界末日到了。

雅韦尔果然抓住了让·瓦让的衣领。

"市长先生!"芳蒂娜喊道。

雅韦尔纵声狂笑,露出了所有的牙齿。

"这里不再有市长先生了!"

让·瓦让没想挣脱抓住他衣领的手。他说:

"雅韦尔……"

雅韦尔打断他说:

"叫我警探先生。"

"先生,"让·瓦让继续说,"我想单独和您谈谈。"

"大声!大声说!"雅韦尔回答道,"同我说话要大声!"

让·瓦让压低声音继续说道:

"我求求您……"

"我叫你大声说。"

"可这件事只能给您一个人说……"

"这和我有什么关系?我不听!"

让·瓦让向他转过身子,低声而急速地对他说:

"给我三天时间!三天时间,去把这不幸女人的孩子接来!要多少钱,我给多少。如果您愿意,就陪我一起去。"

"开什么玩笑!"雅韦尔嚷道,"啊!我可不认为你是傻瓜!你问我要三天时间好逃跑!你说是去接这个婊子的孩子!哈!哈!很好!这很好!"

芳蒂娜身子颤了一下。

"我的孩子!"她喊道,"去接我的孩子!她不在这里!嬷嬷,回答我,珂赛特在哪里?我要我的孩子!马德兰先生!市长先生!"

雅韦尔跺了一下脚。

"现在,这一个也来劲了!住口,婊子!这个鬼地方,苦役犯当市长,娼妓得到伯爵夫人般的照料!嘿!这一切就要改变了。是时候了!"

他盯着芳蒂娜,一面重新抓住让·瓦让的领带、衬衣和大衣领子,继续说道:

"告诉你,根本没有马德兰先生,没有市长先生。只有一个小偷,一个强盗,一个叫让·瓦让的苦役犯!我抓住的是他!就这样!"

芳蒂娜蓦地坐起来,用两只僵硬的胳膊和两只手支撑着身子,看看让·瓦让,再看看雅韦尔,再看看修女,张开嘴像是要说话,喉咙里发出嘶哑的喘气声,牙齿发出格格的响声,惶恐地伸出两只胳膊,痉挛地张开两只手,像溺水的人那样向周围乱抓,接着猛地摔倒在枕头上。她的脑袋撞在床头,又弹回来落在胸口,嘴巴张着,眼睛睁着,但没有光了。

她死了。

让·瓦让将手放在雅韦尔抓住他领子的手上,像扳开孩子的手那样,把他的手扳开,然后对他说:

"您杀死了这个女人。"

"够了!"雅韦尔愤怒地嚷道,"我不是到这里来听你说理的。废话少说。卫队在底下。快走,不然要用手铐了!"

在一个墙角里,有一张旧铁床,是给守夜的嬷嬷睡觉的。让·瓦让走到床边,转眼间就把本已破烂的床头拆了下来,以他这样的臂力,做起来易如反掌。他握住铁床杆,盯着雅韦尔。雅韦尔退到门口。

让·瓦让手握铁杆,慢慢向芳蒂娜的床走去。走到床边,他转过头,用低得几乎听不见的声音对雅韦尔说:

"我劝您这时候别打搅我。"

有一点可以肯定:雅韦尔发抖了。

他想去叫卫队,又怕让·瓦让乘机逃跑。因此,他呆着没走,用手抓住拐杖末端,背靠着门框,眼睛紧盯着让·瓦让。

让·瓦让把臂肘支着床架上端的圆球,手托着额头,开始凝望躺着不动的芳蒂娜。他这样全神贯注、默默无言地待着,显然已把人世间的事抛置脑后。他的脸,他的姿态,只反映出一种难以形容的怜悯。他静默了一会儿,向芳蒂娜弯下身子,轻轻地同她说话。

他对她说什么呢?这个被社会摈弃的人,能对这个已死的女人说什么呢?他究竟说了什么?世上没有人听见。那死去的女人听见了吗?有些人会产生动人的幻觉,这也许是崇高的真实。可以肯定的是，辛普丽斯嬷嬷，当时唯一的见证人，以后经常对人说，让·瓦让在芳蒂娜耳边说话时，她清楚地看到，在芳蒂娜苍白的嘴唇上，在她惊恐、茫然的眸子里，展现出难以形容的微笑。

让·瓦让就像母亲对待孩子那样，双手捧起芳蒂娜的头，把它放在枕头上，给她系好衬衣的带子，将她的头发塞进睡帽里。做完这一切后，他把她的眼睛合上。

这时，芳蒂娜的脸仿佛被照得很亮很亮。人死了，如同进入光明的世界。

芳蒂娜的手垂在床边。让·瓦让跪下来，轻轻抬起她的手，吻了一下。

然后，他站起来，转向雅韦尔：

"现在，"他说，"我归您了。"

五　合适的坟茔

雅韦尔将让·瓦让送进了市监狱。

马德兰先生被捕的消息，在滨海蒙特勒伊市引起了轰动，更确切地说，引起了巨大的震动。我们很难过，但又不得不实话相告：就因为"这是个苦役犯"，几乎所有的人都把他抛弃了。不到两个小时，他做过的一切好事被忘得一干二净，人们只记住他是个"苦役犯"。应该说，阿腊斯事件的详细情况，当时大家尚不知道。整整一天，城里到处都能听到这样的谈话：

——您不知道吗？他是个苦役释放犯。——他，谁？——市长。——哦！马德兰先生？——是呀。——真的吗？——他不叫马德兰，他的名字很怪，叫什么贝让，博让，布让。——啊，上帝！——他被抓起来了。——抓起来了！——暂时押在市监狱，等着递解。——递解！等着递解！往哪递解？——重罪法庭，他拦路抢劫过。——嗯！我说呢！这个人太好，太完美，太虔诚。他拒绝十字勋章。遇到穷孩子，总给他们钱。我一直在想，这后面肯定有什么见不得人的事。

贵族"沙龙"更是议论纷纷。一位贵族老太太，《白旗报》的订户，发表了一通深不可测的感想：

"我并不感到惋惜。这对波拿巴分子是个教训！"

就这样，这个叫马德兰先生的幽灵，在滨海蒙特勒伊市消失了。只剩下三四个人对他仍念念不忘。服侍过他的门房老太太便是其中之一。

当天晚上，这个可敬的老太太，坐在门房的小屋里，惊魂未定，悲伤地沉思着。工厂一整天没开工，大门已上了闩，街上行人稀少。房子里只有两个修女，佩佩迪嬷嬷和辛普丽斯嬷嬷，在为芳蒂娜守灵。

快到马德兰先生平日回家的钟点，可敬的老太太下意识地站起来，从一个抽屉里取出马德兰先生房门的钥匙和他每晚上楼用的烛盘，把钥匙挂在钉子上（他习惯从这钉子上取房门的钥匙），把烛盘放在旁边，好像在等他回来。然后，她坐回椅子上，又陷入了沉思。可怜的老太太做这些事都是下意识的。

过了两个多钟头，她才如梦初醒，大声说："哎！仁慈的耶稣上帝！我怎么把他的钥匙挂到钉子上了！"

就在这时,门房的玻璃窗打开了,一只手伸进来,抓住钥匙和烛盘,在燃烧着的蜡烛上接了火。女门房抬起头,吓得目瞪口呆,差点喊出声来,但又咽了回去。她熟悉这只手,这个胳膊,这个衣袖。

是马德兰先生。

正像她后来在叙述她的奇遇时所说的那样,她"震惊"不已,过了几秒钟才能说话。

"我的上帝,市长先生,"她终于大声说道,"我以为您……"

她戛然而止,怕后半句话会抵消前半句话的敬意。对她而言,让·瓦让永远是市长先生。

他替她把话说完。

"……在牢里。"他说。"刚才我是在牢里。我折断了窗上的一根铁条,从屋顶上跳下来,就跑回来了。我去我房里,您去把辛普丽斯嬷嬷找来。她大概在那可怜女人的身边。"

老太太赶快服从。

他没有叮嘱什么,深信她会比他自己更好地保护他。

他没叫人开门。那么他是如何进入院子里的,这个问题一直没弄清楚。他有一把万能钥匙,可以打开侧门,总是随身携带,但是,他一定被搜过身,钥匙一定给搜走了。这一点没有澄清。

他上了去卧室的楼梯。到了楼上,他把烛盘放在楼梯最后一级上,轻轻打开房门,摸黑去把窗子和百叶挡板关上,回来拿上蜡烛,又进了房间。

他这样小心翼翼,是很有必要的;大家记得,从街上看得见他的窗子。

他看了看周围,看了看桌子、椅子和床。他有三天没碰这张床了。前天夜里的一片狼藉已荡然无存。门房老太太"收拾"过房间了。不过,她从灰里拣出了包木棍两端的两块铁皮,和那枚烧黑了的四十苏的银币,擦干净后放在桌子上。

他拿起一张纸,在上面写了几个字:"这是我在法庭上提到过的包木棍两端的两块铁皮,和从小热尔韦那里抢来的那枚四十苏的银币",然后把它们放在纸上,以便有人进来,一眼便能看到。他从一个衣柜里拿出一件旧衬衫,撕成几片,用来包两个银烛台。他从容不迫,泰然自若,一面包着主教给他的银烛台,一面啃着黑面包。这面包,很可能是他从牢里逃跑时带出来的。

后来,法院搜查房间时,在地板上发现一些面包屑,确认是监牢里的面包。

有人轻轻叩了两下门。

"进来!"他说。

是辛普丽斯嬷嬷。

她脸色苍白,两眼通红,手里的蜡烛在颤动。命运的骤变有其与众不同的特点,再完美或再冷漠的人,在这种时候,其深藏不露的人性会被这突变的风云所迫,一览无余地显露在外表。经历了白天的激动,修女变成了女人。她哭过,现在仍在颤抖。

让·瓦让刚在一张纸上写了几行字,他把纸条交给嬷嬷,对她说:"嬷嬷,把这交给本堂神甫先生。"

纸已经打开。她溜了一眼。

"您可以看。"他说。

她读道:"请本堂神甫先生照料我所留下的一切。请他支付我的诉讼费和今天去世的这个女人的丧葬费。余下的捐给穷人。"

嬷嬷想说话,却结结巴巴,语不成句。但她终于说:

"市长先生不想最后看一次那可怜的女人吗?"

"不了,"他说,"他们在追捕我,要是在她房里把我抓走,会打扰她的。"

他刚说完,楼梯上传来了嘈杂的声音。他们听见上楼的脚步声,门房老太太操着最大最尖的嗓门说:

"我的好先生,我以仁慈上帝的名义发誓,今天一天和一晚上,没有一个人进来,我连大门都没出!"

一个男人回答:

"可那房间里亮着灯。"

他们听出是雅韦尔的声音。

那房间的门如果打开,恰好遮住右墙角。让·瓦让吹灭蜡烛,躲到这个角落里。

辛普丽斯嬷嬷跪到桌子旁。

门开了。雅韦尔走进来。

走廊里传来好几个人的低语声和女门房的抗议声。修女没有抬头。她在祈祷。

蜡烛放在壁炉上,发出幽幽的亮光。

雅韦尔看见嬷嬷,惊得瞠目结舌。

大家知道,雅韦尔的本质,适宜他呼吸的环境和场所,是对一切权力的崇敬。他非常死板,不允许任何异议和保留。他认为教会的权力高于一切。他在这方面,和在其他方面一样虔诚、浅薄和正派。在他眼里,神甫决不会出任何差错,修女绝不会有任何过失。他们用一堵墙与世隔绝,只有一扇门与外界相通,这扇门从来只为通过真话而打开。

雅韦尔看见嬷嬷,第一个反应便是退出去。

但另一个职责蛮横地将他推向相反的方向。他第二个反应便是留下来,至少也要试探一下,问个把问题。

这个辛普丽斯嬷嬷一生中从未撒过谎。雅韦尔知道这个,正因为如此,他对她格外敬重。

"嬷嬷,"他说,"您一个人在这房间里吗?"

接下来是可怕的一刻,可怜的女门房吓得差点晕过去。嬷嬷抬起头,回答说:

"是的。"

"是这样。"雅韦尔说。"请原谅,还有个问题,这是我的职责,今晚上您看没看见一个人,一个男人?是个越狱犯,我们正在找他。那个叫让·瓦让的家伙,您没看见吗?"

嬷嬷回答:"没有。"

她撒了谎。连续两次,一个接一个,就像献出自己生命那样,毫不犹豫,毫不迟疑。

"对不起。"雅韦尔说。他深深鞠了一躬,便出去了。

呵!神圣的嬷嬷!您脱离尘世已经多年,您在光明世界里,已与您的圣女姐妹和天使兄弟会合,愿您这个谎言在天国受到感激!

嬷嬷的回答对雅韦尔起了决定性作用,以至于他没发现那支刚刚吹灭的蜡烛还在桌上冒烟这件怪事。

一小时后,有个人穿过树林和迷雾,急匆匆地离开滨海蒙特勒伊,朝巴黎方向走去。那人就是让·瓦让。两三个运货的车夫遇到过他,他们证明,他背了个小包,穿了件工作服。这工作服是从哪里弄来的?一直没搞清楚。不过,前几天,工厂的医务所里死了一个老工人,只留下一件工作服。可能就是那件。

关于芳蒂娜,最后还要说几句。

人人都有一个母亲,那就是大地。人们把芳蒂娜还给了大地母亲。

让·瓦让留下的那笔钱,本堂神甫尽可能多地留给了穷人。他以为这样做很对。也许这样做是对的。毕竟,他们是谁?一个苦役犯和一个妓女。因此,他从简埋葬了芳蒂娜,把她葬在公共墓穴。真是简到不能再简了。

就这样,芳蒂娜被葬在公墓的一个免费的角落里,那里属于大家,却不属于任何人。那里埋葬着穷人。幸而上帝知道去哪里寻找灵魂。人们让芳蒂娜躺在黑暗中,周围不知是谁的骸骨;她和乱骨混在一起。她被扔进公共墓穴。她的墓很像她的床。

第二部

珂赛特

第一卷
滑铁卢

一 从尼维尔来时途中所见

去年（一八六一年）五月的一个上午，天朗气清，有个行人，本故事的叙述者，从尼维尔前往拉于普。他一路步行。他沿着一条宽阔的铺石路前进，两旁绿树成荫，山丘连绵不断，道路高低起伏，恰似巨浪翻滚。他走过了利卢瓦和以撒树林。他望见西边有一个钟楼，那是布兰－拉勒的青石钟楼，有如倒立的花盆。他刚经过一个山岗的一片树林，来到一条岔路口，看见一根蛀孔累累的T形支架，上面写着：四号关卡旧址，旁边有一家小咖啡馆，铺面有一个招牌，上面写着：埃夏波独家咖啡馆，欢迎四方来客。

从这家咖啡馆往前走半公里，便到了一个小山谷，一条小溪从路堤的涵洞下流过。稀稀疏疏，但郁郁苍苍的树丛，布满了道路一侧的山谷，散布在另一侧的草地上，优雅而又杂乱无章地向布兰－拉勒延伸。

路的右边，有一家旅店，门口停着一辆四轮大车，竖着一捆蛇麻草，放着一把铁犁，绿篱旁，有一堆干枯的荆棘，在一个方坑里，石灰正在冒烟，沿着一个旧棚的麦秸墙，横放着一张梯子。一个年轻姑娘在一块地里锄草，一张黄色大广告，可能是游艺会之类的海报，被风吹得在地里飞舞。旅店墙角旁有一个池塘，一群鸭子在里面戏嬉。池塘旁，有条路面状况不好的石径，隐没在荆棘丛中。那行人上了这条小路。

他向前走了百来步，沿着一道高耸着花砖尖脊的十五世纪院墙走了一会儿，便来到一扇巨大的拱形石门前。拱墩笔直，两侧饰有圆形浮雕，具有路易十四时代的雄浑风格。大门上方，露出房屋庄严肃穆的正面；一堵与正面垂直的墙几乎挨着大门，在它的一侧突然形成一个直角。门前草地上，放着三把钉耙，耙齿中间，乱蓬蓬地长着五月的各种野花。大门紧闭。两扇门破破烂烂，门环也生了锈。

阳光明媚。树枝微微颤动。这是五月的颤动，与其说是风的作用，毋宁说是鸟窝在颤动。一只勇敢的小鸟，也许是情窦初开，正在一棵大树上拼命练唱。

在门左边的侧柱下端的石头上，有一个圆坑，恰似一个球槽。行人弯腰细看。这时，两扇门打开，走出一个村妇。

她看见了行人，发现他正在看那个圆坑。

"是一颗法国炮弹打的。"她说。

她接着又说：

"您再往门上看，那颗钉子旁还有一个洞，那是火铳枪弹打的。枪弹没穿透木头。"

"这地方叫什么？"

"乌戈蒙。"村妇说。

行人站起来。他朝前走了几步,越过篱笆眺望远处。透过树木,他看见天际有一个小山包,那上面像是有什么东西,远远望去像头狮子。

他所在的地方,正是滑铁卢战场。

二 乌戈蒙

乌戈蒙是个阴森凄惨的地方,是那位叫拿破仑的欧洲大樵夫在滑铁卢遇到的第一道障碍,碰到的第一个阻力;是斧子劈下时遇到的第一个节疤。

原先这是个城堡,现在只是所农舍了。对考古学家来说,乌戈蒙应是"于戈蒙"。这小城堡是于戈·德·索默雷老爷建造的,他是维莱修道院第六小教堂的资助人。

那行人推开门。门廊下停着一辆破旧的四轮轻便马车,他从马车身旁挤过去,走进院子。

在这个院子里,首先引起他注意的,是一扇十六世纪的仿拱孔门,四周已经倒塌。宏伟的气派往往产生于废墟中。在拱孔门旁边的墙上,还有一扇门,其拱石是亨利四世时代的,从门里可以望见果园的树木。在这扇门旁,有一个肥料坑、几把十字镐和铁锹、几辆手推车、一口老井及其石板井台和铁辘轳,一匹马驹正在蹦跳,一只火鸡正在开屏,一座小教堂上面矗立着一个小钟楼,一棵花满枝头的梨树贴在小钟楼的墙上。这就是当年拿破仑做梦也想攻占的院子。这一隅之地,假如当年他占领了,也许就成为世界的霸主了。一群母鸡在地上到处啄食，弄得尘土飞扬。忽然听到一阵吠叫声，一只大狗在张牙舞爪，代替了当年的英国人。

当年，英国人在这里的表现可敬可佩。库克的四个近卫军连，面对一支军队的猛烈进攻，坚守了七个钟头。

从实测的平面图看，把建筑物和园子算在里面，乌戈蒙是一个不规则长方形，其中一个角像是砍掉了似的。南门就在这个角上，一堵墙死死地盯着它，守着它。乌戈蒙有两个门：南门和北门，南门是城堡的门，北门是农舍的门。拿破仑派他的兄弟热罗姆攻打乌戈蒙，吉耶米诺、富瓦和巴舍吕三个师在这堵墙上撞得头破血流，雷耶几乎动用了兵团的全部兵力，却惨遭失败，克勒曼在这堵英勇的墙上耗尽了全部炮弹。博杜安旅从北面强攻乌戈蒙并不是多余，索瓦旅从南面强攻，只能突破个缺口，却未能占领。

农舍位于院子的南边。北门被法国人打破，一块破木板至今仍挂在墙上。那门由四块木板组成，钉在两个横档上，被攻击的痕迹依然可见。

北门一度被法国人攻破，后来换了块门板，代替挂在墙上的那一块。那道门在院子尽头，半掩半开，方方正正，开在一堵墙上，把院子的北面封住。墙的下半截是石头，上半截是砖头。和所有的农舍一样，这是一道能过马车的普通大门，两扇宽阔的门扉，由粗木板做成。门那边是草地。当年争夺这个入口的战斗异常激烈。门框上印满了血手印，久久不褪。博杜安就是在这里阵亡的。

院子里仍残留着当年鏖战的景象，惨状依然可见，群雄角逐的混战场面仿佛已经化成石头；生死存亡，恍若昨日。墙垣奄奄一息，石头纷纷下落，缺口大喊大叫；弹孔便是伤口；树木弯腰曲背，颤颤巍巍，仿佛在竭力逃跑。

一八一五年，这院子里的建筑物可比现在多得多，一个个工事、凸角堡和拐角，后来全都拆毁了。

英国人在这院里构筑防御工事，法国人攻入院子，未能站住。小教堂旁，矗立着城堡的一个侧翼，那是乌戈蒙城堡的唯一遗迹，已经倒塌，像是被开了膛破了肚。当年，城堡曾充作主堡，小教堂充作碉堡。双方互相残杀。法国人遭到火枪的猛烈射击，从墙后面，从阁楼顶上，从地窖里，从所有的窗口，从所有的通风口，从所有的石头缝里，到处射出子弹；他们则抱来柴禾，放火烧毁墙壁，烧死敌人，以火攻来对付枪林弹雨。

在这坍塌的侧翼，通过窗口的铁栏空隙，可以望见砖砌正屋那些拆毁的房间，英国警卫队曾埋伏在这些房间里。一道旋梯从下到上裂缝累累，有如一只破贝壳的内壁。那旋梯有两层，英军受到围困，集中在楼梯的上层，拆毁了楼梯的下层。大块的青石板，在荨麻丛中堆成了山。还有十来个梯级仍然附在墙上，在第一个梯级上，刻着一个三叉戟。这些高不可攀的梯级，牢固地嵌在墙壁里。其余部分宛若一个缺牙少齿的颌骨。那里有两棵老树，一棵已枯死，另一棵下端受了伤，但每年四月仍会变绿。一八一五年以来，它的枝叶穿透楼梯，长到里面来了。

小教堂里也发生过大屠杀。现在一片寂静，但景象奇异。那次大屠杀后，这里再没做过弥撒。但祭坛还在。这个粗木祭坛，靠在里面的粗石壁上。四壁粉刷了石灰浆，门对着祭坛，有两扇拱形窗，门上有一个巨大的带耶稣受难像的木头十字架，十字架上方，有一个方气窗，塞了一捆干草，在一个墙角的地上，有一个玻璃全部破碎了的旧窗框。这就是小教堂。在祭坛旁，钉着圣安娜的木刻像，那是十五世纪的产物；少年耶稣的脑袋已被火铳枪弹打飞了。法国人一度占领了小教堂，后又被赶走，走时放了一把火。破屋子里满是烈火，宛若火炉，门烧着了，地板烧着了，基督木雕像却没烧着。火烧坏了他的脚，但没向上蔓延，现在可见两个焦黑的残肢。照当地人的说法，这是奇迹。少年耶稣不如耶稣幸运，被子弹削去了脑袋。

墙上刻满了名字。在基督的脚旁可以看到：亨基内。还有其他一些名字：里奥·马约伯爵、阿马格罗（哈巴纳）侯爵及侯爵夫人。还有一些法国人的名字，并且加了感叹号，那是愤怒的表示。一八四九年，墙又重新粉刷过。各国的人都在上面互相侮辱。

当年，就在小教堂门口，发现一具手拿斧子的尸体。那是勒格罗少尉的遗骸。

从小教堂出来，在左边，便见一口井。院子里有两口井。有人会问：为什么这口井没有吊桶和滑轮？因为不再在里面汲水了。为什么不在里面汲水呢？因为里面堆满了骸骨。

最后一个在这井里汲水的人，叫纪尧姆·冯·基松。是乌戈蒙的一个农民，是那里的园丁。一八一五年六月十八日那天，他家里的人都逃到树林里躲起来了。

当时，维莱修道院周围的树林，为四下逃跑的不幸居民提供了藏身之地，他们在里面藏了几天几夜。直到今天，有些痕迹仍清晰可辨。例如一些烧焦的树干，就表明那些吓得索索发抖的可怜人在荆棘丛中露宿过。

纪尧姆·冯·基松留在乌戈蒙"看守城堡"。他躲在地窖里。英国人发现了他,把他从躲藏处拉出来,士兵们用刀面砍他,让这个吓破了胆的人侍候他们。他们渴了,就让纪尧姆给他们送水喝。他就是从这口井里打的水。许多人死前在井里喝了最后几口水。这口井,多少死人在里面喝过水,它也该死去。

打完仗后,人们匆匆掩埋尸体。死神自有骚扰胜利的方法,荣耀过后,接踵而至的是瘟疫。伤寒是胜利的从属品。这口井很深,便成了墓穴。扔进了三百具尸体。可能做得太匆忙。是不是所有的人都死了呢?据传并非如此。在埋尸的当天夜里,有人听见井里传出微弱的呼救声。

这口井孤零零地独处院子中央。三堵半石半砖的墙,有如屏风的三个隔扇,从三面围住院子,形似一个小方塔。第四面没有墙。那是汲水的地方。里面那堵墙上有一个形状怪异的洞,像是牛眼窗,可能是炮弹打的窟窿。那小方塔原先有顶板,如今只剩木架了。右墙的铁支架呈十字形。俯身望井,只见一个砖砌的圆柱体,漆黑一团,深不见底。井的周围,荨麻丛生,遮住了墙脚。

在比利时,所有的井,前面都有一块大青石板,但这口井却没有。代替青石板的,是一条横木,五六根奇形怪状、疙里疙瘩、形似硕大骸骨的木头支撑着它。既没有水桶,也没有铁链和滑车,但排水的石槽还在,里面积满了雨水,常有鸟儿从附近林中飞来喝水,喝完水又飞走。

在这断井颓垣中,有一座房屋,那是农舍,现在还住着人。大门对着院子。门上有一个漂亮的哥特式锁板,旁边,斜装着一个梅花形铁门把。当汉诺威①的维达中尉抓住这门把,想逃进庄园的时候,一个法国工兵一斧头砍掉了他的手。

住在这房子里的一家人,祖父便是当年的园丁冯·基松,早已去世。一个头发花白的妇人对你说:"当年我住在这里。我三岁。比我大的姐姐吓得直哭。我们被带到树林里。我母亲抱着我。人们把耳朵贴在地上听。我呢,就模仿大炮,发出'嘣!嘣!'的声音。"

左边那道门,刚才说了,对着果园。

果园满目凄凉。

它分三个部分,也可以说分三幕。第一部分是花园,第二部分是果园,第三部分是树林。这三个部分共有一道围墙,入口处是城堡和农舍,左边是一道篱,右边是一道墙,靠里又是一道墙。右边的是砖墙,里面的是石墙。进门便是花园。花园低于屋基,里面种了醋栗,遍地都是野草,尽头有一个方石堆成的高台,栏杆的石柱皆是葫芦形。这是一个领主花园,为法国早期风格,比勒诺特尔②式的风格还要早。现在一片荒芜,荆棘丛生。栏杆的石柱顶为球状,宛若石头圆炮弹。现在还有四十三根石柱矗立在柱座上,其余的都躺在草丛里。几乎所有的石柱上都有弹痕。有一根断柱,恰似一条断腿,竖在高台前端。

花园比果园低。第一轻步兵连的六名士兵闯进这个花园,就没能再出去,有如狗熊落入陷阱,遭到围捕,只好同两连汉诺威士兵短兵相接,其中一个汉诺威连装备了卡宾枪。汉诺威士兵沿

---

① 汉诺威,德国旧邦名。
② 勒诺特尔(1613—1700),法国建筑师和园林设计师。

着栏杆,居高临下,向他们射击。这六个轻步兵,从下面反击,面对二百名敌兵,不屈不挠,只能以醋栗树为掩护,坚持了一刻钟,最后全部牺牲。

爬上几个石级,就从花园到了果园。那是名副其实的果园。就在这十来米见方的地方,不到一小时,一千五百个人全部阵亡。那堵墙似乎还在准备战斗。上面还留着英国人挖凿的三十八个高度不等的枪眼。在第十六个枪眼前面,有两座花岗岩坟墓,里面躺着英国人。只有南面这堵墙上有枪眼,主要是从这里发出攻击的。墙外有一道高大的绿篱,法国人来了,以为只有一道篱笆,越过篱笆后,才发现还有一道墙挡住去路,英兵埋伏在墙后,三十八个枪眼一齐开火,暴雨般的子弹落在他们身上。索瓦旅全军覆没。滑铁卢战役就这样拉开了序幕。

果园还是攻下来了。没有梯子,法国人就用指甲抓住墙往上爬。双方在树下展开肉搏战。草地上洒满了鲜血。纳索的一个营七百名官兵全部丧生。克勒曼的两个炮兵中队从外面轰击,墙上弹痕累累。

这个果园,和别的果园一样,对五月非常敏感。到处是毛茛和雏菊,青草茂盛,耕马在里面吃草。树与树之间,拉着一根根晾衣服的马鬃绳,行人得低头而过。走在这荒地上,脚常常会陷进鼹鼠洞里。杂草丛中,横着一棵连根拔起的树干,正在披上新绿。当年,布拉克曼少校就是靠在这棵树上断气的。德国将军迪普拉则倒在旁边一棵大树下,他家祖上是法国人,南特敕令废止[①]

[①] 一五九八年,法王亨利四世在南特颁发敕令,允许新教存在。一六八五年,路易十四废除该令,迫使许多新教徒逃亡国外。

时，才举家迁移德国。旁边有一棵老苹果树，弯腰曲背，病病恹恹，缠着麦秸，涂着胶泥。几乎所有的苹果树都已老了。没有一棵树没挨过子弹。这果园里枯树俯拾皆是。乌鸦在枝头飞来飞去。果园深处，有一片树林，满眼皆是蝴蝶花。

博杜安阵亡，富瓦受伤，烈火，屠杀，屠戮，英国人的血、德国人的血、法国人的血，汇成一条汹涌的小河，一口井里堆满尸体，纳索和不伦瑞克的两个团被歼灭，迪普拉阵亡，布拉克曼阵亡，英国近卫队受到重创，法国雷耶兵团的四十个营中，损失了二十个营，就在这乌戈蒙破城堡里，三千人被砍死劈伤，被手扼死，被子弹射死，被火烧死；所有这一切，只为今天一个农民对一个旅客说："先生，给我三法郎，您乐意的话，我给您讲讲滑铁卢的事。"

三　一八一五年六月十八日

我们来回顾一下过去，这是讲故事人的一个权利。让我们回到一八一五年，甚至比本书第一部分叙述的事更早一些。

假如一八一五年六月十七日的夜里没有下雨，欧洲的前途就改变了。多下几滴雨或少下几滴雨，拿破仑的决策就会完全不同。上苍只需要一点儿雨，就使滑铁卢成为奥斯特里茨的终结。一片违背季节的乌云穿过天空，便导致一个世界的崩溃。

滑铁卢战役只得到十一点半才打响，这使勃吕歇有时间赶到滑铁卢。为什么？因为地面潮湿。要等到地面坚实一些，炮兵部队才能行动。

拿破仑是炮兵军官,这对他的影响根深蒂固。这个天才将领,在给督政府关于阿布基尔战况的报告中说:"我们的一颗炮弹杀死了六个敌人。"从根本上讲,他就是这样一个人。他的作战计划全都建立在炮击上。将炮兵集中到一个确定的点上,这是他克敌制胜的秘诀。他把敌军将领的战略视作堡垒,把它轰出一个缺口。他用霰弹攻其弱点,战役开始和结束都用炮火。他天生就具有炮击的才能。突破方阵,粉碎敌军,冲破防线,摧毁和驱散密集的部队,这一切,对他而言,就是攻打,攻打,不停地攻打,而攻打靠的就是炮弹。这个可怕的方法,加上他的天才,便使这个性格沉郁的战争拳斗师十五年一直所向无敌。

一八一五年六月十八日,他更是寄希望于炮兵,因为他在数量上占优势。威灵顿只有一百五十九门大炮,拿破仑却有二百四十门。

假如地面是干的,炮兵便可行动,战斗于早晨六点便可开始。下午两点,这一仗便可打赢并且结束,比从天而降的普鲁士军队早到三个小时。

滑铁卢战役惨败,拿破仑要负多少责任呢?船沉了,是舵手的错吗?

那时候,拿破仑的身体明显衰弱,是不是他的心智也衰弱了呢?二十年戎马倥偬,难道既磨损了剑鞘,也磨损了剑刃,既消耗了体力,也消耗了心智?在这将领身上遗憾地有了老兵的感觉?总之,难道真像许多举足轻重的历史学家认为的那样,这个天才才尽智穷了吗?他是为了向自己掩饰自己的衰弱,才这样狂热的吗？他进行这场冒险行动，难道是一时的精神错乱？他犯了为将者的大忌，变得不知危险了？在那些可谓大活动家的伟人中，难道真有才华退化的年龄吗？衰老对文学艺术天才是没有影响的，比如，但丁和米开朗琪罗们越老越才华横溢，难道对于汉尼拔[①]和拿破仑这些军事家，随着年事增高，才华会衰退吗？拿破仑对胜利已丧失感觉了吗？他已不再能识别暗礁，猜出陷阱，明辨深渊的峭壁已摇摇欲坠？他对灾难已失去了嗅觉？从前，他熟悉通往胜利的条条道路，站在他的闪电战车上指挥若定，难道他现在已昏聩到把他乱哄哄的部队拉到悬崖峭壁吗？他四十六岁，就神经错乱到极点了吗？这个驾驭命运的巨人，难道只是个大冒失鬼吗？

我们绝不这样认为。

大家一致公认，他的作战计划是个杰作。直逼联军防线中心，在敌人身上穿个窟窿，把它截成两半，将英军那一半赶到阿尔，普军那一半逐到通格尔，将威灵顿和布吕歇变成两截，夺取圣约翰山，攻占布鲁塞尔，将德国人扔进莱茵河，英国人投进大海。这一切，都在拿破仑这场战役的计划中。以后的事再说。

当然，我们不想在这里叙述滑铁卢战役史。在我们叙述的这个悲剧中，有一幕与这场战役有关系；不过，这段历史并非我们的主题；再说，它已作了结论，而且是权威性的结论，一个是拿破仑的观点，另一个是一批历史学家[②]的观点。至于我们，就让历

[①] 汉尼拔（前247—前183），迦太基杰出的统帅。
[②] 即瓦尔特·司各特、拉马丁、沃拉贝尔、夏拉、基内、梯也尔。——原注

史学家们去争论不休吧，我们不过是事后的证人，是原野上的过客，一个弯着腰在血肉揉成的这片土地上搜索的人，也许会把表象视作真实。我们无权以科学的名义而无视一系列事实，尽管明知里面会有虚幻的成分。我们既没有军事实践，亦不会运筹帷幄，因此不能自成体系。我们认为，在滑铁卢战役中，双方将领都受到一系列偶然事件的支配。至于命运，对这个神秘的被告，我们和天真的法官——人民的判决是一样的。

四　A

想清楚了解滑铁卢战役的人，只需把大写 A 放倒在地，便可想象出来了。A 的左边一画是尼维尔公路，右边一画是热纳普公路，中间一横是连接奥安和布兰－拉勒的凹路。A 的顶端是圣约翰山，威灵顿所在的地方；左下端是乌戈蒙，雷耶和热罗姆·波拿巴所在的地方；右下端是佳盟，拿破仑所在的地方。A 的横线和右边一画交叉的点是圣海牙。在这条横线中央，是这场战役说最后那句话[①]的地方。那头狮子就安放在这里，无意中成了帝国近卫军最高英雄主义的象征。

横线上面的三角形，是圣约翰山高地。整个战役就是争夺这一高地。

两军的侧翼在热纳普和尼维尔两条公路的左右侧展开。代尔

[①] 指法国康布罗纳将军在拒绝投降时，对英国人说的"去你妈的"。

隆对皮克通，雷耶对希尔。

在 A 的顶端后面，在圣约翰山高地后面，是索瓦涅森林。

至于那片平原，可以想象成一片辽阔而起伏的土地。一浪高于一浪，一齐涌向圣约翰山，直达森林。

战场上敌对的两支军队，犹如两个角斗士。双方紧紧抱住，都想把另一方摔倒。遇到什么，就紧抓不放。一丛灌木就是一个支点，一个墙角就是一个护墙。一支部队若无东西作依傍，就会站不住脚。一片洼地，一个土包，一条斜插的捷径，一片树林，一个沟壑，都可以撑住称作军队的这个巨人的脚后跟，使它不往后退。谁退出战场，谁就失败。因此，负主要责任的将领，对最细小的树丛，最细微的地形起伏，都要勘察得一清二楚。

两军将领对圣约翰山平原都作了仔细的研究。圣约翰山平原如今叫滑铁卢平原。威灵顿一年前就有远见地研究了这个地方，为可能有的大战作准备。六月十八日决战那天，威灵顿在地理上占优势，拿破仑处于劣势。英军在高处，法军在低处。

一八一五年六月十八日，天蒙蒙亮，拿破仑骑着马、手拿望远镜矗立在罗索姆高地上的形象，似乎没有必要在此描绘。因为我们描绘之前，大家都想象到了。头戴布里埃纳军校的小帽子，侧影显得镇静自若，身穿绿军装，白翻领遮住勋章，灰大衣遮住肩章，背心下面露出红绶带的一个角，皮短裤，白骏马，紫鞍褥，鞍褥的角上绣着 N 和鹰，N 上面绣着皇冠，长丝袜，马靴，银马刺，在意大利马伦戈作战时用过的剑，末代恺撒的这个形象屹立在每个人的想象中，有些人热烈欢呼，另一些人侧目而视。

这一形象很长时间一直光辉灿烂，因为英雄大都被传说歪曲，真相久久被掩盖。然而今天，历史和真相已大白于天下。

历史这个真相是无情的。它之奇特和神圣，在于尽管它光辉灿烂，也正因为它光辉灿烂，大凡在看到光明的地方，常常会出现阴影。同一个人，可以有两个幽灵，互相攻击，互相驳斥，暴君的黑暗同将领的光明进行搏斗。因此，人民的最终评价显得更加真实。巴比伦遭到蹂躏，使得亚历山大威信大减；罗马受到奴役，使得恺撒声望大降；耶路撒冷惨遭杀戮，使得提图斯①名誉扫地。有暴君，必有暴政。一个人若在身后留下自己的阴影，那是莫大的不幸。

五　战役的"风云莫测"

大家都知道这场战役最初阶段的情况。对于双方军队，前景都是模糊的，未知的，不定的，危险的，只是英军比法军更无把握。

下了一整夜雨。瓢泼大雨将地面冲得坑坑洼洼；原野上的低洼处像面盆似的积满了水；有些地方，辎重车一直陷到车轴，马肚带上滴着泥浆。幸亏车队行进中杂乱无章，踩倒了麦子，填满了车辙，给车轮充当垫草，否则是无法行进的，尤其在帕珀洛特一带的山谷里。

战斗很晚才开始。正如前面讲过的那样，拿破仑习惯把整个

---

① 提图斯（40—81），罗马皇帝（79—81在位），公元七〇年攻占耶路撒冷，大肆杀戮当地百姓。

炮兵握在自己手中，就像握住一支手枪，时而瞄准战役的一个点，时而瞄准另一个点。他想等到炮队能够自由奔驰时才行动，这样，就必须等到太阳出来，将地面晒干。可太阳就是迟迟不露面，不像在奥斯特里茨时那样守约。当第一炮打响时，英国将领科维尔看了看表，正是十一点三十五分。

战斗一开始，就非常激烈，法军左翼攻打乌戈蒙，其激烈程度，也许超过了拿破仑皇帝的预想。与此同时，拿破仑攻击中部，命基约旅迅速向圣海牙推进，而内伊则率法军右翼向据守在帕珀洛特的英军左翼进逼。

攻打乌戈蒙从某种程度上说是佯攻，旨在把威灵顿引到那里，迫使他向左倾斜。这是拿破仑的如意算盘。假如英国近卫军的四个连和佩蓬谢师的比利时勇士没有固守阵地，这个计划就能成功。可是，威灵顿并没有把部队聚集到乌戈蒙，只是另派了四个近卫军连和不伦瑞克的一个营去增援。

法军右翼攻打帕珀洛特才是根本性的。显而易见，是为了击溃英军右翼，切断布鲁塞尔的通路，不让普鲁士军队前来增援，强占圣约翰山，将威灵顿撑到乌戈蒙，然后是布兰-拉勒，一直撑到哈勒。这次强攻虽出了些意外，但总体上讲是成功的。占领了帕珀洛特，攻克了圣海牙。

有一个细节要在这里提一提。在英国步兵里，尤其在肯普特旅中，有许多新兵。这些年轻的士兵，面对我们令人畏惧的步兵，表现得非常英勇，虽缺乏经验，但勇敢顽强，尤其是出色地发挥了狙击兵的作用。狙击兵一般是单独行动，因此可以说，他们是自己的将军。这些新兵颇有点创造精神，像法国兵那样勇猛狂热。

这些乳臭未干的步兵过于冲动,威灵顿不喜欢。

圣海牙攻占后,战斗僵持不下。

那天,从中午到下午四点之间,战局很不明朗。这场战役的中间阶段若明若暗,双方处于混战状态。黄昏降临。在暮霭中,只见千军万马,波涌涛起,胜似海市蜃楼,令人目眩眼花。当年一个士兵的装备,今天的人是不大熟悉的:饰有流苏的火焰形高顶帽,挂在马刀旁的晃晃荡荡的扁皮袋,交叉在身上的皮武装带、手榴弹袋,轻骑兵的盘花纽上衣,有无数褶儿的红靴,饰带累累的筒状军帽。不伦瑞克的步兵几乎一身黑,混杂在一身红的英国步兵中间,英国士兵的袖窝处饰有白色大圆环,以代替肩章,汉诺威轻骑兵头戴椭圆形皮盔,盔上有铜带和饰毛,苏格兰人露着膝盖,斜披着格子花呢长巾,我们的近卫军腿上缠着白绑带。这哪里是战线,简直是一幅幅图画,是萨尔瓦多·罗扎[1]而不是格里博瓦尔[2]所需要的。

每一场战役总有风风雨雨。风云莫测,不可思议[3]。每个史学家都随心所欲地把这种混乱的景象描上几笔。不管将军们如何运筹帷幄,两军交锋,有难以预料的起伏变幻。在实战中,双方将领制定的计划,会互相渗透,互相牵制。战场上,某个地方吞噬的战士要比另一个地方多,正如有些土地吸水性强,吸水也就更快。因此,就不得不违心地在那里投入更多的兵力。这种兵力消

---

[1] 萨尔瓦多·罗扎(1615—1673),意大利诗人、画家、雕刻家。
[2] 格里博瓦尔(1715—1789),法国炮兵军官。
[3] 原文为拉丁语。

耗是始料未及的。战线犹如一根线,波动着,蜿蜒着,一条条血河毫无逻辑地流淌,两军的阵线如波涛起伏,部队或进或出,形成一个个海角或海湾,所有这些暗礁互相对峙,波动不止。哪里有步兵,炮兵就追到哪里;哪里有炮兵,骑兵就奔到哪里;队伍宛若滚滚浓烟。那里明明有什么东西,当你寻找时,却又不见了。林中的空地游移不定,黑糊糊的山丘忽而前进,忽而后退,来自坟墓的阴风吹得这些血肉横飞的人流时进时退,时聚时散。混战是什么?是变化不定。精密的平面图只能静止一分钟,而不能一整天。只有才气横溢、画笔恣肆的画家,才能描绘一场战役。伦勃朗①比默伦②略胜一筹。默伦描写中午非常真实,但画三点钟就不真实了。几何学般精确是骗人的,惟有狂风暴雨才是真实。这就使得福拉尔③有理由驳斥波利比乌斯④。此外,有时候,战役会转为战斗,各自为战,分散成几个细部。这些细部,照拿破仑的说法,"更是各个团的传奇,而不是一个军的历史"。在这种情况下,历史学家显然有权进行概括。他只能抓住战斗大的轮廓。再认真的叙述者,也不可能把称作战役的这个可怕云彩的形态逼真地描绘下来。

所有大的军事冲突都是这样,而滑铁卢战役更是如此。

然而,到了下午的某一时刻,战局变得明朗了。

---

① 伦勃朗(1606—1669),荷兰画家。
② 默伦(1634—1690),佛兰德斯画家。
③ 福拉尔(1669—1752),法国军事家。
④ 波利比乌斯(约前201—约前120),古希腊历史学家。

六　下午四点

下午将近四点，英军形势非常严峻。奥兰治亲王①统率中央，希尔指挥右翼，皮克通指挥左翼。勇猛的奥兰治亲王已到了发狂的程度，他向比荷联军大叫大嚷："纳索！不伦瑞克！不准后退！"希尔溃不成军，向威灵顿靠拢，皮克通战死疆场。当英国人拔掉法国一〇五团军旗的时候，法国人的一颗子弹打穿皮克通的脑袋，皮克通一命呜呼。对威灵顿来说，这场战役有两个支点，乌戈蒙和圣海牙；乌戈蒙仍在坚持，但已遍体大火，圣海牙已失守。防守圣海牙的一个德国营，只剩下四十二人，所有的军官不是战死，便是被俘，只有五人幸免。三千名战士在这个"谷仓"里惨遭杀戮。英国近卫军的一个中士，被战友们誉为坚不可摧的英国头号拳击手，却被法国一个小小的鼓手杀死。巴林弃甲而逃，阿尔滕做了刀下鬼。好几面军旗被夺走，其中有阿尔滕师的，吕内堡营的，后者是由双桥家族的一个亲王扛着的。苏格兰灰衣部队全军覆没，庞松比的重龙骑兵被砍得七零八落。这支骁勇顽强的龙骑兵，在布罗的枪骑兵和特拉韦的胸甲骑兵的冲击下，连连退却，一千二百匹战马只剩下六百匹，三位中校两个倒地，汉密尔负伤，马泰被杀。庞松比身上挨了七刀，落马而死。戈登阵亡，马什战死。第五、第六两个师惨遭歼灭。

---

① 奥兰治亲王，英军统帅威灵顿。

乌戈蒙被突破，圣海牙已失守。只剩下中央据点这个结了。它始终坚持着。威灵顿调来增援部队。他从梅伯-布兰调来了希尔，从布兰-拉勒调来了夏塞。

英军的中央据点兵力密集，地势微微下凹，地形十分有利。他们占据着圣约翰山高地，背后是村庄，前面是斜坡，那斜坡当时相当陡峭。他们背靠着坚固的石头房屋，那时是尼维尔的公有财产，是公路的交叉点。这座建于十六世纪的石头房屋固若金汤，炮弹打上去就弹回来，它却毫发无损。英国人在高地周围到处设置藩篱，在山楂林里布下伏兵，在树枝之间安放炮口，将灌木丛当作雉堞。他们的炮兵部队就埋伏在荆棘丛中。兵不厌诈，英国人将这一狡诈的伎俩做得天衣无缝，以至于拿破仑皇帝早晨九点派去侦察敌军炮位的阿克索什么也没发现，回来对皇帝说，除了在尼维尔和热纳普两条公路上有两个工事外，其他一无障碍。那个季节，田里的庄稼长得很高，肯普特旅的一个营，配有卡宾枪的第九十五营，就埋伏在高地四周的大片麦田里。

英荷联军组成的中央据点，凭借着这些掩护和支撑，处境极其有利。

这一阵地的危险，在索瓦涅森林。它与战场毗连，中间隔着格罗南代和布瓦茨福沼泽。一个军撤进森林，便会土崩瓦解，几个团立即会四分五裂。炮兵会陷进泥沼。有些行家说，撤退到那里，将是四散溃逃。当然也有人持不同看法。

为了加强中央，威灵顿从右翼调来夏塞的一个旅，从左翼调来温克的一个旅，还有克林顿师。他又将不伦瑞克的步兵、纳索的部队、基尔曼塞克的汉诺威兵和奥姆普特达的德国兵，调来增援和加强他的英国部队,即霍尔凯特各团、米切尔旅和梅特兰的近卫军。这样,他手下就有了二十六个营。正如夏拉所说,右翼被逼到了中路的后面。在今天叫作"滑铁卢博物馆"的地方,当年就有一个巨大的炮台隐蔽在沙袋后面。此外,威灵顿还把索墨塞的龙骑卫队,即一千四百名骑兵,部署在一个洼地里。这是举世闻名的英国骑兵部队的另外一半。庞松比已遭歼灭,只剩下索墨塞了。

那个炮台设在一个园子的矮墙后面,匆匆叠了些沙袋,筑了一道宽宽的土坡。如果工事完成的话,就可成为一个棱堡。但它没有完成,未来得及设置绿篱。

威灵顿忧心忡忡,但神色镇定。他骑着马,整整一天都是这个姿势,待在一棵榆树下,稍后一点是圣约翰山的老磨坊;如今磨坊尚在,但那棵榆树却被一个热衷于破坏文物的英国人花了二百法郎买下,锯断后运走了。威灵顿英勇而镇静。炮弹雨滴般落下。他的副官戈登刚刚在他身边倒下。希尔勋爵指着一颗正在爆炸的炮弹,对他说:"老爷,万一您遭不测,您有什么指示和命令留给我们?"威灵顿回答:"像我这样做。"当克林顿问他时,他简洁地说:"坚守阵地,直到最后一个人。"白天的形势显然对他越来越不利。威灵顿对曾和他一起在塔拉韦拉、维多利亚和萨拉曼卡并肩战斗过的朋友们大声喊道:"小伙子们!难道能考虑退却吗?想一想古老的英国吧!"

将近四点钟,英国的阵线后退。山脊上,突然只剩下炮兵和狙击兵,其余的全都消失不见。在法军炮弹的驱逐下,英军向圣约翰山深处撤退;今天,圣约翰山农庄的那条便道仍穿过那里。

后撤开始了,英军的前锋退缩了,威灵顿退却了。拿破仑喊道:"他们开始撤退了!"

七　拿破仑心情愉快

那天,拿破仑正生着病,身上局部疼痛,坐在马上很不舒服,但他的心情却从未这样愉快过。他从来喜怒不形于色,但那天从早晨起,他的脸上便露出了笑容。这个高深莫测、冷漠无情的人,在一八一五年六月十八日那天,却盲目地喜形于色。在奥斯特里茨,他是那样愁眉不展,但在滑铁卢却满面春风。大凡有奇特命运的人,常常做出不合情理的事。我们的欢乐是忧愁的组成部分。最后的微笑属于上帝。

古罗马菲米纳特里军团的士兵说:"恺撒笑,庞培哭。①"这一次,庞培大概不一定会哭,但恺撒肯定笑了。

头天深夜一点钟,拿破仑和贝特朗一起,骑着马,冒着狂风暴雨,察看罗索姆附近的山丘,望见英军的营火照亮了天边,火光从弗里舍蒙一直延伸到布兰-拉勒,不禁心满意足,沾沾自喜,他感到命运果然不负他所望,按照他确定的日期,准时来到了滑铁卢这个战场上。他勒住马,望着闪电,听着雷声,一动不动地呆了一会儿,这个宿命论者在黑暗中说了一句神秘莫测的话:"我们是一致的。"拿破仑错了。他们并不一致。

---

①　原文为拉丁语。庞培是公元前一世纪罗马大帝恺撒的政敌,后被恺撒击败。

那一夜，他一分钟都未曾合眼，每时每刻对他都是快乐。他走遍了前哨阵地，常常停下来同哨兵说几句话。半夜两点半，在乌戈蒙树林附近，他听见队伍行进的脚步声，一度以为是威灵顿在撤退。他对贝特朗说："英军后卫部队在撤营了。我要把刚到达奥斯坦德的六千名英国人全部俘虏。"他说话时，情绪十分高涨，恢复了三月一日在茹安湾登陆时的高昂兴致：那天，他指着一位兴高采烈的农民，对贝特朗大元帅高声说："瞧，贝特朗，有人来支援了！"六月十七日夜里，他对威灵顿冷嘲热讽。"得教训教训这个小英国人。"拿破仑如是说。雨下得更大了，皇帝说话时，雷声大作。

凌晨三点半，他的一个幻想破灭了。他派去侦察的军官回来向他报告，敌人没有任何动静。一切都原地不动，没有一处营火熄灭。英军在酣睡。大地万籁俱寂，惟有天空中雷声隆隆。四点钟，巡逻兵给他带来一个农民，那农民曾给英军的一个骑兵旅带过路，可能是维维安骑兵旅，要去占领最左边的奥安村。五点钟，两个比利时逃兵对他说，他们刚离开部队，英军在等待战斗。"太好了！"拿破仑喊道，"我不是要把他们击退，而是要击垮。"

早晨，他在普朗斯诺瓦公路拐弯处的斜坡上下了马，站在烂泥中，从罗索姆庄园搬来一张饭桌和一张农家椅子，在地上铺一捆麦秸作地毯，他坐到椅子上，将作战图摊在桌子上，对苏尔特[①]说："多漂亮的棋盘！"

下了一夜大雨，道路被冲得坑坑洼洼，辎重车队陷进泥

---

① 苏尔特（1769—1851），法国元帅。

坑，早晨未能赶到，士兵彻夜未眠，人人衣服湿透，个个饥肠辘辘。尽管如此，拿破仑仍喜不自胜地对内伊大声说："我们有百分之九十的把握。"八点，有人端来皇帝的早餐。他邀请好几位将军一起用餐。餐桌上，有人谈到前两天晚上，威灵顿在布鲁塞尔参加了里施蒙公爵夫人的舞会，苏尔特，这个长着大主教面孔的粗鲁武夫说："舞会在今天。"内伊说："威灵顿不至于天真到恭候陛下光临吧。"皇帝听后取笑了他一番。这是他的习惯。弗勒里·德·夏布隆说："他爱开玩笑。"古尔戈说："他生性幽默快乐。"邦雅曼·康斯坦说："他常开玩笑，不过，他那些玩笑怪诞多于幽默。"伟人的戏谑是值得强调的。他把他的近卫军称作"牢骚兵"，他揪他们的耳朵，扯他们的胡子。他们中有个人说："皇上老爱戏弄我们。"二月二十七日，他从厄尔巴岛神秘地返回法国，在浩瀚的大海上，法国的"和风号"战船与偷载拿破仑的"无常号"帆船相遇，"和风号"向"无常号"打听拿破仑的消息；那时，皇帝的帽子上还饰有白红两色、散布着蜜蜂的帽徽，那是他在厄尔巴岛亲自选定的图案；他笑着拿起传声筒，亲自回答："皇帝龙体安康。"像这样善开玩笑的人，是遇事不惊的。在滑铁卢的那顿早餐上，拿破仑开了好几次玩笑。用罢早餐，他沉思了一刻钟，然后，两个将军坐到麦秸上，拿着笔，膝上摊着纸，皇帝向他们口授作战命令。

九点钟，法军排成五个梯队，向前挺进，各师展开两条战线，炮兵居中，左右是步兵和骑兵旅。乐队开道，鸣鼓致敬，鼓声隆隆，号角呜呜，气势磅礴，浩浩荡荡，一片欢腾，钢盔、马刀和刺刀汇成一望无际的海洋，皇帝看到此番情景，无比激动，连喊两声:"壮观!壮观!"

令人难以置信的是,从九点到十点半,全军已进入阵地,排成六条战线,按照皇帝的说法,排成"六个V形"。部队已排好作战阵势,混战即将开始,暴风雨即将来临,四周一片寂静。根据皇帝的命令,从代尔隆、雷耶和洛博各部调来了三个各装备十二门大炮的炮兵中队,为攻打位于尼维尔和热纳普两条公路交会处的圣约翰山作前奏。皇帝看到这三个炮兵中队鱼贯而行,拍拍阿克索的肩膀说:"将军,那是二十四个美女[1]。"

他对胜利确信无疑。当第一军的工兵连从他面前经过时,他用微笑鼓励他们。工兵连奉他之命,等攻克那个村庄后,将在圣约翰山上构筑堡垒,坚守阵地。只听见一个高傲而悲悯的声音穿透这一片宁静:当他看见左边如今有座巨大坟墓的地方,骑着骏马令人赞叹的苏格兰灰衣骑兵中队正在集结的时候,他说:"太可惜了。"

然后,他跨上战马,跑到罗索姆的前沿,在热纳普到布鲁塞尔公路的右侧,选了一个长满青草的小山包作瞭望台。这是他在滑铁卢战役中第二次驻足观测的地方。晚上七点,他第三次停下来,那是在佳盟和圣海牙之间。这第三个瞭望点非常危险。那是个相当高的小山丘,至今尚在,山丘后面,有块平原,近卫军就集中在这平原的一个斜坡上。炮弹从四面八方射向山丘,落到大道的铺石上又弹回来,一直弹到拿破仑的身边。像在布里埃纳一样,子弹从他头顶上呼啸而过。后来,差不多就在他的战马驻足

---

[1] 应该三十六个美女,而不是二十四个。

的地方，有人捡到了一些腐烂的炮弹、破旧的马刀和锈迹斑斑变了形的枪弹。锈迹斑斑[1]。几年前，在那里发掘出一枚重达六十磅[2]的炮弹，里面还有炸药，信管在挨炮弹的地方断裂了。就在这最后一个观测地，他的向导拉科斯特，一个有敌对情绪的农民，被绑在一个轻骑兵的马背上，每次炮弹飞来，便吓得转过身去，甚至躲到那骑兵的身后，皇帝见了便对他说："笨蛋！多丢人，你这样会从背后被打死的。"写这几句话的人，也曾在这个山丘的松土里，挖掘出一个炮弹头的残片，四十年的氧化作用，已使它腐烂不堪，还有几段破铁片，就像接骨木一样，手指一捏就碎。

拿破仑和威灵顿交战的平原，地势起伏不平，但众所皆知，现在起伏的情形和一八一五年六月十八日相比已大不一样了。为建造滑铁卢纪念碑，从这凄怆悲凉的战场上取走了许多土方，削平了原来的高地。历史不胜困惑，它已认不出自己了。为了颂扬历史，却把它变得面目全非。两年后，威灵顿重返滑铁卢，见它变成这般模样，便喊道："我的战场变成这样了。"如今是一个大金字塔土墩，顶着一个铁狮的地方，当年是一个山脊，朝尼维尔公路方向，是一个并不难走的斜坡，朝热纳普公路方向，几乎是一道峭壁。今天，可从两个并立在热纳普到布鲁塞尔公路两旁的大坟墩的高度，推算出那道峭壁的高度；左侧是英国人的坟墓，右侧是德国人的坟墓。法国人没有墓地。整个平原都是法国人的坟墓。多亏从圣约翰山高地挖走了成千上万车泥土，堆成高

---

[1] 原文为拉丁语。
[2] 六十磅相当于三十公斤。

一百五十英尺、方圆半英里的土墩,圣约翰山才变成现在这样可通行的缓坡;可打仗的那天,尤其在圣海牙那边,地势陡峭,崎岖不平。因为山坡峻峭,英国大炮都瞄不到谷底的农庄,而那里是战斗的中心。一八一五年六月十八日,瓢泼大雨又把这个陡坡冲出一道道沟壑,泥泞不堪,更难攀登,不仅要上坡,而且常常陷入泥坑。沿着山脊,有条深沟,远远看去,很难猜出是什么。

这深沟究竟是什么?我们来谈一谈。布兰-拉勒是比利时的一个村庄,奥安也是个村庄。它们都隐没在洼地里,相距一里半,一条路将它们连接。那条路穿过起伏不平的原野,常像一条犁沟深入山丘之间,因此,许多地方形成了细谷。一八一五年,和今天一样,那条路连接热纳普和尼维尔两条公路,从圣约翰山脊上穿过去。不过,今天和两旁的地面拉平了,当年却是条凹路。它两旁的斜壁已被挖走,用来堆纪念墩了。不管是从前还是现在,那条路大部分是沟壑,有时深达十二英尺,两壁太陡,常会塌方,尤其冬天下大雨的时候。因此,经常发生事故。在布兰-拉勒村口,路面变得狭窄,曾有个行人被马车压死,竖在墓地旁的石十字架可以作证,上面写着死者的姓名和出事的日期:贝尔纳·德·布里先生,布鲁塞尔商人,一六三七年二月[1]。那条路在

---

[1] 碑文如下:

　　　　布鲁塞尔商人
　　　贝尔纳·德·布里
　　　　不幸在此
　　　　被马车压死
　　一六三七年二月(日期看不清)——原注

圣约翰山高地那段往下凹得很深，一七八三年，斜壁塌方，压死了一个名叫马蒂厄·尼凯兹的农民，这也有一个石十字架作证：从圣海牙到圣约翰山农庄的路上，在左边绿草如茵的斜坡上，今天仍可看见那十字架的底座，它已翻倒在地，上半截埋在开垦的田里了。

那条匍匐在圣约翰山脊背上的不露形迹的凹路，那个峭壁顶上的深沟，那条隐没在泥土中的车辙，在开战的那天是看不见的，也就是说非常险恶。

八　皇帝问向导

因此，滑铁卢开战的那天上午，拿破仑心情非常愉快。

他高兴是有道理的，我们已看到，他制定的作战计划的确令人钦佩。

可是战斗一开始，就出现了诸多意想不到的情况：乌戈蒙负隅顽抗，圣海牙顽强抵抗；博杜安牺牲战场，富瓦丧失战斗力；索瓦旅始料未及，遇到铜墙铁壁，全旅覆灭；吉耶米诺弹药断绝，却轻举妄动，后果惨重；炮兵陷入泥坑，无人护卫的十五门大炮被尤克斯布里奇击溃在一条凹路上；炮轰英军阵地效果甚微，地面被雨水浸透，炮弹钻进地里，形成一个个泥火山，以致炮弹爆裂变成了四射的泥浆；皮雷攻击布兰-拉勒劳而无功，这支由十一个骑兵连组成的骑兵队几乎全军覆灭；英军右翼几乎安然无忧，左翼没受什么损失；内伊出乎意外地误解了命令，没有把第一军的四个师分成梯队,而是集中起来,排成二十七行,每行二百人,齐头并进,迎击霰弹,炮弹在人堆里到处开花,进攻的队列被打得七零八落,侧翼的炮位突然暴露无遗,布热瓦、东泽洛、迪吕特受连累,基约被击退,毕业于巴黎综合工科学校的大力士维耶中尉,不顾堵在热纳普-布鲁塞尔公路拐弯处的英军炮火的猛烈射击,正抡起斧子砍圣海牙城门的时候,被炮弹击中而受了伤;马科涅师受到步兵和骑兵的两面夹攻,在麦田里遭贝斯特和派克的枪弹横扫,又被庞松比的骑兵乱砍乱杀,七门大炮的火门全被钉住;尽管代尔隆伯爵猛烈进攻,萨克森-魏玛亲王依然坚守住弗里舍蒙和斯莫安;一〇五团的军旗被夺走,四十五团的军旗被夺走;三百名轻骑兵在瓦弗尔和普朗斯诺瓦一带侦察,抓获了一名普鲁士黑衣轻骑兵,该俘虏说的话令人忧心忡忡;格鲁希耽误了时间;在乌戈蒙果园里,一千五百人不到一小时全部战死,在圣海牙周围,一千八百人在更短的时间内全部丧生:所有这些暴风雨般的意外,犹如一片片战云,在拿破仑眼前掠过,但几乎未能扰乱他的目光,他依然神色开朗,坚信胜利一定属于自己。拿破仑习惯正视战争,从不斤斤计较惨痛的细账。在他看来,死些人微不足道,只要最终能获得胜利。开始受些损失,他毫不在意,他认为最后的主人一定是自己。他善于等待,怀着必胜的信念,平等地与命运较量。他仿佛在对命运说:"你敢同我较量吗?"

拿破仑一半光明,一半黑暗,感到自己做好事时受到庇护,干坏事时能得到宽容。重大事件与他有一种默契,或者说他自认为有一种默契,或者说是他的同谋,就像古时候说的,刀枪不入。

可是，经历了别列津纳、莱比锡和枫丹白露①的人，似乎不该对滑铁卢掉以轻心。上天已神秘地皱起了眉头。

当威灵顿后撤时，拿破仑高兴得浑身打颤。他突然看见圣约翰山高地撤得空无一人，英军的前线消失不见。英军在重新集结，但却是为了逃跑。皇帝在马镫上半立起身子，双眸闪过胜利的光芒。

将威灵顿逼到索瓦涅森林，一举歼灭，这就意味着法国最终击败了英国。也就报了在克雷西②、普瓦捷③、马尔普拉凯④和拉米伊⑤所受的耻辱。在马伦戈⑥获胜的人，将为阿赞库尔⑦的失败报仇雪耻。

拿破仑思索着这些令人心悸的突变，一面用望远镜最后一次扫视战场的角角落落。他的卫队站在他身后，武器靠在他脚边，虔敬地仰视他。他思索着。他观察山坡，注意斜坡，细看树丛、麦地、小道，似乎每一个荆棘丛都不放过。他凝视英军设在两条公路上的工事，那是两大堆伐下的树木，一个在圣海牙上面的热纳普公路上，那里有两门大炮，英国炮队只有这两门大炮能望见

---

① 别列津纳，俄国河流，一八一二年十一月二十九日，拿破仑为抢渡这条河，造成一万二千人淹死。莱比锡，德国城市，一八一三年，拿破仑在这里与联盟军打仗，法军大败。枫丹白露，法国王宫，位于巴黎郊区，一八一四年，拿破仑在这里被迫逊位。

② 克雷西，法国地名。一三四六年，英军在此击败法军。
③ 普瓦捷，法国地名。一三五六年，英军在此击败法军。
④ 马尔普拉凯，法国地名。一七〇九年，以英军为主的联军在此击败法军。
⑤ 拉米伊，法国地名。一七〇六年，以英军为主的联军在此击败法军。
⑥ 马伦戈，意大利地名。一八〇〇年，拿破仑在此击败奥地利军队。
⑦ 阿赞库尔，法国地名。一四一五年，英军在此击败法军。

战场腹地；另一个在尼维尔公路上，那里刀光剑影，是夏塞旅的荷兰兵。在这个工事旁，他看见了圣尼古拉小教堂，这座年代悠久、刷成白色的小教堂，坐落在去布兰－拉勒那条岔路的拐弯处。他俯下身子，低声地同向导拉科斯特说了句话。向导摇了摇头，很可能在骗他。

皇帝直起腰，又陷入沉思。

威灵顿撤退了。这撤退必将以全军覆灭而告终。

蓦然，拿破仑转过身子，派一名信使火速赶往巴黎报捷。

拿破仑是个会发出响雷的天才。

刚才，他又发出了一个响雷。

他命令米约的重骑兵去攻占圣约翰山高地。

九　不虞之灾

他们有三千五百人，排成四分之一里的阵线。他们身材魁伟，骑着高大的战马。他们有二十六个骑兵连，另有勒费弗尔－德努埃特师、一百零六名精锐骑兵、近卫军的一千一百九十七名轻骑兵和八百八十名枪骑兵给他们作后盾。他们头戴无缨铁盔，身穿护胸铁甲，挂着长马刀，马鞍两旁的皮套里藏着手枪。早晨九点，军号吹响，乐队齐奏《拯救帝国歌》，全军将士看见他们密密匝匝的队伍开过来，不禁赞叹不已。侧翼是他们的一个炮兵中队，中间是另一个炮兵中队，他们在热纳普公路和弗里舍蒙之间展开成两行，进入他们在第二道防线的阵地。这第二道强大的骑兵防线，是拿破仑的精心设计，最左边是克勒曼的铁甲骑兵，最右边是米约的铁甲骑兵，可以说安上了两个铁翅膀。

拿破仑的副官贝尔纳向他们传达了皇帝的命令。内伊拔出剑，一马当先。骑兵队浩浩荡荡出发了。

于是，一幅波澜壮阔的画面呈现在眼前。

整个骑兵队伍高举马刀，旌旗飘扬，军号嘹亮，一个师组成一个方阵，从佳盟山上冲下来，像一个人那样步调一致，如破城槌那样动作准确，冲进遍地横尸的可怕山谷，消失在滚滚硝烟之中，继而冲出烟雾，出现在山谷的彼端，仍然密密层层，冒着枪林弹雨，飞快冲上圣约翰山高地泥泞不堪令人望而生畏的陡坡。他们往上冲着，神情严肃，气势汹汹，冷静沉着。在枪炮声间歇的时候，可以听到战马震耳欲聋的疾驰声。他们是两个师，也就是两个方阵，瓦蒂埃师居左，德洛尔居右。远远望去，宛若两条钢铁巨龙，向山顶爬去。这是滑铁卢战役的一个奇观。

当年，缪拉①的大队骑兵强夺莫斯科河上的大棱堡时，场面也是十分壮观，自那以后，再没有见过这样的奇观。这次没有缪拉，但有内伊。这支队伍仿佛变成了巨妖，而且只有一个灵魂。每个骑兵连起伏伸缩，犹如珊瑚虫的一个环节。烟雾撕裂成一块一块，队伍时隐时现。铁盔如海，吼声震耳，马刀狂舞，炮声隆隆，号角鸣鸣，战马奔腾，尽管乱哄哄的，却秩序井然，令人望而生畏，而那些胸甲恰似七头蛇妖身上的鳞片。

---

① 缪拉（1767—1815），法国元帅。

这仿佛是在讲另一个时代的故事。在古老的俄耳甫斯[①]史诗中,肯定有类似的景象,那些马人,古代的半马半人,人面马身的巨人,奔驰在奥林匹斯山上,可怕,高尚,所向披靡,既是神,又是兽。

无巧不成书,法军的二十六个骑兵连,恰好面对英军二十六个步兵营。在圣约翰山高地背后,英军步兵在隐蔽的炮兵的掩护下,组成十三个方阵,每个方阵由两个营组成,排成两个阵线,第一线七个方阵,第二线六个方阵,枪托抵着肩膀,瞄准着就要冲上来的敌人,沉着冷静,不说话,不动弹,静静地等待着。他们看不见法国骑兵,法国骑兵也看不见他们。他们听着这股人浪涌上来。他们听见三千战马疾驰而来,声音越来越大,他们听见马蹄有节奏的奔跑声、胸甲的磨擦声、马刀的叮当声和粗重急促的喘息声。一阵令人恐怖的沉寂,接着,突然出现一长排挥舞马刀的胳膊、铁盔、军号和旌旗,三千名蓄灰髭的脑袋高吼:"皇帝万岁!"整个骑兵部队冲上高地,仿佛是天崩地裂。

突然,发生了一场悲剧。在英国人的左侧,我们的右侧,只见骑兵队伍的前锋兀立不前,发出可怕的惊叫声。骑兵们气势汹汹地冲上了最高点,直奔英国的步兵方阵和炮队,准备把他们彻底消灭,不料发现他们和英国人之间横着一条裂谷,一个深沟。那便是通往奥安的凹路。

那真是极端可怖的一刻。裂谷突如其来地出现。它张着血盆大嘴,陡峭地悬在马蹄下,两壁间深达四米,第二排推着第一排,

---

① 俄耳甫斯,希腊神话中的诗人和歌手。

第三排推着第二排，战马兀立后仰，跌倒在地上，四脚朝天往下滑，把骑兵翻倒在地。队伍无法后退，整个纵队成了一个抛射物。本来是用来摧毁英国人的冲力，反倒把法国人粉碎了。无情的裂谷不填满尸体决不罢休。骑兵和战马乱作一团，滚下山沟，互相踩死碾碎，深谷里填满了尸体。当这裂谷填满后，余下的人就踩着他们冲过去。杜布瓦旅近三分之一人马在这沟谷里丧命。

法国在这场战役中从此开始失利。

当地流传说，两千匹马和一千五百名骑士葬身在这条凹路里，这显然是夸大其词了。这个数字，可能把第二天扔进裂谷的其他尸体也算进去了。

顺便说一句，就是这个损失惨重的杜布瓦旅，一个小时前，还孤军作战，夺取了吕内布尔营的军旗。

拿破仑在命令米约的骑兵冲锋之前，也曾勘察过地形，但没发现这条凹路，因为它在这高地上连皱褶也未形成。然而，那座白色小教堂却表明尼维尔公路上有一个拐弯，拿破仑有所警觉，怕那里会有障碍，很可能问过向导拉科斯特。向导摇了摇头。几乎可以说，拿破仑的灾难，是一个农民摇头造成的。

其他一系列灾难将接踵而至。拿破仑有可能打赢这一仗吗？我们的回答是否定的。为什么？是因为威灵顿？是因为布吕歇？都不是。是因为上帝。如果拿破仑在滑铁卢取胜，那就违背了十九世纪的法则。其他一系列事件正在酝酿中，却不再有拿破仑的位置。时势早已对他心怀恶意。这个巨人坠落的时刻到了。

这个人分量太重，使人类的命运失去了平衡。他一个人的重量比全人类的还要大。人类过于旺盛的活力如果都集中到一个人的头脑中，世界如果全装进一个人的脑袋里，这种状况若是延续下去，文明必遭灭顶之灾。现在是至高无上、铁面无私的公理考虑行动的时候了。也许，决定物质和精神正常运转的种种原则和因素也怨声载道了。鲜血冒着热气，公墓人满为患，母亲们痛哭流涕，这都是有力的控诉。当大地负荷过重，冥冥中会发出神秘的怨艾，上帝能够听见。

拿破仑在无限面前受到告发，他的毁灭已成定局。他成了上帝的绊脚石。

滑铁卢绝非一场战役，而是宇宙改变阵线。

十　圣约翰山高地

在出现裂谷的同时，英国炮队也揭去了伪装。

六十门大炮和十三个步兵方阵，对着法国铁甲骑兵猛烈开火。无畏的德洛尔将军向英国炮队行了个军礼。

英国机动炮兵部队全都飞快返回方阵。法国铁甲骑兵一刻也没停足。凹路造成了惨重伤亡，给他们带来了灾难，但他们毫不气馁。他们这种人，伤亡越多，就越勇敢。

只有瓦蒂埃纵队惨遭灾祸，德洛尔纵队没伤一兵一卒，顺利到达了目的地，因为内伊似乎预感到有埋伏，让他们从左边斜插过去。

法国骑兵冲向英军方阵。肚腹贴地，缰绳松开，嘴衔军刀，手握短枪，这就是当时冲杀的情景。在战斗中，有时精神会使躯体变硬,以致士兵会变成石雕,肉体会变成花岗石。英军在法军的疯狂攻击下而岿然不动。那场面令人胆战心惊。

英军各方阵四面受到攻击。法骑兵似一股狂暴的旋风,将他们团团包围。英步兵沉着镇定,无动于衷。第一排单膝跪地,用刺刀迎击敌骑兵,第二排用枪向他们射击。第二排后面的炮兵给大炮装上炮弹,方阵正面闪开,让炮弹射出,随即又合拢。法骑兵则报之以横冲直撞。高大的战马用后腿立起,从人头上跳过去,从枪尖上越过去,巨大的身躯落在四堵肉墙中间。炮弹在骑兵中间炸出一个个窟窿,骑兵在方阵中间冲出了一个个缺口。一排排人被马蹄践踏,倒在地上。刺刀戳进神骑手的腹部。伤口奇形怪状,史无前例。在骑兵猛烈的冲击下,英军方阵越来越小,但依然不急不躁。他们不停地射击,炮弹在进攻的敌人中间爆炸。战斗的场面可怕之极。那些方阵不再是一营营士兵,而是一个个火山口;那些骑兵不再是骑兵队,而是暴风骤雨。每个方阵都是受到乌云袭击的火山,熔岩在和霹雳交战。

最右边的方阵没有遮掩,最为暴露,冲突刚开始,就几乎被全歼了。那是由苏格兰高地兵七十五团组成的方阵。方阵中央有一个吹风笛的士兵,周围敌我双方正在厮杀,他却坐在一面鼓上,风笛夹在腋下,对周围发生的事毫不注意,低垂着那双发出森林湖泊反光的忧郁的眼睛,吹着山地歌曲。这些苏格兰人临死还想着洛锡安山峰①,正如希腊人死时想着阿耳戈斯②。一个骑兵一刀砍

---

① 洛锡安山,苏格兰山脉名。
② 阿耳戈斯,希腊地名。

下了风笛和夹着风笛的胳膊，歌手死了，歌曲也停了。

法国骑兵相对来说人数处于劣势，加之在裂谷里遭受重创，而面对的几乎是整个英国军队，但他们一个顶十个，数量反而增加了。这时，那几个汉诺威营顶不住了。威灵顿见状，便想到了他的骑兵。如果拿破仑此时能想到他的步兵，他可能会打赢这一仗。这一疏忽铸成了致命的大错。

进攻的法国骑兵突然觉得自己受到了袭击。英国骑兵队已来到他们背后。他们前有步兵方阵，后有索墨塞。索墨塞是一千四百名英国近卫龙骑兵。索墨塞的右侧是多恩贝格尔的德国轻骑兵，左侧是特里普的比利时枪骑兵，法国的铁甲骑兵前后左右受到步兵和骑兵的攻击，得应付四面八方的敌人。这有什么？他们是旋风。他们变得英勇无比。

此外，英国炮队在他们身后不停地咆哮。不如此，就伤不了他们的背部。在所谓的滑铁卢陈列馆里，收藏着他们的一个胸甲，左肩被一颗霰弹穿了个窟窿。对于这样的法国人，就得需要这样的英国人。

这不再是一场混战，而是一种幻影，一种疯狂，是心灵和勇气令人眩晕的并发，是刀光剑影的风暴。刹那间，一千四百名近卫龙骑兵只剩下八百了，他们的富勒上校落马而死。内伊带领勒费布尔-德努埃特的枪骑兵和轻骑兵赶来增援。圣约翰山高地占领了又失去，然后再占领。法国铁甲骑兵丢开敌骑兵，转而攻击步兵，更确切地说，那群乱作一团的人马互相扭打，谁也不肯松开。英国步兵方阵坚持着。先后有十二次猛攻。内伊骑的马死了四匹。铁甲骑兵有一半留在了圣约翰山高地。战斗持续了两小时。

英军深受震撼。毫无疑问,假如铁甲骑兵最初没在凹路上受重创,恐怕早已捣毁了敌军的中路防线,胜利也就在握了。克林顿经历过塔拉韦拉①和巴达霍斯②两大战役,见到如此神勇的骑兵队,也惊得不知所措。威林顿获胜的希望不大,但仍不失英雄气概地表示钦佩,低声说了句:"了不起!"

铁甲骑兵歼灭了十三个英国方阵中的七个方阵,夺取或钉塞火门共六十门大炮,夺得了六个团的军旗,由三名铁甲骑兵和近卫军的三名轻骑兵前往佳盟农庄,将那些军旗送交给拿破仑。

威灵顿的情况非常糟糕。这场奇特的战役,就像是两个伤员之间的激烈搏斗,双方都坚持战斗,流血不止。两人中谁先倒下呢?

高地的争夺战仍在继续。

铁甲骑兵究竟打到了什么地方呢?谁也说不清楚。但有一点可以肯定,战斗的第二天,在圣约翰山给车辆过秤的磅秤架上,即在尼维尔、热纳普、拉于尔普和布鲁塞尔四条公路的交会处,发现了一个铁甲骑兵和一匹马的尸体。这个骑兵穿越了英国的一道道防线。在抬他尸体的人中,有一个至今还生活在圣约翰山。他叫德阿兹。当时他十八岁。

威灵顿感到坚持不住了。危机即在眼前。

英军中部防线没有攻破,从这个意义上说,铁甲骑兵并没有成功。双方都占领了高地,但也可说谁都没有占领。总而言之,

---

① 塔拉韦拉,西班牙地名。一八〇九年,威灵顿在此大败法军。
② 巴达霍斯,西班牙地名。一八一一年被法国攻占。

大部分高地在英国人手里。威灵顿占据着村庄和最高的平地，内伊只占据山顶和斜坡。双方似乎都在这满目疮痍的土地上扎了根。

但是，英军的虚弱似乎是无可挽回了。这支军队伤亡极其惨重。左翼的肯普特请求增援。"派不出来了，"威灵顿说，"让他死吧！"几乎就在同时，——这一巧合说明双方都已筋疲力竭——，内伊要求拿破仑派步兵增援，拿破仑嚷道："步兵！叫我到哪里去弄步兵？要我变出来吗？"

然而，伤得最厉害的是英军。那些钢胸铁甲的骑兵队，凶猛地向前推进，把英国步兵打得落花流水。一面军旗围着几个人，表明那里是一个团的阵地；某个营只剩下一个上尉或中尉当指挥；阿尔滕师在圣海牙就已损失惨重，现在几乎全军覆灭；范克鲁兹旅勇猛的比利时人，全部倒在尼维尔公路旁的黑麦田里；荷兰近卫军几乎全部歼灭，一八一一年，在西班牙战场上，他们曾和我军一起同威灵顿打过仗，而在一八一五年，却归附英国人，同拿破仑作战。军官伤亡惨重。尤克斯布里奇膝骨炸断，第二天叫人埋葬了那条断腿。在这场战斗中，如果说法国方面的德洛尔、莱里蒂埃、科贝尔、德诺普、特拉韦和布朗卡等人丧失了战斗力，那么在英国方面，则是阿尔滕受伤，巴恩受伤，德朗塞阵亡，范默兰阵亡，奥姆普特拉阵亡，威灵顿的参谋部伤亡惨重。在这血淋淋的平衡中，英军的损失更大。近卫军第二步兵团损失了五名中校、四名上尉和三名旗手，第三十步兵团的第一营损失了二十四名军官，一千二百名士兵。第七十九山地团二十四名军官负伤，十八名军官阵亡，四百五十名士兵牺牲。坎伯兰团的汉诺威骑兵，在他们的团长哈克率领下，面对激烈的混战，竟然掉头逃向索瓦涅森林，致使布鲁塞尔人心惶惶，哈克上校后来因此受到了审判，被罢免了职务。那些运输车、行李车、辎重车和满载伤员的篷车，看到法国人步步向前推进，逼近森林，便赶紧冲进森林。荷兰人被法国骑兵砍得落花流水，高喊"救命！"。据今天还活着的证人说，从绿杜鹃到格罗南代，在通往布鲁塞尔的公路上，将近两里长的路上挤满了逃兵。人们恐惧万状，连在梅赫林的孔代亲王和在根特的路易十八也惊惶失措起来。除了圣约翰山农庄战地医院后面还有少量排成梯队的后备骑兵，左翼还有维维安和旺德勒两个骑兵旅，可以说，威灵顿已经没有骑兵了。到处是残缺不全的大炮。西博恩对这些事实供认不讳，普林格尔则夸大其词，甚至说英荷联军仅剩三万四千人。那位铁公爵[①]依然神色镇定，但嘴唇却变白了。在英军指挥部里观战的奥地利特派员樊尚、西班牙特派员阿拉瓦，都以为威灵顿公爵完蛋了。五点钟，威灵顿掏出怀表，凄然地低声说："布吕歇不来就完了！"

差不多就在这个时候，远远看见在费里舍蒙那边的高地上，有一队刺刀在闪烁。

从此，这场鏖战发生了戏剧性的变化。

十一　拿破仑遇到坏向导，比洛遇到好向导

大家都知道拿破仑令人心酸的错误估计：他盼望格鲁希，不

[①] "铁公爵"是威灵顿的绰号。

料来了布吕歇；希望得救，却来了死神。

命运常会像这样急转直下；他期待统治天下，却望见了圣赫勒拿岛①。

假如给布吕歇的副将比洛当向导的那个牧童，建议他从费里舍蒙上面，而不是从普朗斯诺瓦下面走出森林，那么，十九世纪的面貌也许就不一样了。拿破仑便会打赢滑铁卢这场战役。普鲁士军队如果不走普朗斯诺瓦下面那条路，就会进入一个山谷，炮兵过不去，比洛也就来不了。

然而，据普鲁士将军米富林说，布吕歇晚到一小时，就见不到站着的威灵顿了，"这一仗也就输定了"。

可见比洛来得正是时候。再说，他还耽搁了许多时间。他在狄翁山宿营，天蒙蒙亮便出发。但路很难走，部队在烂泥中行进。炮车陷进泥里直达轮毂。此外，过迪尔河，必须经过狭窄的瓦弗尔桥，况且，法国人在通往那座桥的街上放了火，两旁的房屋火势正旺，炮队的弹药车和辎重车要等火熄了之后才能通过。已是中午了，比洛的先头部队尚未抵达圣朗贝小教堂。

假如这场战役早两个小时开始，四点就能结束，布吕歇到达时，拿破仑已经获胜。总之，人世间的机缘巧合无穷无尽，就像是无边无际的宇宙，高深莫测。

中午刚过，拿破仑皇帝用望远镜眺望，第一个看到天边有什么东西，引起了他的注意。他说："我看见那里有团黑云，好像是军队。"接着，他问达尔马蒂公爵："苏尔特，您看圣朗贝小教

---

① 圣赫勒拿岛，拿破仑在滑铁卢战败后的囚禁地。

堂附近有什么？"苏尔特元帅举起望远镜，朝那边看了看，回答说："有四五千人，陛下。肯定是格鲁希。"可那团东西在轻雾中静止不动。参谋部所有人都举起望远镜，研究皇帝指出的那团"黑云"。有些人说："那是队伍，中途休息。"大部分人说："那是树林。"事实上，那团黑云静止不动。拿破仑派多蒙的轻骑兵师去那里侦察。

比洛确实没有前进。他的先头部队力量太弱，杯水车薪，无济于事。必须等候主力部队到来。他接到命令，在进入阵地前，部队先集中起来。可是，到了五点钟，布吕歇见威灵顿处境危急，便命令比洛进攻，他说了一句非同凡响的话："得给英军送些空气。"

不一会儿，洛斯坦、希勒、哈克和里塞尔各师人马，在洛博兵团面前摆开阵势，纪尧姆·德·普鲁士亲王的骑兵从巴黎树林里冲出来，普朗斯诺瓦火光冲天，普鲁士军的炮弹雨滴般射来，甚至落到拿破仑身后近卫军的队伍中。

十二　帝国近卫军

后来的情况大家都知道：第三支军队突然降临，战局出现了变化，九十六门大炮骤然齐声轰鸣，皮尔希第一团在比洛带领下突然出现，齐坦骑兵队在布吕歇亲率下突然降临，法国人被击退，马科涅被扫出奥安高地，迪吕特被逐出帕珀洛特，东泽洛和基约向后撤退，洛博侧面受攻击，夜幕降临时，一场新的攻势扑向我们支离破碎的队伍，英军全线发起进攻，猛烈向前推进，在法军阵线中冲出了一个大缺口，英普两军的炮火相互配合，造成大量伤亡，法军正面惨败，侧翼惨败，在这全线崩溃的可怕形势下，近卫军加入战斗。

他们感到必死无疑，于是高呼："皇帝万岁！"预感到死亡来临，却爆发出惊天动地的欢呼，历史上从没有过如此动人的场面。

那天，天空中一直乌云密布。傍晚八点，天际突然云开雾散，血红凄恻的夕晖，透过尼维尔公路边的榆树射出来。在奥斯特里茨看到的却是旭日东升。

近卫军各营都由一个将军率领，去迎接这悲壮的结局。弗里昂、米歇尔、罗盖、阿尔莱、马莱、波雷·德·莫旺全都上阵迎战。当头戴大鹰徽高帽的近卫军战士整齐、从容、威武地出现在混战的烟雾中时，连敌人都对法兰西肃然起敬，以为看见了二十个胜利女神展翅飞临战场，胜者反以为自己是败者，纷纷后退，可是，威灵顿大吼一声："卫士们，起立，瞄准！"伏在绿篱后面的英国红衣近卫团站起来，一阵密集的射击，将在我们雄鹰周围微微颤动的三色旗打得千疮百孔。双方一齐冲杀，最后的屠杀开始了。在黑暗中，帝国近卫军感到周围的军队正在放弃阵线，大规模溃逃，他们听见"逃命"的喊声代替了"皇帝万岁"的呼声。尽管身后的军队四处溃逃，他们却继续前进，每前进一步，伤亡越惨重。没有一个人犹豫，没有一个人胆怯。在这支部队中，士兵和将军一样英勇。明知自取灭亡，但都勇往直前。

内伊视死如归，奋不顾身，迎着枪林弹雨，拼力厮杀。他的第五匹坐骑也被砍死了。他浑身汗水淋淋，双眸射出怒火，嘴唇满是白沫，衣扣全部解开，一只肩章被英国近卫骑兵砍掉了一半，大鹰帽徽被一颗子弹打出了窟窿。他满身是血，满身是泥，英勇绝伦，手举断剑高喊："你们来看看一个法国元帅怎样战死疆场吧！"可他想死却没有死成。他气愤之极，脸上露出凶狠的神态。他气势汹汹地问德鲁埃·代尔隆："你不想死吗，你？"面对以多克少的英国炮队的猛烈扫射，他大吼大叫："怎么就打不中我？啊！我希望英国人的炮弹全都打进我的肚子里！"倒霉的人啊，还是留下来吃法国人的子弹吧[1]！

十三 灾难

帝国近卫军身后的溃逃景象惨不忍睹。

法军突然全线后撤，从乌戈蒙，从圣海牙，从帕珀洛特，从普朗斯诺瓦。"叛徒！"和"逃命！"的喊声此起彼伏。军队溃逃，犹如江河解冻。一切都在退却，破裂，爆裂，漂浮，滚动，坠落，碰撞，加速，狂奔。如此溃乱的场面闻所未闻。内伊借了匹马，一跃而上，没了帽子，没了领带，没了宝剑，堵在通往布鲁塞尔的公路上，不让英国人也不让法国人过去。他竭力留住部队，喊他们回来，破口大骂，想力挽狂澜，阻止溃逃。他不知所措。士兵们喊着"内伊元帅万岁！"躲开他。迪吕特的两团人马惊慌失措，逃过来逃过去，一边是普鲁士枪骑兵大砍大杀，另一边是英国肯普特、贝斯特、派克和赖兰特等旅猛烈射击，他们夹

---

[1] 内伊在一八一五年十二月七日第二次王朝复辟时期被元老院处死。

在中间，就像船在颠簸。最可怕的混战莫过于逃跑。为了争夺逃路，朋友之间互相残杀，骑兵部队和步兵部队互相踩踏，互相挤撞，犹如大海白浪翻滚。洛博和雷耶各为左右两翼，也被卷进了浪涛中。拿破仑让残余的近卫军组成人墙，但无济于事。他命令残余的骑兵队作最后挣扎，也于事无补。各部队都在敌人面前退却：基约在维维安面前，克勒曼在旺德勒面前，洛博在比洛面前，莫朗在皮尔希面前，多蒙和絮贝维克在纪尧姆·德·普鲁士亲王面前。曾率领拿破仑的骑兵队发起冲锋的居约，跌落在英国龙骑兵的铁蹄下。拿破仑策马追赶逃兵，训斥他们，敦促和威胁他们，苦苦哀求他们。上午，那些人还在高呼皇帝万岁，现在却一个个目瞪口呆，好像不认识他了。普鲁士骑兵队刚来到战场，向前猛冲，向前飞奔，挥动着军刀乱砍、乱劈、乱斩、乱杀，把敌军斩尽杀绝。马车蜂拥奔跑，大炮拼命逃跑，辎重兵解开辎重车，夺过马就逃命，辎重车四脚朝天，阻塞了道路，提供了屠杀的机会。大家互相挤轧，互相践踏，从死人和活人身上走过去。胳膊乱挥乱舞。四万人被打得四处逃遁，大路、小路、桥梁、平原、山丘、山谷、树林，到处都挤满了逃兵。人们乱叫乱嚷，陷入绝望之中，背囊和枪支扔进黑麦田里，用刀剑劈出一条通路，不再有战友，不再有长官，不再有将军，惊骇恐惧之状非笔墨所能形容。齐坦把法兰西杀了个痛快。雄狮变成了狍子。这就是大溃逃的情景。

在热纳普，法军试图转身抵抗，将敌人堵住。洛博集合了三百人，在村口设置障碍，但是，普鲁士人刚开始射击，他们就又逃跑，洛博也被敌人抓住。今天，在道路的右侧，离热纳普几分钟路的一座破砖房山墙上，还可以看到当年扫射留下的弹痕。

普鲁士人冲进热纳普，显然，他们狂怒不已，因为胜利来之太易。他们穷追不舍。布吕歇下令将敌人斩尽杀绝。这曾有过恶劣的先例：罗盖不许法国精锐部队的士兵给他带回普鲁士俘虏，违者格杀勿论。比起罗盖来，布吕歇有过之而无不及。法国青年近卫军的将军迪埃斯默被逼到了热纳普一家旅店的门口，向一个普鲁士骑兵缴剑投降，可那死神的骑兵接过剑，把俘虏杀死了。胜利以屠杀战败者告终。既然我们代表历史，让我们惩罚吧：·老布吕歇这样做，毁了自己的名声。疯狂的屠杀使溃逃中的法国人雪上加霜。走投无路的溃军穿过热纳普，穿过四臂村，穿过戈斯利，穿过弗拉斯内，穿过夏勒鲁瓦，穿过蒂安，到了边境才停下来。唉！是谁这样落荒而逃？是法兰西伟大的军队。

这支军队曾以英勇善战震惊历史，现在却晕头转向，惊恐万状，彻底崩溃，这难道是无缘无故的吗？不是的。一只巨大的右手在滑铁卢投下了阴影。那是命运作威作福的一天。是超人的力量造就了那一天。因此，千军万马才会惊惶逃遁；因此，俊杰英华才会缴械投降。征服过欧洲的人，现在被打得落花流水，无话可说，无事可做，感到冥冥之中，有一个可怕的人存在。他们命该如此。① 那一天，人类的前景发生了变化。滑铁卢是十九世纪的铰链。那位伟人必须消失，历史才会进入伟大的世纪。有个至高无上的人主动完成了这件事。那些英雄们为何如此恐慌，也就得到了解释。在滑铁卢战役中，不只是有乌云，还有流星。上帝曾经过这里。

---

① 原文为拉丁语。

夜幕降临，在热纳普附近的一块田里，贝尔纳和贝特朗抓住一个人的衣襟想拦住他。那人神色惊慌，若有所思，脸色阴沉，他被溃逃的人流裹卷到这里，刚刚下马，用胳膊夹住缰绳，眼神恍惚迷离，孤身一人回滑铁卢去。这是拿破仑，这个伟大的梦游人，尽管梦幻已经破灭，仍硬撑着往前走。

十四　最后一个方阵

法国近卫军的几个方阵一直坚持到天黑，在溃逃的急流中岿然不动，犹如岩石在流水中一动不动。黑夜降临，死神也降临，他们等待这双重黑暗，不屈不挠，任凭它们包围过来。每个团都是孤军奋战，与四面被击溃的军队不再有联系，甘愿等待死亡。他们占领阵地，准备决一死战，有的占领罗索姆高地，有的占领圣约翰山的平原。这些黑糊糊的方阵，孤立无援，虽已战败，却令人生畏，坚强不屈地进行垂死挣扎。乌尔姆、瓦格拉姆、耶拿、弗里德兰[①]也随他们一起死去。

将近晚上九点，圣约翰山高地脚下，还剩下一个方阵。他们还在这阴森森的山谷里浴血奋战，铁甲骑兵爬过的那面山坡，如今布满英国军队，胜利的敌炮兵集中火力向他们射击，炮弹似雨滴般密集。那方阵的指挥是个不见经传的军官，叫康布罗纳。敌军每次轰击，方阵总要缩小一些，但仍然反击。他们用步枪对抗

[①] 这些都是拿破仑打胜仗的地方。

大炮，方阵的四个面越来越缩短。逃跑的法国人有时停下来喘口气，在黑暗中，远远地听见那凄厉的枪声渐渐减少。

当这支部队只剩下几个人，当他们的军旗成了一块破布，当他们子弹打尽、步枪成了棍子、尸体堆积如山、活人所剩无几时，那些胜利者，面对这些临死不屈、心灵高尚的人，产生了一种神圣的恐惧感，英国炮队便停下来歇口气。那是暂时的缓解。在战士们周围，一个个骑马的人影，一门门大炮的黑影，犹如一个个幽灵鬼怪，透过炮轮和炮架，他们看见白茫茫的天空。在硝烟弥漫的战场深处，英雄们始终隐约望见死神的大骷髅在逼近他们，逼视他们。在暮色中，他们听得见敌人装炮弹的声音，点燃的信管，宛若夜间猛虎的眼睛，在他们脑袋周围形成一个圈子，英国炮队的点火棒一齐凑近大炮，这时，英国的一位将军，有人说是科尔维尔，还有人说是梅特兰，逮住这最后一分钟，激动地向英雄们高喊："勇敢的法国人，投降吧！"康布罗纳回击："去你妈的！"

十五　康布罗纳

这可能是法国人说过的最美的一句话，可法国读者特爱面子，听不得人向他们重复这句话，禁止将这妙语写进历史。

我们却要冒一冒风险，破一破这个禁令。

因此，在这些巨人中间，有一个提坦巨神，那就是康布罗纳。

说完这句话，然后死去。还有什么比这更伟大的呢？因为只求一死，也是死。如果说他在枪林弹雨中侥幸活了下来，那不是他的错。

滑铁卢战役的获胜者,既不是溃不成军的拿破仑,也不是在四点钟后退、五点钟绝望的威灵顿,更不是不打即胜的布吕歇,而是康布罗纳。

用这样一句话,回击向你杀来的霹雳,这才是胜利。

用这个词来回击灾难,说这句话来反驳命运,给未来的狮子[①]放上这块基石,对头天夜里的大雨,对乌戈蒙险恶的高墙,对奥安那条凹路,对格鲁希的姗姗来迟,对布吕歇的从天而降,进行这样的还击,身在坟墓还不忘嘲讽,倒下了还依然挺立,将欧洲联盟军淹没在这两个音节中,把恺撒们领教过的茅坑献给国王们,将最粗俗的一个词,掺进法国式的闪电,变成最美的一个词,以狂欢节最后一天的嬉笑怒骂,来结束滑铁卢战役,用拉伯雷[②]来补充莱奥尼达斯[③],用一句难以启齿的妙语来总结胜利,虽丧失地盘却垂名史册,虽遭杀戮却使敌人成为取笑对象,这是多么伟大的事。

这是对雷电的辱骂。可与埃斯库罗斯[④]的伟大相提并论。

康布罗纳的这句话,产生一种崩裂的效果。那是蔑视冲破胸腔引起的崩裂,是临死前的极度愤懑引起的爆裂。谁获得了胜利?是威灵顿吗?不是。没有布吕歇,他必败无疑。是布吕歇吗?不是。没有威灵顿的开始,哪有布吕歇的结束!这个康布罗纳,这个最后一刻的过路客,这个无名小卒,这个战争中最不引

---

① 指滑铁卢纪念墩上的铁狮。
② 拉伯雷(1494—1533),文艺复兴时期法国作家,擅长讽刺。
③ 莱奥尼达斯(?—前480),斯巴达国王,在与波斯作战中阵亡。
④ 埃斯库罗斯(前525—前456),希腊悲剧之父。

人注目的小人物，感到那里面有假象，一场灾难中的假象更令人痛心疾首，正当他愤怒得要发作时，有人却来嘲弄他，要他缴械投降，苟且偷生。他怎能不暴跳如雷？

他们全在这里，欧洲的君王们，幸运的将军们，打着响雷的朱庇特们，他们有十万胜利的大军，在这十万后面，还有一百万，他们的大炮张开大嘴，信管已经点燃，他们脚下踩着帝国近卫军和法兰西军队，他们刚刚压垮了拿破仑，现在只剩下康布罗纳了，只剩下这条蚯蚓可以抗议了。他要抗议。于是，他寻找一个词，如同寻找一把利剑。他愤怒得口吐白沫，而那白沫，便是那个词。面对这非凡而又平凡的胜利，面对这没有胜利者的胜利，这个绝望的人挺直腰杆；他感受到这胜利的重力，但也看到了它的虚无；他感到啐一口还不足以解恨；既然在数量、力量和物质上处于劣势，他从心底里找到了一个词，那就是"去你妈的"。我们重复这个词。这样说、这样做、找到这样一个词的人，才是真正的胜者。

在这决定命运的时刻，伟大时代的精神启发了这个无名小卒。康布罗纳找到滑铁卢的这个词，正如鲁日·德·李尔[①]创作《马赛曲》一样，受到了上天的启示。一股神圣的飓风从天吹来，从这两个人身上穿过，他们颤抖了一下，于是，一个唱起了至高无上的战歌，另一个则发出了惊天动地的怒吼。这句提坦巨人表示蔑视的话，康布罗纳不只是以帝国的名义冲着欧洲说的，那样太微不足道了；而是以革命的名义对过去说的。人们听到了这句话，

[①] 鲁日·德·李尔（1760—1836），法国军官和作曲家。所作《马赛曲》为法国国歌。

人们在康布罗纳身上看到了巨人们古老的灵魂。仿佛是丹东[①]在演说，或是克莱贝尔[②]在吼叫。

康布罗纳说了这句话后，那英国人回答："开火！"英国大炮喷出火焰，一时山摇地动，最后的炮火从所有的铜嘴里喷出，惊天动地，硝烟滚滚，初生的月亮将那硝烟微微映白，等烟雾消散后，就什么也不存在了。最后剩下的英雄们，全被歼灭了，近卫军覆没了。那座活堡垒的四堵墙，全都倒在地上。在尸体中间，这里那里，间或可以看到有人在抽搐。就这样，比罗马军团还要强大的法兰西军团，在圣约翰山上全军覆没了，他们躺在浸满了雨水和血水的土地上，躺在阴森凄凉的麦田里。今天，那是约瑟夫每天凌晨四点的必经之地，他愉快地吹着口哨，鞭打着马，到尼维尔去送邮件。

十六　将领的分量有多重[③]

滑铁卢战役是个谜。无论胜者，还是败者，都搞不清楚。拿破仑看到的是恐惧[④]，布吕歇看到的是炮火，威灵顿则莫名其妙。看看那些报告吧。战报含糊其词，评论不能自圆其说。这些人结

---

① 丹东（1759—1794），法国大革命时期的政治家。
② 克莱贝尔（1753—1800），法国将军。
③ 原文为拉丁语。
④ "只因一时恐慌，一场战役未能善始善终，一天未能有好的结束，错误的措施未能得到弥补，以后也就不可能取得更大的胜利。"（拿破仑：《圣赫勒拿岛口述》）——原注

结巴巴，那些人期期艾艾。约米尼把滑铁卢战役分成四个阶段，米富林分成三个突变，惟有夏拉别具只眼，除了在某几个问题上我们不敢苟同外，从总体上说，他抓住了那位伟人同天意交战而造成的这场灾难的主要特点。其他所有的历史学家都有些头晕目眩，只好在这眩晕中摸索。那是令人震惊的一天，军人专制政体土崩瓦解（令国王们惊讶的是，这波及到所有的王国），武力覆灭，战争溃败。

在这个事件中，必然有上天干预的痕迹，人的作用微乎其微。

假如将滑铁卢从威灵顿和布吕歇手中收回，英国和德国会失去什么吗？不会。无论是赫赫有名的英国，还是令人敬畏的德国，都与滑铁卢的问题没有关系。感谢上苍，人民的伟大不取决于用武力冒险。德国、英国、法国不是剑鞘能容纳得了的。在这个时代，滑铁卢充其量不过是刀剑的一声撞击，德国歌德的声名超过布吕歇，英国拜伦的声名超过威灵顿。我们这个世纪，是光辉的思想广泛升起的时代，在这曙光中，英国和德国都有自身的灿烂光辉。他们的思想使他们绚烂壮丽。他们文明程度的提高是内在的，源自他们自身，而非某个意外事件。他们在十九世纪变得强盛，与滑铁卢毫无关系。只有野蛮民族才会凭一次胜利，突然强盛起来。那是昙花一现的虚荣，犹如暴雨涨满的河水，转瞬即逝。文明的民族，尤其在我们这个时代，不会因为一个将领的运气好坏而起落升降。他们在人类中间的重量，不取决于一场战争，而是其他。他们的荣誉，感谢上帝，他们的尊严，他们的光辉，他们的才华，不是那些英雄和征服者在玩战争赌博时所能下注的筹码。常常是战争失败了，社会却获得了进步。少一些光荣，就会多一些自由。战鼓停了,理智就会说话。那是败者获胜的游戏。因此,让我们心平气和地从交战双方谈谈滑铁卢。把属于运气的归于运气,属于上帝的归于上帝。滑铁卢是什么?是一次胜利吗?不是。是一次赌博。欧洲赢了,法国输了。实无很大必要在那里立一头狮子。

此外,滑铁卢是有史以来最奇特的一次交锋。拿破仑和威灵顿。他们不是敌人,而是两个截然相反的人。上帝向来钟爱对照反衬,但他从没创造出比这更强烈的对照,更奇特的反衬。他们一个准确,有远见,缜密,谨慎,退则有路,留有余地,沉着冷静,井井有条,战略上因地制宜,战术上讲求平衡,杀人有度,攻守有时,从不盲目,有传统的勇气,绝对彬彬有礼;另一个凭直觉,爱预见,用兵奇特,有超人的本能,目光如炬,似鹰般犀利,如雷般有力,恃才傲世,高深莫测,善于利用命运、河川、平原、森林、山丘,责令甚至强迫它们俯首听命,专横跋扈,甚至对战场也施暴虐,相信星相,但也相信战略,常把二者结合起来,增加了信心,但也扰乱了信心。威灵顿是军事上的巴雷姆①,拿破仑是军事上的米开朗琪罗。这一次,谋算战胜了天才。

双方都在等待一个人。善计算的人成功了。拿破仑等待格鲁希,他迟迟不来。威灵顿等待布吕歇,他来了。

威灵顿是代表古典式战争前来报仇雪恨的。波拿巴崭露头角之时,在意大利与古典式战争相遇,把它打得一败涂地。老枭在雏鹰面前落荒而逃。古老战术被打个落花流水,且愤愤不平。这

---

① 巴雷姆(1640—1703),法国数学家。

个二十六岁的科西嘉人是谁?这个毛头小伙子,势单力薄,两手空空,没有粮食,没有弹药,没有大炮,没有鞋子,几乎没有军队,以寡敌众,向结盟的欧洲猛扑过来,竟然荒唐地取得了一个个令人难以置信的胜利!这是从哪里钻出来的可怕疯子?竟能不歇一口气,始终斗志昂扬,接连粉碎了德皇的五个军,将博利厄摔到阿文齐身上,乌姆塞摔到博利厄身上,梅拉摔到乌姆塞身上,马克摔到梅拉身上!这个新来的胆大妄为的战争狂人是谁?学院派军事家大败亏输,把他视作异端。因此,老恺撒主义对新恺撒主义、正规的刀法对神速的剑法、正规的编队对天才的编队,有着不可调和的仇恨。一八一五年六月十五日,这仇恨终于胜利了,它在洛迪、蒙特贝洛、蒙特诺特、曼图、马伦戈、阿科尔[①]下面,写上了滑铁卢。庸人得胜,多数人高兴。对于这一讽刺,命运欣然同意。拿破仑衰败时,又遇见了年轻的乌姆塞。

的确,要有乌姆塞,只需使威灵顿头发变白。

滑铁卢是一场一流的战役,却是一位二流的将领获胜。

在滑铁卢战役中,值得钦佩的是英国,是英国的坚定,英国的决心,英国的儿女。英国值得骄傲的,恕我直言,是她自己。不是她的将领,而是她的军队。

奇怪的是,威灵顿竟然忘恩负义,他在给巴瑟斯特勋爵的一封信中宣称,他的军队,一八一五年六月十五日奋战过的军队,是一支"糟糕的军队"。那些胡乱埋在滑铁卢耕田下面的英国士兵的白骨,听到他这样讲,会作何感想?

---

① 以上都是拿破仑打胜仗的地方。

英国在威灵顿面前过于谦虚了。把威灵顿捧得那样高,就是在贬低英国。威灵顿和别的英雄没有两样。那穿灰色制服的苏格兰人,那近卫骑兵,那梅特兰和米切尔团的士兵,那派克和肯普特的步兵,那庞松比和索墨塞的骑兵,那冒着枪林弹雨吹风笛的苏格兰士兵,那赖兰特营的士兵,那刚刚入伍几乎不会使枪却敢于同身经埃斯林和里沃利①战役的老兵抗衡的新兵,这些人才算得上伟大。威灵顿表现得很顽强,这是他的优点,我们绝不否认,但是,他的步兵和骑兵中即使是最卑微的人也和他一样顽强。铁士兵和铁公爵一样有价值。至于我们,我们只歌颂英国士兵、英国军队和英国人民。如果说有胜利,那也得归于英国。滑铁卢的纪念圆柱,如果不是顶着一个人头像,而是让一个国家的人民高耸入云,那就更公正了。

但是,伟大的英国听到我们这番话,一定会恼火的。她虽然经历了他们的一六八八年和我们的一七八九年,却对封建制度仍抱有幻想。她仍相信世袭和等级。英国人民论强大和光荣,无人可与之匹敌,但他们只把自己当作民族,而不是人民。他们心甘情愿服从别人,让一个贵族作为自己的首领。工人任人蔑视,士兵任人鞭笞。大家还记得,在因克尔曼②战役中,据说,一个中士救了军队,但是,拉格伦勋爵在战报中未敢提及,因为按照英国军队的等级制度,军官以下的英雄是不能在战报上出现的。

在滑铁卢这样的交战中,我们最赞美的是那神奇的巧合。一

---

① 埃斯林和里沃利,拿破仑打胜仗的地方。
② 因克尔曼,克里米亚一地名。

夜大雨,乌戈蒙的高墙,奥安的凹路,格鲁希充耳不闻炮声,拿破仑的向导错误引导拿破仑,比洛的向导正确引导比洛,所有这些灾难,都是命运的巧妙安排。

总之,说实话,在滑铁卢与其说是打仗,不如说是屠杀。

在所有的对阵战中,就其参战的兵力而言,滑铁卢是战线最短的一次战役。拿破仑三公里,威灵顿两公里。双方均投入七万两千名战士。兵力这样密集,自然就成了屠杀。

有人作过统计,列出了如下的比例:阵亡人数:在奥斯特里茨,法国百分之十四,俄国百分之三十,奥地利百分之四十四;在瓦格拉姆,法国百分之十三,奥地利百分之十四;在莫斯科河,法国百分之三十七,俄国百分之四十四;在包岑,法国百分之十三,俄国和普鲁士百分之十四;在滑铁卢,法国百分之五十六,联盟军百分之三十一。滑铁卢阵亡人数总计百分之四十一。参战十四万四千人,阵亡六万人。

如今,滑铁卢的田野恢复了大地——人类不动声色的支柱——特有的宁静,和其他所有的平原没有两样了。

然而,每到夜里,就会升起一种幻象般的迷雾。若有旅行者经过那里,边走边看边听,像维吉尔[①]在惨淡的菲利皮平原上那样沉思默想,他眼前就会出现当年那场灾难的可怕幻象,惊心动魄的六月十八日便会复活,纪念墩的假山岗就会隐没,平淡无奇的狮子就会消失,战场便会恢复原貌,一排排步兵波浪起伏在原野上,狂奔的战马在天际驰骋。沉思的旅行者惊恐万状,他看见军

---

① 维吉尔(前71—前19),罗马最伟大的诗人。

刀烁烁，刺刀霍霍，炮弹闪着火光，雷声此起彼伏；他隐隐听见幽灵交战的呐喊声，有如坟墓里传来的呻吟；那些幽灵，是近卫兵，那些朦胧的闪光，是铁甲骑兵，那骷髅，是拿破仑，另一副骷髅，是威灵顿；所有这一切已不复存在，但仍在相撞，仍在战斗；山谷染红，树木战栗，杀气直达云霄，黑暗中，在圣约翰山、乌戈蒙、费里舍蒙、帕珀洛特、普朗斯诺瓦所有这些荒凉的高地上，似乎隐隐可见一群群幽灵在互相厮杀。

十七　怎样看滑铁卢战役？

有一个非常可敬的自由派对滑铁卢毫无恨意。我们不属于这一派。在我们看来，滑铁卢是自由瞠目结舌的日子。这样一个卵，竟会孵出这样一只鹰，肯定是意想不到的。

若站在高处来看问题，滑铁卢是一次有预谋的反革命的胜利。是欧洲打击法国，彼得堡、柏林和维也纳打击巴黎，墨守成规打击勇于创新，是通过打击一八一五年三月二十日[①]来打击一七八九年七月十四日[②]，是那些君主国为对付不可制服的法国骚乱而作的战斗准备。他们的梦想就是扑灭似火山喷发了二十六年的伟大民族。不伦瑞克王室、拿骚王室、罗曼诺夫王室、霍亨索伦王室、

[①] 一八一五年三月二十日，拿破仑从厄尔巴岛回来，进入巴黎。
[②] 一七八九年七月十四日，巴黎人民攻打巴士底狱。

哈布斯堡王室,与波旁王室①沆瀣一气,狼狈为奸。滑铁卢驮着神权。的确,既然帝国是专制的,按照事物的自然反应,王国就必然是自由的了,同样,令那些胜者万分懊恼的是,滑铁卢事与愿违地产生了立宪体制。因为革命不可能真正被挫败,革命乃是天意,绝对不可避免,总会重新出现,在滑铁卢之前,波拿巴推翻了旧王朝,滑铁卢之后,路易十八签署并接受了宪章。波拿巴让一个驿站车夫②当了那不勒斯王,一个中士③做了瑞典王,用不平等来显示平等;路易十八在圣旺签署了人权宣言。你想知道革命是什么吗?就叫它进步吧。你想知道进步是什么吗?就叫它明天吧。明天不可抗拒地做着自己的事业,并从今天就开始。奇怪的是,它总能达到目的。它利用威灵顿让不过是个士兵的富瓦④当了演说家。富瓦在滑铁卢倒下了,但在论坛上又站了起来。进步便是这样工作的。对这个工匠来说,任何工具都是好的。它泰然自若地让跨过阿尔卑斯山的那个人⑤和爱丽舍神甫那位走路蹒跚的老病夫⑥来完成它神圣的事业。它既利用征服者,也利用患足痛风的

---

① 不伦瑞克,英国王室;拿骚,荷兰王室;罗曼诺夫,俄国王室;霍亨索伦,德国王室;哈布斯堡,奥地利王室;波旁,法国王室。

② 驿站车夫指缪拉(1767—1815),其父为旅馆主,一八〇八年封为那不勒斯王时,已是元帅。

③ 这位中士指贝纳多特(1764—1844),十七岁从军,从最低军职逐渐升到最高职级。一七八九年为上士。拿破仑指定他为某个王位的继承人,他在一八一八年当瑞典国王时,拿破仑已垮台。

④ 富瓦(1775—1825),法国将军。滑铁卢战役中第十七次负伤。一八一九年进入议会,成为自由派的主要发言人。

⑤ 跨过阿尔卑斯山的人指拿破仑。

⑥ 老病夫指路易十八,他患有足痛风。"爱丽舍神甫"是他的外科医生的绰号。

病人；利用征服者对外，利用病人对内。滑铁卢使得用武力捣毁欧洲王权的事业骤然停止，但另一方面，却使革命事业得以继续。刀斧手的时代业已结束，该让思想家来干了。滑铁卢想阻挡时代前进，但时代却从它身上越过，继续走自己的路。这场可悲的胜利，已被自由战胜。

总之，而且不容置疑，在滑铁卢获胜的人，在威灵顿背后微笑的人，将欧洲所有的元帅权杖，据说也将法兰西元帅权杖送到威灵顿手中的人，兴高采烈地将一车车夹带着枯骨的泥土推去构筑狮子墩的人，得意洋洋地在底座上写一八一五年六月十六日这个日期的人，鼓励布吕歇大砍大杀溃军的人，从圣约翰高地像窥视猎物那样窥视法兰西的人，都是反革命。那些反革命低声说着"肢解革命"这个卑鄙的词。他们来到巴黎，从近处看见了火山口，感到灰烬烫脚，于是改变了主意。他们回过头来，结结巴巴地谈论宪章。

对滑铁卢，要实事求是地看。绝无所追求的自由可言。反革命无意中成了自由主义者，正如无独有偶，拿破仑无意中成了革命者。一八一五年六月十八日，盛气凌人的罗伯斯庇尔变得哑口无言。

十八　神权东山再起

专制统治结束了。欧洲的一整套体制土崩瓦解。

法兰西帝国沉入黑暗，可与罗马帝国崩溃时的景象相比拟。

仿佛回到了蛮族时代，又生活在黑暗的深渊中。不过，一八一五年的蛮族——应该直呼其小名反革命——持续的时间不长，很快便气喘吁吁，不知所措了。应当承认，法兰西帝国受到了哀悼，那是英雄们在落泪。如果说光荣在于用战争建立专制统治，那么，法兰西帝国便是光荣。它把专制可能散发的光芒，全部洒在大地上。那是阴暗的光。甚至可说是黑暗的光。与阳光相比，它就是黑夜。这黑夜的消失，犹如日食，是暂时的隐没。

路易十八回到巴黎。七月八日①的狂欢，使人忘记了三月二十日的狂热。那个科西嘉人和那个贝亚恩人②成了相反的两个人。杜伊勒利宫的圆顶换上了白旗。流亡的君主登上了宝座。那张哈特韦尔杉木桌，放到了路易十四的百合花宝座前。人们谈论布汶③和丰特努瓦④，就像在谈论昨天的事，而奥斯特里茨却已成为过去。祭坛和宝座亲如手足，威风凛凛。十九世纪拯救社会最无争议的一种形式，在法国和在欧洲大陆上确立起来。欧洲戴上了白帽徽。特雷斯塔翁⑤名噪一时。在奥尔赛沿河马路兵营的正面，高于一切⑥的箴言又出现在太阳图案的石拱门上。凡是驻扎过帝国近卫军的地方，房子都刷成了红色。骑兵竞技场凯旋门上，堆满了摇摇

---

① 一八一五年七月八日，路易十八第二次返回巴黎。下文三月二十日是指一八一五年三月二十日，拿破仑从厄尔巴岛重返巴黎。
② 科西嘉人，指拿破仑；贝亚恩人，指路易十八。
③ 布汶，法国地名。一二一四年，法国王室军队在此打败神圣罗马帝国军队。
④ 丰特努瓦，比利时地名。一七四五年，法国王室军队在此战胜英荷联军。
⑤ 特雷斯塔翁，曾在尼姆制造白色恐怖、进行血腥镇压。
⑥ 原文为拉丁语，出自法国太阳王路易十四（1638—1715）。

欲坠的胜利女神，它顶着这些新玩意，感到很不自在，想起马伦戈和阿科尔战役，也许有点羞愧，为了摆脱窘境，便竖起了昂古莱姆公爵①的塑像。马德莱娜公墓，那个九三年的万人冢，令人毛骨悚然的地方，铺上了大理石和碧玉，因为路易十六和玛丽-安托瓦内特的遗骸也在那些乱骨中间。在樊尚公墓，有一块墓碑立在地上，提醒人想起，昂吉安公爵②死在拿破仑加冕的那个月。昂吉安公爵死后不久，庇护七世教皇为拿破仑举行了加冕仪式，现在又坦然地为他的坠落而祝福，正如当初为他的上升祝福一样。在申布伦，有一个四岁的小幽灵③，谁要是称他为罗马王，谁就是在煽动叛乱。这些事都已做了，国王们重新登上了宝座，欧洲的霸主关进了牢笼，旧制度又成了新制度，地球上的光明和黑暗互换了位置，只因夏天的某个下午，在一个树林里，一个牧童对一个普鲁士人说："走这边，不要走那边。"

这一八一五年就像是阴沉的四月。各种有害和有毒的旧事物都穿上了新外衣。谎言也拥护起一七八九年，神权戴上了宪章的面具，小说也言必称宪章，各种成见、迷信和私欲，只要记住宪章第十四条，也就披上了自由主义的外衣。其实那不过是蛇蜕皮。

拿破仑既使人变得伟大，又使人变得渺小了。在这物质灿烂的时代，理想也得了个怪名称，叫空想。嘲笑未来，是一个伟人

---

① 昂古莱姆公爵（1775—1844），法国最后一个王太子。他参加过威灵顿的军队，与拿破仑对抗。

② 昂吉安公爵（1772—1804），孔代家族成员。拿破仑怀疑他策划一场反对他的阴谋，于一八〇四年三月十五日夜里，在樊尚把他枪毙了。

③ 拿破仑和玛丽-路易丝所生的儿子。

不应该犯的严重疏忽。可是，人民，这个无限热爱炮手①的炮灰，却在用眼睛寻找他。他在哪里？他在做什么？"拿破仑死了。"一个行人对一个在马伦戈和滑铁卢战役中受伤的战士如是说。"他死了！"那战士嚷了起来，"您太不了解他了！"想象将这个败将神化了。拿破仑之后，欧洲陷入了黑暗。拿破仑的消失，使得很大一块地方长期人去楼空。

国王们乘虚而入。古老的欧洲乘机重新组织。于是出现了神圣同盟，而"佳盟"这个词事先已在倒霉的滑铁卢战场上出现过。

面对重新组织的古老欧洲，一个新法兰西的蓝图正在酝酿之中。拿破仑皇帝嘲笑过的未来，已破门而入。在它的额头上有颗星星，那就是自由。年轻人向它投去炽热的目光。奇怪的是，人们在热爱未来——自由的同时，竟也热爱起过去——拿破仑来了。失败反使败者的威望更高了。倒下的波拿巴似乎比站立的拿破仑更高大。获胜者却胆战心惊。英国派了赫德森·洛去看守他，法国则让蒙施尼去监视他。尽管他双臂交叉，无所事事，但那些君王们仍然坐卧不宁。亚历山大称他为"让我失眠的人"。人们之所以恐惧，是因为他身上蓄集着革命的力量。波拿巴分子的自由主义可从这里得到解释和谅解。这个幽灵使旧世界索索发抖。君王们身坐王位心里发虚。因为天边还有圣赫勒拿岛那块岩石②。

当拿破仑在朗伍德濒临死亡时，在滑铁卢战场上阵亡的六万

----

① 这里炮手指拿破仑。

② 滑铁卢战败后，拿破仑回到巴黎，迫于议会的压力，于一八一五年六月二十二日退位，流放圣赫勒拿岛，直至病死。

人正在静静地腐烂,他们的宁静传给了世界。维也纳会议因此签订了一八一五年条约,欧洲把这叫作王朝复辟。

这就是滑铁卢战役。

这对无限来说有什么关系?那场风暴,那片乌云,那场战争,以及接踵而来的和平,那种黑暗,一刻也没能惊扰无限的目光,在它的眼里,在草丛里跳来跳去的蚜虫,和在圣母院钟楼之间飞来飞去的雄鹰没什么两样。

十九　战场夜景

让我们回到那凄惨的战场上,这对本书极有必要。

一八一五年六月十八日是个月圆的日子。明亮的月光有利于布吕歇穷追猛打,将逃兵的踪迹暴露无遗,把不幸的溃军交给疯狂的普鲁士骑兵,为屠杀助一臂之力。夜色常会给灾难推波助澜。

大炮停止射击后,圣约翰山原野上冷冷清清。

英国人占领了法国人的营地,在失败者的床上睡觉,这是确认胜利的惯常做法。他们越过罗索姆,然后安营露宿。普鲁士人继续前进,追击溃军。威灵顿则到滑铁卢村去给巴塞斯特写捷报。

如果说要你们做,但不给报酬[①]这句话曾适用过一次,那肯定是用在滑铁卢村上。滑铁卢村什么也没做,离战场有半里路。圣约翰山遭到炮轰,乌戈蒙、帕珀洛特、普朗斯诺瓦被大火烧成灰

[①] 原文为拉丁语。出自维吉尔的一首讽刺诗。

烬，圣海牙受到攻击，佳盟目睹两个胜利者拥抱，但它们的名字却几乎无人知晓；滑铁卢在这场战役中毫无功劳，却誉满天下。

我们不是颂扬战争的人，遇到机会，我们就要数说一下它的真相。战争有其可怕的美，我们从没隐瞒过。但也要承认，它在有些方面是很丑的。最令人发指的，莫过于胜利后，立即搜索死者身上的财物。战斗结束后的第二天，晨曦总是在赤身露体的尸体上升起。

这是谁干的？是谁这样玷污胜利？是谁将丑恶的手偷偷伸进胜利的口袋里？是谁躲在光荣后面干起了扒手干的勾当？有几个哲学家，其中有伏尔泰，他们断言这样干的人恰恰是那些获胜的人。他们说，只会是同一些人，不会有别人，站着的人抢劫倒下的人。白天是英雄，夜里便成了吸血鬼。既然杀了人，总有权利在尸体上捞些什么吧。我们却不这样看。我们认为，摘取桂冠的和扒死人鞋子的，不可能是同一只手。

可以肯定的是，一般胜利者前脚走，小偷便后脚到。不要把士兵，尤其是当代士兵，牵扯到这里头。

任何军队都有尾巴，要指责的是他们。他们是一些蝙蝠般的人，半是强盗半是仆役的人，由被叫作战争这个黄昏孕育的种种飞鼠，穿军装却不打仗的人，假病号，心黑的轻伤员，有时携带妻子坐着板车贩卖私货卖出又偷进的火头军，自荐给军官们当向导的乞丐，随军仆役，偷庄稼的人，从前——不指现在——军队开拔时，都拖着这一帮人，以至于在军队的行话中，把他们叫作"尾巴"。任何军队，任何国家，对这些人都不负有责任。他们讲意大利语，却跟着德国人，讲法语，却跟着英国人。费瓦克侯爵就是在切里索勒①战役胜利的那天夜里，被这样一个无赖背信弃义地杀死在战场上，并且被抢劫一空。那人是西班牙人，讲法语，侯爵听他讲北方方言，以为是自己人。有偷便有贼。"靠敌人吃饭"这条可憎的格言，是产生这一恶习的根源，只有严肃纪律，才能根治。有些人声名显赫，其实是欺世盗名；有些将领，而且是一些大将领，深受部下的爱戴，可他们深得人心的缘由却无人知道。蒂雷纳②深受部下爱戴，是因为容忍士兵抢劫。纵恶是仁慈的组成部分。蒂雷纳竟仁慈到放任部队在莱茵伯爵领地烧杀抢掠。军队尾随的小偷多少，与长官的严明程度有关。奥什和马尔索③的军队没有"尾巴"。威灵顿的"尾巴"也很少，这一点，我们要为他说句公道话。

然而，六月十八的那天夜里，却有人抢劫尸体。威灵顿是严厉的，他下令凡被当场抓获者，格杀勿论。但抢劫是个顽症。在这个角落里，正在枪毙抢劫者，在另一个角落里，却仍有人在偷窃。

惨淡的月光照着原野。

半夜时分，在奥安凹路上，有个人在游荡，更确切地说，在地上爬行。从外表看，他就是刚才描绘过的那种人，既非英国人，亦非法国人，既非农民，亦非士兵，三分像人，七分像鬼，他嗅到了死人的味道，以偷盗作为胜利，前来抢劫滑铁卢。他穿着一件斗篷式大衣，心里发虚，却胆大包天，他向前走，却又不住地

---

① 切里索勒，意大利地名。一五四四年四月，法国人在此获得胜利。
② 蒂雷纳（1611—1675），法国元帅。
③ 奥什（1768—1797）和马尔索（1769—1796）都是法国大革命时期的将领。

往后看。这个人是谁？黑夜也许比白昼更了解他。他没带包，但大衣下面肯定有几个大口袋。他走走停停，四下张望，仿佛怕被人看见，突然弯下腰，把一动不动静静卧躺在地上的什么东西翻个底朝天，然后站起来，悄悄溜走了。他那飘忽的脚步、鬼鬼祟祟的姿态、敏捷而神秘的动作，使他很像黄昏来临时出没于废墟的恶鬼，诺曼古代传说把他们叫作野鬼。

在沼泽地里，有些夜间出没的涉禽就是这个样子。

假如用目光仔细探查朦胧的夜雾，就会发现不远处，在尼维尔公路从圣约翰山拐到布兰－拉勒的路旁有一所房屋，房屋后面停着或者说藏着一辆随军小杂货车，车篷是柳条做的，涂了层沥青，驾着一匹瘦马，那马饿得戴着嚼子在吃荨麻，车子里头，堆着箱子和包袱，一个妇人坐在上面。这辆杂货车同这个游荡的人也许有某种联系。

夜色清朗。天空中没有一片云彩。尽管血染大地，那有什么关系，照样明月皓皓。这是苍天的冷漠。在草原上，有些树枝被炮火打断，却没掉下来，连皮挂在树上，在夜风下轻轻摇曳。轻如气息的微风摇动着灌木丛。草丛簌簌，犹如灵魂归去。

远处，隐隐传来英军营地的巡逻队来回走动的声音。

乌戈蒙和圣海牙仍在燃烧，一西一东，形成两个巨大的火柱；而在天边的山丘上，英国露营地的灯火，排成巨大的半圆形，宛若一串展开的红宝石项链，连结在这两个火柱上，仿佛两端各镶有一颗深红色的宝石。

奥安凹路的那场灾难，前面已叙述过了。多少勇士在那里壮烈牺牲，让人想起来就胆战心惊。

假如世上有种东西可怕得连梦中都不可能出现,那莫过于这样的情形:你好端端地活着,沐浴着阳光,身强力壮,身体健康,心情愉快,笑声朗朗,奔向炫目的荣光,感到胸腔里有个肺在呼吸,有颗心在搏动,有个意愿在说理,你说着话,思考着,希望着,恋爱着,有母亲,有妻儿,满目光明,突然,你简直来不及发出惊叫,刹那间便坠入深渊,跌落着,滚动着,遇什么压倒什么,也被别人压倒,看见麦穗、花草、树叶、树枝,却什么也抓不住,觉得马刀已失去作用,你压着别人,马压着你,你徒然挣扎,黑暗中被马蹄践踏,骨头折断,感到一只脚后跟踹得你眼珠飞出眼眶,你狂怒地咬住马蹄铁,你喘不过气来,大喊大叫,蜷曲着身子,被压在下面,心里在想:刚才我还是个活人。

那场惨剧发生的地方,现在万籁无声。凹路的陡壁之间,横七竖八堆满了战马和骑兵。混乱的场面触目惊心。斜壁不再存在。尸体堆满凹路,与两旁平地相齐,犹如一只斗里装满了谷子。上部一堆尸体,下部一条血河,这就是一八一五年六月十八日傍晚那条凹路的真实写照。血河一直流到尼维尔公路上,在砍下来拦路的那堆树木前,积成一个大血塘,直到今天,还可以指出那个地方。大家记得,法兰西铁甲骑兵崩溃的地方就在对面,靠热纳普公路那边。尸堆的厚度,与凹路的深度成正比。中间那段路凹度浅一些,尸堆的厚度就薄一些。那是德洛尔师经过的地方。

刚才我们向读者提到的那个夜游人,正向那边走去。他在这巨大的坟墓里到处搜索。他东张西望。他在检阅死人,真是可恶之极。他走在血泊中。

蓦然,他停了下来。

在那条凹路上,离他几步路的地方,有一堆死人死马,从这堆尸体的边上伸出一只手,那手张着,被月光照亮。

这只手的指头上,有个东西在闪光。是一只金戒指。

那人弯下腰,蹲了一会儿,当他站起来时,那只手上的戒指不见了。

确切地说,他并没有站起来,就像受了惊吓的野兽,背朝着那堆尸体,跪在地上,仔细观察远处,上身支在两个撑着地面的食指上,脑袋伸出路边四下张望。豺狼的四个爪子正适合做某些动作。

然后,他下了决心,站了起来。

正在这时候,他吓了一跳。他感到背后有人拉他。

他回过头。原来那张开的手已合上,抓住他大衣的下摆。

换了个老实人,一定会吓坏的。可他却大笑起来。

"哇!"他说,"不过是个死人呀。我宁愿撞上鬼,也不要碰上宪兵。"

可是,那手没有力气而松开了。在坟墓中,动一下就会耗尽力气。

"啊!"那人又说,"这个死人还活着吗?我们来看看。"

他又弯下腰,在尸堆里搜索,搬开压在上面的尸体,抓住那只手,抓住胳膊,将脑袋周围清理干净,把身子拉出来,不一会儿,他就把一个没有生命的,至少是失去知觉的人拖到凹路的黑暗处。那是个铁甲骑兵,一个军官,还是个有相当地位的军官,胸甲下面露出一个很大的金肩章。这军官已没有了头盔。他脸上被狠狠地砍了一刀,只见满是鲜血。此外,他的四肢似乎没有压断,那完全是侥幸,假如这里可以用这个词的话,他上面的尸体互相支撑着,才没有把他压坏。他闭着眼睛。

他的胸甲上,挂着荣誉勋位的银十字勋章。

那小偷扯下勋章,塞进大衣下面的一个大口袋里。

然后,他摸摸军官的裤腰,感到小口袋里有一块表,就掏了出来。接着,他又搜索背心,摸到一个钱包,也塞进了口袋里。

他对这个垂死者的"抢救"正进行到这个阶段,那军官睁开眼睛了。

"谢谢。"他微弱地说。

那人在翻找时动作粗暴,加之夜间凉爽,又能自由呼吸,那军官从昏迷中清醒过来了。

那夜游人不回答。他抬起头。原野上有脚步声。可能有个巡逻队过来了。

那军官仍奄奄一息,所以仍用极其微弱的声音问道:

"谁胜利了?"

"英国人。"夜游人回答。

军官又说:

"在我的口袋里找找。有一块表和一个钱包。拿去吧。"

这早已做过了。

那夜游人装着搜了搜口袋,说:

"什么也没有。"

"被偷走了。"军官说,"很遗憾。那本该给您的。"

巡逻队的脚步声越来越清晰。

"有人来了。"夜游人说,像是要走的样子。

军官费力地伸出胳膊抓住他：

"您救了我的命。您是谁？"

夜游人忙低声回答：

"我和您一样，也是法国军队的。我得离开了。如果我被抓住，会被枪毙的。我救了您。现在您自己想办法吧。"

"您什么军衔？"

"中士。"

"叫什么名字？"

"泰纳迪埃。"

"我会记住这个名字的。"军官说。"也请您记住我的名字。我叫蓬梅西。"

第二卷
猎户座号战舰

一 24601号变成9430号

让·瓦让又被抓住了。

有些痛苦的细节，我们略过不谈，想来读者会感谢的。我们只想把滨海蒙特勒伊那件震惊远近的事件发生几个月后，当时报界刊登的两则短新闻转录下来。

这两则新闻比较简单。大家记得，那时还没有《法院公报》。

首先转录《白旗报》的文章。是一八二三年七月二十五日刊载的：

> 加来海峡省某县不久前发生了一件非同寻常的事。一个名叫马德兰先生的非本地人，几年前，采用新的工艺，振兴了一项地方传统工业，即煤玉和黑玻璃制造业。他发了财，应该说，那个县也富裕了。为了感谢他的业绩，他被任命为市长。警方发现，该马德兰先生原来是一个擅离监视地点的前苦役犯，一七九六年因偷窃而判刑，真名叫让·瓦让。该让·瓦

让巴重新入狱。据说，他在被捕前，曾从拉斐特银行成功地提取了五十万存款。这笔款子，据说是他在生意中合法赚来的。让·瓦让重入土伦监狱后，那笔款子藏在哪里，就无从知道了。

第二篇文章比较详细，是从同一天的《巴黎日报》上摘录的。

一个叫让·瓦让的苦役刑满释放犯，最近在瓦尔省的刑事法庭受审，案情引人注目。该歹徒蒙过警方的注意，改名换姓，在北方某个小城混上了市长。他在该城开了个相当规模的工厂。经过检察署的不懈努力，终于戳穿伪装，将他捉拿归案。他与一个妓女姘居，该妓女在他被捕时受了惊吓而死了。该歹徒力大无穷，曾越狱潜逃，三四天后又被警方抓获，而且是在巴黎，他正要上一辆由巴黎开往蒙费梅村（塞纳-瓦兹省）的小马车。据说，他利用这三四天的自由，在我们一家大银行里提取了一笔巨额存款，据估计，高达六七十万法郎。又据起诉书称，这笔钱藏匿的地点除他之外无人知道，故而未能查获。不管怎样，该让·瓦让最近已押送到瓦尔省刑事法庭受审，被指控为八年前手执武器拦路抢劫一个老实的孩子。关于这个孩子，德·费尔内主教曾写下了不朽的诗句：

……
年年来自萨瓦，
用手轻轻扫去，
烟囱里的煤烟。

该强盗放弃申辩。经过检察署巧妙而雄辩的审问，现已证实,让·瓦让拦路抢劫有同谋,他是南方某一盗窃集团的成员。因此,让·瓦让被宣布有罪,判处死刑。该犯拒绝上诉。国王宽大无边,将他改判为终身苦役。让·瓦让立即被押到了土伦监狱。

大家记得,让·瓦让在滨海蒙特勒伊时一贯遵守教规。有几家报纸,特别是《立宪报》,把这次减刑说成是教士派的一次胜利。

在监狱里,让·瓦让换了代号。他叫9430。

此外,有件事这里交代一下,以后不再提了。马德兰先生走后,滨海蒙特勒伊便一蹶不振。那天夜里,他在焦虑和犹豫中预料到的,全都应验了。没有了他,的确也就没有了灵魂。他坠落后,就像伟人倒台后那样,滨海蒙特勒伊出现了利欲熏心的瓜分现象。人类社会中,这种将繁荣的东西瓜分干净的事,每天都在偷偷地发生,历史却只注意到一次,因为那事发生在亚历山大死后①。正如将领们自封为国王那样,那些工头们临时当上了业主。于是,你争我夺开始了。马德兰先生的车间全都关闭,厂房坍塌,工人四散。有的人离乡背井,有的人改行转业。一切都变成了小作坊,而不是大工厂;一切都为了获利,而不是造福于人。不再有中心,到处是竞争,争得你死我活。从前,马德兰先生控制一切,领导一切。他一倒,人人争权夺利,斗争精神取代了组织精神,冷酷取代了真诚,互相仇恨取代了创世人的与人为善;马德兰先生结好的线,全都弄乱了,拉断了;粗制滥造,产品质量下

---

① 亚历山大(前356—前323),马其顿国王,以征服世界垂名史册。他死后,他所征服的领土被他的将领们瓜分殆尽。

降,信誉丧失殆尽;市场缩小,订单减少;工资降低,车间停工,破产来临。穷人一无所有。一切都没有了。

连政府也注意到什么地方有个人被搞垮了。自刑事法庭确认马德兰先生就是让·瓦让而将他投进苦役牢不到四年的时间,滨海蒙特勒伊用于征税的费用增加了一倍,一八二七年二月,德·维莱尔先生在议会上对此提出了批评。

二 可能是魔鬼写的两句诗

在往下讲之前,有一件奇怪的事要详细说一说。这件事发生在蒙费梅,和上述事件差不多时候,与检察署的某些推测可能有某种巧合。

在蒙费梅一带,有一种极其古老的迷信。在巴黎附近流传一种迷信,这就如同在西伯利亚发现芦荟,显得更稀奇,更珍贵。我们对一切奇葩异卉情有独钟。因此,我们来谈一谈在蒙费梅流传的迷信。那里的人认为,从远古时代起,魔鬼就选择森林作为藏宝之地。老婆婆们肯定地说,天黑的时候,在树林僻静的地方,常常能遇到一个黑衣人,模样像车夫或樵夫,脚穿木鞋,身穿粗布长裤和罩衫,不戴帽子,从他头上的两只巨角,一眼便可把他认出来。的确,这使他与众不同,容易辨认。此人常在地上挖坑。遇到他,有三种对付的办法。其一,上去同他说话,于是会发现,那人其实是个农民,之所以看上去是黑的,因为是黄昏,他根本不是在挖洞,而是在给牛割草,至于两只角,并非别的,而是一把粪叉，背在背上，薄暮中看去，两个叉从他头上伸出来，犹如两只角。你回到家里，一星期内便会死去。其二，观察他，等他挖完坑，把坑填平离开之后，赶快跑过去，把坑扒开，把那人必然埋进去的"财宝"拿走。那样，不出一个月必死无疑。其三，绝不要和他说话，也不要看他，撒腿就跑。那样，一年内死去。

因为三种做法都有麻烦，相比之下，第二种做法至少有些好处，可以拥有一个宝藏，哪怕只有一个月，所以大家普遍采用第二种。胆子大的人，禁不住诱惑，据说常常扒开黑衣人挖的坑，试图盗窃魔鬼的财宝。似乎收获不大。至少传说中是这样说的，尤其是，一个名叫特里丰的坏修士，用不规范的拉丁语，就这个问题写了两句谜一般的诗。那修士是诺曼底人士，略懂巫术，葬在鲁昂附近波谢维尔的圣乔治修道院，他的坟上竟生出许多癞蛤蟆。

那种坑通常很深，挖起来非常费劲儿，挖得满身大汗，要仔细搜索，一挖就是一夜（因为干这事总是在夜里），挖得衣衫湿透，蜡烛燃尽，铁镐缺口，当挖到坑底，手摸到"宝藏"时，会发现什么呢？魔鬼的宝藏究竟是什么？一个铜板，有时是一枚金币，一块石头，一副骷髅，一具血淋淋的尸首，有时是一个幽灵，一折为四，就像折起来放在公文包里的一张纸，有时，什么也没有。正如特里丰的那两句诗对轻率而好奇的人所说的那样：

> 他挖起深坑，埋起宝藏：一个铜板、几枚钱币、
> 几块石头、一具尸体、几个雕像，或空无一物。[①]

---

① 原文为拉丁语。

据说，今天在坑里仍会挖出东西，或一个火药壶和几颗子弹，或一副发黄的油腻腻的旧纸牌，显然是魔鬼玩过的。这两样发现，特里丰没有写进诗里，因为他生活在十二世纪，魔鬼恐怕不会那样聪明，在罗杰·培根①之前发明火药，查理六世②之前发明纸牌。

此外，假如你用那纸牌赌博，肯定输个精光。至于那壶里的火药，会将你的枪炸裂，将你的脸炸破。

检察署认为，苦役释放犯让·瓦让在逃的那几天，曾在蒙费梅附近转悠，那之后不久，村里有人发现，一个叫布拉特吕埃尔的老养路工在树林里"行为诡异"。当地人相信，布拉特吕埃尔蹲过监狱，仍在警方的监控下，到哪里都找不着工作，政府便廉价雇他当养路工，负责加尼到拉尼那条便道。

那布拉特吕埃尔很受当地人歧视。他过于礼貌，过于谦卑，见了谁都摘帽，在宪兵面前战战兢兢，满脸堆笑，据说他同土匪可能有联系，怀疑他傍晚时埋伏在矮树丛里。他是个十足的酒鬼。

下面谈一谈有人似乎看到的事：

近些日子，布拉特吕埃尔每天早早就歇工，扛着铁镐到树林里去。黄昏的时候可以碰见他，在最荒凉的林隙里，或在最茂密最荒野的树林里，好像在寻找什么，有时也在地上挖坑。过路的老婆婆们先以为看见了魔鬼别西卜③，后又认出是布拉特吕埃尔，但仍然惊恐不安。布拉特吕埃尔遇见人时，似乎很不高兴。显然

---

① 罗杰·培根（1214—1292），英国神学家和哲学家。
② 查理六世（1368—1422），法国国王。
③ 别西卜，《圣经》中的魔鬼。

他想掩人耳目,有不可告人的秘密。

村子里议论纷纷:"很清楚,魔鬼出现过了。布拉特吕埃尔看见了魔鬼,他在找宝。总之,他要是找到路济弗尔①藏的宝那就完了。"不信教的人则说:"究竟是布拉特吕埃尔逮住魔鬼,还是魔鬼逮住布拉特吕埃尔?"那些老婆婆们忙在胸前画十字。

可是,布拉特吕埃尔不再去树林里乱找,而又正常地干起他养路的活了。人们也就转移了话题。

但有些人依然兴致勃勃,心想,这里面即使没有传说中的财宝,也许会有比魔鬼的钞票更可靠、更具体的意外收获,那养路工想必知道了一半秘密。最受"引诱"的,是小学老师和小客栈老板泰纳迪埃。泰纳迪埃同谁都是朋友,竟同布拉特吕埃尔也有来往。

"他蹲过牢?"泰纳迪埃说。"嘿!上帝!谁知道现在谁在里面,将来谁会进去?"

一天晚上,小学老师说,要是在从前,法院早就调查布拉特吕埃尔去树林干什么了,他不得不招供,必要时还会动刑,布拉特吕埃尔经不住动刑,比方说用水刑。

"我们给他用酒刑。"泰纳迪埃说。

他们说干就干,拼命给老养路工灌酒。布拉特吕埃尔喝得很多,说得很少。他把酒鬼的贪杯和法官的谨慎结合得恰到好处。可在小学老师和泰纳迪埃反复逼问下,他也露了几句话。他们将那几句令人费解的话联系起来,以为知道了一些情况:

---

① 路济弗尔,《圣经》中魔鬼撒旦的别名。

一天早晨，天蒙蒙亮，布拉特吕埃尔去上工，在树林一角的一丛荆棘下面，惊讶地看见一把铁锹和一把十字镐，像是有人藏在那里的。但他想，大概是挑水工西富老爹的锹和镐，就没有多想。可那天晚上，他看见——他躲在一棵树后，不可能被发现——有个人从路上向密林走去，那人绝对不是本地人，他，布拉特吕埃尔，同他非常熟悉。泰纳迪埃理解为：一个牢友。布拉特吕埃尔死活不肯透露姓名。那人扛着一包东西，方方正正的，好像是一个大匣子或一个小箱子。布拉特吕埃尔大吃一惊。过了七八分钟，他才想起来去跟踪"那个人"。但为时晚矣，那人已钻进密林，天又黑了，布拉特吕埃尔未能跟上。于是，他决定守在树林边。"那天有月光。"两三个小时后，布拉特吕埃尔看见那人走出树林，这次扛的不是小箱子，而是镐和锹。布拉特吕埃尔让那人过去，没上前同他搭话，心想，他的力气比自己大几倍，又有铁镐，如果认出他来，发现对方也认出了自己，可能会一镐要了他的命。故友重逢，本应感人肺腑地叙叙旧情。不过，布拉特吕埃尔看见铁锹和十字镐，灵机一动，赶紧跑到早晨走过的荆棘丛，发现锹和镐都不见了。他由此得出结论，那人进了树林，用镐挖了坑，埋下箱子，又用铁锹填平了坑。可那箱子太小，放不进一具尸体，那么，装的想必是钱了。于是，他开始寻找。他把整个树林搜寻、搜索和钻探了一遍，凡是觉得土层刚被翻动过的，就掘地三尺。但一无所获。

他什么也没有"掏到"。蒙费梅已没有人再想这件事了。只有几个天真的长舌妇还在念叨："加尼的养路工这样折腾，绝不会没有缘故的。魔鬼肯定来过。"

三　脚镣一锤砸断，肯定早有准备

就在那一八二三年的十月底，土伦市民看见猎户座号战舰回到港口，因为受大风暴损伤，回港修检。猎户座号日后在布雷斯特做了教练舰，当时属于地中海舰队。

这艘战舰，尽管受大风暴凌虐而遍体鳞伤，驶入锚地时，仍吸引了许多人。记不清当时它挂的是什么旗，使它照例享受了十一响礼炮的待遇，它也还了十一响，总共鸣了二十二响。礼炮是王室和军队的礼节，以鸣礼炮互致敬意。这是礼节的标志，是锚地和城堡的礼仪。每天日出日落，所有的城堡，所有的战船，都要鸣炮，开城闭城，也要鸣炮，等等，等等。有人作过统计，在整个地球上，在二十四小时内，文明社会要白白鸣放十五万发礼炮。按每发六法郎计，一天就是九十万，一年就是三千万，全都化作青烟飘走了。这不过是件小事。与此同时，穷人却饿死。

一八二三年，照复辟王朝的说法，是"西班牙战争时期"①。

那场战争融许多事件于一体，且有诸多奇特之处。对波旁王室来说，那是一件重要的家事；法兰西的这一支系跑去救援和保护马德里的那一支系，也就是去行使长子的权利；表面上是恢复

---

① 一八二二年，为了在西班牙恢复专制制度和天主教统治，打击执政的自由派力量，俄普奥法四国王室联合起来，武装干涉西班牙。入侵西班牙的法军统帅是路易十八的侄儿昂古莱姆公爵。

民族传统，却又包含着对北方政府的俯首帖耳；被自由派报刊誉为安杜哈尔①英雄的昂古莱姆公爵先生，一反往常之平静，露出得意的神情，对教廷圣职部货真价实的老牌恐怖主义进行压制，因为它要与自由派的空想恐怖主义一争高低；"长裤汉"以"赤臂汉"②的名字起死还生，使得享受亡夫遗产的寡妇们胆战心惊；君主主义称进步为无政府主义，横加阻挠；一七八九年的各种理论受到颠覆而骤然息声；法兰西思想风靡世界，欧洲竭力阻止；卡里尼亚诺亲王，即后来的查理-阿尔贝③，佩戴近卫军的红呢肩章，自愿加入与人民为敌的国王十字军，同法兰西之子法国大元帅④并肩作战；法兰西帝国的士兵戴上白帽徽⑤重新出征，不过已休闲八年，都上了年纪，个个愁眉不展；一小撮英勇绝伦的法国人，在国外挥舞三色旗，正如三十年前，有人在科布伦茨⑥挥舞白旗一样；修士同我们的士兵混在一起；自由和革新的精神遭到刺刀的镇压，原则被大炮战胜，法兰西用武器摧毁从前用思想取得的成果；还有，敌军将领受贿叛变，士兵犹豫不决，城市被数百万重金包围；没有军事危险，却有爆炸的可能，如同有人突然闯入炮

---

① 安杜哈尔，西班牙南部城市。昂古莱姆公爵在此发表文告，企图调和保王党和自由派。

② 长裤汉，法国大革命时期的平民派；赤臂汉，一八二〇年发动西班牙革命的自由派。

③ 查理-阿尔贝（1798—1849），后为皮埃蒙特国王（1831—1849）。

④ 这里，法国大元帅指昂古莱姆公爵。

⑤ 白帽徽，波旁王朝军队的帽徽。

⑥ 科布伦茨，普鲁士城市。一七九二年，法国流亡贵族在那里组织反革命军队。

眼一样；没流多少血，也没获多少荣誉，有人感到羞惭，但无人感到光荣。这便是那场由路易十四的后代发动的、拿破仑的将军指挥的西班牙战争。它境遇悲惨，既称不上伟大的战争，也称不上伟大的政治。

也还有几个重大的战功，其中夺取特罗卡德洛，便是一次漂亮的军事行动。但是，总的说来，再重复一遍，那场战争的号角吹出的声音嘶哑，整个战局令人怀疑，历史证明法兰西难以接受这一虚假的胜利。显而易见，西班牙某些奉命抵抗的军官没怎么抵抗就退却了，可想而知，那是靠行贿获取的胜利；法国与其说赢了战争，不如说赢了敌将领，战士胜利归来，却感到脸上无光。那场战争的确斯文扫地，在军旗的褶痕中，可以看到"法兰西银行"的字迹。

参加过一八〇八年的战争，经过长期浴血奋战才攻克萨拉戈萨①的战士们，在一八二三年，面对不费吹灰之力就攻破的城堡，不禁皱起了眉头，遗憾没有遇到帕拉福克斯那样的守将。法兰西的性格更喜欢罗斯托普钦②，而不是巴莱斯帖罗斯③。

还有更为重要的一点必须强调：那场战争在法国既冒犯了尚武精神，也激怒了民主精神。那是一场奴役人民的战争。法兰西士兵，民主的子孙，出征却是为了给别人套上枷锁。这是违背

---

① 萨拉戈萨，西班牙城市。一八〇八年，拿破仑率军攻打西班牙，在这里遇阻，该城守将帕拉福克斯坚守达七个月之久。

② 罗斯托普钦（1763—1826），一八一二年拿破仑侵俄时莫斯科的总督。

③ 巴莱斯帖罗斯（1770—1832），一八二三年英俄奥法联军侵略西班牙时，西班牙的将领。

常理的丑恶行为。法兰西生来为了唤醒而不是扼杀人民的心灵。一七九二年以来,欧洲的所有革命,都是法国的革命,自由是从法国放出光芒的。这是太阳的光芒。瞎子才看不见。这是波拿巴说的。

一八二三的战争,是对慷慨的西班牙民族的伤害,也是对法兰西革命的伤害。这一可怕的粗暴行为,是法兰西干的,且是用暴力,因为军队所干的一切,除了解放战争,都是暴力行为。"被动服从"这个词,就说明了这一点。军队是一种奇特而杰出的组合,力量来自无数无可奈何的人。这样,战争就可以解释了,那是人类不顾人类的阻拦反对人类的行为。

至于波旁王室,一八二三年的战争对他们其实是致命的。他们以为是一场胜利。他们没有看到用强制手段扼杀一种思想的危险性。他们天真无知,竟错误地将大大削弱自己的一次犯罪行为,当作一种确立自己政权的力量。他们把阴谋诡计那套思想引进了自己的政治中。一八三〇年①在一八二三年就已萌芽。在内阁会议上,西班牙战争成了诉诸武力和进行神权冒险的借口。既然在西班牙恢复了合法君主,在法国本土也就可以恢复专制君主了。他们把士兵的服从,当作民族的赞同,这就犯下了可怕的错误。这一信念会导致失去王位。无论在芒齐涅拉毒树下,还是在军队的保护下,都不要高枕无忧睡大觉。

言归正传,回到猎户座号战舰上。

正当法兰西军队在亲王大元帅率领下进行征战的时候,一支

---

① 一八三〇年七月革命推翻了波旁王朝在法国的统治。

舰队也正横渡地中海。刚才说了，猎户座号属于这支舰队，因在大风暴中受损伤，又开回土伦港了。

一艘战舰出现在港口，总有什么东西吸引观众。因为这是个庞然大物，群众喜欢庞大的东西。

一艘战列舰，是人的才华和大自然的力量一种最完美的结合。

一艘战列舰，同时由最轻和最重的物质构成，因为它同时要和固体、液体和气体发生关系，又必须同这三种物质做斗争。它有十一个铁爪，能钩住海底的岩石。它有比蝴蝶还要多的翅膀和触须，能插入云天，利用风力。它用一百二十门大炮呼气，仿佛吹响巨大的号角，高傲地和雷霆呼应。海洋白浪翻滚，千篇一律，茫无边际，想让战舰迷失方向，但战舰有灵魂，那就是始终指向北方、引导它航行的罗盘。在漆黑的夜里，船灯代替星星。因此，对付风，它有索和帆，对付水，它有木，对付岩石，它有铁、铜和铅，对付黑夜，它有船灯，对付茫无边际的大海，它有罗盘。

如果想知道战舰有多大，只需到布雷斯特或土伦的一个六层高的造船台去走一走。正在建造的战船，像是罩在一只大钟里面。巨梁便是桅桁，卧在地上望不见头的粗木柱，是主桅。从插入底舱的根部算起，直到伸向云天的顶端，主桅长达六十图瓦兹①，底部的直径为三尺。英国战舰的主桅从吃水线算起，高达二百一十七尺。我们父辈的战船用的是缆绳，现在用的是铁链。一艘百门炮的战舰，光它的铁链盘起来，就有四尺高，二十尺长，八尺宽。那么，造这样一艘战舰，需要多少木料呢？三千立方米。

---

① 图瓦兹，法国旧长度单位，相当于 1.949 米。

那是一座森林漂浮在海上。

此外,要知道,这里所讲的只是四十年前的战舰,还只是普通的帆船。那时候,蒸汽尚处于童年时代,它使所谓的战舰出现新的奇迹,那是以后的事。今天,比方说,一条装有螺旋推进器的帆船,是一种惊人的机器,其动力来自三千平方米面积的风帆,和两千五百马力的蒸汽锅炉。

且不谈这些新奇迹,就是从前克里斯托夫·哥伦布[①]和勒伊特[②]乘的那种船,也是人类的伟大杰作。它们有用之不竭的动力,正如无限有永不衰竭的气流。它们把风兜在帆里,在茫茫大海上,从不迷失航向,乘风破浪,称王称霸。

然而,有时候,狂风会把六十尺长的桅桁刮断,犹如刮断一根麦秸,暴风会把四百尺高的主桅折断,犹如折断一根草秆,万斤重的铁锚在巨浪中翻腾,犹如渔夫的钓钩在鱼嘴里扭动,巨兽般的大炮发出哀怨的怒吼,但风狂雨骤,炮声消失在茫茫的空间和沉沉的黑夜中,所有的威力,所有的气势,都沉没于更浩大的威力和气势中。

每当一种巨大的力量充分展现,最后转向衰弱时,总会引起人们沉思。因此,在港口,总有许多人围着那些神奇的战舰和航船看热闹,连他们自己也未必能说清楚为什么。

因此,土伦港的码头、突堤和防波堤上,每天从早到晚,都

---

① 克里斯托夫·哥伦布(1451—1506),意大利航海家,十五世纪末发现美洲大陆。

② 勒伊特(1607—1676),荷兰海军上将。

有许多闲人，照巴黎人的说法，就是看热闹的人，他们要做的事，便是观看猎户座号战舰。

猎户座号早已是病病歪歪。在以往历次航行中，船底积满了层层叠叠的贝壳，使得航速减了一半。去年，它被送进干坞，刮去贝壳，而后又下海。然而，刮贝壳又损伤了船身的螺栓连结。行至巴利阿里群岛，船底包板受损而裂了口，因为那时候没有铁皮护板，水便进到了船内。不巧又遇到赤道风暴，左舷船首和一扇舷窗破裂，前桅的腰外板受损。因此，猎户座号又驶回了土伦。

它停在兵工厂附近，一面补充设备，一面进行检修。船的右舷没有受损，但为了让空气进入船内，按照惯例，有些地方的船板拆开了。

一天早晨，围观的人群目击了一件意外。

船员正忙着装帆。一位负责右舷大方帆上后角的桅楼水手突然失去平衡。只见他身子摇摇晃晃，聚在兵工厂码头的人群惊叫起来。那水手脑袋朝下，双臂张开，围着桅桁打转；他摔下去时，先是一只手抓住了踏脚索，接着另一只手也抓住了，整个人就悬空吊着。他下面是深不可测的大海。他摔下时的冲撞，使得踏脚索似秋千般猛烈摆动。那人吊在绳索的末端，就像投石器的石头，来回晃荡。

上去救他，那要冒极大的危险。那些水手全是沿岸新招来的渔民，谁都不敢冒这个险。可是，那不幸的水手精疲力竭，虽然看不清他脸上的恐慌，但从他的四肢可以看出他的力气已用尽了。他的双臂荡来荡去，可怕地扭动着。他竭力往上爬，但每用一次力气，便使踏脚索晃得更厉害。他不敢喊叫，生怕消耗力气。人们毫无办法，只好干等着他松开绳子的那一刻。为了不看到他落下时的惨象,大家不时地别过脑袋。有时候,一段绳子,一根竹竿,一根树枝,就能救一条性命。看着一个活生生的人,就像熟透了的果子,脱离树枝,坠落下来,那是惨不忍睹的。

突然,大家看到有个人像猫一样敏捷地攀着帆索往上爬。那人穿着红号衣,说明是个苦役犯;戴一顶绿帽子,说明是个终身苦役犯。当他爬到桅楼上时,一阵风吹落了他的帽子,露出白发苍苍的脑袋,说明不是个年轻人。

原来,一个被雇到船上来干活的苦役犯,事故一发生,当全体船员惊慌失措,束手无策,水手们吓得浑身发抖,不敢上前时,他就跑去找值班军官,请求准许他冒死去救水手。见军官点头同意,他就一锤敲断脚上的锁链,拿起一根绳索,一跃而上了帆索。当时谁也没有留意那根锁链为何一砸便断。事后才回想起来。

一溜烟工夫,他就爬上了横桁。他停了几秒钟,仿佛在目测横桁有多长。吊在绳端的水手随风飘荡,因此,对围观的人来说,这几秒钟犹如几个世纪。最后,那苦役犯抬头望了望天空,向前迈了一步。观众喘了口气。只见他从横桁上走过去。走到另一端,他把带来的绳子一头系在上面,让另一头悬着,然后,他双手抓住绳子往下滑。这时,大家都紧张得喘不过气来,因为现在不是一个人,而是两个人悬在深渊上面。

那场面好比一只蜘蛛跑来逮一只苍蝇。不同的是,这只蜘蛛带给的是生命,而不是死亡。成千上万只眼睛盯着这两个人。没有人喊叫,没有人说话。所有的人都紧张得拧紧眉头。所有的嘴巴都屏气息声,生怕呼出的气息会使风变得更大,而使那两个可怜人晃得更厉害。

这时，那苦役犯终于滑到了水手身旁。恰是时候。那人精疲力竭，绝望之极，再晚一分钟，就会脱手落入深渊。苦役犯一只手抓住绳子，另一只手把水手牢牢系在绳子上。最后，他又重新爬上桅桁，把水手拉上去。他扶着他在横桁上歇了口气，让他恢复力气而后，把他抱起来，带着他从桅桁上走到桅楼，把水手交给他的同事们。

这时，人群中爆发出热烈的掌声，有几个年老的狱卒激动得落下了眼泪，妇女们在码头上互相拥抱，所有的人感动得狂呼："赦免这个人！"

而他必须立刻下来干活。为了更快地归队，他顺着帆索下滑，在下桅桁上跑了起来。所有的眼睛都跟着他。有一刻，大家感到心惊肉跳；不知是疲劳还是头晕，他好像有些迟疑，脚步不大稳了。突然，人群一声惊叫：苦役犯掉进海里了。

那样摔下去是十分危险的。阿尔赫西拉斯号战舰就停在猎户座号旁边，可怜的苦役犯就落在两条船中间，很可能会冲到其中一条船的下面。四个人连忙跳上一条小船。人群给他们鼓劲，大家的心又紧张起来。那人没有再浮上水面。他在海上消失了，仿佛掉进了油桶里，没有泛起半点涟漪。人们在水上打捞，还有人跳进海里寻找。一无所获。一直寻找到傍晚，连尸体都没找到。

翌日，土伦的报纸上登了如下几行字："一八二三年十一月十七日讯。昨日，一个在猎户座号战舰上服苦役的罪犯，在救了一个水手返回时，掉进海里淹死了。尸体未能找到。人们推测，他有可能陷进兵工厂岬头的桩基下面了。该犯在狱中的号码是9430，名叫让·瓦让。"

第三卷
履行对死者的承诺

一 蒙费梅的用水问题

蒙费梅位于利弗里和谢尔之间,在乌尔克河和马恩河间那片高地的南端。今天,它是个相当规模的市镇了,一年四季,点缀着白墙别墅,星期天,更有兴高采烈的有产者前来增光添彩。一八二三年,蒙费梅既没有那么多的白墙别墅,也没有那么多心满意足的有产者。那不过是一个树林环抱的村庄。零星散布着几座别墅,从那轩昂的气宇、环绕着盘花铁栏杆的阳台、长长的窗户以及在关闭的白百叶窗上映出深浅不同绿色的小方块玻璃,可以看出那是上个世纪的建筑。尽管如此,蒙费梅仍是个村庄,尚未被退隐的呢绒商和度假的商事诉讼代理人发现。这是一个宁静而可爱的地方,不靠任何公路,人们过着丰盈安逸、物价低廉的乡村生活。美中不足的是地势高,缺少水。

取水要走相当长的路。靠加尼那头的村民,到林中优美的池塘里汲水。靠谢尔那头住在教堂周围的村民,差不多要走一刻钟,到离谢尔公路不远的半山腰的一眼小泉取水。

因此，对于每个家庭来说，取水是一件相当艰苦的劳动。那些大户人家，那些贵族家庭，——泰纳迪埃小客栈属于这个阶层——，则让一个老头挑水，一桶水一个铜板，那老头以此为业，靠给蒙费梅村民挑水为生，一天差不多挣八个铜板。但他夏天只干到晚上七点，冬天干到五点，天一黑，楼下的百叶窗一关，他就不干了，谁家没水喝了，就得自己去提水，要不就不喝水。

这正是小珂赛特怕做的活儿。读者想必还记得这个可怜的孩子。大家知道，珂赛特对泰纳迪埃家有两大用处，一是让母亲给钱，二是让孩子干活。因此，当母亲完全停止寄钱（原因前几章讲过）后，泰纳迪埃家就扣住了珂赛特。他们把她当女用人使唤。既然是女用人，家里需要水，就得跑去提水。孩子一想到夜里去提水，就不寒而栗。因此，她总是非常留心，不让家里断水。

一八二三年，蒙费梅的圣诞节特别热闹。那年的初冬比较暖和，没有结过冰，也没有下过雪。从巴黎来的一些江湖艺人，经得村长同意，在村里大街上搭起了木棚，一群流动商贩，也在村长的同意下，在教堂广场上，设立了摊棚，一直排到面包师街。读者可能还记得，泰纳迪埃客栈就在那条巷里。因此，那些客栈和小酒馆顾客盈门。这个宁静的小地方，变得热闹欢腾了。为了忠于史实，我们要指出，在广场上展出的无奇不有的东西中，在一个动物展览棚，几个奇丑无比的小丑，也不知是从哪里找来的，穿着破衣烂服，在一八二三年，就向蒙费梅的农民展示一只非常吓人的巴西秃鹫，而我们的王家博物馆到一八四五年才有这种动物。它们的眼睛酷似一只三色帽徽。我想，自然科学家把这种鸟叫作 caracara polyborus，鹰科，雕属。村里几位善良的退伍老兵，波拿巴的信徒,虔诚地去看了这个动物。那几个耍把戏的说,这三色帽徽般的眼睛,是仁慈的上帝专为他们的动物展览创造的独一无二的奇观。

圣诞节那天晚上,在泰纳迪埃客栈低矮的楼下厅堂里,好几个车夫和小贩,围坐在桌子上喝酒,桌上有四五支蜡烛。这个厅堂,和其他小酒馆的餐厅一样,有桌子、锡酒壶、酒瓶、喝酒的人、抽烟的人。光线幽暗,声音嘈杂。不过,一八二三年,在有产阶级的餐桌上,时兴放两样东西,一个是万花筒,另一个是波纹闪光的镀锡铁皮灯。泰家婆娘正在明亮的大火前做晚餐,她丈夫和客人一起喝酒,并谈论着政治。

所谈的政治,主要涉及西班牙战争和昂古莱姆公爵先生。此外,在喧闹声中,也能听到有关当地的议论,诸如:

"楠泰尔和叙雷讷那边,葡萄酒大丰收。原估计可榨十桶的,榨出了十二桶。葡萄榨出的汁很多。""那样葡萄恐怕没熟吧?""那些地方,葡萄不等熟就得收获。如果熟了才收,一到春天,酒就变浊了。""那么,完全是纯酒了?""比这里的酒还要纯。葡萄还青的时候就收获了。"等等,等等。

或是一个磨坊主大叫大嚷:

"面粉的质量得由我们来负吗?麦袋里有许多杂质,无法把它们清除出去,只好一道送进磨子里,稗子、草头、麦仙翁、野豌豆、大麻籽、山萝花,还有其他许多乱七八糟的东西,还不算石头子。有些麦子里石子很多,尤其是布列塔尼的麦子。我不喜欢磨布列塔尼的麦子,锯木工也一样不爱锯有钉子的木梁。你们说说,这样磨出来的面粉质量会好吗?可是,人们总是抱怨面粉不好。这没有道理。面粉不好,不是我们的错。"

在两扇窗户中间的桌子上,坐着一个割草的农民和一个牧场主,正在就来春要干的活讨价还价。农民说:

"草湿一些,一点坏处也没有。反而容易割。有露水很好,先生。反正一样,您那个草还太嫩,不好割。太嫩的草,镰刀割下去会打弯儿……"

珂赛特待在老地方,坐在灶间壁炉旁厨桌下面的横档上。她衣衫褴褛,赤脚穿着木鞋,正凑着火光,给泰纳迪埃家的两个小姑娘织毛袜。一只小猫在椅子下玩耍。从隔壁的屋子里,传来两个小女孩天真的欢笑声和说话声。那是埃波妮和阿赛玛。

壁炉的角上,挂着一个掸衣鞭。

一个娃娃的叫嚷声,不时冲破酒店里的喧闹声。那孩子呆在屋里的某个地方。那是个小男孩,是泰家婆娘在前两年冬天怀上的。"不知怎么就怀上了,"泰家婆娘说,"兴许是天冷的缘故。"他刚满三岁。母亲喂养他,但不爱他。那娃娃吵得太厉害时,泰纳迪埃就说:"你那儿子吵死人了,去看看他要什么。"母亲说:"呸!讨厌死人了。"于是,那无人管的孩子继续在黑暗中大吵大闹。

二 两个恶人的全面描绘

在本书中,我们还只看到泰纳迪埃夫妇的侧影。现在是全面介绍这对夫妇的时候了。

泰纳迪埃刚过五十岁,泰家婆娘将近四十岁。四十岁也就是女人的五十岁，因此，老婆和丈夫在年龄上是平衡的。

泰家婆娘初次登场，可能就给读者留下了记忆：她身材高大，头发金黄，脸色发红，身体肥胖，肩膀宽阔，虽然块头很大，却动作敏捷。我们说过，她和集市上那些头发吊着铺路石，挺胸凸肚地在人前显摆的彪形蛮女，属于同一种人。她在家什么都干，整理床铺，打扫房间，洗衣做饭，呼风唤雨，称王称霸。她只有珂赛特一个用人，一只小老鼠侍候一只大象。她一说话，家里的一切，窗玻璃、家具和人，都会震动。她的宽脸上布满了雀斑，看上去像只漏勺。她长着胡子，活像巴黎中央菜市场男扮女装的搬运工。她骂起人来非常精彩。她夸口说，一拳头能砸碎一只核桃。她读过一些小说，于是，这个母夜叉常常做出娇声媚态，否则，谁也不会说她是女人。这个婆娘是矫饰的女人嫁接到粗俗女人身上的产物。听到她说话，你会说：这是个宪兵；看着她喝酒，你会说：这是赶大车的；见她摆布珂赛特，你会说：这是个刽子手。休息时，她嘴里会露出一颗牙。

泰纳迪埃却身材矮小，面色苍白，瘦骨嶙峋，看上去病恹恹的，其实身体非常好。他的奸诈就从这里开始的。平常，出于谨慎，他总是笑容满面，对大家彬彬有礼，即使对乞丐，也是客客气气，尽管一个铜板也不施舍。他目光如石貂般狡猾，但神态却像文人那样温雅。他的相貌酷似德利尔神甫[①]的肖像。他常和运货的马车夫一起喝酒，这是他的殷勤之处。没有人能把他灌醉。他抽烟用大烟斗。他穿一件工作服，套在一件破旧的黑礼服上面。

---

① 德利尔（1738—1813），法国诗人，法兰西学院院士。

他自诩爱好文学和唯物主义。为了证明他说的话有根有据,常把几个人的名字挂在嘴边:伏尔泰、雷纳尔、帕尔尼[①],奇怪的是,还有圣奥古斯丁[②]。他声称自己有"一套理论"。此外,他是个大骗子。一个"贼学家"。这之间存在着细微的差别。大家记得,他自称当过兵。他大吹大擂,说在滑铁卢,他是第六或第九轻骑兵团的一个中士,他孤身一人,对付一支死神的骑兵队,冒着枪林弹雨,用身体掩护并救出了"一个身受重伤的将军"。因此他在墙上画了火红的招牌,为自己的客栈起名为"滑铁卢中士小酒馆"。他是自由派、古典派和波拿巴派。他曾为流亡营[③]捐过款。村里传说他为当教士而学习过。

我们认为,他只是在荷兰学过旅馆业务。这个来历复杂的可恶杂种,惬意地脚踩两个国家,根据可能,在佛兰德斯就自称为从里尔来的佛兰德斯人,在巴黎便称法国人,在布鲁塞尔则称比利时人。他在滑铁卢的功绩,我们已知道了。显然,他夸大了自己的功绩。他的一生起起落落,曲曲折折,耸人听闻;他的道德心四分五裂,必定生活充满颠簸。在一八一五年六月十八日那个风狂雨骤的日子,泰纳迪埃很可能是前面谈到过的随军小贩兼小偷那号人,他们逛来逛去,卖卖货物,偷偷东西,合家老小,坐在一辆破车上,跟着部队,走东串西,凭着直觉,总是跟在打胜

[①] 伏尔泰(1694—1778),法国作家、哲学家、启蒙思想家。雷纳尔(1713—1796),法国历史学家和哲学家。帕尔尼(1753—1814),法国诗人。

[②] 圣奥古斯丁(354—430),基督教早期神学家。

[③] 拿破仑失败后,一些自由派和波拿巴派流亡到美国,在得克萨斯州得到一些土地,创建了"流亡营"。一八一八年,法国国内开展捐款活动,支持这些流亡者。

仗的军队后面。滑铁卢战役后,用他自己的话来说,有了"几个钱",就到蒙费梅来开了个客栈。

那几个钱,包括几个钱包,几块表,几枚金戒指,几个银十字架,是收获季节在布满了尸体的地里收获来的,总共没多少,没过多久,就被这个变成客栈老板的随军小贩花完了。

泰纳迪埃的言谈举止就像是一条直线,他说句粗话,会使人想起军营,画个十字,会使人想起神学院。他能说会道。他乐得被人当学者。然而,那位小学老师发现他说话常出"联诵错误"。他神气活现地给顾客开账单,但眼尖的人常常发现拼写错误。泰纳迪埃心险而诈,贪吃美食,游手好闲,诡计多端。他对女仆彬彬有礼,所以他老婆干脆不再用女仆。这个大个子女人很爱吃醋。在她看来,这个枯黄干瘪的矮男人,会让所有的女人垂涎三尺。

尤其是,泰纳迪埃既奸诈,又沉稳,是个不露声色的恶棍。这种人最坏,因为非常虚伪。

这并不是说,泰纳迪埃遇事不会像他老婆那样发怒。不过,他很少这样。可是,他一旦发起怒来,就十分骇人,因为他怨恨所有的人,他心中燃烧着仇恨的烈火,永远有报不完的仇,遇到了倒霉事,总是责怪面前的人,随时准备把他们生活中的失意、破产、灾难,都归咎于随便哪个人,还以为这是正当的抱怨;当他发怒时,所有这些仇恨的种子在他胸中涌动,在他的嘴巴和眼睛里翻腾,让人提心吊胆。谁在他发怒的时候经过,谁就倒霉!

除了其他优点外,泰纳迪埃同人交谈时,专心而敏锐,时而沉默不语,时而侃侃而谈,总是见微知著。他有海员的目光,仿佛习惯眯缝着眼看望远镜。泰纳迪埃是个政治家。

初次来客栈的人，看见泰家婆娘，会说："她是家里的主人。"错了。她连主妇都不是。主人和主妇，丈夫身兼二职。他出主意，她执行。他似乎以一种无形的持续不断的磁性作用领导着一切。他只要说句话，有时只要做个手势，那高头大马的女人便立即服从。泰纳迪埃在他老婆眼里，是个特殊人物，至高无上的君王，虽然她对此毫无意识。她有她的处事原则，从来不会为一件小事，同"泰纳迪埃先生"意见不一，连假设一下都不应该。在任何事上，她从不当众指责丈夫。她从不像其他女人常做的那样，在"外人面前"犯这个错误，有人文绉绉地把这个错误叫作"揭盖子"。尽管泰家婆娘对丈夫百依百顺只会为虎作伥，但在这顺从中可以看出她对他的欣赏。这个声如洪钟、体大如山的女人，竟对一个羸弱而专制的男人言听计从。这虽然显得卑微可笑，但反映了一条普遍而伟大的规律：物质对于精神的崇拜。须知，某些丑陋的东西，在永恒美的深渊中，自有其存在的理由。在泰纳迪埃身上，有一种高深莫测的东西，因而，这个男人对这个女人就有了绝对的权威。她感到，有时候，他像一支燃烧的蜡烛，在另一些时候，他却像一只爪子。

这个女人是个奇怪的造物，她只爱她的孩子，只怕她的丈夫。她因为哺乳，所以是母亲。此外，她的母爱只限于两个女儿，而不延伸到男孩，这一点，以后会看到的。而那男人，一心只想发财。

他没有成功。这个伟大的天才，没有施展才能的地方。泰纳迪埃在蒙费梅破产了，如果说一无所有也能破产的话。若在瑞士或比利牛斯山区，这个穷光蛋也许成了百万富翁。但命运把客栈老板拴在哪里，他也只好随遇而安。

大家知道,这里所讲的"客栈老板"是狭义的,不引申到整个阶层。

就在一八二三年,泰纳迪埃欠了一千五百法郎债务,债主逼得很紧,因而他愁眉不展。

尽管命运从来对他不公,他对待客之道,却有最深刻、最现代的看法;在野蛮社会,热情待客是一种美德,在文明社会,却成了一种商品。此外,他常违禁打猎,且百发百中,远近传颂。他笑起来平静而安详,那是笑里藏刀,阴险莫测。

有时候,他会灵机一动,说出一套套治店的理论。他那些生意经,也已装进了他老婆的头脑里。一天,他低声而又激烈地对她说:"客栈老板的职责,就是把烩肉、休息、灯光、炉火、脏被单、女仆、跳蚤、微笑卖给顾客,将过路人留住,将小钱包掏空,冠冕堂皇地让大钱包变轻,恭恭敬敬地给旅行的一家人提供住宿,将男的锉成碎末,把女人的毛拔光,孩子的皮剥光;一切都标好价钱:开着的窗、闭着的窗、壁炉角、安乐椅、椅子、搁脚凳、矮凳、羽毛床垫、床铺、麦秸。要知道,镜子在阴暗处太容易损坏,这也该收钱。要挖空心思,让过往客人什么都付钱,连他们的狗吃的苍蝇,也要让他们付钱!"

这个男人和这个女人,是狡诈和狂怒的结合,是丑恶和可怕组成的一对。

丈夫在一旁挖空心思,运筹帷幄,而泰家婆娘却对尚未登门的债主不思不想,对过去和未来无忧无虑,只顾热衷于眼前的生活。

这就是那两人的情况。珂赛特夹在中间,忍受着双重压力,磨盘要把她碾碎,钳子要把她撕裂。那男人和女人各自都有一套折磨的办法：珂赛特常常挨打，这来自那女人；冬天，她光着脚去提水，这来自那男人。

珂赛特跑上跑下，洗洗刷刷，扫扫擦擦，跑东跑西，忙里忙外，气喘吁吁，搬笨重的东西，那样瘦弱，却要干繁重的家务，得不到丝毫的怜悯；老板娘蛮不讲理，老板蛇蝎心肠。泰纳迪埃客栈有如一个蜘蛛网，珂赛特被网粘住，索索发抖。最理想的剥削，被这令人发指的仆从关系实现了。珂赛特好比一只受蜘蛛奴役的苍蝇。

可怜的孩子逆来顺受，不言不语。

那些刚刚离开上帝的孩子，趁着晨曦赤身露体来到人间，在大人的世界里显得那样渺小，他们会怎么想呢？

三 人要喝酒，马要喝水

又来了四个旅客。

珂赛特心里发愁。虽然只有八岁，但她吃尽了苦，沉思起来神态忧郁，倒像是个上了年岁的老妇。

她的眼圈发青，是泰家婆娘一拳打青的，那女人还不停地说："她眼圈发青，真丑！"

珂赛特心里寻思，天已黑了，黑得很厉害，突然来了四个客人，得临时把他们房里的水罐和长颈瓶装满水，水槽里已没有水了。

她稍为感到宽慰的是，泰纳迪埃店里的人喝水不多。渴的人还是有的，但他们渴时，宁愿同酒壶，也不愿同水罐打交道。人人都在喝酒,谁若要一杯水,会被认为是野蛮人。不过,那孩子突然吓得发抖了:炉子上一只锅开了,泰家婆娘打开锅盖,抓起一只杯子,急忙向水槽走去。她拧开龙头,孩子抬起头,注视她的每个动作。细细的水流从龙头里流出来,装了半杯就没水了。

"怎么没水了!"她说。

她沉吟了一会儿。孩子紧张得透不出气来。

"算了,"泰家婆娘看着那半杯水,又说:"这么多也够了。"

珂赛特又继续织毛袜,可是,足足有一刻多钟,她感到她的心像一大团东西,在胸腔里怦怦乱跳。她一分一秒地数着像这样流逝的时间,巴不得已是第二天早晨。

喝酒的客人不时有人望望街上,发出一声感叹:"天真黑,像在炉子里似的!"或者:"只有猫这时候出去可以不打灯笼!"珂赛特听了心惊肉跳。

突然,一个住本店的流动小贩走进来,声色俱厉地说:

"你们没给我的马喝水。"

"肯定给过了。"

"我说肯定没有,大嫂。"那小贩又说。

珂赛特已从桌子底下钻出来了。

"啊!给过了!先生!"她说,"马喝过水了,它是在桶里喝的,满满一桶,是我给它送的水,我还同它说话了。"

这不是真的。珂赛特在撒谎。

"这丫头拳头点大,撒的谎却像房子般大。"那小贩叫嚷道。"我给你说,臭丫头,它没有喝水!我可知道,它没有喝水时,喷气的样子不一样。"

珂赛特还在强辩,急得嗓子都变嘶哑了,几乎听不见她说什么:

"而且喝了很多!"

"住口,"那小贩愤怒地说,"胡说八道!快给我的马喝水,否则,不要怪我不客气!"

珂赛特又回到桌子底下。

"说的是,"泰家婆娘说,"假如那牲口没有喝水,就应该给它喝。"

然后,她四下里看了看:

"咦!这丫头死到哪里去了?"

她弯下腰,发现珂赛特蜷缩在桌子的另一头,都快挨着客人的脚了。

"还不出来?"泰家婆娘喊道。

珂赛特从她藏身的洞里出来。泰家婆娘接着又说:

"没名的狗小姐,快给马送水去。"

"可是,太太,"珂赛特怯生生地说,"没有水了呀。"

泰家婆娘把临街的门打开。

"那就快去打!"

珂赛特低着头,走到壁炉旁,拿起一只空水桶。水桶比她人还高,孩子坐到里头,还绰绰有余。

泰家婆娘回到炉旁,用木勺盛了些汤尝了尝,一面唠叨着:

"水泉那里有水嘛。这有什么难的。刚才把我的葱头滤成泥就好了。"

然后,她在一只抽屉里摸了摸,里面有些零钱、胡椒和小葱头。

"拿着,癞蛤蟆小姐,"她说,"回来时,在面包店买个大面包。这是十五苏的角子。"

珂赛特的围裙一侧有个小兜,她默默接过钱,塞进兜里。

然后,她提着水桶,在敞开的门口待着不动。她似乎在等人来救她。

"快去呀!"泰家婆娘喊道。

珂赛特出去了。门重新合上。

四 玩具娃娃登场

大家记得,那排露天摊棚从教堂一直延伸到泰纳迪埃客栈。有产者们待会儿要路过这里,去做午夜弥撒,所以那些摊头都点着蜡烛,蜡烛在漏斗形的纸罩里燃烧,用蒙费梅那位正在泰纳迪埃店里喝酒的小学教师的话来说,这产生了一种"魔力"。相反,天上看不见一颗星星。

最后一个摊棚,恰好对着泰纳迪埃的店门,是卖小玩意儿的,摆满了亮晶晶的假首饰、彩色玻璃小饰品、漂亮的白铁制品。摊主在第一排摆了个大娃娃,用白毛巾衬托着。这娃娃差不多有两尺高,穿着粉红纱裙,头上有金穗子,头发是真的,眼睛是珐琅质的。这个绝妙的娃娃,一整天摆在那里,不满十岁的孩子路过,个个目眩神迷,但在蒙费梅,没有一个母亲有钱或舍得买给自己的孩子。埃波妮和阿赛玛看得流连忘返,至于珂赛特,她也禁不住瞟几眼,当然是偷偷地。

当珂赛特提着水桶出去时,尽管闷闷不乐,仍不由自主地抬头看看那奇妙的娃娃,用她的称呼便是看看那"夫人"。可怜的孩子驻足不前,看得发呆。她还是第一次从近处看那娃娃。她感到这个摊棚仿佛是个宫殿,那娃娃不是玩具,而是幻象。这个被悲惨和冷酷包围的可怜孩子,在一种虚幻的光辉中,看到了快乐、灿烂、富丽和幸福。珂赛特用孩子的洞察力,天真而忧愁地衡量了她和那娃娃之间的鸿沟。她思忖,只有王后,或者至少是公主,才能拥有如此珍贵的"东西"。她凝视粉红的裙子和光滑的头发,心想:这娃娃多么幸福!她的眼睛舍不得离开这家神奇的摊棚。她越看越目眩神迷。她仿佛看见了天堂。在那个大娃娃后面,还有许多玩具娃娃,在她眼里,都成了仙女和精灵。店主在摊棚里面走来走去,她感到那人仿佛是天父。

她看得入迷,竟忘了一切,甚至忘了她要做的事。蓦然,泰家婆娘严厉的喊声,把她拉回到现实中:"怎么,蠢货,你还没走!你等着!我来收拾你!你们看看,她在做什么!小丑八怪,还不快去!"

泰家婆娘刚才往街上看了一眼,看见珂赛特站在那里出神。

珂赛特提着桶,撒腿就跑。

五 孤苦无助的孩子

泰纳迪埃客栈位于教堂那一头,因此,珂赛特要到靠谢尔那边林中的山泉去取水。

路旁的摊铺,她再也不敢看了。只要她还在教堂附近,没有走出面包师街,就有摊铺里的烛光给她照路,但是,不久,最后一个摊铺的亮光也消失了。可怜的孩子面前一片黑暗。她陷入黑暗中。她感到害怕,于是边走,边使劲摇晃桶把,弄出点声音来,好给自己作伴。

她愈往前走,黑暗愈浓。街上不再有行人。不过,她还是遇到了一个妇人,那人见她走过,转过身来,站着不动,喃喃自语:"这孩子要到哪里去?会不会是小妖精?"后又认出是珂赛特,又说:"原来是百灵鸟!"

就这样,珂赛特穿过蒙费梅村靠谢尔那头迷宫般弯曲冷清的街道。只要路两旁有房屋,哪怕是堵墙,她就敢往前走。她不时地看见百叶窗里射出一线烛光,那是光明,那是生命,那里面有人,她胆子也就大了。可她越往前走,便不由自主地放慢了脚步。走过最后一家,珂赛特停下了。走过最后一家店铺,这已是很艰难;再要往前走,就不可能了。她放下水桶,将手插进头发里,慢慢搔起头来,孩子惊慌和犹豫时,常做这个动作。现在已不是蒙费梅,而是旷野了。她前面是漆黑荒凉的空间。她绝望地看着黑暗,不再有人迹,只有野兽,也许还有鬼魂。她定睛细看,她听见野兽在草地上行走,她清楚地看见鬼魂在树林里晃动。于是,她又抓起水桶,害怕给了她胆量:

"管他呢,"她说,"我回去对她说没水了!"

于是,她坚定地往回走。

刚走了百来步,她又停下来,又用手搔搔脑袋。现在,泰家婆娘浮现在她眼前,那青面獠牙、眼睛里冒着怒火的泰家婆娘。孩子目光凄楚地朝前后看了看。她该怎么办?会怎么样?去哪里好？前面，有泰家婆娘这个幽灵，后面，有黑夜和树林的鬼魂。她在泰家婆娘面前退却了。她又朝泉水走去。她奔跑起来。她跑出村子，跑进树林，什么也不看，什么也不听。她跑得喘不过气来时才不跑，但没停下来。她不顾一切地往前走。

她边跑边想哭。

黑夜中，她周围的树林飒飒作响。她什么也不再想，什么也不再看。茫茫黑夜在和这个弱小的生命作对。一边是无边无际的黑暗，另一边是一粒小小的原子。

从林边到泉水，只要走七八分钟。珂赛特白天常走这条路，所以很熟悉。说也奇怪，她没有迷路。冥冥中，一种残余的本能在给她引路。但她既不往左看，也不往右看，生怕在树枝和荆棘丛中看到什么东西。她这样跑到了泉边。

那是个狭小的天然水塘，由泉水冲击黏土而成，两尺来深，周围长着青苔和凹凸不平被叫作亨利四世绉领的高草，还铺着几块大石头。一条小溪从中涓涓流出，发出轻微而安详的声音。

珂赛特连气都没歇一口。天黑得伸手不见五指，但她常来这里汲水，熟门熟路。她用左手在黑暗中摸索一棵小橡树。那树弯向泉水，平时她用来作支点。她摸到一根树枝。她抓住树枝，弯下腰，将水桶沉入水中。她心情异常紧张，力气便陡增三倍。她弯腰时，没注意围裙兜里的东西掉进水中。那枚十五苏的角子落进水里。珂赛特没看见，也没听见。她把几乎满满的一桶水提上来，放在草地上。

这时，她发现自己已累得筋疲力竭。她本想立即往回走，但提水时用尽了力气，现在一步也走不动了。她不得不坐下休息。

她跌倒在草地上,蹲在那里不动。她闭上眼,然后又睁开,她说不清楚为什么,但不能不这样。

在她身旁,桶里的水晃荡着,形成一圈圈波纹,犹如一条条闪着白光的蛇。

在她头顶上方,空中乌云滚滚,犹如一团团浓烟。黑暗仿佛将悲惨的面孔俯向这个孩子。

木星卧在天边。

孩子不认识那颗巨星,茫然地看着它,心里很害怕。的确,那颗巨星此刻就在地平线附近,穿过浓雾,射出可怖的红光。浓雾也染成了凄凉的红色,使那颗星星变得更大,宛若一个发光的伤口。

原野上吹来寒风。树林里漆黑一团,没有一点儿树叶的沙沙声,也没有丝毫夏夜朦胧清爽的微光。高大的树枝张牙舞爪。瘦弱丑陋的灌木丛在林间空地上簌簌作响。高草宛若鳗鱼,在北风中乱挤乱动。荆棘犹如长着利爪的长臂,扭动着想抓猎物。几棵枯萎的欧石南,被风驱赶着,匆匆掠过,仿佛灾难来临,仓皇逃遁。四周是无尽的凄凉。

黑暗总令人眩晕。人需要光明。任何人进入黑暗,都会感到心慌。眼睛看到黑暗,思想便看到混乱。在月蚀时,在黑夜中,最坚强的人也会心烦意乱。夜里一个人走在森林中,没有人不会战栗。黑暗和树木,这两样东西深不可测,令人毛骨悚然。周围的东西影影绰绰,令人幻觉丛生。难以想象的东西,有如幽灵,清晰地出现在离你几步路的地方。在空间,或在你的脑海中,你看到什么东西在浮动,就像梦中出现的沉睡的花儿,若隐若现,想抓也抓不到。天边出现可怕的景象。你吸入来自黑暗太空的气息。你感到害怕,想回头看看。黑夜张开一个个洞穴,周围的东西变得狰狞可怕,你看到一些静默不语的身影。当你走近时,一个个消失得无影无踪;你看见黑乎乎乱蓬蓬的头发,愤怒的树丛,青面獠牙的水洼,阴森凄恻的景象,死一般的寂静;可能会有陌生的生灵出现,树枝神秘地低垂身子,树干吓得你魂飞魄散,丛草临风瑟缩:面对这一切,你如何招架得住。胆子再大的人,也会吓得浑身颤抖,惶恐不安。你感到十分可怕,仿佛你的灵魂同黑暗混为一体。黑暗在孩子的内心引起的恐惧,就更难以诉诸笔墨了。

森林呈现出世界末日的景象,在它阴森可怕的穹窿下,一个小生命扑腾着翅膀,发出垂死的声音。

珂赛特说不清自己是什么感觉,只觉得被大自然无垠无际的黑暗紧紧抓住。她所感到的不再是恐惧,而是比恐惧还要可怕的东西。她索索发抖。那种冷彻心肺的战栗给予她的奇特感受,是很难用语言来表达的。她的眼睛惊恐万状。她仿佛感到明晚的此时此刻,说不准还要来这里。

于是,为了摆脱这难以言喻却又使她恐惧的奇怪状态,出于本能,她开始大声数一、二、三、四,一直数到十,数完后,又从头开始。这样,她对周围的事物恢复了真实的感觉。她感到手冷,因为刚才打水时,手弄湿了。她站起来。她又恐惧起来,那是一种自然的不可克服的恐惧。她只有一个念头:逃走;拼命逃走,穿过树林,穿过田野,一直逃到看得见房屋、看得见窗户、看得见烛光的地方。她的目光落到身前的水桶上。她很怕泰家婆娘,不敢扔下水桶逃走。她双手抓住桶把,费劲地提起水桶。

她走了十来步,可是,水桶满满的,死沉死沉的,她只好又放下。她歇了口气,又提起水桶,走了起来。这一次,走得时间长一些。但她不得不又停下。歇了几秒钟,她又走开了。她弯着腰,低着头,就像老太太走路。沉重的水桶把她细瘦的胳膊拉得又直又僵。桶把是铁的,一双湿手冻得麻木了。她不得不走走停停,每停一次,桶里的冷水都要泼出来,洒在她的光腿上。这事发生在一个树林深处,在夜里,在冬天,远离人类的目光。这是个八岁的孩子。此刻,只有上帝目睹这件悲惨的事。

当然还有她的母亲!因为有些事会使坟墓里的死者睁开眼睛。

她痛苦地喘息着。她抽抽噎噎,但不敢哭出声来,因为她怕泰家婆娘,即使离开她很远。她总想象着泰家婆娘就在身边,这已成了习惯。

可她这样是走不多远的。她走得很慢很慢。尽管她缩短了停的时间,而且尽可能延长走的时间,这都无济于事。她焦急地想,她这样要一个小时才能走回蒙费梅,又要挨泰家婆娘的揍了。这种焦虑的心情,与黑夜独自在树林里的恐惧纠缠在一起。她已累得精疲力竭,却还没有走出林子。当她走到一棵熟悉的老栗树旁,作了最后一次歇息,她想好好休息一下,因此停的时间比任何一次都长。然后,她拼足力气,拿起水桶,又勇敢地往前走。可是,这个可怜的孩子绝望得禁不住大声叫喊:啊!上帝!我的上帝!

突然,她感到水桶不重了。一只手,她感到一只巨大的手,抓住了水桶的把手,用力提了起来。她抬起头。黑暗中,有个高大直立的黑影走在她身旁。那是个男人,他从后面走到她身边,可她没有听见。那人一声不响，抓住了她手中水桶的提手。

人一生中有许多邂逅，每次都会有本能的反应。孩子没有害怕。

六　那人也许能证明布拉特吕埃尔不是傻瓜

就在一八二三年圣诞节那天下午，有个人在巴黎医院大街最僻静的地方徘徊了许久，像是在找住所，似乎对圣马尔索郊区破败边缘那些最简陋的房子情有独钟。

以后会看到，那人的确在这偏僻的地区租了一个房间。

从那人的衣着和外表看，是一个典型的通常所说的有教养的乞丐，极端的贫困，又极端的整洁。这两种特点集中在一人身上，是难能可贵的，有识之士见了，会顿生双重敬意，就像见了一个很穷但很自重的人。他戴一顶很旧却洗刷得很干净的圆帽子，穿一件捉襟见肘的赭黄粗呢紧腰大衣（这颜色在当时并不显得古怪）、一件带兜的老式大背心、一条膝头发白的黑长裤、一双黑羊毛长袜和带铜扣的厚底皮鞋。看上去就像是流亡归来的大户人家的家庭教师。看见他满头银发，满额皱纹，嘴唇苍白，脸上饱经风霜，会以为他六十多岁了。但他步态虽慢却稳健有力，一举一动都充满活力，从这点看，他又不到五十岁。他额上的皱纹生得恰是地方，仔细观察他的人会产生好感。他抿紧嘴唇时，形成一条奇特的皱纹，显得既严肃，又谦卑。他目光幽深，说不出的宁静和忧郁。他左手拎一个用手帕扎着的小包，右手拄一根从树篱上砍下来的棍子。那棍子仔细加工过，并不太寒酸；棍上的结节巧加利用,上端用红蜡画了个珊瑚红的圆头。这是根木棍,却像是手杖。

那条大街平时行人很少,尤其是冬天。那人似乎想避开行人,不希望接触行人,但并不装腔作势。

那时候,路易十八国王几乎天天都去舒瓦齐勒鲁瓦。这是他最喜欢的游玩处。下午两点钟,差不多总能看见国王的马车和扈从在医院大街飞驰而过。

住在这一带的穷苦女人,便把这当作钟表。她们说:"现在两点了,瞧他回杜伊勒利宫去了。"

于是,有的赶快跑过来,有的退到路两旁,因为一个国王经过,总是车马喧嚣。何况,路易十八在巴黎街上经过,还是挺引人注目的。他来去转瞬即逝,但威风显赫。这个腿脚不便的国王,偏偏喜欢飞奔;走不了,却要跑;双腿残缺,却偏要风驰电掣。他在马刀簇拥下经过,神态平和而严肃。那美轮美奂、金光闪闪、画着一支支大百合花的轿式马车辘辘驰过。人们几乎来不及看一眼。在右边的角落里,白缎软垫上,可以看见一张神色坚定、面色绯红的宽脸膛,一个戴着御鸟式假发、刚刚扑了白粉的额头,一双高傲、冷酷和狡猾的眼睛,一副文质彬彬的笑容,一身绅士服装,佩有垂着流苏的大肩章、金羊毛骑士勋章、圣路易十字勋章、荣誉军团十字勋章、圣灵银质勋章,一个大肚子,一副宽宽的蓝绶带:这便是国王陛下。出了巴黎城,他便把饰有白羽毛的帽子放在裹着英国绑腿的膝头上;回到城里,他又把帽子戴到头上,他很少向行人致敬。他对民众冷若冰霜,民众也报之以冷淡。当他第一次在圣马尔索郊区出现时,他所获得的成功,便是一个居民对他的伙伴说的一句话:"就是这个胖子在统治我们。"

因此,国王每天在同一时刻必定经过,成了医院大街的一件大事。

那个穿赭色紧腰大衣的人,显然不是本区人士,可能也不是巴黎人,因为他不知道这个情况。两点钟,当国王的轿式马车在一队穿银绦制服的侍卫骑兵簇拥下,绕过硝石库医院,出现在医院大街上时,他似乎很惊讶,甚至有点惊恐。平行侧道上只有他一个人,他赶紧躲到墙角后,不料仍被阿弗雷公爵先生看见了。那天,阿弗雷公爵先生是值勤的卫队长,坐在国王的车里,和他面对面。他对陛下说:"那人不像好人。"为国王开道的警察们也注意到了,其中一人奉命跟踪。可那人已走进僻静的小巷,再说,天色渐渐暗下来,警察跟到后来就失去了踪迹。这个情况,在当晚给国务部长兼巴黎警察局长昂格雷伯爵先生的报告中得到了证实。

那个穿赭色大衣的人甩掉警察后,便加快步伐,但仍几次回头,看看还有没有人跟踪。四点一刻,也就是说,天完全黑下来的时候,他从圣马丁门剧院经过,那天正上演《两个苦役犯》。剧院的路灯照亮了一张海报,他尽管走得很快,但仍停下来看了看,他心头一震。不一会儿,他就到了小木板死胡同,他走进锡盘公寓,那里有拉尼线公共马车办事处。那趟车四点半出发。马已经套上,乘客们听到车夫的吆喝,急忙爬上马车的铁踏脚。

那人问:

"还有座位吗?"

"只有一个,前座我的旁边。"车夫说。

"我要了。"

"上来吧。"

可是,在出发前,车夫看了看那旅客寒酸的衣着和小包袱,就让他付钱。

"您去拉尼吗?"车夫问。

"是的。"那人回答。

旅客付了去拉尼的车钱。

马车出发了。出了城门,车夫想同他攀谈,那人只作简单的回答。车夫只好作罢,便吹吹口哨,骂骂牲口。

车夫裹上大衣。天气很冷。那人似乎不在意。就这样驶过了古尔内和马恩河畔纳伊。

将近六点,马车到了谢尔。车夫把车停在骡马店门口,好让马歇口气。那骡马店设在王家修道院的老房子里。

"我在这里下。"那人说。

他拿起包袱和棍子,跳下马车。转眼间,就不见他的踪影了。他没有进那家旅店。

几分钟后,车子继续开赴拉尼,在谢尔的大街上没有遇见他。

车夫回头对车里的乘客说:

"那人不是本地人,因为我不认识他。他看上去身无分文,却对钱很不在乎。他付了去拉尼的车费,却只到谢尔。天黑了,家家户户都关门了,他不住旅店,却不见他人影。他一定钻进地里了。"

那人没有钻进地里。他摸黑在谢尔的大街上大步流星地走了一段路,然后,没到教堂就向左拐,上了一条去蒙费梅的乡间小道,好像对那里很熟悉,曾经来过似的。

他沿着那条小路疾步往前走。走到同连接加尼和拉尼的树木夹道的老公路交叉的地方,听见有人过来。他赶紧躲进一个坑里,等那些人走远后才出来。其实用不着这样小心,前面讲了,那是十二月的一个夜晚,天很黑很黑。天上依稀可辨三两颗星星。

山坡正是从那里开始的。那人没有回到蒙费梅的路上,而是向右拐,穿过田野,疾步走进了树林。

进了树林后,他放慢脚步,一步一步往前走,仔细观察每一棵树,仿佛一边走,一边在寻找一条只有他一人知道的神秘小路。有一会儿他好像迷了路,踌躇不前。他又摸索着前进,终于走到一块林间空地上,那里有一堆白乎乎的大石头。他连忙朝石头堆走去,透过黑夜的迷雾,像在检阅似的仔细观察每一块石头。离石堆几步远,有一棵长满树瘤的大树。他走到树边,用手在树干上摸索,仿佛想辨认和数清所有的树瘤。

那是棵白蜡树,对面有棵栗树。那栗树患有脱皮病,上面钉了块锌皮,用作保护伤口。他踮起足尖,用手摸那块锌皮。

然后,他在栗树和石堆之间的地上踩了一会儿,仿佛想证实最近是否有人在这里翻过土。

然后,他辨了辨方向,重新穿过树林。

刚才遇见珂赛特的正是这个人。

当他穿过那片矮林,向蒙费梅走去时,他看见一个小小的黑影哼哧哼哧地往前走,走了一会儿,把一个重包放在地上,歇了一会儿,又提起那包,继续往前。他走近一看,原来是一个很小很小的孩子,拎着一个很大很大的水桶。于是,他走到孩子身边,一声不响地抓住水桶的提手。

七　珂赛特和陌生人并肩走在黑暗中

刚才说了，珂赛特并不害怕。那人同她攀谈。他说话很严肃，声音几乎是低低的。

"孩子，您提的东西对您太重了。"

珂赛特抬起头，回答说：

"是的，先生。"

"给我吧。"那人又说，"我帮您拿。"

珂赛特放开水桶。那人开始和她并肩而行。

"这的确很重。"他喃喃地说。继而又问：

"孩子，你几岁了？"

"八岁，先生。"

"打水的地方远吗？"

"从树林的水泉里打的。"

"去的地方远吗？"

"足足要走一刻钟。"

那人沉默了一会儿，突然又问：

"你没有母亲？"

"不知道。"孩子回答。

那人还没来得及说话，她又补充说：

"我想没有。其他孩子有。我没有。"

她顿了一会儿，又说：

"我想,我从没有过。"

那人停下来,放下桶,弯下腰,两只手放在孩子的两只肩膀上,在黑暗中看着她,竭力想看清她的面孔。惨淡的天光下,朦胧可见珂赛特瘦削的脸孔。

"你叫什么?"

"珂赛特。"

那人好像被电击了一下。他又看了看她,然后,将手从珂赛特肩上抽回来,抓起水桶,继续往前走。

"孩子,你住在哪里?"

"蒙费梅,假如您认识的话。"

"我们是去那里吗?"

"是的,先生。"

他又停了一会儿,而后又说:

"谁让你这时候到林子里来提水的?"

"泰纳迪埃太太。"

那人接着往下说,但尽量使声音显得无动于衷,可仍让人感到有种奇怪的颤抖:

"泰纳迪埃太太是干什么的?"

"她是我东家,"孩子说,"开客栈。"

"客栈?"那人说,"那好,今天我上那里过夜。带我去。"

"我们正在去那里。"孩子说。

那人走得相当快。孩子跟上他并不费劲,她已不感到累了。她不时抬头看看那人,目光有种难以言喻的恬静和信任。从没有人教她相信上帝,祈祷上帝。但此刻,她感到心中有一种像是希望和快乐的东西在飞向天空。

几分钟过去了。那人又说：

"泰纳迪埃太太家没有女用人吗？"

"没有，先生。"

"就你一个？"

"是的，先生。"

又是一阵沉默。珂赛特提高嗓门说：

"应该说，还有两个小女孩。"

"她们是谁？"

"波妮和赛玛。"

孩子把泰家婆娘两个心爱的浪漫的名字简化了。

"波妮和赛玛是谁？"

"泰纳迪埃太太的小姐。就是说，她的女儿。"

"那么，她们干什么？"

"啊！"孩子说，"她们有漂亮的娃娃，有带金的东西，有好多好多的衣服。她们玩耍，她们做游戏。"

"整天玩吗？"

"是的，先生。"

"那你呢？"

"我，我干活。"

"整天都干？"

孩子抬起一双大眼睛，里面有颗泪珠，只是天黑看不见。她低低回答说：

"是的，先生。"

她顿了一会儿，又说：

"有时候，我干完活了，人家允许的话，我也玩。"

"你玩什么？"

"能玩什么，就玩什么。没有人管我。不过，我没有许多玩具。波妮和赛玛不愿意我玩她们的娃娃。我只有一把小铅刀，就这么点长。"

孩子伸出小拇指比划了一下。

"这刀切不了东西吧？"

"能的，先生，"孩子说，"可以切生菜和苍蝇头。"

他们到了村里。珂赛特领着陌生人穿过街道。他们经过面包铺，珂赛特把买面包的事忘得一干二净。那人不再问她了，而是神情阴郁，一声不吭。走过教堂后，那人看见那些露天摊棚，问珂赛特：

"这里有集市吗？"

"不，先生，是圣诞节。"

快到客栈时，珂赛特胆怯地碰了碰那人的胳膊。

"先生？"

"什么事，孩子？"

"我们快到了。"

"怎么？"

"现在能让我拿水桶吗？"

"为什么？"

"太太看见别人帮我拿，会揍我的。"

那人把水桶给了她。不一会儿，他们就到了小客栈门口。

八　接待一个可能是富人的穷人烦恼无穷

卖玩具的摊棚上，还摆着那个大娃娃，珂赛特忍不住朝那边瞟了一眼才敲门。门开了。泰家婆娘拿着蜡烛出现了。

"哇！是你，小要饭的。感谢上帝！你去了这么久！这死丫头，她玩够了！"

"太太，"珂赛特战战兢兢地说，"这个先生要住宿。"

泰家婆娘马上将怒容换上了笑脸，急切地用眼睛寻找新来的客人。这种脸上的神态说变就变，是客店老板特有的本领。

"是这位先生吗？"她说。

"是的，太太。"那人将手举到帽边，回答说。

有钱的旅客不会这样礼貌。泰家婆娘看见这个动作，又将那人的装束和行李仔细打量了一番，便收去笑容，重新换上阴沉的面孔。她冷冷地说：

"进来，老头。"

"老头"进来了。泰家婆娘又看了他一眼，特别看了看那件破旧的紧身大衣，和那顶破烂的帽子。然后，她朝仍在和车夫们一起喝酒的丈夫摇了摇头，皱了皱鼻，眨了眨眼，征求他的意见。她丈夫微微摇了摇食指，撇了撇嘴巴，在这种情况下，就是说：十足的穷鬼。于是，泰家婆娘大声说：

"啊！老汉，很抱歉，没有床位了。"

"随便哪里都行，"那人说，"顶楼，马棚。我仍按房间付钱。"

"四十苏。"

"四十苏。行。"

"好罢。"

"四十苏!"一个车夫低声对泰家婆娘说,"不是二十苏吗?"

"他就得付四十苏。"泰家婆娘仍没好气地反驳道,"穷人少于这个数,我就不让住。"

"这倒是真的,"丈夫和气地说,"让这样的人住,糟蹋了屋子。"

这时,那人已把包袱和棍子放在板凳上,坐到一张桌子上。珂赛特连忙摆上酒瓶和酒杯。那位要水的商人,已提着桶给马送水去了。珂赛特又回到那张餐桌底下,织起毛袜来了。那人斟了杯酒,用嘴唇抿了抿,凝神专注地打量珂赛特。

珂赛特很丑。假如她快乐的活,或许会漂亮的。我们描绘过她那张愁苦的小脸。珂赛特面黄肌瘦。她快八岁了,看上去都不到六岁。一双深陷的忧郁的大眼睛,因经常哭泣,几乎失去了光泽。由于常年郁郁寡欢,嘴角形成一道弧线,使人想起囚徒和绝望的病人。她的手,正如她母亲猜到的那样,"长满了冻疮"。炉火此刻正照着她,只见她骨头根根突出,显得格外瘦骨嶙峋。因为她总是冷得哆嗦,所以总习惯双腿并拢。她衣衫褴褛,夏天让人怜悯同情,冬天让人惨不忍睹。她身上的衣服都是布的,没有一片毛的,且千疮百孔。她的肉到处露在外面,紫一块,青一块,表明被泰家婆娘打过。两条细腿光着,冻得通红。锁骨突出,让人见了心酸。这孩子的一切,她的步态,她的姿势,她的声音,她说话的断断续续,她的目光,她的沉默,她的一举一动,都表露和说明一个想法,那就是害怕。

害怕蔓延到她的全身,可以说,她全身都布满了害怕。她因为害怕,便将双肘夹紧腰部,脚后跟缩到裙子下,尽量少占位置,尽量少呼吸。可以说,害怕已变成了她身体的习惯,而且与日俱增。在她双眸深处,有一个惊惶恐惧的角落。

珂赛特是那样害怕,回到家里后,尽管浑身湿透了,都不敢去烤一烤火,而是一声不吭地又干起活来。

这个八岁的孩子,眼神总是那么忧郁,有时是那么凄迷,在有些时候,她似乎正在变成白痴或魔鬼。

我们说过,她从不知道什么叫祈祷,从没进过教堂的门。"我哪有这闲工夫?"泰家婆娘说。

穿赭色紧身大衣的人目不转睛地盯着珂赛特。

"对了,买的面包呢?"

珂赛特已养成习惯,只要泰家婆娘提高嗓门,她就从桌底下钻出来,现在听到那女人的喊声,她赶紧跑了出来。

她早把面包的事忘到九霄云外了。她只好撒谎。那是总处于惊恐状态的孩子常常求助的办法。

"太太,面包店关门了。"

"那你该敲门呀。"

"我敲了,太太。"

"怎么样?"

"没开门。"

"明天我就会知道是不是真的。"泰家婆娘说。"如果你撒谎,看我不揍扁你。先把十五苏还给我。"

珂赛特把手伸进围裙兜里,脸色刷地白了。那枚钱不在了。

"怎么！"泰家婆娘说，"听到没有？"

珂赛特把兜翻了个底朝天，什么也没有。这钱会到哪里去了呢？可怜的孩子张口结舌。她吓得愣在那里。

"那十五苏呢，是不是弄丢了？"泰家婆娘吼道，"要不，你就是贪污了。"

她边说，边伸手去拿挂在壁炉角上的掸衣鞭。这个可怕的动作，吓得珂赛特拼命叫喊：

"饶命！太太！太太！我以后不了。"

泰家婆娘摘下了掸衣鞭。

这时，穿赭色大衣的那个人已在背心口袋里搜了一遍，但谁也没看见他这个动作。再说，其他客人喝酒的喝酒，玩牌的玩牌，对什么也不注意。

珂赛特惶遽不安，竭力把半裸的胳膊和腿收拢并遮住。泰家婆娘举起胳膊。

"对不起，太太，"那人说，"刚才，我看见有样东西从这孩子兜里掉出来，滚到什么地方了。可能就是那枚钱。"

同时，他弯下腰，假装在地上找了一会儿。

"没错。找到了。"他边站起来边说。

他把一枚银币递给泰家婆娘。

"不错，就是这个。"

其实不是，因为那是一枚二十苏的硬币。不过，泰家婆娘认为有利可图，便把钱放进兜里，只是狠狠地瞪了孩子一眼，说：

"看你以后还敢！"

珂赛特回到被泰家婆娘称为"她的窝"的地方，一双大眼睛盯着陌生的旅客,露出了从未有过的神情。不过,现在还只是天真的惊讶,但已夹杂着愕然和信任。

"对了,您要用晚餐吗?"泰家婆娘问那旅客。

他不回答。他似乎在沉思。

"这是什么人?"她嘟囔道。"是个穷光蛋。都没钱吃饭。他付得起房钱吗?幸亏地上的钱他没想装进腰包。"

这时,一扇门打开,埃波妮和阿赛玛进来了。

的确,这是两个漂亮的小姑娘,不像是乡下人,倒像是城里人,非常可爱,一个是栗色的辫子又光又亮,另一个是两条乌黑的长辫拖在背上。两个人都很活泼,很干净,胖嘟嘟的,脸色红润,身体健康,惹人喜爱。她们穿得很暖和,尽管布料很厚,但经过母亲的精心设计,那些衣服穿在她们身上服服帖帖,漂漂亮亮,既能抵御冬天的寒冷,又洋溢着春天的气息。这两个小女孩光彩照人。此外,她们俨然是家里的小主人。她们的衣着,她们的快乐,她们的声音,无不流露出主人的身份。当她们进来时,泰家婆娘满怀钟爱地嗔怪道:

"呀!你们怎么来了!"

然后,她把她们先后拉到身边,给她们理理头发,结结饰带,接着,以母亲特有的方式,亲昵地摇了摇她们,便放开了,一面大声说:"瞧她们,衣服乱成这样!"

她们过来坐到火炉边。她们有一个玩具娃娃,她们将那娃娃在膝盖间翻来转去,快乐地叽叽喳喳。珂赛特不时地从毛线活上抬起眼睛,神情忧郁地看着她们玩。

埃波妮和阿赛玛看也不看珂赛特。对她们而言,那不过是一条狗。这三个小女孩加起来,也不到二十四岁,却代表着整整一个人类社会,一边是羡慕,一边是蔑视。

泰纳迪埃姐妹的娃娃又旧又破,颜色已褪尽,但对珂赛特来说,依然不失魅力,因为她出世以来,从没有过娃娃,拿孩子们都懂的话来说,"一个真的娃娃"。

泰家婆娘继续在屋里走来走去,蓦然,她发现珂赛特心不在焉,不在干活,而在看她的两个孩子玩耍。

"啊!可给我逮住了!"她大声嚷道。"你这叫干活吗?让我拿掸衣鞭来教你干活!"

那外乡人向泰家婆娘转过身,但没离开椅子。

"太太,"他微笑着,几乎是胆怯地说,"算了!让她玩吧!"

任何一个客人,只要在这里吃过一片羊腿肉,喝过两瓶葡萄酒,看上去不像是"穷光蛋",如果提出这个愿望,会被当成命令。可是,一个戴这样帽子的人,竟敢有这种想法,穿这样大衣的人,竟敢提出这样的愿望,这在泰家婆娘看来,是不能容忍的。她尖刻地说:

"她要吃饭,就得干活。我不能白养活她。"

"她在干什么?"外乡人和蔼地说。这温和的语气,同他乞丐般的衣服和挑夫般的双肩,形成奇特的对照。

泰家婆娘屈尊地回答:

"对不起,是打毛袜。给我的两个女儿打的,就是说,她们已没有袜子,就要光脚了。"

那人望了望珂赛特那双冻得通红的可怜的脚,又说:

"那双袜子,她什么时候能打完?"

"这懒鬼,至少还要三四天。"

"袜子打好后,值多少钱?"

泰家婆娘鄙夷地看了他一眼。

"至少三十苏。"

"五法郎,您卖不卖?"那人又说。

"乖乖!"有个在听他们对话的车夫纵声大笑,大声说道,"五法郎!我认为太合算了!五法郎!"

泰纳迪埃以为该说话了。

"卖,先生,如果您有这个奇想的话。这双袜子,五法郎卖给您。我们不会拒绝客人的任何要求。"

"马上就得付钱。"泰家婆娘不容置辩地说。

"我买下这双袜子,"那人回答说,一面从口袋里掏出五法郎,放在桌上,又说:"我付钱。"

然后,他转过身对珂赛特说:

"现在,你的活归我了。玩吧,孩子。"

那车夫看见五法郎的银币,异常激动,放下酒杯,跑了过来。

"是真的!"他仔细看了看,嚷道,"一个真正的后轮①!不是假的!"

泰纳迪埃走过来,一声不吭地把钱装进衣兜里。

泰家婆娘不敢违抗。她咬着嘴唇,满脸怨恨。

可是,珂赛特仍然战战兢兢。她壮着胆子问道:

"太太,这是真的吗?我能玩吗?"

---

① 后轮是五法郎银币的俗称。

"玩你的吧！"泰家婆娘恶狠狠地说。

"谢谢，太太。"珂赛特说。

可是，她嘴上感谢泰家婆娘，整个心却在感谢那位旅客。

泰纳迪埃又坐下喝酒了。他妻子在他耳边嘀咕：

"这个穿赭色衣服的究竟是什么人？"

"我见过一些百万富翁，"泰纳迪埃威严地说，"也穿这样的大衣。"

珂赛特放下毛线活，但仍呆在桌子底下。珂赛特总是尽量少动弹。她从身后一只匣子里拿出几块破布，和一把小铅刀。

埃波妮和阿赛玛毫不留意周围发生的事。刚才，她们干了一件大事，逮住了那只猫。她们的娃娃已扔在地上。埃波妮是姐姐，她用许多红红绿绿的破衣烂布将猫裹起来，弄得猫乱扭乱叫。她一面做着这件严肃而艰巨的工作，一面用孩子们特有的似蝴蝶翅膀般光彩夺目、魅力无穷、变幻无定的美妙而可爱的语言同妹妹说话：

"瞧，妹妹，这个娃娃比那一个更好玩。她会动，会叫，摸上去热乎乎的。瞧，妹妹，我们来同它玩吧。她是我的小女孩。我是夫人。我来看望你，你瞧着她。慢慢地，你看见她的胡子，你很惊讶。你又看见她的耳朵，然后是尾巴，你又大吃一惊。你对我说：'啊！我的上帝！'我对你说：'是的，夫人，我的小女孩就是这样。现在的小女孩就是这样。'"

阿赛玛听着埃波妮说话，心里由衷地敬佩。

这时，酒客们唱起了一首轻佻的小曲，大家乐得纵声大笑，笑得天花板都震动了。泰纳迪埃给他们鼓劲儿，并且跟着唱起来。

正如鸟儿做窝，不择泥草，孩子们做娃娃，也不择材料。当埃波妮和阿赛玛用布裹猫时，珂赛特则用布裹她的刀。裹完后，她把它抱在怀里，轻轻唱起了催眠曲。

娃娃是女孩子最迫切的需要，也是最可爱的本能。照料娃娃，给它穿衣，给它打扮，穿穿脱脱，脱脱穿穿，给予教导，轻轻呵斥，轻轻摇晃，百般溺爱，哄它睡觉，把一件东西想象成人，所有这一切，意味着女人的未来。她们做着美梦，她们叽叽喳喳，她们做着小衣服，缝着小裙子、小上衣、小内衣，就这样，小女孩渐渐变成了大女孩，大女孩变成了女人。第一个孩子是最后一个娃娃的接班人。

没有娃娃的女孩，几乎和没有孩子的女人一样不幸，而且是绝对难以想象的。

因此，珂赛特用小铅刀给自己做了个娃娃。

至于泰家婆娘，她已走到"赭衣人"的身边。

"我丈夫是对的，"她心里思忖，"他也许是拉斐特先生[1]。有些富豪是很可笑的。"

她把胳膊支在桌子上。

"先生……"她说。

听到"先生"二字，那人回过头来。泰家婆娘一直只称呼他"老汉"或"老头"。

"您看，先生，"她虚情假意地说，这种肉麻的神态，比凶狠的样子更令人作呕，"我很想让这孩子玩，我不反对她玩，不过，

---

[1] 拉斐特，法国银行家。

偶然玩一次还可以,因为您给了钱。您看,她什么也没有。她得干活。"

"这孩子不是您的吗?"

"啊!上帝!不是的,先生。这是个穷孩子,我们出于怜悯,把她收养了。她是个白痴。她脑袋里装的想必都是水。她的脑袋很大,正如您看到的。我们为她尽了力,我们并不富裕。我们给她老家写了好几封信,但都白写了,六个月没有回信。她母亲想必死了。"

"啊!"那人说,接着又陷入了沉思。

"那母亲不怎么样。"泰家婆娘又说。"她抛弃了自己的孩子。"

他们在谈话时,珂赛特似乎意识到他们在谈论自己,眼睛一直盯着泰家婆娘。她听不大清楚,偶尔也听到只言片语。

那些酒客都已醉意朦胧,反复唱着那首轻佻的小曲,越唱越来劲儿。这是一种趣味高雅的轻佻,因为圣母和小耶稣也出现在歌中。泰家婆娘也和他们一起放声大笑。珂赛特在桌子底下,凝视着炉火,眸子里反射出火光。她又开始轻轻摇摆她做的襁褓,一面摇,一面低声唱道:"我的母亲死了!我的母亲死了!我的母亲死了!"

在女主人的再次坚持下,穿赭色衣服的人,那位"百万富翁",终于同意用餐了。

"先生要点什么?"

"面包和奶酪。"那人说。

"没错,是个穷鬼。"泰家婆娘想道。

醉汉们反复唱着那首歌,而珂赛特在桌子下也在唱她的歌。

突然，珂赛特不唱了。刚才，她回过头，发现泰纳迪埃家的两个孩子已在玩猫，娃娃丢在地上，离她的桌子几步远。

于是，她扔下裹着布的并不满足她需要的小铅刀，慢慢地将厅堂环视了一遍。泰家婆娘一面数钱，一面在同丈夫窃窃私语，波妮和赛玛在玩耍，客人们有的在吃饭，有的在喝酒，有的在唱歌，没有人注意她。她抓住时机。她爬出桌子，又环视四周，确信没有人看她，便迅速爬到娃娃那里，一把抓了过来。不一会儿，她已回到她的位置上，坐着不动，只是侧过身子，让她怀里的娃娃隐蔽在黑暗中。她从没玩过娃娃，这给她带来了极大的快乐，她感到非常满足。

除了那位正慢慢吃着简单晚餐的陌生客人外，谁都没有看见。

这一快乐持续了将近一刻钟。

可是，尽管珂赛特小心翼翼，娃娃的一只脚不料"伸了出来"，被壁炉的火光照得亮亮的。这个从黑暗中露出来的光亮粉红的脚，突然吸引了阿赛玛的目光，她对埃波妮说：

"姐姐，你瞧！"

两个小姑娘一下惊呆了。珂赛特竟敢拿她们的娃娃！埃波妮站起来，怀里仍搂着猫，跑到母亲那里，扯她的裙子。

"别来烦我！"母亲说。"找我干吗？"

"妈，"孩子说，"你瞧！"

她用手指指珂赛特。珂赛特正沉浸在占有的狂喜中，什么也看不见，什么也听不到。

泰家婆娘的脸上露出了一种泼妇特有的为一点点小事便横眉怒目的表情。这次，因为自尊受到了伤害，就更是怒不可遏。珂赛特太不像话，珂赛特侵犯了"小姐们"的娃娃。女沙皇看见奴隶偷试皇太子的蓝绶带，也不过是这副嘴脸。

她扯起气得嘶哑了的嗓子，大吼一声：

"珂赛特！"

珂赛特吓了一跳，仿佛天塌地陷。她回过头。

"珂赛特！"泰家婆娘又吼了一声。

珂赛特拿起娃娃，轻轻放在地上，神情虔敬而绝望。她双手合拢，眼睛始终不离开娃娃。她搓扭着双手，这样小的孩子，竟做出这样的动作，真是惨不忍睹。她哭了，她号啕大哭。可她一天中经历了那么多折磨，到树林去汲水，提沉重的水桶，丢钱，看见掸衣鞭，听见泰家婆娘恶言恶语，她都没掉一滴眼泪。

那旅客已站了起来。

"怎么啦！"他对泰家婆娘说。

"您没看见？"泰家婆娘指指躺在珂赛特脚边的罪证，说道。

"那又怎么样？"那人说。

"这个贱货，"泰家婆娘回答，"竟敢动孩子们的娃娃！"

"就为这点小事大吵大嚷！"那人说，"她玩玩娃娃有什么不行？"

"她用脏手碰它了！"泰家婆娘继续说，"用她讨厌的手！"

这时，珂赛特哭得更厉害了。

"住口！"泰家婆娘吼道。

那人朝大门走去，开门出去了。

他一出去，泰家婆娘乘机把脚伸到桌子底下，踢了珂赛特一脚，孩子连声惨叫。

门重又打开，那人回来了，双手捧着前面提到过的，一整天吸

引了全村小孩的妙不可言的娃娃,把它立在珂赛特面前,对她说:

"拿着,这是给你的。"

他来这里一个多小时了。他在沉思中,想必透过客栈的玻璃窗,隐约看到了对面烛火明亮的玩具摊棚,可能得到了启示。

珂赛特抬起头。她看见那人捧着娃娃向她走来,仿佛看见太阳朝她走来了。她听到了从未听到过的话:"这是给你的。"她看看他,又看看娃娃,继而慢慢朝后缩,躲到桌下深处的墙角里。

她不再哭,也不再叫了,仿佛连气也不敢出了。

泰纳迪埃、埃波妮、阿赛玛个个惊得呆若木鸡。喝酒的也停止了喝酒。整个店里鸦雀无声。泰家婆娘瞠目结舌,沉默不语,但心里又开始琢磨起来:

"这老头是什么人?是穷人,还是百万富翁?也许两者都是,就是说,是个小偷。"

她丈夫脸上出现了意味深长的皱纹。每当占统治地位的禽兽本能充分展现时,人的脸上就会出现这样的皱纹。客店老板看看娃娃,又看看那客人,他仿佛在嗅那个人,就像在嗅一个钱包。那不过是刹那间的事。他走近妻子,低声对她说:

"这玩意儿至少值三十法郎。别干傻事。对他俯首帖耳。"

粗俗的人和天真的人一样,态度说变就变。

"怎么,珂赛特,"泰家婆娘说道,她想使自己的声音变得温和些,但和所有坏女人一样,温和之中仍带着刻薄,"怎么不拿你的娃娃?"

珂赛特壮着胆子从她的窝里钻出来。

"我的小珂赛特,"泰家婆娘温柔地说,"先生给你娃娃。拿着吧。它是你的。"

珂赛特恐惧地望着那奇妙的娃娃。她依然满面泪珠,但她的双眸却似拂晓的晴空,露出奇异喜悦的光辉。她当时的感受,不啻听到有人对她说:"孩子,您是法兰西王后。"

她感到,假如她碰这个娃娃,雷电会从里面跑出来。从某一点讲,这是对的,因为她想,泰家婆娘会责骂她,还会打她。但她抵抗不住诱惑。她终于走过去,回头望望泰家婆娘,怯声怯气地说:

"我能拿吗,太太?"

这种既绝望、又害怕、又狂喜的神态,是难以诉诸笔墨的。

"当然!"泰家婆娘说,"这是你的。既然这位先生给了你。"

"真的吗,先生?"珂赛特又说,"这是真的吗?这个贵妇人是给我的吗?"

外乡人似乎泪珠盈眶。他似乎非常激动,一说话就要哭。他向珂赛特点了点头,将"贵妇人"的手塞进她的手里。

珂赛特赶紧抽回手,仿佛被"贵妇人"的手烫了一下。她低头望着地上。我们不得不说一句,那时她很想得到娃娃,都把舌头伸出老长。突然,她转过身,一把将娃娃抢了过来。

"我叫她卡特琳。"她说。

当珂赛特的破衣烂衫,同娃娃的饰带及粉红罗裙相互接触和拥抱时,那是非常奇妙的时刻。

"太太,"她又说,"我可以把她放在椅子上吗?"

"可以,我的孩子。"泰家婆娘回答。

现在,轮到埃波妮和阿赛玛用羡慕的目光望着珂赛特了。珂赛特把卡特琳放在一张椅子上,然后面对她坐在地上,出神地看着她,一动不动,默默不语。

"玩呀,珂赛特。"外乡人说。

"啊!我玩。"孩子回答。

这个外乡人,这个像是上帝派来看望珂赛特的陌生人,此刻,他成了泰家婆娘最仇恨的人。可她必须克制自己。尽管她已养成习惯,对丈夫亦步亦趋,竭力掩饰自己的真实情感,可这次的激动,却是她难以忍受的。她赶紧叫两个女儿去睡觉,继而又征得赭衣人的"同意",让珂赛特也去睡觉,并且慈祥地加了一句:"她今天很累了。"珂赛特抱着娃娃去睡觉了。

泰家婆娘不时走到厅的另一端,她丈夫所在的地方,她说是为了向他"诉说诉说"。她和丈夫交谈了几句。因为不敢大声说出,她那些话便更显得激烈:

"这个老头!葫芦里装的是什么药?跑到这里来捣蛋!要让这个死丫头玩!给她娃娃!把四十法郎的娃娃送给四十苏我就卖出去的一条狗!再过一会儿,他可能会像对待贝里公爵夫人那样,称她陛下了!莫非他神经有毛病?这个神秘兮兮的老头,是不是疯了?"

"为什么?这很简单。"泰纳迪埃回答。"这让他高兴呗!你呢,孩子干活,你高兴,他呢,孩子玩,他高兴。他有这个权利。客人只要付钱,想干什么,就可以干什么。假如这老头是慈善家,这关你什么事?如果是个傻瓜,也和你无关。既然他有钱,你管那么多干吗?"

这既是主人的说教,也是店主的生意经,二者均不容反驳。

那人胳膊支着桌子，又陷入了沉思。其他客人，不管是生意人，还是车夫，全都散开了，也不再唱了。他们以一种敬畏的神态，远远地看着他。这个人，衣衫褴褛，从口袋里掏钱却很随便，将巨人般的娃娃滥施于穿木鞋的小叫花子，一定是个可敬又可畏的老头。

几个小时过去了。半夜弥撒已做过，夜餐已结束，酒客已离去，酒店已打烊，楼下厅堂里已冷冷清清，炉火已熄灭，那外乡人仍然在那个位置上，仍然那个姿势，只是支着脑袋的胳膊肘经常更换罢了。不过，珂赛特走后，他一句话也没说过。

泰纳迪埃夫妇还待在厅里，出于礼貌，也出于好奇。

"他就这样过夜吗？"泰家婆娘咕哝道。

凌晨两点敲响，她坚持不住了，便对丈夫说：

"我去睡了。你看着办吧。"

那丈夫在一个角落的桌子上坐下来，点了根蜡烛，读起《法兰西邮报》来。

这样过了足足一小时。可敬的客栈老板将那张《法兰西邮报》翻来覆去至少读了三遍，连这一期的日期和出版商的名字都没漏掉。那外乡人就是不动弹。

泰纳迪埃又是晃动，又是咳嗽，又是吐痰，又是擤鼻涕，把椅子弄得咯吱咯吱响。那人仍然一动不动。

"他睡着了吗？"泰纳迪埃心想。那人没有睡着，但什么也唤不醒他。最后，泰纳迪埃摘掉帽子，轻轻地走过去，壮着胆子问道：

"先生是不是要休息了？"

他觉得说"是不是要睡觉"过于唐突，过于随便。"休息"二字散发着奢华和尊敬。这两个字具有神秘而奇妙的特性,能使第二天早晨的账单数目大增。一个用来"睡觉"的房间,价钱为二十苏,而一个供"休息"的卧室,价值二十法郎。

"啊!"那人说,"您说得对。您的马厩在哪里?"

"先生,"泰纳迪埃满脸堆笑地说道,"我带先生去。"

他拿起蜡烛,那人拿起包袱和棍子,泰纳迪埃把他带到二楼的一个房间里。那房间富丽堂皇,一色红木家具,一张船形大床,挂着红棉布帐帏。

"这是什么地方?"客人问。

"这是我们结婚时的新房。"店主回答。"我妻子和我,我们睡另一个房间。一年只来这里住三四次。"

"睡马厩也一样。"那人生硬地说。

泰纳迪埃只当没听见这句不大客气的话。

他把壁炉上的两支新蜡烛点燃。炉膛里,一堆旺火冒着火焰。壁炉上,有个短颈大口瓶,罩着一顶银丝橙花女帽。

"这个呢,这是什么?"外乡人说。

"先生,"泰纳迪埃说,"这是我太太做新娘的帽子。"

客人看着帽子,目光仿佛在说:"这个魔鬼,竟也有做处女的时候!"

其实,泰纳迪埃在撒谎。当他租下这个破屋开客栈时,这房间就是这个样子,只是添了些家具,在旧货商那里买了这簇橙花,认为这可以给他"妻子"庇荫,由此,正如英国人所说的,为他家"光耀门庭"。

客人回过头来时,店主不在了。泰纳迪埃悄然退下,连晚安也不敢道一声，不想用一种不恭的亲切对待这个人，因为第二天早晨，他打算大宰一下。

店主回到自己的房间。他妻子已躺下，但没睡着。听见丈夫的脚步声，她转过身来对他说：

"你知道，明天我要把珂赛特赶走。"

泰纳迪埃冷冷回答：

"这怎么行！"

他们没再说别的，几分钟后，熄烛睡了。

那客人把包袱和棍子放在一个角落里。店主一走，他就坐到一张安乐椅上，沉思了一会儿。然后，他脱掉鞋子，拿起一支蜡烛，吹灭了另一支，推开门，走出房间，四下环顾，仿佛在寻找什么。他穿过走廊，来到楼梯口。他听到轻微的声音，像是孩子的鼾声。他顺着声音走去，走到一个开在楼梯下的三角形凹室。这个凹室，更确切地说，是楼梯本身形成的，不过是楼梯底下的空处。那里，摆满了破篮子和破瓶子，积满了灰尘和蜘蛛网，中间有一张床。所谓床，不过是一个露出麦秸的破褥子和一条露出草垫的破被子。没有床单。这些东西直接铺在方砖地上。珂赛特睡在这张床上。

那人走过去，细细地端详她。珂赛特睡得很香。她和衣而睡。她冬天睡觉不脱衣服，可以少一些寒冷。

她搂着娃娃，娃娃的大眼睛在黑暗中闪烁。她不时地长哼一声，好像要醒来似的。她紧紧地就像是痉挛似的搂住娃娃。床边只有她的一只木鞋。

在珂赛特陋室的旁边，有一扇敞开的门，可见一个相当大的黑洞洞的卧室。外乡人走了进去。房间尽头,通过一扇玻璃门,可以看见一对并排放着的洁白的小床。那是阿赛玛和埃波妮的床。后面依稀可见一个没有帐帏的柳条摇篮,里面睡着吵了整整一个晚上的小男孩。

外乡人推测,这个房间可能和泰纳迪埃夫妇的卧室相通。他正要离开,目光接触到壁炉。这是客店里的那种大壁炉,即使生着火,也只有一点点火苗,看起来觉得寒冷。这个壁炉里没有火,连炉灰也没有,但里面有样东西引起了客人的注意。那是两只大小不一的漂亮童鞋。旅客想起了那远古的动人的习惯,每到圣诞节,孩子们总把鞋子放到壁炉里,等着仙女乘着黑夜将闪闪发光的礼物放进他们的鞋子里。埃波妮和阿赛玛决不会忘记这件事,各把一只鞋放进壁炉里了。

旅客弯下腰。

仙女,也就是她们的母亲来过了,每只鞋里各有一枚亮晶晶的十苏新币。

那人站起来,正要离开,发现炉膛最里面、最黑暗的角落里,还有另一样东西。他看了看,认出是一只木鞋,是最粗糙的木头做成的鞋,非常丑陋,已经开裂,满是炉灰和干泥。那是珂赛特的木鞋。珂赛特以孩子特有的感人肺腑的信任,也把鞋子放进了壁炉里,尽管年年失望,却毫不气馁。

一个孩子屡屡失望,却仍满怀希望,那是崇高而美好的事。

这只鞋里什么也没有。外乡人在背心兜里找了找,弯下腰,在珂赛特的木鞋里放进一枚金路易。

然后,他蹑手蹑脚地回到自己的房间里。

九　泰纳迪埃耍花招

翌日清晨，离天亮至少还有两个钟头，泰纳迪埃就来到楼下厅堂里了。他伏在一张桌子上，凑着烛光，手里拿着笔，正在给穿赭色大衣的客人编造账单。

他老婆站在一旁，弯着腰看他编造。彼此都不说话。一边是早已深思熟虑，另一边则是对丈夫无比虔敬，就像在观看人类思想的一个奇迹正在诞生和怒放。屋里有声音，那是百灵鸟在打扫楼梯。

泰纳迪埃足足编了一刻钟，作了些修改，就有了下面的杰作：

一号房客的账单

晚餐	3法郎
房间	10法郎
蜡烛	5法郎
炉火	4法郎
服夫	1法郎
	共计：23法郎

他把"服务"写成了"服夫"。

"二十三法郎！"那女人叫了起来，惊叹中夹杂着犹豫。

同所有大艺术家一样，泰纳迪埃并不满意。

"哞!"他说。

他说话的口气俨然像卡斯尔雷①在维也纳大会上开列法国赔款清单。

"泰纳迪埃先生,你是对的,他是该付这么多。"那女人低声说,仍念念不忘那人当着她两个女儿的面送给珂赛特娃娃。"这是公正的,不过太多了些。他不会付的。"

泰纳迪埃冷笑一声,说:

"他会付的。"

这声冷笑,是信心和权威的充分表现。这样说了,就该照这样做。那女人没再坚持。她开始收拾桌子,丈夫则在屋里走来走去。过了一会儿,他又说:

"我欠人家一百五十法郎呢!"

他沉思着坐到壁炉角上,脚踩在热乎乎的灰上。

"啊!"那女人又说,"你没忘了我今天要把珂赛特赶走吧?这个妖精!她和那个娃娃在吃我的心哪!我宁愿嫁给路易十八,也不愿让她多留一天!"

泰纳迪埃点着烟斗,吸了一口,答道:

"你把这账单交给那人。"

说完,他就出去了。他刚走出厅堂,那旅客就进来了。

泰纳迪埃立即跟在他后面回来了,一动不动地待在半开着的门口,只有他妻子看得见。穿赭色大衣的人手里拿着棍子和包袱。

---

① 卡斯尔雷(1769—1822),英国外交大臣。反法同盟战败拿破仑后,在维也纳开会制定法国赔款条约。

"起这么早？"泰家婆娘说,"先生要走了吗？"

她一面说,一面神色尴尬地摆弄那账单,指甲在上面留下条条印痕。她令人讨厌的脸上一改常态,出现了胆怯和迟疑。

将这样一份账单,交给一个十足"穷鬼"模样的人,她感到有些为难。

旅客好像心事重重,心不在焉。他回答:

"是的,太太。我要走了。"

"先生在蒙费梅没有事吗？"她又说。

"没有。我路过这里。没有事要办。太太,"他又说,"我该付多少钱？"

泰家婆娘没有做声,只把折着的账单递给他。

那人打开纸,看了看,但显然心不在焉。

"太太,"他又说,"在蒙费梅,你们生意好做吗？"

"凑合吧,先生。"泰家婆娘回答。她见客人没有发怒,深以为异。

她用一种哀恸的语调继续说:

"啊！先生,日子艰难哪！再说,在我们这个地方,有钱人很少！您看,都是小户人家。幸好有时候来个把像您这样又有钱又慷慨的客人！我们的负担可重呢。您瞧,这个丫头要花我们多少钱哪！"

"哪个丫头？"

"就是那个丫头,您知道！珂赛特！大家叫她百灵鸟。"

"啊！"那人说。

她接着又说:

"那些农民傻不傻,瞎给人家起外号!她就像只蝙蝠,哪像百灵鸟!您瞧,先生,我们不求别人施舍,但也没能力施舍别人。我们挣得不多,可开销却很大。营业税、杂税、门窗税、附加税!先生知道,政府要起钱来吓死人。再说,我自己有两个女儿。我不需要养别人的孩子。"

那人尽量以一种平静的,但仍不免带点颤抖的声音继续说:

"要是让您摆脱负担呢?"

"摆脱谁?珂赛特?"

"是啊。"

老板娘那张凶狠的红脸,顿时眉开眼笑,令人作呕。

"啊,先生!我的好先生!要了她吧,留下她吧,领走她吧,带走她吧,给她加点糖,给她配上香菌,喝了她,吃了她,愿仁慈的圣母和天国的所有圣人保佑您!"

"说定了。"

"真的?您带她走?"

"我带她走。"

"马上?"

"马上。把孩子喊来。"

"珂赛特!"泰家婆娘喊道。

"等等,"那人说,"先让我把账付清。多少?"

他扫了一眼账单,不禁大吃一惊:

"二十三法郎!"

他看着老板娘,重复说:

"二十三法郎?"

他重复这句话的语气,已不是惊叹,而是疑问了。泰家婆娘利用这个时间作好了应付的准备。她自信地说:

"当然,先生!二十三法郎。"

外乡人把五枚五法郎的硬币放在桌上。

"去把孩子找来吧。"

这时,泰纳迪埃走到屋子中间,说:

"先生还要付二十六苏。"

"二十六苏!"那女人惊叫起来。

"房间二十苏,"泰纳迪埃沉着地说,"晚餐六苏。至于孩子,我要和先生谈一谈。老婆,你走开一下。"

泰家婆娘心头一亮。她感到主角登场了,便一声不吭地退下了。

剩下他们俩时,泰纳迪埃请客人在一张椅子上坐下。客人坐下,泰纳迪埃却站着,他脸上出现了憨厚诚朴的古怪表情。

"先生,"他说,"听着,我有话要对您说。这个孩子,我很疼爱她。"

外乡人目不转睛地看着他。

"哪个孩子?"

泰纳迪埃继续说:

"说来可笑!我很喜欢她。这些钱算什么!您把一百苏的银币收回去。我喜欢的是孩子。"

"哪个孩子?"外乡人问。

"哎,我们的珂赛特!您不是想把她从我们身边带走吗?好吧,我实话实说,在真人面前不说假话,我不能同意。这孩子,她走了,我会想念的。她来的时候,一点点大。她是要花我们

515

的钱,她是有缺点,我们是不富裕,她生一次病,我们是花了四百法郎为她买药!可是,应该为仁慈的上帝做些事嘛。她没爹没妈,我把她拉扯大。我有面包养活她,养活自己。说实话,这孩子,我很爱她。彼此都有了感情,这您明白。我这个人头脑简单,我不想多说。我爱她,这孩子,我老婆脾气不好,可她也爱她。您瞧,她就是我们的亲生孩子。我需要她在家里叽叽喳喳说说话。"

外乡人一直目不转睛地凝视他。他继续往下说。

"对不起,请原谅,先生,谁也不会把自己的孩子随随便便送给一个过路客。我说的不对吗?不过,您有钱,您看起来是好人,这也许对她是件好事呢?可是,总得弄弄清楚吧。您懂吗?假如说我让她走,我作些牺牲,我也想知道她去哪里,我不想她在我眼中消失,我想知道她去的是谁家,我就可以常去看看她,好让她知道她的好养父没有忘记她,还在关心着她。总之,有些事情是不可能的。我连您的名字都不知道。假如您把她带走了,我会说:'百灵鸟在哪里?她到什么地方去了?'至少得看一看旧证件、旧护照什么的吧。"

外乡人一直注视着他,那目光可以说直透他的内心深处。他以严肃而坚定的口吻回答说:

"泰纳迪埃先生,巴黎到这里才五里路,不用带证件。如果说我想带走珂赛特,我就会把她带走,就这样。您不会知道我的名字,您不会知道我的住处,您不会知道她在哪里。我的想法是,她今生今世不再见到您。我斩断捆在她脚上的绳子,让她离开这里。这样行不行?表个态。"

正如魔鬼和精灵根据某些迹象,便可知道一个高级天神已降临,泰纳迪埃明白,他这次是棋逢对手了。这是一种直觉,他凭着自己的敏锐和洞察力,立刻意识到了这一点。昨夜,他陪车夫们喝酒,抽烟,唱淫歌,但一晚上都在观察外乡人,像猫那样窥视他,像数学家那样研究他。他观察他,既是为了自己的利益,也是出于兴趣和本能,好像有人出钱让他干的。穿赭色大衣那人的一举一动,都没逃过他的目光。那陌生人尚未明确表露出对珂赛特的关注,他就猜到了。他发现那老头深邃的目光老是围着珂赛特转。为何如此关注?此人是谁?兜里装那么多钱,为何穿着如此寒酸?他给自己提了许多问题,却找不到答案,他又气又恼。他想了整整一夜。他不可能是珂赛特的父亲。那么是祖父?可为何不马上道明身份呢?人有了权利,总是要让人知道的。显然,此人对珂赛特没有权利。那么,他是谁?泰纳迪埃作了各种猜测。他隐约看到了一切,却又什么也没看到。不管怎样,他相信其中必有秘密,相信那人不想透露姓名,于是,当开始同他谈话时,他感到自己占着优势。可是,听到那人明确而坚决的回答,看到这个神秘人物,竟会神秘得如此简单,他又感到无能为力了。他丝毫没料到会是这样。他的推测土崩瓦解。他重新集中思想。在一瞬间,他把这一切作了思考。泰纳迪埃是一眼便能看清形势的人。他认为现在该单刀直入了。他像那些独具慧眼的伟大将领,认识到现在已到了关键时刻,于是他亮出了底牌。

"先生,"他说,"我要一千五百法郎。"

外乡人从侧袋里掏出一个旧黑皮夹,打开来,抽出三张钞票,放在桌上。然后,他把粗壮的大拇指按在钞票上,对店主说:

"把珂赛特叫来。"

这些事发生的时候,珂赛特又在干什么呢?

珂赛特醒来后,便立即跑去找她的木鞋。她在里面发现了那枚金币。那不是拿破仑金币,而是王朝复辟时期面值二十法郎的新金币,在人头像上,普鲁士小尾巴①代替了原来的桂冠。珂赛特目眩神迷。她时来运转了。她不知道什么叫金币,她从没见过,赶紧把它藏在兜里,就像是偷来似的。但她觉得这是属于她的,她猜到这礼物是谁给的,但在欣喜若狂之际,依然有一种害怕的感觉。她心满意足,更是不知所措。这样美丽而璀璨的东西,在她看来不是真的。那娃娃使她害怕,这金币也使她害怕。面对这些华丽的东西,她微微颤抖。她惟独不怕外乡人。相反,她感到放心。从昨晚起,惊喜接踵而至,她在惊喜中,在睡眠中,幼弱的小脑袋老是想起这个人。他看上去又老又穷又愁容满面,可那样富有和善良。从在树林里遇见他起,她觉得一切都好像变了。珂赛特,连空中的燕子都比她快乐,她从未感受过母亲卵翼的滋味。五年来,也就是从她记事那天起,可怜的孩子一直生活在战栗和颤抖中。她都是赤身露体地忍受北风般凛冽的苦难的摧残,现在,她感到自己穿上了衣服。从前,她心里冷冰冰的,现在却是暖融融的。她对泰家婆娘不那么充满恐惧了。她不再孤苦伶仃了,有一个人和她在一起。

她立即开始干早晨的活。那枚金路易就放在围裙兜里,昨晚那十五苏的角子就是从那里掉出来的。她心里老想着这枚金币。她不敢用手摸它,却不时出神地看上五分钟。还要指出的是,边

---

① 普鲁士小尾巴,指假发套后面拖着的尾巴。

看边伸出舌头。她打扫楼梯,扫扫停停,愣着不动,忘记了扫把和整个世界,出神地望着兜里这颗闪烁的星星。

她正看得出神,泰家婆娘来了。

她是奉丈夫之命,前来找她的。她没有打她,也没有骂她,实属前所未有。

"珂赛特,"她几乎是温柔地说,"快来。"

不一会儿,珂赛特来到了楼下的厅堂里。

外乡人拿起带来的包袱,把它解开。里面装着八岁孩子的全套衣服:一条毛料小连衣裙、一条围裙、一件粗斜纹布内衣、一条衬裙、一条披巾、一双毛袜、一双皮鞋。全都是黑的。

"孩子,"那人说,"把这拿去,快穿上。"

天亮了,蒙费梅的居民陆续打开大门,看见通往巴黎的街上走过一个衣衫褴褛的老头,手里牵着一个小女孩,那女孩穿着丧服,怀里抱着个粉红大布娃娃。他们朝利弗里的方向走去。那是我们说的那个人和珂赛特。

谁也不认识他。至于珂赛特,她已焕然一新,没多少人认出她来。

珂赛特走了。同谁?她不知道。去哪里?她不知道。她所知道的,就是她从此离开了泰纳迪埃客栈。没有人想到同她告别,她也没想到和谁告别。她走出了这个她受憎恨和她所憎恨的家。

温顺而可怜的孩子!她的心从来都只受到压抑。

珂赛特神情严肃地往前走,睁着大眼睛瞻望天空。那枚金路易,她已放在新围裙的兜里了。她不时低下头,朝它看一眼,又望望那老头。她感到自己好像在上帝身边。

十　弄巧成拙

和以往一样，泰家婆娘任丈夫为所欲为。她期待着重大结果。那人和珂赛特走后足足一刻钟，泰纳迪埃才把她拉到一旁，将一千五百法郎拿给她看。

"就这么点！"她说。

他们结婚以来，她第一次敢于指责丈夫的行为。一句话击中了要害。

"的确，你说得对，"他说，"我是个傻瓜。把帽子给我。"

他把三张钞票折好，塞进兜里，急忙出去了。但他搞错了方向，一出门就向右拐。他向街坊打听他们的去向，有几个人对他说，曾见百灵鸟和那人朝利弗里的方向去了。他遵照他们的指点，大步向利弗里方向奔去，边走边自言自语。

"此人显然是穿破衣的百万富翁，而我是个大傻瓜。他开头给了二十苏，接着给了五法郎，后来是五十法郎，最后是一千五百法郎，却满不在乎。我应该问他要一万五千法郎才对。我得追上他。"

还有那包衣服，事先就给孩子准备好了，这一切真叫人纳闷。这里面一定有许多秘密。一旦知道了秘密，就要抓住不放。富人的秘密是吸满金子的海绵，得设法把它们挤出来。所有这些想法，在他脑海里不停旋转。"我是个大傻瓜。"他反复说道。

出了蒙费梅，到了通往利弗里的那条公路的拐弯处，就能看到那条公路无边无际地延伸在高原上。泰纳迪埃来到这里，心想应该能望见那人和珂赛特。他极目远眺,什么也没看见。他又向人打听。这就耽误了时间。有人告诉他,他要找的那个人和孩子向加尼方向的树林走去了。他又急忙去那边。

他们在他前面,但孩子走得慢,而他走得快。再说,这地方他很熟。

突然,他停下来,拍拍脑门,像是忘了什么重要东西,想返回去取。

"我该带枪来的。"他想。

泰纳迪埃属于那种双重性格的人,有时,他们悄悄来到我们中间,命运只给我们显示他们的一个侧面,我们还没来得及全面认识,他们就从世界上消失了。许多人命中注定生活在半隐半现之中。在平静平淡的环境下,泰纳迪埃完全可以做一个——我们不说是一个——人们所谓的诚实的商人,一个正直的有产者。可是,在特定情况下,某些震动会将他深藏的另一面天性激发出来,他就会变成一个恶棍。这是个魔鬼藏身的店主。撒旦可能常常蹲在他生活的破屋里,望着这个丑恶的杰作想入非非。

他踌躇片刻:

"算了!"他想,"那样他就溜了。"

他继续赶路,向前奔去,一副自信的样子,就像机敏的狐狸嗅到了一群山鹑。

果然,当他走过池塘,从贝尔维大道右侧的大片林间空地斜插过去,走到那条细草茸茸、环绕山岗、从谢尔修道院旧水渠涵洞上经过的小径时,远远瞥见一个荆棘丛上露出一顶帽子。的确是那人的帽子,这帽子曾引起过他各种猜测。荆棘丛不高。泰纳迪埃看出那人和珂赛特坐在地上。孩子小，看不见，但可以看到娃娃的脑袋。

泰纳迪埃没猜错。那人坐下让珂赛特歇口气。店主绕过荆棘丛，突然出现在他寻找的两个人面前。

"对不起，请原谅，先生，"他气喘吁吁地说，"这是您的一千五百法郎。"

他边说边递给外乡人三张钞票。那人抬起头。

"这是什么意思？"

泰纳迪埃毕恭毕敬地回答：

"先生，这就是说，我要收回珂赛特。"

珂赛特打了个寒噤，紧紧靠在老人怀里。

那人直视泰纳迪埃的眼睛，一字一顿，回答说：

"您——要——收——回——珂——赛——特？"

"是的，先生，我要把她收回。我告诉您。我考虑过了。事实上，我没有权利把她给您。您瞧，我是个老实人。这个孩子不属于我，而是属于她母亲。是她母亲把她托付给我的，我只能把她交还给母亲。您会对我说：她母亲死了。好吧。如果是这样，我只能把她交给持有她母亲亲笔署名字据的人，写明我应该把她交给这个人。这是显然的事。"

那人不作回答，在兜里掏了掏。泰纳迪埃见他掏出那只皮夹子。店主乐不可支。

"好！"他想，"当心，他要收买我了。"

旅客打开皮夹子之前，举目四顾。周围荒无人迹。树林和山谷里，一个人影也不见。那人打开钱包，从里面抽出的不是泰纳

迪埃期待的钞票,而是一张普通的小纸。他打开纸,送到客栈老板面前,说:

"您说得对。读吧。"

泰纳迪埃接过纸,读了起来:

泰纳迪埃先生:

请把珂赛特交给来人。一切零星费用,将如数付清。

此致

敬礼!

芳蒂娜

一八二三年三月二十五日于滨海蒙特勒伊

"这签名的笔迹您认得吧?"那人又说。

这是芳蒂娜的字迹。泰纳迪埃认出来了。

没什么好强辩的了。他又气又恼。气的是他原先指望的收买落空了;恼的是自己被击败了。那人又说:

"孩子既已收回,您可以留下字据。"

泰纳迪埃步步后退。

"这个笔迹模仿得很不错。"他咕哝道。"不过算了!"

接着,他明知毫无希望,还要作最后的挣扎。

"先生,"他说,"很好。既然您就是信上提到的人。不过,您得偿还我'一切零星费用'呀。她欠我多着呢。"

那人站起来,用手指掸了掸磨破了的衣袖,因为上面有灰尘。

"泰纳迪埃先生,一月,她母亲算过,共欠您一百二十法郎;

二月,您给她寄来一张五百法郎的账单;二月底,您收到三百法郎,三月初,您又收到三百法郎。您多收到了一百法郎。还欠您三十五法郎。刚才我给了您一千五百法郎。"

泰纳迪埃此刻的感受,和狼被捕兽器的钢齿咬住夹住时的感受如出一辙。

"这魔鬼是谁?"他想。

他像狼那样出击了。大胆曾使他成功过一次。

"不知姓名的先生,"他抛弃毕恭毕敬的腔调,斩钉截铁地说,"要么我收回珂赛特,要么给我一千埃居。"

外乡人平静地说:

"过来,珂赛特。"

他左手拉起珂赛特,右手从地上拾起棍子。泰纳迪埃注意到,那棍子很粗,周围荒无人影。

那人只顾带着孩子走进林子深处,留下旅店老板在那里呆若木鸡。他们越走越远。泰纳迪埃望望那人有点伛偻的宽肩膀和两只大拳头,继而又看看自己瘦弱的臂膀和拳头。

"我愚蠢之极!"他想。"既然出来打猎,竟然不带猎枪!"

然而,旅店主仍不肯善罢甘休。

"我要知道他去哪里。"他说。

于是,他开始远远跟在他们后面。他手里只剩下两样东西,一样是芳蒂娜签字的破纸,这是莫大的讽刺;另一样是一千五百法郎,这是莫大的安慰。

那人带着珂赛特朝利弗里和邦迪方向走去。他低着脑袋,走得很慢,像有满腹心事。冬天林子稀稀疏疏,泰纳迪埃远远跟在后面,仍能看得见他们。那人不时回过头来,看看有没有人跟踪。蓦然,他发现了泰纳迪埃,忙带着珂赛特钻进一个可以藏身的矮树林。

"见鬼!"泰纳迪埃说。他加快步伐。

矮树林很密,他不得不同他们拉近距离。那人走到最密的地方,突然转过身来。泰纳迪埃连忙躲在树枝后面,但于事无补,仍被那人发现了。那人不安地看了他一眼,摇摇头,继续赶路了。客栈老板继续跟在后头。就这样,他们走了二三百步。突然,那人又一次回头。他看见店主。这一次,他神态极其阴沉地看着他,泰纳迪埃感到再跟下去也是"白跟",于是就往回走了。

十一 9430号重新露面,珂赛特时来运转

让·瓦让没有死。

我们知道,他掉下海时,更确切地说,他跳下海时,脚上已没有铁链。他潜水游到一条停泊的船下面。那船上系着一条小艇。他设法在小艇上躲到天黑。他又跳进海里,游到离布伦岬不远的海岸。他身上有钱,就在那里买了衣服。那时,巴拉吉埃附近有家小咖啡馆,专为越狱的苦役犯提供衣服,这是赚钱的行当。然后,像所有竭力逃避法网和社会噩运的悲惨逃犯那样,让·瓦让选择了一条隐蔽而曲折的逃跑之路。他首先在博塞附近的普拉多找到了一个藏身之地。而后,他逃到上阿尔卑斯省布里昂松附近的大维拉尔。那是摸索着向前的惶恐不安的逃跑,走的是鼹鼠的

地道，不知道岔口在哪里。后来，从某些迹象，人们发现他到过安省的西弗里厄一带，到过比利牛斯省阿孔斯的名叫格朗德－德－杜梅克的夏瓦村附近，还到过佩里格附近夏佩尔－戈纳盖区的布吕尼。他到了巴黎。刚才，我们看见他在蒙费梅。

到巴黎后，他首先忙着给一个七八岁的小女孩买丧服，然后找住处。这两件事办完后，他就去了蒙费梅。

大家记得，上次他逃跑后，曾来过蒙费梅，或附近的地方。那是一次神秘的旅行，警察有所察觉。此外，大家以为他死了，这就使他周围的黑暗更深更浓。在巴黎，他偶然得到一张报纸，报道了他死的消息。他感到放心了，甚至安宁了，仿佛真的已死去。

让·瓦让把珂赛特从泰纳迪埃夫妇魔爪中救出后，当晚就到了巴黎。天黑时，他带着孩子，从蒙索门进了巴黎。他坐了一辆有篷双轮马车，行至观象台广场下了车，付了车钱，拉着珂赛特的手，乘着夜色，从卢西纳和冰库街附近的僻静街道，向医院大街走去。

对珂赛特来说，这是一个奇特而激动的日子。一路上，他们在偏僻的客店里买些面包和奶酪，躲在树篱后面啃几口，换了好几次车，步行走了好几段路。她没有叫苦，但她很累，让·瓦让也感觉到了，因为她越来越拉紧他的手。他把她背起来。珂赛特搂着卡特琳，头靠在让·瓦让的肩上。她睡着了。

第四卷
戈博旧宅

一 戈博老爷

四十年前,硝石库医院一带是个非常荒僻的地方,如果有人独自去那里闲逛,沿着林荫大道一直走到意大利门,会以为已走出巴黎。说荒僻,可也有行人;说是田野,可也有房屋和街道;说是城市,可街道就像公路,布满了车辙,长满了野草;说是村庄,可房屋很高大。这究竟是什么地方?这里有人住,却看不到人,这里很荒凉,却住着一个人;这是大都市的一条大马路,是巴黎的一条大街,夜间比森林还荒凉,白天比墓地还阴森。

这就是马市老区。

这个行人如果信步走过马市的四堵破墙,甚至穿过小银行街,首先在右边会看到一个高墙环绕的田舍花园,接着是一片牧场,耸立着一垛垛鞣料树皮,犹如一个个巨大的河狸窝,接着是一片围着的空地,堆满了木料、树根、木屑和刨花,一条大狗在上面狂吠,接着是一道很长的矮墙,已经倒塌,有一道黑色小门,像戴着孝似的,墙上长满青苔,春天开满野花,接着到了最偏僻的地段，有一座丑陋衰朽的建筑物，上面写着"禁止张贴"几个大字，最后，他便到了圣马塞尔葡萄园街的拐弯处，这是鲜为人知的地方。这里有座工厂，在工厂附近，两道围墙之间，那时候有一所破房子，乍看起来颇似茅屋，其实大如教堂。它的山墙临街，因而显得狭小。几乎整座房子都被遮住了，只看见大门和一扇窗。

这座破房子只有两层。

仔细观察，首先注意到的是，那扇门不过是一间小破屋的门，而那扇窗，假如不像现在这样装在碎石墙上，而是开在方石墙里，就像是一座公馆的窗子了。

那扇门不过是由几块蛀孔累累的木板及几根胡乱劈成的横木条拼凑而成。打开门，一道陡峭的楼梯映入眼帘，梯级很高，积满了污泥、灰浆和尘土，楼梯和门一般宽，从街上便可见它像梯子那样陡陡地向上延伸，隐没在两堵墙的黑暗中。丑陋的门框上方，有一块狭窄的木板，中间锯了个三角形的洞，门关上后，这三角洞便成了老虎窗和气窗。门上有个用毛笔蘸着墨水两笔写就的数字：52，但在木板上方，同一支笔还胡乱涂了另一个数字：50，这就让人无所适从了。这究竟是几号？门楣说是50号，可门却反驳说：不对，是52号。在三角形的通风口里，挂着几块灰乎乎的破布，就算是帘子了。

窗很宽，也相当高，装有百叶窗和大玻璃窗框。不过，那些窗玻璃伤痕累累，用一些纸条巧妙地遮住，却显得分外触目。百叶窗散了架，与其说保护着屋内的主人，不如说威胁着屋外的行人。遮光的叶片不少地方已经掉落，天真地钉了几块竖板条，使得原来的百叶窗成了护窗板。

门看上去污秽不堪,窗尽管破破烂烂,但神态正派,它们出现在同一所房子上,恰似两个不协调的乞丐并肩而行,都是衣衫褴褛,却面貌迥异,一个生来就是乞丐,另一个曾是贵族。

楼梯通往房子的主体,非常宽敞,很像库房,已改成住房了。一条长长的走廊,犹如肠管,两侧各有几个大小不一的房间,必要时可以住人,与其说是房间,不如说是棚铺。这些房间的窗外是空地,屋内光线幽暗,丑陋不堪,凄惨阴森,屋顶和房门裂缝累累,透进寒光或冷风。这样的住宅,还有一个饶有趣味的特点,那就是蜘蛛的个儿特别大。

大门左侧临街的墙上,离地一人高的地方,有一个用砖头堵死的气窗,形成方方正正的壁龛,里面堆满了石头,那是孩子们路过时扔进去的。

这房子不久前拆去了一部分。如今剩下的部分,仍可使人想到当年的面貌。整个房子已有一百来年历史。一百年,对于一座教堂正值青年,但对一幢房屋已是老年。仿佛人的住宅和人一样短暂,而上帝的住宅却和上帝一样永存。

邮差称这幢旧宅为50—52号,可本街区的人却称作戈博旧宅。我们来讲讲这个名字的由来。

爱搜集珍闻轶事,总用别针将易忘的日期别在脑袋里的人记得,上个世纪,一七七〇年左右,巴黎夏特莱法庭有两个检察官,一个叫科博,另一个叫勒纳尔。这两个名字,拉封丹早有预见[①]。

[①] 科博,原文 Corbeau,勒纳尔,原文 Renard,正巧是法国寓言诗人拉封丹(1621—1695)作品中的人物乌鸦和狐狸。

这实在太巧,同行们自然拿他们取笑。不久,最高法院里传遍了一首模仿拉封丹的歪诗:

> 科博老爷高栖在案卷上,
> 　嘴里叼着一张缉捕令;
> 勒纳尔老爷被香味引过来,
> 　朝科博打开了话匣子:
> "嗨!您好……"①

这两个检察官都是正经人,听到嘲笑感到非常难堪,尤其是接踵而来的狂笑,令他们十分恼火,于是,他们决定改名换姓,向国王提出了申请。向国王呈递申请的那天,恰遇教皇的使臣和拉罗什-埃蒙红衣主教给巴里伯爵夫人穿鞋,他们一边一个,虔诚地跪在地上,当着陛下的面,给正在起床的巴里夫人穿拖鞋。国王谈笑风生,高兴地把话题从两个主教转到两个检察官身上,恩准两名法官改名易姓,或者差不多是改名易姓。科博老爷获准在名字的首字母上加一条尾巴②,科博便成了戈博;勒纳尔老爷的运气欠佳,他只获准在名字前加字母P,这样,就成了普勒纳尔③,因此,这新改的名字,不见得比原来的名字好到哪里去。

然而,据当地的传说,戈博老爷曾是医院大街50—52号的房

---

① 这首诗模仿了拉封丹的寓言诗《乌鸦和狐狸》。
② Corbeau 的首字母是 C,改成 G 后,成为 Gorbeau。
③ Renard 首字母前加 P 后,成 Prenard,暗含"小偷"的意思。

主。那扇宏伟的大窗子,甚至是他的杰作。因此,这幢旧宅也就用戈博名命。

在50—52号对面,有一棵四分之三已枯死的大榆树,矗立在路旁的树木中间。差不多就在对面,是戈伯兰门街,直达巴黎城墙,当年街两旁没有房屋,街面没铺石块,种着发育不良的树木,随季节时而发绿,时而沾满泥浆。附近有家工厂,从屋顶上冒出阵阵硫酸盐臭味。

戈伯兰门离得很近。一八二三年时城墙还在。

这座城门使人想起凄惨的景象。这是通往比塞特①的必经之路。在帝国时期和王朝复辟时期,死犯行刑那天,就是从这里押回巴黎的。一八二九年那起神秘的凶杀案,所谓"枫丹白露门凶杀案",也发生在这里,法院没能找到凶手,这是一件不明真相的惨案,一个没有揭开的可怕的谜团。往前走几步,就到了不祥的克卢巴伯街,就像戏剧中发生的那样,在隆隆的雷声中,于尔巴克一刀捅死了伊夫里的牧羊女。再往前走几步,就到了圣雅各门,可见几棵截去顶的令人厌恶的榆树,那些树是慈善家们用来遮掩断头台的权宜之计,那地方是店主和有产者阶层所建的平庸而可耻的河滩广场②,他们在死刑面前躲躲闪闪,既没有废除的气魄,也没有维持的胆量。

如果把圣雅各广场,把这个从来而且生来是阴森可怕的地方

---

① 比塞特,巴黎南郊地名,有一个救济院,收容老年和患精神病的男子。
② 河滩广场曾是王朝时期的刑场。一八〇六年起,成为巴黎市政府广场。这里用作比喻。

撇开不谈，那么三十七年前，这条凄凉的大街上最凄凉的地方，便是50—52号旧宅的所在地了。这里，至今依然缺少魅力。

二十五年后，有产者才开始在这里建造房屋。这是个凄惨苍凉的地方。硝石库医院的圆屋顶依稀可辨，通往比塞特的戈伯兰门近在咫尺。在这里，人们会心情忧郁，感到置身于硝石库医院和比塞特之间，也就是置身于疯女人和疯男人①之间。极目远望，只见屠宰场、城墙和寥寥可数的酷似兵营或修道院的工厂门面；到处是破房烂屋、断壁颓垣，旧墙黑得像黑裹尸布，新墙白得像白裹尸布；到处是平行排列的树木、连成一线的房屋、平淡无奇的建筑、单调乏味的直线，以及凄凉阴沉的直角。地势没有起伏，建筑千篇一律。一切都那样呆板、规则、丑陋。没有比对称更令人不舒服的结构了。因为对称会使人厌倦，而厌倦是悲哀之源。人失望了，就生厌倦。如果能想象出比受苦的地狱更可怕的东西，那就是使人厌倦的地狱。如果真有这样的地狱，那么，医院大马路这个地段，堪称这地狱的林荫大道。

然而，当黑夜降临，光明消失时，尤其在冬天，当黄昏时的凛冽北风吹落榆树上最后几片枯叶，当天昏地黑，不见星斗，或者风吹云破、月移云碎时，那条街就突然变得格外吓人。那些成行的树木和房屋，作为无限的一段一截，隐没在黑暗中。行人不由得会想起传说的无数可怕的凶杀事件。这地方偏僻荒凉，又发生过那么多凶杀案，令人毛骨悚然。人们感到黑暗中陷阱四伏，

---

① 硝石库医院是硝石库的旧址，一七九六年，成为精神病医院，专门收留女精神病人。

所有的黑影都成了可疑的东西，人们看到，树与树之间有着一个个深不见底的方洞，犹如一个个墓穴。这个地方，白天丑陋不堪，晚上凄凄凉凉，夜间阴阴森森。

夏天，傍晚时分，这里那里，可见几个老妇坐在榆树脚下被雨水浸湿而发霉的凳子上。这些老太太常向行人乞讨。

此外，这个与其说古老，不如说过时的街区，从那时起，就有改观的趋势了。谁想看一看这个街区，就得赶快。每天都有细小的改变。二十年前，在旧区的旁边，建起了奥尔良火车站，至今对它的变化产生着影响。在首都的郊区，哪里建立火车站，就意味着一个郊区的死亡，一个城市的兴起。在各国人民的活动中心周围，随着强大机车的滚动声，以及这吞煤吐火的文明怪马的喘息声，充满胚芽的大地会震动起来，张开大嘴，吞没人类的旧居，吐出人类的新居。旧的房屋纷纷倒塌，新的房屋拔地而起。

自从奥尔良火车站侵入硝石库医院一带以来，圣维克多渠和植物园周围的古老小街便受到了震动，公共马车、出租马车、轿式马车汇成长流，每天两三次横冲直撞地穿过这些街道，到时候便将两侧的房屋往外挤；因为——这里，我们要指出一个奇怪而又千真万确的现象——正如太阳使大城市房屋的门面朝南生长一样，车马川流不息会使街道变宽。新生活的征象随处可见。在这个乡里乡气的旧郊区，即使是最偏僻的角落，也都铺上了石块，即使是没有行人的街道，也都开始筑起人行道。一八四五年七月的某天早晨，一个值得纪念的早晨，人们突然看见熬沥青的黑锅冒出黑烟。这一天，可以说文明来到了卢西纳街，巴黎进入了圣马尔索郊区。

二 猫头鹰和莺的巢

让·瓦让在戈博旧宅前停住脚步。他就像猛禽,选择了最偏僻的地方营造自己的巢。

他在背心兜里摸了摸,掏出一把万能钥匙般的东西,开门进去,又小心关上,背着珂赛特上了楼梯。到了楼上,他从兜里掏出另一把钥匙,打开另一扇门。他走进房间,随手关上房门。那是相当宽敞的破房间,地上放着一个床垫,还有一张桌子和几把椅子。在一个角落里,有一个冒着火苗的炉子。街上的路灯微微照亮这个贫穷的房间。里面有一间小屋,放着一张帆布床。让·瓦让把孩子抱到床边,放到床上,她仍没有醒。

他擦着火石,点着蜡烛。那都是事先放在桌上的。他和昨晚一样,开始出神地望着珂赛特,目光饱含慈祥和温柔,几乎到了失常的程度。那小女孩进入梦乡时,不知道和谁在一起,现在继续酣睡,也不知道自己在哪里,这种平静和踏实的心境,只有最强者和最弱者才会有。

让·瓦让弯下身子,吻了吻孩子的手。九个月前,他吻了她母亲的手,她也是刚刚入睡。也和上次一样,心里充满了痛苦、虔诚和悲伤。他跪在珂赛特的床边。

天已大亮,孩子还没醒来。十二月惨淡的阳光,穿过破屋的窗户,照到天花板上,拖着一缕缕长长的光线和阴影。忽然,一辆满载石头的大车,从马路上经过,犹如隆隆雷声,震得房子上下颤动。

"是,太太!"珂赛特惊醒了,喊道,"来了!来了!"

她跳下床,睡眼惺忪地向墙角伸出胳膊。

"啊!上帝!我的扫把呢!"她说。

她睁开双眼,看见让·瓦让笑吟吟的面孔。

"啊!对,真的!"孩子说。"您好,先生。"

对于快乐和幸福,孩子们总是倍感亲切,立马接受,因为他们天生是幸福和快乐。

珂赛特看见卡特琳在床脚下,一把抱起来,她一面玩娃娃,一面向让·瓦让提出许许多多问题:她在哪里?巴黎大不大?泰家婆娘是不是离得很远?她是不是不会再回去了?如此等等。突然,她大声喊道:"这里多漂亮!"

这只是个丑陋的破屋,可她觉得自由自在。

"我不要打扫屋子吗?"

"玩吧。"让·瓦让说。

白天就这样过去了。珂赛特不去想为什么,只知道同娃娃和老人在一起,感到说不出的幸福。

三 两种不幸合在一起便是幸福

翌日黎明,让·瓦让仍待在珂赛特身边。他一动不动,出神地望着她,等着她醒来。

他心里产生了一种崭新的感觉。

让·瓦让从未爱过。二十五年来，他形影相吊，孑然一身。他从未做过父亲、情人、丈夫、朋友。在监牢里，他凶恶、忧郁、寡欲、愚昧、粗野。这个老苦役犯的内心，是感情的空白。他的姐姐，以及姐姐的孩子，只留给他模糊而遥远的记忆，最后荡然无存了。他曾想方设法寻找过他们，但没找着，也就把他们全忘了。这是人类的天性。如果说，他青年时代也曾有过其他温情的话，也都落入深渊了。

当他看见珂赛特，当他得到了她，把她带走，使她跳出魔窟时，他感到五脏六腑都在蠢蠢鼓动。他内心的所有深情和爱心都苏醒过来，涌向孩子。他跑到她的床边，快乐得浑身颤抖。他像一位母亲那样感到肠胃抽搐，却不知道是怎么回事，因为当一颗心开始爱的时候，那种奇怪而巨大的骚动，是非常甜美，却又是不可言喻的。

一颗年老可怜的心，现在焕然一新了！

可是，他已五十五岁，珂赛特才八岁，他一生中可能有的全部爱，都化作了一种难以形容的目光。

他这是第二次体会到纯洁和无邪。迪涅的主教给他指明了美德的前景，珂赛特则使他看到爱的黎明已在天际升起。

最初的几天就在这种目眩神迷的感觉中度过了。

至于珂赛特，这个可怜的小家伙！她也不知不觉地变成了另一个人。母亲离开她时，她还很小，她已记不得母亲了。孩子们好比葡萄的幼苗，遇到什么，就攀附什么。她和其他孩子一样，曾试着去爱别人。她没有成功。所有的人都排斥她，泰纳迪埃夫妇，他们的孩子，其他孩子。她曾喜欢一条狗，可它死了。从此，再没有任何东西、任何人愿意接受她。令人悲伤的是——前面说过——她才八岁,却已心如死灰。这不是她的错。她丝毫也不缺少爱的能力。唉!她缺少的是爱的可能。因此,从第一天起,她把她所有的感情,所有的思想,全都用来爱这个老人。她体会到一种从未有过的感觉,一种欣喜若狂的感觉。

在她眼里,这个老人一点也不老,一点也不穷。她觉得让·瓦让很漂亮,正如她感到这破屋很可爱一样。

这是晨曦、童年、青春、快乐产生的作用。新的大地和新的生活也有一定的影响。没有比照耀陋屋的绚丽而幸福的光辉更美好的东西了。我们每个人的过去,都有一个蓝色的陋屋。

让·瓦让和珂赛特之间相差五十岁,自然有道深深的鸿沟,可命运却将这鸿沟填平了。命运以不可抗拒的力量,将这两个无家可归、年龄悬殊、都很悲惨的人,骤然撮合在一起。他们互相补充。珂赛特本能地想找一个父亲,让·瓦让则本能地想找一个孩子。萍水相逢,却是一见如故。他们的两只手在相握时的神秘的那一刻,便紧紧地粘连在一起。当这两颗心互相发现时,就感到互相需要,于是紧紧地拥抱在一起。

如果用最易懂、最绝对的词来描绘,可以说让·瓦让是鳏夫,珂赛特是孤儿,他们都被坟墓的厚墙与世隔开。在这种情况下,让·瓦让天经地义地成了珂赛特的父亲。再说,在谢尔树林里,让·瓦让在黑暗中抓住珂赛特的手时对她产生的神秘印象,并不是幻觉,而是事实。这个人在这个孩子的命运中出现,就是上帝降临她的生活中。

此外,让·瓦让选择了一个很好的藏身之地。在这里,他似乎绝对安全。

他和珂赛特住在带小室的房间里,有一扇临街的窗户。这是整座房子唯一的窗户,不必担心邻居的窥视,无论是旁边,还是对面。

这幢房子的楼下有点像棚屋,破破烂烂,给菜农停放车子,与楼上毫无联系。一层地板犹如横隔膜,将这幢破屋分成上下两层,既没有活板门,也没有楼梯。前面讲过,楼上有好几个房间和几间顶楼小室,只有其中一间住着一位老婆婆,替让·瓦让料理家务。其余的都空着。

这个老婆婆美其名曰"二房东",其实是看守门户,圣诞节那天,她把房子租给了让·瓦让。他告诉她,他靠收利息生活,西班牙息票弄得他破了产,他将同孙女一起住到这里来。他预付了六个月的房租,委托老婆婆给那房间和小室置办些家具,前面我们已看到那些家具了。就是这个老婆婆给他的炉子生了火,他们到的那天晚上,一切都已准备就绪。

一周又一周过去了。这两个人,在这寒碜的小屋里,过着幸福的日子。一清早,珂赛特便又说又笑,歌声不绝。孩子和鸟儿一样,早晨都要唱歌。

有时,让·瓦让拿起珂赛特生冻疮的红兮兮的小手,放到嘴上亲一亲。可怜的孩子挨惯了打骂,不懂是什么意思,害羞地走开了。

有时,她神情严肃地打量自己的小黑袍。珂赛特脱下了破衣裳,换上了丧服。她走出了贫困,走进了生活。

让·瓦让教她识字。他在教孩子拼读时,心中常想,他是为了做坏事,才在牢里学文化的。现在,这个想法转变为教孩子识字了。因此,这个老苦役犯沉思的脸上露出了天使般的微笑。

他感到这是上苍的安排,是上帝的意志,于是他陷入沉思中。善的想法和恶的想法一样,都是深不可测。

教珂赛特识字,让她玩耍,这差不多是让·瓦让的全部生活。此外,他给她讲她的母亲,教她祈祷。

她叫他"父亲",她不知道他有别的名字。

他会一连几个小时,看着她给娃娃穿衣脱衣,听着她叽叽喳喳。从此,他感到生活充满了意义,世人变得善良和公正了,他心里也不再怨天尤人了。现在有了那样爱他的孩子,他觉得没有理由不活到很老很老。他看到,珂赛特有如灿烂的光辉,把他未来的日子照亮。最优秀的人也难免有私心杂念。有时他想,她将来可能不好看,心里反而觉得很高兴。

我们要把全部看法谈出来,虽然这仅仅是一点个人的想法:从让·瓦让开始喜欢珂赛特时所处的思想情况看,我们没有理由不认为,他需要这个新的补给,来使自己继续为善。他刚刚目睹了人类凶恶和社会不幸的新的形式,尽管并不全面,仅仅显示了真实的一个侧面,但芳蒂娜代表了女人的命运,雅韦尔象征着权力;他又进了监狱,不过,这次是为了行善;他又饱尝了新的痛苦,又产生了厌恶和厌倦的情绪;主教留给他的记忆,有时可能暗淡了,尽管过后依然光辉灿烂,鲜明生动,但归根结蒂,这个神圣的记忆越来越模糊。谁又能说让·瓦让不处在灰心和堕落的边缘呢?现在,他有了所爱,就又变得坚强了。可叹的是,他几乎和珂赛特一样步履蹒跚!他保护着孩子,而孩子使他变得强壮。

多亏了他,孩子得以在人生的道路上跋涉;多亏了孩子,他才能继续前进在行善的道路上。他是孩子的支柱,孩子是他的支点。啊!命运的平衡真是神秘莫测!

四　二房东的发现

让·瓦让非常谨慎,白天从不出门。每天傍晚,他出去散步一两个小时,有时一个人,但常常带着珂赛特,专挑医院林荫大道两侧最僻静的小街,或者在天黑时走进教堂。他常去离家最近的圣梅达教堂。他不带珂赛特时,就把她交给老婆婆,不过,那孩子很高兴跟老人出去。她和卡特琳在一起虽然很开心,但更喜欢和老人出去一小时。他拉着她的手,边走边给她讲有趣的事。

有时,珂赛特会高兴得心花怒放。

老婆婆帮他料理家务,做做饭,买买菜。

虽然他们的炉子里生着火,但他们像拮据的人家那样,过着俭朴的生活。让·瓦让没有换家具,还是第一天的那些,只是将珂赛特那间小屋的玻璃门,换成了木板门。

他仍穿着那件赭色的紧腰大衣和那条黑裤子,仍戴着那顶破帽子。走在街上,大家把他当穷人。有时候,有些老太太会转过身,给他一个苏。让·瓦让收下钱,深深一鞠躬。还有些时候,他遇到乞求赐舍的穷人,便瞧瞧后面有没有人看见,悄悄走到那人身边,将一枚硬币,常常是一枚银币塞进那人手里,又急忙走开。这样做带来了麻烦。这个街区的人渐渐把他称作"乐善好施的乞丐"。

那位"二房东"老太太心胸狭窄,总用嫉妒的目光看周围的人,对让·瓦让非常注意,可让·瓦让毫无觉察。她耳朵有点聋,所以喜欢唠叨。她只剩下两颗牙齿,上面一颗,下面一颗,总爱将这两颗牙碰得格格响。她问过珂赛特许多问题,而珂赛特一无所知,什么也答不上来,只告诉她,自己从蒙费梅来。一天,这个长舌妇窥见让·瓦让走进这幢破屋的一间无人住的小屋,她觉得他神色有些特别。她像一只老猫,悄悄跟在后面,那房间的门虚掩着,她从门缝里观察,却不会被发现。当然,让·瓦让出于谨慎,背对着房门。老太太看见他从兜里掏出一个盒子、一把剪刀和一团线,把大衣下摆一个角上的里子拆开一个口子,从中抽出一张发黄的纸,并把它展开。老太太吓了一跳,原来是一张一千法郎的钞票。这种钞票,她有生以来才看到一两回。她吓得逃跑了。

过了一会儿,让·瓦让来找她,请她去把这一千法郎的钞票换开,还说这是他头天领的半年年金的利息。

"在哪领的?"老太太心里嘀咕。"他每天晚上六点才出门,这时候政府的银行肯定打烊了。"

老太太去换了钱,并且作了种种猜测。这张一千法郎的钞票,被她添油加醋评述一番后,成了圣马塞尔葡萄园街的长舌妇们议论的中心。

后来,有一天,让·瓦让脱去大衣,在走廊里锯木头。老太太在他房里干活。就她一个人在,因为珂赛特在专心地看锯木头。她见让·瓦让的大衣挂在钉上,便仔细观察:里子已缝好。老太太用手仔细捏了捏,感到衣角和袖窝里有厚厚的纸头。想必都是一千法郎的钞票!

此外,她还发现,衣袋里装着各式各样的东西,不仅有她那天看见的针线和剪刀,还有一个很大的皮夹子、一把很大的刀。另外,她还发现了一些可疑的东西,那就是几个颜色各异的假发。这件大衣的每一只口袋,似乎都装有应付不测的物品。

这幢破屋里的居民就这样迎来了冬末。

五 五法郎银币落地发出响声

圣梅达教堂附近有口被封死的公井,常有个穷人蹲在这口井的石栏上,让·瓦让经常给他施舍。他从那人面前经过,一般总要给几个苏。有时,还同他说说话。有些人嫉妒那乞丐,说他是警察。那人七十五岁,曾在教堂当过差役,嘴里总念着祷文。

一天傍晚,让·瓦让经过那里,这次没带珂赛特,他看见乞丐蹲在老地方,头顶上的路灯刚刚点亮。那人和平时一样,好像在祈祷,腰弯得很低。让·瓦让走到他身边,照例把施舍的钱放在他手里。乞丐猛然抬头,盯了他一眼,随即又低下头。那动作迅若闪电,让·瓦让打了个寒噤。他刚才在路灯昏暗的光线下看见的,似乎不是教堂老差役那张平静而快乐的脸,而是一张似曾相识的可怕的脸。他就像在黑暗中突然撞见了老虎,吓得赶快后退,不敢呼吸,不敢说话,既不敢待着,也不敢逃跑。他凝视着乞丐,可那乞丐早已低下顶着块破布的脑袋,似乎忘了面前还有人。在这奇特的时刻,也许是出于自卫的神秘本能,让·瓦让一句话也没有说。那乞丐的身材、衣服、相貌,都和平时没有两样。"呸!"让·瓦让说,"我是疯了!我在做梦!这不可能!"他心绪纷扰地回家去了。

他几乎不敢承认,他看见的好像是雅韦尔的面孔。

夜里,他一直在想这件事,后悔没向那人提个问题,迫使他再抬一次头。

翌日天黑时,他又去那里。乞丐待在老地方。让·瓦让给他一个苏,鼓起勇气对他说:"您好,先生。"乞丐抬起头,悲伤地说:"谢谢,仁慈的先生。"是那位老差役。

让·瓦让悬着的心放了下来。他笑了。

"我在哪里看见雅韦尔了?"他想,"唉!我现在是不是眼花了?"

他不再去想那件事了。

几天后,大概是晚上八点,他在房里大声教珂赛特拼读,忽听见楼下大门打开又关上。他深感奇怪。这屋里,除了他,只住着老婆婆一人,为了节省蜡烛,她总是天一黑就睡觉了。让·瓦让示意珂赛特别做声。他听见有人上楼来。可能是老婆婆,她也许病了,到药房去买药回来了。让·瓦让屏息静听。脚步很重,像是男人走路的声音。不过,老婆婆穿着笨重的皮鞋,没有比老婆婆的脚步声更像男人的了。他还是吹灭了蜡烛。

他打发珂赛特去睡觉,小声对她说:"睡吧,别出声。"他亲了亲珂赛特的额头。这时,脚步声停止了。让·瓦让静静地待着,背朝房门,仍然坐在椅子上,屏神敛气地待在黑暗中。过了相当长的一段时间,他听不见任何动静了,才轻轻转过头,举目朝房门口望去,只见锁孔里有亮光。这个亮光,不啻一颗不祥的星星,出现在黑乎乎的房门和墙壁上。肯定有人拿着蜡烛,待在门口偷听。

过了几分钟,亮光消失了。不过,他再没有听到脚步声,说明来门口偷听的人把鞋子脱了。

让·瓦让和衣倒在床上,一夜没有合眼。

天快亮时,他疲惫得昏昏欲睡,忽然被吱呀的开门声惊醒。那声音是从走廊尽头的一间顶楼小室里传来的。接着,他又听见和昨夜上楼相同的男人脚步声。脚步声越来越近。他跳下床,将眼睛贴在锁孔上。锁孔相当大,他指望趁那人经过时,看看这个夜间潜入屋里、在他门口偷听的人究竟是谁。果然有个男人从让·瓦让房门口经过,这次没有停下来。楼道里依然很暗,看不清那人的面孔。不过,当他走到楼梯口时,从外面射进来的一缕光线照亮了他的身影,让·瓦让看见了他整个背影。那人个头很高,穿着长大衣,腋下夹着短木棍。一看这吓人的外表,便知是雅韦尔。

让·瓦让本来可以试着从临街的窗口再看看那人的,但得打开窗子,他不敢。

显然,那人有钥匙。他进来时,就像进了自己的家。谁给他这把钥匙的呢?这意味着什么?

早晨七点,老婆婆进来收拾房间。让·瓦让用犀利的目光看了她一眼,但没有问她。老婆婆和平时没什么两样。

她一面扫地,一面对他说:

"昨天夜里,先生大概听见有人进来了吧?"

在她这般年纪,在这条街上,晚上八点,就是深夜了。

"真的,是听到了。"他用最自然的口吻说。"是谁?"

"屋里新来的房客。"老婆婆回答。

"那人叫什么?"

"不大清楚。杜蒙或多蒙什么的。"

"这杜蒙先生是干什么的?"

老婆婆用狡猾的目光盯着他,回答说:

"和您一样,吃利息的。"

说者也许无心,可让·瓦让听来却觉得弦外有音。老婆婆走后,他把放在壁橱里的百来个法郎卷起来,装进兜里。他非常小心,生怕人听到他在摆弄钱。可是,一枚五法郎的银币从他手里掉下来,丁零当啷地在方砖地上滚动。

傍晚时分,他下了楼,到林荫道上四下张望。一个人也没看见。大街上似乎渺无人迹。当然,也许有人躲在树后面。

他回到楼上。

"过来。"他对珂赛特说。

他拉起珂赛特的手,一道出去了。

第五卷
猎犬在暗中默默追捕

一　迂回策略

这里,我们要作一点说明,这对读下面及以后各章很有必要。

本书作者——很抱歉,这里不得不谈到他本人——离开巴黎已有多年①。从他离开后,巴黎发生了变化。一个新城拔地而起,他简直都不认识了。不用说,他热爱巴黎,这是孕育他思想的故乡。巴黎几经拆毁和重建,他年轻时的巴黎,他深深刻在记忆中的巴黎,现已成了昔日的巴黎。请允许他谈谈那时候的巴黎,就当它依然存在吧。作者把读者带到某个地方,对你说:"在某条街上有某幢房子",可是,这条街,这幢房子,现在很可能不存在了。读者愿意的话,可以去核实。至于他,他不熟悉新巴黎,他写的是旧巴黎,因为浮现在他眼前的是旧巴黎,那是他珍爱的幻觉。当他在梦幻中,看见他在国内时看见的东西,那一切历历在

---

① 一八五一年十二月,作者因反对拿破仑三世发动政变而被迫离开法国,一八七〇年九月,拿破仑三世垮台,他才得以回国。

目,这对他来说,是极其愉快的事。只要还在故乡来来去去,你会觉得,那些街道无足轻重,那些门窗和屋顶微不足道,那些墙你视而不见,那些树你认为平淡无奇,你不进去的那些房子毫无用处,你踩着铺石路面,会以为那不过是石头。后来,你离开了故乡,你会发现,那些街道,你非常珍爱,那些屋顶和门窗,你魂牵梦萦,那些墙,你极其珍视,你没进去过的房屋,你现在天天进去,而对那些铺石的街道,你牵肠挂肚。那些地方,你现在看不到了,也许永远也见不着了,它们的形象你铭记在心,它们的魅力使你缠绵悱恻,它们宛若幽灵,出现在你眼前,使你柔肠百转,它们在你眼里成了圣地,可以说,成了法国。你热爱它们,回忆它们现在的样子,回忆它们昔日的面貌,你墨守这些形象,丝毫不想改变,因为珍爱祖国的形象,如同珍爱母亲的容貌。

因此,请允许我们面对现在,谈论过去。这一点,请读者务必记住。现在,我们继续往下讲。

让·瓦让立即离开林荫大道,拐进小巷,尽量迂回而行,有时突然折回来,看看是不是有人跟踪。

这是走投无路的公鹿采用的战术。在可能会印下足迹的地方,这种反向而行的战术大有好处,尤其是能迷惑猎人和猎犬。用猎人的行话来说,这叫作"假返树林"。

那天正是月圆之夜。让·瓦让并不恼火。月亮远远挂在天边,将街道分割成一块一块,有的地方黑暗,有的地方明亮。让·瓦让可以沿着有阴影的房屋和墙壁走,一面密切注视明亮的一侧。他也许没有考虑到,这样就忽略了黑暗的一边。但是,他认为波利沃街周围的小巷非常僻静,不会有人跟在后面。

珂赛特走着，什么也不问。在她生命的最初六年中，她受尽了折磨，这使她的性格变得比较被动。再说，她不知不觉已习惯了老人的古怪和命运的奇特，这一点，以后还要多次提到。况且，和他在一起，她有一种安全感。

他们去哪里？让·瓦让不比珂赛特更清楚。他把自己交给了上帝，正如珂赛特把自己交给了他。他感到，有个比自己更强大的人也在牵着自己的手，一个看不见的人在给自己引路。此外，他心中无数，没有打算，没有计划。他甚至不能绝对肯定那人是雅尔尔，而且，即使是雅韦尔，那雅韦尔也未必知道他就是让·瓦让。他不是乔装改扮的吗？大家不是以为他死了吗？可是，最近几天发生了一些稀奇古怪的事。这些事足以引起他的警惕。他决定不再回到戈博旧宅。他犹如被逐出巢穴的动物，先寻一个藏身之洞，慢慢再找一个安身之地。

让·瓦让在穆夫塔区迷宫般的小巷里绕了好几圈，每次的路线都不相同。这一带的居民都已睡觉，似乎还像在中世纪，受着灯火管制。他用各种不同的方式，按照巧妙的策略，在纳税人街、刨花街、圣维克多棒槌街和隐士井街之间兜来转去。那一带有小客栈，但他没进去，因为找不到合适的。相反，他相信，即使有人在寻找他的踪迹，也被他甩掉了。

当圣蒂安－杜蒙教堂敲响十一点时，他正从蓬图瓦兹街十四号门前经过，那里是警察分局。过了一会儿，出于前面谈到的本能，他回过头来，借着警察分局门口的路灯，清楚地看到后面跟着三个人，就在街道黑暗的一侧，离他相当近，正从路灯下鱼贯而过。其中一个走进了警察分局的小路。打头的那个人，他觉得非常可疑。

"跟上,孩子。"他对珂赛特说。他急忙离开蓬图瓦兹街。

他兜了一圈,绕过族长巷(因时间太晚,巷子已关闭),穿过木剑街和弓弩街,拐进驿站街。

那里有个十字路口,与圣热纳维埃芙新街相接,如今坐落着罗兰中学。

(不言而喻,圣热纳维埃芙新街是一条老街,而驿站街十年也不见一辆驿站快车经过。那驿站街在十三世纪住着陶器商,它真正的名字是瓷器街。)

月亮把皎洁的光洒在街口。让·瓦让躲进一个门洞里,心想,如果那几个人还跟着,当他们从月光下经过,他就能看清他们。

果然,不到三分钟,他们就出现了。他们现在是四个人,个个高头大马,穿着棕色长大衣,戴着圆帽,拿着粗棍。他们高大的个头和巨大的拳头,同他们鬼鬼祟祟地在黑暗中行走一样,令人胆战心惊。他们就像四个化作人形的幽灵。

走到街口中间,他们停下来,围在一起,好像在商量什么。他们似乎举棋不定。像是领头的那个人转过身,右手斩钉截铁地指了指让·瓦让所在的方向,另一个好像固执地指了指相反的方向。第一个人转过头来时,月光照亮了他的脸。让·瓦让清楚地认出是雅韦尔。

二 幸好奥斯特里茨桥上有车经过

让·瓦让不再怀疑了。所幸那几个人还在犹豫。他利用这个机会;对他们而言,是浪费时间,对他而言,却赢得了时间。他从藏身的门洞里出来,回到驿站街,向植物园一带走去。珂赛特开始累了,他把她抱起来。街上没有一个行人,因为是月夜,也没点路灯。

他加快步伐。

他几步就走到了戈布雷陶器店,月光把门面照得亮亮的,那条旧铭文清晰可辨:

> 祖传老厂戈布雷,
> 水壶水罐任你选,
> 花盆管砖样样有。
> 红心出售红方块。

他穿过钥匙街,然后是圣维克多喷泉,沿着植物园旁边的下坡路,走到塞纳河边。他又回头看了看。沿河荒无人影。街上荒无人迹。他后面一个人也没有。他松了口气。

他到了奥斯特里茨桥。

那时还要付过桥税。

他走到收过桥税的地方,付了一苏钱。

"要两苏。"残废的收税人说,"您抱着一个孩子,她会走路了。请付两个人的。"

他付了两苏,心里很恼火,怕有人注意到他从桥上经过。逃跑应该是悄悄的。

这时,一辆大车从桥上经过,和他一样,也去右岸。这对他太有利了。他可以躲在大车的阴影中穿过桥。

走到桥中间,珂赛特脚发麻,想下来自己走。他把她放下来,拉起她的手。

过了桥,他发现前面稍稍靠右的地方有几个工地。他朝那边走去。要走到那里,必须冒险穿过一个相当大的被月光照亮的空地。他没有犹豫。追捕他的人显然迷失了方向,让·瓦让认为已经脱险。是有人在追他,但没跟上。

在两个有围墙的工地之间,有一条小街,是圣安东尼绿径街。那街又窄又黑,仿佛专为他而存在。他钻进去之前,又回头看了看。

从他所在之处,可以看见奥斯特里茨桥的全身。

四个黑影刚刚上桥。

这些黑影背朝植物园,向右岸走来。

这四个黑影,就是追捕他的四个人。

让·瓦让有如重落罗网的野兽,浑身颤抖。

他还有一线希望:当他牵着珂赛特的手,穿过明亮的空地的时候,那几个人尚未上桥,因而没有看见他。

假如是这样,那么,他钻进面前的这条小街,一直走到工地上,然后钻进沼泽地、庄稼地和空旷地,他就可以脱险。

他感到可以信赖这条寂静的小街,便钻了进去。

三　看一看一七二七年的巴黎地图

他走了三百步,来到一个岔路口。那条街一分为二,一条斜向左,一条斜向右。让·瓦让面前仿佛摆着Y的两个叉。选哪个好呢?

他没有犹豫,选了右边的。

为什么?

因为左边的那条路通往城郊,也就是有人的地方,而右边的路通往旷野,也就是没人的地方。

可是,他们走不快了。珂赛特的脚步慢下来,让·瓦让只好放慢脚步。

他又把她抱起来。珂赛特将头伏在老人肩上,一句话也不说。

他不时地回头望望。他一直留心让自己走在黑暗的一边。街笔直笔直。他回头张望了两三次,什么也没看见,街上寂静无声。他稍稍放了心,继续前进。过了一会儿,他又回头张望,突然,他似乎看见在他刚刚走过的那段路上,在远处的黑暗中,有个东西在移动。

他快速向前奔,而不是向前走,希望能发现一条侧巷,从那里逃出去,再次中断踪迹。

他遇到一堵墙。

那墙并不挡住去路,它竖在一条横巷边上,让·瓦让所在的街通到那条横巷上。

他再次面临抉择:向左还是向右。

他看看右边。那小巷在一些仓库或货棚之间延伸出去,最后以死胡同告终。巷底清楚可辨,那是一堵高高的白墙。

他又望望左边。这边的巷子不是死胡同,在二百步左右的地方,有一条街,小巷是那条街的岔道。走这边才能得救。

让·瓦让正要向左拐,以便从他依稀可见的位于巷端的那条街上逃生，不料，他发现巷端的拐角处，有一尊黑乎乎的塑像，一动不动地伫立在那里。

那是个人，一个男人，显然刚派去守在巷口，等着他过去。

让·瓦让望而却步。

让·瓦让所在的地方，位于巴黎的圣安托万郊区和拉佩街之间，那里最近大兴土木工程，已变得面目全非，有的说变丑了，有的说变美了。作物、库棚和老建筑物消失殆尽。如今，那里全是宽阔的新街、竞技场、马戏场、跑马场、火车站，还有一座马扎斯监狱，可想而知，进步离不开监狱。

半个世纪前，让·瓦让所在的地方，叫小皮克皮斯区，正如在传统的大众语言中，坚持把法兰西学院称作"四个学区"[①]，喜歌剧院叫作"费多剧院"一样。圣雅各门、巴黎门、治安警察门、波舍隆街、加利奥特街、则肋司定会修士街、嘉布遣会修士街、槌球场街、垃圾街、克拉科夫树街、小波兰街、小皮克皮斯区，这些都是漂浮在新巴黎的旧名称。人民的记忆仍漂浮在过去的沉船上。

小皮克皮斯区几乎没有存在过，从来只是一个区的雏形，它像一座具有修道院面貌的西班牙城市。路上很少铺石，街上很少房屋。除了我们马上要谈到的两三条街外，到处是围墙和僻静，没有一家店铺，没有一辆马车，难得看到窗上亮着烛光，十点以后，家家户户全都熄灯。尽是菜园、修道院、库棚、沼地，稀稀拉拉几所矮房，围墙和房屋一般高。

---

① 四个学区为：法兰西学区、庇卡底学区、诺曼学区和日耳曼学区。

这便是上个世纪的小皮克皮斯区。革命使它受尽折磨。共和国的市政官员把它拆毁、打洞、凿穿。到处堆着破砖瓦砾。三十年前，这个区渐渐被新的建筑物淹没。今天，它已荡然无存。现在没有一张巴黎地图保留小皮克皮斯区的痕迹，但在一七二七年巴黎和里昂出版的巴黎地图上清楚地标明了，一家是巴黎的德尼·蒂埃里出版社，位于石膏街对面的圣雅克街，另一家是里昂的让·吉兰出版社，位于谨慎广场服饰用品街。刚才说了，在小皮克皮斯区，有三条街构成Y形，那一竖是圣安托万绿径街，分成两个叉，左边的叫小皮克皮斯街，右边的叫波隆索街。Y两个叉的顶端，似乎由一条横杠相连。这横杠叫直墙街。波隆索街到那里终止，小皮克皮斯街从那里穿过，延伸到勒努瓦集市。从塞纳河来的人，走到波隆索街尽头，左边是突然九十度急转弯的直墙街，对面是这条街的围墙，右边是直墙街的一段延伸，是个死胡同，叫让罗死胡同。

让·瓦让就在这里。

前面说了，当他看见一个黑影守在直墙街和小皮克皮斯街的拐弯处时，就不敢再往那边走了。毋庸置疑，那幽灵在窥伺他。

怎么办？

往回走来不及了。刚才，他看到身后不远的地方有东西在移动，可能是雅韦尔和他那班人。他走到街尾时，雅韦尔很可能已进入街口。看来，雅韦尔对这迷宫了如指掌，已采取措施，派人守住出口了。这些逼真的猜测，立即在让·瓦让痛苦的脑海里旋转，犹如一把灰尘，被骤风卷起。他看看让罗死胡同，一堵墙挡住去路。他又看看小皮克皮斯街，那里有人把守。他看见黑幽幽的影子，出现在月光映白的铺石路上。往前走，会落入那人的魔爪；往后退，将投入雅韦尔的虎口。让·瓦让感到有张网在缓缓向他收拢。他绝望地看看天空。

四　探寻逃路

要明白下面讲的故事，就必须确切了解直墙街，尤其是从波隆索街出来，进入直墙街时位于左侧的那个直角。从直墙街，直到小皮克皮斯街，几乎沿街都有房子，外表很寒酸；左侧只有一幢房屋，朴实无华，有好几个正屋，随着它们越来越靠近小皮克皮斯街，楼层也渐渐升高一两层，因此，这幢房子在小皮克皮斯街那头很高，而在波隆索街这头较低。在我们谈到的那个拐角处，就低到只有一堵墙高了。这道墙在到达波隆索街时，并不是方方正正的，角上是一个后缩的斜壁，在波隆索街和直墙街各有一个角，因此，在波隆索街的人和在直墙街的人，都看不见这个斜壁。

这堵墙从斜壁的两个角起，向波隆索街和直墙街延伸，在波隆索街那边一直延伸到一座房屋，即49号，在直墙街上的这段短得多，一直延伸到我们谈过的那幢黑乎乎的建筑物，将那建筑物的山墙截断，因此，在直墙街上又形成一个凹角。那山墙愁眉苦脸，只有一扇窗子，更确切地说，是两个锌皮做的护窗板，常年关着。

我们对这些地方的描绘，是非常准确的，肯定会唤起这地区老住户的真切回忆。

那斜壁完全被一个巨大而丑陋的像是门的东西占据。其实是由许多上端比下端宽的竖木条胡乱拼凑起来的，横里用长铁条连起来。旁边，有一道通车马的门，大小正常，开在这墙上不会超过五十年。

一棵菩提树从斜壁上伸出枝丫，靠波隆索街那边的墙上爬满了常青藤。

这幢房屋显得冷冷清清，像是无人居住，这对身处绝境的让·瓦让来说，颇有诱惑力。他把房子迅速扫视了一遍。他想，若能潜入屋里，或许能死里逃生。他有了个主意，也产生了一线希望。

这房屋的正面临直墙街，在正面的中间部分，每一层都有窗户，每一个窗户上都有年代悠久的铅皮漏斗。从一根总排水管上，分出许许多多小排水管，与那些漏斗相连，好像是画在正面墙上的一棵树。这些支管道弯弯曲曲，犹如攀附在旧农舍墙上的枯葡萄藤。

这些有如树枝奇怪地攀附在墙上的铅皮管和铁管，首先吸引了让·瓦让的注意力。他让珂赛特坐在地上，背靠一个石桩，叮嘱她不要做声，他自己跑到管道与地面连接的地方。也许可以从这里爬上去，潜入屋里。可那管道已破破烂烂，失去作用了，只是勉强固定在墙上。而且，这幢寂静的房子，所有的窗户都装了粗铁条，连顶楼也一样。再说，月光把整个正面照得亮亮的，守在街口的人会看见他翻墙过去。还有，珂赛特怎么办呢？如何把她弄到四层楼上去呢？

他打消了从管道爬上去的念头，贴着墙回到了波隆索街。

当他回到珂赛特所在的斜壁时，发现他在这里，谁也看不见。刚才说了，不管视线从哪里射来，都看不见他。再说，这里背着月光。另外，这里还有两个门。也许可以把门撬开。从这斜壁的墙上，伸出一棵菩提树的枝丫，墙上爬满了常青藤，说明墙后面有个园子，尽管树上没有叶子，至少，他可以在园中躲一躲，度过后半夜。

时间飞逝。必须赶快行动。

他摸摸通车马的门，发现内外都封死了。

他又怀着更大的希望，走到另一个门跟前。那门破烂不堪，加之又高又大，就更不结实，木板已腐朽，横铁条只有三根，全都生了锈。在这个腐朽的门上撬一个洞，似乎是可能的。

他仔细察看这个门，发现这原来不是门。它既无铰链，亦无门锁，中间也没有缝隙。那几根铁条横穿过去，中间没有断开。从木板裂缝中，依稀可见用水泥粗糙粘合的砾石和石头；十年前，经过这里的人还能看到。他沮丧之极，只得承认，这个外表像门的东西，不过是它背后一座建筑物的护墙板。撬开木板不难，但木板后面还有一堵墙。

五　幸亏不是煤气路灯

这时，不远处响起了沉闷而有节奏的声音。让·瓦让壮胆朝街角外看了看。七八个士兵列队出现在波隆索街上。他看见刺刀闪着寒光。他们朝他走来。

那些士兵小心翼翼，走得很慢。他看出，带头的人个子高高的，那是雅韦尔。他们走走停停。显然，他们在搜索每一个墙角，每一个门洞。

可以正确无误地猜到，那些人是巡逻队，雅韦尔路上遇见他们，就临时调用了。雅韦尔的两个手下也走在行列中。

根据他们走路的速度和所作的停留，差不多要一刻钟才能走到让·瓦让所在的地方。这真是惊心动魄的时刻。让·瓦让离这深渊只有几分钟之遥，它已第三次向他张开血盆大嘴了。现在，苦役牢不单纯是苦役牢，还将意味着永远失去珂赛特，也就是说，那将是一种坟墓里的生活。

只剩下一种可能。

让·瓦让可以说背着两个褡裢，这是他与众不同的地方。其中一个装着圣人的思想，另一个装着苦役犯的可怕才能。他视情况，在不同的褡裢中搜索。

他在土伦苦役牢里多次越狱逃跑过。大家记得，他爬墙的技术无与伦比，不用梯子，不用铁钩，只靠肌肉的力量，用后颈、肩膀、臀部和膝盖顶着，即使墙上很少有凹凸可供利用，也能顺着两面墙构成的直角，一直爬到七层楼上。二十年前，有个叫巴特莫尔的囚犯，就是靠这个本领，从巴黎法院附属监狱院子的墙角逃跑的，那个角落从此遐迩闻名，但也令人毛骨悚然。

让·瓦让看见墙上有菩提树枝，便目测一下墙的高度。大约有十八尺高。它和大楼的山墙形成一个凹角，下部有个三角形台基，大概因为这凹角太方便，砌这个台基可防人称粪虫的行人在此方便。这种保护墙角的三角形台基在巴黎屡见不鲜。

这台基约有五尺高。从台基高处到墙顶的距离,差不多只有十四尺。墙顶上是一块石头,没有人字架。

伤脑筋的是珂赛特。珂赛特不会爬墙。扔下她不管吗?让·瓦让想都不会想。可又无法带她走。像这样的爬墙非同寻常,需要付出一个人的全部力量。一点点负重,也会使他失去重心,坠落下来。

有根绳子就好了。可让·瓦让没有绳子。在波隆索街,到哪里去找绳子呢?让·瓦让要是有个王国,在这千钧一发之际,他肯定愿用它来换一根绳子。

任何危急关头,都会有闪光出现,或使我们目眩眼花,或使我们心明眼亮。让·瓦让绝望的目光落在让罗死胡同挂路灯的直角形杆子上。

那时候,巴黎街上的路灯还不是煤气灯。隔一段距离有一盏回光灯,天黑时,就把回光灯点燃。回光灯的升降用一根绳索牵引。绳索从空中横拉过街,嵌在杆子的槽里。收放绳索的绞盘锁在灯下面的小铁盒里,钥匙由点灯人保管。绳索的下半截套着起保护作用的金属套。

让·瓦让拼足力气,一个箭步跨过街,冲进死胡同,用刀尖拨开小铁盒的锁舌,不一会儿,又回到珂赛特身边。他有了绳子。与命运搏斗的人,情急生智,动作总是很麻利。

前面说了,那夜没点路灯。因此,让罗死胡同的路灯自然也是黑的,有人从它旁边经过,也不会发现它已不在原位。

可是,深更半夜,这样寂静,这样黑暗,让·瓦让神色忧虑,行为怪异,不停地跑来跑去,珂赛特开始不安起来。换了别的孩子,早就大叫大嚷了。可她只扯扯让·瓦让的衣襟。巡逻队的声音越来越近,越来越清晰。

"父亲,"她低声说,"我害怕。谁来了?"

"嘘!"那不幸人回答。"是泰家婆娘。"

珂赛特吓了一跳。他又说:

"别说话。我来对付。如果你叫,你哭,泰家婆娘就会守在那里。她是来把你抓回去的。"

然后,让·瓦让不慌不忙,然而果断准确、一步到位地干了起来,在这样的时刻,这尤其难能可贵,因为巡逻队和雅韦尔随时都可能出现,他解开领带,放在珂赛特胳肢窝下面,轻轻绕过身子,注意不碰伤她,然后把领带系在绳子的一端,打了个海员们所谓的燕子结,用牙齿咬住绳子的另一端,脱掉鞋袜,扔过墙头,登上台基,开始攀登两墙交会的凹角,那样稳健,那样自信,仿佛脚下和肘下有梯阶似的。不到半分钟,他已跪在墙头上了。

珂赛特呆呆地看着,一句话也不说。让·瓦让的嘱咐,泰家婆娘的名字,已使她吓得魂不附体。

突然,她听见让·瓦让压低嗓门喊她:

"背靠在墙上。"

她照吩咐做了。

"不要说话,不要害怕。"让·瓦让又说。

她感到自己离开了地面。她还没来得及弄明白,就已在墙头上了。

让·瓦让一把抓住她,放到背上,左手握住她的两只小手,匍匐爬到斜壁上。果不出他所料，那里有一个建筑物，屋顶从那木板门高处延伸出去，缓缓下降，屋檐离地面很近，屋顶挨着那棵菩提树。所幸的是，墙的这一边要比街那边高许多。让·瓦让瞧见地面离自己很远。

他爬到屋顶的斜面上，手还没脱离墙脊，就听见了喧闹声。巡逻队到了。雅韦尔雷鸣般的声音喊道：

"搜一下死胡同！直墙街有人把守，小皮克皮斯街也有人守着。我敢保证，他躲在死胡同里。"

士兵们扑向让罗死胡同。

让·瓦让扶着珂赛特，顺着屋顶滑下去，滑到菩提树旁，纵身跳到地上。也许是恐惧，也许是勇敢，珂赛特没有出声。她的两只手擦破了一点皮。

六　谜的开始

让·瓦让到了一个园子里。园子很大，形状怪异，阴森凄然，似乎专门造来供冬天和夜间观赏的。这是个长方形的园子，尽头有一条小径，两旁有参天杨树，角角落落长着乔木，中间是一片没有阴影的空地，孤零零长着一棵大树，还有几棵歪歪扭扭的果树，犹如一丛丛荆棘，还有几块菜地，一块甜瓜地，瓜秧的培育罩在月光下闪烁，还有一口排污水渗井。四处散布着几张石凳，黑乎乎的，好像长着苔藓。几条笔直的小径，两旁有黑幽幽的小树。小径半边长满杂草，没有杂草的地方，覆盖着青苔。

让·瓦让身旁有座房子，他刚从那屋顶上滑下来。还有一堆柴禾，后面靠墙有尊石像，面部残缺不全，成了丑陋的怪面饰，在黑暗中若隐若现。

那房子像是个废墟，可见几间拆毁的房间，其中一间堆满了东西，似乎用作仓棚了。

那幢临直墙街并在小皮克皮斯街那头高出来的大楼，在园子里展开两个成直角的门面。园内的这两个面比临街的两个面更悲惨。所有的窗户都装了铁条。看不见任何灯光。上面几层有监狱里那样的通风口。其中一个门面的阴影投射到另一个门面上，又如一块巨大的黑布，落在园子里。

看不见其他房屋。园子深处隐没在雾霭和夜色中。不过，仍依稀可辨一些墙头，相互交错，似乎园外还有园子。还隐约看见波隆索街的矮屋顶。

很难想象出比这更荒野更僻静的园子了。园中一个人也没有。这很自然，因为是半夜。不过，这地方似乎生来就不是供人行走的，哪怕是大中午。

让·瓦让首先做的，是找到他的鞋子，把鞋穿上，然后，和珂赛特一起躲进那个仓棚。逃亡中的人总觉得藏身之地不够安全。珂赛特心里老想着泰家婆娘，和他一样，本能地缩成一团。

珂赛特索索发抖，紧紧靠着他。只听见巡逻队搜索死巷和街道的喧闹声，枪托敲击石头的当啷声，雅韦尔对布置在路口的密探的吆喝声，及他模糊不清的咒骂声和说话声。

过了一刻钟，这种暴风雨般的嘈杂声渐渐消失。让·瓦让仍不敢呼吸。

他的手一直轻轻按在珂赛特的嘴上。

此外,他周围是那样荒凉,那样幽静,尽管喧闹声震耳欲聋,而且近在咫尺,这里却丝毫没受到惊扰。仿佛这些高墙是用《圣经》中讲到的隔音石建成。

蓦然,在这幽静中升起了另一个声音,一种柔和美妙、难以描绘的声音,多么悦耳动听,正如刚才的喧闹声多么可怕。那是一曲圣歌,从黑暗中袅袅升起,在万籁俱寂的黑沉沉的深夜,祈祷声与和声汇成炫目的光辉;那是女人的声音,但可以辨出贞女们纯洁的声调和女孩们幼稚的声调;那不是尘世间的声音,像是初生婴儿仍听得见、垂死者已经听见的声音。歌声是从俯瞰园子的黑洞洞的大楼里传出来的。当魔鬼的咆哮声渐渐远去时,仿佛天使的合唱声在黑暗中渐渐靠近。

珂赛特和让·瓦让跪下祈祷。

他们不知道是什么声音,也不知道在哪里,但这个男人和这个孩子,这个忏悔者和这个无辜者,都感到应该跪下来祈祷。

奇怪的是,那歌声尽管响起,大楼却依然荒凉。仿佛是一种超自然的歌声在一幢无人居住的房屋里响起。歌声继续。让·瓦让什么也不想了。他看到的不再是黑夜,而是蔚蓝的天空。他感到他内心中人所皆有的翅膀展开了。

歌声停止了。它也许持续了很久。让·瓦让说不清楚。心醉神迷的人,时间再长,也感到很短很短。

四周复归岑寂。街上寂寂无声,园里悄无声息。令人恐惧的和令人放心的,全都沉静了。风儿吹拂墙头的枯草,发出温和而凄凉的声音。

七 谜在继续

起风了。这表明已是凌晨一两点了。可怜的珂赛特一声不吭。她坐在他身边,头靠在他身上。让·瓦让以为她睡着了。他低头看她。珂赛特眼睛睁得大大的,像有满腹心事。让·瓦让很难过。她一直在哆嗦。

"你想睡吗?"让·瓦让问。

"我冷。"她回答。

过了一会儿,她又说:

"她还在吗?"

"谁?"让·瓦让问。

"泰家婆娘呀。"

这本是用来吓唬珂赛特的,让·瓦让早把这事忘了。

"啊!"他说,"她走了。不用再怕了。"

孩子出了口气,仿佛一个重物从她的胸口呼了出去。

地上很潮湿,棚子四面透风,北风越来越凛冽。老人脱下大衣,裹在珂赛特身上。

"这样暖和一些了吗?"他说。

"是的,父亲!"

"那好,在这里等我一会儿。我去去就来。"

他走出废墟,顺大楼而行,想找一个更好的藏身地。他遇见好几个门,但都关着。楼下的窗子全都装着栅栏。

他刚走过大楼靠里的墙角,就到了几个拱形窗下面。他看见里面有亮光。他踮起脚尖,从一扇窗子往里瞧。那几扇窗都朝向一间大厅。大厅相当宽敞,铺着大石板,内有连拱廊和石柱。只见灯光幽暗,到处是阴影。在一个角落里,有盏长明灯,亮光就是从那里发出的。大厅里阒无一人,毫无动静。可是,仔细看过后,他好像看见石板地上有个东西,形状像个人,似乎盖着一块裹尸布。那东西趴在地上,脸朝石板,双臂平伸,身体构成十字,就像死了那样,一动不动。那阴森可怕的形体,脖子上似乎有根绳子,像蛇一样拖在地上。

整个大厅灯光幽暗,朦朦胧胧,更增加了恐怖的气氛。

从那以后,让·瓦让常说,他一生见过多少凄惨可怖的景象,但都比不上这个谜一般的形体阴森可怕;在这幽暗的地方,深更半夜,隐约望见,这形体多么神秘莫测。设想那可能是死人,会感到毛骨悚然,如果设想那可能是活人,就更是魂飞魄散了。

让·瓦让鼓足勇气,将额头贴在玻璃上,观察那东西动不动。他待了一会儿,以为待了很久,可那僵卧的东西一动不动。突然,他感到一种莫名的恐怖,慌忙逃跑了。他奔向仓棚,不敢往后看一眼。他觉得一回头,就会看见那形体挥动双臂,大步跟在他后面。

他气喘吁吁,跑到了仓棚。他双膝发软,汗流浃背。

他在哪里?谁能想象在巴黎市中心,会有这样一处坟墓?这所奇怪的房屋究竟是什么?这座充满了黑夜奥秘的大楼,在黑暗中用天使的歌声招引灵魂,等招来灵魂,又突然展现这种恐怖的景象,既已允诺打开灿烂的天国之门,却又陡然敞开凄然的地狱之门!可这确确实实是一座建筑,一座房屋,在一条街上明明有门牌号码!

这绝非梦境！他要摸摸墙上的石头，才能相信这是现实。

寒冷、忧惧、不安、一夜的惊吓，使他浑身燥热，各种想法在他脑际互相冲撞。

他走到珂赛特身边。她睡着了。

八　谜上加谜

孩子头枕石头睡着了。

他在她身边坐下，默默地注视她，渐渐恢复了平静，头脑也不像刚才那样乱了。

他清楚地看到一个现实，那是他今后生活的根本：只要她在，只要有她在身边，她的需要，便会是他的全部需要，他所害怕的一切都只会因她而起。尽管他已脱下大衣盖在珂赛特身上，却不感到寒冷。

他在沉思中，听到一种奇怪的声音，已响了一会儿了。好像有人在摇铃铛。是从园子里发出的。尽管很微弱，但听得很清楚。像是夜间牧场上牲畜脖下挂的小铃铛发出的悠忽的乐声。让·瓦让闻声回过头去。他定睛细看，见园子里有人。

好像是一个男人，在瓜田的育秧罩之间走动，时而直起身，时而弯下腰，走走停停，动作很有规律，好像在地上拖曳或铺开什么东西。那人好像是瘸子。

让·瓦让打了个哆嗦。不幸的人风吹草动都会颤抖。在他们看来，一切都与他们为敌，一切都很可疑。他们怕白天，因为白天会被看见;他们怕黑夜,因为黑夜会被抓住。刚才他发抖,是因为园子里寂无一人,现在他发抖,是因为园子里有个人。

他从虚幻的恐惧掉进了真正的恐惧。他想,雅韦尔和密探们可能没有离开,留人在街上继续监视,如果这个人发现他在园子里,就会大喊捉贼,把他交出去。他轻轻抱起熟睡的珂赛特,放到最靠里角落的一堆废家具的后面。珂赛特一动不动。

他从里面观察瓜田里那个人的行动。奇怪的是,那人一动,铃铛就响。那人走近,铃铛声也走近,那人远离,铃铛声也远离;他动作急促,铃铛声也急促,他停下来,铃铛声也停下来。很显然,铃铛系在那人身上。可这意味着什么呢?这个像羊或牛那样脖子挂着铃铛的人究竟是谁?他想着这些问题,一面摸了摸珂赛特的手。她的手冰凉冰凉。

"啊,上帝!"他说。

他低声喊她:

"珂赛特!"

她不睁开眼睛。

他拼命摇她。她依然不醒。

"她死了吗?"他说。他站起来,浑身颤抖。

各种极其可怕的想法乱糟糟地从他脑海中闪过。有时候,可怕的假设会像一群疯子,将我们团团围住,扰得我们脑袋不得安宁。如果是我们所爱的人,我们会格外小心翼翼,就会无端生出种种疯狂的想法。他忽然想到,在寒冷的夜里,睡在露天会招致死亡。

珂赛特脸色苍白,躺在他脚边,一动不动。他听听她有没有

567

气息。她在呼吸。但那是极其微弱的呼吸，随时都会停止。

怎样使她暖和过来呢？怎样唤醒她呢？所有与此无关的想法，全都从他头脑中消失了。他发疯似的冲出破屋。一刻钟之内，必须让珂赛特躺到一堆火前，一张床上。

九　系铃铛的人

他径直朝他望见的园子里的那个人走去，手中捏着从背心兜里掏出的一卷钱。

那人正低着头，没看见他过来。让·瓦让几步跨到他跟前。让·瓦让大声对他说：

"一百法郎！"

那人吓了一跳，抬起头来。

"今天夜里您让我借宿的话，"让·瓦让又说，"您可以挣一百法郎！"

月光照亮了让·瓦让惊慌失措的脸。

"呀！是您，马德兰老伯！"那人说。

这个名字在这幽黑的深夜，在这陌生的地方，被这陌生人这样喊出来，吓得让·瓦让连连后退。

他什么都预料到了，就没想到会这样。同他说话的，是个腰驼腿瘸的老头，衣着像个农民，左膝盖上绑着皮护膝，挂着一个相当大的铃铛。他的脸背着月光看不清。

可那老头已摘掉帽子，哆哆嗦嗦地嚷道：

"啊,上帝!您怎么会在这里,马德兰老伯?您从哪里进来的,耶稣上帝?您是从天上掉下来的!这没什么,假如您哪天掉下来,那一定是从天上。瞧您这个样子!不结领带,不戴帽子,不穿礼服!您知道吗?不认识您的人看到您这副样子,会吓坏的!不穿礼服!天哪!难道圣人现在都疯了!可是,您到底是怎么进来的?"

那老头一句接一句,像连珠炮似的,带着乡下人的特点,听来让人快慰。语气中夹杂着惊愕和纯朴。

"您是谁?这是一幢什么房子?"让·瓦让问。

"啊!老天!您太过分了!"老头嚷道,"是您把我安顿在这里的,这房子是您介绍我来的。怎么!您认不出我了?"

"认不出。"让·瓦让说,"可您怎么会认识我的?"

"您救过我的命。"那人说。

他转过身,一道月光照亮他的侧面,让·瓦让认出是福施勒旺老头。

"啊!"让·瓦让说,"是您?对,我认出来了。"

"总算认出来了!"老头用埋怨的语气说。

"您在这里干什么?"让·瓦让又说。

"瞧!我在盖我的甜瓜秧呀!"

的确,让·瓦让上前同他说话时,福施勒旺老头手里正提着一张草席,准备盖在瓜地上。他来园子里已有个把钟头,盖了相当不少了。让·瓦让从仓棚里看到的那些奇怪的动作,正是他盖瓜秧的动作。

那老头接着又说:

"我心里想:月亮很亮,快下霜了。是不是该给我的甜瓜盖件大衣了?"他爽朗大笑,看着让·瓦让,继续说道:"老天!您也该披件大衣了!可是,您怎么会在这里的?"

让·瓦让感到这个人认识他,至少知道他叫马德兰,便格外小心。他拼命提问。这似乎是反宾为主了,有点不合情理。他,一个不速之客,反倒盘问起主人。

"您膝头上挂个铃铛干什么?"

"这个?"福施勒旺回答,"为了让人避开我。"

"什么?让人避开您?"

福施勒旺老头以不可描绘的神态眨了眨眼。

"嗨!这幢房子里都是女的,好多是姑娘。好像我是个危险人物。铃铛是为了告诉她们我来了。我一来,她们就躲开。"

"这幢房子是干什么的?"

"嗨!您是知道的。"

"我不知道。"

"不是您叫我到这里来做园丁的吗!"

"回答我,只当我不知道。"

"好吧,这里是小皮克皮斯女修院!"

让·瓦让想起来了。两年前,福施勒旺老头被大车压断了腿,经他推荐,到圣安托万区的这个女修院当了园丁。是运气,也就是天意把他扔进了这个修道院。他像是自言自语地跟着说:

"小皮克皮斯女修院!"

"是啊,不过,"福施勒旺又说,"您怎么能进来的,您,马德兰老伯?您尽管是圣人,但您是男人,男人是进不来的。"

"可您在这里呀。"

"就我一个男人。"

"不过,"让·瓦让又说,"我得留下来。"

"啊,上帝!"福施勒旺惊叫起来。

让·瓦让走近老头,严肃地对他说:

"福施勒旺老爹,我救过您的命。"

"是我首先想起来的。"福施勒旺回答。

"那好,我从前为您做的,今天您可以为我做一次。"

福施勒旺用颤颤巍巍满是皱纹的双手,握住让·瓦让那双健壮的手,几秒钟说不出话来。最后他大声说:

"啊!如果我能回报您一次,那是仁慈的上帝对我的恩宠。我!救您的命!市长先生,您要我这老头干什么,尽管吩咐!"

老头高兴得眉开眼笑。从他的脸上,仿佛发出了一道光芒。

"您要我干什么?"他又说。

"我会告诉您的。您有房间吗?"

"我有一个孤立的木板屋,在那边,老修院废墟的后面,一个谁也看不见的角落里。有三个房间。"

果然,那木板屋藏在那废墟后面,藏得那样隐蔽,谁也看不见,让·瓦让也没看见。

"好,"让·瓦让说,"现在我要您做两件事。"

"哪两件,市长先生?"

"第一,不要把您知道的关于我的情况告诉任何人。第二,不要问更多的情况。"

"我依您。我知道,您不会做坏事,您从来都是替上帝行事。

再说,是您把我安顿在这里的。这与您有关。我听您的吩咐。"

"一言为定。现在,跟我来。我们去找孩子。"

"啊!"福施勒旺说。"有个孩子!"

他没再多说一句,就像狗跟着主人,跟让·瓦让走了。

不到半小时,珂赛特就睡在老园丁的床上了。屋里有旺旺的炉火,珂赛特脸色转红了。让·瓦让重新结上领带,穿上大衣,从墙上扔进来的帽子,他也找到了,并捡了回来。当让·瓦让穿大衣的时候,福施勒旺解下带铃铛的护膝,挂在背篓旁的一个钉子上,现在,它成了墙上的装饰物。福施勒旺在一张桌上摆了一块奶酪、一块黑面包、一瓶酒和两只玻璃杯,两人胳膊肘支着桌子,烤起火来。老头把手放到让·瓦让的膝头,对他说:

"哈!马德兰老伯!您一上来没有认出我!您救了别人的命,过后就忘了!啊!这不好!人家都还记着您!您没心肝!"

十　雅韦尔为何扑空

刚才我们看到的事,其实内情非常简单。

那天夜里,雅韦尔在芳蒂娜临终床前逮捕了让·瓦让,当天夜里,让·瓦让就从滨海蒙特勒伊市监狱逃跑了。警方猜测,在逃苦役犯可能去了巴黎。巴黎是个吞没一切的大漩流,进了这个人的大漩流,如同进了海的大漩流,一切都消失得无影无踪。任何森林都不如这个人流藏得住一个人。对此,形形色色的亡命之徒都十分清楚。他们逃到巴黎,犹如跳进无底深渊;有些无底深渊确实是避难之所。警方也深知这点。别处丧失的线索，就到巴黎来寻找。于是，他们来这里寻找前滨海蒙特勒伊市长。雅韦尔被召来巴黎，负责侦查。果然，他为重新抓获让·瓦让立下了汗马功劳。雅韦尔在此案中表现出来的热忱和智慧，受到了夏布耶先生的注意，此人在昂格莱伯爵主管的巴黎警察局里任秘书。再说，夏布耶先生原本就提携过雅韦尔，这次又把滨海蒙特勒伊的警探调到了巴黎警察局。在巴黎，雅韦尔各个方面都表现得很出色，而且，我们要说——尽管对于从事这种工作的人，这样说是多此一举——他办事光明正大。

此后，他也就不再想起让·瓦让了，正如天天围猎的狗，看到今天的狼，便会忘掉昨天的狼。直到一八二三年十二月，他读了一张报纸，才又想起他。雅韦尔从不读报，他是保王党人，一天，他想知道"亲王大元帅"①凯旋进入巴荣讷城的详细情况，鬼使神差般地看起报来。他读完有关报道后，某页下端的一个名字，让·瓦让的名字，引起了他的注意。文章说，让·瓦让死了，说得有根有据，雅韦尔深信不疑。他只说了句："真是个好下场！"他扔掉报纸，不再想这事了。

过了段时间，巴黎警察局收到塞纳－瓦兹省警察厅关于拐骗儿童的通告，据说，案子发生在蒙费梅镇，案情比较特殊。通告说，一个被母亲寄养在当地一家客店里的七八岁的小女孩，被一个陌生人拐走了。小女孩名叫珂赛特，是一个名叫芳蒂娜的妓女

---

① 这里，亲王大元帅指昂古莱姆公爵。一八二三年四月，他率十万法军入侵西班牙，镇压那里的资产阶级。回国第一站便是与西班牙为邻的法国小城巴荣讷。

的孩子,那妓女已在医院里去世了,时间和地点不详。雅韦尔看了这份通告,感到困惑不解。

芳蒂娜的名字他很熟悉。他记得,让·瓦让曾请求他宽延三天,去找那女人的孩子,他,雅韦尔,听后哈哈大笑。他记得,让·瓦让在巴黎被捕时,正要上一辆开往蒙费梅的马车。当时,有迹象表明,他是第二次乘这趟车,前一天,他就到过蒙费梅村周围的地方,因为没有人看见他到过村里。他去蒙费梅干什么?谁也猜不到。雅韦尔现在明白了。芳蒂娜的孩子在那里。让·瓦让去找那个孩子。可是,那孩子现在被一个陌生人拐走了。这陌生人会是谁?是不是让·瓦让?可让·瓦让明明死了呀。雅韦尔谁也没告诉,便到小木板死胡同,乘坐锡盘车行的双轮公共马车,直奔蒙费梅。

他本以为到那里便可弄个水落石出,不料如堕烟海。

最初几天,泰纳迪埃夫妇非常恼火,就把事情说了出去。百灵鸟失踪的消息,传得满村风雨。很快就出现了好几种说法,传来传去,竟变成了拐骗孩子。于是,塞纳-瓦兹省就送交了那份通告。可是,泰纳迪埃发过火后,凭着他令人赞叹的本能,很快意识到惊动检察官绝无好处,要是他就"拐骗"珂赛特起诉,会引火烧身,会把法院晶亮的眼睛,引到他做过的许多不清不白的事情上。猫头鹰最忌讳的,便是有人把点燃的蜡烛放到它跟前。首先,他收了人家一千五百法郎,如何自圆其说。于是,他来了个急转弯,并把老婆的嘴堵住,再有人同他谈"拐骗孩子"一事,他便故作惊讶。他说,他自己也不清楚;当然,那人把他心爱的孩子这样快就"带"走,他曾抱怨过,他喜欢她,想再留她住两三天；可人家是祖父，来接他的孩子天经地义。他加了个祖父，这大有好处。雅韦尔来蒙费梅时，听到的正是这个故事。出了个祖父，让·瓦让便摆脱了干系。

不过，雅韦尔就泰纳迪埃编造的故事提了几个问题，以探虚实。"这祖父是谁？叫什么名字？"

泰纳迪埃爽快地回答：

"是个有钱的种地人。我看过他的身份证。我想，他叫纪尧姆·朗贝尔先生。"

朗贝尔是个善良而令人放心的名字。雅韦尔便回巴黎了。

"让·瓦让肯定死了，"他想，"我是个傻瓜。"

他又把这件事抛置脑后。直到一八二四年三月，他听人谈起一个怪人，住在圣梅达教区，外号叫"乐善好施的乞丐"。传说此人靠年息生活，谁都不知道他的真名实姓，和一个八岁的小女孩住在一起，那孩子只知道自己来自蒙费梅，其他一无所知。蒙费梅！这个名字经常听见，引起了雅韦尔的警觉。有个做密探的老乞丐，曾是教堂的杂役，常受到那人的施舍，他提供了一些细节。"这个靠年息生活的人非常孤僻"，"只在晚上出门"，"不和任何人说话"，"偶尔和穷人谈几句"，"不让人接近"，"穿一件破破烂烂的黄色紧腰大衣，价值数百万，因为里面缝满了钞票"。这些传说显然引起了雅韦尔的好奇心。为了从近处看看这个靠年息生活的怪人又不至于惊动他，一天，他向那教堂杂役借了破衣服，去蹲在那人每晚蹲着的边念祷文边侦探的地方。

那"形迹可疑"的人果然走到乔装打扮的雅韦尔面前给他施舍。此时，雅韦尔抬起头，让·瓦让一惊，以为看到了雅韦尔，雅韦尔也一惊，以为认出了让·瓦让。

可那时天色已黑，可能会认错人；让·瓦让的死是官方公布的；雅韦尔心存疑虑，且是重大疑虑。雅韦尔是个一丝不苟的人，没有把握决不抓人。

他跟踪这个人直到戈博旧宅，向那"老婆子"了解情况。这不是难事。老婆子向他证实，那人大衣里面缝了百万法郎，还讲了那一千法郎的故事。她亲眼看见了！她亲手摸到过！雅韦尔租了个房间。当晚就住了进来。他到那神秘房客的门口偷听，希望听到他的声音，可让·瓦让从锁孔中发现了烛光，没有吭声，密探的阴谋归于失败。

第二天，让·瓦让便溜走了。可那枚五法郎银币掉在地上，引起了老婆子的警觉：她听到银币滚动的声音，心想他要搬家，马上报告了雅韦尔。夜里，当让·瓦让出门时，雅韦尔已带了两个人，躲在马路的树后面等候他了。

雅韦尔向警察局请求派人协助，但没告知要抓的那个人的姓名。这是他的秘密，他保守这秘密有三个理由：首先，稍有不慎，便会打草惊蛇；其次，让·瓦让是个在逃的老苦役犯，大家都以为他死了，法院案底曾把他归入"最危险的坏人"，抓住这样一个罪犯，无疑是了不起的功绩，巴黎警局的资深探员决不会把功劳留给雅韦尔这个新来的人，他担心别人会把他的苦役犯抢走；最后，雅韦尔是个艺术家，喜欢给人意外。他不喜欢事先就把可能的成绩张扬出去，谈得久了，就会失去新鲜感。他喜欢暗中设计自己的杰作，而后突然公布于众。

雅韦尔跟在让·瓦让后面，从一棵树到另一棵树，从一个街角到另一个街角,一刻也没失去目标。即使让·瓦让自以为最安全的时候,也没能逃脱雅韦尔的视线。

为什么雅韦尔不逮捕让·瓦让呢?因为他还有些疑惑。

应该回想一下,那时候警察不能为所欲为,新闻自由使他们的行动受到束缚。报界曾揭露过几起随意的逮捕,在议会里引起强烈反响,致使警局畏首畏尾,缩手缩脚。侵犯人身自由,可是件严重的事。警察怕抓错了人,警局会降罪于他们;一出错便会砸掉饭碗。请想象一下,一条小新闻,被二十家报纸转载,会是怎样的后果:"昨天,一位白发苍苍的老祖父,靠年息生活的可敬老人,同八岁的孙女散步时被捕,作为在逃苦役犯,送至警局拘留所!"

此外,前面已说过,雅韦尔自己也有顾虑,除了警察局长再三叮嘱要小心谨慎,他自己的良知也嘱咐他不要莽撞。他的确没有十分的把握。

让·瓦让背朝着他,走在黑暗中。

忧愁、不安、焦虑、疲惫,加之今天又遭不幸,被迫夜里逃跑,在巴黎乱走乱撞,为珂赛特和自己寻找藏身之地,而且必须放慢脚步,使珂赛特能跟上,这一切,使让·瓦让不知不觉改变了步态,变得老态龙钟,致使雅韦尔所代表的警察可能产生错觉,而且,也确实产生了错觉。另一方面,他不可能走得很近,那人的衣着像个流亡家庭教师,泰纳迪埃说他是祖父,还有,相信让·瓦让已死在苦役牢里,这一切,使雅韦尔头脑中的疑惑越来越多。

有一会儿,他真想突然上前查看证件。可转念一想,这个人也许不是让·瓦让,也不是善良正直靠年息生活的老人,而很可能是一个深深地巧妙地参与策划巴黎所有罪行的坏人,是某个黑帮的老大,给人施舍是为了掩人耳目,这是强盗们的老伎俩。他有同党,同谋,有备用住宅,可能会躲到那里去。他在街上迂回而行,说明他不是一个简单的老头。过早逮捕他,无疑是"杀鸡取蛋"。等一等再下手,有什么不好?雅韦尔确信他逃不了。于是,他困惑地跟在后面,心里对这个谜一般的人物提出一百个问题。

只是到了很晚的时候,在蓬图瓦兹街,多亏一家小酒店射出的亮光,他才真正认出让·瓦让。

在这世界上,只有两种生物激动起来心都会颤抖:失而复得孩子的母亲和失而复得猎物的老虎。雅韦尔高兴得心头发颤。

当他肯定那人是可怕的苦役犯让·瓦让之后,发现自己只有三个人,就去蓬图瓦兹街警察分局求援。

在抓有刺的棍子之前,先得戴上手套。

这样就耽搁了一会儿,加之在罗兰街口停下来和手下人商量,他差点失去目标。但他很快就猜到,让·瓦让一定想过塞纳河,把追捕的人甩在河这边。他低头沉思,有如猎犬,将鼻子贴到地上,以便嗅出踪迹。雅韦尔凭着他正确无误的本能,径直朝奥斯特里茨桥走去。问了收税员一句话,他心里便踏实了:"您见过一个男人和一个小女孩吗?""我让他付了两苏。"收税员回答。雅韦尔来到桥上,正好看见河对面让·瓦让拉着珂赛特的手穿越明月照亮的空地。他见他拐进了圣安托万绿径街。他想到那里有让罗死胡同,就好像部署了陷阱,想到只有直墙街到小皮克皮斯街的唯一出口。他像猎人说的那样"抢先一步",连忙派人绕到前头,守住出口。有支夜巡队回兵工厂驻地,从他面前经过,他就调来协同追捕。在这样的行动中,有了士兵,就能稳操胜券。再说,要战胜野猪,必须让猎人劳心,猎犬劳力,这是条原则。部署完毕后,他感到让·瓦让右边是让罗死胡同,左边有埋伏,后面有他雅韦尔,谅他插翅也难逃,得意地闻起了鼻烟。

于是,他开始玩起游戏来。有一刻,他简直得意忘形,变得非常恶毒。他知道猎物逃不出他的手掌,任其在他前面信步而行,想尽量推迟下手的时刻,感到猎物身陷重围,却看着他自由行动,心里有说不出的高兴,乐滋滋地看着他,犹如蜘蛛看着苍蝇乱飞,猫儿看着老鼠乱跑。禽兽的爪子都有一种可怕的肉欲,捕获之物在它们爪中挣扎,会带来不可言喻的快感。让猎物窒息致死,其滋味妙不可言!

雅韦尔品味着这种快乐。他的网结得很牢。他有十分的把握,现在只需握紧拳头了。

他撒下了天罗地网,让·瓦让再坚强,再有劲儿,再拼命,也别想反抗。

雅韦尔缓缓而行,一路上探查和搜索每一个角落,如同搜查小偷的衣兜。

当他走到自己织的蜘蛛网的中心,却不见了苍蝇。

他气得七窍生烟。

他问直墙街和小皮克皮斯街路口的暗哨。那警察一直没离开岗位,根本没见那人经过。

有时候,一头陷入猎犬重围的牡鹿,也会蒙着头混过去,也就是说,会逃脱围猎,这时,再老的猎人也无可奈何。迪维维耶、利尼维尔、德普雷也有过这种不知所措的时候。有一次,阿通日遇到这种情况,沮丧地喊道:"这不是牡鹿,而是巫师!"雅韦尔也很想这样大喊一声。

他那种失望,竟一时达到近乎绝望和愤怒的程度。

毫无疑问,拿破仑在对俄国的战争中犯了错误,亚历山大在对印度的战争中犯了错误,恺撒在对非洲的战争中犯了错误,居鲁士①在对斯基泰②的战争中犯了错误,而雅韦尔在对让·瓦让的围捕中犯了错误。他当初也许不该迟疑不决,不敢肯定那就是从前的苦役犯。他第一眼就该把他认出来的。千不该,万不该,他不该在旧宅里不把他逮捕,不该在蓬图瓦兹街认出他来时不把他抓获,不该在罗兰街口在月光下同他的助手商量。当然听听大家的意见是有用的,对于值得信赖的狗,应该了解和征求他们的意见。可是,在追捕像狼和苦役犯这样惶恐不安的猎物时,猎人就不能过于谨慎。雅韦尔只想到在路上布置密探,殊不知,这反而打草惊蛇,让它溜走了。他尤其不该的是,当他在奥斯特里茨桥上重新发现目标时,却无知地玩起了可笑的游戏,将这样一个人系于绳子的一端。他过高地估计了自己,以为能同一头狮子玩抓老鼠的游戏。同时,他又过低地估计了自己,认为有必要找几个助手。这一防备措施,使他浪费了宝贵的时间。雅韦尔尽管犯了

---

① 居鲁士,公元前六世纪波斯王。
② 斯基泰,欧洲东北、亚洲西北一带的旧称。

这些错误,仍不失为一个空前绝后的最聪明、最正派的警探。用猎人的行话来说,他不愧为一只"聪明的狗"。况且,谁又是十全十美的呢?

伟大的兵法家也有黯然无光的时候。

最大的蠢事,和最粗的绳子一样,是由无数股细绳组成的。把缆绳一股股剥离,将导致蠢事的决定性因素一个个分开,然后逐个把它们拉断,你会说:"不过如此!"可你把它们编在一起,拧成一股,那就异乎寻常了,那便成了在东征马西安①和西讨瓦伦提尼安②之间犹豫不决的阿蒂拉③,在卡普阿④流连忘返的汉尼拔⑤,在奥布河畔阿尔西⑥高枕无忧的丹东。

不管怎样,当雅韦尔发现让·瓦让已逃之夭夭时,并没乱了方寸。他相信在逃苦役犯不可能走远,于是布置暗哨,设置陷阱和埋伏,在周围搜索了整整一夜。他首先注意到的是,那盏路灯一片狼藉,绳子已被剪断。这是很宝贵的线索,可他却被引入歧途,全力以赴搜索让罗死胡同。那里有一些矮墙,矮墙那边是园子,园墙外面,是大片的荒地。让·瓦让想必是从那里逃跑的。事实上,假如当时让·瓦让朝让罗死胡同多走几步,他肯定会越

---

① 马西安(396—457),东罗马帝国皇帝。
② 瓦伦提尼安(419—455),西罗马帝国皇帝。
③ 阿蒂拉(406—453),公元五世纪入侵罗马的匈奴王。
④ 卡普阿,意大利城市名,位于罗马东南。
⑤ 汉尼拔(前247—前183),迦太基将领,公元前三世纪率军入侵罗马帝国,攻占卡普阿后,一度沉湎于酒色。
⑥ 奥布河畔阿尔西,法国地名,法国资产阶级革命家丹东的故乡。

墙逃跑,那样他也就完了。雅韦尔像寻找细针一般,把那些园子和荒地搜了个遍。

天快亮了,他留下两个精明强干的人继续监视,自己回警局了。他像个挨了偷的密探,羞愧得无地自容。

第六卷
小皮克皮斯区

一　小皮克皮斯街六十二号

　　五十年前，小皮克皮斯街62号那道马车门，是最普通不过的了。这道门通常半开半掩，十分引人注目。从门缝里望去，可见两样不大凄凉的景色：一个是四周墙上爬满葡萄藤的院子，另一个是无所事事的门房的面孔。对面墙头上探出几棵大树。当一道阳光照得院子眉开眼笑，一杯酒喝得门房笑逐颜开，此时，若有行人从小皮克皮斯街62号门口经过，很难不以为那是个明媚欢快的地方。然而，那却是个阴沉凄凉的地方，前面我们隐约看到了。
　　大门脸露笑容，屋子却在祈祷哭泣。
　　假如你能通过门房这一关（这是极其困难的，几乎所有的人都不可能，因为必须知道开门咒），假如你过了门房这一关后，向右走进一个小门厅，看见两堵墙之间夹着一道只容一人通过的窄楼梯，假如你没被楼梯鹅黄色的墙壁和深褐色的墙基吓坏，而是信步爬上楼梯，走过第一个平台，继而第二个，就来到二楼的过道里，发现墙壁的鹅黄色和墙基的深褐色对你紧追不舍，不动声色地跟你到了二楼。楼梯和过道被两扇漂亮的窗户照亮。过道拐了个弯，就变得阴沉沉了。你跟着转弯，走不了几步，便来到一扇门前，那门没有关上，就更显得神秘。你推门进去，只见一个六尺见方的小房间，铺着瓷砖，用水冲刷过，干干净净，冷冷清清，墙上裱着十五苏一卷的黄底绿花的墙纸。一扇小方格大玻璃窗占据了左边那面墙，透进暗淡苍白的光线。举目看看，看不见一个人，侧耳听听，听不见一点儿脚步声和说话声。墙上毫无装饰，房内毫无家具，连一张椅子都没有。

再仔细看看，就会看到门对面的墙上，有个一尺见方的洞口，装着黑色铁栅栏，疙疙瘩瘩、非常坚固的铁条交叉成方格，差不多像网眼，对角线的长度不到一寸半。糊墙纸的小绿花平静而有序地延伸到铁栅栏，与阴沉沉的铁栅栏接触，丝毫不感到惊恐，没有吓得四下飞舞。假如有个身材瘦小的人，企图从这个方洞里进来或出去，铁栅栏就会把他挡住。它不让身体进出，却让眼睛，也就是让思想通过。似乎有人考虑到了，因为在墙壁稍为靠后的地方，加嵌着一个白铁板，戳了无数个小孔，比漏勺孔还要小。在这块铁板的下端，开着一个信箱口大小的眼。那栅栏洞口右侧，垂下一根用来拉铃的带子。

你扯扯这绳子，小铃就会叮当响，你身边会响起一个人的说话声，吓得你魂飞魄散。

"谁呀？"那声音问。

那是个女人的声音，一个温和的声音，温和得近乎凄切。

在这里，也有一个开门咒。如果你不知道，那声音就会沉默，那墙壁又复归寂静，仿佛墙那边是黑暗骇人的坟墓。

假如你知道开门咒,那声音会接着说:
"从右边进。"
于是,你会发现,在你右边,与窗面对面,有一个漆成灰色的玻璃门,门框上方镶着玻璃。你提起碰锁,跨进门里,顿然觉得仿佛进入了装着栅栏的剧院包厢里,而栅栏尚未放下,吊灯尚未点燃。其实,你所在的地方,真有点像剧院包厢,只从玻璃门透进一点暗淡的光线,屋子很小,有两张旧椅子,一个破破烂烂的擦鞋垫,此外,正面齐肘高的地方,有一块黑木台板,真是个地地道道的包厢。这间小屋装着栅栏,只是不像巴黎歌剧院里那样是金漆木栅栏,而是可怕的铁栅栏,乱七八糟砌入墙内,封口有拳头般大。

过了几分钟,眼睛对这种地窖的幽暗渐渐适应了,便试图越过铁栅栏,但只能望过去六寸远。那里,又有一排黑色遮板,横里用漆成蜜糖面包色的横木加固。这些遮板由几片可以开合的长长薄薄的木条连成,遮住了整个铁栅栏。它们关闭着。

过了一会儿,你听到遮板后面有个声音在喊你,对你说:
"我在这里。我能为你做什么?"
这是一个令人喜爱,有时是令人爱慕的声音。看不见人。几乎听不见气息。仿佛有个亡灵隔着墓壁在同你说话。

如果你具备某些规定的条件(实属罕见),一扇遮板的窄木条会在你面前打开,于是,亡灵向你显形。在栅栏后面,在遮板后面,你可以尽栅栏所允许,看见一个脑袋,其实只看见嘴和下巴,其余的被黑面纱遮住了。你隐约看见黑头巾,勉强辨出裹着黑尸布的模糊身影。这个人同你说话,但不看你,也不向你微笑。

光线从你身后射来,你看见她是白色的,她看见你是黑色的。

这光线是种象征。

这时，你会从这打开的洞口，贪婪地审视这与世隔绝的地方。幽深的空间将这个穿丧服的身影包围。你的眼睛在里面搜索，想看清楚这幽灵周围是什么。不一会儿，你会发现什么也看不见。你看到的是黑夜，是空荡，是昏暗，是冬天的轻雾，夹杂着坟墓的迷雾，是骇人的静谧，什么都听不见，甚至听不见叹息声，是昏暗幽冥，什么都看不清，甚至看不清幽灵。

你看见的，是一个隐修院的内景。

这是那座森严肃穆的房子的内景，而那座房子，叫永敬会圣伯尔纳女修院。你所在的包厢，是接待室。那第一个同你说话的人，是这修道院值外勤的修女，她总是坐在墙那边有铁栅栏和千孔板双重保护的一尺见方的洞口旁，一动不动，默默无声。

这装铁栅栏的小屋之所以幽暗，是因为接待室朝尘世的一边有窗，而通往修道院的一边没有窗。这神圣的地方，丝毫不能让世俗的眼睛看见。

然而，在这黑暗之外，存在着光明；在这死气沉沉之中，存在着生命。尽管这座女修院比任何女修院都封闭，我们试着进去看一看，也让读者进去看一看，有分寸地谈一谈鲜为人知的因而从未有人讲过的东西。

二　马丁·维尔加修会

一八二四年，这个女修院已在小皮克皮斯街存在多年了。它是圣伯尔纳教派的一个修女团体，属于马丁·维尔加修会。

因此，这些修女和圣伯尔纳会修士不同，不属于明谷修会[①]，而和本笃会修士一样，属于西多修会[②]。换句话说，她们不是圣伯尔纳的门徒，而是圣本笃的弟子。

只要是读过一些对开本书的人，都会知道，马丁·维尔加于一四二五年创建了伯尔纳－本笃修道会，总部设在萨拉曼卡[③]，分部设在阿尔卡拉。这一修会的分支遍布欧洲所有天主教国家。

一个修会归并到另一个修会，这在拉丁教会中并非罕见。就拿这里所讲的圣本笃修会来说，归并到这一修会的，除了马丁·维尔加修会外，还有四个团体：意大利两个，一个是蒙特卡西诺，另一个是帕多瓦的圣查斯丁；法国两个，克吕尼和圣莫尔。另外还有九个修会：瓦隆布罗萨会、格拉蒙会、则肋司定会、卡马尔多利会、查尔特勒会、受辱者会、橄榄树会、西尔维斯特会，以及西多派，因为西多虽是其他几个修会的主干，但对圣本笃修会来说，不过是一棵新芽。西多会由圣罗贝尔创建，一〇九八年，圣罗贝尔是朗格勒主教区莫莱斯姆修道院院长。而那隐居在苏比亚科神洞里的魔鬼[④]（他老了。是不是成了隐修士？），则是在

[①] 明谷，法国北部小镇。一一一五年，圣伯尔纳（1091—1153）在此创建圣伯尔纳隐修会。

[②] 西多，法国地名。一〇九八年罗贝尔在此创建了西多隐修院。

[③] 萨拉曼卡和下文的阿尔卡拉均为西班牙城市。

[④] 这里，"魔鬼"指圣本笃（480—547）。为了躲避惩罚，圣本笃来到意大利苏比亚科的神洞里，开始过隐修士生活。五二九年，他离开苏比亚科，来到蒙特卡西诺，创建了圣本笃修会。

五二九年被逐出阿波罗神庙的；他十七岁时，就是阿波罗神庙的住持了，法名为圣本笃。

马丁·维尔加创建的伯尔纳－本笃修会的教规很严厉，仅在加尔默罗修会之下。加尔默罗会的修女们光脚走路，脖子上挂一根藤条，从不坐下。伯尔纳－本笃会的修女们穿黑袍，还有一块头巾，遵照圣本笃的明确规定，头巾要遮住下巴。一件宽袖哔叽黑袍、一块羊毛大面罩、一条遮住下巴、方方正正垂在胸口的头巾、一块齐眼的扎额巾，这就是她们的服饰。除扎额巾是白色外，其他全是黑色。新修女穿一样的服装，不过都是白的。发愿修女腰际挂一串念珠。

马丁·维尔加的伯尔纳－本笃修会的修女们，和被称作圣体嬷嬷的伯尔纳修会的修女们一样，修行永敬教规。本世纪初，圣体嬷嬷在巴黎有两个修院，一个在圣殿街，另一个在新圣热纳维埃芙街。此外，我们所讲的小皮克皮斯修道院的伯尔纳－本笃会的修女们，与隐居在新圣热纳维埃芙街和圣殿街的圣体嬷嬷，绝对不属于同一个修会。不仅教规上有诸多不同，服装也不一样。小皮克皮斯修道院的伯尔纳－本笃修会的修女们戴黑头巾，新圣热纳维埃芙街的本笃会修女和圣体嬷嬷们戴白头巾，胸前还佩戴一个三寸多长的镀金的银圣体或铜圣体。小皮克皮斯修院的修女们不带这种圣体。小皮克皮斯修院和圣殿街的修院，都修永敬教规，但这是两个截然不同的教会。圣体派的伯尔纳会修女和马丁·维尔加的伯尔纳会修女，只在永远崇敬圣体这一点上是相同的，正如两个完全不同的甚至互相敌对的修会，即菲利普·德·内里在佛罗伦萨建立的意大利奥拉托利会，和皮埃尔·德·贝律尔在巴黎建立的法国奥拉托利会，在研究和颂扬有关耶稣－基督童年、生平和死亡的奥秘及圣母的奥秘方面，却是相同的。巴黎的奥拉托利会声称比意大利的高一等，因为菲利普·德·内里不过是圣人，而贝律尔却是红衣主教。

言归正传，再来谈谈马丁·维尔加西班牙式的严厉教规。这一支伯尔纳－本笃会的修女常年食素，封斋节及其他许多特定的日子还要守斋禁食，夜里小睡片刻，就得起来念日课经和唱晨歌，从凌晨一点唱到三点。一年四季睡麦秸，盖布被单，不洗澡，不生火，每星期五自我惩戒，遵守缄默不语的教规，中间休息时才能说话，且休息的时间很短。一年六个月穿棕色粗呢衬衣，从九月十四日，即圣十字架瞻礼日，一直穿到复活节。穿六个月已是照顾了，按规定得一年穿到头。这种粗呢衬衣，夏天穿在身上简直无法忍受，让人发烧，让人烦躁不安。因此，只得缩短穿的时间。即使这样，当九月十四日开始穿这衬衣时，修女们总要发三四天烧。服从、清贫、贞洁、安心修道生活，这就是她们发的宏愿，严厉的教规使这些誓愿变得更加艰难。

院长由嬷嬷们选举产生，任期三年。选举院长的嬷嬷叫"参事嬷嬷"，因为她们有发言权。院长只能再连任两届，因此，一个院长的最长任期是九年。

她们从来看不见主祭神甫，因为她们和主祭神甫之间，总是隔着七尺高的布幔。讲道时，当讲道师在小教堂内，她们便放下面纱遮住脸。她们任何时候都必须低声说话，走路时必须低着脑袋，眼睛看着地面。只有一个男人可以进这个女修院，那就是本教区的大主教。

还有另一个男人，那就是园丁。不过，总是一个老头。园丁的膝头上系一个小铃铛，以便他在园子里时，永远只有他一个人，修女们闻声避之夭夭。

她们对院长的服从是盲目而绝对的。这是教规要求的完全忘我的服从。如同服从基督的命令（ut voci Christi①），看到一个动作，一个手势，都要立即服从（ad nutum, ad primum signum），要做到高高兴兴，坚持不懈，盲目服从（prompte, hilariter, perseveranter et coeca quadam obedientia），就像工人手中的锉刀（quasi limam in manibus fabri），而且不经明确允许，不得读，也不得写（legere vel scribere non addiscerit sine expressa superioris licentia）。

她们每个人轮番做她们所谓的"赎罪"。所谓赎罪，即为尘世间的一切罪孽、一切过失、一切放荡行为、一切侵害行为、一切不公、一切罪行祈祷。连续十二个小时，从下午四点到早晨四点，或从早晨四点到下午四点，进行"赎罪"的嬷嬷跪在圣体前的石头上，双手合十，脖子上套着绳索。实在累得不行了，就趴在地上，脸贴地面，双臂伸开，与身体成十字。这是减轻疲倦的唯一办法。她们在这样的姿势中，为天下所有的罪人祈祷。这是何等伟大，何等高尚！

因为她们是在一根顶端燃着一支蜡烛的木柱前祈祷，便不加区别地把这称作"赎罪"或"绑木柱"②。修女们出于谦恭，甚至更喜欢后一种说法，因为它使人想起耶稣受的刑罚和屈辱。

---

① 拉丁语，意思同前面一句话。此注也适合于后文括号中的拉丁文字。
② 耶稣曾被绑在柱子上。

"赎罪"需要全身心投入。即使响雷落在后面,"绑木柱"的嬷嬷也不能回头。

此外,圣体前总跪着一个修女。一跪就是一小时。她们像士兵站岗,轮流守卫。这就是"永敬"的含义。

院长和参事嬷嬷几乎人人都有一个特别庄严的名字,使人想到的不是圣女和殉道者,而是耶稣-基督生命的各个阶段,如圣诞嬷嬷、圣孕嬷嬷、献堂嬷嬷、受难嬷嬷。但也不禁止用圣女的名字。

人们看见她们时,从来只看见嘴巴。她们的牙齿黄黄的。修院里从没见过牙刷。在量罪的梯子上,刷牙位于最顶端,而在这梯子的底部,便是丧失灵魂。

她们从不说"我的"。她们没有属于自己的东西,也不能依恋任何东西。她们对什么都说"我们的"。因此,她们说我们的面罩,我们的念珠。哪怕讲她们的衬衫,也得说"我们的衬衫"。有时,她们也会喜欢上某个小东西,如一本日课经,一件纪念物,一枚圣牌,但一旦发觉爱上这东西时,就立即送人。她们牢记圣特雷萨的一句话:一位贵妇人在加入她的修会时,对她说:"嬷嬷,请允许我叫人去取一本我心爱的《圣经》。"圣特雷萨回答:"啊!您还有依恋的东西!那您别进来了。"

任何人都不得关起门来,不能有"自己的家","自己的房间"。她们的小室永远敞开。她们相遇时,一个说:"愿祭台上的圣体受到赞美和崇敬!"另一个回答:"永远!"敲另一个修女的房门时,也是这一套。房门刚敲响,里面有个温和的声音忙说:"永远!"就像所有的宗教仪式那样,这已成为习惯性的下意识的行为。有时,一个还没来得及说"愿祭台上的圣体受到赞美和崇敬"(这句话也实在太长),另一个就已说"永远"了。

在圣母往见会那里,进屋的修女说:"赞美马利亚",屋里的那个则说:"万分感谢"。这是她们互相问候的方式,的确"万分优雅"①。

每到整点,这座修院教堂的钟楼都要多敲三下。院长、议事嬷嬷、发愿修女、杂务修女、初学修女、预备修女,都要将正在说、正在做、正在想的事停下,比如敲响五点钟时,大家一齐说:"在五点钟及任何时候,愿祭台上的圣体受到赞美和崇敬。"如是八点钟,则说:"在八点钟及任何时候……"根据钟点,依此类推。

这一习俗,旨在打断修女的思想,使之回到上帝身上来。不少教会都有这个习俗,只是说的话不同。比如,在圣婴耶稣会里这样说:"此时此刻,和在任何时刻,愿对耶稣的爱在我心中燃烧!"

马丁·维尔加的伯尔纳-本笃会修女,幽居在小皮克皮斯修道院里已有五十年了。她们唱日课经时,调子非常庄重,是地道的单旋圣歌,自始至终嗓音饱满。每每唱到经本上有星号的地方,她们就停下来,低声说:"耶稣-马利亚-约瑟。"若是追思祭礼,她们就用很低的音调,低到女人的嗓门不能再低的程度。这样就能产生一种动人和悲凉的效果。

很久以前,小皮克皮斯女修院的修女们,在主祭坛下面,为

---

① 这里作者玩了个文字游戏。法语中,grâce 既可作"感谢"解,又可作"优雅"解。

本修院的人建造了一个墓穴。据她们说，"政府"不准在这墓穴里放灵柩。因此，她们死后，都得离开修院。这使她们像犯了教规那样沮丧难过。

她们聊感安慰的是，她们获准在特定的时候，葬在沃吉拉公墓一个特定的角落。那公墓的地盘，原本是她们教会的属地。

每礼拜四，和礼拜日一样，修女们要做大弥撒、晚祷和所有日课。此外，所有小的节日，她们都一丝不苟地做祈祷。这些节日几乎世人鲜知，从前，教会在法国乱加推行，现在，仍在西班牙和意大利流行。她们在小教堂待的时间没完没了。至于她们祈祷的次数和时间，最好还是引用她们中的一个曾率直地说过的话："预备修女的祈祷多得吓死人，初学修女的祈祷更多，发愿修女的祈祷还要多。"

她们一周开一次教务会，院长主持，参事嬷嬷参加。每个修女依次跪在石头上，当着大家的面，大声忏悔这星期内犯下的过错和罪孽。议事嬷嬷们听完后进行商议，然后大声宣布给予的惩罚。

比较严重的过失，必须当众忏悔。除此之外，对于轻微的过失，按她们的说法，要"伏地认罪"。所谓伏地认罪，就是在做日课时，趴在院长面前，直到院长嬷嬷——修女们从来只称她"我们的嬷嬷"——轻轻敲一下祷告席的木头，赎罪的修女才能起立。为一点点小事，就要伏地认罪。比如，打碎一只玻璃杯，撕破一块面罩，做日课时不小心迟到几秒钟，在教堂里唱错了一个音符，等等，为这点小事，她们就要伏地认罪。这完全是自觉的，是"罪人"（从词源上说，这个词用在这里适得其所）自己审判自己，自己惩罚自己。每逢节日和礼拜日，四个唱诗嬷嬷在有四个乐谱架的唱诗台前诵唱圣诗。一天，一位唱诗嬷嬷唱一首圣诗，本应以"看哪"开头，她却大声唱出了"1、7、5"三个音符，为这一疏忽，她在整个日课中伏地认罪。因为她唱错了音符，引得哄堂大笑，也就加重了她的过错。

大家记得，当修女，哪怕是院长，被叫到接待室去时，都必须把面罩拉下，只露出嘴巴。

惟有院长嬷嬷可同外人接触。其他人只能接见最亲的亲人，而且极其难得。如果外面有个人不期而至，想看望他在社交界所认识或喜欢的一个修女，就必须几经交涉。如来人是个女的，有时还能获准，那修女来到接待室，隔着遮板同她说话。那遮板只向母亲或姐妹打开。不言而喻，男人来访，一概拒绝。

这便是圣本笃定下的清规戒律，后被马丁·维尔加改得更加严厉。

其他修会的修女常常很快乐，脸色红润，精神饱满；这里的修女截然不同，她们面色苍白，神情严肃。一八二五年到一八三〇年之间，有三个修女精神失常。

三　严格

预备修女至少要当两年，常常四年，初学修女是四年。二十三四岁之前，是很少能正式发愿的。马丁·维尔加的伯尔纳－本笃会修女绝不接纳寡妇入修会。

她们在修室里的苦行名目繁多,闻所未闻,且绝不能对外人讲。

初学修女发愿那天,伙伴们给她穿上她最漂亮的衣服,给她戴上白玫瑰,把她的头发梳得亮光光,卷成一圈圈,然后,她就匍匐在祭台前。人们在她身上盖一块大黑纱,举行追思祭礼。于是,修女们分排两列,一列从她身边经过,悲哀地唱道:"我们的姐妹死了。"另一列响亮地回答:"她在耶稣-基督身上复活!"

本故事发生的时候,小皮克皮斯修道院有一个附属寄宿女校。那是一所贵族寄宿女校,大部分学生家里很有钱,其中有德·圣奥莱尔小姐和德·贝利桑小姐,还有一个英国姑娘,姓德·塔尔波,是天主教的名门望族。这些姑娘关在修道院里,受修女们的教育,在仇视尘世和这个世纪中长大。一天,她们中的一个对我们说:"看见街上的铺路石,我就浑身战栗。"她们穿蓝色服装,戴白色软帽,胸前佩戴一枚银质镀金或铜质的圣灵像。遇到重大节日,特别是圣玛尔泰节,她们可以一整天穿上修女的衣服,做圣本笃规定的日课。这对她们来说,是最高的待遇和最大的幸福。起初,修女们把自己的黑袍借给她们。但这似乎是亵渎圣衣,院长禁止了。只有初学修女才可以借。值得注意的是,在修道院里,容许和鼓励女孩子穿修女服参加仪式,本是出于一种广收新信徒的隐秘想法,使她们提前对圣衣感兴趣,可对于那些寄宿的女孩子来说,却是一种真正的幸福和娱乐。她们不过是觉得好玩罢了。"这很新鲜,可以使她们换换口味。"这是孩子们天真的想法。我们这些世俗之徒,很难明白手拿一个圣水刷,连续几小时站在乐谱架前唱圣诗,有什么快乐可言。

这些女学生,除了苦修以外,也要遵守修道院里的一切清规戒律。有个少妇,回到了尘世间,结婚好几年了,仍改不了习惯,每当有人敲她房门,总是急忙说:"永远!"

同修女们一样,寄宿生也只能在会客室里接待父母。她们的母亲想拥抱她们也不成。我们来看一下这方面的规定是何等严格!一天,一位姑娘的母亲来访,同来的还有她三岁的妹妹。那姑娘哭了,因为她很想拥抱她的妹妹。那是决不允许的。她恳求至少让她妹妹将小手从铁栅栏里伸进来,让她吻一吻。人家几乎是气愤地拒绝了她。

四 欢乐

尽管如此,这些少女仍给这肃穆的修道院里留下了许多美好的记忆。

有些时候,这个修院闪烁着天真烂漫。课间的钟声敲响,一扇门吱呀打开。鸟儿们说:"好!孩子们出来了!"一群朝气蓬勃的孩子,拥入这被一个裹尸布似的十字形建筑切开的园子。一张张容光焕发的脸孔,一个个白白净净的额头,一双双天真质朴、喜气洋洋的眼睛,宛若一缕缕曙光,洒落在这阴郁昏暗的园子里。继圣诗歌声、报时钟声、铃声、丧钟声、日课经声之后,突然响起少女们的喧闹声,比蜜蜂的声音还要悦耳动听。欢乐的蜂箱打开,每个人带来一份蜜。她们玩呀,互相呼唤呀,几个人围在一起呀,奔跑呀。她们在角落里叽叽喳喳,露出了漂亮的小白牙。头戴面纱的修女远远监视着欢笑,黑暗在监视光明,可这有什么关系!她们照样欢欣雀跃,酣畅大笑。这四堵死气沉沉的高墙,也有灿烂夺目的时刻。它们被这无限的欢乐照射得微微发白,看着一群群蜜蜂怡然飞旋。这好比是荡涤哀伤的玫瑰雨。少女们在修女的监视下尽情嬉戏,严厉的目光并不妨碍她们的天真情趣。多亏这些孩子,在无尽的严肃中,有了天真的一刻。小女孩蹦蹦跳跳,大女孩翩跹起舞。在这修道院里,少女们的嬉戏受到了上苍的赞许。没有什么能比这群纯洁欢乐的少女更迷人更庄严了。荷马也会来这里和贝洛[①]一起欢笑。在这忧郁的园子里,有青春,有健康,有喧哗,有呼喊,有眩晕,有欢乐,有幸福,可以让所有的老外婆眉开眼笑,无论是英雄史诗中的,还是童话故事里的,宫廷中的,还是茅屋里的,赫卡柏[②],还是老外婆[③]。

在这个修院里,孩子们说的话,也许比其他地方的孩子们说的话更优美,更能让人发出梦幻般的笑声。就在这阴森森的四堵高墙内,一天,一个五岁的小女孩大声说:"我的嬷嬷!一个大女孩刚才对我说,我还要在这里待九年零十个月。多么幸福啊!"

还是在这里,有过一段令人难忘的对话:

一位参事嬷嬷:"我的孩子,您怎么哭啦?"

那女孩(六岁)抽抽噎噎地说:"我对阿丽克斯说,我已背熟法国史了。她说我不会背,可我就是会背嘛。"

[①] 贝洛(1628—1703),法国诗人和童话作家。
[②] 赫卡柏,希腊神话中人物,特洛伊国王普里阿摩斯的妻子。
[③] 贝洛童话作品中的人物。

阿丽克斯（大女孩，九岁）："不对，她不会背。"

嬷嬷："怎么回事，我的孩子？"

阿丽克斯："她叫我随便翻开书，就书上的内容向她提个问题，让她回答。"

"怎样？"

"她回答不上来。"

"给我讲讲，您问她的是什么？"

"我照她说的，随便翻开书，碰到哪个问题，就问了她。"

"是什么问题？"

"是：'后来发生了什么？'"

有个寄住在这里的夫人，带着个女孩子，那个爱多嘴的女孩子还有点贪吃，于是，引来了一番深刻的评论：

"瞧她那乖劲儿！爱吃面包片上抹的果酱，像大人似的。"

就在这修道院的石板地上，捡到了一张忏悔词，是一个七岁的小罪人怕忘记事先写好的：

"我的主啊，我控告自己犯了吝啬罪！"

"我的主啊，我控告自己犯了通奸罪！"

"我的主啊，我控告自己犯了偷看男人罪！"

就在这园子的一张长凳上，一个六岁的孩子用红润的小嘴，临时编了个故事，讲给一位四五岁的蓝眼睛听：

"从前有三只小公鸡，住在一个开满花的地方。他们采了花，放进衣兜里。接着，他们又采了叶子，放进玩具里。那地方有只狼，还有好多好多树林。狼在树林里，把这些小公鸡吃了。"

还有这样一首诗：

> 有人打了一棍,
>
> 是波利希内儿①在打猫。
>
> 这对猫没好处,这使猫很疼痛。
>
> 一位太太将波利希内儿投进监狱里。

就在这里,一个被遗弃的小女孩,一个被修道院出于慈悲收养的弃儿,说了一句动人而心酸的话。她听到别人谈论她们的母亲,就在一旁嘟哝:

"我呀,我出生的时候,母亲不在。"

有个值外勤的胖修女,叫阿加特嬷嬷,总见她带着一大串钥匙,在楼道里匆匆奔走。那些大孩子——十岁以上的孩子——便叫她阿加索克利斯②。

食堂是个长方形大屋子,只从与园子相平的圆拱回廊透进一些阳光,因此屋里又暗又潮,而且,如孩子们所说的,到处是虫子。周围的地方都向这食堂供应虫子。寄宿生们给四个角落各起了一个生动形象的名字。有蜘蛛角、毛毛虫角、土鳖角、蟋蟀角。蟋蟀角挨着厨房,是最受青睐的。那里比其他角落暖和。这些名称又从食堂转到了学校,用来区别四个学区,就像马扎兰学院③那

---

① 波利希内儿,法国木偶戏中的丑角,鸡胸驼背,嗓音尖尖。

② 阿加索克利斯(约前361—前264),叙拉古暴君。Agathoclès 的读音与 Agathe aux clés(带钥匙的阿加特)的读音一样。

③ 马扎兰(1602—1661),法国红衣主教,路易十三和路易十四的首相。他创建了马扎兰学院,并将学院分成四个学区:法兰西学区、庇卡底学区、诺曼学区和日耳曼学区。

样。每个学生吃饭时坐在什么位置,就属于什么学区。一天,大主教先生前来视察,经过一个教室,看见一位脸色红润、长着迷人金发的漂亮小女孩走进教室,便问身旁一个精神饱满、长着可爱褐发的学生:

"那小女孩是谁?"

"她是蜘蛛,大人。"

"行!这一个呢?"

"她是蟋蟀。"

"那一个呢?"

"她是毛毛虫。"

"确实,那么您呢?"

"我是土鳖,大人。"

这类修院都各有特色。本世纪初,埃库安修道院就是这样一个优雅而肃穆的地方,少女们就是在近乎庄严的阴沉环境中度过童年的。在埃库安的圣体仪式行列中,可区分出童贞女和献花女。还有"华盖队"和"香炉队"之分,有的人拿华盖的绳子,有的人给圣体奉香。鲜花理所当然拿在献花女手中。四个"童贞女"走在前列。在这盛大日子的早晨,在修道院的寝室里,会听到有人问:

"谁是贞女?"

康庞夫人引过一个七岁"小"女孩的话:在一次仪式中,那小女孩走在队伍后面,她对一个十六岁的走在队伍前列的"大"女孩说:

"你是童贞女,而我不是。"

五　消遣

食堂的门楣上，用粗黑体字写着祷文，叫"白色主祷文"，旨在把人直接引入天堂：

"小小白色主祷文，天主所创，天主所讲，天主置于天堂。晚上我去睡觉，发现床上睡着三个天使，一个在脚边，两个在枕旁，仁慈的圣母马利亚在中间，她叫我快躺下，千万别怀疑。仁慈的天主是我父亲，仁慈的圣母是我母亲，三位使徒是我兄弟，三位贞女是我姊妹。天主降世时穿的衬衣，现在裹在我身上；圣玛格丽特十字架画在我胸前；圣母夫人在田野上奔跑，想着天主在哭泣，遇见了圣约翰。圣约翰先生，您从哪里来？我刚念完圣母经。您见到仁慈的天主了，是不是？他在十字树上，双脚垂下，双手钉住，头戴一顶白色小荆冠。谁晚诵三遍，早诵三遍，最后便能进天堂。"

一八二七年，这个别具一格的主祷文已被涂了三层石灰浆，从墙上消失了。现在，也正要从当年的几位少女，如今的几位老妪的记忆中抹去。

前面好像说过，食堂只有一个门，对着园子，墙上挂着巨大的耶稣受难十字架，为食堂的装饰增光添彩。两张狭窄的长餐桌，两旁各放一个长板凳，平行地从食堂的一端伸向另一端。墙壁为白色，餐桌为黑色。这两种丧服的颜色，是修道院唯一可互相替换的。饭菜很粗劣，伙食很简单。只有一盘菜，或是加了点肉的蔬菜，或是咸鱼，就算是打牙祭了。这种简单的伙食，惟有寄宿生才能享受，算是特殊照顾。孩子们吃着饭，谁也不敢说话，值星的嬷嬷在一旁监视，常有苍蝇违反规定，无所顾忌地飞来飞去发出嗡嗡声，嬷嬷便啪地打开一本木板书，又啪地一声将书合上。在耶稣受难十字架下，有一个带托书架的小讲台，有人站在那里大声朗读圣人传，仿佛要给这寂静加些作料。朗读者是高年级值星的学生。餐桌上没什么东西，间隔放着几个涂清漆的瓦罐，学生们在里面洗自己的金属杯和餐具，有人把吃不完的东西，如咬不动的肉或变了质的鱼扔在里面，便会受到惩罚。学生们把那些瓦罐叫"圆水池"。

吃饭说话的孩子，要用舌头画十字。画在哪？地上。她用舌头舔地面。尘埃——这个尘世间一切快乐的归宿——负责对这些可怜的玫瑰花瓣，叽叽喳喳的小罪人进行惩罚。

这修院里有本书，每版都是孤本，是禁止人读的。这是圣本笃的教规。那是世人的目光不准窥视的奥秘。我们的教规或体制不得传给外人。[①]

一天，学生们终于偷出了那本书，贪婪地阅读起来，但她们提心吊胆，怕人看见，便看看停停，不时地合上书。她们冒着极大危险偷读此书，却只获得极少的乐趣。她们感到"比较有意思"的，是涉及对男孩子罪孽的惩罚，虽然看不太明白。

她们在园子的小路上玩耍，两旁有几棵瘦骨嶙峋的果树。尽管监视严密，惩罚严厉，但当风儿摇曳果树，有时，她们能偷偷

---

① 原文为拉丁语。

地捡得一只未熟的苹果，或腐烂的杏子，或生虫的梨子。现在，我让大家看一封信，它就在我面前，是二十五年前的一个寄宿生写的，如今她已是某某公爵夫人，巴黎最风雅的贵妇之一。我将原文抄录如下："我们尽量把梨子或苹果藏好。等到上楼去放面纱准备吃饭的工夫塞到枕头下，晚上睡在床上吃，不便的话，就在厕所里吃。"这是她们最大的一件乐事。

有一次，还是大主教视察修道院，有个女孩子，与蒙莫朗西家族沾点边的布夏小姐，打赌说她要向主教先生请一天假，在这戒规森严的修道院里，这简直是异想天开。有人同意和她打赌，但谁也不相信她会这样做。当大主教从寄宿生们前面经过时，布夏小姐出列，说："大人，请准我一天假。"同伴们惊恐万丈。布夏小姐身材高挑，生气勃勃，脸色红润，世间无双。德·凯朗先生笑容可掬地说："亲爱的孩子，怎么是一天！为什么不三天！我准三天。"院长嬷嬷无可奈何，因为主教发了话。这在修道院引起了愤怒，但学生们却乐开了怀。其后果是可想而知的。

这个阴郁的修道院尽管与世隔绝，但也不是密不透风，外界的情感生活、悲剧、惨剧，也会进入修道院。为证实这点，我们只消简单叙述一件确凿无疑的事实。那件事同我们所讲的故事毫无关联。我们举这个例子，是要让读者对修道院里的寄宿学校有个全面的了解。

差不多就在那个时候，修道院里有个神秘的女人，她不是修女，大家对她很尊敬，称呼她阿尔贝蒂娜。对她的身世，人们一无所知，只知道她疯了，世人则以为她死了。据说，在这件事幕后，有一桩重大婚姻必不可少的交易，让她来这里是权宜之计。

这女人刚三十岁，头发褐色，容貌秀美，眼睛又大又黑，但眼神茫然恍惚。她看得见吗？很值得怀疑。她走起路来，与其说在走，不如说在滑；她从不讲话；很难说她在呼吸。她的鼻翼收缩，毫无血色，就像已呼出最后一口气。接触她的手，感到像雪一样冰冷。她有一种幽灵般的奇特的美。她到哪里，哪里便有一股冷气。一天，一个嬷嬷见她经过，对另一个嬷嬷说："她像死人一样。"另一个回答说："也许真的死了。"

对阿尔贝蒂娜夫人的传说层出不穷。她引起了寄宿生们无尽的兴趣。在小教堂里，有个廊台，叫"牛眼"。廊台上只有一个圆形窗洞，即"牛眼窗"，阿尔贝蒂娜就从这个廊台上参加日课。她总是一个人待在那里，因为廊台在二楼，看得见讲道神甫或司祭，这对修女们是禁止的。一天，一个年轻的高级神甫来讲道，是罗安公爵，法兰西封臣，一八一五年，当他是莱昂亲王时，曾是红火枪队军官，一八三〇年去世，去世时是红衣主教和贝桑松的大主教。德·罗安先生这是首次来小皮克皮斯修道院讲道。通常，阿尔贝蒂娜夫人听讲道和参加日课非常安静，一动也不动。那天，她一看见是德·罗安先生，便半站起身子，在鸦雀无声的小教堂里大声说："咦！奥古斯特！"在场的人都大吃一惊，回头看她，讲道神甫也抬起了头，可是阿尔贝蒂娜夫人又回到了木然不动的状态。刚才，外界的一股气息，生命的一缕微光，出现在她暗淡冰冷的脸上，但旋踵即逝，疯女人又变成僵尸。

可是，她喊出的那几个字，在修道院里引起了议论。这"咦！奥古斯特！"包含了多少内容！泄露了多少秘密！德·罗安先生确实叫奥古斯特。显然，阿尔贝蒂娜夫人出身于上流社会，因为她认识德·罗安先生；她在那里举足轻重，因为她说这个显贵的名字时，语气那样亲热；她同他有一定关系，可能是亲眷，但肯定非常密切，因为她知道他的"小名"。

有两个非常严肃的公爵夫人常来探望修道院，一个是德·舒瓦瑟尔夫人，另一个是德·塞朗夫人，她们显然是以贵妇人的特殊身份来这里的，寄宿生们非常害怕。当这两个老夫人经过时，可怜的女孩子一个个垂下双眸，浑身颤抖。

此外，德·罗安先生是女学生们注目的对象，可他自己并不知道。那时候，他刚晋升为巴黎大主教的代理主教，可望荣升为主教。他常到小皮克皮斯修道院的小教堂唱日课经，这是他的一个习惯。他和与世隔绝的女孩子们之间隔着一道帷幕，谁也看不见他，但他的声音温柔，有点儿尖细，到后来，她们一听便知是他的声音了。他当过火枪手，而且，据说他很会修饰自己，一头美丽的褐发梳成一卷卷，他有一条宽宽的黑皮带，极是漂亮，他的黑道袍的样子是世界上最优雅的。这使十六岁的花季少女心潮澎湃，想入非非。

外部的声音传不到修道院。然而有一年，修道院里却传进了笛子声。这引起了轰动。当年的寄宿生，现在还记忆犹新。

吹笛子的人就在附近。吹的是同一支曲调，那曲调距今已很遥远，名叫：《我的泽蒂贝，请来主宰我的心》。那笛声一天要响两三次。

少女们一听就是几个钟头。参事嬷嬷惊慌失措，她们绞尽脑汁，惩罚雨点般落下。笛声持续了好几个月。寄宿生们或多或少迷上了这位从未谋面的吹笛人。她们人人梦想做泽蒂贝。笛声来自直墙街；她们愿意献出一切，尝试一切，身败名裂也在所不惜，只要能看一眼，远远瞧一眼，远远瞥一眼——哪怕是一秒钟——那个把笛子吹得那样悦耳动听，也吹动了她们每颗心的"年轻人"。有的人从边门溜出去，跑到临直墙街的四楼上，企图从临街的窗户往外瞧。什么也没看见。有一个甚至从铁栅栏伸出胳膊，高高举起，挥动一块白手绢。还有两个人更是大胆。她们设法爬到屋顶上，冒着生命危险，终于望见了那个"年轻人"。原来是个年老的流亡贵族，是个瞎子，且已破产，在自己的阁楼上吹笛解闷。

六　小修院

在小皮克皮斯大院内，有三座截然分明的建筑物，一座是大修院，住着修女，另一座是寄宿学校，住着学生，还有一座所谓的"小修院"。小修院是带园子的主楼，共同住着各种不同修会的老修女，是各修院被大革命摧毁后的幸存者。那是黑色、灰色和白色的大混杂，是形形色色、五花八门修会团体的大汇合，可以叫作大杂烩修院，如果允许这样搭配词的话。

从帝国时代起，这些颠沛流离、无家可归的可怜修女，可来这里寻求伯尔纳－本笃会修女们的保护。政府付给她们微薄的补助，小皮克皮斯修院的嬷嬷们热情接待她们。这是一个怪诞的大杂烩。各循各的教规。有时，作为一种课外活动，允许寄宿学生去拜访这些修女。这些年轻的学生至今还记得圣巴西尔嬷嬷、圣斯科拉斯蒂克嬷嬷和雅各嬷嬷。

在这些来这里避难的修女中间,有一个差不多回到了老家。她是奥尔会的修女,该修会唯一的幸存者。小皮克皮斯修道院的这幢房子,在十八世纪初,恰好是圣奥尔修院的旧址,后来才转交给马丁·维尔加的伯尔纳修会。那圣女太穷,穿不起奥尔修会华美的服装——洁白的长袍和朱红的肩衣,便虔诚地做了一套,让玩具娃娃穿上,喜欢在人前展示,临终时遗赠给了修道院。一八二四年,奥尔修会还剩下一个修女,如今只剩一只玩具娃娃了。

除了这些可敬的嬷嬷,还有几位上流社会的老妇,和阿尔贝蒂娜一样,获得院长许可,隐居在小修院。其中有德·博福·多波尔夫人和迪弗雷纳侯爵夫人。还有一个则以擤鼻涕声音响亮而闻名于小修院。学生们管她叫噪音夫人。

一八二〇或一八二一年左右,德·让利夫人请求到小皮克皮斯修院来独修。那时候,她是《勇士》期刊的编辑。奥尔良公爵介绍她来的。这下蜂窝里乱了起来,参事嬷嬷们惊慌失措,因为德·让利夫人写过几部小说。可她则声称最讨厌小说了,况且,她已到了虔信上帝的阶段。承上帝保佑,也多亏奥尔良公爵帮忙,她进了小皮克皮斯修道院。她待了六到八个月就走了,理由是园子里没有树荫。修女们额手称庆。她虽然年事已高,还常弹竖琴,且弹得很出色。

她走时,在她的修室里留下了印记。德·让利夫人一是迷信,二是拉丁语学者。这两句话清楚地勾画出了她的形象。她的修室里有一个小衣柜,她把钱和首饰都放在里面,几年前,有人还看见里面有张发黄的纸,上面有五行拉丁语诗,是她亲笔用红墨水写的,她认为这几句诗具有吓唬小偷的功效:

> 三个功罪不等的人吊死在树上：
> 迪斯马斯和热斯马斯，中间是万能的主。
> 迪斯马斯憧憬天国；热斯马斯尽想恶事。
> 祈求万能的主保佑我们和财物。
> 念念这首诗，财物不会被偷走。[①]

这首用六世纪的拉丁语写的诗，提出了这样一个问题：髑髅地的那两个强盗叫什么名字，是像通常认为的叫迪马斯和热斯塔斯，还是迪斯马斯和热斯马斯。上个世纪，热斯塔斯子爵自称是坏强盗的后裔，他见了这样的写法，可能会心头不悦吧。不过，仁爱会的修女们对这首诗的作用是深信不疑的。

修道院里的教堂，从建造的格局看，就像是要把大修院和学校隔开。当然，它是学校、大修院和小修院共有的。甚至外面的人也可来做礼拜，从临街的像是检疫站出口处的门里进来。但设计得很好，修道院里的人看不见外面人的面孔。请想象一下，一个教堂的唱诗台像是被一只巨手抓住，弯到了司祭的右侧，成为一间昏暗的厅堂或洞穴，而不像一般教堂那样，在祭台后面延伸一截。请再想象一下，这个厅堂，如前面所说的，挂着一道七尺高的帷幔；你把做礼拜的人堆在帷幔后面的祷告席上，唱诗修女挤在左边，寄宿生挤在右边，杂务修女和初学修女堆在最后面，这样，你对小皮克皮斯修女们做礼拜的情况就有了大致的印象。这个叫作唱诗台的洞穴，由一条走廊通往修院。教堂的光线来自

---

① 原文为拉丁语。

园子。修女们参加日课时，照规矩要保持肃静，外面进来做礼拜的人，听到祷告席木椅坐板起落的碰撞声，才知道她们在教堂里。

七　黑暗中的几个身影

从一八一九到一八二五的六年间，小皮克皮斯修道院的院长是德·布莱默小姐，法名为纯洁嬷嬷。她和《圣本笃修会圣徒列传》的作者玛格丽特·德·布莱默属同一家族。她这是连任。她六十开外，又矮又胖，前面提到的那封信上，说她"唱起诗来像破罐"。不过，她人非常好，性格快乐，这在修院中独一无二，因此深受敬爱。

纯洁嬷嬷继承了她的直系尊亲玛格丽特——修会中的达西埃夫人[①]的遗风。她精通文学，博学多才，学贯古今，脑袋里装满了拉丁文、希腊文和希伯来文，虽是修女，却有修士之才气。

副院长是西内尔嬷嬷，一个年迈的西班牙修女，双目几乎失明。

在参事嬷嬷中，最重要的有：圣奥诺里娜嬷嬷，任司库；圣热特吕德嬷嬷，初学修女的主任导师；圣安琪嬷嬷，副主任导师；圣母领报嬷嬷，管理圣器室；圣奥古斯丁嬷嬷，护士，修道院里唯一的坏女人。还有圣梅克蒂德嬷嬷（戈万小姐），非常年轻，有一副好嗓门；天使嬷嬷（德鲁埃小姐），先后在圣女－上

[①] 达西埃夫人（1647—1720），法国女博学者，荷马史诗《伊利亚特》和《奥德赛》的译者。

帝修院和位于吉索尔与马尼之间的宝藏修院里呆过；圣约瑟嬷嬷（德·科戈吕多小姐）；圣阿代莱德嬷嬷（奥韦内小姐）；慈悲嬷嬷（德·西菲安特小姐，没能经得住苦修）；怜悯嬷嬷（德·拉米蒂埃小姐，非常富有，尽管不合教规，六十岁上进了修道院）；天命嬷嬷（德·洛迪尼埃小姐）；圣母献堂嬷嬷（德·西古安扎小姐），一八四七年任院长；最后，还有圣塞利涅嬷嬷（雕刻家塞拉奇的姐妹），圣尚塔尔嬷嬷（德·苏宗小姐），后来发疯了。

在最漂亮的姑娘中，有一个二十三岁的可爱姑娘，生在波旁岛，是罗兹骑士的后裔，出家前叫罗兹小姐，法名叫圣母升天嬷嬷。

圣梅克蒂德嬷嬷负责唱诗和唱诗队，常常选用学生。通常取一个完整的音阶，即取七人，限于十岁到十六岁，声音和身材都要协调。她让她们站着唱，按年龄大小顺次排队，看上去有如少女组成的芦笛，天使组成的排箫。

学生们最喜欢的杂务嬷嬷，有圣厄弗拉齐嬷嬷、圣玛格丽特嬷嬷、老小孩圣玛尔泰嬷嬷，还有圣米歇尔嬷嬷，她的长鼻子令人发笑。

所有这些女人，对所有的孩子都很好。修女们只对自己严格。只有学校里才生火，而且，她们的伙食，与修院的伙食相比，算是讲究的了。此外，对她们的照顾无微不至。不过，当孩子从一个修女面前经过，同她讲话，从来听不到回答。

院规规定不准说话，因此，有生命的人不说话，无生命的物反而说话。一会儿，教堂的钟在说话，一会儿，园丁的铃在说话。传达嬷嬷身旁放一个声音响亮的铃，全院都能听到，就像是有声电报，用各种不同的铃声，表示物质生活中的所有活动，必要时，还可把这个或那个修女喊到会客室里来。每个人，每件事，都有一定的铃声。院长是一下加一下；副院长是一下加两下。六下加五下表示上课，所以，学生们从不说去上课，而是说去六加五。四下加四下是唤德·让利夫人。经常可以听到。"这是四声魔鬼。"一些刻薄的修女如是说。十下加九下表示有大事。这意味着"修道院的大门"要打开，那令人生畏的铁板大门，惟大主教来访时才启开。

我们说过，除了大主教和园丁，任何男人不得入内。寄宿学生还能见到另外两个，一个是又老又丑的指导神甫——巴莱神甫，可以在唱诗室隔着栅栏瞧他；另一个是图画老师昂西奥先生，前面读到过几行的那封信称他为昂席奥先生，说他是"又老又丑的驼背"。

可见所有这些男人是经过挑选的。

这便是这座奇特的修道院。

八　心在前，石在后[①]

上面，我们勾画了修道院的内心，现在说一说它的外形，这并非没有用处。读者已经有所了解。

小皮克皮斯-圣安托万修道院几乎占据了四街交会而形成的很大一个梯形地带。这四条街是波隆索街、直墙街、小皮克皮斯

---

① 原文为拉丁语。

街及在旧地图上叫奥马雷街的死胡同。这四条街有如一条壕沟，将这个梯形环绕。修道院由好几座建筑物和一个园子组成。从整体上说，主楼是由风格相异的几座楼房并列而成，鸟瞰下去，活像一个直角形支架平放在地上，长臂占据了位于小皮克皮斯街和波隆索街之间的整条直墙街，短臂是高大的正面，临小皮克皮斯街，装着铁栅栏，灰暗而肃穆；62号通马车的大门是这条短臂的终端。在这正面的中间，有一道年代久远的拱形矮门，白乎乎的沾满了尘土，结满了蜘蛛网，只在礼拜天开一两个小时，或是偶尔一位修女去世，从这门里运出尸体。外面的人就从这道门进入教堂。直角形支架的折角是用来配膳的正方形厅堂，修女们称之为食品储藏室。长臂那一边是参事嬷嬷和杂务修女的修室，及初修院。短臂那边有厨房、带回廊的饭厅和教堂。学校坐落在62号大门和奥马雷死胡同角之间，外面看不见。梯形的其余部分便是园子，地势比波隆索街低许多，因此，围墙从里面看要比从外面看高许多。园子微微隆起，中间有个小土丘，顶上有棵很尖很尖、秀美挺拔的圆锥形枞树，四条大道从这里伸展出去，有如从插了根标枪的盾牌圆心伸展出去一样。此外，每条大道又分出两条小径，共有八条小径。假如园子是圆形的，那么，这八条小径的平面图，就像是放在一个轮子上的十字架。条条道路通向围墙，围墙很不规则，道路也就长短不一。路两旁种着醋栗。尽头，有一条参天白杨环抱的小道，从直墙街角的老修院废墟，通达奥马雷死巷角的小修院。从小修院往前走，有一个所谓的小花园。你再加上一个天井、各正屋千变万化的拐角、监狱般的围墙、波隆索街那一边与修道院相邻又相望的一长排黑屋顶，这样，你对四十五年前小皮克皮斯的圣伯尔纳女修院的面貌就有了完整的概念。这个修道院是在一个网球场上建造起来的,那网球场在十四到十六世纪赫赫有名,被叫作"一万一千个魔鬼网球场"。

此外,那几条街是巴黎最古老的街道。直墙和奥马雷等名字久已存在,叫这些名字的街存在的时间则更久。奥马雷小巷原叫莫古小巷,直墙街叫大蔷薇街,因为在人开始凿石造房之前,上帝早已让百花怒放了。

九　百岁修女

既然我们在详谈小皮克皮斯修道院从前的情况,并已大胆地开了一扇窗子,窥视这隐蔽的地方,望读者允许我们再离题谈件事,虽与本书无关,但很有特点,也能使我们了解这修院本身有其与众不同的地方。

在小修院内,有个百岁老人,来自丰特弗罗修道院。大革命前,她甚至常出没上流社会。她常谈起路易十六的掌玺大臣德·米罗梅尼和一位过从甚密的迪普拉法院院长夫人。她把这两个名字常挂嘴边,一是出于乐趣,二是为了满足她的虚荣心。她把丰特弗罗修道院吹得天花乱坠,说它像个城市,里面街道纵横。

她讲的是庇卡底方言,逗得学生们直乐。她每年都要郑重其事地发一次愿。在宣誓时,她对神甫说:"圣方济各大人对圣朱利安大人发过这个愿,圣朱利安大人对圣厄塞伯大人发过这个愿,圣厄塞伯大人对圣普罗科普大人发过这个愿,等等,因此,我的神甫,我要对您发这个愿。"逗得学生们忍俊不禁,暗暗窃笑,但不是在斗篷下,而是在面纱下。那是压低声音的娇媚的笑,惹得参事嬷嬷们紧蹙双眉。

还有一次,那百岁老人讲故事。她说,在她年轻的时候,圣伯尔纳会的修士与火枪手不分高低。这是一个世纪在说话,不过那是十八世纪。她常讲,在香槟和勃艮第,有敬四种酒的习俗。大革命前,若有大人物如法兰西元帅、亲王、公爵或封臣经过勃艮第或香槟的某个城市,官员们要来致词,并用四只舟形银杯,敬献四种不同的美酒。在第一只酒杯上,刻着"猴酒",第二只刻着"狮酒",第三只刻着"羊酒",第四只刻着"猪酒"。这四个铭文表达四种不同程度的醉酒状:第一种是快乐,第二种是愤怒,第三种是迟钝,最后一种是傻呆。

在她的衣橱里,锁着一件神秘之物,她十分珍爱。丰特弗罗教规并不禁止这样做。她从不拿给别人看。每当她想凝视这东西时,就关起门来偷偷欣赏(这也是她的教规允许的)。听到走廊上有脚步声,她就用那双枯手尽快关上橱门。她平时很爱说话,可是有人问起这事,她总是缄口不语。再好奇的人,遇到她闭口不言,也无可奈何,再锲而不舍的人,在她的顽固不化面前,也甘拜下风。这也成了修道院里闲极无聊之辈说三道四的议题。这位百岁老人如此珍爱,如此保密的宝贝究竟是什么?莫非是一本圣书?或是一串独一无二的念珠?要不,就是一件经过验证的圣物?叫人百猜不得其解。可怜的老人死后,大家急不可耐,立即跑去打开了衣橱。人们找到了那东西,包了三层布,好像是一只圣盘。原来是一只法恩扎①瓷盘,画着几个小爱神,在一群手拿大针管的药房学徒的追逐下,展翅飞翔。追逐者神态和姿势各不相同,引人发笑。一个可爱的小爱神已被针头扎入。他挣扎着,拍打着小翅膀想飞走,但那小丑在邪恶地狂笑。这画面的寓意是:爱神被肠绞痛战胜了。这只盘子,却是稀罕之物,可能曾荣幸地给过莫里哀灵感,一八四五年九月它还存在于世,放在博马舍林荫大道的旧货店里等待出售。

这个老人不愿接待外界任何来访,她说,会客室太凄凉。

十 圣体永敬会溯源

刚才我们讲了,小皮克皮斯修道院的会客室像坟墓般阴森,但这只是局部现象,其他修道院并非如此。特别是圣殿街修道院。说实话,它属于另一个修会,会客室不用黑色遮板,而用褐色帷幔,镶木地板,窗上挂着非常雅致的白纱帘子,墙上挂着各种各样的镜框,一幅露着脸的本笃会修女的画像,几幅花卉画,甚至还有一个土耳其人头像。

那棵被认为法国最大最美的印度栗树,就在圣殿街修道院的花园里。它被十八世纪善良的人民誉为"法兰西王国栗树之父"。

我们说过,圣殿街修道院住着永敬会的本笃会修女,她们和西多的本笃会修女不同。永敬会的资历并不长,不超过二百

---

① 法恩扎,意大利北部城市,文艺复兴时期,意大利彩陶的著名产地。

年。一六四九年,在两个教堂里,圣体两次遭亵渎,前后仅相差几天,一次在圣絮尔皮斯教堂,另一次在河滩广场的圣约翰教堂。这一史无前例、令人发指的渎神行为,在全巴黎引起了震动。圣日耳曼-德-普雷修道院院长兼代理主教先生组织了一次庄严的宗教游行,修道院全体教士参加,并由罗马教廷大使主持祭礼。可是,有两个可敬的女人对这一赎罪活动感到不满足,一个是库坦夫人,即布克侯爵夫人,另一个是夏多维厄伯爵夫人。这种对"祭坛上无比庄严的圣体"的亵渎行为,虽是偶然发生,但这两个圣女耿耿于怀,感到有必要在某个女修院里对圣体进行"永久的崇敬",才能补罪赎过。她们二人分别于一六五二年和一六五三年,向一个叫卡特琳·德·巴尔嬷嬷,又叫圣体嬷嬷的圣本笃会修女捐了一大笔钱,让她创建一座圣本笃会修道院。第一个批准卡特琳·德·巴尔嬷嬷建造这个修道院的,是圣日耳曼修道院院长德·梅茨先生,"条件是,每个申请入院的姑娘,必须每年交纳三百利弗的膳宿费,即六千利弗的本金"。继圣日耳曼修道院院长之后,国王也给议会下了诏书。一八五四年,院长的批准件和国王的诏书在财政部和议会获得认可。

这就是本笃会修女们在巴黎建立圣体永敬会的缘由和法律认可过程。第一个修院建在卡塞特街,是用德·布克和德·夏多维厄两位夫人捐的款将旧房"翻修一新"。

正如大家看到的,这一修会与所谓西多的本笃会根本不是一回事。它受圣日耳曼-德-普雷修道院院长管辖,正如圣心会的嬷嬷受耶稣会会长、仁爱会的嬷嬷受遣使会会长管辖一样。

它与小皮克皮斯修院的圣本笃会修女也截然不同,小皮克皮斯修院的内部情况，刚才我们已讲过了。一六五七年，亚历山大七世教皇特下诏书，批准小皮克皮斯修院和圣体修院一样，永久崇敬圣体。不过，这两个修会仍存在着明显的区别。

十一　小皮克皮斯女修院的结局

　　从王朝复辟时期开始，小皮克皮斯女修院就渐渐衰落，因为和其他修会一样，十八世纪以后，本笃修会已成了落花流水，走向死亡。静修和祈祷一样，都是人类的需要，但是，和所有被革命触及过的事物一样，也发生了变化，从反对社会进步，一跃而变成赞成社会进步。

　　小皮克皮斯女修院的人数迅速减少。一八四〇年，小修院已不复存在，寄宿学校也不复存在。不再有老妇，也不再有少女；老的已死去，小的已离开。全都飞走了。①

　　圣体永敬会的教规非常严厉，让人望而生畏。它的感召力越来越小，没有人愿意进来。一八四五年，还能在这里那里找到几个杂务嬷嬷，却找不到一个唱诗嬷嬷了。四十年前，差不多有一百个修女，十五年前，只剩下二十五个。今天有多少呢？一八四七年，小皮克皮斯女修院的院长是个年轻人，不到四十岁，说明选择的范围缩小了。人员减少，疲劳也就增加。每个人的工作变得更艰巨。不久，只剩下十二副佝偻痛苦的肩膀，扛着本笃

---

　　① 原文为拉丁语。

会的沉重教规。重担一成不变,人少人多一个样。它沉重地压下来,把人压垮。于是,她们被压死了。本书作者住在巴黎时,就死了两个。一个二十五岁,一个二十三岁。二十三岁那个,可以效仿朱利亚·阿尔庇努拉的墓志铭:"我在此安息,享年二十三岁。[①]"小皮克皮斯修院既然如此衰败,只好放弃对女孩子的教育。

我们从这神秘莫测、世人不知、与众不同的修道院门口经过,怎能不进去看一看,并让一路伴随我们,听我们讲让·瓦让悲惨故事的人也进去看一看,这也许对有些人不无益处。我们已朝这个修院睃了一眼,它的教规是那样陈旧,但今天的人看来,也许感到挺新鲜。这是封闭的园子。Hortus conclusus[②]。我们详细介绍了这个奇特地方,但怀着崇敬的心情——至少,在崇敬和详细可以调和的范围内。我们并不完全理解,但不侮辱任何东西。我们既不像约瑟·德·迈斯特尔[③],竟然对刽子手也歌功颂德,也不像伏尔泰,连耶稣受难十字架也冷嘲热讽。

顺便说一下,伏尔泰这样做缺乏逻辑,因为他本该像为卡拉斯[④]辩护那样,为耶稣辩护的。在否认降生说的人看来,耶稣受难像代表什么?一个被杀害的哲人。

十九世纪,宗教思想发生了危机。忘记一些东西,这样很好,

---

① 原文为拉丁语。

② 拉丁语,与上面一句意思相同。

③ 约瑟·德·迈斯特尔(1753—1821),法国作家和哲学家,反对资产阶级大革命,拥护国王和教皇统治。

④ 卡拉斯(1698—1762),法国图卢兹商人,信奉新教,被诬告杀害想脱离新教、皈依天主教的儿子而被处死。死后三年,伏尔泰为他昭雪。

因为忘记这个,却学会那个。人的心是不会空的。应该拆毁一些东西,只要拆毁之后又重建。

现在,让我们来研究不复存在的东西。哪怕是为了避免重蹈覆辙,也有必要了解它们。明明是对过去拙劣的模仿,却美其名曰"未来"。过去这个幽灵,很会为自己制造假护照。我们要提防陷阱,切莫轻信。过去有一副真面孔,那就是迷信,它还有一副假面具,那就是伪善。我们要揭露真面孔,揭去假面具。

至于修道院,这是个复杂的问题。有文明的问题,它们是谴责的对象;也有自由的问题,它们是保护的对象。

第七卷
题外话

一　修道院——一个抽象的概念

这部书是出戏，主角是无限。

人是配角。

既然如此，我们遇到了一座修道院，就应该走进去。为什么？因为修道院是人类瞄准无限的一种光学仪器，不仅西方有，东方也有，现代有，古代也有，基督教有，异教、佛教、伊斯兰教也有。

这里丝毫不是大谈某些看法的地方，然而，应该说，我们每每在人的身上遇到无限，不管理解与否，总会肃然起敬，尽管会有所保留，有所迟疑，抑或感到愤慨。在犹太教堂、清真寺、佛庙、印第安神舍，既有令人憎恶的丑陋的一面，又有使人崇敬的高尚的一面。那是对神多么真挚的瞻仰，多么深邃的沉思啊！那是上帝的光辉照在人类这堵墙上发出的反光。

二　修道院——一个历史事实

从历史、理性和真理角度看，修道制度是应受谴责的。

一个国家修道院多了，就会循环受阻，流通受隔，本该是干活的中心，却成了闲散的中心。修道院对于大社会而言，不啻橡树上的瘤子，人体上的疣子。修道院繁荣了，丰腴了，国家却贫穷了。修道制度在人类文明初期是起到积极作用的，可以通过精神力量来减少人民的野蛮，却不利于人民的成熟。此外，当它放纵自己，进入毫无节制的阶段，由于它继续在为人师表，所有在它纯洁时期使它变得有益的理由，便成了有害的因素。

修道生活已然过时。修道院对于现代文明的初期教育功不可没，但却妨碍了现代文明的成长，现在又有害于它的发展。作为一个机构，一种教育人的形式，修道院在十世纪是积极的，十五世纪就有了问题，到了十九世纪，便令人生厌了。修道制度这个麻风病，几乎将意大利和西班牙折磨得只剩一副骨架，而这两个令人赞叹的国家，在漫长的历史长河中，一个曾是欧洲的光明，另一个曾是欧洲的荣耀，可到了现代，这两个灿烂的民族，多亏了一七八九年那场健康而有力的卫生运动，才开始复苏。

修道院，尤其是古代的女修院，是中世纪一个最可悲的凝结物，而本世纪初意大利、奥地利、西班牙的修道院仍是这样。修道院，这一类修道院，是种种恐怖的集中地。严格意义上的修道院，充斥着死亡的黑光。

西班牙的修道院尤其阴森凄惨。那里，一个个高似大教堂的大祭坛高耸于黑暗中，升向烟雾迷漫的拱顶，升向黑暗重重、朦朦胧胧的圆顶；那里，黑暗中，一条条铁链上挂着耶稣受难白十字架；那里，乌木架上摆着巨大的基督裸体牙雕像；它们不只是血糊糊的，而且是在流血；它们既丑陋，又华丽，肘上露出骨头，膝盖骨露出皮膜，伤口露出血肉，头戴白银荆冠，钉着黄金钉子，额上流淌着一滴滴红宝石做成的鲜血，眼里含着用钻石做成的泪珠。钻石和红宝石看上去湿漉漉的，使得下面黑暗中头戴面纱的人放声痛哭，她们的腰部被粗麻衬衣和铁针头皮鞭折磨得青一块紫一块，胸部被柳条栏板压扁，膝盖因祈祷而磨破了皮；这是些自以为是基督之妻的女人，自以为是天使的幽灵。这些女人有思想吗？没有。她们有愿望吗？没有。她们有爱吗？没有。她们活着吗？不。她们的神经已变成骨头；她们的骨头已变成石头。她们的面纱由黑夜织成。她们在面纱下的呼吸像是死人的气息，惨不忍闻，难以言表。女修院院长是个鬼魂，使她们圣化，使她们恐惧。这里的纯洁野蛮不堪。这就是西班牙老修道院的概况。那是可怕的苦行窟，贞女们的魔窟，是冷酷无情的地方。

　　天主教的西班牙，比罗马还要罗马。西班牙修道院是典型的天主教修道院。里面散发着东方的气味。大主教是天国的大太监，用重锁锁住并密切窥伺着这个天主的御用后宫。嬷嬷是嫔妃，神甫是太监。信女们在梦里被选定，并占有基督。夜里，那位赤身裸体的英俊青年从十字架上走下来，使得静室里的人心醉神迷。耶稣－基督是她们的苏丹，高墙深院使得这些神秘的后妃不能有丝毫人生欢愉。朝外面看一眼，都是不忠的表现。地牢代替了皮袋子。东方是把人扔进大海里,西方则把人扔进地牢里。两地的女人都在受煎熬;这边是波涛,那边是墓窟;这里是水淹,那里是土埋。惨绝人寰,不分高下。

今天,厚古的人们也不能否认这些事实,于是决定付之一笑。如今流行着一种方便而奇怪的做法,抹杀历史的揭露,削弱哲学的评论,取消所有令人不快的事实和阴暗的问题。狡猾的人说:"这是可供高谈阔论的题材。"傻瓜跟着重复:"高谈阔论的题材。"于是卢梭便成了夸张的演说家;狄德罗是夸张的演说家;伏尔泰为卡拉斯、拉巴尔和西尔旺①辩论,也是夸张的演说家。不知道是谁最近发现,塔西佗是一个夸张的演说家,尼禄②受到了中伤,并认为应该同情"可怜的奥洛费尔纳③"。

可事实是不容易被打败的,它顽强地坚持着。在离布鲁塞尔八里处,在维莱女修院,作者曾在一个草地(原先是修院的院子)中央,亲眼见过一个土牢洞,那是有目共睹的中世纪的见证。此外,在迪勒河畔,又看见了四个石砌地洞,一半在地上,一半在水下。这就是地牢。这些地牢都还残留着一扇破烂的铁门、一个茅坑和一扇装铁条的小窗,那小窗外面高出河面两尺,里面离地六尺。四尺深的河水沿墙流过。地面终年潮湿。地牢

---

① 卡拉斯见前注;拉巴尔(1745—1766),法国贵族,他被折磨后斩首,又被焚尸,据说被处决的原因是没有向罗马天主教游行队伍敬礼;西尔旺(1709—1777),法国新教徒,被指控谋杀信天主教的女儿被判死刑。伏尔泰为他们三人作过辩护。
② 塔西佗(55—120),古罗马历史学家。尼禄(37—68),罗马暴君。
③ 奥洛费尔纳,《犹滴传》中的一位将军。该书叙述犹太烈女子犹滴为拯救祖国,引诱敌将奥洛费尔纳,最后将他杀死。

里的人以湿地作床板。在其中一个地牢里,墙上还嵌着一段铁颈圈;在另一个地牢里,可见一个类似方匣的东西,由四块花岗岩板做成,躺着嫌太短,坐着嫌太矮。那是用来关人的,上面还要加一块石盖。这是事实。人人看得见。人人摸得着。这些地牢,这些囚室,这些铁挂钩,这些铁颈圈,这个高高的河水齐窗流过的铁窗,这个盖着花岗岩盖,活像坟墓,不同的是只埋活人的石头匣子,这个烂泥地面,这个茅坑,这些渗水的墙壁,难道也都在夸张吗?

三 尊重过去的条件

修道制度,正如在西班牙和西藏所存在的那样,是文明所患的肺痨。它让生命骤然停止。简而言之,它使人口减少。送进修道院,等于将人阉割。它曾是欧洲的灾星。还要加上对信仰的粗暴干涉,强迫选择志向,修院成为封建势力的据点,长子权将家庭多余人口送进修院,上面谈到的残酷的清规戒律,地牢,不让说话,不让思想,多少聪明人被迫终身发愿,过着暗无天日的生活,入会修女着衣仪式,灵魂被活活埋葬。除了民族堕落,还得加上个人所受的折磨,不管你是谁,只要看到修士服和面纱,便会浑身战栗,那是人类发明的两种裹尸布。

然而,尽管已是十九世纪中期,出家修道的思想无视哲学,无视进步,仍在某些角落、某些地方横行霸道,现在,苦行的风气死灰复燃,这一奇怪的现象使文明世界瞠目结舌。老态龙钟的修道院顽固地想永远存在，就像变味的香水一心想往你头发上洒，腐烂的臭鱼妄想让你的嘴巴吃，小时候的衣服纠缠着想让成年人穿，尸体回来温柔地拥抱活人。

衣服说："忘恩负义！天气恶劣时我保护过你们。为什么不要我了？"臭鱼说："我来自大海。"香水说："我是玫瑰。"尸体说："我爱过你们。"修院说："我教化过你们。"

对这一切，只有一个回答：已过去了。

梦想将死亡的东西无限延长，并用防腐香料来统治人类，重整腐朽的教义，在遗骸盒上重新涂金，在修院墙上重抹水泥，给圣物盒重新祝福，给迷信的东西重置家具，给狂热的事情重新加油，给圣水器和马刀重新装柄，重新建立修道制度和黩武主义，认为增加寄生虫便能拯救社会，将过去强加于现在，这看来是咄咄怪事。可是却有理论家支持这些理论。这些理论家——都是才华横溢的人——有一套极其简便的办法，他们给过去抹上一种涂料，即所谓的社会秩序、神权、道德、家庭、尊重祖宗、古代的权威、神圣的传统、合法性、宗教。他们大喊大叫："喂！诚实的人们，接受吧。"这一逻辑古人家喻户晓。古罗马肠卜僧们就使用过。他们给一头黑牡犊抹上石膏粉，然后说：它是白的。Bos cretatus[①]。

至于我们，我们处处尊重过去，对过去持宽容态度，只要它肯承认已经死去。如果还想起死回生，我们就攻击它，竭力杀死它。

迷信、过分虔诚、伪善、偏见，这些丑恶的鬼魂，尽管是鬼

---

① 原文为拉丁语，意为"牛擦上了白粉"。

魂,却不甘死亡,仍在烟雾中张牙舞爪;必须同它们肉搏,同它们战斗,一刻也不能停止,因为人类注定要同妖魔鬼怪进行永久的搏斗。鬼魂是很难扼住喉咙,很难击垮的。

十九世纪中叶正是太阳当空之时,法国的一座修道院,便是面对阳光的猫头鹰的巢穴。一座修院竟在一七八九、一八三〇和一八四〇年革命的发祥地,明目张胆地推行苦行主义,让罗马的幽灵在巴黎横行霸道,这是一种年代错误。在正常时期,要消除和清除一个年代错误,只需让它拼读一下所标的年份就行了。可是,现在根本不是正常时期。

让我们战斗吧。

让我们战斗,但要有所区别。真理的特点,是绝不要过分。它有必要夸大吗?有的应该摧毁,有的只需用阳光照一照,看一看。善意和严肃的审视,具有何等的力量!阳光充足的地方,千万不要送去火焰。

因此,既然已是十九世纪,我们总的论点是反对出家修行,不管是哪个国家的,欧洲的,还是亚洲的,土耳其的,还是印度的。修道院,便是沼泽。那里显然容易腐烂,那里淤塞静止,有损健康,那里发着酵,使人民发烧枯萎;修院的大量繁殖成了埃及的疮痍。那些国家里,行乞僧、和尚、苦行僧、修士、隐修士、比丘和行乞修士触目皆是,泛滥成灾,一想起来就不寒而栗。

说归说,修道的问题依然存在。这一问题某些方面神秘莫测,近乎令人恐惧。让我们来仔细看一看。

四　修道院的原则

一些人聚集起来，共同生活。凭什么权利？凭结社的权利。

他们闭门幽居。凭什么权利？凭每个人都有打开或关闭家门的权利。

他们足不出户。凭什么权利？凭每个人都有来去的权利，当然也包括待在家里不出门的权利。

他们在家里干什么？

他们低声说话，他们低垂眼睛，他们干活。他们放弃尘世，放弃城市，放弃肉欲，放弃快乐，放弃虚荣、骄傲和利益。他们穿粗呢衣或粗布衣。他们没有一人拥有一样东西。走进修院，富人也变成穷人，拥有的东西，全分给大家。被称为贵族、绅士、老爷的人，和做农民的不分贵贱。每个人的修室都是一样。大家都行相同的剃发礼，穿相同的修士服，吃相同的黑面包，睡在相同的麦秸上，死在相同的灰烬上。背上背着相同的褡裢，腰上束着相同的绳子。假如决定赤脚走路，大家一律赤脚走路。假如中间有个王子，这王子和其他人有相同的影子。不再有封号。连姓氏也都消失。他们都只用名字。人人都在平等的教名下弯腰曲背。他们废除了骨肉的家庭，在共同体内建立了精神的家庭。除了全人类，他们不再有其他亲人。他们接济穷人，照看病人。他们选举自己服从的人。他们彼此称呼兄弟。

你会打住我的话头，嚷道："这才是理想的修道院！"

只要是修道院，就足以让我重视了。

因此，在前一卷里，我以尊敬的口吻谈到了一个修道院。

撇开中世纪，撇开亚洲，暂时不谈历史和政治问题，站在必需的宗教论战之外，从纯哲学的观点出发，只要入修道院绝对出于自愿，不是强迫，那么，我永远会以一种严肃热忱，在某些方面还会以尊敬的态度对待修道共同体。哪里有共同体，哪里便有公社；哪里有公社，哪里便有权利。修道院是"平等、博爱"这一口号的产物。啊！自由是多么伟大！这是多么辉煌的改头换面啊！自由足以把修道院改变成共和国。

让我们继续往下讲。

可这些幽居在高墙内的男人或女人，他们身穿棕色修士服，他们彼此平等，他们互称兄弟；这的确不错；可他们还做别的事吗？

当然。

那么做些什么？

他们看着影子，他们双膝下跪，他们双手合十。

这意味着什么？

五　祈祷

他们祈祷。

祈祷谁？

上帝。

祈祷上帝是什么意思？

在我们身外，是不是有个无限？这个无限是不是一体的、内在的、永恒的？既是无限，它是不是必然是物质的，哪里没有物质，它便在哪里终止？既是无限，它是不是必然有智力，哪里没有智力，它便在哪里结束？这个无限是不是唤醒了我们身上的本体观念，而我们只能赋予自身存在的观念？换句话说，它是不是就是绝对，我们却是相对？

我们身外有无限，那么，我们身上是不是也有个无限呢？这两个无限（多么可怕的复数！）是不是彼此重叠？第二个无限可不可以说是第一个无限的内里？它是不是第一个无限的镜子、反射、回声，有着同一个中心？这第二个无限也有智力吗？它有思想吗？它有爱吗？它有愿望吗？假如两个无限都有智力，那么它们各自都有一个能产生愿望的本源，上面那个无限有一个我，同样，下面这个无限也有个我。下面的我是灵魂；上面的我是上帝。

通过思想，让下面的无限同上面的无限接触，这就叫祈祷。

不要从人的思想中去掉什么；去掉东西是不好的。应该改革和改变。人的某些性能是面向未知世界的：思想，梦想，祈祷。未知世界是浩瀚的海洋。意识是什么？是未知世界的指南针。思想，梦想，祈祷，这是巨大而神秘的光辉。让我们尊重它们。灵魂的这些庄严的光辉照向哪里？照向黑暗。也就是说奔向光明。

民主之伟大，在于不否定、不放弃人类的一切。在人权的附近，至少在旁边，存在着灵魂的权利。

压制狂热，尊敬无限，这就是法则。我们不要仅限于拜倒在造物主这棵大树下，只顾敬仰群星繁盛的巨大枝丛。我们肩负着责任：教化人的灵魂，捍卫奥秘，反对奇迹，崇敬未知，唾弃荒谬，在无法解释的事物面前，只接受必然的东西，净化信仰，扫除宗教上的迷信，清除上帝身上有害的东西。

六　祈祷绝对是善

至于祈祷方式，只要真诚，任何方式都是好的。把你的书翻到反面，到无限中去。

我们知道，有一种哲学否认无限。按病理学分类，还有一种哲学否认太阳；这种哲学叫失明。

将我们没有的一种感官当作真理的起源，这完全是盲人的厚颜无耻。

奇怪的是，这种瞎子的哲学，面对看见上帝的哲学，采取妄自尊大、居高临下、悲天悯人的态度。我们仿佛听见有只鼹鼠在叫嚷：他们老说看见太阳，真让我可怜！

我们知道，有一些杰出的有力量的无神论权威。其实，这些人又被自身的力量拉回到真实，不大确信自己是无神论者，他们不过是下了个定义。不管怎样，即使他们不相信上帝，作为大智大慧的人，他们证明了上帝。

我们崇敬他们身上哲学家的风范，但对他们的哲学要无情地予以定性。

继续往下讲。

也有令人钦佩的地方，他们极有说空话的本领。北方有个形而上的派别，有点被迷雾蒙住了眼睛，以为用意志一词取代力量这个词,也就在人的悟性上进行了一场革命。

他们说:植物想要,而不说:植物生长。的确,如果加上"宇宙想要",内容就更丰富了。为什么?因为从中可得出这样的结论:植物想要,因此,它就有一个我;宇宙想要,因此,它便有一个上帝。

至于我们,与这一派相反,我们不先验地拒绝一切,可我们认为,这一派所主张的植物有意志的说法,要比他们所否定的宇宙有意志的说法更难接受。

否认无限的意志,即否认上帝,这只有在否认无限的情况下才成立。这一点,我们已论证过了。

否认无限,会直接导致虚无主义。一切都变成"思想的一种产物"。

同虚无主义是无法争辩的。逻辑性强的虚无主义者怀疑交谈者的存在,当然也不相信自己的存在。

按照他们的观点,他们自己也只是"他们思想的一种产物"。

不过,他们丝毫没有发现,他们否定了的一切东西,只要一说到思想二字,就又被他们全盘接受了。

总之,一种把一切都归结为一个"无"字的哲学,是不可能为思想找到任何出路的。

对于"无",只有一个回答:有。

虚无主义毫无意义。

虚无是不存在的。零是不存在的。一切都意味着什么。没有任何东西是虚无的。

人生活中对肯定的依赖,比对面包的依赖更多。

看见和让看见，这甚至是不够的。哲学应该是一种能量，应以改善人类作为自己努力的方向和目标。苏格拉底应与亚当结合，产生马可·奥勒利乌斯①；换句话说，要从追求享乐的人身上，产生大智大慧的人。要把伊甸园变成吕克昂②。科学应该是一种强身剂。享乐，这是多么可悲的目的，多么卑微的志向！傻瓜才讲求享乐。思想，乃是心灵真正的胜利。人们饥渴时给他们送去思想，把上帝的概念当作琼浆供他们畅饮，使意识和科学在他们身上友善相处，让这种神秘的对照把他们变成正直的人，这就是真正哲学的作用。道德是真理的怒放。静思必导致行动。绝对应当注重实际。理想对人的思想来说，应当是可呼吸、可饮用、可食用的。惟有理想才有权说："吃吧，这是我的肉，这是我的血。"智慧是一种神圣的相通。只有这样，智慧才不再是对科学的徒劳的爱好，而是变成团结人类的唯一而至高无上的方式，并从哲学升华为宗教。

哲学不应当是建筑在神秘之上的空中楼阁，只让人自由观赏，除了满足人们的好奇心外，别无他用。

至于我们，以后有机会再来阐述我们的思想，目前只想说，如果没有信仰和爱这两个力量作为动力，我们就认识不到人是出发点，进步是目的。

进步是目的；理想是典范。

理想是什么？是上帝。

---

① 马可·奥勒利乌斯（121—180），罗马皇帝，以贤明著称。
② 吕克昂，古希腊哲学家亚里士多德在雅典创办的学校。

理想、绝对、完美、无限，这都是意思相同的词。

七 指责当谨慎

历史和哲学肩负着诸多永恒的责任，同时也是些简单的责任；同该亚法①大祭司、德拉古②法官、特里马尔西翁③立法者、提比略④皇帝的斗争，那是清楚的，直接的，透明的，没有半点含糊。可是，隐居的权利，甚至它的缺陷弊端，却要予以确认，并慎重对待。苦行隐修是涉及人的问题。

每每谈及修道院，谈及这谬误而无辜、失常而诚挚、愚昧而忠诚，充满着痛苦却是为了殉教而受苦的地方，几乎总是又肯定又否定。

修道院是一种矛盾。其目的是救苦救难，采用的手段是牺牲。修道院是以极端的忘我为结果的极端的个人主义。

以退为进，这似乎是修道制度的座右铭。

在修道院里，人们以苦为乐。人们签发由死亡兑付的支票。人们在尘世的黑暗中预支天国的光明。在修道院里，地狱是被作为进入天堂的生前赠与而接受的。

---

① 该亚法，耶路撒冷大祭司。
② 德拉古（活动时期约公元前七世纪），雅典立法者，所制定的法律十分残酷。
③ 特里马尔西翁，公元一世纪古罗马作家佩特罗马乌斯讽刺小说《萨特利孔》中的人物。
④ 提比略（前42—37），罗马帝国第二位皇帝。

戴上面纱或穿上修士服,是一种以永生相报的自杀。

对于这样一个问题,我们认为是不应该冷嘲热讽的。不管是好是坏,一切都是严肃的。

正直的人皱起眉头,但从不恶意讥笑。我们能理解愤怒,却不能理解恶意。

八 信仰,戒律

还要啰嗦几句。

当教会充满阴谋,我们便谴责教会,当教权热中俗权,我们便蔑视教权。但我们处处敬重爱沉思的人。

我们向跪着的人致敬。

信仰,人所必需。毫无信仰的人实在可怜!

潜心沉思的人并非无所事事。有看得见的劳动,也有看不见的劳动。

静修,是耕耘;思想,是行动。双臂交叉,是在干活,双手合十,是在做事。双眸凝望上天,是一件工作。

泰勒斯[①]息交绝游整整四年。他创建了哲学。

在我们看来,苦行修士并非游手好闲之辈,幽居之士并非无所事事之人。

神游冥冥之乡,是件严肃的事。

---

① 泰勒斯(活动期为公元前六世纪),古希腊哲学家,为古代七贤之一。

我们坚持前面说的,同时,我们认为活着的人应念念不忘坟墓。在这一点上,神甫和哲学家的看法是一致的。"人是必须死的。"这里,特拉普修道院①院长与贺拉斯桴鼓相应。

生不忘死,这是哲学家的戒律,也是苦行者的戒律。在这方面,苦行者和哲学家是一致的。

有物质的增长,这是我们需要的。也有道德的发展,这是我们珍视的。

不爱思索、信口开河的人说:

"那些一动不动地面朝神秘世界的人有什么用?他们能干什么?他们在做什么?"

唉!包围和等待我们的是茫茫黑暗,不知道这散向四方、寥无边际的黑暗会把我们怎样,因此,我们只有回答:也许任何事业都比不上他们从事的事业崇高。还要加上一句:也许没有比这更有用的工作。

总得有人来为从不祈祷的人祈祷。

在我们看来,问题的关键在于祈祷时思考多不多。

莱布尼兹②祈祷上帝,那是非常伟大的;伏尔泰崇拜上帝,那是非常美好的。伏尔泰为上帝建了座丰碑。③

我们信仰上帝,但反对各种宗教组织。

---

① 特拉普修道院建于十七世纪。实行节食忏悔,保持缄默。
② 莱布尼兹(1646—1716),德国自然科学家、数学家、哲学家。
③ 原文为拉丁语,刻在菲尔奈教堂的门楣上。这座教堂是伏尔泰于一七七〇年出资建造的。

我们认为经文是空洞的，祈祷是崇高的。

此外，在我们所处的这个时代——所幸它不会在十九世纪留下印记——多少人垂头丧气，缺乏高尚的灵魂，多少人行尸走肉，追求享乐，热衷于眼前丑恶的物质利益，在这样的风气下，有人隐居修院，离群遁世，我们认为是值得尊敬的。修道院是一种牺牲。尽管这种牺牲是站不住脚的，但总还是牺牲。将一种严重的错误视作责任，自有其伟大之处。

如果围绕着真理，将修道院，尤其是将女修院——因为在我们这个社会里，女人受苦最深，隐居修院，就是对社会的反抗——进行本质的、理想的、反复的分析，直至任何偏见消失殆尽，那么，我们会发现，女修院无可否认地有其庄严的一面。

这种极其严厉、极其阴沉的修道生活，我们刚作了概括的描绘；那不是生活，因为没有自由；那也不是坟墓，因为并不圆满；那是个奇特的地方，在那里，犹如置身于一座高山之巅，一边可以看见我们所在的深渊，另一边看得见我们将去的深渊；那是隔离两个世界的狭窄地带，薄雾笼罩，朦朦胧胧，既有一边的亮光，又有另一边的昏暗，交错着微弱的生命之光与朦胧的死亡之光；那是半明半暗的坟墓之光。

至于我们，我们并不相信这些女人所相信的，但和她们一样也有信仰。每当我们注视这些鞠躬尽瘁、战战兢兢却又充满自信的女人，看见这些谦卑而严肃的女人，敢于生活在神秘世界的边缘，在已关闭大门的世界和尚未启开大门的天国之间耐心等待，望着那看不见的亮光，仅在心里想想自己知道它在那里，便觉得非常幸福，憧憬着万丈深渊和未知世界，双眸凝望静止不动的冥冥黑暗，双膝跪地，狂热着，惊愕着，颤抖着，有时，来自永恒世界的深邃气息，把她们吹得飘飘欲起，每当这时，我们总会肃然起敬，也不免有恐惧之感，既觉得她们可怜可悲，又感到她们值得钦羡。

第八卷
墓地来者不拒

一 入修院的门路

让·瓦让,按福施勒旺大爷的说法,"从天上掉下来"时,正是掉进了这家修道院。

他在波隆索街的拐角处翻墙进入了园子。他在深更半夜听见的天使的圣歌,是修女们唱的晨经;他在黑暗中窥视的大厅,是小教堂;那趴在地上的幽灵,是行补赎礼的嬷嬷;那使他深感意外的铃铛,是系在福施勒旺膝上的园丁的铃铛。

珂赛特一躺下,正如前面看到的,让·瓦让和福施勒旺便对着一堆旺火,吃起晚饭来。他们喝了一杯葡萄酒,吃了一块奶酪。然后,因为小屋唯一的一张床上躺着珂赛特,他们便各自躺到一堆麦秸上。让·瓦让在合眼之前说:

"以后我得待在这里了。"

这句话在福施勒旺的脑袋里翻腾了一夜。说实话,他们谁都没有睡着。

让·瓦让感到自己已经暴露,雅韦尔在追捕他,他明白,如果他和珂赛特回到巴黎城里,肯定会完蛋。既然刚才新起的一阵狂风把他刮到了这个修院里,他心里只有一个念头,那就是留在里面。然而,对于像他这样悲惨的人,这个修院既是最危险又是最安全的地方。说最危险,是因为任何男人不得入内,一旦被发现,便是现行罪犯,让·瓦让从修道院到监狱只差一步;说最安全,是因为只要能被接受,并能住在里面,谁会到这里来找他呢?住在一个不让住的地方,便能得救。

福施勒旺脑袋里也在翻腾。他开始纳闷这是怎么回事。围墙这么高,马德兰先生如何会在这里?修道院的围墙是不可逾越的。带着个孩子,他是怎么进来的?抱着孩子,如何翻得过一道陡墙?这孩子是谁?他们俩是从哪里来的?

福施勒旺来修道院后,从没听人谈起过滨海蒙特勒伊,对那里发生的事一无所知。马德兰老伯的神态让人不敢提问;况且,福施勒旺心想:对圣人是不能提问的。马德兰先生在他心中威望依旧。不过,从马德兰先生露出的几句话,这位园丁认为可以得出结论:由于时势艰难,马德兰先生可能已破产,债主们在追他。抑或他卷进了一桩政治纠纷中,要找个地方躲起来。对此,福施勒旺丝毫不觉得不高兴,他和许多北方农民一样,在他的内心深处,一直是拥护拿破仑的。马德兰先生既然想躲起来,并且选择了修道院作避难所,那他想留下来是很自然的事。但有一点福施勒旺百思不得其解,那就是马德兰先生如何能进来的,还带着这个小女孩。福施勒旺看得见他们,摸得着他们,同他们说话,但却难以置信。不可理解的事刚才降落到福施勒旺的陋屋里。福施勒旺试着作各种猜测,越猜越糊涂,不过,有一点他是清楚的:

马德兰先生救过我的命。明确这一点就够了。他下了决心。他心里想：该我报恩了。他还想道：马德兰先生钻到车子底下救我时，没有像我这样考虑再三。他决定救马德兰先生。

可他仍给自己提了各种问题，并找出答案。

"他救过我的命，可是，假如他是小偷，我要不要救他呢？当然。假如他杀了人呢，我还救他吗？当然。既然他是圣人，我要救他吗？当然。"

可是，让他待在修道院里，谈何容易！在这几乎是空想的企图面前，福施勒旺毫不退却。这个可怜的庇卡底农民，决心攀登修道院难以攀登的重重难关，以及圣本笃戒律的道道峭壁，他唯一的梯子便是他的忠心，他的诚意，还有一点儿这次是用来仗义救人的乡下人传统的精明。福施勒旺老爹已是风烛残年，生来为人自私，行将就木时，成了瘸子和残废，他在世上不再有任何利益，认为感恩图报是件好事，看到能做一件可歌可泣的事，就冲了上去，有如一个垂死的人，伸手碰到一杯从未饮过的美酒，便一饮而尽。还可以说，他来这修道院已有几年，他所呼吸的空气已摧毁了他的个性，最终使他认为有必要做一件好事。

于是他下了决心：要效忠马德兰先生。

刚才，我们称他为可怜的庇卡底农民。这样称他很正确，但不全面。故事讲到这里，有必要介绍一下福施勒旺老爹的相貌了。他是农民，但也是公证所事务员，这使他精明之外，多了点狡辩的才能，质朴之外，多了点洞察力。只因种种原因，他在事业上失败，从公证所事务员一下沦为车夫和苦力。可是，尽管他常常口出粗话，手挥鞭子（这对牲口似乎很有必要），但他身上仍有公证所事务员的特点。他生来有点小聪明；他说话从不出语病；他善于同人交谈，这在村里是凤毛麟角。乡亲们说他言谈像个戴礼帽的先生。的确，对于福施勒旺，可用上世纪粗野而轻浮的语言，把他称作"半绅士，半乡巴佬"；也可用平民档案中贵族对穷人用的隐语，把他形容成："有点像庄稼汉，有点像城里人，胡椒和盐。"尽管福施勒旺惨遭命运的考验和折磨，是一个走投无路的可怜老汉，可他做事却凭本能和直觉；这是能防止变坏的极其宝贵的品质。他的缺点和毛病（他也有过），那都是表面上的。总之，他的相貌能获得观察家的青睐。在他那张老脸的额头上，没有一条显示凶恶和愚蠢的令人厌恶的皱纹。

福施勒旺老爹想了很多很多，拂晓时分，他睁开眼睛，看见马德兰先生坐在麦秸上，凝视着珂赛特睡觉。福施勒旺坐了起来，对他说：

"现在您人已在这里，怎么样才能从外面进来呢？"

这句话概括了当时的情况，并把让·瓦让从沉思中惊醒。

两位老人商量起来。

"首先，"福施勒旺说，"您要做的第一件事，就是不要离开这个屋子。不管是您，还是孩子。跨进园子一步，我们就完了。"

"对。"

"马德兰先生，"福施勒旺又说，"您来得正是时候，我是想说非常不幸的时候，有个嬷嬷病得很重。这样，人家就不大会注意我们这边了。她好像快死了。正在做四十小时的祈祷。整个修院乱成一团。她们全都为这事忙着。快要走的这个嬷嬷是个圣人。其实，这里人人都是圣人。她们和我之间只有一点区别，她们说：'我们的修室',而我说:'我的窝。'马上就要给临终者做祷告了,然后是给死者做祷告。今天我们这里会太太平平,明天就难说了。"

"可是,"让·瓦让指出,"这间小屋缩在墙的凹角里,被一个破房子挡着,还有树木,修道院那边看不到。"

"而且,我还要补充一句,修女们从不走近这里。"

"好啊?"让·瓦让说。

他用疑问的口吻加强这句话,可以理解为:我觉得可以躲在里面了。针对这疑问语气,福施勒旺回答:

"可有那些小女孩呀。"

"什么小女孩?"让·瓦让问道。

福施勒旺正张嘴要解释他刚才说的话,一只钟敲了一下。

"那修女死了,"他说,"这是丧钟。"

他示意让·瓦让注意听。

那钟又敲了第二下。

"这是丧钟,马德兰先生。一分钟一次,要连续敲二十四小时,直到尸体从教堂里运出去。瞧,她们要玩耍的呀!课间休息时,只要有个球滚过来,她们就会不顾禁令,跑到这里来寻找。这些小天使,都是些淘气鬼。"

"谁?"让·瓦让问。

"那些小女孩呀。瞧吧,您很快就会被发现的。她们会大叫大嚷:哇,有个男人!不过,今天没有危险。今天没课间休息。一整天都要祈祷。您听见钟声了吧。正如我刚才说的,一分钟一次。这是丧钟。"

"我明白了,福施勒旺大爷。有寄宿生。"

让·瓦让心里却在琢磨:

"珂赛特可有地方受教育了。"

福施勒旺咋呼道:

"嘿!要是小女孩来到这里可就糟了!她们围着您叽叽喳喳!她们会逃跑!这里,男人就是瘟疫。您瞧见了,人家把我当猛兽,在我脚上绑了个铃铛。"

让·瓦让越来越陷入沉思中。

"这个修道院能救我们。"他喃喃自语道。接着,他抬高嗓门:

"是的,难就难在如何留下来。"

"不对,"福施勒旺说,"而是如何出去。"

让·瓦让顿觉血液涌回心脏。

"出去?"

"是的,马德兰先生,为了再进来,您得先出去。"

等一声丧钟过去后,福施勒旺才接着又说:

"不能让人在这里发现您。您是从哪里来的?对我来说,您是从天上掉下来的,因为我认识您。可嬷嬷们却需要别人从大门进来。"

忽然,另一只钟发出了更为复杂的响声。

"啊!"福施勒旺说,"敲钟召唤参事嬷嬷了。她们要去开教务会议了。有人死了,都要召开教务会议。她是拂晓时死的。一般都是在拂晓时死。您难道不能从进来的地方出去吗?不过,我问您从哪里进来的,并不是向您提问题。"

让·瓦让脸色顿然发白。一想到又要回到那条可怕的街上,他就不寒而栗。刚逃出到处是老虎的森林,没想到一个朋友又劝你回到那里去。让·瓦让想象中,看见整个街区布满了警察,暗探在密切监视,哨兵星罗棋布,可怕的拳头伸向他的领子,雅韦尔也许就躲在十字路口的角落里。

"这不可能!"他说。"福施勒旺大爷,就算我是从天上掉下来的吧。"

"这我相信,这我相信。"福施勒旺又说。"您没有必要同我说这个。仁慈的上帝可能抓住了您,仔细看了看,又把您放了。不过,他本想把您放进一个男修道院里,结果出了错。听,又响钟声了。这是通知看门人去通知市政府,让他们通知法医来确认人死了。这是人死后的一套繁文缛节。那些嬷嬷,不大喜欢医生来访。医生是什么也不信的。他把面纱揭掉,甚至把其他东西揭掉。这次,她们这么快就通知医生了!有什么事?您这孩子一直不醒。她叫什么名字?"

"珂赛特。"

"是您的女儿?看起来,您是她的祖父吧?"

"是的。"

"她从这里出去倒不难。我出去办事专门有道门,通向院子。我敲敲门。门房打开门。我背着我的背篓,小姑娘藏在里头。我出门去。福施勒旺大爷背着背篓出门,是最平常的事。您叫孩子安静地待在里面。上面盖着雨布。到时候,我把她放在一位卖水果的老婆婆家里,她是我的朋友,住在绿径街,是个聋子,她家有张小床。我对着她的耳朵大声说,这是我的侄女,叫她帮我看到明天。然后,小姑娘和您一起回来。因为我会设法让您回来的。必须这样做。可您怎么出去呢?"

让·瓦让点了点头。

"不能让人看见我。这是最关键的,福施勒旺大爷。想个办法让我出去,就像珂赛特躲在篓筐里盖着雨布出去一样。"

福施勒旺用左手搔了搔耳垂,这是十分为难的表示。

这时,响起第三次钟声,分散了他们的注意力。

"法医走了。"福施勒旺说。"他看过了,他说:她死了,好了。医生签发了去天国的通行证后,殡仪馆便送来一口棺材。若是一个参事嬷嬷死了,就由参事嬷嬷们给她入殓;如是一般的修女,就由一般的修女们给她入殓。然后,由我钉上棺材。这是我做园丁的事。园丁做一点掘墓人的工作。尸体放到教堂底层的一间屋子里,这屋子通向大街,除了法医,任何男人都进不来。我不把殡仪馆的送葬工和我算作男人。我就在楼下那间厅里钉棺材。送葬工来把棺材运走,车夫扬起鞭子!人就是这样上天国的。人们运来一个空盒子,抬走时里面装了些什么。这就是埋葬死人。深深埋葬。①"

一缕阳光横照在沉睡的珂赛特的脸上。她微微张开嘴巴,有如天使在喝饮阳光。让·瓦让已把眼睛移到她身上。他不再听福施勒旺说话。

没有人听,不是住口的理由。厚道的老园丁继续平静地唠叨着。

"在沃日拉公墓挖坑埋葬。这个沃日拉公墓,据说要取消了。这是个老公墓,没有章程,乱葬一起,不久就要退役了。这很遗憾,因为它很方便。那里有我一个朋友,梅斯蒂安大爷,是掘墓的。这里的修女们有一个特权,可以天黑时送到这个公墓。市政

---

① 原文为拉丁语。

府特别为她们订了个法令。可昨天以来发生了多少事！受难嬷嬷死了，马德兰老伯……"

"埋葬了。"让·瓦让苦笑着说。

福施勒旺转了话锋。

"天哪！您要是在这里待下去，那就真的埋葬了。"

第四次钟声响了。福施勒旺赶紧从钉子上取下带铃铛的皮带子，又把它绑到膝盖上。

"这次是叫我的。院长嬷嬷叫我去。哎哼，皮带的扣针扎了我一下。马德兰先生，不要动，等着我。有新情况。您饿的话，那里有酒、面包和奶酪。"

他走出小屋，边走边说："来啦！来啦！"让·瓦让看见他匆匆穿过园子，他的瘸腿能走多快，就走多快，边走边望着路边的瓜田。

福施勒旺大爷一路走去，铃铛声吓得修女们赶快逃跑。不到十分钟，他就来到一个门前，轻叩一下，一个温柔的声音答道："永远。""永远"即是"请进"。

这道门是专为园丁而设的会客室的门，有事便召他到这里。隔壁便是教务会议厅。院长嬷嬷坐在会客室唯一的椅子上，等着福施勒旺。

二 福施勒旺遇到难题

对于某些性格、某些职业的人，尤其是神甫和修女，在紧急关头显出不安和严肃的神态,这就很特别了。福施勒旺进来时,院长嬷嬷的脸上就露出了这样两种忧虑神色,而这位才貌双全的德·布莱默小姐平常总是高高兴兴的。

园丁诚惶诚恐地行了礼,站在修室的门口。院长嬷嬷手里拨着念珠,抬起头来说:

"啊!是您,福旺大爷。"

这个简称修院里叫惯了。

"是我,尊敬的院长嬷嬷。"

"我有话要对您说。"

"我也是,"福施勒旺内心害怕却壮着胆子说,"我也有事要对尊敬的院长嬷嬷说呢。"

院长看着他。

"啊!您有事要告诉我。"

"有事要求您。"

"那好,说吧。"

这位当过公证所事务员的福施勒旺老头,属于那种沉着镇静的乡下人。善于装聋扮傻,便是一种力量;你对他毫无提防,不觉上了他的当。福施勒旺在修道院已待了两年了,赢得了大家的信任。他孤身一人,成天忙着侍弄园子,除了好奇,几乎没有旁的事好做。他从远处望着头戴面纱来来往往的女人,仿佛一些幽灵在前面晃动。他不断注意,不断穿透,这些幽灵终于在他眼里都变成了血肉之躯,这些死人全变成了活人。他就像聋子,视觉更明了,就像瞎子,听觉更灵了。他用心分辨各种钟声的含义,最终了如指掌,于是,这个默默无声、谜一般的修道院便没有事

647

能瞒得过他；这个斯芬克司①对着他的耳朵叨叨所有的秘密。福施勒旺知道一切，却装作一无所知。这是他的本事。全修道院的人都认为他傻里傻气。这在修道院里可是一大优点。参事嬷嬷们对福施勒旺很看重。这是个奇特的哑巴。他赢得了大家的信任。此外，他勤勤恳恳，足不出户，除非果园和菜园里有事要办。他谨慎小心，大家感激他。不过，他仍能从两个人那里套出话来：一个是修院的门房，知道会客室里发生的事；另一个是公墓的掘墓人，知道墓地发生的事。因此，他有两盏灯照着修女们：一盏照着生，一盏照着死。但他从不滥用。修院里的人都很器重他。年迈，腿瘸，眼瞎，还有点耳聋，优点数不胜数！很难找到人替代他。

那老头自觉深受器重，非常自信，便以乡下人的唠叨，对尊敬的院长嬷嬷开始了一番长篇大论，拉拉杂杂，却非常深刻。他啰啰嗦嗦，讲他年事已高，身有残疾，年龄太大，往后更会力不从心，工作的要求越来越高，园子那样大，夜里还得起床干活，就像昨天，因为有月亮，不得不夜里起来给甜瓜盖草席，最后，他说，他有个兄弟（院长动了一下），年纪不轻了（院长又动了一下，但这是放心的表示），院长愿意的话，他这个兄弟可来同他一起住，帮帮他的忙，他是个出色的园丁，在修院里能派上用场，比他更有用；否则，假如院方不要他兄弟，他这个当哥哥的，感到年老体弱，干活力不从心，只好遗憾地离开这里了；他兄弟有个小女孩，他要带来，让她在修道院里，在上帝的身边成长，谁

---

① 斯芬克司，希腊神话中的带翼狮身怪，在底比斯城外叫过往行人猜隐谜，猜不出的人当场被它杀死。今常用斯芬克司暗喻谜一般的人物。

知道呢，也许有一天她会成为修女。

他讲完后，院长停止拨念珠，对他说：

"今晚以前，您能不能弄到一根粗铁棍？"

"干什么用？"

"做撬棍。"

"行，尊敬的院长嬷嬷。"福施勒旺回答。

院长没再说话，起身走进隔壁的屋子，那是教务会大厅，参事嬷嬷可能在里面开会。福施勒旺一个人待着。

三　纯洁嬷嬷

大约过了一刻钟。院长回来了，又坐到那张椅子上。

双方似乎都有心事。我们尽可能把他们的谈话速记下来。

"福旺大爷？"

"尊敬的院长嬷嬷？"

"您知道小教堂吧？"

"那里有我一个小室，用来听弥撒和日课的。"

"那您到唱诗室里干过活吗？"

"两三次。"

"现在要把一块石头撬开。"

"重吗？"

"就是祭坛旁边那块铺地的石头。"

"盖地窖的那块？"

"是的。"

"这种场合,有两个男人就好了。"

"耶稣升天嬷嬷会来帮您,她和男人一样有劲儿。"

"女人总比不上男人。"

"我们只有一个女人可以帮您。各尽所能嘛。我不会因为堂·马比荣神甫①编了四百一十七篇圣伯尔纳的书简,而梅洛努斯·奥斯提乌斯只编了三百六十七篇,就看不起梅洛努斯·奥斯提乌斯。"

"我也不会。"

"人的价值在于量力而行。隐修院不是工场。"

"女人不是男人。我兄弟力气才大呢!"

"再说,您还有一根撬棍。"

"这是唯一能打开那种门的钥匙。"

"石头上有个铁环。"

"我把撬棍插进去。"

"那石头是可以转动的。"

"那好,尊敬的院长嬷嬷。我去打开地窖。"

"还有四个唱诗嬷嬷帮您。"

"地窖打开后呢?"

"还得再盖上。"

"就这些吗?"

"不。"

---

① 马比荣(1632—1707),法兰西隐修院学者,文物研究家,史学家。参与编订圣伯尔纳的著作和本笃会圣徒《传记》。

"请吩咐,极其尊敬的院长嬷嬷。"

"福旺,我们信任您。"

"我来就是什么都干的。"

"而且严守秘密。"

"是,尊敬的院长嬷嬷。"

"地窖打开后……"

"我再把它盖上。"

"但在盖上之前……"

"什么,尊敬的院长嬷嬷?"

"要把一样东西放进去。"

一阵沉默。院长下嘴唇撇了撇,好像有点犹豫,最后打破沉默。

"福旺大爷?"

"尊敬的院长嬷嬷?"

"您知道,今天早晨有个嬷嬷去世了。"

"不知道。"

"您没听见敲钟?"

"在园子最里头,什么也听不见。"

"是吗?"

"叫我的钟声,我也是勉强听见。"

"她是拂晓时去世的。"

"再说,今天早晨,风不是刮向我那边。"

"是耶稣受难嬷嬷。一个有真福的女人。"

院长停住了,她动了一会儿嘴唇,仿佛在默念经文,接着,她又说:

"三年前,有个扬申派教徒,德·贝蒂纳夫人,只因看见了耶稣受难嬷嬷祈祷,便皈依了正教。"

"啊,对,尊敬的院长嬷嬷,我现在听见丧钟了。"

"嬷嬷们已把她抬到教堂的停尸间去了。"

"我知道。"

"除了您,任何男人都不能,也不得进入那间屋。您得看严点。要是停尸间里进去个男人,那就好看了。"

"更经常!"

"嗯?"

"更经常!"

"您说什么?"

"我说更经常。"

"比什么更经常?"

"尊敬的院长嬷嬷,我没说比什么更经常,我是说更经常。"

"我不明白您的话。为什么说更经常?"

"像您那样说罢了,尊敬的院长嬷嬷。"

"我可没说更经常。"

"您是没有这样说,可我这样说,是为了像您那样说。"

这时,九点敲响了。

"上午九点,以及每时每刻,愿祭坛上的圣体受到赞美和崇敬。"院长说。

"阿门。"福施勒旺说。

钟声响得正是时候,一下打断了关于"更经常"的争论。没这钟声,院长和福施勒旺恐怕永远也争论不清。

福施勒旺擦擦额头。

院长又默诵了一会,可能是神圣的祷文,接着,抬高嗓门说:

"耶稣受难嬷嬷活着时感化了许多人,她死后会显灵的。"

"她会的!"福施勒旺回答,他亦步亦趋,努力不再犯前面那样的错误。

"福旺大爷,多亏耶稣受难嬷嬷,修院受到了上帝的祝福。当然,不是所有的人都像贝鲁尔红衣主教那样,在念弥撒的时候去世,一面魂归上帝,一面还在诵读在此祭品中……① 耶稣受难嬷嬷虽没有这么多幸福,可她的死却很可贵。直到最后一刻,她的神智仍很清楚。她同我们说话,接着又同天使说话。她对我们做了最后的告诫。假如您心更诚一些,能到她的修室去,让她摸一摸,您的腿就治好了。她面带笑容。我们感到,她在上帝身上复活了。在她的死中,是有极乐的。"

福施勒旺以为这是一次祷告的结束。

"阿门。"他说。

"福旺大爷,应该满足死者的愿望。"

院长拨了几颗念珠。福施勒旺沉默不语。她继续往下说。

"关于这个问题,我已请教过几位献身于耶稣-基督的教士,他们从事神职工作,且硕果累累。"

"尊敬的院长嬷嬷,这里听丧钟比在园子里清楚。"

"而且,她不只是死人,还是位圣人。"

"就像您,尊敬的院长嬷嬷。"

---

① 原文为拉丁语。祝圣祷词开头语。

"二十年来,她一直在棺材里睡觉,是我们的圣父庇护七世特许的。"

"是给皇……给波拿巴加冕的那位?"

像福施勒旺这样精明的人,此刻提起波拿巴是不合时宜的。幸亏院长嬷嬷只想着自己的事,没有听见。她继续说:

"福旺大爷?"

"尊敬的院长嬷嬷?"

"卡帕多西亚的大主教圣迪奥尔多,想在自己的墓上只写一个词:Acarus①,意思是蚯蚓,这照办了。是吧?"

"是的,尊敬的院长嬷嬷。"

"阿基拉修院院长,享有真福的梅佐卡纳,想埋在绞刑架下。这照办了。"

"是这样。"

"台伯河入海处波尔港的主教圣泰伦斯,要求在他的墓碑上刻弑父者坟冢上的标记,希望行人朝他的坟墓吐唾沫。这照办了。应该听从死者的遗愿。"

"但愿如此。"

"贝尔纳·吉多尼斯生在法国的罗什-阿贝伊附近,却在西班牙蒂伊地区当主教,人们不顾卡斯蒂利亚国王反对,遵照他的遗愿,把他的尸体运到法国里摩日的多明我会②教堂。能说这不对吗?"

———————

① 拉丁语。这是在给圣体饼做祝圣仪式前主祭祈祷时开头说的话。
② 多明我会,又名兄弟布道会,天主教四大托钵修会之一。一二一七年由圣多明我创立。

"当然不能,尊敬的院长嬷嬷。"

"普朗塔维·德·拉·福斯证实了这件事。"

院长又默默拨了几颗念珠。接着,她说:

"福旺大爷,耶稣受难嬷嬷将入殓在她睡了二十年的棺材里。"

"这样是对的。"

"这是一种继续睡眠。"

"那么,我得把她钉在那口棺材里吗?"

"是的。"

"把殡仪馆的棺材撇开不用?"

"一点不错。"

"我照万分尊敬的修院的吩咐办。"

"四位唱诗嬷嬷会帮助您的。"

"帮我钉棺材?用不着她们。"

"不是。帮您把它抬下去。"

"抬到哪里?"

"地窖里。"

"什么地窖?"

福施勒旺惊得一跳。

"祭坛下的地窖!"

"祭坛下的。"

"可是……"

"您会有根铁撬棍。"

"那是,不过……"

"您把铁棍插进铁环里,将石头撬开。"

"可……"

"得服从死者的遗愿。葬在小教堂祭坛下的地窖里,不去世俗的地下,死了仍待在活着时祈祷的地方,这是耶稣受难嬷嬷的临终遗愿。她请求我们,也就是命令我们这样做。"

"可这是禁止的呀。"

"人禁止,可上帝下了命令。"

"万一走漏风声呢?"

"我们相信您。"

"啊,我,我是您墙上的一块石头。"

"已开过教务会了。我刚才还召集过参事嬷嬷,她们进行了商量,决定遂耶稣嬷嬷的心愿,把她装殓在她的棺材里,埋在我们的祭坛下。福旺大爷,您想想,这里会出现圣迹该多好啊!这是上帝对修院的多大荣耀啊!圣迹出自坟墓。"

"可是,尊敬的院长嬷嬷,万一卫生部门……"

"在丧葬问题上,圣本笃二世就违抗过君士坦丁四世[①]的旨意。"

"可是,警察局……"

"肖诺德梅尔,君士坦斯一世[②]时代入侵高卢的七个日耳曼国王中的一个,曾明文承认修士有权埋在修院,即祭坛底下。"

"可是,警察局的督察……"

"在十字架面前,世界微不足道。查尔特勒修会的第十一任会长马丁,曾对他的修会说过这样一句格言:地球转动,十字架岿

---

① 君士坦丁四世(652—685),拜占廷帝国皇帝。
② 君士坦斯一世(约323—350),罗马帝国皇帝(337—350)。

然不动。①"

"阿门。"福施勒旺说;他听到拉丁文,总是坚定地用这种方式来摆脱困境。

过久不说话的人,遇到什么,都会大说一通。雄辩术教师日姆纳斯托拉斯出狱那天,身体里积满了两刀论法和三段论法,遇到一棵大树,便停下来,对它高谈阔论,竭力说服它。院长嬷嬷平时被沉默堤坝挡住,话满得要溢出来了,她站起来,打开话闸,滔滔不绝地讲了起来:

"我右边有本笃,左边有伯尔纳。伯尔纳是谁?它是明谷修院的第一任院长。勃艮第的丰泰纳因是他的出生地而成为福地。他父亲叫泰斯兰,母亲叫阿莱特。他先在西多修院任职,最后到了明谷修院,是索恩河畔夏龙的主教威廉·德·尚波任命他当修院院长的。他有七百个初学修士,创建了一百六十所修道院。一一四〇年,在桑斯的主教会议上,他击败了阿贝拉、皮埃尔·德·布里及其弟子亨利,还有另一派叫作使徒派的旁门左道。他使阿诺·德·布雷斯无言以对,使屠杀过犹太人的拉乌尔惊慌失措,操纵了一一四八年在兰斯召开的主教会议,提议惩处了普瓦捷主教吉尔贝·德·拉波泰、埃隆·德·莱图瓦尔,调解过亲王间的纠纷,开导过小路易国王②,劝导过欧仁三世教皇,处理过圣殿骑士团问题,鼓吹过十字军,一生中显过二百五十次圣迹,甚至一天就显了三十九次。本笃是谁?是蒙卡森的教长,是

---

① 原文为拉丁语。
② 小路易,即路易十二(1120—1180),法国国王。

修道院神圣性的第二创始人,是西方的巴西勒①。他的修会出过四十个教皇,二百个红衣主教,五十个教长,一千六百个大主教,四千六百个主教,四个皇帝,十二个皇后,四十六个国王,四十一个王后,三千六百个受封的圣人,已有一千四百年的历史。一边是圣伯尔纳,另一边是卫生机构的人!一边是圣本笃,另一边是路政机构的人!国家,路政局,殡仪馆,规章制度,行政当局,关我们什么事?任何过路人看见他们这样对待我们,都会义愤填膺。我们连把自己的遗骸献给耶稣-基督的权利都没有!你们的卫生机构是革命的产物。上帝也得隶属于警察局,这是什么世道!别说话,福旺!"

福施勒旺挨了场倾盆大雨,不知所措。院长继续往下谈。

"修院有权处理丧葬问题,这不容置疑。只有偏执狂和信仰不定的人才会否认这点。我们生活在极其混乱的时代。该知道的事不知道,不该知道的事却知道。肮脏卑鄙,亵渎宗教。现在,竟有人把极其伟大的圣伯尔纳,同所谓穷苦天主教徒的伯尔纳混为一谈,那人不过是十三世纪的一个好教士。还有些人亵渎神明,竟把路易十六的断头台,同耶稣-基督的十字架相提并论。路易十六不过是个国王。可别怠慢了上帝!现在已无所谓公道不公道了。人人知道伏尔泰,却不知道凯撒·德·比斯②。然而,凯撒·德·比斯是上帝降福的人,伏尔泰则是个不幸的人。前任大主教,德·佩里戈尔红衣主教竟然不知道查理·德·孔德朗接替

---

① 巴西勒(330—379),希腊基督教神学家。
② 凯撒·德·比斯(1544—1607),法国传教士,创建天主教兄弟会。

贝鲁尔，弗朗索瓦·布古安接替孔德朗，让－弗朗索瓦·瑟诺接替布古安，圣玛特的父亲接替让－弗朗索瓦·瑟诺。大家知道科通神甫①的名字，并非因为他是创建奥拉托利会的三位倡议人之一，而是因为胡格诺派国王亨利四世用他的名字来诅咒。圣弗朗索瓦·德·萨尔之所以受上流社会青睐，是因为他玩牌时弄虚作假。此外，还有人攻击宗教。为什么？因为有坏神甫。因为加普的主教萨吉泰是昂布伦的主教萨洛纳的兄弟，两人都追随过莫莫尔。这有什么？这能阻止马丁·德·图尔成为圣人，把他的半件斗篷送给穷人吗？人们迫害圣徒。人们对真理闭眼不看。黑暗已成了习惯。最凶残的野兽是瞎了眼的野兽。没有人认真想想地狱。啊！凶恶的人民！在今天，以国王的名义，则意味着以革命的名义。人们不再知道对活人和对死人应负的责任。想死得圣洁也不让。坟墓成了俗事。真可怕。圣莱昂二世特意写了两封信，一封给皮埃尔·诺泰尔，另一封给西哥特人②的国王，反对和驳斥东罗马帝国的总督和皇帝在死人问题上的至高无上的权力。在这个问题上，夏龙的主教戈蒂埃同勃艮第公爵奥通作过斗争。前朝的司法官对此没有异议。从前，就是在俗事上，我们也有发言权。西多修院的院长，即西多修会会长，是勃艮第最高法院的当然顾问。我们的人死了，我们想怎么做，就怎么做。五四三年三月二十一

---

① 科通（1564—1626），法王亨利四世的忏悔神甫。亨利四世原为法国新教徒首领，后皈依天主教。他诅咒的时候，常用"我否认天主"，后来，科通让他改用"我否认科通"。

② 西哥特人，哥特人的一个分支，四世纪时，与东哥特人分离，不断侵犯罗马的领土，并在西班牙和高卢建立了庞大的王国。

日,圣本笃在意大利的蒙卡森仙逝,可他的尸体现在不照样放在法国的弗勒里修道院,即卢瓦河畔圣本笃修道院里吗?这都是铁的事实。我憎恶诵读诗经的人,我痛恨修院院长,我厌恶信奉异教的人,但我更讨厌和我意见不一致的人。只要读一读阿努尔·维翁、加布里埃·比斯兰、特里泰姆、莫罗里库斯和堂·达施里的作品,就都明白了。"

院长喘了口气,然后转向福施勒旺:

"福旺大爷,说定了吗?"

"说定了,尊敬的院长嬷嬷。"

"可以相信您吗?"

"我一定照办。"

"很好。"

"我对修院忠心耿耿。"

"就这样定了。您把棺材钉上。嬷嬷们把它抬到小教堂里,做追思祭礼,然后,大家回到内院。夜里十一点到十二点之间,您带着撬棍来。一切都在极其秘密的情况下进行。小教堂里只有四位唱诗嬷嬷、耶稣升天嬷嬷和您。"

"可是,绑木柱的那位嬷嬷不会看见吗?"

"她不会回头的。"

"可她听得见呀。"

"她不会听的。况且,修院里知道的事,不会传到外面。"

又沉默了一阵。院长继续说:

"到时您把铃铛解下。没必要让绑木柱的嬷嬷知道您在那里。"

"尊敬的院长嬷嬷?"

"什么事,福旺大爷?"

"法医来过了吗?"

"下午四点来。已敲过喊法医的钟了。您什么钟声都听不见吗?"

"我只注意喊我的钟声。"

"这很好,福旺大爷。"

"尊敬的院长嬷嬷,得有一根至少六尺长的铁棍。"

"您上哪里去弄这样长的铁棍呢?"

"有铁栅栏的地方,就有铁棍。园子里头,我有一堆废铁哩。"

"午夜前三刻钟左右,别忘了。"

"尊敬的院长嬷嬷?"

"什么?"

"往后您还有这样的力气活,我兄弟最合适了。他力大如牛!"

"您尽快把事做完。"

"我快不了。我是个残废。就因为这,我要个帮手。我的腿是瘸的。"

"瘸腿不是错误,说不定是福气。与假教皇格雷古瓦作斗争,并重新确立本笃八世为教皇的亨利二世就有两个绰号:圣人和瘸子。"

"有两件无袖外套当然不错。①"福施勒旺喃喃自语。事实上,他耳朵有点背。

"福旺大爷,我想,就用整整一个小时来干吧。这不算多。您带着撬棍,十一点准时到主祭坛来。追思祭礼午夜开始。在这之

---

① 法语中,绰号(surnom)和无袖外套(surtout)音相近。

前一刻钟,一切都得做完。"

"我将不遗余力地证明对修院的忠诚。就这样说定了。我钉上棺材。十一点我准时到小教堂。唱诗嬷嬷将在那里,耶稣升天嬷嬷将在那里。有两个男人就更好了。算了,管它呢!我有铁撬棍。我们把地窖撬开,将棺材放下去,然后关上地窖。做完后,不留丝毫痕迹。官方不会怀疑。尊敬的院长嬷嬷,一切就这样安排妥了?"

"没有。"

"还有什么?"

"人家抬来的那口棺材还是空的。"

两人沉默了一阵。福施勒旺在思考。院长嬷嬷在思考。

"福旺大爷,那口棺材怎么办?"

"把它埋到地里去。"

"空着?"

又一阵沉默。福施勒旺用左手做了个手势,似乎在打消一个令人不安的念头。

"尊敬的院长嬷嬷,是我在教堂底层那间屋子里钉棺材,除了我,谁也不进来,我在棺材上盖一块棺罩。"

"好的,不过,抬棺材的人把它抬到柩车上,放到坑里时,一定会感到里面是空的。"

"啊!见……"福施勒旺惊叫起来。

院长嬷嬷开始画十字,眼睛盯着福施勒旺。"鬼"字到了嘴边没有说出口。

他赶紧把话岔开,以便掩饰这个诅咒。

"尊敬的院长嬷嬷,我放些土在棺材里。人们会以为里面有人。"

"您说得对。土和人是一样的东西。空棺材就交给您办了?"

"这事我来办。"

院长那张忧心忡忡的脸,终于平静下来。她像上级打发走下级那样,向他做了个手势。福施勒旺朝门口走去。他正要出去,院长微微抬高嗓门说:

"福旺大爷,我对您很满意。明天葬礼后,把您的兄弟带来,叫他把他的女儿也带来。"

四 让·瓦让好像读过奥斯丁·卡斯蒂约的作品

瘸子走起路来,有如独眼人送秋波,不会很快到达目的地。况且,福施勒旺正不知所措。他走了差不多一刻钟,才回到园子里的那间破屋里。珂赛特已醒了。让·瓦让让她坐在火炉旁。福施勒旺进来时,让·瓦让正指着挂在墙上的园丁的背篓,对她说:

"我的小珂赛特,好好听我说。我们得离开这屋子,不过,我们还会回来,会在这里过得很好。住在这里的老头将把你放在这里面,背你出去。你在一位太太家里等我。我去接你。假如你不想让泰家婆娘把你抓回去,你就得听话,不要出声。"

珂赛特神情严肃地点了点头。

听见福施勒旺推门的声音,让·瓦让转过头。

"怎么样?"

"什么都安排好了,什么都没安排好。"福施勒旺说,"我被准许带您进来。可是,要让您进来,先得让您出去呀。难就难在这里。小家伙好办。"

"您把她带出去?"

"她能不出声吗?"

"这我保证。"

"可您呢,马德兰老伯?"

福施勒旺不无忧虑地沉默片刻,突然嚷道:

"您从哪里进来,就从哪里出去呗!"

让·瓦让还是和上次那样,只回答了句:"不可能。"

福施勒旺嘟嘟哝哝,与其说在同让·瓦让说话,不如说在自言自语:

"还有件事让我搔头。我说了往里面放土。可现在想来,在里面放土,而不是尸体,是不一样的,这样不行,土在里面会移动,会晃动。抬的人会感觉出来。这您明白,马德兰老伯,政府会发现的。"

让·瓦让凝视他的眼睛,以为他在说胡话。

福施勒旺继续说:

"见……鬼,您怎么出去呢?这一切,明天都得办妥!明天我得带您进来。院长嬷嬷明天等着您呢。"

接着,他向让·瓦让解释,这是给他福施勒旺的报偿,因为他要帮修道院一个忙。帮办丧事是他分内的事,由他负责钉棺材,到墓地帮掘墓人安葬。早晨去世的修女要求装殓在她平时睡觉的棺材里,葬在小教堂祭坛下面的地窖里。这是违反治安条例的,可对这样一个死者又无法拒绝。院长和参事嬷嬷想照死者的遗愿办。不去理睬政府的规定。他,福施勒旺,将要去停尸间把棺材钉上，到小教堂去把地窖的石盖撬开，将死者下葬到地窖里。作为回报，院长同意他的兄弟来修院当园丁，他的侄女来学校寄读。他的兄弟，就是马德兰先生，他的侄女，就是珂赛特。院长叫他第二天晚上，等安葬结束后，把他兄弟带来。可是，如果马德兰先生不在外面，他就不可能把马德兰先生从外面带进来。这是第一件难事。他还有第二件难事：那口空棺材。

"什么空棺材？"让·瓦让问。

福施勒旺回答：

"政府部门的棺材。"

"什么棺材？什么政府部门？"

"一个修女死了。政府部门的医生来确认，并说：有个修女死了。政府就送来一口棺材。第二天，再派一辆柩车和几个殡葬工来，把棺材运走，运到墓地。殡葬工来后抬起棺材，发现里面是空的。"

"放点东西进去嘛。"

"一个死人？我可没有。"

"是没有。"

"那放什么？"

"放个活人。"

"什么活人？"

"我。"让·瓦让说。

福施勒旺是坐着的，一下跳了起来，仿佛椅子下面响了个爆竹。

"您！"

"为什么不呢？"

让·瓦让脸上露出难得的笑容,有如冬日天空射出一缕阳光。

"您知道,福施勒旺,您对我说,耶稣受难嬷嬷死了,我接过话说,马德兰老伯埋葬了。就这么办。"

"您是在开玩笑。您是瞎说的。"

"我可是认真的。不是要从这里出去吗?"

"当然。"

"我跟您说过,也帮我找一个背篓和一块雨布。"

"那又怎样?"

"背篓是松木的,雨布是块黑布。"

"首先,是白布。葬修女用的是白布。"

"白布就白布。"

"马德兰老伯,您和别人不一样。"

这种奇思异想,纯粹是苦役牢里野蛮而大胆的发明,福施勒旺生活在平静的环境中,现在看到这种奇想突然从平静的事物中冒出来,参与他所谓的"修道院日常事务",便惊愕不已,就像行人看见一只海鸥在圣德尼大街的明沟里捕鱼那样。

让·瓦让又说:

"问题是既要出去,又不被人看见。这是个办法。您先得把情况同我说一说。事情是怎么安排的?那只棺材在哪里?"

"空的?"

"对。"

"在楼下,所谓的停尸间里。放在两个木架上,盖着棺罩。"

"棺材有多长?"

"六尺。"

"停尸间是什么情况?"

"是底层的一间屋子,朝园子有扇窗子,安了铁条,从外面关闭窗板。有两扇门,一扇通修院,另一扇通教堂。"

"什么教堂?"

"街上的教堂,大家的教堂。"

"您有两扇门的钥匙吗?"

"没有。我有通修院那扇门的钥匙。门房拿着通教堂那扇门的钥匙。"

"门房什么时候开那扇门?"

"殡葬工来抬棺材时才开。棺材一抬走,门又关上。"

"谁钉棺材?"

"我。"

"谁盖棺罩?"

"我。"

"就您一个人?"

"除了法医,其他男人不得进入停尸间。这都写在墙上了。"

"今天夜里,等修院里的人都睡着后,您能不能把我藏在停尸间里?"

"不能。不过,我可以把您藏在停尸间的储藏室里,是我放殡葬工具的地方,归我管,我有钥匙。"

"明天几点钟柩车来运走棺材?"

"下午三点。天快黑时,在沃日拉公墓里下葬。离得可不近。"

"我要在您那间工具室里待整整一夜和一上午。吃饭怎么办?我会饿的呀。"

"我给您送去。"

"您可以在下午两点来把我钉进棺材里。"

福施勒旺倒退了一步,把手指头捏得咯咯响。

"这不行的。"

"嗨!拿把铁锤,把几颗钉子钉到一块木板上不就行了。"

我们再说一遍,福施勒旺认为闻所未闻的事,对让·瓦让来说易如反掌。让·瓦让再危险的关口都闯过来了。当过囚犯的人,都有本事根据逃跑途径的大小,缩小自己的身体。囚犯越狱,无异于病人病情发作,要么得救,要么死亡。越狱意味着治好病。为了治好病,有什么不能接受呢?让人钉在木箱里,像包裹那样运走,在箱子里待很长时间,在没有空气的地方找到空气,连续几小时节省呼吸,善于屏住气而不致死去,这是让·瓦让的一个可悲的才能。

再说,棺材里装活人,不仅是苦役犯的应急办法,帝王也曾用过。据奥斯丁·卡斯蒂约修士记载,查理五世[①]逊位以后,想最后见拉普隆布一面,就用这个办法将她抬进圣茹斯特修道院,又用同样的办法把她送了出去。

福施勒旺稍稍镇静之后,大声说道:

"可您怎么呼吸呢?"

"我能呼吸。"

"在那个匣子里!我想一想都会透不过气来。"

---

① 查理五世(1500—1558),神圣罗马帝国皇帝。一五五六年退位,九月底乘船赴西班牙,次年二月初,隐居于圣茹斯特修道院,一年后去世。

"您肯定有螺旋钻吧,您在嘴巴所在的地方钻几个小孔,钉盖板的时候,不要钉紧。"

"好吧。可是,万一您要咳嗽或打喷嚏呢?"

"逃命的人是不咳嗽、不打喷嚏的。"

让·瓦让接着又说:

"福施勒旺大爷,得作决定了:要么在这里被人抓住,要么让柩车带出去。"

人人都注意到猫的一种习性,喜欢在一扇半开半合的门前徘徊不定。谁没对猫说过:进来呀!有些人在若明若暗的意外事情面前,也会在进与退之间举棋不定,等到命运突然把冒险的大门关闭,而被命运压得粉身碎骨。过分谨慎的人,即使他们是猫,也正因为他们是猫,往往比敢于冒险的人有更多的危险。福施勒旺正是这种瞻前顾后的人。然而,让·瓦让的镇静不禁影响了他。他咕哝道:

"的确,也别无他法。"

让·瓦让又说:

"我唯一担心的,是墓地的情况。"

"这恰恰是我不愁的。"福施勒旺大声说。"您只要有把握出得了棺材,我就有把握让您出得了坟坑。掘墓工是我的朋友,他是个酒鬼。叫梅斯蒂安大爷。嗜酒如命。掘墓工把死人放进坟坑里,我把掘墓工放进我的口袋里。到墓地的情况,我来告诉您。我们在天快黑的时候,墓地关门前三刻钟到达。柩车一直开到坟坑旁。我跟着去,这是我的活。我兜里揣着铁锤、凿子和钳子。柩车停下来,殡葬工用绳索捆住您的棺材,将您放进坑里。神甫做祷告,画十字，洒圣水，然后溜之大吉。就我和梅斯蒂安大爷留下来。跟您说，他是我朋友。他要么喝醉了，要么没喝醉，二者必居其一。假如还没醉，我就对他说：'趁木瓜酒馆还没打烊，去喝一杯。'我把他带去，把他灌醉，不一会儿，梅斯蒂安大爷就会烂醉如泥，每次开始喝的时候就有些醉意了。我替你把他放倒在桌子底下，我拿着他的证件回墓地，我自己一个人回去。您就只跟我打交道了。假如他醉了，我就对他说：'你走吧，我来替你干。'他走了，我把您从坟坑里拉出来。"

让·瓦让伸出手，福施勒旺以乡下人令人感动的热忱，也赶紧伸出手去。

"就这样定了，福施勒旺大爷。一切都会顺利的。"

"但愿不出意外。"福施勒旺想道。"要是出什么意外，那就惨了。"

五　酒鬼照样会死

次日，夕阳西下，一辆饰有骷髅、胫骨和眼泪的老式柩车经过梅恩林荫大道，稀少的过往行人脱帽致敬。柩车上有口棺材，覆盖着白布，上面放着一个巨大的黑十字架，好像躺着一个身材高大、双臂下垂的死人。后面跟着一辆蒙黑纱的四轮轿式马车，里面坐着一个穿白法袍的神甫和一个戴红圆帽的侍童。柩车两旁，走着两个穿黑镶边灰制服的殡葬工。后面跟着一个穿工装的瘸腿老头。这一送葬行列向沃日拉公墓走去。

那人的口袋里，露出一把锤子的柄、一把钳工凿的刃和一把钳子的两个把手。

在巴黎的公墓中，沃日拉公墓与众不同。它有特别的习惯，比如，它有一个通大车的门和一个便门，附近一带的老人抱着旧称呼不放，仍喊作骑士门和步行门。前面已说过，小皮克皮斯街的伯尔纳－本笃修会的修女们，获准可以在傍晚时分，单独葬在一个角落里，因为那块地从前属于修院。那里的掘墓工若因为这个缘故，夏天黄昏时分，冬天天黑了，还要在墓地干活，就不得不遵守一条特别的纪律。那时候，巴黎各公墓日落时必须关门，这是市政府的规定，沃日拉公墓也不例外。骑士门和步行门是两个相连的栅栏门。旁边有个小屋，是建筑师佩罗内建造的，看公墓的人住在里面。因此，当太阳隐没在残老军人院的圆屋顶后面时，这两个栅栏门必须关闭。这时候，假如某个掘墓工还在公墓滞留，必须凭殡仪机构发给的掘墓工出入证方能出门。门房的窗板上开了个洞，挂了个类似信箱的盒子。掘墓工把出入证扔进盒子里，门房听见出入证落下的声音，便拉动绳子，步行门打开。假如掘墓工没带出入证，便自报姓名，有时，门房即使睡觉或睡着了，也得起来，先去确认一下，再用钥匙打开大门；掘墓工出去，但得付十五法郎罚金。

这公墓除了常规，还有自己的特点，影响了统一管理。为此，一八三〇年后不久，它就被取缔了。蒙帕纳斯公墓即东公墓取而代之，并接管了与沃日拉公墓一墙之隔的那家远近闻名的小酒馆。那酒馆屋檐上顶着个木瓜，是画在一块木板上的，它位于拐角处，一边对着酒客的桌子，另一边朝向死人的坟茔，还有块写着"好木瓜"的招牌。

沃日拉公墓可谓是凋谢的墓地。它日益衰败。那里到处发霉,将花儿赶跑了。有产阶级嫌它寒酸,不大愿意葬在那里。拉雪兹神甫公墓,好极了!葬在拉雪兹神甫公墓,就好比拥有了红木家具。那里高雅优美。沃日拉公墓是一个古老的园林,树木的布局古色古香。笔直的幽径,黄杨,崖柏,冬青,古老紫杉下的古老坟墓,高草。每到黄昏,满目凄凉。一行行树木阴阴森森。

那盖着白棺罩、放着黑十字架的灵柩驶进沃日拉公墓的林荫大道时,太阳尚未落山。紧随其后的瘸子正是福施勒旺。

耶稣受难嬷嬷安葬在祭坛下面的地窖里,珂赛特被送出修道院,让·瓦让被带进停尸间,一切顺顺利利,畅通无阻。

顺便说一下,将耶稣受难嬷嬷安葬在修院的祭坛下,我们认为是完全可以谅解的。这种错误好比是一种责任。修女们做完后,不仅不感到不安,反而心安理得。在修道院里,所谓的"政府",不过是对权力的一种干预,从来都是有争议的。教规最重要;至于法规,看着办吧。人哪,你们想订多少法律,就订多少吧,不过,留给你们自己享用。先得给上帝纳贡,剩下的才给国王。与原则相比,王公贵族半文不值。

福施勒旺一瘸一拐、得意洋洋地跟在灵柩后面。他的两个秘密,两个孪生诡计——一个与修女们一起密谋,另一个同马德兰先生一起策划,一个效劳修院,另一个背离修院——皆已获得成功。让·瓦让镇定自若,他这种镇静的态度具有极强的感染力。福施勒旺对成功已不再怀疑。剩下的事易如反掌。两年来,他不止十次灌醉过那位掘墓工,正直的梅斯蒂安大爷,一位胖嘟嘟的老头。他拿梅斯蒂安大爷寻开心。他随心所欲地摆布他。他把自己的意愿和奇想当帽子套到梅斯蒂安头上。梅斯蒂安的脑袋套上福施勒旺的帽子不大也不小。福施勒旺万无一失。

当送殡行列驶入通往公墓的林荫道时,福施勒旺喜不自胜,他看看柩车,搓搓粗大的手,低声说道:

"好一场玩笑!"

突然,柩车停下了:已到了铁栅栏门前。得出示安葬许可证。殡仪馆的人上前与看公墓的人接洽。总要等上一两分钟。这时,有个人,一个陌生人,来到柩车后面,站在福施勒旺身旁。好像是个工人,穿着一件有几个大口袋的上衣,夹着一把镐头。

福施勒旺看看那陌生人。

"您是谁?"他问道。

那人回答:

"掘墓的。"

假如有人当胸被炮弹击中,却侥幸活了下来,可能就是福施勒旺当时的神情。

"掘墓的!"

"是的。"

"您!"

"我。"

"掘墓工是梅斯蒂安大爷呀。"

"曾经是。"

"什么!曾经是?"

"他死了。"

福施勒旺想到了一切，就没想到这个：掘墓工可能会死。可这却是事实；掘墓工们也会死的。不断地给别人掘墓，也就掘开了自己的坟墓。

福施勒旺瞠目结舌。他勉强结巴了一句：

"这是不可能的！"

"这是事实。"

"可是，"他吃力地继续说，"掘墓工是梅斯蒂安大爷。"

"拿破仑之后，是路易十八。梅斯蒂安之后，是格里比埃。乡下人，我叫格里比埃。"

福施勒旺脸色苍白，打量着格里比埃。

此人高高瘦瘦，脸色惨白，神态阴郁。看上去就像个平庸的医生，转行当起了掘墓工。

福施勒旺哈哈大笑。

"哈！世上的怪事真多！梅斯蒂安大爷死了。可爱的梅斯蒂安大爷死了，但愿可爱的勒努瓦大爷永生不死！您知道勒努瓦大爷是什么吗？是地道的红葡萄酒，六法郎一壶。絮雷纳的红葡萄酒！棒极了！货真价实的巴黎絮雷纳！哈！他死了，梅斯蒂安老头。我很遗憾，他是个乐天派。您也是，也是个乐天派。是不是，老弟？一会儿，我们一道去喝它一杯。"

那人回答："我念过书。我读完了四年级①。我从不喝酒。"

柩车重新上路，在公墓的大道上滚动。

福施勒旺放慢脚步。他一瘸一拐，与其说因为残疾，不如说

---

① 相当于中国的初中二年级。

因为忧虑。

掘墓工走在他前面。

福施勒旺又将突然出现的格里比埃打量了一番。

他是这样一种人,年纪轻轻,却老气横秋,瘦如干柴,却身强力壮。

"老弟!"福施勒旺喊道。

那人转过脸来。

"我是修院的掘墓工。"

"我们是同行。"那人说。

福施勒旺没有文化,却很精明,他明白在同一个厉害的人,一个能说会道的人打交道。

他咕哝道:

"梅斯蒂安大爷就这样死了。"

那人回答说:

"千真万确。仁慈的天主查了他的生死簿。该梅斯蒂安大爷了。梅斯蒂安大爷就死了。"

福施勒旺机械地重复:

"仁慈的天主……"

"仁慈的天主。"那人权威地说。"对于哲学家来说,是永恒的天主;对于雅各宾派来说,是至高无上的天主。"

"我们不要互相介绍一下吗?"福施勒旺结结巴巴地说。

"已介绍过了。您是乡下人,我是巴黎人。"

"没在一起喝过酒,不能算认识。喝了酒,才会掏心掏肺。待会儿您和我一起去喝酒。这是不能推辞的。"

"先得干活。"

福施勒旺心里想:这下我完了。车轮再转几圈,就到葬修女的那个角落的小路上了。

掘墓工接着又说:

"乡下人,我要养活七个娃娃。他们要吃饭,所以我不能喝酒。"

接着,他又装出严肃的样子,得意地加了一句:

"他们的饥饿是我口渴的敌人。"

柩车绕过一丛柏树,离开大路,驶入小路,进入泥地,深入矮树丛中。这表明马上就要到墓地了。福施勒旺放慢脚步,却无法使柩车慢下来。幸亏泥地松软,加之冬天下了雨,土路湿漉漉的,车轮粘上了土,步履维艰。

他走近掘墓工。

"有阿尔让特伊产的一种葡萄酒,味道好极了。"福施勒旺悄声说道。

"乡下人,"那人又说,"我本不该当掘墓工的。我父亲曾是陆军子弟学校的门房。他打算让我从事文学。但他遇到了灾难。他在证券交易中惨遭失败。我只好放弃当作家。不过,我仍给人代写书信。"

"那您就不是掘墓工了?"福施勒旺抓住这根稻草又说道,尽管这根稻草不结实。

"干这一行不妨碍干另一行。我身兼二职。"

后面一句话,福施勒旺没听明白。

"我们去喝酒吧。"福施勒旺说。

这里,得做一点说明。福施勒旺尽管焦虑不安,他提议去喝酒,却没明确谁付钱。通常都是福施勒旺提议,梅斯蒂安大爷付钱。他这次提议喝酒,显然是因为换了个掘墓工,出现了新情况,他必须这样做,不过,这位老园丁避而不谈付账的时刻,他这样做并非无意。至于他,福施勒旺,尽管心里着急,却根本不想付钱。

那掘墓工高傲地微笑着,继续道:

"总得吃饭吧。所以,梅斯蒂安大爷死后,我同意接替他的工作。一个人读了点书,就变得达观了。我在用手的工作上,再加一个用胳膊的工作。我在塞弗尔街集市上,摆了个代写书信的摊头。您知道吗?雨伞市场。红十字会的厨娘们全来找我写信。她们要给大兵写情书,我就胡乱给她们编几句。上午,我写情书,晚上,我挖坟坑。乡下人,这就是生活。"

柩车继续前进。福施勒旺忧心如焚,四下张望。大滴汗珠从他额头落下。

"可是,"那掘墓工继续说,"一仆不侍二主。我得作选择,要么拿笔,要么拿镐。镐头会弄坏我的手。"

柩车停下了。侍童从挂着黑纱的车子上走下来,接着是神甫。柩车的一个前轮稍微压到一堆土上,土堆那边是敞开的坟坑。

"好一场玩笑!"福施勒旺沮丧地再次说了这句话。

六 在四块木板中间

棺材里是谁?大家是知道的。让·瓦让。

让·瓦让设法在里面活下来,几乎不呼吸。

奇妙的是，心境恬静，能使其他一切顺顺利利。让·瓦让预先策划的一整套办法，头天就开始运行，一切都很顺利。和福施勒旺一样，他寄希望于梅斯蒂安大爷。他对结局毫不怀疑。从没有像这样危急的处境，也从没有像这样恬静的心境。

棺材的四块板散发出骇人的宁静。让·瓦让的平静之中，仿佛掺进了死者长眠的意味。他躺在棺材里，一直在同死神演出一场可怕的悲剧，一步一步演得都很好，还在继续演下去。

福施勒旺钉完盖板不久，让·瓦让就感到被抬走了，接着滚动起来。后来震动变小，他感到已从铺石路走到压实的土路上了，也就是说，已离开大街，到了林荫大道上。他又听到一种沉闷的声音，他猜想正在通过奥斯特里茨桥。第一次停下来时，他知道已到了公墓；第二次停下时，他对自己说：到坟坑了。

突然，他感到有人在抓棺材，接着又听到刷刷的磨擦声。他明白是用绳子捆棺材，好把他放进坟坑里。接着，他感到有点眩晕。可能殡葬工和掘墓工在晃动棺材，让头比脚先下地。他感到放平了，不动了，便完全恢复了知觉。他已被放到坑底了。他觉得凉飕飕的。

上面响起一个声音，冷漠而又庄严。他听见了拉丁语，念得很慢很慢，他能分辨每个词，但不懂意思：

"在尘土中长眠的人将醒来，有的获得永生，有的忍受耻辱，永远如此。"[①]

一个孩子的声音说：

---

① 原文为拉丁语。

"深深地埋葬。"①

那庄严的声音又说:

"主啊,让她安息吧。"②

那孩子说:

"愿永恒的光照耀她。"③

他听见好像有几滴雨轻轻打在棺盖上。可能在洒圣水。他想:"快结束了。再忍一忍。神甫就要走了。福施勒旺会带梅斯蒂安大爷去喝酒。把我一人留下。然后,福施勒旺独自回来,然后,我就可以出去。一个小时罢了。"

那庄严的声音又说:

"让她安息吧。"④

那孩子说:

"阿门。"⑤

让·瓦让竖起耳朵,仿佛听到离去的脚步声。

"他们走了,"他想,"就剩我一个人了。"

蓦然,他听见头上轰隆一声,就像是雷声。那是一铲土落在棺材上。

第二铲土落下。他用来呼吸的那些小孔,有一个堵住了。第三铲土落下。接着第四铲。有些事连最强大的人也无可奈何。

---

① 原文为拉丁语。
② 原文为拉丁语。
③ 原文为拉丁语。
④ 原文为拉丁语。
⑤ 原文为拉丁语。

让·瓦让失去了知觉。

七 "别丢失证件"的由来

现在,我们来谈谈让·瓦让的棺材上面发生的事。

柩车离开了,神甫和侍童也上车走了,眼睛一直不离掘墓工的福施勒旺看见他弯下腰,抓起了插在土堆上的那把铁锹。

于是,福施勒旺下了最后的决心。

他站到坟坑和掘墓工中间,交叉双臂,说道:

"我付钱!"

掘墓工惊讶地看着他,回答道:

"什么钱,乡下人?"

福施勒旺又说了一遍:

"我付钱!"

"什么钱?"

"酒钱。"

"什么酒?"

"阿让特伊。"

"在哪?"

"好木瓜酒店。"

"去你的吧!"掘墓工说。

他往棺材上扔了一锹土。

棺材咚地响了一声。福施勒旺觉得身体摇晃,就要掉进坑里。

他大喊起来,紧张得声音都有些嘶哑:

"老弟,趁'好木瓜'还没关门。"

掘墓工又挖了一锹土。福施勒旺继续说:

"我付钱!"

他一把抓住掘墓工的胳膊。

"老弟,听我说。我是修道院的掘墓工。我是来帮您的。这活儿可以天黑了再干。我们先去喝它一杯。"

他明知无望,仍拼命坚持,一面说,一面忧郁地想:

"他喝了又怎么样!会醉吗?"

"乡巴佬,"掘墓工说,"如果您坚持,我就同意。我们去喝。不过得干完活,这之前绝对不行。"

他晃动铁锹。福施勒旺不让他扔。

"六法郎一瓶的阿让特伊。"

"怎么搞的!"掘墓工说,"您是敲钟的。叮咚,叮咚,敲个没完。再这样,我要赶您走了。"

他扔下第二锹土。

福施勒旺已到了不知所云的地步。

"跟我去喝吧,"他喊道,"我付钱!"

"先安顿孩子睡了再说。"掘墓工说。

他扔下第三锹。

然后,他把铁锹插进土里,又说:

"您瞧,夜里会很冷,如果把死人撂在这里,不给她盖被子,她会跟在我们后面叫喊的。"

这时,掘墓工开始装第三锹土,他弯着腰,上衣的口袋微微

681

张开。

福施勒旺迷惘的目光无意落到这口袋上，再也不移开了。

太阳尚未在地平线上消失，天色仍然相当明亮，可以辨出那微开的衣袋里，有一样白色的东西。

一个庇卡底农民的眼睛可能有的全部光芒，掠过福施勒旺的双眸。刚才，他脑海里闪过了一个念头。

趁掘墓工专心铲土不注意的时候，福施勒旺把手从他身后伸进他的衣兜，将那白东西抽出来。

掘墓工往坑里扔了第四锹土。

当回过头去挖第五锹土时，福施勒旺极其冷静地看着他，对他说：

"对了，新来的，您有出入证吗？"

掘墓工停下来。

"什么出入证？"

"太阳快下山了。"

"好啊，让它戴上睡帽吧。"

"公墓就要关门了。"

"关就关，这有什么？"

"您有出入证吗？"

"啊！我的出入证！"掘墓工说。

他在外衣兜里翻找。

翻完一只，又翻一只。他又在背心兜里翻寻，翻了一只又一只。

"没有，"他说，"我身上没有出入证。可能忘带了。"

"罚款十五法郎。"福施勒旺说。

掘墓工脸色发青。苍白的人脸色发白,就成了青色。

"啊,耶稣——我的——上帝——罗圈腿——打倒——月亮!"他喊道。"罚款十五法郎!"

"三个一百苏的银币哪。"福施勒旺说。

掘墓工的铁锹掉到地上。

这回轮到福施勒旺威风了。

"啊,"福施勒旺说,"新来的,不要绝望。又不是要寻短见的事,也用不着这坟坑。十五法郎就十五法郎。再说,也不是非付不可。我是老手,您是新手。各种办法、方法、窍门、诀窍,我都了如指掌。我要给您朋友的忠告。有件事是清楚的,太阳就要下山,它已接近那圆屋顶了,再过五分钟,公墓就要关门。"

"千真万确。"掘墓工回答。

"这坑深着呢。五分钟内,您是填不满的,也来不及赶在关大门前出去。"

"一点不错。"

"那么,就罚十五法郎吧。"

"十五法郎。"

"不过,还来得及……您住在哪里?"

"城门附近。离这里一刻钟。沃日拉街,八十七号。"

"您现在就跑,还来得及出去。"

"确实如此。"

"一出大门,您就奔到家里,拿上出入证,再回来,公墓的门房给您开门。有了出入证,一分钱也不要付了。您回来把您的死人埋上。我呢,我现在给您看着,等您回来,不要让他跑了。"

"乡下人,您救了我一命。"

"快给我滚吧。"福施勒旺说。

掘墓工感激涕零,抓住他的手摇晃着,然后拔腿便跑。

掘墓工消失在树林中。福施勒旺侧耳细听,直到听不见脚步声,然后,他朝坟坑弯下身子,低声说:

"马德兰老伯!"

没人答应。

福施勒旺打了个寒噤。他与其说是走下,不如说滚下了墓坑,扑到棺材头上,大声喊道:

"您在吗?"

棺材里毫无动静。

福施勒旺浑身颤抖,透不过气来。他拿起凿子和锤子,把棺盖撬开。让·瓦让的面孔出现在暮色中。他双目紧闭,脸色苍白。

福施勒旺的头发竖了起来。他站起来,又靠着坑壁瘫下去,差点儿倒在棺材上。他望望让·瓦让。

让·瓦让躺着,面色灰白,一动不动。

福施勒旺喃喃自语,声音低得像气息。

"他死了!"

他又站起来,用力交叉起双臂,由于用力过猛,两只拳头打到了肩膀上。他喊道:

"我就是这样救他的呀!"

于是,这个可怜的老头呜咽哭泣起来。他自言自语。可别以为自言自语并非人之本性。人在极其激动时,常常会大声地自言自语。

"全是梅斯蒂安大爷的错。这个蠢货,他干吗死呢?他有必要在人家没有料到的时候死吗?是他害死了马德兰老伯。马德兰老伯!他在棺材里。他归天了。他完了。——再说,这种事,难道有道理吗?啊!上帝!他死了!扔下他的孩子,叫我怎么办?卖水果的老婆婆会说什么呢?这样一个人,就这样死了,上帝,这怎么可能!没想到他会钻到我的车子底下救我!马德兰老伯!马德兰老伯!没错,他是给憋死的,我早说过。他不愿听我的。这下玩笑开大了!他死了,这个正直的人,在好上帝创造的好人中,他是最好的!他的孩子!啊!我,我索性也不回那里去了。我待在这里。做了这样一件事!活到这把年纪,却是两个疯老头,真不值得。可他是怎么进修道院的呢?开头就不妙。这种事,是干不得的。马德兰老伯!马德兰老伯!马德兰老伯!马德兰!马德兰先生!市长先生!他听不见我喊他。现在您可是出来呀!"

他揪自己的头发。

远处的树林里响起了刺耳的嘎吱声。公墓的栅栏门关闭了。

福施勒旺向让·瓦让弯下身子,突然,他往后一蹦,拼命往坑壁靠。让·瓦让睁着眼在看他。

看见一个死人,是令人恐惧的,看见一个人死而复生,也同样是令人恐惧的。福施勒旺变成了石头,苍白,愕然,过度的激动使他惊慌失措,不知道对方是活人,还是死人。他望着让·瓦让,让·瓦让也望着他。

"我睡着了。"让·瓦让说。

他坐了起来。

福施勒旺跪了下去。

"公正仁慈的圣母!您可把我吓坏了!"

接着,他站起来,喊道:

"谢谢,马德兰老伯!"

让·瓦让不过是昏了过去。吸到新鲜空气,他便苏醒了。

恐惧过后,便是快乐。福施勒旺几乎和让·瓦让一样,过了好一会儿,才清醒过来。

"您没死呀!啊!您真会开玩笑,您!我喊了您多少次,您才醒过来。我看到您闭着眼睛,我就说:好!他憋死了。我都快疯了,变成要穿紧身背心的真正的疯子。会被送到比塞特疯人院。您死了,叫我怎么办?还有您那个孩子!卖水果的婆婆会感到莫名其妙!有人把孩子扔给她,可爷爷却死了!多么荒唐的事!我那些天国里的圣人,多么荒唐的事!啊!您活着,这太好了。"

"我冷。"让·瓦让说。

这句话将福施勒旺完全拉回到现实中。情况紧急。这两个人,即使苏醒了,仍没意识到自己神志不清,仍有些怪怪的,那是这阴森的地方引起的精神恍惚。

"快离开这里。"福施勒旺喊道。

他在口袋里搜寻,把预先准备好的一壶酒拿出来。

"先喝一口!"他说。

酒壶完成了新鲜空气业已开始的事。让·瓦让喝了口烧酒,完全清醒过来。

他走出棺材,帮助福施勒旺重新钉上棺盖。

三分钟后,他们走出坟坑。

再说,福施勒旺放心了。他不慌不忙。公墓已关门,不必担心掘墓工格里比埃会突然出现。这个"新手"正在家里寻找出入证,他在家里是找不到的,因为在福施勒旺的口袋里。没有出入证,他就不能回公墓。

福施勒旺拿起铁锹,让·瓦让拿起镐头,两人将空棺材掩埋。

坑填平后,福施勒旺对让·瓦让说:

"我们走吧。我拿铁锹,您拿镐头。"

夜幕渐渐降临。

让·瓦让步履维艰。他躺在这棺材里,身体已变僵直,差不多成了尸体。在这四块木板中,他的关节已像死人般僵硬。可以说,他得从坟墓状态中摆脱出来。

"您冻僵了,"福施勒旺说,"可惜我是瘸子,否则,我们可以互相蹬蹬脚底板取取暖了。"

"算了!"让·瓦让回答说,"走上几步,我的腿就活动开了。"

他们顺着柩车走过的路离开墓地。到了关闭的栅栏门和门房的小屋前,福施勒旺将手里的掘墓人的出入证扔进箱里,门房拉动绳子,门打开,他们走了出去。

"这一切太顺利了!"福施勒旺说。"马德兰老伯,您的主意真好!"

他们不费周折地通过沃日拉城门。在公墓附近,铁锹和十字镐是两张通行证。

沃日拉街上渺无人迹。

"马德兰老伯,"福施勒旺边走边说,并朝街两旁的房屋张望,"您的眼睛比我好。哪个是87号,给我指一指。"

"这正好是。"让·瓦让说。

"街上没有人。"福施勒旺说。"把十字镐给我,等我两分钟。"

福施勒旺走进87号,出于穷人的本能,一直走到阁楼上,摸黑敲了敲一间屋顶室的门。一个声音回答:

"进来。"

是格里比埃的声音。

福施勒旺推开门。同所有穷人的住所一样,掘墓工的家破破烂烂,没有家具,堆满杂物。一只旧货箱——可能是口棺材——充当衣柜,一只黄油罐充当水罐,一张草垫充当床,方砖地充当椅子和桌子。在一角的一块破地毯上,堆挤着一个皮包骨头的妇女和许多孩子。看来屋里被翻箱倒柜搜过了。好像"独自一家"发生过一场地震。锅盖移动了地方,破衣服满地都是,水罐已摔破,母亲哭过,孩子可能挨过打,这说明屋里被猛烈而粗暴地搜寻过。显而易见,掘墓工发狂似的寻找过他的出入证,把丢失出入证归罪于破屋里的一切,从水罐到他的妻子。他看上去垂头丧气。

可是,福施勒旺急于了结这场冒险,没有注意他的成功给别人造成的痛苦。

他进屋便说:

"我把您的铁锹和镐头送来了。"

格里比埃傻愣愣地看着他。

"是您,乡下人?"

"明天上午,您去公墓看门人那里取您的出入证。"

他把铁锹和镐头放在方砖地上。

"什么意思?"格里比埃问道。

"就是说,您的出入证从您衣兜里掉了出来,您走后,我在地上捡到了,我埋了死人,填了坑,我干了您的活,门房会把您的出入证还给您,您不用付十五法郎了。就这样,新手。"

"谢谢,乡下人!"格里比埃眉开眼笑,大叫起来。"下次我付酒钱。"

八　顺利通过盘问

一个小时后,在漆黑的夜里,两个男人和一个孩子来到小皮克皮斯街六十二号门口。年长的那位提起门锤敲门。他们是福施勒旺、让·瓦让和珂赛特。

两位老人已到绿径街卖水果的老婆婆家,把福施勒旺头天寄放的珂赛特接回来。珂赛特在那里度过了二十四小时,始终不明白怎么回事,一声不吭,浑身发抖。她只顾哆嗦,连哭都没哭一下。她没有吃,也没有睡。好心的婆婆问了她许多问题,除了始终不变的阴郁的目光,一无所获。两天来,珂赛特听见和看见的事,丝毫也没泄露。她猜到他们正在度过一场危机。她深感自己得"听话"。在一个受惊吓的孩子耳边,以一种特别的语气,说出"什么也别说"这句话,其威力谁没有感受过?害怕便是哑巴。再说,没有人比得上孩子能严守秘密。

只是,经历了这凄惨的二十四小时后,她一见让·瓦让,便高兴得大叫一声;假如爱思索的人听见了,会猜出这是脱离苦海的欢叫。

福施勒旺是修院的人,知道口令。一道道门打开了。于是,

"出去"和"进入"这两个令人望而生畏的问题终于解决了。

门房已接到指示,便将连接天井和园子的那道便门打开。二十年前,从街上还可看见这道门,开在天井靠里的墙上,与马车大门相望。门房让他们三人从这便门进去,他们来到院内那个会客室,前一天,福施勒旺在这里聆听过院长嬷嬷的命令。

院长嬷嬷手拿念珠,正等着他们。一位罩着面纱的参事嬷嬷站在一旁。一支闪着幽光的蜡烛照着,或者说佯装照着会客室。

院长嬷嬷仔细端详让·瓦让。没有比低垂的双眸看得更仔细了。接着,她开始盘问让·瓦让。

"您就是那位弟弟吗?"

"是的,尊敬的院长嬷嬷。"福施勒旺回答。

"您叫什么?"

福施勒旺回答:

"于尔蒂姆·福施勒旺。"

他的确有个叫于尔蒂姆的弟弟,已去世了。

"老家在哪?"

福施勒旺回答:

"在皮基尼,靠近亚眠。"

"多大年纪?"

福施勒旺回答:

"五十。"

"干什么的?"

福施勒旺回答:

"园丁。"

"是忠实的基督教徒吗?"

福施勒旺回答:

"全家都是。"

"这小女孩是您的吗?"

福施勒旺回答:

"是的,尊敬的院长嬷嬷。"

"您是她的父亲?"

福施勒旺回答:

"是祖父。"

参事嬷嬷悄声地对院长说:

"他回答得很好。"

让·瓦让没说一句话。院长仔细端详珂赛特,悄声对参事嬷嬷说:

"她将来一定很丑。"

两位嬷嬷在会客室的角落里低声商量了几分钟,然后,院长转过身,说:

"福旺大爷,您再弄一个有铃铛的膝带。现在需要两个了。"

第二天,园子里果然响起了两个铃铛声,修女们禁不住掀起面纱的一个角。她们看见,在园子尽头的树底下,两个男人肩并肩地在翻地,福旺和另一个。这可是件大事。沉默打破了,大家互相议论:这是园丁的助手。

参事嬷嬷补充说:"这是福旺大爷的弟弟。"

果然,让·瓦让合法地安顿下来了。他有皮膝带和铃铛。从此以后,他是正式的园丁了。他叫于尔蒂姆·福施勒旺。

允许他们留在修院里的决定性因素,是院长嬷嬷对珂赛特的评语:她将来一定很丑。院长说完这预言,即刻对珂赛特友好起来,让她作为受接济的学生,到寄宿学校读书。

没有比这更合乎逻辑的了。尽管修院里没有镜子,女人们对自己的相貌却是一清二楚;然而,认为自己漂亮的姑娘,未必愿意当修女;既然出家当修女往往与美貌成反比,人们宁愿要长相丑的,也不要漂亮的。因此,对丑的女孩子尤感兴趣。

这场冒险提高了福施勒旺老头的威望。他一举三得:对让·瓦让来说,福施勒旺救了他,给了他安身之地;那位掘墓工想,多亏他,我才没罚款;修道院则认为,全亏他,耶稣受难嬷嬷的棺材葬在祭坛下这件事才能瞒过恺撒,并使上帝满意。在小皮克皮斯街,有一口装尸体的棺材,在沃日拉公墓,有一口没装尸体的棺材;公共秩序无疑深受干扰,但毫无察觉。至于修道院,它对福施勒旺感激不尽。福施勒旺成了最好的仆人,最可贵的园丁。最近,大主教来访,院长向大人叙述了此事,当然作了些忏悔,但也炫耀了一番。大主教离开修道院时,以赞许的口吻,悄悄地将此事告诉了查理十世的忏悔神甫拉蒂尔先生,后者日后将是兰斯大主教和红衣主教。对福施勒旺的赞佩越传越广,罗马也知道了。我们手头有当时的教皇莱昂十二世写给他的一位亲戚的信,该亲戚是教廷驻巴黎大使,和莱昂十二世一样,也叫代拉·让加。信上写道:"据说,巴黎的那家修道院有个出色的园丁,他是位圣人,名叫福汪[①]。"所有这些赞词都未能传到福施勒旺的

[①] 教皇把"福旺"错写成"福汪"。

破屋里,他继续给他的甜瓜嫁接、锄草和加罩,对自己的出色和圣洁一无所知。他对自己的光荣业绩全然不知,正如达拉姆或萨里的一条牛,照片登在《伦敦新闻画报》上,并附有"该牛在有角牲口竞赛中获奖"之说明,可它却对这个殊荣一无所知一样。

九 隐修

到了修道院,珂赛特依然沉默不语。

珂赛特自然认为自己是让·瓦让的女儿。再说,她什么都不知道,也就什么也不可能说,况且,即便知道什么,她也不会说的。前面讲过,什么也不如苦难更能教会孩子沉默。珂赛特受尽苦难,因而害怕一切,乃至说话,乃至呼吸。她常因一句话而招来毒打!自从她成了让·瓦让的孩子,她才不再提心吊胆。她很快就习惯了修道院的生活。只是她很想念卡特琳,但不敢讲。不过有一次,她对让·瓦让说:"父亲,早知道,我就带她来了。"

珂赛特成了修院的寄宿生,就得穿修院的学生服。让·瓦让获准收回她换下的衣服。那是珂赛特离开泰纳迪埃家时,他让她穿的丧服。衣服还不是很旧。他设法弄到一只小箱子,把这些旧衣服以及毛袜和鞋子放进箱子里,还放了些樟脑和各种香料。修道院里有的是香料。他把箱子放在床边的一张椅子上,钥匙总带在身上。一天,珂赛特问:"父亲,这只箱子是什么呀,怎么这么香?"

福施勒旺大爷除了前面提到的他一无所知的殊荣外,还善行得到了善报。首先,他因做了好事,感到很幸福;其次,他的活有人分担，他的事就少多了。还有，他酷爱抽烟，马德兰先生来后，因为是马德兰先生付钱，他抽烟方便多了，比从前多抽了两倍，抽起来更觉得有滋有味。

修女们对于尔蒂姆这个名字毫不理会，她们管让·瓦让叫"另一个福旺"。

这些圣女若有雅韦尔的眼力，早就该注意到，园子里要买什么东西，总是又老又残又瘸的哥哥出去，另一个从不出门。可是，也许她们的眼睛只顾看上帝，不善于窥视旁人，或者她们宁可忙于互相窥视，因而根本不去注意。

幸亏让·瓦让沉默不语，足不出户。雅韦尔在这个街区足足监视了一个多月。

对让·瓦让来说，这修院好比是四周深渊环绕的孤岛。这四堵围墙从此成了他的世界。在里面看得见天空，这足以使让·瓦让心境恬静，使珂赛特幸福快乐。

让·瓦让重新过起了愉快的生活。

他和老福施勒旺一起，住在园子深处的破屋里。这间陋屋，一八四五年还在，是用残砖破瓦建成的。正如大家所知，它有三个房间，除了墙壁，空无一物。大房间硬被福施勒旺大爷让给了马德兰先生，让·瓦让推也推不掉。那房间的墙壁上，除了用来挂膝带和背篓的两颗钉子外，还装饰着一张九三年制的保王党的纸币，贴在壁炉上方的墙上，我们把它准确无误地复制下来：

    天主教王家军
    奉国王御旨

发行十利弗信用券

购军用物资

和平时期兑现

第三套　　　第 10390 号　　　斯托弗莱

这张旺代信用券[①]是前任园丁钉在墙上的。那人曾是朱安党人[②],死在修道院里,福施勒旺接替了他。

让·瓦让整天在菜园里干活,派上了大用场。他从前是修树工,现在当园丁心甘情愿。大家一定记得,他在种树方面,有一套秘诀和方法。他把这些都用上了。果园里的树木,几乎都是野生的,他进行芽接,使它们结出了鲜美的果子。

珂赛特获准每天到他身边待一小时。因为嬷嬷们总是面带忧容,而让·瓦让却非常和蔼可亲,经过比较,她便格外喜欢让·瓦让。规定的时间一到,她便奔向小屋。她一进破屋,屋里顿时充满了欢笑。让·瓦让心花怒放,看到自己给珂赛特带来快乐,便感到自己更快乐了。我们给予人的快乐有其可爱的一面,它不像任何反光,会渐渐衰弱,而是返回到我们身上时,会更光辉灿烂。课间休息时,让·瓦让远远望着珂赛特玩耍、奔跑,能从孩子们的笑声中分辨出珂赛特的欢笑。

[①] 信用券,一七八九至一七九七年间流通于法国的一种以国家财产为担保的证券,后当作通货使用。旺代位于法国西部,法国大革命时期,保王党和天主教徒曾在这里发动叛乱。

[②] 朱安党,指一七九三年在法国西部造反,并参加旺代保王党的一伙农民。

因为现在珂赛特笑了。

珂赛特的面孔也有了某些变化。阴郁的神情已然消失。欢笑便是太阳,它驱散人们脸上的严冬。

珂赛特仍然不漂亮,但变得可爱了。她用甜美童稚的声音,娓娓说着合情合理的琐碎小事。

课间休息结束,珂赛特回到教室,让·瓦让便望着她教室的窗户。夜里,他会起来凝视她寝室的窗户。

此外,上帝自有其意图。和珂赛特一样,修院对维持并完善那位主教在让·瓦让身上所做的工作,起到促进作用。可以肯定,美德也有导致骄傲的方面。那里有魔鬼建造的一座桥。当天意将让·瓦让投进小皮克皮斯修道院的时候,他可能已不知不觉地离那个方面和那座桥相当近了。只要是同主教相比,他总是自叹弗如,也就保持谦卑的态度。可是,近来他开始同人相比,于是产生了骄傲情绪。谁知道呢?也许,他最后会渐渐恢复对人类的仇恨。

多亏了修道院,他没有从这条斜坡上继续下滑。

这是他看见的第二个囚禁人的地方。在他年轻的时候,在生活刚刚开始的时候,以及后来,不久前,他见过另一个囚人的地方,骇人听闻,惨不忍睹,他认为那里的严厉,正是司法的不公和法律的罪恶。今天,继监牢之后,他看见了修道院。他想,他曾是监牢的囚犯,而现在可以说是修院的观众,他怀着忧戚不安的心情,默默地将它们进行比较。

有时,他会撑着铁锹,渐渐沉入那曲曲弯弯、深不见底的遐想。

他想起了旧时的伙伴,他们多么悲惨:他们天不亮起床,天黑才收工;他们很少睡觉;他们睡的是行军床,只准铺两寸厚的褥垫，屋子很大，隆冬腊月才生火；穿的是奇丑无比的红宽袖衣，最热的时候，才让穿布裤子，最冷的时候，才让罩毛外衣；只有在干苦活累活时，才让喝酒和吃肉。他们不再有姓名，只有号码，可以说，成了数字，低垂着眼睛，低声地说话，头发剪得很短，生活在棍棒下、耻辱中。

然后，他的思想又回到眼前这些人身上。

这些人也剪去头发，也低垂着眼睛，低声地说话，只不过不是生活在耻辱中，而是生活在世人的嘲笑中，不是背脊被棍棒打伤，而是肩膀被戒律撕裂。她们的名字也已不复存在，只有严肃的法名。她们从不吃肉，也从不喝酒，常常一天不吃不喝。她们不穿红上衣，而是穿裹尸布般的黑衣服，是毛料的，夏天太沉，冬天太轻，不能减去，也不增加，甚至不能根据季节，换上布衣或毛外套，一年中，有六个月穿着哗叽衬衣，使她们热得发烧。她们不是住在大冬天才生火炉的大屋子里，而是从不生火的修室里；不是睡在两寸厚的褥垫上，而是麦秸上。她们甚至不睡觉；每天夜里，劳累了一天，困得厉害，正要入睡，身子刚有些暖和，就得醒来，起床，到冰冷昏暗的小教堂去，双膝跪在石头上做祈祷。

在有些日子里，她们每个人都要轮流在石板地上跪十二小时，或者伏在地上，脸贴着地面，伸出双臂成十字。

那些人是男人；这些人是女人。

这些男人做了什么？他们偷盗、强奸、抢劫、凶杀、谋杀。他们是盗窃犯、造假币犯、下毒犯、纵火犯、杀人犯、弑父母犯。这些女人做了什么？她们什么也没做。

一边是抢劫、欺诈、偷盗、暴力、淫荡、凶杀，种种大逆不道，种种凶杀行为；另一边只有一样东西：纯洁。白璧无瑕的纯洁，几乎被神秘地带向天国，因为是美德，它仍属于尘世间，因其圣洁，它已属于天国。

一边，人们低声反省自己的罪行；另一边，人们高声忏悔自己的错误。那是怎样的罪行！又是怎样的过错！

一边是恶臭熏天的瘴气，另一边是难以形容的香气。一边是精神的瘟疫，在目光的看押下，在枪口的监视下，慢慢吞噬着这些瘟疫患者；另一边是圣洁的火焰，在同一个熔炉里，冶炼着所有的灵魂。那边是黑暗，这边是昏暗，但这是一种充满光明的昏暗，散发着万丈光芒。

两处都是奴役人的地方。但在第一个地方，却有解脱的可能，远远可望合法地获得释放，而且还可越狱逃跑。在第二个地方，那是永久的囚禁，唯一的希望，就是悬在悠悠岁月尽头的一点儿亮光，那是使人解脱的微光，人们称之为死亡。

在第一个地方，人们只被铁链锁住，在另一个地方，人们被自己的信仰禁锢。

从第一个地方产生什么呢？无穷的诅咒，咬牙切齿，满腔仇恨，穷凶极恶，对人类社会狂怒地吼叫，对上苍冷嘲热讽。从第二个地方产生什么呢？祝福和热爱。在这两个十分相似又大相径庭的地方，这两种迥然不同的人完成着同一个事业：赎罪。

让·瓦让非常清楚第一种人的赎罪，那是个人的赎罪，为自己赎罪。但他不明白另一种人的赎罪，那些人无可指责，白璧无瑕，他不寒而栗地问自己：她们赎什么罪？是什么样的赎罪？

他内心有个声音在回答：人类最神圣的仁慈，是为他人赎罪。

这里，我们有任何理论，都只好保留，我们仅仅是叙述者。我们是站在让·瓦让的角度看问题，表达的是他的感受。

他看到的是尽善尽美的忘我，至高无上的美德；是恕人之过、代人赎罪的纯真；自己没有罪过，却为了有罪的人甘愿受奴役、受痛苦，主动要求受折磨；对人类的爱，沉浸到对上帝的爱中，可又清晰可辨，苦苦祈求；那是些温和而柔弱的人，有着受罚者的痛苦，受赏者的笑容。他想起自己从前竟然会怨天尤人！

半夜里，他常常坐起来，谛听这些受清规戒律束缚的纯洁女人的感恩歌声。他想起受到公正惩罚的人，却只会对上苍大声辱骂，想起他这个可怜虫，曾向上帝挥舞过拳头，想到这些，他会感到毛骨悚然，手脚冰冷。

有件事使他惊讶不已，仿佛上帝在对他轻声告诫，使他陷入了深思：他翻墙越狱、不顾生死、铤而走险、艰难攀登，他为脱离另一个赎罪之地而做的这些努力，全都是为了进入这一个赎罪之地。这难道是他命运的象征？

这修院也是座监狱，与他逃离的那座监狱可悲地相像，可他从未想过会有这样的事。

他又看见了铁栅栏、铁门闩、铁窗条。为了锁住谁？天使。他曾看见的用来禁锢猛虎的高墙，现在又看见用来禁锢羔羊。

这是个赎罪的地方，不是惩罚的地方，可它比另一个更森严，更凄凉，更冷酷。这些贞女比苦役犯更加弯腰曲背。一种凛冽的寒风，曾给他青年时代带来痛苦的寒风，吹过禁锢秃鹫的铁牢；一种更凛冽、更刺骨的寒风在鸽笼里呼啸。

为什么？

每当他想起这些,他身上的一切,便在这神秘而高尚的行为面前土崩瓦解。他的骄傲情绪,也在这些沉思中消失殆尽。他无数次抚躬自问;他感到自己非常渺小,哭过多少次。六个月来他生活中的一切,珂赛特用她的爱,修道院用它的谦卑,把他重新引向主教的神圣教导。

有时,傍晚时分,园子里没有人了,他会跪在小教堂旁的小路上,面对他初来的那天夜里张望过的那扇窗子,他知道,赎罪的修女正在那里面伏地祈祷。他就这样跪在那修女面前祈祷。他似乎不敢直接跪在上帝面前。

他周围的一切,宁静的园子、芬芳的鲜花、欢叫的孩子、严肃朴实的女人、寂寂无声的修院都渐渐深入他的内心,潜移默化,他的心灵渐渐变得和修院一样沉寂,和花儿一样芬芳,和园子一样宁静,和修女一样朴实,和孩子一样开心。他还想到,是上帝的两个圣所,先后在他生命的两个危急关头收留了他,第一次是在所有的大门向他紧闭,人类社会将他摈弃的时候;第二次是在人类社会再次追捕他,监牢再次向他打开的时候。没有第一个,他会再度犯罪,没有第二个,他会再度受刑。

他心中万分感激,他对上帝的爱与日俱增。

这样几年过去了:珂赛特一天天长大。